Ullstein

maritim
Ullstein Buch Nr. 20022
im Verlag Ullstein GmbH,
Frankfurt/M – Berlin
Titel der Originalausgabe:
Signal – Close Action!
Aus dem Englischen
von Karl H. Kosmehl

Deutsche Erstausgabe

Umschlagentwurf: Jürgen Spohn
unter Verwendung einer
Farbillustration von Chris Mayger

Printed in Germany 1994
Druck und Verarbeitung:
Ebner Ulm
ISBN 3 548 20022 2

8. Auflage Dezember 1994
Gedruckt auf alterungs-
beständigem Papier mit
chlorfrei gebleichtem Zellstoff

Vom selben Autor
in der Reihe
der Ullstein Bücher:

Die Feuertaufe (40044)
Strandwölfe (40065)
Kanonenfutter (22933)
Zerfetzte Flaggen (23192)
Klar Schiff zum Gefecht (23063)
Die Entscheidung (22725)
Bruderkampf (23219)
Der Piratenfürst (3463)
Fieber an Bord (22460)
Des Königs Konterbande (22330)
Nahkampf der Giganten (23493)
Feind in Sicht (20006)
Der Stolz der Flotte (23519)
Galeeren in der Ostsee (20072)
Admiral Bolithos Erbe (20485)
Der Brander (20591)
Donner unter der Kimm (20973)
Die Seemannsbraut (22177)
Mauern aus Holz, Männer aus Eisen
(22824)

Außerdem 22 moderne Seekriegsromane

Die Deutsche Bibliothek –
CIP-Einheitsaufnahme

Kent, Alexander:
Eine letzte Breitseite: Kommodore Bolitho
im östlichen Mittelmeer ; Roman /
Alexander Kent. [Aus dem Engl. von Karl
H. Kosmehl]. – Dt. Erstausg., 8. Aufl. –
Frankfurt/M ; Berlin : Ullstein, 1994
(Ullstein-Buch ; Nr. 20022 : Maritim)
ISBN 3-548-20022-2
NE: GT
Vw: Reeman, Douglas [Wirkl. Name] →
Kent, Alexander

Alexander Kent

Eine letzte Breitseite

Kommodore Bolitho im östlichen Mittelmeer

Roman

Ullstein

Wie Seeungeheuer
teilten die Rümpfe die Wogen,
während turmhoch über Deck
die britische Kriegsflagge wehte.

Campbell

Inhalt

I Das Geschwader

Im Schutze des hochragenden, zerklüfteten Felsens von Gibraltar zerrten Kriegsschiffe verschiedener Art und Größe an ihren Trossen und warteten darauf, daß die plötzliche Bö abflaute. Trotz gelegentlicher blaßblauer Streifen zwischen den jagenden Wolken war es so kühl, daß man meinen konnte, man sei in der Biskaya und nicht im Mittelmeer.

In Anbetracht ihrer strategischen Wichtigkeit wirkte die Reede von Gibraltar erstaunlich leer. Hauptsächlich Versorgungsschiffe, Briggs und Schoner, hatten hier entweder Zuflucht gesucht oder warteten auf Orders. Nur drei größere Kriegsschiffe lagen vor Anker, und zwar in beträchtlicher Entfernung von den in Gibraltar beheimateten Fahrzeugen. Es waren drei Linienschiffe mit je vierundsiebzig Geschützen, zu dieser Zeit, im Januar 1798, die beliebtesten und am besten verwendbaren Kriegsschiffe.

Das dem Lande am nächsten liegende Schiff trug den Namen *Lysander* quer über dem breiten, gedrungenen Heck; ein Name, wie er der Galionsfigur entsprach, die böse vom Bugspriet über die See starrte: der schwarzbärtige Feldherr der Spartaner, in Brustpanzer und mit Helmbusch, geschnitzt von Henry Callaway in Deptford, gab eine prachtvolle Galionsfigur ab. Wie der ganze Zweidecker war auch sie frisch gestrichen; es schien kaum glaubhaft, daß dieses Schiff elf lange Jahre in des Königs Diensten hinter sich hatte.

Der Kommandant, Kapitän Thomas Herrick, wanderte auf dem breiten Achterdeck auf und ab und warf dabei kaum einmal einen Blick zur Küste. Dachte er an Zustand und Aussehen seines Schiffes, so empfand er eher Besorgnis als Stolz. Monatelang hatte er in England pausenlos daran gearbeitet, die *Lysander* segelfertig zu machen, sie neu auszurüsten und die Besatzung – fast alle Landratten – anzumustern, Ersatzteile, Wasser, Proviant, Geschütze und Geschützbedienungen heranzuschaffen. Mehr als einmal hatte Herrick mit dem Schicksal gehadert, das ihm dieses neue Kommando beschert hatte. Und doch, trotz aller Verzögerungen und der empörenden Schludrigkeit von Werftarbeitern und Händlern, war aus diesem hoffnungslosen Chaos eine lebensfähige, starke Einheit geworden.

Verängstigte, von den unermüdlichen Preßkommandos* an Bord geschleppte Männer, und auch Freiwillige, deren Motive vom Patriotismus bis zur Flucht vor dem Henker reichten, waren

* Pressen = gewaltsame Rekrutierung für die Kriegsmarine

schließlich langsam und mühevoll zu einer Art Besatzung zusammengeschweißt worden, die zwar alles andere als perfekt war, jedoch für die Zukunft einiges erhoffen ließ. Sobald sich die *Lysander* mit Kurs auf Portugal mühsam durch die Biskaya quälte, brachte der erste Sturm allerlei Schwächen ans Licht: zu viele erfahrene Matrosen in der einen Wache, zu viele Neulinge in der anderen. Aber unter Herricks sorgfältiger Führung und mit Hilfe einer Stammannschaft von Deckoffizieren, die alle Berufsseeleute waren, wurden sie einigermaßen fertig mit dem verwirrenden Labyrinth der Takelage, mit der widerspenstigen, tückischen Leinwand, die nun einmal zum Alltag auf See gehören.

Jetzt lag Herrick unter dem Gibraltarfelsen vor Anker und hatte mit wachsender Nervosität auf diesen Tag gewartet. Weitere Schiffe waren eingelaufen und hatten in der Nähe geankert: die beiden anderen Vierundsiebziger, *Osiris* und *Nicator*, die Fregatte *Buzzard* und die kleine Schaluppe *Harebell*; sie waren jetzt nicht mehr selbständige Einheiten, sondern laut Order der Admiralität Teile des Geschwaders, in dem Herricks Schiff den breiten Kommodorestander fahren würde; und Geschwaderkommodore sollte, von der Admiralität dazu ernannt, nun Richard Bolitho werden, in guten und in schlechten Tagen. Jeden Moment mußte er eintreffen.

Merkwürdig, daß Herrick sich scheute, darüber nachzudenken. Erst vor vier Monaten waren er und Bolitho aus dem Mittelmeer zurückgekehrt. Nach einer blutigen Seeschlacht, in der Herricks Schiff versenkt und ein französisches Geschwader zum Teil kampfunfähig gemacht, zum Teil gekapert worden war, waren sie beide in London auf die Admiralität befohlen worden. Es kam ihm immer noch wie ein Traum, wie ein Ereignis aus Märchen- und Sagenzeiten vor.

Diese Vorsprache hatte weitreichende Folgen gehabt: für Bolitho die sofortige Beförderung zum Kommodore, für Herrick den Rang eines Flaggkapitäns. Ihr Admiral hatte weniger Glück gehabt. Man hatte ihn auf einen Gouverneursposten in New South Wales abgeschoben; sein schneller Sturz bewies, wie kurz der Weg vom privilegierten Günstling zum vergessenen Mann sein konnte.

Zunächst hatte sich Herrick über seine Ernennung zum Flaggkapitän in Bolithos Geschwader mächtig gefreut. Aber diese Freude wurde durch eine andere Entscheidung der Admiralität leicht getrübt: Bolitho hatte sein Schiff, die *Euryalus*, den großen Dreidekker mit hundert Kanonen, den er seinerzeit selbst von den Franzosen erobert hatte, nicht behalten, sondern die *Lysander* bekommen. Sie mochte sich leichter segeln als der große Dreidecker; aber Herrick hegte den Verdacht, daß ein Dienstälterer den Ex-Franzosen für sich beansprucht hatte.

Er hielt in seinem Schreiten inne und überschaute die geschäftigen Decks. Auf den Laufbrücken, an den Bootsgestellen, überall arbeiteten Matrosen. Andere balancierten hoch oben im schwarzen Gewirr der Wanten, Stage, Schoten, Fallen und Brassen und sorgten dafür, daß kein schamfieltes Tau, kein gebrochenes Stag das Auge des neuen Kommodore beleidigen würde, wenn er durch die Fallreepspforte trat. Die Marine-Infanteristen waren bereits angetreten. Wegen Leroux, ihrem Major, brauchte Herrick sich keine Sorgen zu machen. Eben sprach er mit seinem Leutnant, einem etwas zerstreuten jungen Mann namens Nepean; ein Sergeant inspizierte Musketen und Uniformen.

Dem Midshipman* der Wache mußte schon der Arm weh tun. Er hatte, seit Herrick an Deck war, ausdrücklichen Befehl, ständig das schwere Teleskop am Auge zu halten, um es sofort melden zu können, wenn das Boot des Kommodore von der Mole ablegte.

Herrick sah zu den anderen Schiffen hinüber. Bis jetzt hatte er wenig mit ihren Kommandanten zu tun gehabt, doch wußte er bereits eine ganze Menge über sie. Von der kleinen Schaluppe, die im heftigen Wind so ungemütlich dümpelte, daß sich der Kupferbeschlag ihres Unterwasserschiffs in regelmäßigen Abständen aus dem Wasser hob, bis zum äußersten Zweidecker, *Osiris*, bestanden zwischen den Kommandanten die verschiedensten Verbindungen. Der Kommandant der *Nicator* zum Beispiel: Herrick hatte herausbekommen, daß er während der amerikanischen Revolution zusammen mit Bolitho als Leutnant auf demselben Schiff gedient hatte. Daß sie jetzt wieder zusammentrafen, mochte sich günstig auswirken oder auch nicht. Der Kommandant der *Harebell*, Kapitän Inch, hatte seinerzeit beim alten Geschwader ein Granatwerferschiff befehligt. Den Kommandaten der *Buzzard*, Raymond Javal, kannte Herrick nur vom Hörensagen: er galt als unbeherrscht und gierig nach Prisengeld. Ein typischer, wenn auch etwas problematischer Fregattenkapitän.

Wieder blieb Herricks Blick auf der *Osiris* haften; er versuchte, seine Verärgerung zu unterdrücken. Sie war fast ein Schwesterschiff der *Lysander* und wurde befehligt von Kapitän Charles Farquhar, einem alten Bekannten. Das Schicksal hatte sie wieder zusammengeführt, und zwar abermals unter dem Kommando von Richard Bolitho. Damals war es auf der Fregatte *Phalarope* gewesen, wäh-

* Seekadett oder Fähnrich zur See

rend des amerikanischen Unabhängigkeitskrieges. Bolitho war Kommandant gewesen, Herrick Erster Offizier und Farquhar Midshipman. Ständig hatte sich Herrick über den aus vornehmer Familie stammenden, arroganten Farquhar geärgert. Wenn er jetzt die *Osiris* ansah, ging es ihm nicht viel anders. Das reiche Schnitzwerk an Kampanje* und Bug war mit echter Goldfarbe bemalt, ein äußeres Zeichen für den hohen gesellschaftlichen und finanziellen Status ihres Kommandanten. Bis jetzt hatte Herrick ein Zusammentreffen vermeiden können, abgesehen von Farquhars Meldung, als er in Gibraltar zum Geschwader stieß. Doch schon bei dieser Gelegenheit welkten Herricks beste Vorsätze, als Farquhar näselte: »Hören Sie mal, viel Geld haben Sie wohl nicht in Ihren alten Kasten gesteckt, eh?« Wieder dieses irritierende Lächeln. »Das wird aber unserem Herrn und Meister nicht gefallen, wissen Sie.«

Plötzlich öffnete sich die unterste Reihe der Stückpforten in der abgeschrägten Bordwand der *Osiris*, und die schwarzen Rohre der Zweiunddreißigpfünder glitten gleichzeitig in das schwächliche Sonnenlicht. Präzise wie stets.

Herrick bekam einen Schreck. Farquhar ließ sich den ehrgeizigen Kopf nie von dummen Erinnerungen oder Abneigungen vernebeln. Er scherte sich nur um das, was ihm gerade am wichtigsten war, und jetzt hieß das: einen guten Eindruck beim Kommodore zu machen. Nur war dieser Kommodore ausgerechnet Richard Bolitho, ein Mann, der Herrick teurer war als jeder andere lebende Mensch. Farquhar jedoch hätte sich auch vom Teufel persönlich nicht aus der Ruhe bringen lassen. Zu allem Unglück erklang erst jetzt die Stimme des Midshipman der Wache: »Boot legt von der Mole ab, Sir!«

Herrick leckte sich die Lippen. Sie waren trocken wie Asche. »Schön, Mr. Saxby. Mein Kompliment an den Ersten Offizier, und er kann jetzt zur Begrüßung antreten lassen.«

Richard Bolitho schritt zum Heckfenster seiner geräumigen Tageskajüte und sah zu den anderen Schiffen hinüber. So folgenreich das Ereignis auch war, daß er zum erstenmal an Bord seines eigenen Flaggschiffs feierlich empfangen worden war – er konnte seinen Übermut kaum zügeln. Wie Wein und Gelächter sprudelte es in ihm, und nur mit letzter Kraft wahrte er die Form.

Er wandte sich um: da stand Herrick neben der Tür und sah ihn an. Ein paar Matrosen stellten sorgfältig allerlei Kästen und Kisten

*Der hintere Aufbau eines Schiffes, auch Hütte oder Pupp (poop)

auf, die aus dem Boot an Bord gehievt worden waren; irgendwo schimpfte Allday, sein Bootsführer, mit jemandem, der nicht aufgepaßt hatte.

»Danke, Thomas, das war ein schöner Empfang.«

Bolitho schritt über die schwarz-weißen Karos des Fußbodenbelags auf Herrick zu und ergriff dessen Hand. Oben hörte er das Getrampel der abrückenden Marine-Infanterie und die sonstigen wohlbekannten Geräusche des Borddienstes.

Herrick lächelte verlegen und deutete auf das Gepäck. »Danke, Sir. Ich hoffe, Sie haben alles mitgebracht, was Sie brauchen. Es wird wohl eine ziemlich lange Fahrt werden.«

Bolitho musterte ihn nachdenklich. Herricks untersetzte Gestalt, sein schlichtes, volles Gesicht und die leuchtendblauen Augen waren ihm fast so vertraut wie die Alldays. Aber irgendwie kam ihm Herrick verändert vor. Es war nur vier Monate her, und doch . . .

Was hatte sich alles ereignet, seit sie zusammen auf der Admiralität gewesen waren! Die zahlreichen Unterredungen mit Männern, die so viel ranghöher und mächtiger waren als er, daß es ihn immer noch verblüffte, was eine Beförderung wie die seinige bewirken konnte. Jedesmal, wenn er die Befürchtung äußerte, die Ausrüstung seines neuen Flaggschiffs ginge nicht schnell genug voran, hatte er ihnen angesehen, daß sie sich leise über ihn amüsierten.

Sir George Beauchamp, der Admiral, der seine Beförderung ausgesprochen hatte, drückte es schließlich so aus: »Diese Details müssen Sie jetzt vergessen, Bolitho. Um das Schiff kümmert sich sein Kommandant, Sie haben Wichtigeres zu tun.«

Schließlich war Bolitho mit einer schnellen Fregatte nach Gibraltar gesegelt. In der Tejomündung hatten sie Station gemacht, weil er Depeschen für das Flaggschiff der Blockadeflotte brachte. Dort war er vom Admiral, dem Earl of St. Vincent, empfangen worden, der diesen Titel nach seinem großen Sieg vor elf Monaten erhalten hatte. Der Admiral, den manche seiner Untergebenen immer noch liebevoll »Old Jarvy« nannten (aber nur, wenn er es nicht hörte), hatte ihn munter begrüßt.

»Also, Sie haben jetzt Ihre Befehle«, hatte er gesagt. »Sehen Sie zu, daß Sie sie ausführen! Seit Monaten wissen wir nicht mehr, was die Franzosen vorhaben. Unsere Agenten in den Kanalhäfen berichten lediglich, daß Bonaparte mehrmals an der Küste gewesen ist, um Pläne für eine Invasion Englands auszuarbeiten.« Ein kurzes, trockenes Auflachen, typisch für ihn. »Aber was ich ihm bei Kap St. Vincent zu schlucken gegeben habe, wird ihn wohl gelehrt haben, zur See ein bißchen vorsichtiger zu manövrieren. Bonaparte ist ein

Landmensch. Ein Planer. Unglücklicherweise haben wir niemanden, der ihm gewachsen ist. Zu Lande, meine ich.«

Im Rückblick fand Bolitho es erstaunlich, was der Admiral in dieser kurzen Unterredung alles klargestellt hatte. Fast pausenlos war er auf See gewesen, und doch besaß er über die Lage sowohl in den heimischen Gewässern wie auch im Mittelmeer einen besseren Überblick als mancher von der Admiralität.

Beim Auf- und Abgehen auf dem Achterdeck hatte der Admiral gelassen gesagt: »Beauchamp ist der Richtige, um so ein Unternehmen zu planen. Aber zur Ausführung sind erfahrene Seeoffiziere nötig. Dank Ihrer vorjährigen Aktionen im Mittelmeer wissen wir einiges mehr über die Absichten der Franzosen. Broughton, Ihr damaliger Admiral, hat vielleicht die wahre Bedeutung erst begriffen, als es zu spät war. Zu spät für *ihn*, meine ich.« Dabei hatte er Bolitho grimmig angestarrt. »Wir müssen wissen, ob es sich lohnt, wieder eine Flotte in diese Gewässer zu schicken. Wenn wir aber unsere Geschwader sinnlos aufsplittern, werden die Franzosen unsere Schwächen bald ausnutzen. Ihre Order sagt Ihnen nur, *was* Sie zu tun haben. *Wie* Sie es machen, können nur Sie entscheiden.« Wieder dieses trockene Auflachen. »Ich wollte eigentlich Nelson dafür, aber der ist nach dem Verlust seines Armes noch zu geschwächt. Beauchamp hat Sie ausgesucht, damit Sie Bonaparte am Bauch kitzeln. Um unser aller willen hoffe ich, daß er eine gute Wahl getroffen hat.«

Und nun, nach all diesen Besprechungen, dem Wühlen in Agentenberichten, dem Sondieren, was von den zahllosen Vermutungen über Absichten und Motive des Feindes wirklich wichtig war, befand sich Bolitho endlich an Bord seines Flaggschiffes. Jenseits der dicken Fensterscheiben lagen andere Schiffe, die ihm sämtlich durch den breiten, gespaltenen Wimpel verbunden waren, der im Masttopp flatterte, seit er unter dem Knallen der präsentierten Musketen, dem Spiel der Pfeifen und Trommeln an Bord geklettert war.

Immer noch konnte er es nicht glauben. Er war doch derselbe wie vorher: voller Ungeduld, mit seinem neuen Schiff in See zu gehen.

Aber der Unterschied würde bald überall deutlich werden. Als sein Erster Offizier hatte Herrick bisher zwischen Kommandant und Mannschaft gestanden, Bindeglied und Schranke zugleich. Jetzt, als Flaggkapitän, stand Herrick zwischen ihm und den anderen Offizieren, zwischen dem kleinen Geschwader und jedem einzelnen Mann auf jedem einzelnen Schiff: fünf Schiffe mit insgesamt über zweitausend Mann. Daran zeigte sich die Bedeutung seiner Stellung als Geschwaderkommodore und die gestiegene Aufgabe

Herricks.

»Was macht der junge Adam Pascoe?« fragte Bolitho. »Ich habe ihn beim Anbordkommen nicht gesehen.« Schon als er fragte, sah er, daß Herrick plötzlich ein Dienstgesicht bekam.

»Ich wollte es Ihnen gerade erzählen, Sir. Er liegt im Krankenrevier. Ein kleiner Zwischenfall, aber Gott sei Dank nichts Ernstes.«

»Die Wahrheit, Thomas!« verlangte Bolitho. »Ist mein Neffe krank?«

Herrick sah auf, seine blauen Augen blitzten auf einmal ärgerlich. »Ein dummer Streit mit dem Sechsten Offizier der *Osiris*, Sir, der ihn irgendwie beleidigte. Sie hatten beide dienstlich an Land zu tun, und bei der Gelegenheit trugen sie die Sache aus.«

Bolitho zwang sich, langsam ans Heckfenster zu treten und die Wasserwirbel am Ruder zu betrachten.

»Ein Duell?«

Schon beim bloßen Klang des Wortes wurde ihm übel. Zum Verzweifeln war das! Sollte Adam nach seinem Vater Hugh Bolitho schlagen? Nur das nicht!

»Reiner Übermut wahrscheinlich«, antwortete Herrick, aber es klang nicht sehr überzeugt. »Jedenfalls ist keiner ernstlich verletzt. Immerhin hat der andere wohl mehr abbekommen als Adam.«

Bolitho wandte sich um. »Ich will ihn sofort sprechen«, sagte er leise.

Herrick schluckte. »Mit Ihrer Erlaubnis, Sir, möchte ich die Sache selbst regeln.«

Bolitho spürte, daß sich eine große Kluft zwischen ihn und seinem Freund auftat. Langsam nickte er.

»Gewiß, Thomas. Adam Pascoe ist zwar mein Neffe, aber jetzt vor allem einer Ihrer Offiziere.«

Herrick sprach nun wieder etwas weniger förmlich. »Tut mir leid, daß ich Ihnen schon in der ersten Stunde an Bord Ärger bereiten muß, Sir. Um alles in der Welt hätte ich das lieber vermieden.«

Bolitho lächelte ernst. »Ich weiß. Dumm von mir, mich da einmischen zu wollen. Ich war schließlich selbst Flaggkapitän und habe mich oft geärgert, wenn mein Vorgesetzter mir dazwischenredete.«

Herrick wollte das Thema wechseln; er sah sich in der geräumigen Kajüte um.

»Hoffentlich entspricht alles Ihren Wünschen, Sir. Ihr Steward macht gerade das Dinner zurecht, und ich habe ein paar Matrosen abgestellt, Ihre Kisten wegzustauen.«

»Danke. Ich bin durchaus zufrieden.« Er hielt inne: da war er wieder, der dienstliche Ton zwischen Vorgesetztem und Untergebenem. Sonst hatten sie immer alles miteinander geteilt, hatten sich verstanden.

»Gehen wir bald in See, Sir?« fragte Herrick unvermittelt.

»Aye, Thomas. Morgen vormittag, wenn der Wind günstig ist.« Er zog die Uhr und ließ den Deckel aufschnappen. »Ich würde gerne meine Offiziere . . .« Er zuckte zusammen: Selbst das war jetzt anders. »Ich möchte die Kommandanten des Geschwaders sprechen, so bald es geht. Vom hiesigen Gouverneur habe ich noch Depeschen bekommen, und wenn ich sie gelesen habe, werde ich dem Geschwader mitteilen, um was es geht.« Er lächelte. »Machen Sie kein so bekümmertes Gesicht, Thomas, für mich ist es ebenso schwer wie für Sie.«

Eine Sekunde lang blitzte die alte Wärme in Herricks Augen auf; die Kameradschaft, das Vertrauen, die jetzt so leicht zu zerstören waren. »Ich komme mir vor«, entgegnete er, »wie ein alter Fuß in einem neuen Schuh.« Jetzt lächelte er ebenfalls. »Aber ich lasse Sie bestimmt nicht im Stich.«

Er wandte sich um und ging hinaus; nach einer diskreten Pause schleppten Allday und zwei Matrosen eine große Kiste herein. Allday blickte sich rasch in der Kajüte um – anscheinend gefiel sie ihm.

Langsam wich Bolithos Spannung. Allday blieb immer der gleiche, Gott sei Dank. Selbst das blaue Jackett mit den großen vergoldeten Knöpfen, die neue Nankinghose und die Schnallenschuhe, die Bolitho ihm gekauft hatte, um seinen neuen Status als Bootsführer des Kommodore zu unterstreichen, vermochten nicht, seine kraftvolle, rauhe Persönlichkeit zu verbergen.

Bolitho schnallte den Degen ab und reichte ihn Allday.

»Na, Allday, was halten Sie von der *Lysander*?«

Allday sah ihn gelassen an. »Ein gutgebautes Schiff . . .« Das Wort »Sir« wollte ihm nicht über die Lippen. Sonst hatte er Bolitho immer »Captain« genannt, das hatte sich zwischen ihnen so ergeben. Seit dem neuen Rang stimmte nun auch das nicht mehr.

Allday erriet Bolithos Gedanken und grinste betreten. »Entschuldigung, Sir.« Böse starrte er die beiden Matrosen an, die noch mit einer Kiste in Händen dastanden. »Aber ich kann warten. Es wird nicht mehr lange dauern, dann heißt es sowieso ›Sir Richard‹!«

Er wartete, bis die beiden Matrosen draußen waren, und sagte dann leise: »Sie möchten jetzt wohl gern allein sein, Sir. Ich werde Ihrem Steward Bescheid sagen, wie Sie alles haben wollen.«

Bolitho nickte. »Sie kennen mich gut.«

Allday schloß die Tür hinter sich. »Besser, als du dich jemals selber kennen wirst«, murmelte er und warf dem Posten vor der Tür einen kalten Blick zu.

Draußen auf dem Achterdeck trat Herrick langsam an die Netze und starrte zu den anderen Schiffen hinüber. Das war ein schlechter Anfang gewesen, für sie beide. Aber vielleicht war alles auch nur Einbildung, sogar seine Abneigung gegen Farquhar. Farquhar seinerseits teilte diese Abneigung bestimmt nicht, dem war er völlig gleichgültig. Warum regte er sich also bei jeder Gelegenheit auf?

Bolitho war doch der alte geblieben. Dieselbe Ernsthaftigkeit, die jederzeit in jugendlichen Übermut umschlagen konnte. Sein Haar war so schwarz wie eh und je. Er war auch immer noch so schlank und beweglich, nur seine rechte Schulter wirkte etwas steif. Wie lange war es her, daß ihn die Musketenkugel verwundet hatte? Fast sieben Monate mußten es schon sein. Die Linien um seine Mundwinkel waren ein bißchen tiefer geworden. Wegen der Schmerzen oder der neuen Verantwortung? Wohl beides zu gleichen Teilen.

Herrick sah, daß der Wachoffizier ihn neugierig musterte, und rief: »Mr. Kipling, Signal an Geschwader: *Alle Kommandanten auf Abruf an Bord des Flaggschiffs!*«

Auf dieses Signal hin würden sie jetzt ihre besten Uniformen anlegen, Inch in seiner winzigen Kajüte, Farquhar in seinem luxuriösen Quartier. Aber alle würden ebenso neugierig sein wie er: wo es hinging, was sie zu erwarten hatten – und was es sie kosten würde.

Über sich an Deck hörte Bolitho das Trappeln von Füßen; nach kurzem Zögern legte er seinen Galarock mit dem einzelnen Goldstreifen ab und setzte sich an seinen Arbeitstisch. Er schnitt das große Leinwandkuvert auf, konnte sich jedoch nicht gleich dazu entschließen, die sauber geschriebene Depesche zu lesen.

Immer noch hatte er Herricks besorgtes Gesicht vor Augen. Sie waren fast gleich an Jahren, und doch kam ihm Herrick sehr gealtert vor; sein braunes Haar war hier und da grau bereift. Bolitho fiel es schwer, etwas anderes in ihm zu sehen als seinen besten Freund. Aber er mußte in ihm den Kommandanten sehen, den Flaggkapitän eines neuen Geschwaders, das noch nie als selbständiger Verband zusammengewirkt hatte. Eine schwere Aufgabe für jeden, auch für einen Thomas Herrick . . . Bolitho versuchte, die plötzlich aufsteigenden Zweifel zurückzudrängen. Herrick war von bescheidener Herkunft, Sohn eines Schreibers; doch gerade seine unbedingte Ehrenhaftigkeit, die ihn zu einem Mann machte, auf den unter allen Umständen Verlaß war, konnte ihm hinderlich sein, wenn es galt, Entscheidungen von größerer Tragweite zu treffen. Herrick war ein Mann, der jeden rechtmäßigen Befehl ohne Fragen und ohne Rücksicht auf persönliches Risiko ausführen würde. Aber war er der Mann, in einer Seeschlacht den Oberbefehl zu übernehmen, wenn der Kommodore ausfiel?

Merkwürdig: die vorigen beiden Ranghöchsten auf der *Lysander* waren bei St. Vincent ausgefallen. Der Kommodore, George Twyford, war bei der ersten Breitseite ums Leben gekommen; und der Flaggkapitän, John Dyke, durchlitt zur Zeit Höllenqualen im Marinehospital Haslar, war so schwer verstümmelt, daß er nicht einmal selbständig essen konnte. Das Schiff hatte beide überlebt – und noch viele andere. Bolitho blickte sich in der sauberen Kajüte mit den schön geschnitzten Möbeln um. Beinahe hatte er das Gefühl, sie beobachteten ihn lauernd.

Mit einem ärgerlichen Seufzer begann er, die Depesche zu lesen.

Grüßend nickte Bolitho den fünf Offizieren zu, die den Tisch in der Kajüte umstanden. »Bitte nehmen Sie Platz, Gentlemen.«

Während sie ihre Stühle heranrückten, beobachtete er ihre Gesichter – freudige, angeregte, neugierige. Es war schließlich ein besonderer Moment; vermutlich empfanden sie ebenso, wenn auch aus unterschiedlichen Gründen.

Farquhar hatte sich nicht verändert, war geschmeidig, elegant und so selbstbewußt geblieben, wie er schon als Midshipman gewesen war. Jetzt war er zweiunddreißig und planmäßiger Fregattenkapitän; vor Ehrgeiz leuchteten seine Augen fast so wie die blanken goldenen Epauletten.

Francis Inch konnte kaum das Strahlen auf seinem diensteifrigen Pferdegesicht verbergen. Die Schaluppe war unentbehrlich für die Rekognoszierung und als Vorhut des Geschwaders, und als ihr Kommandant war Inch ein hochwichtiger Mann.

Raymond Javal, der Kommandant der Fregatte, sah eher einem Franzosen ähnlich als einem britischen Marineoffizier. Er war tiefbrünett und hatte starkes, fettiges Haar; sein Gesicht war so schmal, daß es von den tiefliegenden Augen ganz und gar beherrscht wurde.

Mit einem kurzen Lächeln begrüßte Bolitho auch Kapitän George Probyn von der *Nicator*. Mit ihm war er auf der alten *Trojan* gefahren, als die amerikanische Revolution ausgebrochen war und die ganze Welt verändert hatte. Aber Probyn sah ganz anders aus als damals: wie ein riesiger, schäbiger Kneipenwirt hockte er gebeugt am Tisch. Nur ein Jahr älter als Bolitho, hatte er die *Trojan* auf die gleiche Weise verlassen, nämlich als Prisenkommandant auf einem gekaperten Blockadebrecher, den er zum nächsten alliierten

Hafen segeln sollte. Im Gegensatz zu Bolitho, der auf diese Art zu seinem ersten selbständigen Kommando gekommen war, hatte Probyn das Pech gehabt, von einem amerikanischen Freibeuter geschnappt zu werden; er hatte den größten Teil des Krieges in Gefangenschaft verbracht, bis er schließlich gegen einen französischen Offizier ausgetauscht worden war. Diese in der wichtigsten Phase seiner Laufbahn verlorenen Jahre waren Probyn offenbar teuer zu stehen gekommen. Er wirkte unsicher und hatte eine merkwürdige Art, schnelle, verstohlene Blicke auf seine Kameraden zu werfen und dann wieder auf seine verschlungenen Hände hinunterzusehen.

»Alle vollzählig, Sir«, meldete Herrick

Bolitho blickte auf den Tisch nieder. Im Geiste las er wieder seine Segelorder: *Sie werden hiermit bevollmächtigt und beauftragt, mit Ihrem Geschwader und allen Ihnen zur Verfügung stehenden Kräften Anwesenheit und Absichten größerer feindlicher Einheiten zu erkunden . . .*

Ruhig und eindringlich begann er zu sprechen: »Wie Ihnen bekannt sein wird, hat der Feind eine Menge Zeit daran gewandt, Schwachstellen in unserer Verteidigung aufzuspüren. Abgesehen von unseren Siegen zur See, haben wir wenig erreicht, um das Vordringen und den wachsenden Einfluß Frankreichs zu stoppen. Meiner Ansicht nach ist Bonaparte niemals von seinem ursprünglichen Plan abgewichen, der immer noch und notwendigerweise darin besteht, Indien zu erreichen und unsere Handelswege zu blockieren. Dem französischen Admiral Suffren wäre das im letzten Kriege beinahe geglückt.« Bolitho fing Herricks Blick auf; zweifellos dachte er daran, wie sie zusammen in Ostindien gekämpft und selbst erlebt hatten, wie erpicht der Feind darauf war, die Gebiete wiederzuerobern, die er in jenem unstabilen Frieden verloren hatte. »Bonaparte muß wissen, daß jede Verzögerung seiner Vorbereitungen uns nur Zeit gibt, unsere Kräfte zu verstärken«, fuhr Bolitho fort.

Alle Köpfe wandten sich Inch zu, der unbekümmert dazwischenrief: »Wir werden's ihnen schon zeigen, Sir! Genau wie damals!« Und er grinste die anderen vergnügt an.

Bolitho mußte lächeln. Schön, daß Inch, wenn er auch keine Ahnung von den Fakten hatte, immer noch wie früher war. Und sein munterer Kommentar hatte wenigstens die Distanz zwischen ihm und den Geschwaderoffizieren etwas gemindert.

»Danke, Commander Inch. Ihr Optimismus macht Ihnen Ehre.«

Errötend vor Freude verbeugte sich Inch.

»Dennoch – wir haben keine verläßlichen Nachrichten darüber, in welche Richtung die Franzosen vorstoßen werden. Das Gros unserer Flotte operiert vom Tejo aus, um einen Keil zwischen die Franzosen und ihre spanischen Verbündeten zu treiben. Einerseits könnte der Feind Portugal angreifen, wegen unserer dortigen Präsenz, oder er könnte auch nochmals eine Invasion Irlands versuchen.« Bolitho konnte seine Erbitterung nicht verbergen. »So wie im vorigen Jahr, als in unserer Flotte Zustände herrschten, die zu den großen Meutereien bei Spithead und in der Themseflotte führten*.«

Farquhar sah auf seine Manschetten nieder: »Sie hätten tausend von diesen Teufeln hängen sollen, nicht bloß 'ne Handvoll!«

Bolitho warf ihm einen kalten Blick zu. »Wenn man vorher etwas mehr an die berechtigten Bedürfnisse der Matrosen gedacht hätte, dann wären vielleicht überhaupt keine Strafen nötig gewesen!«

Farquhar lächelte unbekümmert. »Verstehe, was Sie meinen, Sir.«

Bolitho blickte auf seine durcheinandergeratenen Papiere nieder, um sich nichts anmerken zu lassen. Er hätte gar nicht auf Farquhars Scharfmacherei eingehen sollen.

»Unsere Aufgabe ist zunächst«, fuhr er fort, »zu erkunden, wie die Vorbereitungen der Franzosen im Golfe du Lyon vorangehen. Und zwar in Toulon, Marseille und anderen Häfen, in denen wir Feindtätigkeit beobachten können.« Er blickte jedem einzelnen ins Gesicht. »Unsere Flotte ist weit auseinandergezogen. Auf keinen Fall darf der Feind eine Möglichkeit erhalten, sie so zu zerstreuen, daß er sie Schiff um Schiff vernichten kann. Andererseits wäre es sinnlos, eine große Flotte am einen Ende des Ozeans zu stationieren, während der Feind sich am anderen aufhält. Aufspüren, stellen, in ein Gefecht verwickeln – anders geht es nicht.«

»Mein Schiff ist unsere einzige Fregatte, Sir«, warf Javal düster dazwischen.

»Ist das eine Feststellung oder eine Beschwerde?«

Javal zuckte die Achseln. »Ein chronisches Übel, Sir.«

Probyn sah erst ihn und dann Farquhar auf seine schnelle, verstohlene Art an. »Ein großes Risiko. Und wenn wir auf überlegene Verbände stoßen, haben wir keine Unterstützung.«

»Aber zumindest wissen wir dann, wo sie sind, mein lieber George«, erwiderte Farquhar kühl.

* siehe Kent: Der Stolz der Flotte (Ullstein Buch 20014)

»Die Lage ist ernst«, mahnte Herrick.

»Offenbar«, erwiderte Farquhar mit blitzenden Augen. »Also wollen wir sie auch ernsthaft angehen.«

»Eins ist jedenfalls sicher«, sagte Bolitho, und aller Augen wandten sich ihm wieder zu, »wir müssen gut abgestimmt operieren. Wie Sie über den Sinn dieser Befehle denken, ist mir gleich, wir müssen sie jedenfalls in Taten umsetzen. Und sie so ausführen, daß die Flotte und das Land den größtmöglichen Nutzen davon haben.«

»Der Ansicht bin ich auch, Sir«, nickte Farquhar.

Die anderen blieben stumm.

»Nun gehen Sie bitte wieder an Bord Ihrer Schiffe und unterrichten Sie Ihre Leute über unsere Aufgabe. Und heute abend bitte ich Sie, bei mir zu speisen.«

Im Aufstehen überlegten bereits alle, wie sie seine Worte ihren Untergebenen beibringen konnten. Wie Bolitho würde jeder von ihnen, mit Ausnahme von Inch, erst einmal an Bord allein sein wollen, um sich auf das einzustellen, was auf ihn zukam. Aber viel Zeit blieb ihnen nicht. Er mußte jeden einzelnen besser kennenlernen; wenn die *Lysander* ein Signal setzte, mußte jeder Kommandant die Gedanken des Mannes lesen können, von dem es kam.

Einer nach dem anderen verabschiedete sich. Probyn ging als letzter; das hatte Bolitho vorher gewußt.

»Schön, Sie wiederzusehen, Sir«, sagte er verlegen. »Damals, das waren tolle Zeiten. Ich habe immer gewußt, daß Sie Erfolg haben, berühmt werden.« Seine Blicke schossen in der Kajüte umher. »Ich hatte weniger Glück, aber meine Schuld war es nicht. Wenn man keine Verbindungen hat . . .« Er vollendete den Satz nicht.

»Es macht mir meine Aufgabe leichter, daß ich alte Freunde um mich habe«, antwortete Bolitho lächelnd.

Als die Tür sich geschlossen hatte, schritt Bolitho langsam zu dem Weinschrank aus massivem Mahagoni, den er aus London mitgebracht hatte. Es war ein sehr schönes Stück, ein Meisterwerk des Tischlers, wovon jede Fläche und jede Fuge zeugte.

Er starrte den Schrank immer noch an, als Herrick, der die anderen Kommandanten zur Fallreepspforte begleitet hatte, zurückkam.

»Das ging ja ganz gut«, sagte der Flaggkapitän mit einem kleinen Seufzer. Dann sah er den Schrank und stieß einen leisen Pfiff aus. »Das ist aber ein wunderschönes Stück!«

»Ein Geschenk«, lächelte Bolitho, »und oft nützlicher als viele andere Geschenke, Thomas.«

Herrick sah sich den Schrank genau an. »Ihr Neffe ist draußen, Sir«, sagte er dann. »Ich habe die Geschichte bereinigt. Er macht Extradienst, damit er nicht wieder auf dumme Gedanken kommt. Aber ich dachte, Sie würden ihn sprechen wollen.« Bewundernd strich Herrick über das polierte Holz. »Von wem haben Sie dieses schöne Stück, wenn ich fragen darf?«

»Von Mrs. Pareja«, antwortete Bolitho. »Sie werden sich noch an sie erinnern.«

Erstaunt sah er, wie ein Schleier über Herricks Augen fiel.

»Jawohl, Sir«, erwiderte er knapp. »Sehr gut sogar.«

»Was ist denn, Mann?«

Herrick sah ihm offen ins Gesicht. »Jedesmall, wenn ein Schiff aus England kam, gab es Gerede – Klatsch, wenn Sie wollen. Zum Beispiel darüber, daß Sie mit dieser Dame in London eine Affäre hatten.«

Verblüfft starrte Bolitho ihn an. »Mein Gott, Thomas, das sieht Ihnen aber gar nicht ähnlich.«

Doch Herrick gab nicht auf. »Das war nämlich der Grund, weshalb Ihr Neffe mit dem anderen Leutnant die Waffen kreuzte. Einen *Ehren*handel nennt man das wohl.«

Bolitho sah zur Seite. Und er hatte gedacht, es hätte etwas mit Adam Pascoes Herkunft zu tun gehabt, mit seinem toten Vater, dem Verräter und Renegaten.

»Danke, daß Sie es mir gesagt haben.«

»Einer mußte es ja tun, Sir.« Herricks blaue Augen blickten beschwörend. »Sie haben so viel für uns alle getan; ich will nicht, daß wegen einer . . .«

»Ich habe Ihnen dafür gedankt, daß Sie es mir *gesagt* haben, Thomas. Nicht für Ihre Meinung über die Dame.«

Herrick öffnete die Tür. »Ich rufe ihn herein, Sir.« Er sah sich nicht um.

Bolitho setzte sich auf die Bank vor den Heckfenstern und beobachtete ein Fischerboot, das unter dem überhängenden Heck des Zweideckers durchfuhr. Mit ausdruckslosem Gesicht blickte der Fischer zu ihm empor. Wahrscheinlich stand er im Sold des spanischen Kommandeurs drüben in Algeciras, notierte die Namen der Schiffe und sammelte Bruchstücke von Informationen, aus denen sich etwas machen ließ.

Die Tür ging auf; Adam Pascoe, den Hut vorschriftsmäßig unterm Arm, stand in der Kajüte.

Bolitho erhob sich und schritt auf ihn zu; fast verspürte er selbst Schmerz, als er sah, daß der junge Mann den Arm etwas von den

Rippen abhielt. Noch in der Leutnantsuniform sah Adam wie der schmächtige Junge aus, als der er zum erstenmal zu Bolitho an Bord gekommen war.

»Willkommen an Bord, Sir«, sagte er.

Bolitho vergaß die Last seiner neuen Verantwortung, seinen unseligen Zusammenstoß mit Herrick – alles außer diesem Jungen, der ihm so lieb geworden war wie ein Sohn.

Er umarmte ihn und sagte: »Du hast Ärger gehabt, Adam. Tut mir leid, daß es meinetwegen war.«

Pascoe sah ihn ernsthaft an. »Ich hätte ihn schon nicht getötet, Onkel.«

Bolitho trat zurück und lächelte melancholisch. »Nein, Adam, aber vielleicht er dich. Achtzehn Jahre – das ist der Anfang, noch nicht das Ende.«

Achselzuckend strich sich Pascoe das schwarze Haar aus der Stirn. »Der Kommandant hat mir genügend Extradienst dafür aufgebrummt. Was macht deine Verwundung, Onkel?«

»Vergessen.« Bolitho führte ihn zu einem Stuhl. »Deine auch – eh?«

Sie lächelten sich wie Verschwörer an, und Bolitho schenkte zwei Gläser Rotwein ein. Er bemerkte, daß Pascoes Haar nach der neuen Mode geschnitten war, ohne den Zopf im Nacken, wie ihn die meisten Seeoffiziere trugen. Wie mochte die Marine wohl erst aussehen, wenn sein Neffe eines Tages den Kommodorestander hißte?

Pascoe nippte am Wein. »Es heißt, Nelson hätte den Befehl über dieses Geschwader gekriegt, wenn er nicht den Arm verloren hätte.«

»Möglich«, lächelte Bolitho. In der Flotte gab es wenig Geheimnisse.

Nachdenklich entgegnete Pascoe: »Eine große Ehre für dich, Onkel, aber . . .«

»Aber was?«

»Auch eine große Verantwortung.«

Herrick erschien wieder in der Tür. »Darf ich fragen, Sir, wann die Kommandanten zum Essen an Bord kommen sollen?« Er blickte von einem zum anderen und war seltsam gerührt. Ungefähr zwanzig Jahre Altersunterschied, und doch sahen sie wie Brüder aus.

»Das überlasse ich Ihnen«, antwortete Bolitho.

Als Herrick gegangen war, fragte Adam unverblümt: »Stimmt etwas nicht zwischen dir und Kapitän Herrick, Onkel?«

Bolitho legte ihm die Hand auf den Arm. »Nichts kann unsere

Freundschaft trüben, Adam.«
»Das freut mich«, sagte Pascoe erleichtert.
Bolitho griff nach der Karaffe. »Und jetzt erzähl mir, was du inzwischen gemacht hast.«

II Ein bescheidener Anfang

Ruhelos die ihm noch ungewohnten Möbelstücke betastend, wanderte Bolitho in der Kajüte umher. Um ihn und über ihm knarrten und stöhnten die siebzehnhundert Tonnen Planken und Spieren, Kanonen und Menschen unter dem Druck des auffrischenden Nordwestwindes.

Widerstrebend versagte er es sich, mit einem Blick aus dem Fenster zu kontrollieren, wie weit die anderen Schiffe des Geschwaders mit den Vorbereitungen zum Ankerlichten waren. Er hörte ab und zu einen Ruf, dem das Trappeln nackter Füße folgte – Matrosen rannten hierhin und dorthin, um im letzten Augenblick noch etwas in Ordnung zu bringen. Er konnte sich vorstellen, daß sich Herrick ebenso über jede Verzögerung ärgerte. Dennoch blieb ihm nichts weiter übrig, als ihn auf seinem Achterdeck in Ruhe zu lassen.

Als Kommandant war Bolitho mit Schiffen aller Art und unter den verschiedensten Bedingungen ankerauf gegangen. Von der flinken Schaluppe bis zum turmhohen Dreidecker *Euryalus*, auf dem er Flaggkapitän gewesen war, hatte er auf jedem Schiffstyp die spannungsgeladenen Minuten vor dem Loskommen des Ankers durchlebt.

Für Herrick mußte es ebenso schlimm sein, wenn nicht noch schlimmer. Wenn der Kommandant auf dem Achterdeck stand, hoch über dem ganzen Getriebe, vor jeder Kritik durch seine Autorität und seine glänzenden Epauletten geschützt, mochte ein unbeteiligter Zuschauer irrtümlicherweise glauben, er stünde über allen menschlichen Ängsten und Gefühlen.

So war es Bolitho als Midshipman vorgekommen, auch noch als jungem Leutnant: Ein Kommandant mußte ein gottähnliches Wesen sein. Er lebte unerreichbar in seiner Heck-Kajüte, und vor seinem Stirnrunzeln zitterte jeder gewöhnliche Offizier oder Matrose.

Aber jetzt wußte Bolitho es besser, genau wie Herrick. Je größer die Verantwortung, um so größer zwar die Ehre. Aber wenn etwas schiefging, dann fiel man um so tiefer, je höher man stand.

Allday kam herein, sich die großen Hände reibend. Auf seinem blauen Jackett glänzten Tropfen von Sprühwasser, und die Erregung leuchtete ihm aus den Augen. Bolitho spürte es auch selbst: Endlich ließen sie das Land hinter sich – wie ein Jäger, der aufbricht, sich mit dem Unbekannten zu messen, weil er muß, der aber nie weiß, ob es nicht das letzte Mal ist.

»Die Mannschaft arbeitet ganz gut, Sir«, grinste der Bootsführer. »Ich war eben oben und habe Ihre Gig kontrolliert. Ganz nette Brise aus Nordwest. Großartig werden wir aussehen, wenn das Geschwader erst vom Felsen klarkommt.«

Nervös fuhr Bolitho zusammen und horchte mit schiefem Kopf: ein Rasseln oben an Deck, etwas schleifte über die Planken, und eine grobe Stimme brüllte: »Beleg die Leine da, du Saukerl!«

Er biß sich auf die Lippen. Da ging doch alles mögliche schief!

Allday musterte ihn nachdenklich. »Captain Herrick kommt schon klar, Sir.«

»Weiß ich.« Bolitho nickte, als wolle er seine Überzeugung besiegeln. »Das weiß ich doch.«

»Auf ihn können Sie sich verlassen.«

Allday nahm den Degen von der Schottwand und wartete darauf, daß Bolitho die Arme hob, damit er ihm das Koppel umschnallen konnte. »Immer noch der alte«, sagte er leise und berührte den abgewetzten Griff. »Wir sind schon einige Meilen zusammen gesegelt.«

»Aye«, stimmte Bolitho ernst zu und ließ die Finger über die Parierstange gleiten. »Ich glaube, der macht's noch länger als wir beide.«

Allday grinste übers ganze Gesicht. »So ist's schon besser, Sir! Jetzt reden Sie wieder, wie es sich für einen Flaggoffizier gehört.«

Lautlos ging die Tür auf, und Herrick, Hut unterm Arm, trat ein. »Geschwader klar zum Ankerlichten, Sir.« Er sprach ganz gelassen. »Alle Anker sind kurzstag gehievt.«

»Danke, Captain Herrick«, antwortete Bolitho in dienstlichem Ton. »Ich komme gleich an Deck.«

Herrick eilte wieder hinaus; man hörte ihn die Leiter zur Kampanje über der Achterkajüte hinaufsteigen. Er mußte den Schiffsverkehr in der Straße von Gibraltar in Betracht ziehen, der jedoch Gott sei Dank spärlich war; auch die Windstärke und die nahen Untiefen. Herrick mußte sich auch darüber klar sein, daß er an diesem Vormittag noch von anderen Augen als von Bolithos beobachtet wurde. Die Kommandanten, die am Vorabend beim Dinner so gelöst und kameradschaftlich getan hatten, würden seine Seemannschaft, den Ausbildungsstand der *Lysander*, die Schnelligkeit ihres Auslaufens sehr kritisch beurteilen. Auch auf den zur Garnison gehörigen Schiffen, sogar von der Festung im feindlichen Algeciras aus würden Teleskope auf die *Lysander* gerichtet sein.

»Wir wollen gehen, Allday«, sagte Bolitho gelassen.

Unter dem Skylight blieb Allday stehen und deutete nach oben. »Sehen Sie mal, Sir.«

Bolitho starrte hinauf in das schwarze Gewirr der Wanten, auf den himmelhohen Großmast dahinter, in dessen Topp der Kommodorestander peitschend auswehte.

»Ja, ich sehe ihn.«

Allday musterte Bolitho ernst und eingehend. »Der gehört Ihnen von *rechtswegen*, Sir. Mancher, der ihn dieser Tage sieht, möchte ihn runterholen, wenn er könnte. Aber solange er weht, werden sie Ihnen gehorchen. Also machen Sie sich keine Sorgen, überlassen Sie die anderen. Sie haben Besseres zu tun.«

Bolitho sah Allday überrascht an. »Admiral Beauchamp hat mir etwa dasselbe gesagt, wenn auch nicht mit den gleichen Worten.« Er schlug Allday auf den Arm. »Danke.«

Als er unter der Kampanje heraustrat und am großen Doppelrad vorbeikam, war er sich durchaus darüber klar, daß ihn alle in Sichtweite genau beobachteten. Draußen, vom Achterdeck aus, wo der Wind Gischtfetzen über Netze und Laufbrücken wehte, sah er, daß sich die Matrosen bereits an den Brassen und Fallen drängten; dahinter standen die Marine-Infanteristen in ihren scharlachroten Röcken, um die Matrosen zu unterstützen, wenn es so weit war.

»Achterdeck – Achtung!«

Das war Gilchrist, der Erste Offizier, Herricks rechte Hand. Lang und dürr, die Stirn ständig in Falten, sah er aus wie ein mißgelaunter Schulmeister. Hinter ihm standen einige Leutnants, der Midshipman der Wache und allerlei namenloses Schiffsvolk.

Bolitho tippte grüßend an seinen Hut, was dem Achterdeck im allgemeinen galt, und verglich, eigentlich gegen seine Absicht, das, was er sah, mit dem, was ihm als Kommandant selbst vertraut und lieb geworden war. Er hätte sich so schnell wie möglich Gesicht und Namen jedes einzelnen Offiziers eingeprägt und sich diesen Ersten Offizier besonders genau angesehen. Er warf einen raschen Blick auf Herricks untersetzte Gestalt an der Reling – ob auch er wohl jetzt Vergleiche anstellte?

Dicht neben sich hörte er eine rauhe Stimme: »Wunderschöner Tag, Sir, wenn ich mir die Bermerkung erlauben darf.«

Bolitho fuhr herum und sah einen mächtigen, rotgesichtigen Mann von, wie ihm schien, dreifacher Raumbeanspruchung, nicht so sehr in der Höhe wie in der Breite. Die dicken Beine gespreizt, um eine plötzliche Bö abzufangen, stand er da und starrte Bolitho aus schwerlidrigen, melancholischen Augen mit unverhohlener Neugier an. »Mein Name ist Grubb, Sir. Ich bin der Master*.«

»Danke, Mr. Grubb«, lächelte Bolitho. Das hätte er sich denken können. Über Ben Grubb, den Master der *Lysander* bei St. Vincent, existierten bereits viele Legenden. Er hatte, so wurde erzählt, persönlich die Querflöte geblasen, als der Vierundsiebziger die Feindformation durchbrach und alle Trommeljungen der Marine-Infanterie von Schrapnellgeschossen niedergemäht worden waren.

Diesem mächtigen, unordentlich gekleideten Mann war das schon zuzutrauen, fand Bolitho. Eine merkwürdige Mischung. So wie das Gesicht war der ganze Mann: offenbar von schweren Stürmen gezeichnet; und ein schwerer Trinker war er auch, das sah man ihm an. Von jetzt an würde Grubb einer der wichtigsten Männer im Geschwader sein.

Grubb zog eine apfelgroße Taschenuhr, sah nach der Zeit und sagte: »Ungefähr jetzt, würde ich meinen, Sir.«

Bolitho nickte und drehte sich nach Herrick um. Pascoe stand mit einem Midshipman und den Signalgasten in der Nähe, ein Deckoffizier kritzelte etwas auf seine Tafel.

»Also bitte, Captain. Wir wollen auslaufen.«

Absichtlich langsam schritt Bolitho über das unaufgeklarte Deck und versuchte, nicht auf die vielen Blöcke und Taljen hinunterzublicken, an denen die Achterdeckwache seit Morgengrauen gearbeitet hatte. Das wäre ein schöner Anblick für die Crew der *Lysander*, wenn er mit dem Fuß hängenbliebe und der Länge nach auf die Planken fiele! Seltsamerweise wurde er gerade bei dieser gräßlichen Vorstellung ruhiger und konnte sich auf die anderen Schiffe konzentrieren, auf denen nacheinander die Bestätigungen für Herricks Signal *Anker auf* hochgingen.

»Von allen bestätigt, Sir!« hörte er den Midshipman rufen.

Und dann ertönte Pascoes vor verhaltener Erregung zitternde Stimme: »Achterdeck – klar zum Manöver!«

Gilchrist rannte polternd über die Planken, und selbst noch durch die Sprechtrompete klang seine Stimme mißbilligend: »Mr. Yeo! Mehr Leute ans Gangspill! Verdammte Bummelei!«

Bolitho wandte sich nicht um. Yeo war der Bootsmann, er würde ihn schon noch kennenlernen. Drüben rollte die kleine *Harebell* wie

* auch Segelmeister genannt; etwa einem Navigationsoffizier vergleichbar. Einer der wichtigsten Männer an Bord, obwohl nur im Deckoffiziersrang.

betrunken, die Rahen voll geschäftiger Matrosen. Ihr Ankertau stand auf und nieder; er glaubte, Inchs vogelscheuchenähnliche Gestalt an der Achterdeckreling zu erkennen, wie er über die Reede deutete, die mit ihren zahllosen weißmützigen Wellen aussah wie ein Miniaturozean.

Bolitho nahm dem Midshipman der Wache das Teleskop aus der Hand, stellte es auf den anderen Zweidecker ein und fragte dabei: »Und wie heißen Sie?«

Der Midshipman starrte ihn perplex an. »Saxby, Sir.«

Auf den Decksgängen der *Nicator* rannten jetzt die Matrosen eilig nach achtern. Saxby war etwa dreizehn und hatte ein rundes, unschuldiges Gesicht. Sein sonst recht nettes Aussehen wurde beeinträchtigt, wenn er den Mund aufmachte, denn ihm fehlten zwei Vorderzähne.

Bolitho fixierte das Glas und versuchte, nicht auf Gilchrists blecherne Stimme zu achten. Es dauerte alles viel zu lange. Vorsicht – schön und gut, aber das hier war ein ängstliches Kriechen.

»Das geht zu langsam, Captain Herrick!« sagte er scharf.

»Sir?« Herrick hatte anscheinend nicht aufgepaßt.

»Setzen Sie Dringlichkeitssignal, bitte!« Es war ihm unangenehm, aber hier stand mehr auf dem Spiel als privates Gefühl.

Er hörte laute Befehle, die verwischten Rufe der Toppsgasten, die sich auf den Fußpferden der vibrierenden Rahen hinausarbeiteten.

Und dann wurde das alte Signal mit einem Ruck niedergeholt, und vom Vorschiff kam der Ruf: »Anker ist los!«

Schwer legte sich die *Lysander* auf die Seite, der Anker kam aus dem Wasser, der Wind füllte bereits die Marssegel; langsam drehte sie durch die kabbelige See.

»An die Brassen!«

Nackte Füße schlidderten über die nassen Planken; vom Ankerspill rannten Männer herbei.

Eins nach dem anderen, wie mächtige Tiere, gingen die drei Linienschiffe vor den Wind; weiter draußen setzten die Fregatte *Buzzard* und Inchs Schaluppe bereits mehr Segel, um sich von den großen Schiffen freizuhalten.

Ein »Starter«, der kurze Tampen eines Maaten, klatschte auf einen nackten Rücken, und der Mann schrie auf.

Hoch über Deck wetteiferten die Toppsgasten miteinander, um die anderen Schiffe des Geschwaders zu übertreffen. »Setzen Sie die Breitfock, Mr. Gilchrist!« befahl Herrick. »Und sagen Sie diesem Bootsmannsmaaten, er soll sparsamer mit seinem Tampen umgehen!«

Bolitho ging auf die andere Seite, wo soeben die *Osiris* das Kielwasser der *Nicator* kreuzte. Sie bot einen schönen Anblick mit ihren steif und voll stehenden Marssegeln, unter denen sie so stark überholte, daß die Bugsee beinahe über die unteren Stückpforten wusch. Fock und Großsegel schlugen einmal und füllten sich dann; hart glänzten sie im Sonnenlicht wie Silber.

»Die *Nicator* fällt zurück«, sagte Bolitho. »Signalisieren Sie ihr, mehr Segel zu setzen!«

Vielleicht hatte Kapitän Probyn so viel zu tun, daß er nicht merkte, wie sein Schiff bereits aus der Formation der Vierundsiebziger ausbrach. Es konnte aber auch sein, daß er testen wollte, ob sein Kommodore ein gutes Auge hatte und schnell in die Schiffsführung eingriff.

»*Nicator* bestätigt, Sir!« rief der Signalgast.

Probyns Leute setzten bereits das Vorbramsegel. Das ging fast zu schnell, fand Bolitho. Probyn hatte ihn also testen wollen.

Grubb sah nach oben in die Takelage, dann auf den Kompaß und nach seinen Rudergasten, ohne daß sich ein Muskel seines Gesichts bewegte. Nur die Augen huschten auf und nieder, nach vorn und nach achtern, wie zwei Leuchtfeuer auf einer verwitterten roten Steilküste.

Nach einer knappen Stunde war das Geschwader klar von den Ansteuerungstonnen, und die drei Linienschiffe boten unter etwas reduzierter Leinwand einen stolzen Anblick, als sie von Land wegstrebten. In Lee kreuzten *Buzzard* und *Harebell* hastig unter vollen Segeln, deren bleiche Pyramiden bereits im Dunst verschwammen, um ihre Stationen weit vor dem Geschwader einzunehmen.

»Also gut, Mr. Grubb«, rief Herrick, »Kurs Ostsüdost.« Dann kam er zu den Netzen hinüber, wo Bolitho stand, einen Fuß auf die Lafette eines Achterdeck-Neunpfünders gestützt.

Leise lächelnd blickte Bolitho ihm entgegen. »Na, Thomas, wie fühlen Sie sich?«

Die Falten in Herricks Gesicht glätteten sich etwas. Als ob eine Wolke abzieht, dachte Bolitho.

»Besser, Sir«, antwortete Herrick und atmete tief aus. »Ein ganzes Ende besser!«

Bolitho beschattete die Augen mit der Hand und sah zum Land hinüber. Wahrscheinlich ritten schon in dieser Minute Kuriere in gestrecktem Galopp über die Küstenstraßen. Aber es hätte keinen Sinn gehabt, wie Strauchdiebe im Schutz der Dunkelheit durch die Straße von Gibraltar zu schleichen. Zwar hatte er seine Befehle, doch der Earl of St. Vincent hatte ihm auch klargemacht, daß es seine Sache war, wie er sie interpretierte und ausführte. Es konnte gar nichts schaden, wenn der Feind wußte, daß wieder ein starker britischer Verband ins Mittelmeer segelte. Bolitho blickte zum Großmasttopp hinauf, zu dem langen, gespaltenen Wimpel, der jetzt steif wie ein Brett im steten Wind stand. *Seine* Flagge. Dann ließ er den Blick über das von Menschen wimmelnde Deck schweifen, über die emsigen Matrosen, die in großen Duchten aufgeschossenen Taue, die dem Binnenländer wie ein hoffnungsloses Gewirr vorkommen mußten. Und dann weiter vor zum Klüverbaum, unter dem er gerade noch eine der breiten Schultern des spartanischen Heerführers sehen konnte. Inchs Schaluppe, ihre ganze Vorhut, war nur noch ein weißes Federchen an der dunstigen Kimm. Bolitho lächelte in sich hinein. Genauso hatte auch er damals mit seinem ersten Schiff operiert, in der Chesapeake Bay. Doch nun: ein anderes Schiff – ein anderer Krieg.*

»Irgendwelche Instruktionen, Sir?« fragte Herrick. Drüben an der Leereling stand Pascoe, eine Hand in die Hüfte gestützt, und sah zu ihnen herüber.

»Es ist Ihr Schiff, Thomas. Was haben Sie vor?«

Herrick versuchte, sich etwas zu lockern. »Ich würde gern Geschützexerzieren ansetzen. Mit der Segelausbildung bin ich soweit zufrieden.«

»Also bitte«, lächelte Bolitho. Da sich Gilchrist in der Nähe herumdrückte, sagte er abschließend: »Ich bin in meiner Kajüte.«

Unterwegs, beim Kompaß, hörte er Gilchrists kalte Meldung an den Kommandanten: »Zwei Mann zur Bestrafung, Sir. Nachlässigkeit im Dienst und Frechheit gegenüber einem Bootsmannsmaaten.«

Bolitho hielt inne. Eine Auspeitschung schon zu Beginn der Reise – das wäre auch unter normalen Umständen ein schlechter Anfang gewesen. Hier bei dem kleinen Geschwader, in feindlichen Gewässern, wo beinahe jedes auftauchende Segel ein Franzose oder Spanier sein mußte, vertrug es sich um so schlechter mit seiner heiklen Mission. Herrick sagte etwas zu Gilchrist, das Bolitho nicht verstand, aber der Leutnant erwiderte rasch: »*Mir* genügt seine Aussage, Sir.«

Bolitho schritt nach achtern unter die dicken Decksbalken. Er *durfte* sich nicht einmischen.

* siehe Kent: Zerfetzte Flaggen (Ullstein Buch 23192)

Am Abend des zweiten Tages auf See gab es nach dem zunächst schnellen Start zur Reise in den Golfe du Lyon einen Rückschlag. Unberechenbar wie immer, flaute der Wind zu einer schwachen Brise ab, so daß die *Lysander* auch unter Vollzeug nur knapp drei Knoten schaffte.

Das Geschwader segelte nicht mehr in seiner ursprünglichen Formation, sondern war zerstreut; und alle drei Zweidecker schlichen über ihrem eigenen Spiegelbild langsam und lustlos dahin.

Bolitho hatte die Fregatte losgeschickt, um weit voraus zu rekognoszieren; nun, bei seinem ruhelosen Auf- und Abgehen auf der Kampanje, war er froh, daß er wenigstens diese kleine Vorsichtsmaßnahme ergriffen hatte. Der Kommandant, Kapitän Javal, würde so den Landwind hoffentlich mit einigem Erfolg ausnutzen können. Trotz seiner Ungeduld mußte Bolitho lächeln. Er selbst und auch Farquhar waren im Herzen immer noch Fregattenkapitäne; der Gedanke an Javals Unabhängigkeit, das Operieren außer Reichweite jedes Signals, mußte den Neid eines Kommandanten erregen, der an einen gewichtigen Vierundsiebziger gebunden war.

Er hörte, daß Herrick mit seinem Ersten sprach, und dabei fiel ihm die Auspeitschung des Vortags wieder ein. Das wohlbekannte, gräßliche Ritual der körperlichen Züchtigung hatte bei der versammelten Mannschaft keine sonderliche Aufregung verursacht. Doch als Bolitho auf der Kampanje dem Verlesen der Kriegsartikel durch Herrick beiwohnte, hatte er so etwas wie Triumph auf Gilchrists schmalem Gesicht beobachtet. Er hatte eigentlich erwartet, daß Herrick Gilchrist beiseite nahm und ihn auf die Gefahren überflüssiger Bestrafungen hinwies. Gedankenlose Härte konnte Folgen haben, die schlimmer waren als eine unabsichtliche Disziplinlosigkeit. Die Meutereien vor Spithead und bei der Themseflotte hätten eigentlich genügend Warnung sogar für einen Blinden sein sollen. Doch als Bolitho auf das Achterdeck hinuntersah, konnte er an der Unterhaltung der beiden nichts ablesen. Sie sprachen ganz normal miteinander; dann tippte Gilchrist an den Hut und ging weiter nach Luv. Er hatte einen merkwürdig hüpfenden Gang, bei dem seine Sohlen laut auf die Planken schlugen.

Nach kurzer Überlegung stieg Bolitho leichtfüßig die Stufen hinunter und trat neben Herrick an die Luvnetze. »Ein Schnekkentempo«, sagte er. »Der Himmel möge uns den Wind wiederfinden lassen.«

Herrick sah ihn mißtrauisch an. »Unser Unterwasserschiff ist sauber, Sir. Und ich habe jedes Segel persönlich kontrolliert – wir könnten auch beim besten Willen nicht einen halben Knoten mehr machen.«

Überrascht von seinem vorwurfsvollen Ton, wandte Bolitho sich um. »Das sollte keine Kritik sein, Thomas. Ich weiß, ein Kommandant kann allerhand, aber den Elementen befehlen kann er nicht.«

Herrick lächelte gezwungen. »Entschuldigung, Sir. Aber mich bedrückt das ziemlich. Von uns wird so viel erwartet. Wenn es schiefgeht, ehe wir richtig angefangen haben . . .« Er zuckte hilflos die Achseln. »Die ganze Flotte müßte vielleicht darunter leiden.«

Bolitho stieg auf einen Poller und hielt sich an den Netzen, während er nach achtern zur *Nicator* spähte, die lethargisch auf dem gleichen Bug lag. Ihre Marssegel waren kaum gefüllt, und ihr Masttoppwimpel hob sich nur gelegentlich in den leeren Himmel.

Von Land war nichts zu sehen, obwohl der Ausguck, der winzig wie ein Äffchen turmhoch über Deck hockte, es als purpurnen Dunststreifen erkennen mußte: die Südküste von Spanien. Bolitho schauerte trotz der feuchten Hitze, als er daran dachte, daß er diese Strecke schon einmal gesegelt war. Übrigens – warum stellte sich Herrick so an? Es sah ihm gar nicht ähnlich, über das »Vielleicht« nachzugrübeln. Wieder kamen Bolitho bohrende Zweifel. War diese Verantwortung eine zu schwere Bürde für Herrick? Ohne ihn anzusehen, fragte er: »Ihr Erster, Thomas – was wissen Sie von ihm?«

»Mr. Gilchrist?« erwiderte Herrick zurückhaltend. »Sehr tüchtig im Dienst. Bei St. Vincent war er Zweiter auf der *Lysander.*«

Bolitho biß sich auf die Lippe. Es ärgerte ihn, daß er bereits am zweiten Tag auf See den Mund nicht mehr halten konnte. Mehr noch: er war verletzt und wußte selbst nicht, warum. Thomas Herrick war sein Freund, und in all den Jahren, in denen sie Schulter an Schulter gegen den Tod gekämpft, Fieber und Durst gelitten, Angst und Verzweiflung durchgemacht hatten, wäre eine solche Kluft zwischen ihnen unvorstellbar gewesen.

»Ich habe nicht nach seiner Führung gefragt«, entgegnete er schroffer als beabsichtigt. »Ich will etwas über den *Menschen* Gilchrist wissen.«

»Kann nicht klagen, Sir. Er ist ein guter Seemann.«

»Und das genügt?«

»Es muß mir genügen, Sir. Sonst weiß ich nichts über ihn«, antwortete Herrick gepreßt.

Bolitho trat vom Poller herunter und zog seine Uhr. »Aha.«

»Sehen Sie, Sir«, sagte Herrick mit einer unsicheren Handbewegung, »die Dinge ändern sich eben. Ich fühle eine solche Distanz zu meinem Schiff und meinen Leuten, als lebte ich auf einer Insel.

Immer wenn ich versuche, alles so zu machen wie früher, kommen mir Geschwaderangelegenheiten dazwischen. Meine Offiziere sind fast alle junge Leute; manche haben noch nie einen ernstgemeinten Kanonenschuß gehört. Pascoe, der jüngste Leutnant an Bord, hat mehr Gefechtserfahrung als alle anderen zusammen.« Herrick sprach jetzt rasch, die Worte flossen unaufhaltsam. »Ich habe ausgezeichnete Deckoffiziere, zum Teil die besten, mit denen ich je gesegelt bin. Aber Sie wissen selbst, wie das ist, Sir: die Befehle müssen vom Achterdeck kommen.«

Bolitho durfte sich nichts anmerken lassen. Wie gern hätte er Herrick beiseite genommen, mit in seine Kajüte, aus dem Bannkreis der neugierigen Augen, ihm gesagt, wie gut er ihn verstand. Aber dann wäre alles genauso geworden wie früher: Bolitho hätte sich wieder mit dem Schiffsalltag und den gedrängt vollen unteren Decks befaßt, und Herrick hätte nur darauf gewartet, seine Gedanken in Handlungen umzusetzen: ganz der ausgezeichnete Untergebene, der er immer gewesen war.

»Ja«, sagte Bolitho endlich, »so *muß* es auch sein. Das Schiff verläßt sich auf seinen Kommandanten. Und ich auch.«

Herrick seufzte. »Ich mußte das einmal ansprechen.«

»Ich habe Ihre Ernennung zu meinem Flaggkapitän nicht aus alter Freundschaft befürwortet, sondern weil ich glaubte, daß Sie der richtige Mann sind.« Bolitho sah, daß seine Worte Herrick wie ein Schlag ins Gesicht trafen, und fuhr fort: »Und dieser Meinung bin ich immer noch.«

Aus dem Augenwinkel sah er die massige Gestalt des Masters die beflissenen Midshipmen mit ihren Sextanten für das tägliche Ritual der Standortbestimmung um sich versammeln. An der Reling stand Leutnant Fitz-Clarence, Offizier der Wache, und tat ziemlich überzeugend so, als beobachte er aufmerksam die im Großmast arbeitenden Matrosen; doch verrieten seine angespannten Schultern, daß er versuchte, der Unterhaltung seiner Vorgesetzten zu lauschen.

»Also wollen wir nicht mehr so düster in die Zukunft sehen, ja? Wenn wir erst Feindberührung bekommen, haben wir Sorgen genug. Daran hat sich bestimmt nichts geändert.«

Herrick trat einen Schritt zurück. »Aye, Sir.« Sein Gesicht war grimmig. »Tut mir leid, wenn ich Sie enttäuschte.« Er sah Bolitho nach, der sich zur Kampanjeleiter gewandt hatte, und schloß: »Es wird nicht wieder vorkommen.«

Bolitho schritt zur Heckreling und packte verzweifelt das vergoldete Schnitzwerk. Er konnte versuchen, was er wollte, sie fanden nicht mehr zueinander; die Kluft zwischen ihnen war nicht zu überbrücken.

»An Deck!« hallte der heisere Ruf des Ausgucks, und Bolitho fuhr herum. »Die *Harebell* signalisiert!«

Bolitho wartete ungeduldig, bis Mr. Fitz-Clarence, Zweiter Offizier der *Lysander*, aus tiefem Sinnen erwachte und rief: »Mr. Faulkner! In die Wanten mit Ihrem Teleskop! Ich will wissen, was sie meldet, und zwar gleich!«

Der Midshipman der Wache, der eben noch bei den Netzen gedöst hatte, froh darüber, daß *er* sich Mr. Grubbs tiefschürfende Ausführungen über Navigation nicht mitanhören mußte, rannte zu den Leewanten und enterte rasch zum Großmast auf.

Fitz-Clarence sah ihm nach, Hände in die Hüften gestemmt, als erwarte er jeden Moment, daß der Junge abrutschte und fiel. Anscheinend hatte er eine Vorliebe für eindrucksvolle Posen. Er war ein eifriger, schneidiger Offizier, und was ihm an Körpergröße fehlte, pflegte er durch ständige Betonung seiner Autorität zu ersetzen.

Herrick stand dicht neben ihm, die Hände auf dem Rücken. Bolitho bemerkte, daß er sie nicht stillhalten konnte, was seine äußerliche Ruhe Lügen strafte.

Endlich kam die schrille Knabenstimme von oben: »*Harebell* an Flagschiff, Sir: *Buzzard* im Nordosten gesichtet!«

Bolitho stieß die Hände in die Taschen und griff nach seiner Uhr, um seine plötzliche Erregung zu beherrschen. Kapitän Javal war also auf Gegenkurs gegangen und kam zum Geschwader zurück. Folglich hatte er entweder feindliche Kräfte gesichtet, die für ihn zu stark waren; oder er wollte seinem Kommodore melden, daß der Gegner bereits hinter ihm hersegelte.

Bolitho sah Herrick zur Leiter eilen, und im nächsten Moment stand er neben ihm an der Reling.

»Signal an Geschwader«, sagte Bolitho. »›Zum Flaggschiff aufschließen!‹ Und wir kürzen Segel, damit sie es leichter haben.«

Herrick starrte mit seinen klaren blauen Augen nach achtern über die glitzernde See. »Die *Osiris* kommt bereits auf. Kapitän Farquhar muß Augen haben wie ein Luchs.« Das klang so bitter, daß Bolitho ihn überrascht und wortlos von der Seite ansah. Er wußte, was Herrick dachte, so genau, als hätte er es herausgeschrien: Wäre Farquhar Bolithos Flaggkapitän gewesen, so hätte es keine Verzögerung gegeben. *Ihm* hätte der Kommodore nicht erst sagen müssen, was sich von selbst verstand.

Herrick faßte an den Hut und ging wieder zur Leiter. Doch Gilchrist war bereits auf dem Achterdeck, Sprechtrompete in der Hand, und blaffte: »Bootsmannsmaat! Pfeifen Sie ›Alle Mann zum Segelkürzen!‹ Den letzten, der oben ist, schreiben Sie auf!«

Dann wandte er sich zu Herrick um. »Lagebesprechung, Sir?« Es klang irgendwie herausfordernd.

Herrick nickte. »Aye, Mr. Gilchrist.« Und nach kurzem Zögern: »Geben Sie Signal: ›Kommandanten an Bord‹!«

Bolitho wandte den Blick ab. Herrick hätte Gilchrist zurechtstauchen sollen, um ihm seine Arroganz ein für allemal auszutreiben.

Eilig rannten die Matrosen von ihren Arbeiten an und unter Deck herbei und sahen sich kaum an, während sie auf ihre Stationen rannten. Bolitho sah Pascoe, der sich im Laufen den Rock zuknöpfte, aufs Achterdeck eilen und vor Gilchrist den Hut lüften. Dieser wies ihn an: »Seien Sie schärfer zu Ihren Leuten, Mr. Pascoe!«

Pascoe sah ihn fragend an, seine Augen glitzerten im Sonnenlicht. Schließlich nickte er. »Jawohl, Mr. Gilchrist, das will ich sein.«

»Das bitte ich mir auch aus, zum Donnerwetter!« sagte Gilchrist so laut, daß mehrere Matrosen stehenblieben und hinaufschauten. »Auf meinem Schiff gibt es keine Günstlinge!«

Pascoe blickte kurz zur Kampanje hinauf, wo Bolitho noch stand, und drehte sich dann auf dem Absatz um; seine Leute scharten sich um Pascoe wie ein Schutzwall. Bolitho sah sich nach Herrick um, doch der stand an der Luvseite, weit entfernt von allem.

Es dauerte eine Weile, bis die Spannung aus Bolitho wich. Gilchrist zeigte seine Absichten offen, aber zu früh. Er hatte seine Erwartung klar zum Ausdruck gebracht, daß der Kommodore die Autorität eines vorgesetzten Offiziers auch gegen den eigenen Neffen unterstützte. Gilchrist war ein bemerkenswerter Mann. In ihm steckte viel mehr, als der arglose Herrick sich träumen ließ. Normalerweise hätte kein Leutnant es gewagt, mit seinem Kommandanten, den er erst kurze Zeit kannte, so zu sprechen, wie Gilchrist vorhin. Und keine noch so wichtige private Beziehung konnte einen Leutnant vor einem Flaggoffizier retten, selbst vor einem Kommodore nicht, wenn der sich entschloß, in eigener Sache aufzutrumpfen. Bolitho war noch nie mit Gilchrist gefahren. Der Erste Offizier der *Lysander* wußte andererseits eine ganze Menge über seinen Kommodore. Offenbar auch genug, um davon überzeugt zu sein, daß Bolitho nie einen Verwandten oder persönlichen Freund begünstigen würde. Doch warum ließ er sich das alles anmerken?

Bolitho schritt zur anderen Seite des Decks und spürte eine Hitzewelle im Gesicht, als das Großsegel aufgegeit wurde und die

Sonne sich wie eine erstickende Faust auf die Decksplanken senkte.

Was gab Gilchrist so viel Selbstvertrauen? Er schaute nach den beiden anderen Zweideckern aus, die in ungerader Formation, aber unaufhaltsam aufschlossen. Farquhar vielleicht? War der so wild auf die Beförderung zum Flaggkapitän, daß er sich einen Verbündeten gewonnen hatte? Farquhar besaß bestimmt Verbindungen und auch Geld genug, um einen Mann in Versuchung zu führen. Oder war es Probyn? Unwahrscheinlich. Danach sah Probyn nicht aus. Der konnte von Glück sagen, daß er überhaupt ein Schiff in diesem Geschwader bekommen hatte, und würde sich schwer hüten, mit einer Intrige seinen guten Namen zu riskieren. Herrick? Ausgeschlossen.

Allday erschien auf der Kampanje und tippte grüßend mit den Handknöcheln an die Stirn. »Es dauert mindestens noch eine Stunde, bis *Buzzard* beim Geschwader ist, Sir.« Bedeutsam blickte er zum offenen Skylight. »Ihr Steward hat Wein in der Bilge kalt gestellt.«

Bolitho hörte ihn kaum. »Hoffentlich bringt Javal gute Nachrichten.«

Allday musterte ihn betroffen. Es sah dem Kommodore gar nicht ähnlich, seine Gedanken so offen auszusprechen; also mußte er Sorgen haben. Der Grund dafür konnte Alldays Überzeugung nach keinesfalls beim Geschwader liegen, denn in seinen Augen war Bolitho beinahe allmächtig. Auch an dieser schwarzhäutigen Catherine Pareja in London konnte es nicht liegen. Es hatte zwar allerhand Gerede gegeben, aber das war vermutlich nur blasser Neid. Sie war ja weiß Gott ein gutaussehende Frau und kümmerte sich einen Schmarren um das Gerede der Leute. Und eins stand fest: daß Bolitho seine letzte Verwundung überstanden hatte, war ihr Verdienst. Doch diese Affäre war aus und vorbei. Die beiden würden sich kaum wiedersehen.

Also woran lag es sonst? An Leutnant Pascoe? Allday grinste. Ein munterer junger Teufel. Seinem Onkel sehr ähnlich und auch manchem der Porträts, die Allday in dem alten Hause in Falmouth gesehen hatte.

Er fuhr zusammen, denn Bolitho sagte scharf: »Der Wein wird kochend heiß sein, bis Sie sich entschlossen haben, den Niedergang freizugeben!«

Etwas erleichtert trat Allday beiseite. Er wartete, bis er durch das offene Skylight hörte, wie Bolitho mit Ozzard, dem Kajütsteward, sprach, und schlenderte zum Achterdeck, wo die Wache nach dem Segeltrimmen dabei war, die Fallen und Brassen zu belegen.

Pascoe sah auf, als Allday vorbeiging. »Sie machen ja ein Gesicht wie ein Hund mit zwei Schwänzen.«

»Aber, Mr. Pascoe«, grinste Allday, »das ist unfair von Ihnen, daß Sie sich über einen armen Seeman amüsieren.«

Pascoe schüttelte den Kopf. »Über Sie amüsieren? An dem Tag, wenn das einer schafft, wird Bonaparte König von England!«

Gilchrists Schatten fiel zwischen sie. »Ich glaube, Mr. Pascoe«, sagte er von oben herab, »Sie haben Extradienst vom Kommandanten?«

»Jawohl, Sir.« Pascoes Gesicht blieb vollkommen ausdruckslos.

»Dann sein Sie so gut und machen Sie Ihren Dienst, *Mr.* Pascoe«, sagte Gilchrist mit einem Blick auf Allday, »und vergeuden Sie nicht Ihre Zeit mit dem Bootsführer des Kommodore.« Er tippte mit dem Fuß aufs Deck. »Ein guter Seemann, zweifelsohne, aber kaum der richtige Umgang für einen Offizier des Königs, eh?«

Allday bemerkte den plötzlich in den Augen Pascoes aufblitzenden Zorn und sagte hastig: »Meine Schuld, Sir.«

Gilchrist verzog ein wenig den Mund. »In der Tat. Ich kann mich nicht erinnern, einen gewöhnlichen Matrosen um seine Meinung gebeten zu haben. Ich bin nicht gewohnt, meine Zeit zu verschwenden an –«

Sie fuhren herum, denn Bolitho stand neben dem Steuerrad.

»In diesem Falle, Mr. Gilchrist«, sagte er schroff, »wäre ich Ihnen verbunden, wenn Sie einen Blick auf die Luvbrassen werfen würden, statt Ihre Zeit mit eitlem Geschwätz zu – wie sagten Sie doch? – zu verschwenden!«

Gilchrist schnappte nach Luft wie ein Fisch an Land. »Sofort, Sir«, sagte er schließlich.

Herrick erschien an der Reling. »Ist etwas nicht in Ordnung, Sir?«

Böse sah Bolitho an ihnen vorbei. »Sehr richtig, Captain. Etwas ist sogar ganz erheblich in Unordnung. Und wenn ich erst herausbekommen habe, was, dann wird es mir eine Freude sein, es Sie wissen zu lassen. Sie *alle*!« schloß er mit einem wütenden Blick auf Gilchrist.

»Zeigen Sie es mir noch mal auf der Karte!«

Javal beugte sich über das Blatt, Bolitho stand neben ihm, stumm warteten die anderen Kommandanten und glichen mit den Knien die Bewegungen der *Lysander* aus, die beigedreht in den Wellen dümpelte.

»Habe sie im ersten Frühlicht gesichtet, Sir«, erläuterte Javal, und seine gebräunten Finger umschlossen die spanische Küstenlinie, als wollte er einfangen, was er gesehen hatte. »Kleines Fahrzeug, ein Schoner höchstwahrscheinlich.« Gelassen blickte er Bolitho an; in seinen fettigen Haaren hingen noch Sprühwassertropfen, denn er hatte sich in höchster Eile zum Flaggschiff rudern lassen. »Ich nehme an, ihr Kapitän hat die *Buzzard* gesichtet und entschieden, daß Vorsicht besser sei als Tapferkeit.«

Farquhar versuchte nicht erst, seine Enttäuschung zu verbergen. »Ein Schoner, sagten Sie? Verdammt, Javal, und wegen so eines Spielzeugs kommen Sie zum Geschwader zurück? Das ist aber übertrieben, finde ich!«

Javal ignorierte ihn und sah Bolitho unverwandt aus dunklen Augen an. »Ich habe gute Männer im Ausguck. Ich belohne sie aus eigener Tasche, wenn sie aufpassen. Das scheint mir nützlicher, als sie wegen Unachtsamkeit auspeitschen zu lassen.« Flogen seine Augen dabei zum Kommandanten der *Osiris*? »Wie manche andere Leute das tun.«

Herrick trat dazwischen, um einen etwa aufflammenden Streit im Keim zu ersticken. »Dann berichten Sie, aber schnell, Javal. Mein Master meint, es wird gleich Wind aufkommen, und ich habe wenig Platz für Passagiere. Und schon gar nicht für Kommandanten unseres Geschwaders.«

Javal zeigte grinsend die Zähne; wie der ganze Mann waren sie dunkel und scharf. »Sie lief vorm Wind und hatte alle Segel gesetzt. Und trotzdem machte sie verdammt wenig Fahrt.« Er sah Bolitho an. »Ist doch seltsam bei einem Mittelmeer-Schoner, würde ich meinen, Sir?«

Bolitho beugte sich über die Karte und dachte über Javals Bericht nach. Da die *Buzzard* und die *Harebell* bisher ständig in Luv des Geschwaders rekognosziert hatten, hätten sie den Schoner kaum übersehen, wenn er sie längs der Küste überholt hatte.

Eben tippte Javals starker Finger auf einen Punkt der Karte. Wie im Selbstgespräch sagte Bolitho: »Sie meinen, daß der Schoner aus Malaga kommt?«

Javal nickte. »Ich bin fast sicher, Sir. Mit Ostkurs. Meiner Meinung nach wird er *hier* vor Anker bleiben –«, er tippte wieder auf die Karte –, »bis es dunkel wird oder er glaubt, freie Bahn zu haben.«

Rasch trat Bolitho an die Heckfenster und sah zu, wie die Bö langsam über das blaue Wasser heranstrich. Grubb hatte recht – der Wind frischte wieder auf.

»Verdammter Schoner!« sagte Probyn mit seiner dumpfen

Stimme. »Er kann alles mögliche sein – oder überhaupt nichts. Farquhar hat recht, es war sinnlos, daß . . .«

Er fuhr herum, denn auf einmal stand Farquhar neben Bolitho, das gutgeschnittene Gesicht voller Eifer.

»Ich glaube, es hat doch einen Sinn.« Forschend sah er Bolitho von der Seite an. »Die Dons* haben doch ein Arsenal in Malaga? Und eine große Kanonengießerei?«

Bolitho lächelte flüchtig. »Ja. Ich kann mich irren, ebenso wie Captain Javals Ausguck: Aber ein Küstenschoner macht rasche Fahrt – es sei denn, er hat sehr schwer geladen.«

Er trat wieder an den Tisch, und die anderen drängten sich um ihn. »Die Dons werden ihren Verbündeten beweisen wollen, daß sie ihnen bei jeder Aktion gegen uns wertvolle Hilfe leisten können. Bonaparte braucht Waffen aller Art; und in den Gewässern um Malaga können nur kleine Schiffe zum Transport dieser Waffen eingesetzt werden.« Er richtete sich auf; die verletzte Schulter schmerzte unter der Uniform wie eine Brandwunde. »Es ist ein bescheidener Anfang, aber er kommt schneller, als ich dachte. Wir werden uns in der Dämmerung der Küste nähern und den Schoner nehmen. Wenn wir Glück haben, bringt uns das wertvolle Informationen ein. Mindestens aber ein weiteres Schiff für das Geschwader.« Er konnte ein Lächeln der Erregung nicht unterdrücken. Die Neuigkeit war wie Medizin. »Hat jemand einen Einwand?«

Probyn schüttelte den Kopf, immer noch verwirrt und nachdenklich über Farquhars Meinungsumschwung.

»Ich weiß, in welcher Bucht er ankert«, sagte Javal nachdenklich. »Wenn es dunkel ist, können wir ihn ohne allzugroße Schwierigkeiten kapern.«

Bolitho spürte, daß sie gespannt auf sein nächstes Wort warteten. »Sie übernehmen das, Captain Javal. Ich lasse der *Harebell* signalisieren, daß sie die Vorhut übernimmt, bis die Sache erledigt ist.« Er sah Herrick an. »Ich werde mit einer Anzahl unserer Leute auf die *Buzzard* umsteigen, sagen wir, mit zwanzig zuverlässigen Matrosen. Keine Seesoldaten – Stiefel und Musketen können wir dabei nicht gebrauchen. Mr. Javal, Sie sind doch damit einverstanden?«

Javal grinste wölfisch. »Aber gern!«

»Und das Geschwader, Sir?« fragte Herrick.

»Ich gebe Ihnen noch detaillierte Anweisungen.« Absichtlich wandte er sich damit nur an Herrick und zeigte damit Probyn und Farquhar, wem sein Vertrauen in erster Linie galt. »Sie können

* Spitzname für die Spanier

morgen näher unter Land gehen, wenn Sie es für richtig halten. Wenn nicht, werden wir einen Treffpunkt festlegen, der in Captain Javals Angriffsplan paßt.«

Mit einem raschen Blick musterte er ihre Gesichter. Farquhar: kalt und ausdruckslos; aber die nervös auf die Tischplatte klopfenden Finger verrieten seine wahren Gefühle. Vermutlich dachte er, daß er den Auftrag besser hätte ausführen können als Javal. Und besser auch als Herrick.

Probyn, auf dessen schwammigem Gesicht der Zweifel stand, beobachtete Javal, als wolle er etwas entdecken. Vielleicht dachte er auch an das Prisengeld für Javal, wenn dieser den Schoner kaperte; passierte ihm dagegen etwas, dann würde sein Anteil dem Geschwader zufallen.

Und Herrick? Dem gelang es nie, seine Bedenken zu verbergen. Sorgenvoll studierte er die Karte, die Brauen so stark zusammengezogen, daß seine Augen beinahe verschwanden; er sah vielleicht das ganze Unternehmen schon in Blut und Unheil enden.

Aber Javal hatte solche Bedenken nicht. »Dann schlage ich vor, wir fangen gleich an, Sir, sonst ist der Vogel ausgeflogen«, sagte er händereibend. Falls es ihm nicht paßt, daß sein Kommodore mitkommt, dachte Bolitho, dann verbirgt er das ausgezeichnet.

»Ja«, antwortete er, »gehen Sie wieder auf Ihre Schiffe, Gentlemen. Mein Flaggkapitän signalisiert Ihnen die endgültigen Befehle.« Er senkte die Stimme. »Eins möchte ich klarstellen: das Geschwader wirkt zusammen. Ich wünsche nicht, daß sich jemand auf tollkühne Einzelaktionen einläßt; aber ich wünsche auch kein Zögern, wenn die Gelegenheit günstig ist.«

Während sie hinauseilten, wies er Herrick eindringlich an: »Geben Sie es durch, Thomas: zwanzig Freiwillige und ein Boot für mein Übersetzen auf die *Buzzard*, so schnell wie möglich. Lassen Sie Allday das machen, wenn Sie wollen.« Er sah auf: Herrick zog immer noch ein verzweifeltes Gesicht. »Nun?«

»Müssen Sie unbedingt mit, Sir? Lassen Sie doch mich die Sache übernehmen.«

Bolitho sah ihn forschend an. Herrick hatte wohl mehr Angst davor, das Geschwader befehligen zu müssen, als vor der Aktion, ja sogar vor der Todesgefahr.

»Nein. Javal ist ein harter Mann. Und zwei Kommandanten auf einem Schiff – das tut nie gut. Unbesorgt, alter Freund, ich habe nicht die Absicht, mich umbringen zu lassen oder in einem spanischen Gefängnis zu verfaulen. Aber wir müssen einen Anfang machen. Müssen unseren Leuten zeigen, daß wir nicht nur den täglichen

Dienstbetrieb, sondern auch einen Sondereinsatz kommandieren können.« Impulsiv faßte er Herricks Arm; der war starr wie ein Teakholzbrett. »Dies gilt für uns beide, das wissen Sie doch auch.«

Herrick seufzte tief auf. »Ich sage mir immer wieder, daß ich mich über Ihre Einfälle nicht wundern darf. Seit ich mich erinnern kann . . .« Er schüttelte den Kopf. »Ich gebe Allday sofort Bescheid.« Er wandte sich rasch um, und seine plötzliche Entschlossenheit wirkte beinahe rührend. »Aber ich werde sehr froh sein, wenn Sie wieder an Bord sind.«

Lächelnd ging Bolitho in seine Schlafkajüte und suchte dort in der großen Seekiste nach seinen Pistolen. Als er vor dem offenen Deckel kniete, holte das Schiff stark über; das scharfe Klappern von Blöcken und Taljen verriet, daß der Wind auffrischte. Er schaute auf und sah sich in dem kleinen Wandspiegel – rebellisch hing die schwarze Haarsträhne übers rechte Auge, wo die alte Narbe war. Und der dumpfe Schmerz in der rechten Schulter wurde auf einmal stechend. Es war tatsächlich, als solle er daran erinnert werden, was im Bruchteil einer Sekunde passieren konnte; an den kleinen Schritt zwischen dem Leben und dem Nichts.

Klirrend trat Allday in die Kajüte nebenan; der Griff des Entersäbels glitzerte unter seinem blauen Jackett. Er nahm bereits Bolithos Degen vom Gestell. »Division angetreten, Sir«, grinste er. »Lauter alte Kämpfer. Hab sie selbst ausgesucht.«

Bolitho ließ sich den Degen umschnallen. »Keine Freiwilligen?« fragte er milde erstaunt.

Allday grinste nur um so breiter. »Aber natürlich, Sir. Hab ihnen nur vorher kurz meinen Standpunkt klargemacht, sozusagen.«

Bolitho schüttelte den Kopf und ging hinaus, ohne sich umzusehen.

Ein Kutter dümpelte bereits unter den Großrüsten, auf seinen Bänken drängten sich die ausgesuchten Matrosen mit ihren Waffen zwischen die Rudergasten.

Bolitho sah sich auf dem Achterdeck um, wo die Männer an den Brassen und oben auf den Rahen Vorbereitungen trafen, um sofort mehr Segel zu setzen, sobald der Kutter zurückkehrte.

Herrick stand bei der Ehrenwache an der Fallreepspforte. Er sah wieder ganz gelassen aus.

Bolitho wollte ihm noch etwas Tröstliches sagen, etwa daß er gut auf die *Lysander* aufpassen solle, bis er wieder zurück sei. Aber die *Lysander* war Herricks Schiff, nicht seins.

Also sagte er nur leichthin: »Bis bald, Captain Herrick.« Dann kletterte er durch die Pforte in das wartende Boot hinunter. Als er in der Plicht saß und wieder bei Atem war, hatte der Kutter schon abgelegt, die Riemen hatten ihren Takt gefunden und zogen gleichmäßig durch die kabbelige See.

Da erst bemerkte Bolitho, daß Pascoe ebenfalls im Boot saß. Seine dunklen Augen blitzten vor Erregung, und er winkte jemandem an Bord zu.

Wütend flüsterte Allday ihm ins Ohr: »Ich wußte, daß Sie ihn zurücklassen wollten, Sir. Hat ja keinen Sinn, alle Eier in *einen* Korb zu tun, sozusagen.« Er wandte sich um, so daß die Rudergasten sein Gesicht nicht sehen konnten. »Aber Mr. Gilchrist hat ihn eingeteilt.«

Bolitho nickte. Wenn er noch irgendwelche Zweifel über Herricks Ersten Offizier gehabt hatte – jetzt nicht mehr. Dadurch, daß er Pascoe zu dieser Aktion einteilte, hatte er zweierlei erreicht. Erstens konnte er behaupten, daß Bolitho seinen Neffen mitgenommen hätte, wäre eine Bevorzugung. Er würde seinen vollen Anteil am Ruhm ernten, wenn alles klappte. Und wenn nicht? Er sah den Jungen an. So aufgeregt war er selbst oft gewesen mit achtzehn Jahren. Wenn es aber nicht klappte, dann würde sich Alldays Kommentar als nur allzu treffend erweisen.

Er starrte über Pascoes Schulter auf die Fregatte, deren Maststengen im Winde kreisten.

»Bei Gott«, sagte Pascoe munter, »so ein Schiff wie die *Buzzard* möchte ich auch kommandieren!« Er sah Bolithos Miene und fügte hinzu: »Eines Tages, meine ich.«

»Wir wollen erst mal diese Sache hier erledigen, Mr. Pascoe«, erwiderte Bolitho; »aber ich kann Ihre Gefühle verstehen.«

Allday betastete seinen Entersäbel und blickte von einem zum anderen. Jetzt mußte er also auf zwei aufpassen. Und wenn einem der beiden etwas zustieß, dann würde er mit diesem verdammten Leutnant Gilchrist abrechnen, ganz egal, was daraus wurde.

Der letzte Matrose war kaum an Bord der *Buzzard*, da schrie Javal auch schon: »Aufentern und Segel setzen! Los, Mr. Mears, wir haben noch eine lange Fahrt vor uns, ehe es Nacht wird!«

Er sah Bolitho an und lüftete den Hut. »Herzlich willkommen an Bord, Sir. Ich fürchte nur, Sie werden mein Quartier ein bißchen eng finden.«

Bolitho erwiderte sein Lächeln und sagte gleichmütig: »Ich habe seinerzeit dreimal solche Schiffe kommandiert, Captain Javal; aber trotzdem vielen Dank für die Erinnerung.«

Pascoe stieß Allday in die Rippen. »Dem hat's mein Onkel aber gegeben, was?« murmelte er.

Allday grinste, auf einmal wieder erleichtert. »Da haben Sie bestimmt recht, Mr. Pascoe!«

III Allein

Unter Marssegeln und Klüver lag die Fregatte *Buzzard* hoch am Wind auf Steuerbordbug; ihre Rahen waren so dichtgeholt, daß es von Deck aussah, als stünden sie mittschiffs.

Bolitho faßte die Finknetze und starrte angestrengt ins Dunkel. Das Tageslicht war so plötzlich erloschen, wie immer in diesen Gewässern; jetzt hörte er, wie der Master und der Erste Offizier die Stellung jedes einzelnen Segels besprachen.

Javal konnte die Navigation anscheinend völlig ihnen überlassen. Sie waren wie er selbst gut ausgebildete, erfahrene und selbständig denkende Seeleute und ausgezeichnet aufeinander eingespielt.

An Javal war kein Falsch und in seiner Kajüte nichts Überflüssiges; für einen erfolgreichen Fregattenkapitän war sie eher spartanisch eingerichtet. Das Mobiliar bestand in der Hauptsache aus schweren Seekisten, die nötigenfalls leicht weggestaut werden konnten.

Javal trat zu Bolitho und kniff die Augen zusammen, weil das Sprühwasser bei jedem Stampfen des Schiffes bis über die Netze hochflog, und sagte: »Die Küste liegt eine Meile Backbord voraus, Sir. Wenn ich die Landzunge schaffen soll, muß ich mich jetzt bald von Land klarhalten oder noch einen Kreuzschlag machen! Ich wollte ja Wind, aber der hier ist zu frisch für meinen Geschmack.« Er zog eine Steingutkruke aus der Rocktasche. »Möchten Sie einen Schluck, Sir? Genever, der wärmt.«

Glas oder Becher gab es nicht, also setzte Bolitho die Flasche an den Mund. Wie Feuer rann der starke Schnaps über die Zunge.

»Hab neulich einem Blockadebrecher im Kanal ein paar Kisten davon abgenommen«, bemerkte Javal beiläufig. »Besser als nichts.« Er fuhr herum und brüllte: »Paßt aufs Ruder auf, verdammt noch mal! Sonst segeln wir uns noch fest!« Aber dann sprach er ganz ruhig weiter: »Ich schlage vor, wir machen jetzt bald Ernst, Sir.«

Bolitho lächelte. Dieser plötzliche Temperamentausbruch zeigte, daß Javal nervöser war, als er glauben machen wollte. Sich einer wenig bekannten Küste im Dunkeln zu nähern, war niemals leicht und nur noch schwerer, wenn man einen Vorgesetzten im Nacken hatte.

»Einverstanden«, entgegnete er.

»Mein Erster Offizier leitet die Aktion. Kutter und Barkasse müßten genügen; aber für den Fall, daß spanische Truppen landeinwärts liegen und alarmiert werden, schlage ich vor, wir setzen ein kleines Kommando unterhalb des Kaps an Land.« Er zögerte. »Unter Ihrem Leutnant vielleicht?«

»Gewiß.« Bolitho blickte über die Reihen der düster anrollenden Seen. »Mr. Pascoe ist noch jung, aber er hat schon allerhand Erfahrung.«

Javal musterte ihn neugierig. »Ich kümmere mich darum.« Er eilte hinweg und gab den bereits versammelten Männern ein paar kurze Befehle. Blöcke quietschen, Boote wurden ausgeschwenkt, alles klappte scheinbar so mühelos wie bei Tageslicht. Bolitho versuchte, nicht auf das Waffenklirren und den Namensaufruf zu hören.

Allday tauchte aus dem Dunkel neben ihm auf. »Das wird ein schwerer Pull bei dem Wind, Sir«, sagte er. Anscheinend spürte er Bolithos Besorgnis. »Kann ich helfen, Sir?«

Javal eilte vorbei. »Beidrehen!« befahl er und gleich darauf: »Mr. Mears! Klar zum Fieren der Boote!«

»Begleiten Sie Mr. Pascoe, Allday«, sagte Bolitho rasch. »Er befehligt die Jolle.«

Allday hatte verstanden, doch er entgegnete zögernd: »Aber, Sir, mein Platz ist doch bei . . .« Dann grinste er. »Nein, Sie haben ganz recht, Sir.«

Weißer Gischt brach sich am Bug. Bolitho hörte Pascoes Stimme: »Melde mich ab, Sir.«

Bolitho trat neben ihn. »Paß auf dich auf, Adam.« Er versuchte, leichthin zu sprechen. »Deine Tante würde es mir nie verzeihen, wenn dir was passiert.«

Pascoe sah sich nach den vorbeieilenden Matrosen um. Bleich schimmerten die karierten Hemden. »Ich *muß* jetzt gehen, Sir.«

Bolitho trat beiseite. »Viel Glück!«

Die Fregatte drehte langsam bei, ihre Segel schlugen unschlüssig; sofort wurden die Boote gefiert, legten ab und pullten zur Küste.

Javal rieb sich die Hände. »Gehen Sie wieder an den Wind und steuern Sie Kurs Südost zu Ost, Mr. Ellis. Und schicken Sie zwei gute Lotgasten in die Rüsten, damit wir uns nicht den Kiel herausreißen!«

Er trat zu Bolitho auf die andere Seite und beobachtete wortlos, bis das Schiff wieder auf Segel und Ruder reagierte. Dann sagte er munter: »Das ist jedesmal das Schlimmste: die Warterei.«

Bolitho nickte und horchte angestrengt auf das Knarren der Riemen. Aber er hörte nichts mehr; es war schon von anderen Geräuschen verschluckt. »Aye«, sagte er. »Ich wäre lieber mitgefahren.«

»Da sei Gott vor«, lachte Javal. »Ich möchte noch manches Jahr in der Flotte dienen und sogar Karriere machen. Aber was hätte ich wohl für Chancen, wenn ich zuließe, daß mein Kommodore draufgeht?« Der Gedanke schien ihn mächtig zu amüsieren.

»Da könnten Sie recht haben«, entgegnete Bolitho kurz.

Javal räusperte sich und wurde sachlicher. »Es wird gut vier Stunden dauern, bis wir mehr wissen, Sir. Mein Erster ist ein erfahrener Mann, seit achtzehn Monaten bei mir, und hat schon mehrere Fahrzeuge ohne große Verluste gekapert.«

Bolitho nickte. »Ich werde Ihre Kajüte noch einmal in Anspruch nehmen, wenn ich darf. Ein kurzer Schlaf sollte mich für morgen frischer machen.«

Jetzt dachte Javal wahrscheinlich: So ein Schwindler! Bolitho konnte es beinahe hören. Schlafen? Auf dem Wasser zu wandeln, wäre ihm leichter gefallen.

Javal sah ihm nach, wie er sich zum Niedergang tastete, und zuckte die Schultern. Der Kommodore machte sich wohl Sorgen über die erste Aktion unter seinem Oberbefehl, dachte er. Es kann ihm doch nichts ausmachen, wenn zwei, drei Mann dabei fallen? Er griff nach seiner Steingutkruke und schüttelte sie am Ohr. Mit dem Genever würde die Zeit ein bißchen schneller vergehen.

Bolitho tastete sich zu dem schwach erhellten Kompaß hin und blickte auf die stark schrägliegende Windrose. Der Bug der *Buzzard* zeigte genau nach Nordost. Hilfsbereit sagte der Master: »Entschuldigung, Sir, aber der Wind hat ein oder zwei Strich gedreht. Und geregnet hat's auch.«

Bolitho nickte und schritt weiter, stemmte sich gegen den Druck des feuchten Windes, der schräg von achtern kam. Die Morgendämmerung war nahe, schon konnte er die Neunpfünder auf dem Achterdeck sehen – wie schwarze Balken ragten ihre Rohre unter der Luv-Laufbrücke hervor.

Javal stand an der Achterdecksreling, ohne Hut, sein Haar peitschte im Wind. »Bis jetzt nichts Neues«, sagte er und sah Bolitho kurz und prüfend an. »Gut geschlafen, Sir?«

Bolitho stützte sich auf die Reling und spürte, wie das Schiff unter ihm zitterte gleich einem Tier, das alle seine Kräfte anspannte. Er hätte keine Sekunde länger in der Kajüte bleiben können. Die Zeit war ihm zu einer Ewigkeit geworden und Javals Quartier zu einem feuchten, schwankenden Gefängnis. »Danke, ein bißchen wenigstens«, sagte er.

»An Deck! Land in Luv voraus!«

»Die Lotgasten wieder in die Rüsten, Mr. Ellis!« befahl Javal erregt. »Aber schnell!« Etwas ruhiger erläuterte er dann: »Das wird der eine Landarm der Bucht sein. Wir haben während der Nacht in einem Bogen vor ihm gekreuzt. Weil dieser verdammte Wind immer mehr drehte, dachte ich schon, wir würden auflaufen.«

»Aha«, sagte Bolitho. Er wandte den Kopf ab, damit Javal nicht sah, wie ihm zumute war. Wie war die Aktion gelaufen? Warum war immer noch kein Signal, kein Zeichen des Erfolgs zu sehen?

»Mears hätte wenigstens einen Schuß oder eine Rakete abfeuern können«, bemerkte Javal. Selbst er wurde anscheinend unruhig. »Verdammt, in einer Stunde sind wir von Land aus zu sehen.«

Bolitho hörte nicht hin. Er versuchte sich vorzustellen, was jenseits dieses undeutlichen Schattens lag, den der Ausguck als Land angesprochen hatte. Wenn Leutnant Mears und seine Männer den Schoner nicht gekapert hatten oder aus irgendeinem Grunde gar nicht an ihn herangekommen waren, dann mußten sie wohl oder übel zur *Buzzard* zurückrudern. Bei dem steifen Wind und nach einer ganzen Nacht an den Riemen würden sie Hilfe brauchen, und zwar schnell.

Vom Vorschiff kam der Ruf: »Sieben Faden*!«

»Jesus«, sagte Javal leise.

Besorgt rief der Master herüber: »Es wird hier sehr schnell flach, Sir!«

»Danke, das weiß ich auch«, antwortete Javal böse. »Achten Sie lieber aufs Ruder!«

»Fünf Faden!« sang der Lotgast aus. Es klang wie ein Grabgesang.

»Ich muß nach Steuerbord ausweichen, Sir«, murmelte Javal so widerwillig, als zöge er sich die Worte aus der Kehle.

Bolitho blickte ihn an und wurde dabei gewahr, daß Menschen und Gegenstände an Deck im ersten bleichen Morgenlicht Form und Wirklichkeit gewannen. »Tun Sie, was Sie müssen, Captain Javal«, sagte er knapp und wandte sich um. Er war genau so deprimiert wie der Kommandant.

»Vier Faden!«

Bolitho verkrampfte die Hände auf dem Rücken und schritt nach achtern. Die Fregatte segelte in nur fünfundzwanzig Fuß tiefem Wasser. Jede Minute mußte sie Grundberührung haben. Über seine

* Maß für die Wassertiefe: 1 Faden = 1,829 m

Schulter sah er das Land frech und böse nach dem Bugspriet greifen.

»An die Leebrassen!« Füße trappelten über das Deck.

»Steuerbordruder!« Unter dem Quietschen der Taljen kamen die Rahen langsam und knarrend herum; die *Buzzard* wandte sich wieder der offenen See zu.

»Steuern Sie genau Ost«, sagte Javal rauh. »Und bleiben Sie dabei so dicht unter Land, wie Sie es riskieren können.«

»Zehn Faden!«

Bolitho beobachtete das Land, das jetzt an Backbord vorbeiglitt, und die undeutliche weiße Brandung, wo der Wind die See in Höhlen und kleine Buchten drückte.

»An Deck! Fremdes Segel in Luv voraus! Rundet die Landzunge!«

Javal atmete heftig ein. »Mr. Ellis, Backbordbatterie ausrennen!« Doch gleich darauf rief er scharf: »Befehl belegt!« Sein Gesicht leuchtete hell auf in einem roten Schein, der drüben an Land aufstieg.

»Klar zum Segelbergen!« Und zu Bolitho: »Der Schoner, bei Gott! Mears hat ihn!«

Auch ohne Glas konnte Bolitho das niedrige Fahrzeug ausmachen, das unter seinen breit ausladenden Segeln von Land freikam. Hinterm Heck unterschied er zwei dunkle Schemen: die Boote der *Buzzard*, im Schlepp. Am Vormast dippte eine Laterne zum Zeichen, daß die Eroberung geglückt war. Vielleicht fürchtete Mears, daß er wegen der Verspätung und weil er vorher keine Gelegenheit zum Signalisieren gehabt hatte, mit einer Breitseite statt mit Hurrarufen begrüßt werden könnte.

»Wir gehen auf den anderen Bug«, rief Javal, »mit Kurs Süd zu West, bis wir mehr Raum gewonnen haben.« Er sah zu Bolitho herüber, der bei den Netzen stand. »Sie werden möglichst rasch zum Geschwader zurückwollen, Sir?«

»Ja.«

Bolitho ging den Matrosen aus dem Weg, die zum Schrillen der Bootsmannspfeifen auf Stationen rannten. Es war vorüber, und, soweit er sagen konnte, ohne daß ein Schuß gefallen war. Er merkte, daß er innerlich zitterte, als wäre er dabeigewesen.

Als die *Buzzard* auf ihrem neuen Kurs stark überholte, sah Bolitho den Schoner in ihrem Kielwasser folgen; seine Leereling berührte beinahe die Wasserlinie. Er mußte tatsächlich schwer beladen sein.

»Drehen Sie bei, sobald Sie können, Captain«, befahl er kurz.

»Signalisieren Sie Ihrem Leutnant, er soll auf Rufweite herankommen.«

Javal sah ihn zweifelnd an. »Aye, Sir. Wenn Sie meinen . . .« Doch nach einem raschen Blick in Bolithos Gesicht sagte er nichts weiter.

Langsam trat Bolitho wieder an die Wanten und achtete nicht auf die Vorbereitungen zum Beidrehen. Er hörte nicht einmal das Quietschen der Blöcke, als die Signalflaggen zur Rah stiegen und im Wind auswehten. Er sah nur die Boote im schäumenden Kielwasser des Schoners: Die Jolle war nicht dabei.

Leutnant Mears hatte keine Lust, seine Meldung vom Deck des gekaperten Schoners herüberzubrüllen. Er ließ sich die kurze Strecke bis zu der schwer im starken Seegang rollenden *Buzzard* im Kutter rudern, der jetzt, an den Rüsten der Fregatte festgemacht, wie ein Delphin auf und ab sprang.

In der Achterkajüte klangen die Geräusche der See gedämpft, wie das Dröhnen der Brandung in einer tiefen Grotte.

Die Hände auf dem Rücken zusammengepreßt, den Kopf unter den niedrigen Decksbalken gesenkt, hörte Bolitho zu, wie Mears, noch etwas außer Atem, seine Geschichte erzählte.

»Wir ruderten wie geplant zum Landarm der Bucht, Sir. Dann trennten wir uns. Ich dirigierte mein Boot zur Seeseite des Schoners, und Mr. Booth fuhr mit seinem unter dessen Bugspriet durch zur anderen Seite. Zweifellos hat der Kapitän schlechteres Wetter erwartet und ist deshalb zur Nacht vor Anker gegangen. Unsere Befürchtung, daß er die *Buzzard* gesichtet hatte, war unbegründet.

»Und die Jolle?« fragte Bolitho.

Mears rieb sich die Augen. »Ihr Leutnant hatte Befehl, zur Westseite des Landvorsprungs pullen zu lassen und dort an Land zu gehen. Falls die Dons von Land Hilfe herbeigerufen hätten, sollte Mr. Pascoe sie aufhalten.«

»Sie haben verdammt lange gebraucht, Toby«, fuhr Javal dazwischen.

Lässig hob der Leutnant die Schultern. »Die erste Phase klappte gut. Der Schoner hatte bloß eine Ankerwache, und ehe die auch nur rufen konnte, waren wir schon an Bord. Keine Enternetze, kein Drehgeschütz – die sind vor Schreck fast krepiert.« Er hielt inne; jetzt erst wurde er die Spannung im Raum gewahr. »Wir warteten, daß die Jolle um die Landspitze biegen und wieder zu uns stoßen würde. Aber sie kam nicht, und ich schickte Mr. Booth mit dem Kutter auf Suche.« Hilflos breitete er die Arme aus. »Da es bald hell werden mußte und jede Minute das Risiko erhöhte, wollte ich Ihnen nicht eher signalisieren, als bis ich wußte, was mit dem Landungskommando geschehen war.«

Javal nickte grimmig. »Ganz richtig, Mr. Mears. Mancher hätte die paar Leute gleich im Stich gelassen, um die Hauptabteilung in Sicherheit zu bringen.«

»Und was hat Ihr Kutterbesatzung vorgefunden, Mr. Mears?« fragte Bolitho.

»Es hatte geregnet, Sir.« Mears blickte aus den mit Salzstreifen und Sprühwasser bedeckten Heckfenstern. »Wie jetzt. Booth fand die auf Strand gezogene Jolle; ihr Rumpf war eingeschlagen, und einige tote Matrosen lagen daneben. Einer lag etwas weiter entfernt in den Dünen. Alle waren mit Säbeln niedergehauen worden, Sir.« Er suchte unter seinem Uniformrock. »Das hier hat Mr. Booth gefunden. Ich verstehe es nicht. Das ist doch bestimmt ein Admiralsdegen . . .«

Er brach ab, denn Bolitho riß ihm den glitzernden Griff aus den Fingern und hielt ihn beim Fenster ins Licht. Die Klinge war auf halber Länge zerbrochen wie ein dürrer Ast. Wieder sah er die Szene vor sich, als wäre es gestern geschehen: Vizeadmiral Sir Lucius Broughton, der auf dem zerschossenen Achterdeck seines Flaggschiffes stand, überreichte dem erstaunten Adam Pascoe seinen kunstvoll gearbeiteten Degen und knurrte dazu: »So ein verdammter Midshipman, der mit dem Dolch gegen ein Bajonett angeht, hat ein Recht darauf. Und außerdem – ein Leutnant muß schließlich anständig aussehen – eh?«*

* siehe Kent: Der Stolz der Flotte (Ullstein Buch 20014)

»Er hat auch mal einem Admiral gehört«, sagte Bolitho, und seine Stimme klang ihm selbst fremd. »Es ist Mr. Pascoes Degen.« Er betastete die dunkle Stelle am Griff: Blut und Sand. »Freiwillig hat er sich nicht davon getrennt.«

Alle starrten ihn an. Schließlich sagte Mears: »Mr. Booth hat gesucht, solange er konnte, Sir. Es gab Hufspuren am Strand, die landeinwärts führten. Mr. Booths kleine Abteilung konnte jeden Moment angegriffen werden, und ich hatte ihm ausdrücklich befohlen, sofort zurückzukommen, wenn . . .«

»Er hat den Leutnant *nirgends* gefunden?«

Mears schüttelte den Kopf. »Nirgends, Sir. Und Ihren Bootssteurer auch nicht.«

»Natürlich.« Bolitho starrte aus dem salzverkrusteten Fenster. »Allday hätte ihn auch nicht allein gelassen«, murmelte er.

»Sir?«

Er wandte sich zu ihnen um. »Und der Schoner?«

Mears nahm sich zusammen. »Sie hatten recht, Sir. Bis zum Schandeck voll Pulver und Munition. Und –«, er blickte bedeutsam in Javals grimmiges Gesicht –, »dazu zwei der besten Kanonen, die mir je vor Augen gekommen sind. Belagerungsgeschütze, wenn ich nur ein bißchen was davon verstehe, und frisch eingeschossen.«

»Aha.« Bolitho versuchte, sich darauf zu konzentrieren, was dieser Schoner zu bedeuten hatte. Aber es gelang ihm nicht. Adam war weg. Und Allday auch. Sie lagen vermutlich irgendwo im Sterben. Oder hofften auf Rettung, die nie kommen würde.

Mears fuhr fort: »Leider wurde der Kapitän des Schoners getötet, als er über Bord springen wollte. Aber ich fand Karten und Papiere in seiner Kajüte. Er hatte Marschorder nach Toulon.«

»Bei Gott, Sir«, rief Javal aus, »also auch darin hatten Sie recht. Die Dons arbeiten wie die Wilden, um ihren mächtigen Alliierten in Toulon zu helfen!« Er holte eine Kruke aus einer seiner Seekisten. »Gut gemacht, Toby. Trinken Sie einen Schluck; wir überlegen inzwischen, wie wir weiter vorgehen.« Er sah Bolitho fragend an. »Der Wind frischt auf, Sir. Wir segeln am besten wieder los.«

»Ja.« Unregelmäßig hob und senkte sich das Deck unter ihren Füßen. »Teilen Sie eine Prisenmannschaft ein, die den Schoner direkt nach Gibraltar segelt. Rufen Sie Ihren Schreiber und diktieren Sie ihm eine Depesche für den Admiral dort. Er wird schon wissen, was er mit seiner Ladung anfangen soll.«

Mears grinste, zufrieden trotz seiner Erschöpfung. »Nette kleine Prise, Sir. Ist 'n Penny wert oder zwei.«

Javal funkelte ihn mißbilligend an und sagte dann rasch zu Bolitho: »Das mit Ihrem Leutnant tut mir leid, Sir. War er lange bei Ihnen?«

»Er ist mein Neffe.«

Javal und Mears wechselten bestürzte Blicke. »Bei Gott, Sir«, sagte Javal schließlich, »das hätte ich wissen sollen! Dann hätte ich einen meiner Offiziere geschickt!«

Bolitho sah ihn ernst an. »Sie haben nur getan, was richtig war. Die *Buzzard* ist knapp an Offizieren. Und Ehre und Gefahr müssen stets möglichst gleichmäßig verteilt werden.«

»Und wenn ich eins von den Booten mit einem Behelfssegel nähme, Sir?« schlug Mears vor.

»Nein.« Bolitho sah an ihm vorbei. »Am Tage haben Sie überhaupt keine Chance.« Er wandte sich ab. »Gehen Sie wieder an Ihren Dienst, Captain. Wir können nichts weiter tun.«

Die Kajütentür fiel ins Schloß, und Bolitho ließ sich müde auf die Sitzbank unter den Fenstern fallen. Er drehte den zerbrochenen Degen in den Händen. Wie der Junge sich gefreut hatte, als er ihn bekam; und wie rührend stolz er gewesen war, als sie damals wieder zusammentrafen!

Er sah auf, als erwarte er, Allday neben sich zu entdecken, der immer spürte, wenn er gebraucht wurde. Jetzt hatte er nicht einmal mehr Allday. Niemand war bei ihm.

Irgendwo jenseits der Schottwand hörte er einen Matrosen ein Lied singen, das er nicht kannte. Der träumte vielleicht von seinem winzigen Anteil am Prisengeld oder von einem Mädchen zu Hause in England.

Getrampel oben an Deck, und jemand brüllte: »Bringt die Boote längsseit, und dann ran an die Taljen!« Er glaubte auch, jemanden hurra rufen zu hören, als der Schoner segelklar gemacht wurde.

Javal erschien an der Tür, das Gesicht regennaß.

»Schoner ist segelklar, Sir. Wollen Sie bestimmt keine eigene Depesche an den Admiral schicken?«

»Nein, danke. Sie haben die Aktion befehligt, Ihr Name gehört unter den Bericht.«

Javal leckte sich die Lippen. »Also vielen Dank, Sir. Ich dachte nur, man könnte was tun wegen . . .« Er brach ab. Rufe ertönten an Deck, und das Schiff legte sich schwer in den Wind. »Ich will lieber gehen, Sir – sie in Fahrt bringen, ehe uns ein paar Spieren wegbrechen.«

Er eilte hinaus, und Sekunden später hörte Bolitho seine Stimme durch den Spalt des Skylight: »Setzen Sie den Klüver, Mr. Mears! Aber später werden wir wohl ein oder zwei Reffs einbinden müssen. Wir stoßen wieder zum Geschwader.«

»Jawohl, Sir. Bei Gott, seine Vorwürfe möchte ich mir jetzt nicht machen.«

Javals Antwort kam schnell und traurig. »Um Vorwürfe geht es nicht, Toby. Die werden von der Verantwortung aus dem Fenster geweht.«

Allday saß an einen Fels gelehnt und musterte die Pferde, die am Fuß des Abhangs angepflockt waren. Reglos lag Pascoe quer über seinem Schoß, die Augen fest geschlossen, wie tot. Sechs Matrosen hockten trübselig herum; gleich Allday warteten sie darauf, wie es weitergehen würde.

Er spähte zum Himmel empor – hoffentlich würde es bald wieder regnen; er hatte wilden Durst. Nach dem Sonnenstand mußte es ungefähr Mittag sein. Und der rauhe, gewundene Pfad führte immer weiter landeinwärts. Er seufzte. Führte sie weg von der See.

Alldays Beine waren unter Pascoes Gewicht eingeschlafen, doch jetzt bewegte er sich. Allday legte ihm die Hand auf den Mund.

»Still, Mr. Pascoe.«

Die dunklen Augen sahen zu ihm auf. Die Schmerzen riefen dem Jungen das Geschehen wieder ins Gedächtnis zurück.

»Wir machen nur Rast.« Allday nickte vorsichtig zu den Soldaten bei den Pferden hinüber. »Oder *die* zumindest.«

Da Pascoe Miene machte aufzustehen, legte Allday ihm die Hand auf die Brust. Trotz der brennenden Sonne überlief es ihn kalt. Er scheuchte eine Fliege von der weißlichen Narbe, die quer über Pascoes Rippen lief und von dem Duell in Gibraltar stammte.

»Was – was ist geschehen?« Pascoe befühlte seinen Körper, als wolle er Stück für Stück prüfen, ob seine Gliedmaßen noch vorhanden waren. Wie sie alle trug er weder Koppel noch Schuhe; nur die Hose und die Reste seines Hemdes hatte man ihm gelassen.

»Die Hunde haben uns alles weggenommen«, murmelte Allday. »Ich glaube, sie haben zwei von unseren Jungs unterwegs umgebracht, weil sie verwundet waren und das Tempo nicht durchhalten konnten.« Er dachte an die kläglichen Schreie und die Stille danach – Gott sei Dank war Pascoe bewußtlos gewesen.

»Aber wie bin dann ich . . .« Pascoes Augen trübten sich. »Sie haben mich den ganzen Weg getragen?«

Allday versuchte zu grinsen. »Das sind keine spanischen Soldaten, sondern Eingeborene. Mauren höchstwahrscheinlich. Aber sogar diese Schweine sehen, wer ein Offizier ist.«

Mißtrauisch beobachtete er die Soldaten. Wohin würde man sie wohl schaffen? Alles war so plötzlich gekommen: Auf einmal das Stampfen von Pferdehufen im nassen Sand, nur ein paar Meter von dem auf Strand gezogenen Boot: eine Patrouille oder ein Trupp, der zufällig zum Lager zurückritt – er wußte es immer noch nicht, und es spielte auch keine Rolle.

Die Reiter wären schnell an ihnen vorbeigewesen; sie hatten sich laut und sorglos unterhalten und bemerkten nichts Verdächtiges.

Doch ohne auch nur einen Moment zu zögern, hatte Pascoe gesagt: »Die werden Leutnant Mears und die beiden Boote entdecken, Allday. Wenn sie den Schoner warnen, sind unsere Leute hoffnungslos verloren.«

Und so hatte Pascoe die Patrouille angegriffen, damit Mears unbemerkt an den Schoner herankam. Mit gezogenem Degen war er den Strand hinaufgerannt. »Drauf, Jungs!« hatte er geschrien.

Und ebenso schnell war es vorbeigewesen. Das Klirren von Stahl auf Stahl, Flüche, sausende Säbel, von allen Seiten die riesigen Schatten der tänzelnden Pferde.

Dann lag Pascoe nach einem Säbelhieb bewußtlos da, und die Matrosen warfen die Waffen weg. Die Reiter hatten sie ausgeplündert und dann geschlagen, systematisch, ohne Erregung oder Freude am Prügeln. Danach hatten sie die benommenen Männer mit Tritten und Stößen vor den Pferden hergetrieben, landeinwärts, weg von der See.

Pascoe leckte sich die trockenen Lippen und tippte auf die Beule an seinem Kopf. »Ich komme mir vor wie ein Amboß unterm Hammer.«

»Aye.«

Allday fuhr zusammen, denn der Anführer rief seinen Männern etwas zu: ein gutes Dutzend, alle wohlbewaffnet. Die überlebenden Matrosen dagegen waren ein geschlagener, verängstigter Haufen.

Der Reiter kam zu der kleinen Schar und sah auf Pascoe hinunter. Er war groß, schlank, dunkelbraun und trug einen rohweißen Fez, von dem ein Nackentuch herabhing. Er deutete mit der Peitsche auf Pascoe und nickte.

»*Teniente, teniente!*« Langsam entblößte er gelbe Zähne und spuckte Pascoe gezielt aufs Bein.

Allday arbeitete sich unter Pascoes Körper hervor und stand mühsam auf. »Benimm dich, verdammter Hund, wenn du mit einem Offizier des Königs sprichst!«

Der Mann wich einen Schritt zurück, das Lächeln schwand, er rief seinen Leuten etwas zu.

Drei Mann rissen Allday die Arme nach hinten, warfen ihn aufs Gesicht in den feuchten Sand und traten auf seine Handgelenke, so daß er die ausgebreiteten Arme nicht bewegen konnte. Von unten her starrte er Pascoe beschwörend in das bleiche Gesicht und machte ihm Zeichen, ruhig zu bleiben.

Die Peitsche biß in seinen Rücken wie glühendes Eisen. Er biß die Zähne zusammen und hielt den Atem an, als der Schatten des Arms sich wieder hob und niedersauste. Und noch einmal. Starr blickte er auf zwei Mücken, die vor seinen Augen tanzten, und versuchte, die Stimmen über sich, das Pfeifen der Peitsche nicht zu hören, den brennenden Schmerz auf dem nackten Rücken nicht zu fühlen.

Dann hörte es auf, er wurde auf die Seite gerollt, der Maure trat ihm wütend in die Rippen. Halb blind vor Schweiß, Schmerz und Sand stemmte er sich hoch; er sah Pascoes Gesicht und wußte dabei:

die Reiter warteten nur auf den geringsten Anlaß, sie allesamt niederzumachen.

Doch endlich saßen sie wieder auf und sprachen miteinander, als sei nichts Besonderes geschehen.

Pascoe ergriff Alldays Arm. »Lassen Sie mich helfen.« Er riß sein Hemd herunter und tupfte damit Alldays Rücken ab. »Es ist alles meine Schuld.«

»Glauben Sie doch so was nicht, Mr. Pascoe! Was Sie gemacht haben, war richtig, und das wissen Sie genau. Sie hätten versteckt bleiben können, dann wären wir wieder unbeschädigt an Bord zurückgekommen.« Er biß die Zähne zusammen, als das blutige Hemd sich von seinem Rücken löste. »Aber viele unserer Kameraden hätten dafür teuer bezahlen müssen.«

Dann warfen die Reiter ihre Pferde herum, ein Matrose schrie unter einem Peitschenhieb schmerzlich auf. Es ging weiter auf dem steinigen Weg, mit blutenden Füßen und verdorrten Lippen.

Allday starrte den Reiter an, der sich an die Spitze gesetzt hatte; jetzt war ihm etwas wohler: er hatte jemanden, den er hassen konnte. Und wenn er die geringste Chance bekam, würde dieser Hundesohn es zu fühlen kriegen. Er drehte sich nach Pascoe um – pfui Teufel, wie das weh tat! Der Leutnant schritt an der Spitze einer kleinen Gruppe, die Zähne vor Schmerz zusammengebissen, die dunklen Augen in die Ferne gerichtet. Bei Gott, dachte er, Old Dick* wäre stolz auf ihn. Wenn er nur hier sein und ihn sehen könnte.

Die Luft in der Kajüte der *Lysander* war schwer und drückend. Bolitho glättete die Karte mit den Händen und starrte minutenlang darauf nieder. Er war erst seit einer knappen Stunde wieder an Bord und hatte sich noch nicht umgezogen; sein Kinn war rauh vor Bartstoppeln.

Durch die dickglasigen Fenster sah er undeutlich den stampfenden Rumpf und die etwas gerefften Segel der *Osiris*, die gehorsam im Kielwasser der *Lysander* folgte; der andere Zweidecker segelte dahinter.

Farquhar und Probyn saßen Bolitho am Tisch gegenüber, während Herrick dicht neben ihm stand und besorgt auf Messingzirkel und Lineal starrte, mit denen Bolitho auf der Karte hantierte.

»Auf dem Schoner, den Captain Javal vorgestern genommen hat, gab es auch sonst allerhand Interessantes«, sagte Bolitho. »Er war

* Dick: Kurzform für Richard

nach Toulon unterwegs; doch an Bord fand sich der Brief an den Kapitän eines anderen, vermutlich größeren Schiffes, das etwa hier liegen muß –«, er tippte mit dem Zirkel auf die Küstenlinie –, »etwa vierzig Meilen südwestlich von Cartagena. Das ist eine kleine, als Fischereihafen benutzte Bucht, die jetzt aber wahrscheinlich spanischen Transportschiffen als Ankerplatz dient.« Die Zirkelspitze wanderte die Küste entlang zum Golfe du Lyon. »Überall an dieser Küste müssen solche Schiffe liegen und auf Kriegsmaterial für Bonapartes Armee warten. Mit Sicherheit bereitet er eine Invasion vor.«

»Was beabsichtigen Sie, Sir?« fragte Herrick.

»Hätte ich früher gewußt, was in jenem Brief steht, hätte ich den Schoner hierbehalten und gegen die Spanier eingesetzt.« Bedächtig tippte er mit dem Zirkel auf die Karte. »Aber das macht nichts. Die Dons können noch nicht wissen, daß wir ihn genommen haben. Es bleibt also noch Zeit.«

»Falls nicht jemand vom Landungskommando in Gefangenschaft geraten ist, Sir«, warf Probyn unverblümt ein, »und *gezwungen* worden ist, unsere Pläne und unseren Auftrag zu verraten.«

»Reden Sie doch nicht solchen Unsinn!« fuhr Herrick wütend dazwischen.

»Nein, Thomas.« Bolitho blickte ihn unbewegt an. »Das ist eine Möglichkeit. Wir müssen sie in Betracht ziehen.«

Herrick konnte seinen Blick nicht von dem zerbrochenen Degen losreißen, der auf Bolithos Schreibtisch lag. »Es fällt mir schwer, Sir«, sagte er.

»Ich weiß. Auch Ihnen steht er ja nahe«, erwiderte Bolitho und sah ihn an. Dann wandte er sich ab und zwang sich, seiner Gefühle Herr zu werden. *Steht.* Nicht *stand.* Präsens, nicht Imperfekt.

Er sah die anderen Kommandanten an. »Wir müssen ein neues Überraschungsmoment schaffen. Angreifen, rekognoszieren, möglichst viel über die Stärke des Feines erfahren, ihn dort treffen, wo er es am wenigsten erwartet.«

Farquhar nickte langsam. »Wenn wir diesen Transport angreifen, Sir, und uns dann in Gegenrichtung entfernen, wird der Feind nicht aus uns klug und kann sich kein Bild über unsere Absichten machen.«

»Genau«, erwiderte Bolitho. »Eben das habe ich von den Franzosen gelernt, und zwar teuer gelernt: Ein entschlossenes Geschwader kann eine ganze Flotte lahmlegen.«

Stille senkte sich über den Tisch. Schließlich sagte Probyn: »Vielleicht schicken uns die Dons ein paar Schiffe von Cartagena entgegen. Der Seeraum hier ist ein bißchen knapp für Ihr Vorhaben.«

»Captain Javal gibt uns Rückendeckung.« Gelassen wartete Bolitho auf andere Einwände. Als keine kamen, fuhr er fort: »Die Dons sind vielleicht auf weitere Husarenstückchen oder einzelne Kaperungen gefaßt. Drei Linienschiffe aber wird kein Mensch erwarten.«

»Ein *normaler* Mensch bestimmt nicht«, knurrte Probyn.

Bolitho nickte grimmig. »Den Angriff führt die *Lysander* aus. Farquhar, Sie bleiben seewärts und handeln den Erfordernissen entsprechend.«

Farquhar hob die Augenbrauen ein wenig. »Ich entscheide also *selbst*, Sir?«

Wütend fuhr Herrick dazwischen: »Sie fahren trotzdem noch keinen Kommodorewimpel, verdammt!«

Farquhar lächelte kühl. »Daran habe ich auch nicht gedacht.«

Bolitho zerrte an seiner Halsbinde, als würge sie ihn. »Ich gebe Ihnen gleich schriftliche Order. Also dann, Gentlemen . . .«

Herrick brachte sie hinaus und schloß die Tür. Bolitho setzte sich und stützte den Kopf in die Hände. Draußen hörte man die schrillen Pfiffe der Ehrenwache. Eine leichte Brise trieb die Schiffe unmerklich ostwärts über die See, die wie tiefblaue, leicht zerknitterte Seide vor ihnen lag. Wäre sie doch nur so ruhig gewesen, als die Boote der *Buzzard* den schlafenden Schoner kaperten! Es hätte halb so lange gedauert. Und Menschenleben gerettet.

Herrick kam wieder. »Ich habe das Geschwader die alte Formation einnehmen lassen, Sir. Und Ihr Steward wartet.«

»Danke, Thomas.«

Herrick starrte auf den zerbrochenen Degen nieder. »Wenn er noch lebt, kann man vielleicht einen Austausch arrangieren . . .«

Bolitho sprang auf. »Glauben Sie nicht, daß auch ich hin und her überlegt habe, was man tun könnte?« Er wandte sich ab, Tränen in den Augen. »Schicken Sie mir Allday, er soll . . .« Er brach ab; eine Sekunde lang sahen sie einander an wie Fremde.

Dann sagte Herrick tonlos: »Ich kümmere mich um die Einzelheiten, Sir.«

Bolitho öffnete den Mund, um ihn zurückzuhalten, fand aber keine Worte. Als er aufblickte, war Herrick gegangen.

Ozzard, der Kajütsteward, schlüpfte herein und glitt quer durch die Kajüte zur Schlafkammer. Er sah Bolitho nicht an.

Der saß auf der Bank und blickte ihm nach. Er wußte nicht viel über Ozzard, nur daß er tüchtig war und dem vorigen Kommodore gut gedient hatte. Es hieß, er wäre Anwaltsschreiber gewesen und hätte sich wegen irgendwelcher Unregelmäßigkeiten in der Kanzlei freiwillig zur Flotte gemeldet. Er war ein sehr ruhiger Mann und bewegte sich meist lautlos wie ein Wilddieb, auch jetzt, als er seinem Kommodore ein frisches Hemd herauslegte.

Bolitho sah auf seine Hände, die beim Aufknöpfen des Hemdkragens zitterten.

Er hat Angst vor mir, Angst, daß ich ihn schikanieren werde, bloß um meinen Kummer abzureagieren.

Diese Erkenntnis machte ihn etwas ruhiger, aber gleichzeitig schämte er sich. »Danke, Ozzard«, sagte er freundlich, »ich komme jetzt schon allein zurecht.«

»Bestimmt, Sir?« fragte der Mann unsicher und ging rückwärts zur Tür, als fürchte er immer noch, Bolitho würde auf ihn losgehen. An der Tür zögerte er. »Ich bin nicht ganz ohne Bildung, Sir«, sagte er. »Wenn Sie wünschen, könnte ich Ihnen vorlesen, dann verginge die Zeit vielleicht schneller. Und Sie brauchten nicht zu reden.«

Bolitho wandte sich ab, um sein Gesicht zu verbergen. »Nein, jetzt nicht, Ozzard. Aber ich weiß Ihr Angebot zu schätzen. Mehr, als ich sagen kann.«

Im Spiegel der schrägstehenden Fensterflügel sah er, daß der Mann hinausging, lautlos wie immer.

IV In Gefangenschaft

Richard Bolitho stand an der Achterdecksreling und sah in den Sonnenuntergang. Große, rostrote Flecken am Himmel ließen die westliche Kimm scharf hervortreten. Gemächlich glitt die *Lysander* unter Klüver und Marssegeln dahin; ihr breiter Rumpf neigte sich kaum vor dem Westwind, der ihr den ganzen Tag treu geblieben war.

Er starrte über das Deck zum Vorschiff, durch Wanten und Stage und den fettigen, dünnen Rauch aus der Kombüse. Mit Mühe konnte er den winzigen Umriß der *Harebell* ausmachen, die weit vor dem Flaggschiff lag. Ihre Maststengen und Rahen standen wie Kreuze im ersterbenden Tageslicht.

Die anderen Schiffe seines Geschwaders waren am Nachmittag nach Süden verschwunden und würden jetzt mehr Segel setzen, um über den Punkt hinauszugelangen, an dem die *Lysander* angreifen sollte. Er vergegenwärtigte sich die Karte und stellte im Geiste noch einmal die bruchstückhaften Informationen zusammen, auf die er seine Taktik gebaut hatte. Er konnte die Küstenlinie fast vor sich sehen, die Berge hinter der Bucht, die Wassertiefen und die Sandbänke. Im Gegensatz dazu gab es eine ganze Menge Fakten, die er *nicht* kannte: Zum Beispiel, was der Feind an einem bestimmten Ort tat, beziehungsweise ob es wirklich so wichtig war, daß es sich lohnte, die ihm anvertrauten Schiffe deswegen zu riskieren.

Das Großmarssegel fiel ein, killte laut, als der Wind abflaute, und fand dann seine Kraft wieder. Der Steuermannsmaat der Wache machte es sich etwas bequemer und scherzte mit dem Rudergast; und auch an der Leeseite lockerte Leutnant Fitz-Clarence seine gespannte, wachsame Haltung.

Bolitho versuchte, sich auf das zu konzentrieren, was er zu tun hatte. Doch es war ruhig im Schiff und eine unmittelbar wichtige Entscheidung nicht zu treffen; so konnte er seiner Angst nicht ausweichen.

Seit zwei Tagen war er wieder an Bord; vor vier Tagen hatten Javals Leute den Schoner genommen. Der mußte inzwischen schon in Gibraltar sein, auch bei ungünstigem Wind, es sei denn, er war einem überlegenen Feind begegnet. Das Schiff würde von einem Prisenausschuß verkauft, vielleicht auch in den Dienst des Königs übernommen werden. Die wenigen überlebenden Spanier würden auf eine Gefangenen-Hulk* kommen, wenn sie nicht von der Möglichkeit Gebrauch machten, sich zum Dienst auf einem britischen Kriegsschiff zu verpflichten. Nach fünf Jahren Krieg konnte man auf jedem Schiff des Königs ein Dutzend Sprachen und Dialekte hören.

Und Adam? Langsam trat Bolitho an die Wanten und starrte auf die See hinaus. Land konnte selbst der Ausguck nicht mehr erkennen, und der Himmel war bereits so dunkel, daß es schwerfiel, die Kimm zu unterscheiden, die vor Sekunden noch wie geschmolzenes Kupfer geglüht hatte.

Ein weiterer Leutnant war an Deck gekommen und sprach leise mit Fitz-Clarence. Vorn und tiefer unten im geräumigen Schiffsrumpf erklang der schrille Ton einer Bootsmannsmaatenpfeife, und Bolitho hörte das Tappen nackter Füße – die nächste Wache schickte sich an, das Schiff bis Mitternacht zu übernehmen.

Eine Bö wehte Kombüsendunst nach achtern, und Bolitho merkte, daß er nichts im Magen hatte. Aber bei dem Gedanken an Haferbrei und die fettigen Klumpen gekochten Fleisches, das übliche Mittagessen, verging ihm der Appetit.

Herrick tauchte im Niedergang auf und kam herüber zu ihm.

* Hulk = abgetakelter, außer Dienst gestellter Schiffsrumpf

»Ich habe Mr. Gilchrist angewiesen, alle Offiziere und höheren Deckoffiziere gleich nach acht Glasen in der Messe zu versammeln, Sir.« Er zögerte und versuchte, im Halbdunkel Bolithos Stimmung zu erkennen. »Sie sind alle sehr gespannt.«

»Danke, Thomas.« Er wandte sich um, denn ein Bootsmannsmaat kam, gefolgt von einigen Männern seiner Wache, auf der Steuerbordlaufbrücke heran.

Ein Schiffsjunge prüfte die Kompaßlampe, ein anderer das Stundenglas daneben. Zwei Marine-Infanteristen nahmen langsam Haltung an, als ein Korporal nahte, um sie zu inspizieren. Fast schwarz sahen ihre roten Röcke in der tiefen Dämmerung aus. Die leuchtendweißen Brustriemen und Kniehosen verstärkten den Kontrast noch. Es waren die Wachtposten, einer für Herricks Kajütentür, einer für seine.

Brummend gab der Master einem Midshipman Anweisungen, die der Junge, tief über seine Tafel gebeugt, niederschrieb.

Der eben an Deck gekommene Leutnant nahm Haltung an und tippte formell an den Dreispitz. »Wachablösung vollzählig angetreten, Mr. Fitz-Clarence.«

Fitz-Clarence nickte gravitätisch. »Lassen Sie bitte den Rudergänger ablösen, Mr. Kipling.«

Undeutliche Befehle, Füßescharren. Dann sang der Rudergast aus: »Kurs Ost zu Nord liegt an, Sir!«

Grubb schnaufte geräuschvoll. »Gehört sich auch! Ich komme wieder an Deck, ehe das Glas gedreht wird!« Es klang wie eine Drohung.

Bolitho erschauerte. »Ich bin soweit, Thomas.«

Vorn ertönte die Schiffsglocke, ein Toppsgast glitt an einem Backstag hinunter und lachte laut auf, weil er einen Kameraden beinahe umgeworfen hätte.

Sie gingen zum Niedergang hinüber, und Herrick sagte: »Ich glaube, Mr. Grubb hat recht. Der Wind hat nach Westen gedreht, und wir werden schneller an die Küste herankommen als gedacht.«

Sie stiegen die Leiter hinunter und kamen an einem Matrosen vorbei, der einen Sack Schiffszwieback aus der Messe geholt hatte. Er drückte sich an eine Kajütentür, als fürchte er, den Kommodore oder den Kommandanten auch nur zu streifen.

Das Licht einer Laterne fiel auf die Bodenstücke der Geschütze. Es waren einige der achtundvierzig Achtzehnpfünder, die jetzt so friedlich aussahen, daß man sich nur schwer vorstellen konnte, wie sie, in Rauch und Pulvergestank gehüllt, im Rückstoß binnenbords fuhren, worauf die brüllenden, von der Detonation fast tauben

Kanoniere die Rohre für die nächste Breitseite ausputzten.

Weiter achtern blinkte das helle Rechteck der Messetür; dahinter drängten sich die Offiziere der *Lysander* und jeder Mann im Deckoffiziersrang, der nicht gerade Wache ging.

Herrick blieb stehen und sagte unsicher: »Es scheint mir lange her, seit die Offiziersmesse mein Zuhause war.«

Bolitho sah ihn prüfend an. »Und meins. Mit zwanzig Jahren dachte ich, wenn man erst Kapitän ist, hat man ein leichtes Leben. Heute aber weiß ich: jede Beförderung hat ihre Tücken, ebenso wie ihre Vorteile.«

Herrick nickte. »Mehr Tücken als Vorteile, finde ich.«

Bolitho zupfte unauffällig seine Uniform zurecht. Herrick hatte bisher weder Adam noch überhaupt jemanden von den Vermißten erwähnt. Und doch mußte er sehr oft an ihn gedacht haben. Bolitho erinnerte sich an die Zeit, als Adam auf der *Impulsive*, Herricks kleinem Zweidecker, Midshipman gewesen war. Das hatte ihn damals merkwürdig berührt. Ob er vielleicht eifersüchtig gewesen war? Hatte er gefürchtet, Adams dienstliches Vertrauensverhältnis zu Herrick könnte zu einer engeren menschlichen Bindung führen, als er selbst sie ihm zu bieten hatte? Alles Trennende kam wieder hoch wie ein Dämon, der auf der Lauer gelegen hatte.

Zum Beispiel damals, als er in Gibraltar sein Geschwader übernommen hatte – das hätte eigentlich der stolzeste Augenblick seiner bisherigen Laufbahn sein müssen. Doch er hatte nur von Adams verbotswidrigem Duell erfahren, von seinem noblen Eintreten für ihn, womit der Junge dienstlichen Nachteil und obendrein Verwundung riskiert hatte.

Das muß in der Familie liegen, dachte er bitter. Viele Bolithos hatten sich als Naturtalente im Degenfechten erwiesen, ohne richtigen Lehrer, ohne viel Übung. Er konnte sich genau daran erinnern, wie er damals in Westindien an Bord eines Kaperschiffes dem französischen Leutnant gegenübergestanden hatte – Auge in Auge, beide noch von der Wildheit erfüllt, die man nur in der Schlacht verspürt. Beinahe hatte ihm der Mann leidgetan. Wenn er sich doch nur ergeben hätte! Noch bei der Parade vor dem letzten tödlichen Stich wußte Bolitho: er konnte nicht anders.

»Also dann wollen wir, Thomas«, sagte er schroff.

Die Offiziersmesse der *Lysander* war voll. Während Bolitho hinter Herrick herschritt, dachte er an seine Zeit als junger Leutnant auf einem Linienschiff wie diesem. Damals hatte er darüber nachgegrübelt, was so ein Mann, der in der großen Achterkajüte über der Messe wohnte, wohl für ein Leben führen, wovon er träumen mochte ... Kapitän oder Admiral, das galt ihm damals gleich hoch.

Die Männer traten beiseite, um ihn vorbeizulassen, und sein Blick schweifte über ihre erwartungsvollen Gesichter. Manche kannte er flüchtig vom Dienst, andere noch überhaupt nicht: die jugendlichen Gesichter der Leutnants und die zerfurchten der Deckoffiziere. Der mächtige Grubb neben Yeo, dem Bootsmann; und am Heck-Neunpfünder lehnte ein streng aussehender älterer Mann – Stückmeister Corbyn, wie er sich zu erinnern glaubte.

Hinter den scharlachroten Röcken der Marine-Infanteristen verschwand der unordentliche Haufe der Midshipmen beinahe; acht oder neun waren anwesend. Edgar Mewse, der Zahlmeister, und der Schiffsarzt Shacklock hielten sich ein wenig abseits.

»Alle anwesend, Sir«, meldete Gilchrist, »außer Mr. Kipling, dem Vierten Offizier, und Mr. Midshipman Blenkarne – beide auf Wache.«

»Danke.«

Herrick räusperte sich und legte seinen Hut auf den Tisch.

»Nehmen Sie Platz, Gentlemen«, nickte Bolitho. »Ich werde mich so kurz wie möglich fassen.«

Gelassen sah er zu, wie sie sich auf Stühlen und Seekisten drängten; die Dienstältesten bekamen die bequemsten Plätze, und für die Midshipmen blieben als Sitz nur die nackten Planken.

»Der Flaggkapitän wird Ihnen bereits angedeutet haben, was wir beabsichtigen«, begann Bolitho. »Kurz gesagt: wir werden übermorgen beim ersten Tageslicht die Küste ansegeln, möglichst viele feindliche Schiffe kapern und die übrigen vernichten.«

Er sah, wie zwei Midshipmen einander vergnügt in die Seite stießen. Den einen kannte er: es war Saxby, und sein zahnlückiges Grinsen war so breit, als hätte man ihm soeben einen Monat Urlaub bei vollem Sold versprochen.

»Wenn der Wind ungünstig ist, halten wir uns von der Küste frei und variieren den Plan entsprechend.« Er warf einen Blick auf Grubbs wettergegerbtes Gesicht. »Aber der Master hat mir volle Unterstützung der höheren Autorität, als meine es ist, versprochen.«

Sie lachten, und es gab allerlei Scherze auf Kosten Grubbs. Der verzog keine Miene, doch offensichtlich hatte ihn diese Bemerkung gefreut. Bolitho wußte auch, daß Herrick ihn ständig beobachtete. Nur er begriff, wie schwer es Bolitho fiel, den versammelten Offizieren zu zeigen, daß ihr Kommodore sich von seinem tiefen privaten Kummer nicht ablenken ließ.

Bolitho hatte schon manch guten Freund auf See verloren. Keine Freundschaft war fester als die, welche in dem harten, das Äußerste fordernden Leben an Bord eines Kriegsschiffes entstand. Das Meer, Krankheiten, Entersäbel oder Kanonen hatten manches vertraute Gesicht ausgelöscht. Kein Wunder, daß die Männer über Pascoes Abwesenheit zur Tagesordnung übergingen. Nur wenige von ihnen dienten lange genug gemeinsam, um den Schmerz eines solchen Verlustes zu ermessen.

Er merkte, daß sie still geworden waren; er mußte eine ganze Weile stumm dagestanden haben. Fast heftig fuhr er fort: »Um so viel Verwirrung wie möglich zu stiften, geht die Marine-Infanterie im Schutz der Dunkelheit an Land.«

Sein Blick suchte Major Leroux, der steif aufgerichtet neben seinem Leutnant saß. Er hatte mit Leroux bisher nur dienstlich zu tun gehabt, aber der Mann hatte ihm Eindruck gemacht. Die seemännische Besatzung, Matrosen wie Offiziere, hegte eine Geringschätzung gegenüber der Marine-Infanterie, den »Bullen«, die schwer zu überwinden war. Ihr sturer Drill und die formale Disziplin paßten nicht zu der munteren und lässigen Art der Seeleute. Bolitho selbst hatte schon mit vielen Offizieren der Marine-Infanterie zu tun gehabt; und obwohl er bald ihre Loyalität und Kampftüchtigkeit schätzengelernt hatte, war ihm doch selten einer mit viel Eigeninitiative begegnet. Leutnant Nepean von der Marine-Infanterie war zum Beispiel so ein typischer Fall: untadelig im Äußeren und jederzeit dienstbereit, doch sah man schon an seinen stumpfen Augen, daß er lieber nach Befehl handelte, als selbst Entscheidungen traf.

Nur Major Jermyn Leroux war anders. Groß, schlank, breitschultrig, wirkte er trotz seiner militärischen Haltung eher wie ein Intellektueller. Bolitho hatte sich einmal auf dem Achterdeck mit ihm über Rekrutierung und Ausbildung seiner Soldaten unterhalten; niemals war Leroux dabei angeberisch geworden oder hatte Aussagen gemacht, die er nicht beweisen konnte.

»Ich werde die Einzelheiten morgen mit Ihnen besprechen, Major«, sagte er.

Leroux nickte. Er hatte stille, beinahe melancholische Augen und sah aus wie jemand, der sich fehl am Platze fühlt. »Abgesehen von Kranken und anderweitig Dienstunfähigen«, erwiderte er, »kann ich neunzig Mann stellen.«

»Das reicht.« Bolitho wandte sich an Herrick. »Drehbassen in die Boote, dazu Wurfanker für den Fall, daß wir Befestigungen stürmen müssen.« Er wartete keine Kommentare ab, sondern fuhr gleich fort: »Als Captain Javal den Schoner nahm, mußte das möglichst leise geschehen. Diesmal will ich, daß unser Kampfverband viel größer wirkt, als er tatsächlich ist.«

Einer der Achtzehnpfünder, mit denen man in der Offiziersmesse leben mußte, quietschte ein bißchen auf seiner Lafette, denn die *Lysander* bohrte soeben ihren plumpen Bug in ein Wellental. Gedämpfte Rufe an Deck, das Knarren des Ruderblattes unterm Heck verrieten, daß der Kurs korrigiert wurde.

»Wir haben diesmal«, fuhr Bolitho fort, »außergewöhnlich viel Handlungsfreiheit. Wir dürfen keine Gelegenheit versäumen, Informationen über die Absichten des Feindes zu sammeln und seine Abschirmung nach Möglichkeit zunichte zu machen.« Er sah Herrick an. »Noch Fragen?«

Gilchrist stand auf. Sein Gesicht lag zum Teil im Schatten eines Decksbalkens. »Sind denn keine *Seeleute* bei der Landeabteilung, Sir?«

»Nur die unbedingt nötigen«, erwiderte Bolitho so ruhig er konnte. »Die Bucht, die wir ansegeln müssen, ist vielleicht gut verteidigt. Sicherlich wird so etwas wie eine Küstenbatterie vorhanden sein, wenn auch nur eine leichte. Captain Herrick braucht jeden verfügbaren Mann an Brassen und Geschützen, das kann ich Ihnen versichern.«

Die Erinnerung an den bevorstehenden Kampf verursachte eine Unruhe in der Messe wie der Wind im Kornfeld. Aber Gilchrist blieb hartnäckig; seine knochige Gestalt schwankte leicht mit dem sich neigenden Deck. »Major Leroux wird also den Oberbefehl haben?« fragte er.

»Nein, Mr. Gilchrist.« Bolitho spürte, wie Herrick neben ihm erstarrte. »Den übernehme *ich*.«

Gilchrist deutete ein Achselzucken an. »Ziemliches Risiko, Sir.« Er blickte die anderen Offiziere an wie jemand, der weiß, daß er das Publikum hinter sich hat. »Wir alle bedauern Mr. Pascoes, äh, Abwesenheit. Daß Sie weiteres Unheil in Ihrer Familie riskieren wollen . . .«

Bolitho blickte auf seine Hände nieder. Seltsam, daß er sie so ruhig halten konnte, obwohl er große Lust hatte, den Mann zu packen und halbtot zu schlagen.

Eisig erwiderte er: »Wenn Captain Herrick nichts dagegen hat, nehme ich *Sie* mit an Land, Mr. Gilchrist. Dann können Sie selbst beurteilen, wie hoch das Risiko ist.«

Gilchrist starrte erst ihn und dann Herrick an. »Danke sehr, Sir«, stammelte er, »es wird mir eine Ehre sein.« Ohne ein weiteres Wort setzte er sich wieder hin.

»Hat sonst jemand etwas zu sagen?« fragte Herrick.

Leutnant Fitz-Clarence sprang auf und starrte Bolitho entschlossen an. Er glühte beinahe vor Erregung. »Denen werden wir's zeigen, Sir! Bei Gott, die zerquetschen wir wie Ungeziefer!« Im Geiste sah er Gilchrist wahrscheinlich schon als Leiche und sich selbst als Ersten Offizier.

Bolitho nickte ihm zu. »Schön gesagt, Mr. Fitz-Clarence. Aber merken Sie sich folgendes.« Er blickte die Versammelten bedeutsam an. »Und das gilt für Sie alle: Was Sie auch von den Dons denken mögen – glauben Sie nicht, daß die Franzosen ihnen gleichen. Zu Beginn dieses Krieges war Frankreich fast gelähmt aus Mangel an guten Stabsoffizieren. Zu viele waren vom Terror der Revolution sinnlos hingeschlachtet worden, um dem Mob zu schmeicheln. Aber das ist vorbei. Neue Männer mit neuen Ideen beleben jetzt ihre Flotte. Die Handvoll Älterer, die der Guillotine entgangen sind, werden respektiert und sind um so eifriger, als sie den Preis des Mißerfolgs kennen. Soldaten können unter fast allen Bedingungen tapfer kämpfen. Aber ohne Kontrolle über die Seewege, ohne das Lebensblut des Nachschubs sind sie wie Ausgesetzte auf einer einsamen Insel – schon halb tot.«

Fitz-Clarence stand noch immer, doch seine Miene war nicht mehr ganz so zuversichtlich. »Dennoch, Sir«, sagte er etwas lahm, »ich bin nach wie vor von unserem Sieg überzeugt.«

Herrick wartete, bis er sich gesetzt hatte. Seine blauen Augen waren fragend auf Bolitho gerichtet. »Vielleicht möchten Sie noch einen Moment mit in meine Kajüte kommen, Sir?«

»Ja, danke.« Bolitho nahm seinen Hut auf. »Meine Kehle ist ganz ausgetrocknet.«

Er ging zwischen den schweigenden Offizieren hindurch – sobald sich die Tür hinter ihm geschlossen hatte, würde sich die allgemeine Erregung in den wildesten Vermutungen Luft machen.

Draußen sagte Herrick leise: »Lassen Sie *mich* mit dem Kommando gehen. Ich habe es bereits vorgeschlagen, jetzt bitte ich Sie inständig darum.«

Wortlos gingen sie zur Treppe und zum Hüttendeck hinauf. Herrick öffnete die Tür zu seinem Logis und schickte den Steward hinaus. Während Bolitho sich an den Tisch setzte, öffnete er seinen Schrank und nahm eine Flasche Rotwein heraus.

Bolitho konnte beinahe verstehen, wie sich im Kopf seines Freundes die Argumente aufbauten, während er die Gläser zurechtstellte. Wenn ein anderer Vierundsiebziger den langen Kommodorewimpel geführt hätte, wäre für Herrick die große Achterkajüte frei gewesen. Seltsamerweise konnte Bolitho sich ihn darin nur schwer vorstellen.

Er nahm ein Glas und hielt es gegen die Lampe. »Also, Thomas – ich weiß, was Sie sagen wollen. Lassen Sie zuerst mich reden.« Bedächtig nippte er an seinem Rotwein und lauschte den Wellen, die an der Außenplankung entlangliefen, und auf den an die geschlossenen Fenster klatschenden Gischt. »Sie denken, der Verlust meines Neffen hätte mich so getroffen, daß ich mein Leben wegwerfen, mir sozusagen einen heldenhaften Abgang verschaffen will. Ich leugne nicht, daß ich zutiefst bekümmert bin. Ich kann auch nicht behaupten, daß meine Herkunft, meine ganze Lebenshaltung mich von solch eitlem Schritt zurückhalten würden. Ebenso wie Sie, Thomas, habe ich oft genug gesehen, daß gute Männer, schöne Schiffe und hohe Ideale verheizt wurden, bloß wegen des Geltungsbedürfnisses eines Befehlshabers. Ich habe mir geschworen, daß ich niemals andere unter meinen Privatgefühlen leiden lassen würde, und meist habe ich wohl auch danach gehandelt.«

Er war aufgestanden und schritt langsam die wenigen Meter der Kajütenlänge ab. Herrick saß auf dem Bodenstück eines Neunpfünders, und seine Augen folgten im gelblichen Lampenschein Bolithos ruhelosen Schritten.

»Als Cheney, meine Frau, starb . . .« Er brach ab und merkte erst jetzt, daß er in der Kajüte herumlief. »Aber genug davon. Sie haben das ja alles mitgemacht, haben mir die Todesnachricht überbracht – eine schwere Last für jeden Mann und erst recht für einen Freund.«

»Ich weiß«, sagte Herrick mitfühlend.

»Ich glaube, gerade wegen dieses Verlustes bedeutet mir Adam so viel. Ich habe mir gesagt: sollte ich im Kampf fallen oder aus anderer Ursache sterben, wird Adam in den Genuß des Familienbesitzes kommen, der ihm unter etwas glücklicheren Umständen sowieso zugestanden hätte.« Hilflos hob er die Schultern. »Man denkt niemals daran, daß das Schicksal den Jüngeren nimmt und den Älteren zurückläßt, Thomas.«

Herrick drehte das Glas in Händen und suchte nach den richtigen Worten. »Gerade deswegen will *ich* ja mit der Marine-Infanterie an Land gehen.« Er verstummte, denn er sah bereits die Ablehnung in Bolithos Augen.

»Nein. Übermorgen landen wir an einer feindlichen Küste. Nicht auf irgendeinem Felsennest, nicht auf einer Insel oder einem Außenposten in Indien, sondern in Europa. Halten Sie es für richtig, daß ich unsere Leute einer solchen Gefahr aussetze, ohne selbst die Führung zu übernehmen?« Er legte Herrick die Hand auf die Schulter. »Seien Sie ehrlich, Thomas. Haben Sie nicht früher manchmal Ihren Vorgesetzten heimlich verflucht, weil Sie den Kopf hinhalten mußten, während er in Sicherheit blieb?« Er schüttelte ihn sanft. »*Ehrlich*, hab ich gesagt.«

Herrick lächelte schwach. »Ja, manchmal schon.«

»Manchmal?« Bolitho blickte ihn mit plötzlich durchbrechender Zuneigung an. »Nein, oft.«

Herrick stellte sein Glas hin. »Und Gilchrist?«

»Ich brauche einen erfahrenen Seeoffizier.« Seine Stimme war jetzt hart. »Gilchrist hat Adam in dieses Boot geschickt. Vielleicht weil er trotz seiner Jugend Kampferfahrung hatte. Vielleicht aber auch aus einem anderen, weniger integren Grund.«

Herrick blickte zu Boden. »Das kann ich nur schwer glauben, Sir.« Dann sah er ihn an, entschlossener als je, seit das Schiff Gibraltar verlassen hatte. »Aber wenn ich herausbekomme, daß das stimmt, dann wird Gilchrist es zu fühlen kriegen.« Herricks Augen waren wie die eines Fremden. »Und er wird mir dafür bezahlen.«

Bolitho lächelte ernst. »Langsam, Thomas. Vielleicht war ich voreilig.« Er ging zur Tür und hörte, wie draußen der Posten stehende Soldat die Hacken zusammennahm. »Wir wollen uns jetzt lieber auf die allernächste Zeit konzentrieren. Sonst werden wir *alle* dafür bezahlen müssen.«

Allday strich sich das Haar aus den Augen und krächzte: »Sieht aus, als wären wir da.« Seine Lippen waren so trocken vor Durst, daß er die Worte kaum herausbrachte; die Sonne brannte ihm so gnadenlos auf Kopf und Schultern wie schon zwei Tage vorher.

Pascoe nickte und taumelte gegen ihn. Hinter ihnen schwankten fünf keuchende Matrosen wie Betrunkene, starrten verständnislos auf den Kamm der niedrigen Hügel, den harten, glitzernden Horizont dahinter: Da war wieder die See.

Der Gewaltmarsch war ein Alptraum gewesen, und während die Reiter ostentativ nach Lust und Laune tranken, hatten sie dafür gesorgt, daß die Gefangenen so gut wie nichts bekamen. Als zwei alte Bauersfrauen am Straßenrand ihnen Wasser geben wollten, waren die Reiter drohend auf sie zugaloppiert, hatten sie verjagt und gelacht, als die eine wie ein Bündel Lumpen in den Staub fiel.

Einen hatten sie unterwegs verloren, einen Matrosen namens Stokes. Als die Reiter zur Nacht das Lager aufschlugen, hatte er den Blick nicht von dem dicken Fellsack voll herbem Rotwein reißen können, der unter den Soldaten herumging. Der fast verdurstete

Mann mit den blutigen, schmerzenden Füßen war ein Bild des Jammers.

Nach einer gemurmelten Unterhaltung hatte ihn einer der Soldaten herangewinkt und ihn zum Erstaunen und Neid der anderen Gefangenen den Weinsack angeboten und ihn grinsend durch Gesten aufgefordert, so viel zu trinken wie er wolle.

Als sie endlich gemerkt hatten, was geschah, war es schon zu spät. Stokes trank und trank, Gesicht und Brust trieften von verschüttetem Wein, aber die Soldaten forderten ihn auf, noch mehr zu trinken; schließlich hielten sie ihn aufrecht und gossen ihm Wein in den offenen Mund.

Halbverhungert, ausgedörrt und in Angst vor dem ungewissen Schicksal, verlor Stokes völlig den Verstand. Er taumelte, brüllte, tanzte, erbrach sich und fiel ständig hin – ein jammervoller Anblick. Doch sobald er keuchend am Boden lag, rissen sie ihn hoch und zwangen ihm noch mehr Wein auf.

Morgens, als die Gefangenen losgebunden und auf dem rauhen Weg zusammengetrieben wurden, hatte Stokes immer noch dagelegen, wie er zuletzt hingefallen war, in einem großen Flecken ausgetrockneten Weines wie in einer Blutlache. Und sein Gesicht war eine Maske von Fliegen.

Als Pascoe zu ihm treten wollte, stießen sie ihn weg. Keiner der Soldaten kümmerte sich darum, ob Stokes noch atmete. Als wären sie ihres Spielzeugs müde geworden und wollten nur noch weiter.

Allday beschattete die Augen und musterte die blaue See jenseits der Hügel. Was für eine öde Gegend: Berge im Landesinneren, und hier an der Küste zerklüftetes Gelände mit Felsbrocken und Schotterrinnen. Kein Wunder, daß seine Füße so zerfetzt waren.

Ein Peitschenknall, und wieder schlurften sie weiter. Als sie den letzten Hang hinangekeucht waren, stieß Allday atemlos hervor: »Schiffe, bei Gott!«

Pascoe nickte. »Ja – drei Stück!« Er packte Allday beim Arm. »Sehen Sie doch – all diese Menschen!«

Der Pfad, der zum Strand hinabführte und sich dort mit einem anderen, besser gebauten Weg vereinte, wimmelte von Menschen. Von fern sah es aus, als liefen sie so ziellos herum wie Ameisen, doch beim Näherkommen wurde deutlich, daß es sich um ein Arbeitskommando handelte. Hier und da waren bewaffnete Soldaten und Aufseher in Zivil zu unterscheiden, die wie Felsen in der wimmelnden Menschenflut standen.

»Gefangene«, sagte Pascoe.

»Ich glaube, eher Sklaven.«

Die Wachen hatten Peitschen, und die zerlumpten Arbeiter wichen ihnen angstvoll aus.

Allday sah sich die Schiffe genauer an. Zwei Briggs und ein größeres Fahrzeug, wohl ein Transporter. Alle drei ankerten dicht unter Land; zwischen ihnen und an dem neuerbauten Pier fuhren ständig Leichter und Ruderboote hin und her. Zelte standen in sauberen Reihen am Fuß der Hügel. Auf der anderen Seite der Bucht, einem niedrigen, mit Gras und Heidekraut bewachsenen Vorland, war anscheinend eine Batterie, über der die spanische Flagge lebhaft flatterte.

»Die Schiffe müssen schwer geladen haben«, murmelte Pascoe.

Sie verstummten, als der Anführer der Reiter herangetrabt kam. Die Peitsche hing an seinem Bein herab, und die Schnur schleifte am Boden. Er deutete auf die Matrosen und brüllte einen Befehl. Zwei Reiter saßen ab und wiesen mit gezogenen Säbeln auf die erste Zeltreihe. Mit einem Peitschenschnippen wurden Pascoe und Allday von den Matrosen getrennt und zu einer anderen, kürzeren Reihe von Zelten gewiesen.

Vor einem dieser Zelte sah Allday einen Offizier stehen, der ihnen entgegensah, die Augen mit dem Unterarm beschattend. Der Reiter brachte sie zu ihm. Gott sei Dank, dachte Allday. Der Offizier mochte zwar Spanier sein, war aber immer noch besser als diese Halbwilden.

Der Reiter saß ab und machte dem Offizier Meldung, der nach kurzem Zögern auf sie zukam. Er war sehr schlank und trug einen weißen Uniformrock zu roter Kniehose. Als er näher kam, sah Allday, daß die elegante Uniform und die blanken Reitstiefel schon ziemlich abgewetzt waren; auch der Mann selbst sah aus, als habe er an diesem elenden Ort geraume Zeit verbracht.

Ganz langsam ging er um die beiden herum. Sein gebräuntes Gesicht war sehr nachdenklich, doch ohne jede Gemütsbewegung.

Als er wieder vor ihnen stand, sagte er in sorgfältigem Englisch: »Ich bin *Capitan* Don Camilo San Martin, vom Gardedragonerregiment Seiner Allerkatholischsten Majestät, des Königs von Spanien.« Er hatte ein sensibles Gesicht, zu dem der schmale, fast grausame Mund wenig paßte. »Ich wäre Ihnen verbunden, wenn Sie mir die Ehre erweisen würden, mir Ihren Namen und Ihren, äh, Rang zu nennen.« Er hob die Hand. »Doch ehe Sie beginnen – ich warne Sie vor Lügen. Dieser Dummkopf da hat mir berichtet, wie sein Spähtrupp auf Sie gestoßen ist. Daß er Sie nach hartem Kampf überwältigen und herschaffen konnte.« Er richtete sich selbstbewußt auf. »Ich bin zur Zeit Befehlshaber dieses, äh, Unternehmens hier.«

Langsam atmete Allday aus, als Pascoe antwortete: »Ich bin Leutnant Adam Pascoe von der Marine seiner Britannischen Majestät.«

Die melancholischen Augen des Spaniers ruhten jetzt auf Allday. »Und dieser? Ich nehme an, er ist ebenfalls Offizier?« Er verzog leicht den Mund. »Von etwas niedrigerem Rang vielleicht?«

»Ja.« Pascoe schwankte, doch seine Stimme blieb fest. »Deckoffizier.«

Allday staunte über Pascoes Geistesgegenwart, nach allem, was er durchgemacht hatte. Der Spanier schien die Lüge zu glauben. Wenn sie jetzt getrennt worden wären, hätte das jede Aussicht auf Flucht zunichte gemacht, wenn es überhaupt eine gab.

»Gut«, lächelte *Capitan* San Martin. »Sie sind sehr jung, *Teniente.* Ich gehe daher wohl nicht fehl in der Annahme, daß Sie nicht auf eigene Faust handelten. Daß Sie von einem englischen Schiff kommen?« Mit der gleichen müden Bewegung wie eben hob er die Hand. »Ich weiß, Sie sind Offizier und an Ihren Eid gebunden. Das respektiere ich. Aber es muß ja einen Grund dafür geben, daß Sie hier sind.«

Heiser sagte Pascoe: »Meine Leute, *Capitan* – können Sie anordnen, daß sie verpflegt werden?«

Der Spanier schien zu überlegen. »Alles zu seiner Zeit. Im Augenblick haben Sie und ich einiges zu besprechen.« Er deutete auf das Zelt. »Dort drin. Die Sonne brennt heute verflucht heiß.«

Im Zelt war es kühl, und als sich Alldays Augen an das Dämmerlicht gewöhnt hatten, sah er, daß er auf einem dicken Teppich stand. Nach dem rauhen Weg war das Balsam für seine wunden, blasenbedeckten Füße.

»Ich sehe an Ihrem Rücken«, bemerkte San Martin, »daß Sie unterwegs etwas rauh behandelt wurden.« Er zuckte die Achseln. »Es sind unwissende Wilde, aber gute Kämpfer. Mein Großvater pflegte noch Jagd auf sie zu machen, rein aus Sport.« Der Gedanke schien ihn zu amüsieren. »Aber die Zeiten ändern sich.«

Eine Ordonnanz brachte Becher und schenkte Wein ein. San Martin nickte ihnen zu. »Setzen Sie sich doch, wenn Sie wollen. Sie sind jetzt Kriegsgefangene. Ich schlage vor, Sie genießen meine Gastfreundschaft, so gut Sie können.« Wieder lächelte er. »Ich war selbst Gefangener der Engländer und wurde vor einem Jahr ausgetauscht. Dabei lernte ich Ihr Volk verstehen, und auch die Sprache wurde mir geläufig.«

»Ich muß darauf bestehen, Sir . . .« fing Pascoe an.

Weiter kam er nicht. San Martin, mit einem Blick zum Zeltdach, schrie ihn an: »Bei mir haben Sie auf gar nichts zu bestehen, *Teniente!*« Bei diesem Ausbruch rann ihm der Schweiß übers Gesicht. »Es kostet mich nur ein Wort, und Sie sind tot! Wie würde Ihnen das passen, eh? Diese Tiere da, die Sie draußen an der Straße und den Anlagen arbeiten sehen, sind Verbrecher; wäre die Arbeit hier nicht so wichtig, würden wir sie an die Ruderbänke der Galeeren ketten, wo sie hingehören, oder am Galgen verfaulen lassen. Zu denen könnte ich Sie stecken, *Teniente.* Wie würde es Ihnen gefallen, an einen großen Besen gekettet zu arbeiten, Stunde um Stunde nach Trommelwirbel und Peitschenhieb zu leben – eh?« Er war immer noch außer sich. »Da hätten Sie wenig Zeit, auf etwas zu *bestehen*, das kann ich Ihnen sagen!«

Allday sah, daß der Soldat mit der Weinflasche heftig zitterte. Er kannte und fürchtete anscheinend die Wutanfälle seines Vorgesetzten.

Etwas ruhiger fuhr dieser fort: »Ihr Schiff – oder vielleicht sogar Ihre Schiffe – sind in diesen Gewässern, um uns Schaden zuzufügen.« Wieder lächelte er gelassen. »Ihren Kommandanten – ob ich den wohl kenne?«

Ohne die Antwort abzuwarten, schritt er aus dem Zelt.

Eilig flüsterte Pascoe: »Er weiß nichts von dem Schoner.«

»Zum Teufel mit dem Schoner, Mr. Pascoe. Was wollen Sie ihm sagen?«

Ehe er antworten konnte, war der spanische Hauptmann wieder da. Vorsichtig legte er eine Hanfschlinge auf den Tisch, trat einen Schritt zurück und betrachtete sie prüfend.

»Sie ist, wie Sie sehen, am Ende zusammengespleißt«, erklärte er sachlich. »Hier und hier –«, er tippte mit dem Finger darauf –, »sind zwei Knoten darin: der Schmerzensring. Unsere Inquisitoren fanden ihn recht nützlich, um Schuldbekenntnisse zu erhalten – in Amerika, glaube ich.« Er sah Pascoe fest ins Gesicht. »Wenn ich Ihnen den um den Kopf legen lasse, passen die Knoten genau auf Ihre Augen. Dreht man die Schlinge von hinten enger, wird der Schmerz unerträglich, das kann ich Ihnen versichern.« Er nahm die Schlinge auf und warf sie der Ordonnanz zu. »Am schlimmsten ist es natürlich, wenn die Augen in den Höhlen zerdrückt werden.« Er gab dem Soldaten einen kurzen Befehl, und dieser rannte hinaus. »Zerplatzen wie Weinbeeren.«

Heiser rief Allday aus: »Sie werden doch nicht unsere Jungs damit martern lassen!«

San Martins Gesicht war vor Erregung verzerrt. »Ich habe Ihnen doch gesagt, Sie sind Kriegsgefangene. Als solche werden Sie behandelt, solange Sie mir unterstehen.« Schwer atmend setzte er sich hin. »Jetzt trinken Sie Ihren Wein.«

Plötzlich ertönte draußen vor dem Zelt ein furchtbarer Schrei. Allday ließ seinen Becher fallen. Pascoe stürzte zum Eingang, doch da hatte San Martin wie durch Zauber zwei Pistolen in den Händen. »Stehenbleiben! Das ist keiner von Ihren elenden Matrosen, nur ein Strafgefangener. Aber wenn Ihre Leute gesehen haben, wie er leiden muß, wird der Effekt derselbe sein.«

Mit Augen, die so unbeweglich waren wie seine beiden Pistolen, musterte San Martin Pascoes schreckverzerrtes Gesicht. Die Schreie dauerten an – stundenlang, wie es ihnen vorkam; doch als sie verstummten, hing der höllische Laut noch lange im Zelt.

San Martin steckte die Pistolen in den Gürtel zurück und sagte: »Seeleute sind redselig. Ich gehe jetzt. Versuchen Sie nicht, das Zelt zu verlassen, es würde Sie das Leben kosten.« Er nahm seinen Hut auf und schlug den Staub aus dem gelben Federbusch. »Wenn ich mit Ihren Matrosen gesprochen habe, werde ich über Ihre Schiffe Bescheid wissen – und wahrscheinlich über vieles mehr.« Er ging hinaus, und es wurde totenstill im Zelt.

Dann sank Pascoe auf den Teppich und würgte schmerzhaft. »Er hat recht«, stammelte er.

Allday sah seine Verzweiflung, das Zittern seiner wunden Schultern, das Pascoe vergeblich zu beherrschen suchte. »Nur ein Narr würde schweigen, wenn er diese Folter mitangesehen hat«, sagte er.

Nach einer knappen Stunde kam der spanische Hauptmann zurück. Er setzte sich auf eine messingbeschlagene Kiste und sagte gelassen: »Einer Ihrer Leute war durchaus gewillt, mit mir zu sprechen.« Er lächelte melancholisch. »Machen Sie kein so bestürztes Gesicht, *Teniente.* Auch meine Leute würden zu Verrätern,wenn sie in der gleichen Lage wären.« Dann wurde er dienstlich. »Ihre Schiffe sind seit über einer Woche in diesen Gewässern, ja? Sie wollen die Franzosen, unsere Verbündeten, ausspionieren. Diese Dinge gehen mich nichts an. Ich habe lediglich dafür zu sorgen, daß diese Hunde hier in der Bucht ordentliche Verteidigungsanlagen bauen.« Er tippte sich mit dem Rand des Weinbechers ans Kinn. »Eine Information habe ich jedoch bekommen, die an geeigneter Stelle von Wichtigkeit sein kann: Ihre Schiffe haben ein spanisches Fahrzeug gekapert.« Wütend verzog er den Mund. »Diese Idioten, die Sie hergebracht haben, waren so trunken von ihrem läppischen Sieg, daß sie sich ein Schiff unter ihren Nasen wegstehlen ließen!«

Allday dachte an den Knotenstrick, und der Reiter mit der Peitsche tat ihm beinahe leid. Wie zur Bestätigung zischte San Martin: »Aber das wird nicht wieder vorkommen.«

Mühsam beherrschte er sich. »Egal. Für Sie ist der Krieg vorbei. Sie werden an einen, äh, sicheren Ort transportiert, wo Sie Ihrem Rang gemäß untergebracht werden können. Zunächst lasse ich Ihnen etwas zu essen bringen«, schloß er gleichgültig. Jetzt, da er über die Gefangenen entschieden hatte, interessierten ihn Schiffe, eigene oder feindliche, offenbar überhaupt nicht mehr.

Sie wurden von zwei Bewaffneten zu einem nahe gelegenen Zelt eskortiert, und kurze Zeit später brachte die Ordonnanz des Hauptmanns einen Korb mit Brot und Früchten, sowie einen Krug sauren Weines.

Bitter sagte Pascoe: »Dann ist es aus mit uns, Allday. Es wird lange dauern, bis wir England wiedersehen.« Er wandte den Kopf ab. »Wenn überhaupt.«

Vorsichtig, damit die Wachen ihn nicht sahen, trat Allday an die Zeltklappe. »Bis jetzt ist noch gar nichts aus«, sagte er grimmig. »Für eins können wir dankbar sein: dieses Schwabbermaul, mit dem der Don gesprochen hat, war einer von Javals Leuten. Nur die hatten wir ja im Kommando.«

Pascoe sah auf. »Was macht das für einen Unterschied?«

Allday trat von der Klappe zurück und goß Wein ein. »Von der *Lysander* hätte jeder gewußt, daß Sie der Neffe des Kommodore sind.« Jetzt war Pascoe betroffen, und Allday nickte. »Überlegen Sie mal, was der Don daraus gemacht hätte. Die hätten mit Ihnen als Geisel allerhand aushandeln können.«

Pascoe starrte ihn an. »Daran habe ich gar nicht gedacht.«

»Nicht daß Old Dick . . .« Er brach ab und grinste. »Entschuldigung, das rutschte mir so raus.«

»Sprechen Sie weiter.«

Allday zuckte die Achseln. »Ich bin lange genug mit Ihrem Onkel gefahren«, sagte er, und seine Stimme schien von weit her zu kommen. »Wir haben eine Menge zusammen erlebt und erreicht. Ich habe gesehen, wie es ihn schmerzte, wenn brave Jungs auf seinen Befehl hin sterben mußten. Wie im Tran ist er übers Deck gegangen, während Splitter rechts und links von ihm hochsprangen, weil die Scharfschützen ihn aufs Korn genommen hatten.« Fast sah es aus, als schäme sich Allday, sein tiefwurzelndes Vertrauen laut werden zu lassen. »Nein, er würde seine Leute nicht einmal Ihretwegen in den Tod schicken.«

Mühsam stand Pascoe auf und trat zu ihm. »*Unseretwegen*, wollen Sie sagen.«

Allday lächelte. »Nett von Ihnen, es so auszudrücken. Aber Bootsführer sind leichter zu kriegen als Blutsverwandte.«

Pascoe seufzte. »Ich wünschte, ich könnte etwas für ihn tun.«

Draußen ertönte ein Ruf, und Allday spähte wieder durch die Zeltklappe. »Da kommt ein Reiter angeprescht, als ob alle Kobolde von Exmoor hinter ihm her wären!«

»Lassen Sie mich sehen«, sagte Pascoe.

Sie beobachteten San Martin, der vor seinem Zelt stand und mit geneigtem Kopf dem Kurier lauschte, der schon von der Zeltgasse her seine Botschaft heraufrief.

»Da ist was im Gange«, murmelte Allday.

Pascoe faßte ihn beim Arm. »Ich verstehe ein bißchen Spanisch.« Er horchte. »Ein Fischer hat ein Schiff gesehen, ein *großes* Schiff«, berichtete er dann leise.

Sekundenlang starrten sie einander an. Dann sagte Allday gepreßt: »Wenn es nur *ein* Schiff ist, dann wissen wir auch, welches – nicht wahr, Mr. Pascoe?«

San Martin schrie einen Befehl. Dann gellte eine Trompete. Sie traten zurück.

Allday dachte an die Küstenbatterie auf der Landzunge. Was für ein Pech, daß dieser Fischer etwas gesehen hatte und San Martin nun gewarnt war.

»Eben wünschten Sie doch, Sie könnten etwas für Ihren Onkel tun?« Pascoe schien etwas zu dämmern; er nickte. »Also: Wenn die *Lysander* oder ein anderes Schiff des Königs jetzt die Nase in diese Bucht steckt, dann geht es ihm schlecht – ganz bestimmt.«

San Martins Stimme war auf einmal ganz nahe, und Pascoe sagte rasch: »Einen Schluck Wein?« Er schob Allday seinen vollen Becher in die Hand. *»Sagen Sie etwas!«* flüsterte er.

Allday verschluckte sich beinahe. »Ich weiß das noch wie gestern, als wir damals auf der alten *Hyperion* waren und . . .«

San Martin schlug die Eingangsklappe auf, trat in das dämmerige Zelt und musterte Brot und Wein. »Gut«, sagte er, »sehr gut.«

»Dieses Trompetensignal eben«, fragte Pascoe, »bedeutete das Gefahr?«

San Martin sah ihn forschend an. »Unwichtig. Für Sie jedenfalls.« Er ging im Zelt herum wie ein Tier im Käfig. »Ich wollte Sie noch heute an Bord bringen lassen. Aber damit muß ich nun bis morgen warten. Ich schicke Sie nach Toulon. Der französische Admiral hat mehr Zeit als ich für solche Dinge.«

»Es ist eben Krieg, Sir«, sagte Allday ernst.

San Martin sah ihn lange an. »Auf einem guten Pferd in die Schlacht zu reiten, *das* ist Krieg«, sagte er schließlich. »Aber nicht, dieses dreckige Gesindel hier zu befehligen.« Er blieb am Zelteingang stehen. »Ich werde Sie wahrscheinlich nicht wiedersehen.«

Sie warteten, bis seine Schritte verhallt waren; dann sagte Allday: »Gott sei Dank!«

Pascoe fuhr sich durchs Haar, um Staub und Sand zu entfernen. »Er behält seine Schiffe bis morgen hier«, überlegte er laut. »Also muß unser Schiff ganz in der Nähe sein.«

Allday blickte zur Zeltwand, die von dem heißen Wind nach innen gedrückt wurde.

»Wenn der Wind so bleibt wie jetzt, Mr. Pascoe, dann kommt die *Lysander* bestimmt in die Bucht.«

»Sind Sie denn sicher, daß es die *Lysander* ist?« fragte Pscoe eindringlich.

»Sie etwa nicht?«

»Doch«, nickte Pascoe.

»Dann kommt sie in der Nacht oder bei Morgengrauen, schätze ich«, sagte Allday und trank einen Schluck Wein. »Also müssen wir die Köpfe zusammenstecken und uns was ausdenken, um sie zu warnen.«

Er dachte daran, was Pascoe vorhin gesagt hatte: *Es wird lange dauern, bis wir wieder in England sind – wenn überhaupt.* Was sie unternehmen konnten, um das Schiff zu warnen, und was das Ergebnis auch sein würde – eins war sicher: Sie würden beide teuer dafür bezahlen müssen.

V Der einzige Ausweg

Bolitho zog sich den Dreispitz fester in die Stirn. Die schwere, vierunddreißig Fuß lange Barkasse der *Lysander* stampfte in den kabbeligen Wellen; Gischt durchweichte die Insassen. Er spähte nach achtern, doch das Schiff war bereits im Dunkel verschwunden; er konnte gerade noch die weißen Schaumstreifen an den Riemen der beiden Kutter sehen, die mit ihm auf gleicher Höhe lagen. Trotz der sorgfältigen Vorbereitungen, obwohl die Eichenriemen mit öligen Lappen umwickelt und alle Waffen gut verstaut waren, kamen ihm die Geräusche schrecklich laut vor.

Er wandte seine Aufmerksamkeit jetzt nach vorn. Dort konnte er eben noch den Umriß der Gig ausmachen und gelegentlich ein phosphoreszierendes Aufspritzen, wenn ein Matrose im Bug mit dem Lot die Wassertiefe kontrollierte.

Das Kommando in der Gig führte Plowman, Erster Steuermannsmaat der *Lysander*, vom Master selbst empfohlen. Wenn Grubb nicht selbst mitmachte, dann war Plowman der Nächstbeste, dachte Bolitho. Grubb hatte ihm mit seinem tiefen Brummen anvertraut, Plowman hätte in Friedenszeiten auf einem walisischen Handelsschiff diese Küste befahren. »Das behauptet er wenigstens, Sir. Aber ich schätze, er hat mit den Arabern 'n bißchen schwarzes Elfenbein gehandelt.«

Sklavenhändler oder nicht – jedenfalls führte Plowman die Flottille der überladenen Boote ohne die geringste Unsicherheit geradewegs auf die Küste zu.

Seltsam: je wichtiger die Arbeit, um so fragwürdiger ist der Mann, den man dazu am nötigsten braucht, überlegte Bolitho.

Gilchrist, der neben ihm saß, konnte offenbar seinen knochigen Körper nicht ruhig halten, er klemmte den Degen zwischen die Knie und keuchte nervös.

Bolitho versuchte, nicht an die Möglichkeit einer Katastrophe zu denken; nicht an die Musketen und Säbel, die vielleicht da drüben in der Finsternis schon darauf warteten, ihn und seine Männer noch in der Brandung niederzumachen. Wahrscheinlich dachte Gilchrist mehr oder weniger dasselbe.

In einem Kutter war ein Rudergast aus dem Takt gekommen; nervös rief Steere, der Fünfte Offizier: »Aufpassen da! Zu – gleich!«

Die Boote waren überladen mit Matrosen und Seesoldaten, und das Pullen kostete eine Menge Kraft. Da war es nicht zu vermeiden, daß die Riemen quietschten, die Männer keuchten und fluchten.

»Die Gig hat beigedreht, Sir«, rief der Bugmann.

Bolitho beugte sich vor: jetzt sah er, daß die langen weißlichen Streifen nicht mehr von Plowmans Riemen kamen, sondern von der Brandung stammten.

»Auf Riemen, alle Mann!« Der Bootssteuerer der Barkasse packte seine Ruderpinne fester. »Achtung im Boot!«

»Verdammt, ich sehe überhaupt nichts«, fluchte Gilchrist.

Beide Kutter stampften heftig. Die hellen Bootskörper, leuchtend in der Finsternis, wurden von der Strömung abgetrieben.

Stahl klirrte, Stiefel scharrten: die Marine-Infanteristen machten sich zum Aussteigen fertig. Jetzt brauchte nur einer seine Muskete irrtümlich abzufeuern oder gegen den Matrosen zu fallen, der die Reißleine der auf einem Dreifuß montierten Drehbasse hielt, und mit aller Heimlichkeit war es vorbei.

Bolitho hielt den Atem an, als Plowmans Gig aus der Finsternis auftauchte, an die Barkasse stieß und kaum dabei erzitterte. Hände streckten sich aus und hielten die Boote fest, dumpf polternd tauchte Plowman in der Achterplicht auf und murmelte: »Das ist 'n ganz ordentlicher Strand, Sir.« Weiß glänzten seine Zähne, und er atmete so ruhig, als mache ihm die Sache Spaß. Vielleicht dachte er an die Zeiten, als er mit seiner Crew hier lebende Fracht übernommen hatte. »Nicht sehr breit, aber so, wie das Wasser aussieht, sind wir hier sicherer, als wenn wir noch weiter suchen.«

»Recht so.«

Bolitho versuchte, nicht an die Zeit zu denken. Es war wie ein inneres Stundenglas, in dem der Sand gnadenlos abrann.

»Dann fahre ich also vor«, sagte Plowman und wandte sich um; doch Bolitho hielt ihn an. »Sobald wir an Land sind, übernehmen Sie die Wache bei den Booten, Mr. Plowman. Sie haben Ihre Sache sehr gut gemacht. Ich werde dafür sorgen, daß es Ihnen nicht vergessen wird.«

Plowman protestierte: »Einer von meinen Leuten kann doch die Boote bewachen, Sir!«

»Nein. Wir brauchen Sie später noch. Ich will nicht, daß mir der Mann, der Mr. Grubbs rechte Hand ist, in Spanien verlorengeht. Der Master würde mir das nie verzeihen!«

Ein paar Männer lachten leise, und Plowman seufzte: »Da haben Sie vielleicht recht, Sir.«

Fünfzehn Minuten später liefen die Gig und die große Barkasse auf harten Sand, Matrosen sprangen über Bord und bis zum Gürtel ins Wasser, Waffen wurden herausgereicht, das Ruder belegt, Bolitho und Gilchrist rannten, Degen in der Hand, den Strand hinauf.

Dies war der kritische Augenblick. Bolitho verhielt bei einem Felsbrocken, starrte in die Finsternis, versuchte, über Wind und See etwas zu erlauschen.

Aber es kam kein Anruf, keine Salve knatterte mit blitzendem Mündungsfeuer aus dem Dunkel. Und mit jeder kostbaren Minute kamen mehr Männer aus dem flachen Wasser und ordneten sich eilig zu einer Marschkolonne. Immer mehr weißes Lederzeug schimmerte fahl in der Nacht, und als erst die Kutter eintrafen, die draußen noch auf Anzeichen von Gegenwehr gewartet hatten, war die kleine Bucht gedrängt voll stummer Gestalten.

Major Leroux eilte den Strand herauf. »Alles angetreten, Sir.«

»Recht so. Lassen Sie die Boote in Strandnähe warten. Plowman soll eine Stunde verstreichen lassen und dann zum Schiff zurückrudern, wie besprochen.«

Leroux winkte seiner Ordonnanz. Eine Stunde mußte ausreichen, um festzustellen, ob sie eine Erfolgschance hatten.

Während die Boote von ihren erschöpften Besatzungen ein Stück aus der Brandung gerudert wurden, konnte Bolitho die allgemeine Unsicherheit der Zurückbleibenden direkt spüren. Trotz ihres militärischen Status' waren die Marine-Infanteristen keine Landratten. Der Gedanke, sich allein auf fremdem Terrain zu befinden, ohne Verbindung zum Schiff und der einzigen Lebensweise, welche die meisten von ihnen kannten, beunruhigte sie.

»Schicken Sie Ihre Vorhut los, Major Leroux«, sagte er.

Der Major nickte. »Wir brauchen auch ein paar gute Männer als Flankenschutz.« Er eilte weg, und in kürzester Zeit war die ganze Landeabteilung auf dem Vormarsch.

Das Gelände war ungefähr so, wie Grubb und Plowman es geschildert hatten, doch erwies sich der Pfad, der durch die Hochfläche über dem Strand führte, rauher als erwartet. Wild fluchten die Männer in der Finsternis; ein paarmal hörte Bolitho, wie Nepean oder ein Sergeant drohend Ruhe befahlen. Nach einer Stunde etwa ließ Bolitho rasten, und während die Männer zu beiden Seiten des Pfades hockten, rief er seine Offiziere zusammen.

»In fünf Stunden wird es heller.« Midshipman Luce schüttelte Steinchen aus seinem Schuh; und wieder dachte Bolitho an Pascoe. In der Dunkelheit sah der Midshipman ihm sehr ähnlich. Sie waren gute Freunde gewesen – nein, sie waren es *noch*.

»Nach unseren Berechnungen müssen wir eine Felsrinne überqueren und sind dann ganz nahe an der Bucht. Auf der Karte hat der uns am nächsten liegende Arm der Bucht lockeren, krümeligen, von Hochwasser zermahlenen Boden. Wenn es eine Küstenbatterie gibt, steht sie also wahrscheinlich auf dem anderen Landarm.«

»Das ist viel zu weit! Das schaffen wir nie, ehe die *Lysander* mit dem Angriff beginnt«, unterbrach Gilchrist erregt.

»Sprechen Sie mit mir, Mr. Gilchrist?« Es klang so gefährlich sanft, daß Luce rasch wieder in seinen Schuh fuhr und reglos lauschte.

»Entschuldigung, Sir. Es war nur ein Gedanke ...« Gilchrist geriet etwas aus der Fassung.

»Freut mich zu hören.« Bolitho sah die anderen an. »Aber wir müssen nach Möglichkeit alle Geschütze ausschalten, die der *Lysander* gefährlich werden können, ehe sie den Angriff beginnt. Die Spanier mögen ja auf unseren Besuch nicht vorbereitet sein; aber sobald der erste Schuß fällt, wird aus dieser Bucht das reinste Hornissennest.«

Leroux schnallte sein Koppel fester. »Ganz meine Meinung, Sir. Und je eher wir durch diese Rinne sind, um so lieber ist es mir.«

Bolitho sah sich um, er spürte Staub und scharfen Sand im Gesicht. Der Wind hielt sich also. Hoffentlich war Fortuna, wie Herrick es immer nannte, ebenso zuverlässig.

»Also dann weiter!« befahl er.

Leroux ging nach vorn, gab ein paar geflüsterte Kommandos, und die Seesoldaten formierten sich wieder auf dem Pfad. In der Dunkelheit wirkten ihre weißen Brustriemen wie eine lange, sich windende Schlange von weißen Kreuzen.

Immer noch rührte sich nichts vor ihnen in der Nacht: kein streunender Hund, kein schlaftrunkener Fischer, der sich zu seinem Boot hinuntertastete, weil er bei Morgengrauen auf Fang wollte. Verlassen und leer lag die ganze Küste da.

Merkwürdig – Bolitho konnte ganz zusammenhängend denken; innerlich und äußerlich beinahe entspannt schritt er neben der Marschkolonne dahin. Wie oft schon war er an dieser Küste in beiden Richtungen entlanggesegelt, jetzt marschierte er hier. Im Geist sah er die Namen auf der Karte vor sich, wie Gedenksteine am Weg: Cartagena, knapp vierzig Meilen entfernt. Alicante, Valencia – an jede Stadt hatte er Erinnerungen. Vor fünf Jahren allerdings war Spanien noch mit England verbündet gewesen.

Er merkte, daß ein Befehl flüsternd nach hinten durchgegeben wurde, eilte nach vorn und sah, daß Leroux, Nepean und ein Unteroffizier in leiser Beratung beieinanderstanden.

Leroux machte keine überflüssigen Worte. »Das ist Corporal Manners, Sir, ein in jeder Hinsicht erfahrener Soldat. Er hat den Vortrupp geführt.« Ernst blickte er Bolitho an. Möglichst ruhig, obwohl hier bestimmt etwas sehr schiefgegangen war, fragte dieser: »Ihr Vortrupp hat die Rinne erreicht?«

Leroux nickte. »Berichten Sie dem Kommodore, Manners.«

Der Marine-Infanterist sprach Cornwalldialekt, Heimatklänge für Bolitho. »Die Rinne ist schon da, Sir. Aber da muß 'n großer Einsturz gewesen sein. Es geht fast senkrecht hinunter, hoch wie die Wand einer Kathedrale. Ich war nämlich Hauer im Zinnbergwerk in Cornwall, ehe ich anmusterte, Sir.«

»Dann wissen Sie, wovon Sie reden.« Bolitho sah an ihnen vorbei und suchte das Unerwartete zu verarbeiten.

»Ich *könnte* ja probieren, an 'ner Wurfankerleine hinunterzuklettern, Sir.«

Bolitho schüttelte den Kopf. »Im Dunkeln ist das zu gefährlich.« Er blickte Leroux an. »Was meinen Sie?«

»Es würde Stunden dauern«, antwortete der Major. »Und selbst wenn wir es schafften, wären die Männer hinterher zu erschöpft für ein Gefecht.«

»Und die *Lysander* wäre schon in der Bucht.«

Verzweiflung überkam Bolitho. Blind war er gewesen und zu dumm, ein natürliches Hindernis einzuplanen, das alle Vorbereitungen zu bloßer Zeitvergeudung machte und nur unnütz Menschenleben kostete. Er hatte sich auf die spärlichen Angaben der Karte und auf seinen Übereifer verlassen. Und auf – er stieß sich an dem Wort – auf seinen Rachedurst.

»Wir müssen die Rinne umgehen, Sir.« Leroux blickte ihn gespannt an; er war ebenso betroffen. »Jedoch . . .«

»Eben, Major Leroux. Dieses ›jedoch‹ ist das Problem.«

Leutnant Nepean warf ein: »Dann umgehen wir eben die Verteidigungsanlagen der Bucht und stürmen die Batterie von der Landseite her, Sir.«

Leroux seufzte. »Geben Sie durch an Sergeant Gritton: Weitermarsch hinter dem Vortrupp her. Etwas anderes bleibt uns jetzt auch gar nicht mehr übrig, Sir«, sagte er leise zu Bolitho. Es hätte wie ein Vorwurf klingen können, aber es war keiner.

Gilchrists lange Gestalt tauchte aus dem Dunkel auf. »Ich höre, wir können nicht durch die Rinne, Sir.«

»Stimmt.« Bolitho versuchte zu erkennen, wie Gilchrist darauf reagierte. »Also müssen wir doch unseren Gewaltmarsch machen.«

Wieder stapften die Marine-Infanteristen an ihm vorbei, die Musketen umgehängt; jeder starrte mit gebeugtem Kopf auf die Beine seines Vordermannes. Die meisten wußten gar nicht, warum sie überhaupt hier waren. Aber sie hatten *Vertrauen.* Es war, als riefe ihm jemand dieses Wort zu. Das war alles, was sie hatten, und er hatte es enttäuscht.

»Ich mache mir nur Sorgen um das, was danach kommt, Sir«, sagte Gilchrist dumpf, wandte sich um und nahm seinen Platz an der Spitze der nächsten Gruppe wieder ein.

»Dieser Mann fällt mir auf die Nerven, Sir«, knurrte Leroux.

Bolitho blickte ihn von der Seite an. »Dienstlich ist Captain Herrick durchaus mit ihm zufrieden.«

Leroux hieb mit seinem Säbel nach einem Busch. »Ich rede nicht gern über andere Leute hinter ihrem Rücken.«

»Erinnern Sie sich noch an Ihr Wort von vorhin, Major?« Wieder ein wütender Hieb Leroux' nach einem Strunk Heidekraut. »*Jedoch . . .*«

»Ich weiß, daß Captain Herrick schon früher mit Ihnen gefahren ist, Sir. Das ganze Geschwader weiß es. Er ist ein feiner Mann und gerecht. Auf einem Linienschiff beides zusammen zu sein, ist gar nicht so leicht.«

»Da haben Sie vollkommen recht, Major. Thomas Herrick ist seit der amerikanischen Revolution mein Freund. Er hat mir mehr als einmal das Leben gerettet.«

»Und Sie ihm auch, möchte ich annehmen, Sir.« Leroux warf einen raschen Blick auf die Reihe seiner keuchenden Seesoldaten. »Herrick hat eine Schwester, wissen Sie das, Sir?«

»Ja. Das arme Mädchen hat viel auszuhalten. Auch das weiß ich.«

»Ja, sie ist gelähmt. Ich habe sie kennengelernt, als ich für Captain Herrick in Kent war, bei der Neuausrüstung der *Lysander*. So ein hübsches Mädchen, aber mit gelähmten Gliedern – ein herzzereißender Anblick . . . Mr. Gilchrist ist mit ihr verlobt«, schloß er langsam.

Bolitho packte den Degengriff fester und starrte in die Dunkelheit, bis ihm die Augen schmerzten. Er war so mit seinen eigenen Angelegenheiten beschäftigt gewesen, daß er sich um die übrige Welt, um die Welt Herricks, überhaupt nicht gekümmert hatte. Herrick hatte seine dienstliche Laufbahn als armer, unprivilegierter Mann begonnen. Im Vergleich zu Offizieren wie Farquhar – oder schließlich auch zu ihm, Bolitho, selbst – war er immer noch arm. Im Lauf der Jahre hatte er sich zwar etwas erspart, seine mageren Prisengelder mit dem Bonus bei seiner Beförderung zum Fregattenkapitän etwas aufgebessert, aber von einem Vermögen konnte nicht die Rede sein.

»Captain Herricks Mutter starb kurz bevor wir aus Spithead ausliefen«, sagte Leroux. »Deshalb ist seine Schwester jetzt ganz allein.«

Wie war es eigentlich, als ich damals an Bord der *Lysander* kam? überlegte Bolitho. »Davon hat er mir nichts gesagt«, antwortete er dann. »Aber vielleicht habe ich ihm auch keine Gelegenheit dazu gegeben.«

Er schwieg; Leroux eilte wieder dem Vortrupp nach und überließ Bolitho seinen Gedanken.

Herrick liebte seine Schwester sehr, das wußte Bolitho. Einen Mann für sie zu finden, war ihm sicher wichtiger als alles andere, selbst wichtiger als seine Freundestreue. Doch warum verhielt sich Gilchrist so feindselig? Und warum wollte er ausgerechnet ein gelähmtes Mädchen heiraten? Bolitho war beides unerklärlich.

Er hob den Kopf und starrte zu den Sternen empor: so kalt, so erhaben über das kleinliche Gewimmel auf Erden.

In früheren Zeiten hatte er manchmal, wenn er frustriert und ungeduldig die Befehle höherer Stellen ausführte, gemeint, er selbst würde es besser machen. Aber jene Vorgesetzten hatten Flotten zu kommandieren gehabt, große Ereignisse in Rechnung zu ziehen und zu manipulieren. Nun hatte auch er eine wenn auch kleine Chance bekommen, zu zeigen, was er konnte, zu beweisen, daß er jetzt fähig war, in diese Ränge aufgenommen zu werden, deren Flaggen über den Geschwadern Freude, Stolz und Gehorsam auslösten.

Bolitho horchte auf das müde Scharren der Soldatenstiefel und wußte, daß er versagt hatte.

»Können Sie was sehen?« fragte Pascoe flüsternd, denn draußen vor der Zeltklappe wußte er einen Wachtposten.

Allday stand tiefgebückt an der Rückwand des Zeltes. Er hatte sich aus einem Trinkbecher eine Klinge gebastelt und damit ein kleines Loch geschnitten, durch das er spähte.

Stille heischend hob er die Hand. Von der Hinterwand des Zeltes aus konnte er ein Stück Strand unterhalb des Lagers sehen; auf dem unruhigen Wasser reflektierten die Sterne, und irgendwo wippte die Ankerlaterne eines Schiffes. Der Mond schien nicht, so daß jedes Feuer, jede Laterne überhell zu leuchten schien, selbst auf dem weit entfernten anderen Landarm der Bucht.

Mitternacht war vorbei, soweit er schätzen konnte; doch seit jenem Trompetenruf herrschte pausenlos Betriebsamkeit in Lager und Umgebung.

Jetzt war es etwas ruhiger, doch über dem Vorland ließen sich ein paar helle Laternenpünktchen erkennen; wahrscheinlich war die Batterie voll bemannt und traf alle Vorbereitungen für das Bombardement bei Morgengrauen. Ein glutroter Schein waberte ein paar Sekunden lang am Himmel und erstarb dann ebenso schnell. Allday fühlte, wie ihm Schweiß über Hals und Brust rann: dort wurde die Tür einer Feueresse auf- und wieder zugemacht. Sie erhitzten also Kanonenkugeln, um das Schiff in Brand zu schießen.

Er glitt zu Boden. Sie lagen beide nebeneinander, beinahe berührten sie ihre Gesichter.

»Die Batterie macht Kugeln heiß«, flüsterte Allday. »Deswegen haben wir auch einen Eingeborenen als Wachtposten. Die Spanier hier sind bestimmt alle Artilleristen und werden bei diesen verdammten Kanonen gebraucht.«

Pascoes Gesicht leuchtete bleich in der Dunkelheit. »Was machen wir bloß?«

Allday deutete zur Zeltklappe. »Steht da nur ein Mann?«

»Aye. Die denken, wir sind ihnen sicher.«

Trotz seiner steigenden Spannung grinste Allday. »Mit gutem Grund, Mr. Pascoe. Viel Schaden können wir ja nicht anrichten, selbst wenn wir abhauen, nicht wahr?«

»Ich weiß.« Es klang wie ein Schluchzen.

»Sachte!« Er faßte Pascoe an die Schulter und fühlte die vom Sonnenbrand wunde Haut. »Wenn wir was explodieren lassen, wie wir das besprochen haben, dann können wir damit das Schiff warnen.«

Entschlossen nickte Pascoe. »Aber wie kommen wir durch das Lager? Es muß mindestens eine Meile bis zur anderen Seite sein.«

Allday blickte zum Hintergrund des Zeltes. »Wenn mehr als ein Mann Wache steht, sind wir verloren.« Er ließ die Worte einwirken. »Aber wenn wir uns den da schnappen, ehe er um Hilfe rufen kann, dann kann sich einer von uns seine Uniform anziehen.«

Pascoe kroch auf dem Bauch zum Eingang. »Er hat sich hingesetzt.« Lautlos wie ein Wilddieb schlich er sich wieder zu Allday und tippte ihm auf den Arm. »Ich glaube fast, er schläft, aber sehen Sie sich vor. Es könnten noch andere Wachen in der Nähe sein.«

Allday prüfte sein primitives Messer und sagte: »Wenn ich geschnappt werde, ehe ich was unternehmen kann, verhalten Sie sich still und tun, als ob Sie schliefen. Lassen Sie sich nicht anmerken, daß wir das zusammen geplant haben.«

Pascoe zeigte grinsend die Zähne. »Ach, hol Sie der Teufel, Mutter Allday!«

Allday lächelte. »Das hört sich schon besser an, Mr. Pascoe.«

Adam blieb an der Zeltklappe stehen und versuchte, sein Gehör dem gleichmäßigen Kratzen von Alldays Messer zu verschließen, der die Zeltleinwand durchschnitt. Der Posten rührte sich nicht. Pascoe glaubte, die da draußen müßten sein Herz gegen die Rippen hämmern hören. Das Geräusch verstummte, und er warf einen raschen Blick über die Schulter. »Fertig, Allday?«

Aber er war schon allein. Er hob sich auf ein Knie und hielt den Atem an, als Allday wie ein Schatten um die Zeltecke glitt; seine bloßen Füße waren im Sand nicht zu hören. Es war, als hätte er sich in einen alles verbergenden Mantel gewickelt. Einen Moment stand er hoch über dem dösenden Soldaten. Dann stürzte er sich auf ihn und über ihn; ihre Schatten vermengten sich, aber außer einem kurzen Keuchen war nichts zu hören.

Pascoe hielt Allday die Zeltklappe auf, der den reglosen Posten durch den engen Eingang zerrte.

»Zünden Sie bloß nicht die Laterne an«, zischte Allday. »Sie müssen sich im Dunkeln umkleiden, so gut es geht. Los, ziehen Sie ihm die Jacke aus; Sie nehmen auch seine Hose. Stinkt säuisch, der Kerl.« Er tastete rasch nach dem Koppel. »Ah, 'ne Pistole hat er auch.«

Pascoe fühlte die Haut des Mannes unter seinen Fingern. Sie war feucht und heiß, aber unbewegt.

»Ich glaube«, murmelte Allday, »ich habe dem Bastard das Genick gebrochen.«

Pascoe starrte ihn durch das Dunkel kurz an und riß sich dann die Hose herunter. Eine Sekunde lang stand er nackt da und zog dann mühsam die Hose des toten Soldaten an. Seine eigene war zwar zerfetzt, aber immerhin eine letzte Verbindung zu dem Schiff. Er preßte die Lippen zusammen. Weg damit.

Dann die Jacke und das Koppel. Allday hatte recht; dessen kräftiger Körper hätte nie in die Uniform dieses Mannes gepaßt.

Jetzt tappte Allday im Zelt herum, dann hörte Pascoe Wein gluckern und wunderte sich, daß Allday ausgerechnet jetzt trinken konnte. Aber schon holte er erschrocken Luft, denn er fühlte Alldays tropfnasse Hände auf Gesicht und Hals und unter dem offenen Uniformkragen. »Sie müssen so dunkel wie möglich aussehen«, sagte Allday grimmig. »Gott behüte, wenn man Sie bei Tageslicht sieht. 'ne Rothaut als Soldaten hatten die wahrscheinlich noch nie.«

Er stülpte Pascoe den Fez auf und drapierte das Nackentuch so, daß es möglichst viel vom Gesicht verbarg.

Pascoe nahm die Muskete auf und prüfte sie. Glücklicherweise war sie neu, eine französische vermutlich.

»Fertig.«

Allday zerrte den Toten beiseite und deckte ihn mit einem Stück Zeltleinwand zu.

»Gut. Und jetzt fesseln Sie mir die Hände auf den Rücken. Es muß schön fest aussehen. Nicht zu fest, natürlich; passen Sie auf!«

Stumm sahen sie einander an. Dann sagte Pascoe: »Wenn sie mich lebend kriegen, dann . . .«

Allday schüttelte den Kopf. »Das werden sie nicht. Mich auch nicht.«

Draußen kam es ihnen fast kühl vor. Die tiefen Schatten der Zelte und Erdwälle wirkten unwirklich und drohend.

Allday überlegte sich, was die Wachen wohl während der Nacht mit den Sklaven und Gefangenen machten. Wenn alles klappte, würde es ein rauhes Erwachen für sie geben, wo sie auch sein mochten.

Es war alles so einfach. Eilig schritten sie den Abhang hinunter, wo die Offizierszelte standen, und auf einen rauhen, teilweise fertiggestellten Pfad zu, der, wie Allday vermutete, zu dem neuen Pier führte. Ein niedergebranntes Lagerfeuer glomm rötlich bei einem unbespannten Wagen, zwischen dessen großen Rädern mehrere schlafende Männer lagen. Er hörte Pascoes Schritte dicht hinter sich und den regelmäßigen Anschlag der umgehängten Muskete an seiner Hüfte.

Bei einem Holzstapel bewegte sich etwas; Allday zischte: »Los, Mr. Pascoe!«

Pascoe riß die Muskete von der Schulter, stieß ihm die Mündung in den Rücken und eilte mit ihm voran, so schnell er glaubte, es riskieren zu können.

»Gut gemacht«, murmelte Allday. »Aber hoffentlich haben Sie Ihren Abzugsfinger unter Kontrolle!«

Sie gingen geradeaus weiter; Sternenlicht wies ihnen den Weg zur Landzunge, Laternen brannten keine mehr. Also würden die Geschützbedienungen jetzt neben ihren Kanonen schlafen. Sie hatten wenig zu befürchten.

Da blieb Allday stehen, Pascoe ebenfalls.

»Was ist?«

»Da steht jemand vor uns. Direkt auf dem Weg.«

»Jetzt können wir nicht mehr zurück«, flüsterte Pascoe, »wir sind auf freiem Gelände.«

»Aye.« Etwas an der vor ihnen stehenden Gestalt beunruhigte Allday. »Wenn er was sagt, lachen Sie einfach und gehen weiter. Ich versuche dann, ihn von hinten zu erledigen.«

Doch der einsame Mann rief sie nicht an und wandte sich auch nicht um, als sie vorbeigingen. Denn er war an einen Pfahl gebunden, und seine leeren Augenhöhlen gähnten groß und schwarz über dem gebleckten Gebiß. Allday ging schweigend vorbei – es war der Anführer der Reiter, der ihn mit der Peitsche geschlagen hatte.

Pascoe sprach es statt seiner aus: »Wenn sie das schon mit ihren eigenen Leuten machen . . .«

Ein paar Minuten später sagte Allday: »Ich glaube, hier halten wir erst mal und stellen fest, wo wir sind.«

Sie hatten schon fast den Strand erreicht; der Sand war vom Kommen und Gehen vieler Füße zerfurcht, wo Sklaven die ankernden Schiffe beladen hatten.

Das nächstliegende, eine Brigg, war ziemlich deutlich zu erkennen. Die Morgendämmerung mußte also schon näher sein, als sie dachten. Wie einladend diese Brigg aussah. Allday dachte an das, was sie sich vorgenommen hatten, und erschauerte. Unter diesen Umständen hätte jedes Schiff einladend ausgesehen. Er musterte den vor ihnen liegenden Landarm der Bucht. Zwei Erhebungen, etwa eine Kabellänge* voneinander entfernt, unterbrachen das sonst ebene Terrain. Also waren zwei Batterien vorhanden, höchstwahrscheinlich aber nur ein Magazin. Der spanische Hauptmann hatte angedeutet, daß er in diesem Stadium auch ohne neue Arbeit genug zu tun hätte.

»Wir nehmen die landeinwärts, wenn Sie einverstanden sind?«

Pascoe nickte. »Die mit der Esse. Wahrscheinlich befindet sich dort auch das Magazin. Denn wenn sie die heißen Kugeln zu den gerichteten Kanonen tragen, muß das schnell gehen.«

Allday warf einen verstohlenen Blick auf die dunkle Gestalt. Es hätte der Kommodore sein können, der so sprach.

»Ich glaube, ich sehe einen Pfad. Den nehmen wir. Wenn es der falsche ist, kehren wir um und versuchen es auf dem anderen«, sagte Pascoe und schloß mit fester Stimme: »Jedenfalls wird es ein rascher Tod.«

Aber sie hatten die richtige Wahl getroffen. Am Fuß des Landarms verbreiterte sich der Pfad und fühlte sich selbst für Alldays wunde Füße etwas glatter an.

Hier im Windschatten war es viel ruhiger, und sie vernahmen andere Laute: das Rascheln des trockenen salzigen Grases, das ferne Wiehern angekoppelter Pferde, das monotone Pfeifen eines Beute suchenden Nachtvogels.

Sie rundeten eine neue Wegbiegung und verhielten verblüfft vor einem hohen hölzernen Tor. Es stand weit offen; im schwachen Licht einer Laterne sahen sie roh behauene Stufen, die den Hügel hinauf zu einer Stelle führten, die direkt unter der ersten Batterie liegen mußte.

Hastig fragte Allday: »Haben Sie die Peitsche?«

Pascoe tastete an dem ungewohnten Gürtel herum. »Ja, aber warum . . .« Er brach ab, denn zwei Gestalten lösten sich von der Innenseite des Tores.

»Los«, stieß Allday hervor, »schlagen Sie zu! Oder wir kommen nie durch dieses verdammte Tor!«

Die beiden Wachen waren bewaffnet; Allday konnte ihre Bajonette im gelben Lampenschein funkeln sehen. Beide waren Spanier

* 1 Kabellänge = 0,1 Seemeile oder 185,3 m

und Artilleristen, nach der Form ihrer Stiefel und der weiten Hosen zu urteilen.

Allday sog scharf den Atem ein, als die Peitsche auf seine Schultern niedersauste. »Fester, um Gottes willen!«

Keuchend holte Pascoe noch einmal aus; mit plötzlicher Klarheit erinnerte er sich, wie die Reiter zugeschlagen hatten: ohne Erregung, ohne Gnade. Die beiden Posten sahen mit gelinder Neugier zu. An diesem elenden Ort war es für sie wahrscheinlich eine willkommene Abwechslung.

Dann klapperte eine Muskete, die der eine Posten vom Boden aufhob, und Allday stürzte vor, riß sie dem erstaunten Mann aus den Händen und stieß ihm mit wütender Kraft den Kolben ins Gesicht.

Pascoe eilte zu ihm, doch der zweite Wachtposten rannte bereits die Stufen hinauf, wie ein Irrer schreiend.

Allday legte die Muskete an und feuerte; der Mann wurde vom Aufprall der Kugel herumgerissen, stürzte und war nicht mehr zu sehen. Sie hörten ihn in einer kleinen Lawine von Steinen und Erdbrocken den Abhang hinunterrollen.

»Los!« Pascoe rannte die Stufen hinauf und direkt in einen weiteren Wachtposten hinein, der aus einer anderen Tür kam, einer starken, eisenbeschlagenen. Allday faßte zu, packte ihn beim Hals, drehte ihn mit einem Schwung um und schmetterte seinen Kopf gegen die Tür.

Sie flog auf. Dahinter lag ein leerer Gang; von oben waren Rufe und eilende Schritte zu hören; sie schlüpften hinein, und Pascoe sagte atemlos: »Riegel zu!« Er hielt eine Laterne hoch. »Hier muß es zur Pulverkammer gehen.«

»Trocken genug ist es.« Allday legte zwei schwere Riegelbalken um. »Vorsicht mit der Laterne!« Er zog prüfend die Luft ein. »Ich wette, die fragen sich jetzt, was, zum Teufel, hier unten los ist.« Er spannte die zweite Muskete.

Stiefel und Kolben hämmerten gegen die schwere Tür, doch war es ebenso rasch wieder still.

Pascoe blickte seinen Gefährten an. »Also, dann los!«

Major Leroux reichte Bolitho ein kleines Taschenteleskop. »Viel werden Sie ja noch nicht sehen können, Sir.«

Bolitho hob sich auf die Knie. Beine und Rücken schmerzten ihm von dem langen Marsch. Zwischen Felsbrocken und trockenem Heidekraut sah er das weiße Lederzeug und die Kniehosen der Marine-Infanteristen, die in lockeren Gruppen keuchend dalagen.

Himmel und Sterne wurden zweifellos schon bleicher. Doch Land und Horizont waren noch nicht zu unterscheiden; und nur am gelegentlich helleren Sand des Strandes konnte er ungefähr erkennen, wo sie waren: nämlich an einem Abhang etwa auf gleicher Höhe mit dem Arm der Bucht. Durch das kleine Glas konnte er auch sehen, wo der Erdboden aufgerissen worden war, um Wälle und Palisaden zu bauen; eine einzelne Laterne flackerte auf. Ihr Licht spielte über zwei schwere Bodenstücke; wahrscheinlich Vierundzwanzigpfünder, dachte er.

Leroux hatte sich auf die Ellbogen gestützt und sagte, einen Kieselstein lutschend: »Noch diesen steilen Hang hinunter und dann hoch zu der vordersten Palisade, Sir. Aber selbst wenn weiter hinten keine Verteidigungslinie mehr ist, könnten wir die Hälfte unserer Leute bei der ersten Salve verlieren.« Er musterte seine erschöpften Männer. »Das Bordleben nimmt ihnen die Ausdauer. Das ist eben keine Infanterie und auch kein Linienregiment.«

Wütendes Hundegebell erscholl irgendwo in der Ferne. Ein neuer Tag begann.

»Heute müssen sie aber richtige Soldaten sein«, sagte Bolitho kurz. »Wir werden sofort angreifen, Major. Ehe die Trompete die Garnison weckt.«

Die anderen Offiziere rückten näher an sie heran. Er starrte unverwandt auf die See und die dunklen Umrisse der drei vor Anker liegenden Schiffe. Vielleicht konnten sie die Batterie doch noch ausschalten und sich dann zu irgendwelchen Booten durchkämpfen. Alles wegen dieser Felsenrinne. Und wegen seiner blinden Ungeduld.

»Mr. Steere, Sie nehmen, was noch an Matrosen da ist, und versuchen den Strand zu erreichen. Mr. Luce geht mit Ihnen.« Er nickte Leroux zu. »Also weiter. Wir schlagen am besten gleich los.«

Leroux faßte seinen Sergeanten am Arm. Der zuckte zusammen wie von einer Kugel getroffen. »Sergeant Gritton, geben Sie durch: Bajonette aufpflanzen. Inspizieren Sie jeden Mann. Auf mein Signal: ganze Linie Attacke. Laufschritt marsch.«

Der Sergeant setzte seinen Hut fester auf. »Jawohl, Sir.« Er war so unbewegt, als hätte er den Befehl bekommen, seine Stiefel zu putzen.

Am Abhang rührte es sich, Stahl klang auf Stahl, die Bajonette schimmerten schwach. Bolitho zog seinen Degen und sagte gelassen: »Wir müssen möglichst viel Lärm machen. Das ist jetzt unsere beste Chance.«

Er fuhr herum: ein einzelner Schuß krachte, sein Echo wurde von den Hügeln zurückgeworfen.

Einen Moment dachte er, ein Wachtposten hätte seine Truppe gesichtet, und sie wären vor dem Angriff ausmanövriert.

»Da unten, Sir«, rief Nepean, »da habe ich Mündungsfeuer gesehen. Ein Mann ist gefallen, glaube ich.«

Gedämpfte Rufe; die einzelne Laterne bewegte sich hinter den Wällen der Batterie, wie von einem Gespenst getragen.

»Das ist kein Signal, bei Gott«, murmelte Leroux. »Da muß ein Verrückter am Werk sein. Verdammt, sehen Sie bloß, wie die durcheinanderrennen! Mit dem Überraschungsmoment ist es vorbei«, schloß er bitter.

Sogar ohne Teleskop konnte Bolitho das Gerenne bei der Batterie sehen: helle Gestalten, anscheinend bloß halb bekleidet, von diesem mysteriösen Schuß aus dem Schlaf gerissen.

»Die beste Gelegenheit, Major«, erwiderte er heiser. Er sprang auf und schwenkte seinen Hut zu den erstaunten Marine-Infanteristen. »Folgt mir, Jungs!« Gallebitter stieg der Irrsinn in seiner Kehle hoch; so wild, als wolle es ausbrechen, schlug sein Herz gegen die Rippen.

Ein Laut wie ein Grollen kam von den Männern, sie rappelten sich auf, die Bajonette richteten sich auf die Batterie, und Leroux brüllte: »Zur Attacke – marsch!«

Den Abhang hinunter rennend, dabei schreiend wie die Irren, vergaßen die Seesoldaten bald den Befehl, nicht zu schnell vorzugehen. Sie stürmten über Gras und Steine, und die schwankenden Bajonette glitzerten jetzt heller, denn ein schwacher Morgenschimmer lag bereits über der Bucht.

Hier und da stürzte ein Mann, doch nur, um wieder aufzuspringen, seine Muskete zu packen und abermals zu seinen brüllenden, schreienden Kameraden aufzuschließen.

Bolitho hörte ein paar Schüsse; doch wer sie abfeuerte und wem sie galten, wußte er nicht. Er wußte nur, daß sich das Tempo kaum noch halten ließ, denn jetzt ging es nicht mehr abwärts, sondern bergauf. »Schneller!« keuchte er. »Die Palisaden!«

Von oben krachte es ein paarmal; ein Mann fiel und rollte gurgelnd den Abhang hinunter.

Einige Seesoldaten waren zurückgeblieben, knieten jetzt und zielten über die Köpfe ihrer Kameraden hinweg. Eine Kugel sauste Bolitho am Kopf vorbei, ein Todesschrei ertönte vom Wall über ihm.

»Da ist ein Weg!« schrie Leroux. »Sergeant Gritton! Dort hinauf!«

Kugeln schlugen jetzt von beiden Seiten in die Palisade, und wie aus weiter Ferne hörte Bolitho den fordernden Ton eines Trompetensignals.

Sie mußten diesen Wall erreichen und einnehmen, ehe der Feind Unterstützung aus dem Lager bekam. Inzwischen hatten sie alle gehört, daß Pferde da waren. Griff erst Kavallerie an, würde sie die erschöpften Marine-Infanteristen auseinandertreiben und in Stücke hauen.

Bolitho fiel beinahe über einen Soldaten, der quer in einem Tor lag; ein brüllender Seesoldat an der Spitze der vordersten Gruppe stieß ihn beiseite. Der Kopf schwirrte ihm, aber trotzdem registrierte er die seltsame Tatsache, daß das Tor offen und der Soldat tot war.

Ein paar Stufen hinauf, um eine Ecke, und dann sah er ein halbes Dutzend Spanier, die mit Waffen und Fäusten gegen eine breite Tür hämmerten – anscheinend bemerkten sie die anstürmende Marine-Infanterie gar nicht. Doch dann drehte sich einer um, und der ganze Haufe wandte sich von der Tür ab, rannte auf den halbfertigen Wall zu und versuchte hinüberzuklettern.

Johlend wie die Teufel fuhren die Marine-Infanteristen zwischen sie; Bajonette stießen zu, die schrecklichen Todesschreie gingen in dem wüsten Kampfgebrüll unter.

»Hurra, die Marine!« schrie Bolitho. »Halten Sie sie um Gottes willen auf, Major Leroux! Wir müssen durch diese Tür!«

Schüsse krachten von der Batterie her, einige Seesoldaten fielen um sich schlagend zu Boden, andere eilten die Stufen empor; doch da sie bald von Nachdrängenden eingekeilt werden mußten, bestand die Gefahr, daß sie wehrlos von versteckten Scharfschützen abgeknallt wurden.

Jetzt stand Sergeant Gritton mit einer großen Axt vor dem Türrahmen und führte krachende Schläge gegen das eisenbeschlagene Holz.

Leroux feuerte seine Pistole ab und gab sie seiner Ordonnanz zum Neuladen; ein Körper fiel über die Brustwehr zwischen die brüllenden Seesoldaten.

»Er kriegt sie nicht rechtzeitig auf!«

Er schoß seine zweite Pistole ab und fluchte, als die Kugel als Querschläger fehlging.

»Los, Jungs!« brüllte Gritton. »Sie gibt nach!«

Bolitho drängte sich durch die aneinandergepreßten Männer. Er hatte gemerkt, daß die Tür nach innen aufging, und zwar nicht wegen der Axthiebe, und daß seine Männer im nächsten Moment von einer Kartätschenladung zerfetzt werden konnten.

»Schießt, Jungs!« brüllte Gritton. »Drauf auf die Hunde!«

Da erscholl eine andere Stimme, lauter selbst als die Grittons: »Achtung, Sergeant! Feuer einstellen, verdammt!«

Bolitho wurde von den Vorstürmenden mit durch die Tür gerissen, und als sie hurra schreiend in einen roh behauenen Gang rannten, starrte er zwei Gestalten an, die sich scharf im Licht einer einzelnen Laterne abhoben.

»Der eine ist von uns«, keuchte Leroux. »Schießen Sie auf den anderen, den Soldaten, Gritton!«

Aber der »Soldat« warf seine Muskete weg; zwei Seesoldaten packten seine Arme, da rief er heiser: »Ich bin's!«

Bolitho stieß die Männer beiseite und packte den Jungen an beiden Schultern. »Ich muß träumen!«

»Dann träumen auch wir, Sir!« rief Allday.

Leroux stand wieder neben ihm. »Hier ist das Magazin, Sir!« Er starrte Pascoe in das fleckige Gesicht. »Haben Sie . . . Ich meine, wollten Sie . . .«

»Wir hatten vor, das Magazin in die Luft zu sprengen«, entgegnete Pascoe heiser. »Der spanische Kommandeur wußte, daß ein Schiff kommt.« Hilfesuchend sah er Allday an; plötzlich hatte ihn alle Kraft verlassen. »Und das konnte doch nur die *Lysander* sein.«

Allday nickte und grinste dabei über das ganze schmutzige Gesicht. »Aber daß wir an diesem schönen Morgen unsere ›Bullen‹ zu sehen kriegen würden – das konnten wir nicht wissen.«

Bolitho versuchte, seine durcheinanderwirbelnden Gedanken zu ordnen. Vielleicht war es doch schon zu spät, etwas zu unternehmen. Aber nun sah es nicht mehr so schwarz, so völlig unmöglich aus wie vor ein paar Augenblicken.

»Major, greifen Sie mit Ihrer Abteilung die Batterie an. Die Scharfschützen sollen besonders sorgfältig zielen, doch ich glaube, Sie werden auf keinen großen Widerstand stoßen. Die werden nicht so wild darauf sein, auf uns *hier* zu schießen und sich selbst die Hölle zu bereiten.« Er sah Pascoe und Allday an. »Wozu ihr beiden aber durchaus bereit wart.«

»Eins noch, Sir«, sagte Allday. »Auf der anderen Seite, nach See zu, steht noch eine zweite Batterie. Ich glaube zwar, das hier ist das einzige Magazin, aber . . .«

Er brach ab, denn eine Detonation erschütterte den Gang. Auch Hurrageschrei war zu hören und zerstreutes Musketenfeuer.

Bolitho nickte. »Das war ein Schuß von der anderen Batterie, denke ich.«

Er rannte hinter den Marine-Infanteristen her; Pascoe wollte ihm folgen, doch er sagte: »Nein, Adam. Du hast bisher den Löwenanteil getragen. Bleib hier bei den Verwundeten, bis ich weiß, wie es weitergeht.«

Während er durch den schwach erleuchteten Gang lief, vorbei an großen Fässern mit Pulver und Munition, an Tragegestellen, mit denen die Kanonenkugeln zur Feueresse transportiert worden waren, überdachte er das Geschehene. Pascoe und Allday lebten noch. Nicht nur das; sie waren hier, bei ihm. Doch wie sie es geschafft hatten, konnte er sich nicht erklären. Hätte er an dem Steilhang den Rückzug angetreten, oder wäre er nur ein paar Minuten später eingetroffen, dann hätten sie Magazin und Batterie in die Luft gesprengt und sich mit. Und zwar ohne Rücksicht auf das eigene Leben, ohne auch nur abzuwarten, ob tatsächlich ein Schiff in die Bucht segelte! Sie hatten damit gerechnet, daß es die *Lysander* sein würde, und das war ihnen genug.

Wieder ein lautes Krachen, Staub rieselte von der abgestützten Decke; aber Bolitho nahm sich Zeit, den Degen in die Scheide zu stecken und sich zusammenzureißen, denn Leroux, ohne Hut, mit Blut überm Auge, kam ein paar Stufen herabgelaufen und rief: »Die *Lysander* ist in Sicht, Sir. Die andere Batterie hat das Feuer eröffnet, aber diese hier hat sich ergeben.« Er seufzte schwer. »Hören Sie nur meine Jungs! Dieses Hurra ist Belohnung genug.«

Wieder ein krachender Abschuß; Bolitho zuckte zusammen. »Drehen Sie eins der Geschütze um und zielen Sie auf die andere Batterie. Heiße Kugeln werden wohl auch noch da sein.«

Frisch schlug Bolitho draußen die Salzluft ins Gesicht. Hurra rufend stürmten die Seesoldaten über die Wälle und feuerten im Laufen auf die andere Batterie. Bolitho kümmerte sich nicht um die vorbeipfeifenden Kugeln, er starrte nur auf die hohe Segelpyramide, die aus dem Meere selbst aufzusteigen schien.

Der Vierundsiebziger glitt ganz langsam in die Bucht hinein; der Rumpf lag noch im Schatten. Herrick kam, er hatte es ja gewußt. Keine Batterie der Welt konnte ihn daran hindern, den Angriff planmäßig auszuführen, oder ihn von dem Versuch abhalten, wenigstens die Landeabteilung zu retten.

Ein Kanonenschuß krachte von der Batterie; Bolitho knirschte mit den Zähnen, denn eine hohe Wassersäule stieg nahe am Rumpf seines Schiffes auf. Zu nahe!

»Treiben Sie Ihre Männer an, Major! Die See ist unser einziger Ausweg, sagen Sie ihnen das!«

VI Angriff im Morgengrauen

»Kurs Nordost liegt an, Sir!« meldete der Rudergänger halblaut.

»Recht so.« Ruhelos ging Herrick zur Luvseite des Achterdecks hinüber und spähte zum Land.

Als er sich wieder umwandte und das Hauptbatteriedeck musterte, stellte er fest, daß er einige Geschützbedienungen schon ganz deutlich erkennen konnte, obwohl es auf den ersten Blick noch so dunkel schien wie zuvor.

Er ging nach achtern, wo Grubb beim Ruder stand, mit Plowman, seinem besten Steuermannsmaaten, neben sich.

»Jetzt müßte bald ein Signal kommen, Mr. Grubb.«

Er hätte lieber schweigen und seine Nervosität verbergen sollen. Aber die vorsichtige Annäherung der *Lysander* an das im Dunkel liegende Land dauerte so endlos lange. Ebenso gespannt wie er waren die Männer bei den Kanonen, auch die an den Brassen und Schoten – vielleicht kam im letzten Moment noch der Befehl zum Halsen.

Ab und zu hörte er auch aus den Rüsten des Vorschiffs den Ruf des Lotgasten und das Klatschen, wenn er das Lot wieder auswarf. Daß sie ihr Angriffsziel verfehlten, war ausgeschlossen. Bei dem stetigen Wind, der von backbord achtern kam, bei der Wassertiefe, die mit den Angaben auf der Karte übereinstimmte, und außerdem dank Grubbs Ortskenntnis war kein Zweifel möglich.

Der Master sah noch formloser aus als sonst; er hatte die Arme tief in den Falten seines schweren Mantels versteckt.

»Mr. Plowman hat mir nochmals versichert, Sir, daß er die Landeabteilung auf den richtigen Weg gebracht hat. Es gab keinen Alarm – nicht ein Schnurrbarthaar von einem Don war zu sehen.« Er schüttelte den Kopf und schloß finster: »Sie haben ganz recht, Sir. Das Signal müßte längst gegeben worden sein.«

Widerstrebend ging Herrick wieder nach vorn zum Fuße des mächtigen Großmastes, wo Fitz-Clarence stand und das Hauptbatteriedeck im Auge behielt.

»Zu verdammt ruhig alles,« sagte Herrick. Er versuchte, sich vorzustellen, was mit Bolitho und den Marine-Infanteristen geschehen konnte. Vielleicht hatten sie sich versteckt, vielleicht waren sie gefangen oder sogar schon tot.

Fitz-Clarence wandte sich um und sah ihn an. »Es wird schon heller, Sir. Viel heller.« Er hob den Arm und deutete zum Land.

Auch ohne den Hinweis hatte Herrick bemerkt, daß die sie umgebende Dunkelheit sich etwas lichtete; sogar ein bogenförmiges Stück sandigen Strand konnte er erkennen und die Brandung am Fuß der Klippen. Die *Lysander* stand sehr dicht unter der Küste, aber die Wassertiefe reichte aus. Zu jeder anderen Zeit wäre es der perfekte Anmarsch zum Angriff gewesen, unter idealen Bedingungen, wie sie sonst selten vorhanden waren.

»Zehn Faden!«

»Der Landarm muß ganz dicht an Steuerbord voraus liegen, Sir«, murmelte Grubb bestätigend und hustete tief in der Kehle. »In 'ner halben Stunde können wir hinspucken.«

Unter der Achterdecksreling lachte ein Matrose kurz auf, und der Stückführer wies ihn mit einem Schimpfwort zur Ruhe.

Die Matrosen waren seit dem vorigen Abend in den Quartieren gewesen; sie hatten gesehen, wie die Boote abgefiert wurden und sich auf die Fahrt zur Küste machten. Dort unten, und noch mehr in den Tiefen des unteren Batteriedecks tauschten sie sicherlich flüsternd ihre Zweifel aus und machten Witze über die Vorsicht ihres Kommandanten. Doch was würden sie sagen, wenn er das Schiff verlor, und sie mit?

»Schade, daß die Verbindung zur *Harebell* abgerissen ist, Sir«, bemerkte Fitz-Clarence.

Herrick fuhr ihn an: »Kümmern Sie sich um Ihren Dienst, Mr. Fitz-Clarence!«

Es war vielleicht nur eine beiläufige Bemerkung gewesen. Oder wollte der Leutnant damit andeuten, daß es – wenn Herrick schon zu ängstlich war, sich so oder so zu entscheiden, besser gewesen wäre, die kleine Schaluppe den ersten Zug machen zu lassen?

Er tat ein paar Schritte das schrägliegende Deck hinan und spürte, daß die Geschützbedienungen ihm nachsahen, als er vorbeiging. Jedes Geschütz stand geladen und schußbereit hinter seiner geschlossenen Stückpforte. Entersäbel und Beile waren am Schleifstein auf dem Hauptdeck geschärft worden. Herrick kam es vor, als sei das schon tagelang her.

Er sah Leutnant Veitch, der die obere Batterie von Achtzehnpfündern befehligte, am Niedergang lehnen und mit seinen beiden Midshipmen reden. Vielleicht machte ihnen die ganze Sache nicht viel aus. Jedenfalls wirkten sie wie immer. Dachten wohl, die Sorgen könnten sich andere machen. Wenn sich die Ereignisse überstürzten und man nicht mehr nachdenken konnte, war es sowieso zu spät. Unruhig beobachtete Herrick, wie die erste Morgendämmerung hinter dem Land aufstieg. Er hatte manches Seegefecht mitgemacht, hatte so vieles erlebt und kannte die Erlösung, zu den Überlebenden zu gehören. Aber einer solchen Spannung wie dieser war er nicht gewachsen.

Über dem noch tief verschatteten Deck hörte er Marssegel und Klüver killen und sich dann hungrig wieder mit Wind füllen. Die Bramsegel weiter oben zogen gut; der Ausguck im Masttopp mochte wohl in der kühlen feuchten Morgenluft frieren; jedenfalls sah es so aus, als ob er die Beine zusammenschlug.

Herrick schritt zur anderen Seite des Decks, das ohne die Marine-Infanteristen seltsam geräumig wirkte. Er versuchte, sich jeden einzelnen seiner Offiziere vorzustellen, von Fitz-Clarence mit seiner redseligen, falschen Selbstsicherheit bis zu Leutnant Kipling vom unteren Batteriedeck und zu Veitch, der äußerlich gelassen bei seinen Männern unter den bauchigen Segeln stand. Gilchrist und Leutnant Steere waren mit an Land; da war er sowieso knapp an Offizieren. Und die zurückgebliebenen bildeten noch keine Einheit; wie ihre Kanoniere sich unter feindlichem Feuer bewähren würden, mußte sich erst noch herausstellen.

»Siebzehn Faden!«

»Einen Strich anluven, Mr. Grubb!« sagte Herrick.

»Aye, aye, Sir.«

Die Männer rannten zu den Brassen, doch Herrick hörte nicht auf das eilige Trappeln ihrer nackten Füße. Er hatte eine Vorentscheidung getroffen, aber es war immer noch Zeit, sie zu ändern. Er dachte an das Geschwader und besonders an Captain Farquhar. Farquhar hatte seine Instruktionen: Mit dem anderen Zweidecker und der *Buzzard* als Flankenschutz würde er ihnen auf ein Signal hin sofort zu Hilfe kommen. Dazu mußte es allerdings so hell sein, daß sie Verbindung mit der *Harebell* herstellen konnten. Herrick schüttelte sich, plötzlich deprimiert: Das alles brauchte so viel Zeit. *Zu viel* Zeit. Bolitho und sein Landekommando hatten nicht wie vorgesehen signalisiert. Die *Lysander* ohne Nachricht von der Küste und ohne Unterstützung vor die Batterie in der Bucht zu segeln, war purer Wahnsinn. Bolitho selbst hatte das ganz klar gesagt.

»Kurs Nordost zu Nord liegt an, Sir.«

»Recht so.«

Wieder dachte Herrick an Farquhar. Nur zu gern hätte er ihn um Hilfe ersucht. Doch dieser mußte ihn verachten, wenn er jetzt nicht zu einer selbständigen Entscheidung kam. Schließlich war *er* der Flaggkapitän. Wie sauer ihm dieser Rang doch wurde!

»Wir laufen in die Bucht ein, Mr. Grubb«, sagte Herrick langsam mit einem Blick auf Fitz-Clarences gestraffte Schultern. »Sie können die Backbordbatterien ausfahren lassen!«

Die Pfeifen schrillten durch die Decks, die Backbordpforten wurden aufgezogen, Herrick vernahm gedämpftes Hurra, und mit Kreischen und Quietschen rumpelten die Kanonenrohre der *Lysander* ins Freie. Herrick versuchte, sich zu sammeln, und sah im Geiste Bolithos gelassenes Gesicht vor sich.

»Backbordbatterie ausgerannt, Sir«, meldete Fitz-Clarence. Es klang wenig begeistert.

»Danke. Geben Sie zu den Karronaden im Vorschiff durch: Feuer erst auf mein Kommando. Es ist immer schwierig, ein Ziel an Land zu treffen . . .« Er brach ab, weil der Leutnant ihn so merkwürdig anstarrte. »Wie Sie selbst noch merken werden«, schloß er.

Die *Lysander* holte unter dem Druck der starken Besegelung ziemlich stark über, doch Herrick wußte aus Erfahrung, daß es besser war, unter diesen Umständen so beweglich wie möglich zu bleiben. Kein Schiff konnte jemals einer gut plazierten Küstenbatterie überlegen sein: Es war, als wolle man einen Floh mit einer Feder totschlagen.

Er ging zur Luvseite hinüber, hielt sich an den Finknetzen fest und beobachtete die Brandung unterhalb einiger Felsbrocken. Querab glitt der westliche Landarm der Bucht vorbei; und als der Bugspriet der *Lysander* den ersten dünnen Strahl des Morgenlichts aufspießte wie eine Lanze, sah Herrick auch die Bucht und das Festland dahinter.

»Nord zu Ost, Mr. Grubb«, befahl er kurz. Er spürte Grubbs schweigenden Protest in seinem Rücken, doch er konzentrierte sich auf die Breite und Tiefe der kleinen Bucht. Vielleicht war sie leer, und sie alle hatten sich von Anfang an geirrt.

Als die Rahen herumgeholt waren und die Segel den Wind wieder hielten, schritt Herrick nach achtern zum Kompaß. Gespannt sahen ihm beide Rudergänger zu, wie er den Kurs prüfte und sich dann umwandte, um die Stellung jedes einzelnen Segels zu inspizieren.

»Nord zu Ost liegt an, Sir.«

»Recht so.«

Herrick spähte zu den großen Segeln empor – sie begannen bereits zu killen. Die Rahen waren so dichtgeholt wie nur möglich. Das Schiff mußte trotz des Segeldrucks Fahrt verlieren. Aber so hatte er wenigstens ein Maximum an Zeit und Seeraum zur Verfügung.

»An Deck! Musketenfeuer Backbord voraus!« Eine Pause, dann meldete der Ausguck im Fockmast: »Schiffe vor Anker in der Bucht! Drei Schiffe, Sir!«

Plötzlich donnerte an Land ein schweres Geschütz, und mehrere Männer schrien erschrocken auf. Mit angehaltenem Atem zählte

Herrick die Sekunden, bis die Kugel vorbeijaulte und laut klatschend ziemlich weit von der jenseitigen Bordwand entfernt ins Wasser schlug.

»Einen Strich abfallen, Mr. Grubb!«

Das Rudergeschirr knarrte, die Bramsegel reagierten laut schlagend, der Bugspriet schwang langsam herum und zeigte jetzt auf die weit vorgeschobene Spitze des anderen Landarmes der Bucht.

Es krachte wieder. Herrick wunderte sich, daß er jetzt ein Stück des hellen Strandes hinter den ankernden Schiffen sehen konnte. Und ein paar rennende Gestalten, klein wie Insekten.

Es gab ein großes Geschrei, denn die Kugel schlug dicht vorm Bug ins Meer und hüllte das Vorderkastell in einen Vorhang aus Sprühwasser. »Gut gezielt«, bemerkte Plowman kühl.

»Die warten also schon auf uns«, sagte Grubb. »Sie müssen die ganze Zeit Bescheid gewußt haben.«

»Da! Das Schiff!« schrie Fitz-Clarence. »Es versucht auszulaufen!«

Deprimiert wischte sich Herrick die Stirn. Alles lief verkehrt. Nicht einmal der Überraschungsvorteil war ihm geblieben. Ihm wurde beinahe übel.

»Eine Brigg, Sir!« brüllte der junge Saxby. »Sie hat das Ankertau gekappt!«

Herrick sah die helle Leinwand von Fock und Klüver sich entfalten, sah den Umriß sich verkürzen, als die Brigg vom Anker freikam und die offene See ansteuerte. Derselbe Wind, der die *Lysander* an die fatalen Wassersäulen der Geschoßeinschläge heranführte, brachte die Brigg in Sicherheit.

Herrick zog den Degen und schritt rasch zur Achterdecksreling. Seine Verbitterung und Sorge, seine Angst um Bolitho und das Mißtrauen in seine eigenen Fähigkeiten waren schlimmer denn je. »Mr. Veitch, Feuer frei! Stoppen Sie die Brigg!«

Der Leutnant erwachte aus seiner Erstarrung und schrie: »Geschützführer! Im Hochkommen schießen!« Er duckte sich hinter einen seiner Achtzehnpfünder und spähte durch die Stückpforte.

»Feuer!«

Die ganze Batterie spuckte in einer langen, unregelmäßigen Salve Feuer und Rauch. Als der Qualm durch die Pforten zurückrollte und die Geschützbedienungen Schwabber und Putzstangen in Aktion setzten, sah er, daß die See um die Brigg mit großen weißen Schaumkreisen gesprenkelt war.

Die Lafetten quietschten, die Achtzehnpfünder wurden das

krängende Deck hinangeschoben und stießen die Rohre wieder durch die Pforten. Ein Stückführer nach dem anderen hob die Hand, und Veitch kommandierte von neuem: »Feuer!«

Wieder ein langgezogener Kanonendonner: die hellen, gelbroten Feuerzungen leckten aus dem Rumpf, die schweren Kugeln hüpften über die Wellenkämme und warfen Wasserschleier hoch. Als der Rauch sich verzogen hatte, sah Herrick, daß der Großmast der Brigg nicht mehr stand und daß sie manövrierunfähig dahintrieb, das Deck ein einziges Chaos.

»Feuer einstellen!« schrie er. »Mr. Fitz-Clarence, beide Kutter klar zum Aussetzen!« Er rieb sich die Augen, denn wieder trieb eine Wolke stechenden Pulverqualms übers Deck. »Sie übernehmen das Kommando!« Er packte den Leutnant beim Arm und zog ihn an die Netze. »Das mittlere Schiff ist ein Transporter. Hat mächtigen Tiefgang. Holen Sie's raus, bevor sie es versenken können. Wenn Sie aber auf zu starken Widerstand stoßen, ziehen Sie sich zurück; ich schieße es dann zusammen, wenn wir passieren.« Er schob ihn zur Leiter und rief: »Mr. Veitch, Segel wegnehmen! Geien Sie die Bramsegel auf!«

Grubb sah hoch: eine Kugel klatschte durch das Großmarssegel und riß ein Loch, so groß, daß ein Mann hätte durchschlüpfen können.

»Allmächtiger!« sagte er.

Herrick schritt über das Deck; sein Hirn verarbeitete die jeweils veränderte Lage: Als der Segeldruck sich verminderte und damit die Neigung des Schiffs, wurden die beiden Kutter über Bord gefiert. Männer sprangen hinein, Entersäbel und Musketen hoch in den Händen, andere legten die Riemen aus und stießen von der Bordwand ab.

Wieder krachte es von Land her, und eine Kugel flog jaulend durch die Luvwanten; ein Matrose kam von oben und lag keuchend in den Schutznetzen, die über Deck gespannt waren, um die Kanoniere vor fallenden Spieren und dergleichen zu schützen.

Wie schnell das Licht zunahm und es in der Bucht hell wurde! Herrick hatte den davonstrebenden Booten nachgesehen und eilte jetzt an die Heckreling. Schon konnte er die Batterie auf dem Vorland erkennen; eine fedrige Rauchwolke stand darüber. Bald mußte er halsen und in die Bucht zurück, um die Enterabteilung in ihren Booten zu decken.

Unter Marssegeln, Fock und Klüver machte die *Lysander* nur wenig Fahrt – ein ideales Ziel für die Küstenbatterie. »Wir müssen bald vom Land weghalten«, sagte er. Von irgendwoher ertönte ein

Schrei, doch er verschloß das Gehör davor. »Wir haben getan, was wir konnten.«

Wieder hüpften zwei Kugeln über das blaue Wasser wie ein Paar springender Delphine. Eine peitschte mitten zwischen den wild pullenden Kuttern durch, die andere schmetterte dicht neben dem Vordersteven in den Rumpf der *Lysander.*

Herrick beobachtete die beiden Kutter. Der eine hatte bereits den schweren Transporter erreicht; der andere wechselte noch Schüsse mit einer Gruppe Matrosen auf dem feindlichen Achterdeck.

Er mußte auch die Boote zurückrufen. Das ganze Unternehmen war ein einziger Fehlschlag. Schon wandte er sich an Midshipman Saxby, der bei den Signalgasten stand; da hörte er einen Mann ungläubig ausrufen: »Sir! Auf der anderen Batterie, sehen Sie!«

Von den Rahen und den beiden Batteriedecks kamen Hurrarufe, und als Herrick zum dünnen Fahnenmast über der Batterie starrte, sah er eine Flagge hochsteigen: dieselbe, welche die *Lysander* führte!

»Ich sehe was Rotes«, murmelte Grubb. »Die verdammten Bullen sind also doch durchgekommen!«

Dann gingen alle Kommentare im Donner einer gewaltigen Explosion unter. Der Schall rollte vom Vorland zu ihnen herab, die Druckwelle ließ Felsbrocken und andere Trümmer auf den Strand regnen und riß einige Soldaten um, welche die Küstenbatterie von unten erstürmen wollten.

Herrick versuchte, sein breites Grinsen zu unterdrücken. »Beidrehen, Mr. Veitch!« Er nickte heftig. »Ja, *Sie*! Auf einem Kriegsschiff kann man schnell befördert werden!«

Er deutete auf den Transporter. Die Explosion der zweiten Batterie hatte auch dort jeden Widerstand zunichte gemacht, und er konnte sehen, wie Fitz-Clarences Männer über das Deck schwärmten; die spanische Flagge wurde niedergeholt. Lediglich die zweite Brigg war rechtzeitig freigekommen, ihre Segel füllten sich, mit höchster Fahrt versuchte sie, der Zerstörung zu entgehen. Herrick beobachtete sie gelassen. Die *Harebell* wird sich ihrer annehmen, dachte er.

Mit losen, donnernden Segeln ging die *Lysander* in den Wind. An Land schwiegen die Musketen und Kanonen, nur Leichen und Trümmer zeugten noch von der Wildheit des Kampfes.

»Mehr Boote aussetzen!« Herrick schätzte die Strömung in der Bucht ab. »Wir müssen vielleicht ankern, aber ich will die Landeabteilung bis auf den letzten Mann an Bord geholt haben!«

Da schrie Saxby: »Der Kommodore kommt den Strand entlang,

Sir!« Er hüpfte vor Aufregung.»Und da sind auch die Seesoldaten!«

Herrick packte die Reling und beobachtete den ungeordneten Marsch beinahe ehrfürchtig. Da stand Leutnant Steere bis zum Gürtel im Wasser bei einem Boot, das seine Männer irgendwo aufgetrieben haben mußten. Verwundete wurden hineingetragen; die beiden Kutter eilten von dem eroberten Schiff herbei, um zu helfen.

Grubb schob sich neben ihn. »Daran haben die Dons 'ne Weile zu kauen, Sir!«

Herrick nickte. Ein Schiff versenkt, ein größeres gekapert, die Küstenbatterien zerstört.

Er fuhr auf. »Mr. Saxby! Geben Sie mir Ihr Glas!«

Grubb starrte ihn an. »Sir?«

Herrick reichte ihm das Glas und sagte ruhig: »Der Kommodore hat seinen Neffen bei sich.«

Der Master stieß einen leisen Pfiff aus. »Und seinen Bootssteurer auch, bei Gott!« Er schob das Teleskop mit einem Klicken zusammen. »Noch mehr Wunder an einem Tag wären zuviel für mich!«

Langsam schritt Herrick über die Laufbrücke. Er konnte die Augen nicht von dem näherkommenden Boot abwenden. Das war eine knappe Sache gewesen, denn beinahe hätte er sich nicht entscheiden können. Vielleicht hatte Grubb mit seinem Wunder doch recht.

Er sah sich auf dem Achterdeck nach Veitch um. »Klar bei Fallreep zum Empfang des Kommodore!«

Dann kletterte Bolitho durch die Pforte. Sein Gesicht war geschwärzt von fettigem Pulverqualm, aber er lächelte auf die alte Weise, die Herrick schon beinahe vergessen hatte. »Das war Maßarbeit, Thomas«, sagte er.

»Beinahe hätte ich mich an Ihren Befehl gehalten, Sir«, erwiderte Herrick und grinste unsicher. »Aber dann überlegte ich, was Sie an meiner Stelle getan hätten.«

Bolitho warf den Kopf zurück und atmete tief. Es war tatsächlich knapp gewesen. Leroux hatte drei glühende Kugeln in die andere Batterie gefeuert, und er hatte schon gedacht, der Feind würde sich ergeben. Doch ein schlanker, fanatischer Offizier hatte sie zum Widerstand angefeuert, der Kommandeur des Lagers, wie Allday sagte. Der Spanier hatte auch erreicht, daß auf See gezielt weitergefeuert wurde, und mindestens zwei Kugeln, vielleicht auch mehr, hatten die *Lysander* getroffen.

Und dann, als das Schiff schon hatte halsen wollen, um dem gnadenlosen Artilleriebeschuß zu entgehen, hatte eine von Leroux' glühenden Kugeln den Pulvervorrat der Batterie getroffen, und damit war es vorbei. Bolitho hatte selbst gesehen, wie der spanische Hauptmann, den Säbel noch hoch überm Kopf erhoben, von der Explosion in Stücke gerissen wurde.

Er wandte sich um: Pascoe hinkte unter Hurrarufen und Gelächter durch die Fallreepspforte, ein paar Kanoniere drängten sich um ihn, schlugen ihm auf die Schultern und deuteten grinsend auf sein weinverschmiertes Gesicht.

Herrick schüttelte den Kopf. »Und ich war schon im Zweifel, ob wir es schaffen würden, Sir.«

Bolitho sah ihn ernst an. »Mit solchen Männern kann man ziemlich alles schaffen, Thomas.«

Allday kam heran; vorsichtig mieden seine nackten, schmerzenden Füße Ringbolzen und Geschützzüge. Bolitho schnallte seinen blutverschmierten Degen ab und reichte ihn ihm. »Hier, Allday; ich komme gleich nach unten.«

»Aye, Sir.«

»Und ich würde es übelnehmen, falls meine Weinkaraffe noch voll ist, wenn ich nachsehen komme.« Voller Zuneigung blickte er Allday in die Augen. »Gott sei Dank, daß Sie in Sicherheit sind.«

Herrick wartete, bis Allday im Kajütenniedergang verschwunden war, und sagte dann: »Es ist das erste Mal, seit ich mich erinnern kann, daß es ihm die Antwort verschlagen hat, Sir.«

Bolitho sah zu, wie die Marine-Infanteristen durch die Pforte kletterten, soweit sie nicht hinaufgetragen werden mußten – manche benommen, manche unter Schmerzen, manche nur einfach froh, daß sie noch am Leben und heil waren. Auch seine eigene Euphorie schwand bei der Vorstellung, was Pascoe und Allday durchgemacht haben mußten.

Er riß sich aus seinen Gedanken. »Also, Captain Herrick, dann nehmen Sie die Boote wieder an Bord und signalisieren Sie unserer Prise, daß sie Anker lichten und in Lee von uns segeln soll.« Er schlug ihm leicht auf die Schulter, und sein Lächeln kam wieder. »Wir stoßen so schnell wie möglich zum Geschwader.«

Wortlos wartete Bolitho, bis Herrick mit dem Studium der Karte fertig war. Durch das Heckfenster sah er den gekaperten Transporter schwer im Kielwasser der *Lysander* rollen und überdachte zum hundertsten Male seine Entscheidung, ihn nicht als weitere Prise nach Gibraltar zu schicken.

Herrick richtete sich auf und sah ihn an. »Ich bin Ihrer Ansicht, Sir. Nach unseren Berechnungen halten wir Kurs auf die Straße zwischen dem spanischen Festland und der Insel Ibiza. Wie mir Mr. Grubb versichert, liegt Kap San Antonio etwa fünfundzwanzig Meilen an Backbord.«

Bolitho beugte sich über die Karte und studierte die Wassertiefen und Landmarken längs der spanischen Küste. Zwei Tage war es her, daß Herrick in die Bucht gesegelt war, um die Landeabteilung herauszuholen; dann hatte er Inchs *Harebell* losgejagt, um die entkommene Brigg zu verfolgen. Doch entweder war die Brigg schneller, als sie ausgesehen hatte, oder Inch hatte die falsche Richtung eingeschlagen. Letzteres hielt er für wahrscheinlicher.

Unvermittelt sagte Herrick: »Ich begreife nicht, warum wir noch nicht auf das Geschwader gestoßen sind, Sir.« Unbewegt fuhr er nach einer Pause fort: »Captain Farquhar weiß doch ganz genau, daß wir unter Umständen Unterstützung brauchen.«

Bolitho trat an das Heckfenster. Die Fock des spanischen Schiffes bauschte sich in dem unsteten Wind. Es war eine seltsame Beute: bis an die Decksplanken voll Munition, Pferden, Maultierfutter und genug Zelte, um eine ganze Armee unterzubringen. Ein Rätsel. Sie hieß *Segura*; und sobald sie klar von Land waren, hatte er ihren Kapitän holen lassen, einen untersetzten, hinterhältig dreinblickenden Mann, der offensichtlich verblüfft war, als Bolitho ihm den Brief vorhielt, den Javals Leute auf dem gekaperten Schoner gefunden hatten.

Der Spanier hatte in holprigem Englisch immer wieder versichert, daß er seinen endgültigen Bestimmungsort nicht kenne. Und in der Tat hatte sich in seiner Kajüte kein Gegenbeweis gefunden; falls er nicht beim ersten Anzeichen von Gefahr seine Segelorder über Bord geworfen hatte, dann tappte er ebenso im dunkeln wie Bolitho. Er machte auch nicht den Eindruck eines geschickten Lügners, sondern gab zu, daß er Auftrag gehabt hatte, seine Ladung zu einem Treffpunkt im Golf von Valencia zu bringen, wo er ein Geleit und vielleicht noch andere Transporter hatte treffen sollen, die unter Chartervertrag für die Kriegsflotte fuhren. Er sei ein armer Seemann, der keine Lust habe, in den Krieg verwickelt zu werden. Nach dem spanischen Kommandeur, von dem er seine Ladung übernommen hatte, unterstand sein Schiff den Franzosen. Es gab, so sagte der Kapitän, viele Schiffe überall im Mittelmeer, welche die Franzosen zur Versorgung ihrer neuerrichteten Außenposten gechartert hatten.

Sollte Bolitho diese überraschende Neuigkeit unbeachtet lassen? Wenn die Franzosen wirklich irgendwo einen solchen Treffpunkt festgelegt hatten, dann war es besser, das Geschwader neu zu formieren, bevor er zu neuen Aktionen in feindliche Gewässer aufbrach.

Aber Farquhar war nicht da. Der Wind änderte sich nur wenig, so daß eigentlich nichts den Rest des Geschwaders hätte daran hindern sollen, mit dem Flaggschiff Kontakt aufzunehmen.

»Vielleicht hat Captain Farquhar Feindberührung gehabt«, sagte er.

»Vielleicht«, entgegnete Herrick zweifelnd. »Aber die Tatsache bleibt bestehen, Sir, daß die *Harebell* nicht zurückgekommen ist, weder mit noch ohne Prise, und daß wir allein sind. Isoliert sogar.«

Bolitho nickte. »Stimmt. Am besten bleiben wir auf dem gegenwärtigen Kurs. Farquhar hat sich vielleicht aus triftigen Gründen entschlossen, erst kurz vor unserem endgültigen Bestimmungsort mit uns zusammenzutreffen.« Er fuhr mit dem Finger auf der Karte über das *Golfe du Lyon* bezeichnete Gebiet. »Die Franzosen stochern da in einem Ameisennest herum, Thomas. Sie haben offenbar mehr vor als eine Invasion Englands.« Er fuhr mit dem Finger weiter zur afrikanischen Küste. »Wahrscheinlich wird es eher *hier* sein.«

Ihm fiel der Detonationsblitz auf den Wällen ein, als Leroux' Leute mit der glühenden Kugel den feindlichen Pulvervorrat getroffen hatten. Wie hatte dieser Augenblick seine Männer verwandelt! Da hatte keiner mehr gezögert. Eben noch hatte der Angriff völlig hoffnungslos ausgesehen, und in der nächsten Sekunde stürmten sie vor und rissen alle mit.

Die Nachricht von der Attacke mußte inzwischen an höherer Stelle angelangt sein. Sogar in Frankreich, trotz der Entfernung. Und dort mußte man sich jetzt ernsthaft fragen, wozu dieses britische Geschwader eigentlich im Mittelmeer herumkroch.

Bolitho schritt wieder nach achtern und starrte auf das spanische Schiff. Leutnant Fitz-Clarence war Prisenkommandant und genoß ohne Zweifel die unerwartete Beförderung sehr.

»Wenn die *Harebell* nicht heute oder morgen zurückkommt, müssen wir sie aufgeben, fürchte ich«, sagte Herrick und rieb sich das Kinn. »Das bedeutet, wir haben keine ›Augen‹ mehr. Dieser verdammte Javal«, rief er wütend, »ich wette, er ist hinter irgendeiner fetten Prise her, um sich die Taschen zu füllen!«

Nachdenklich sah Bolitho ihn an. »Dem sei, wie ihm wolle. Oder vielleicht ist auch das ganze Geschwader vernichtet?« Lächelnd legte er Herrick die Hand auf den Arm. »Das war nur ein Scherz, Thomas. Aber glauben Sie nicht, daß mir wohl bei der Geschichte ist!«

Er wandte sich um, denn es klopfte. Es war Pascoe; in der sauberen Uniform sah er beinahe fremd aus.

»Sie haben befohlen, Sir?«

»Ja.« Bolitho deutete auf einen Stuhl. »Hast du inzwischen ein bißchen Zeit gehabt, um über dein Abenteuer nachzudenken?« Die Augen des Jungen wurden dunkel und blickten in die Ferne. »Es könnte wichtig sein«, fügte Bolitho hinzu.

Pascoe streckte die Beine aus. »Ich hatte den Eindruck, daß die Spanier bereit sind, ihre Alliierten in jeder Beziehung zu unterstützen, außer durch direkte Beteiligung am Kampf. Sie haben Galeerensklaven und Sträflinge eingesetzt, jeden, der etwas heben und tragen kann, um Verteidigungsanlagen und Piers für Schiffe aller Art zu bauen.«

Lächelnd sah Bolitho die beiden an. »Da die Schiffe des Earl of St. Vincent Cadiz und die Biskayahäfen bewachen, halte ich es für unwahrscheinlich, daß all das Englands wegen geschieht.« Er nickte bestimmt. »Ich beabsichtige folgendes: weiter Kurs auf Toulon nehmen, wobei wir mit einigem Glück auf unsere Schiffe stoßen werden. Dann südöstlich nach Sizilien; dort können wir Süßwasser übernehmen und dabei diskret Informationen einholen.« Sein Lächeln verstärkte sich beim Anblick von Herricks zweifelndem Gesicht. »Ich weiß, Thomas, das Königreich Beider Sizilien hat Frieden mit Frankreich. Doch daraus folgt noch nicht, daß es mit uns im Krieg ist, eh?«

Er blickte zum offenen Skylight hin, denn der Ausguck rief: »An Deck! Segel an Backbord voraus!«

Herrick stand auf. »Wenn Sie mich entschuldigen wollen, Sir?« Er grinste schüchtern. »Ich glaube, es fällt Ihnen immer noch schwer, bei diesem Ruf nicht mit an Deck zu rennen!«

Bolitho wartete, bis er gegangen war, und sagte dann: »Und du, Adam – tut dir immer noch alles weh?«

Pascoe grinste. »Ich hätte nicht gedacht, daß auf einem einzigen Menschen so viele Beulen und Schrammen Platz haben.«

Oben tappten Füße; Bolitho sah im Geiste, wie der Midshipman der Wache mit dem größten Teleskop, das aufzutreiben war, in die Wanten gescheucht wurde. Anscheinend war es die *Harebell*, und allein. Auch gut. Wenn er noch eine Prise angebracht hätte, mochte der Admiral das zwar zu schätzen wissen; aber dafür die einzige Schaluppe des Geschwaders zu riskieren, das lohnte sich nicht.

»Ich würde gern etwas fragen, Sir«, sagte Pascoe leise.

Bolitho sah ihn forschend an. Der Junge wirkte entschlossen, aber auch nervös. »Du hast dir das Recht erworben, zu fragen, was du willst.«

Pascoe erwiderte sein Lächeln nicht. »Diese Dame, Onkel, Catherine Pareja. Mit der du in London –«, er zögerte –, »zusammen warst.«

»Ja? Was ist mit ihr?«

»Ich meine nur . . . War sie bei dir zu Hause? In Falmouth?«

Langsam schüttelte Bolitho den Kopf. Er sah Kathys Gesicht wieder vor sich, fühlte ihre Wärme, ihr Begehren. »Nein, Adam. Nicht in Falmouth.«

Pascoe leckte sich die trockenen Lippen. »Es ist nicht meine Absicht, in deinen Privatangelegenheiten herumzuschnüffeln, aber . . .«

»Schon gut.« Bolitho kam über den karierten Bodenbelag zu ihm und faßte ihn bei der Schulter. »Es ist dir ernst damit, das sehe ich. Aber auch meine Gefühle bedeuten mir eine ganze Menge.«

Mit einer Kopfbewegung schleuderte sich Pascoe das Haar aus den Augen und lächelte. »Selbstverständlich. Ich verstehe schon.« Wieder zögerte er. »Ich mochte sie. Deswegen . . .«

Bolitho sah ihn ernst an. »Deswegen hast du dich geschlagen. Für mich.«

»Ja.«

Bolitho ging zum Schreibtisch und nahm den abgebrochenen Degen heraus. »Hier. Mir war er ein Trost, als alle dachten, du seist tot.« Adam hielt ihn in der Hand, als sei er rotglühend. »Aber spare dir deine Kraft auf für den Feind, nicht für irgend jemanden, der versucht, dich mit Worten zu verwunden.«

Er wandte sich um, denn er hörte eilende Schritte auf dem Niedergang, und gleich darauf kam Luce, anscheinend Midshipman der Wache, und meldete: »Captain Herrick läßt respektvoll melden, Sir: die *Harebell* ist in Sicht und wird in einer halben Stunde auf Signaldistanz sein.« Neugierig flogen seine Augen zu Pascoe hinüber. »Kein weiteres Segel in Sicht, Sir.«

»Danke, Mr. Luce.« Bolitho verglich die beiden. Pascoe war höchstens ein Jahr älter als Luce. Er war froh, daß die beiden jungen Männer in der überfüllten, oftmals herzlosen Welt eines Linienschiffes Freunde geworden waren. »Meinen Dank an Kapitän Herrick.«

Es drängte ihn, an Deck zu gehen, nötigenfalls sogar aufzuentern – trotz seines Abscheus vor der Höhe –, um selbst zu sehen, was mit Inch und seiner überfälligen Schaluppe los war. Er seufzte. Da war nichts zu machen. Solange sein Kommodorestander über diesem oder einem anderen Schiff wehte, war er zur Unbeweglichkeit verdammt und mußte seine Kräfte für Aufgaben sparen, die über die

Schiffsführung hinausgingen.

Die jungen Leute sahen ihn an, und Pascoe fragte: »Darf ich mit Mr. Luce an Deck?«

»Natürlich.« Er blickte den beiden nach. Nichts hatte sich geändert.

Er hatte soeben den Bericht über die Landeaktion beendet, als Herrick wieder in die Kajüte kam, lächelnd und offensichtlich erleichtert.

»Die *Harebell* hat signalisiert, Sir: zwei Segel in Nordwest. Wenn ich Captain Farquhar unrecht getan habe, dann ist jetzt bald der Moment gekommen, es zuzugeben.«

Rasch trat Bolitho zur Karte; unwillkürlich dachte er wieder an den Wechsel des Windes, das Gefühl von Sand und Staub auf der Wange, als er dem Marine-Infanteristen aus Cornwall zugehört hatte, der bedrückt von der unpassierbaren Schlucht berichtete.

»Geben Sie noch nichts zu, Thomas. Nicht einmal Farquhar hätte so schnell segeln können, daß er jetzt aus Nordwest kommt!« Er griff nach seinem Hut. »Inch muß die Brigg zwar aus den Augen verloren haben, aber, bei Gott, jetzt hat er uns größere Fische zugeführt!«

Zweifel und Spannung im Gesicht, eilte Herrick hinter Bolitho her. Es war sehr hell auf dem Achterdeck; die Sonne stand fast senkrecht über dem Großmast. Bolitho nickte Veitch zu, der die Wache hatte, ging dann an die Luvseite und starrte über das Vorderkastell hinaus zur glitzernden, dunstigen Kimm.

»Signal an *Harebell*!« rief Herrick. »›Rekognoszieren. In Lee bleiben.‹«

In buntem Durcheinander schleiften die Signalflaggen über das Deck, bis sie endlich zu Luces Zufriedenheit richtig angesteckt waren und sich an der Rah entfalteten.

»*Harebell* hat bestätigt, Sir!«

Säuerlich bemerkte Herrick: »Gehört sich auch so. Francis Inch war noch immer zu schnell mit den jungen Pferden.« Trotz seiner Nervosität grinste er. »Dieser Tollkopf!«

Langsam vergingen die Minuten, und die Matrosen, die kurz vorher nur an ihr Mittagessen gedacht hatten, so armselig es auch sein mochte, standen gruppenweise an den Wanten und auf den Laufbrücken und starrten der winzigen, weit entfernten Schaluppe entgegen.

Luce war in die Luvwanten aufgeentert und balancierte mit seinem Glas die Schiffsbewegungen aus.

Unten stand Pascoe und sah zu ihm hoch, die Augen im grellen Sonnenlicht zusammengekniffen, Hände in den Hüften. Vielleicht erinnert er sich an seine Zeit als Signal-Midshipman, dachte Bolitho.

Grubb bemerkte sarkastisch: »Wenn wir *noch* zwei Prisen machen, werden uns die Offiziere aber verdammt knapp!«

Luces Ruf ließ das Gemurmel an Deck schlagartig verstummen. »Von *Harebell*, Sir: ›*Feind in Sicht*‹!«

Langsam ging Bolitho zum Kajütniedergang und stützte sich auf das Geländer. Im Geiste sah er sie bereits entlang der Küste auf sich zukommen. So hatte er sie schon längst gesehen, bevor die Schaluppe sie gemeldet hatte; vielleicht schon, als Luce in die Kajüte gekommen war.

»Signalisieren Sie Inch, er soll zur *Segura* aufschließen«, sagte er und hielt inne, als er ihre Gesichter sah, in denen sich Skepsis und Erregung mischten. »Wenn er näherkommt, können Sie ihm signalisieren, er soll die Prise in Lee lassen. Wenn's irgend geht, wollen wir sie nicht verlieren.«

»Und wir, Sir?« fragte Herrick.

Wieder rief Luce eine Meldung: »Von *Harebell*, Sir: ›Zwei Linienschiffe!‹«

»Wir, Thomas?«

Herrick kam näher, damit ihn die umstehenden Offiziere nicht hören konnten. »Nehmen wir es mit beiden auf?«

Bolitho deutete zur Kimm. »Sehen Sie sonstwo noch ein Schiff, Thomas?«

Gilchrist kam mit seinem merkwürdig hüpfenden Gang eilig nach achtern und sah Herrick direkt ins Gesicht. »Ihre Befehle, Sir?«

Gelassen sagte Bolitho: »Klar Schiff zum Gefecht! Zehn Minuten haben Sie Zeit!«

Gilchrist stelzte hinweg und winkte mit seinen langen Armen heftig dem Trommeljungen der Marine-Infanterie.

Bolitho wandte sich wieder Herrick zu. »Und lassen Sie die Bramsegel setzen, Thomas. Der Feind soll sehen, daß wir scharf auf den Kampf sind.« Er hielt ihn beim Arm zurück. »Unbeschadet unserer insgeheimen Gefühle, ja?«

Er ging zur Kampanjeleiter und stieg hinauf. In seinem Rücken erklang das Stakkato der Trommeln und unmittelbar darauf das Getrappel eilender Füße: die Mannschaft der *Lysander* folgte dem Alarmruf.

Bolitho lehnte sich an die Reling und beschattete die Augen, um den sich verändernden Umriß der Schaluppe besser sehen zu können: sie wendete gerade und kämpfte sich hoch am Wind zum Flaggschiff zurück. Jetzt mußte sich der Feind bald zeigen.

Bolitho überlegte. Dies wurde sein erstes Seegefecht seit einem Jahr. Er beobachtete den Dunst um die Masten der *Harebell* und dachte an frühere Schlachten. Warum hatte er eigentlich mehr Segel setzen lassen? Um die Entscheidung zu beschleunigen, ob sich seine eigene Stärke oder Schwäche erweisen würde?

Unter Deck wurden die Trennwände herausgenommen, geräuschvoll wurden Geschütze und Luken klariert. Seit seinem zwölften Jahr gehörte das zu Bolithos Leben, war er stets mittendarin gewesen, hatte er alles mitgemacht, was ein Seegefecht an Erregung und Gefahr brachte.

Er musterte die Männer, die auf dem Hauptbatteriedeck an ihren Kanonen hantierten, die Marine-Infanteristen, die im Gleichschritt wie bei der Parade zu beiden Seiten der Kampanje aufmarschierten.

Jetzt mußte er sich als der Kommodore erweisen. Er lächelte grimmig.

Ein Kommodore ohne Geschwader.

VII Alle in einer Mannschaft

»Schiff klar zum Gefecht, Sir.« Gilchrists Miene war undurchdringlich. »In neun Minuten genau.«

Bolitho hörte nicht, was Herrick darauf antwortete. Gelassen schritt er zur Luvseite. Das mächtige Großsegel war aufgegeit, jedes sichtbare Geschütz bemannt und ladefertig. Eine drohende, gespannte Atmosphäre lag über dem Schiff.

Herrick trat zu ihm und faßte an den Hut. »Abgesehen von sieben Kranken beziehungsweise Verletzten ist die Mannschaft vollzählig auf Stationen, Sir. Soll ich Befehl zum Laden und Ausrennen geben?«

»Später.« Bolitho nahm ein Teleskop vom Gestell und richtete es nach Backbord voraus. In der prallen Sonne glitzerte die See so stark, daß es in die Augen biß: wie Millionen kleiner Spiegel, mehr silbern als blau. Er richtete sich starr auf: zuerst glitt ein Schiff, dann das zweite durch die Linse.

Herrick sah ihn immer noch so forschend an, als suche er etwas in Bolithos Miene. Vielleicht ihrer aller Schicksal.

»Vierundsiebziger, schätzungsweise«, sagte Bolitho. »Bei diesem Wind müssen sie sich schwertun.« Er richtete das Glas auf das vorderste Schiff. Es drehte jetzt etwas ab und zeigte seine ganze Länge, die doppelte Linie der Stückpforten. Die Segel standen noch nicht richtig und warfen wandernde Schatten. Der Steuermann gab sich anscheinend die größte Mühe, die Segel voll Wind zu halten, bis er den Kurswechsel beendet hatte.

»Sie segelt sich schlecht, Thomas«, sagte er. Er biß sich auf die Lippe und versuchte sich vorzustellen, wie der Feind seine *Lysander* sehen mochte. Es würde noch eine Stunde dauern, bis sie aneinandergerieten. Um gegen zwei starke Vierundsiebziger eine Chance zu haben, mußte er den Windvorteil behalten, mindestens bis er den einen voll unter Feuer nehmen oder zwischen beiden durchstoßen konnte. »Zu lange im Hafen gewesen, vielleicht. Genau wie wir brauchen sie allen Drill, den sie kriegen können«, schloß er nachdenklich.

Dann beobachtete er, wie die schlanke *Harebell* auf konvergierendem Kurs vor ihrem Bug vorbeizog; ihre Offiziere standen schräg auf dem kleinen, stark geneigten Achterdeck. Bolitho glaubte, Inch zu sehen, der den Hut schwenkte, doch vergaß er ihn, als Luces Leute der *Harebell* signalisierten, ihre Station einzunehmen – als bloßer Zuschauer oder – schlimmstenfalls – als Überlebender, der dem Admiral oder Farquhar die Nachricht überbringen konnte.

Bolitho trat zur Querreling und überschaute das Hauptdeck. Jetzt kam das schlimmste: das Warten. Schade, daß nur die Hälfte der Mannschaft Zeit zum Essen gehabt hatte, ehe sie gefechtsklar gemacht hatten. »Haben wir noch Bier, Thomas?« fragte er.

Herrick nickte. »Ich glaube, ja. Bloß wird der Zahlmeister es jetzt nicht gern ausgeben wollen.«

»Nun – *er* kämpft ja nicht.« Bolitho sah, wie sich die Geschützbedienungen in der Nähe über diese Bemerkung amüsierten. Er wandte sich ab. Es war ein wohlfeiler Trick zur Hebung der Kampfmoral, aber mehr hatte er nicht zu bieten.

Wieder überquerte er das Achterdeck und stützte den Fuß auf einen Neunpfünder. Der Geschützführer blickte zu ihm auf und tippte grüßend mit dem Handknöchel an die Stirn. Bolitho lächelte ihm zu. Der Mann war schon älter oder sah wenigstens so aus. Seine harten Hände waren teerfleckig, die Arme mit blauen, komplizierten Tätowierungen bedeckt.

»Und wie heißt Ihr?« fragte er.

Der Mann zeigte seine unregelmäßigen Zähne. »Mariot, Sir.« Er zögerte, zweifelnd, ob es angebracht sei, sich mit dem Kommodore zu unterhalten, sagte dann aber doch: »Hab noch unter Ihrem Vater gedient, Sir, auf der alten *Scylla.*«

Bolitho starrte ihn an. Ob Mariot ihm das jemals erzählt hätte, wäre er an einem anderen Geschütz gewesen, irgendwo im Schiff?

Er fragte: »Wart Ihr auch dabei, als er den Arm verlor?«

Mariot nickte; seine ausgeblaßten Augen sahen in die Ferne. »Aye, Sir. War ein feiner Mann, hab nie unter einem besseren gedient.« Er grinste verlegen. »Außer Ihnen, Sir.«

Mit fragendem Blick trat Herrick heran.

»Der Mann hat schon unter meinem Vater gedient, Thomas«, sagte Bolitho und schaute mit beschatteten Augen nach dem Feind aus. »Was die Kriegsmarine doch für eine kleine Welt ist!«

Herrick nickte. »Wie alt seid Ihr?« fragte er Mariot.

Der Mann schüttelte den Kopf. »Weiß nich' genau, Sir.« Er strich über das Bodenstück der Kanone. »Aber noch jung genug für die kleine Lady hier!«

Langsam schritt Bolitho auf und ab, ohne auf die frohen Rufe zu hören, mit denen das erste Bier begrüßt wurde. Alles in einer Mannschaft: Hier ein Mann, der mit seinem Vater in Indien gewesen war. Dort Allday, sein vertrauter Bootsführer und Freund, den ihm ein Preßkommando vor langer Zeit an Bord gebracht hatte. Herrick, einst junger Leutnant unter ihm; und Adam Pascoe, der einzige Sohn seines Bruders, vielleicht als Bindeglied zwischen ihnen allen.

Herrick unterbrach seine Grübeleien. »Der Feind mag ja schlecht segeln, Sir, aber mir wär's doch lieber, wir hätten ein bißchen Unterstützung. Und wenn's nur eine Fregatte wäre, die sie in ihre verdammten Ärsche beißt.«

Bolitho blieb an den Netzen stehen und merkte erst jetzt, daß er schweißgebadet war. »Lysander hat vierhundert Jahre vor der Geburt unseres Herrn die Flotte der Athener bekämpft und geschlagen, wenn ich meinem alten Lehrer glauben will.« Er lächelte Herrick an. »Er wird uns bestimmt heute nicht im Stich lassen.« Etwas leiser fuhr er fort: »Nehmen Sie sich zusammen, Thomas, die Leute beobachten Sie. Ein Zeichen von Skepsis, und wir könnten verloren sein.«

Herrick nahm die Hände auf den Rücken und drückte das Kinn an die Halsbinde. »Aye. Entschuldigen Sie. Seltsam, daß man sich niemals an das gewöhnt, wofür man sein Leben lang ausgebildet wurde: an den Anblick eines feindlichen Segels, das Krachen einer Breitseite, an das Weiterkämpfen, bis der Feind die Flagge streicht oder man selbst untergeht.« Dann wurde sein Ton so bitter, wie Bolitho es noch nicht an ihm kannte: »Diese feinen Leute in England, die schon vor Rührung heulen, wenn sie nur zusehen, wie ein

Schiff des Königs in See geht, haben keinen Gedanken übrig für die armen Teufel vor dem Mast, die krepieren, damit sie daheim ruhig schlafen und sich den Bauch vollschlagen können!«

Bolitho hörte ihm unbewegt zu. Jetzt kam der alte Herrick wieder zum Vorschein: stets bereit, sich für den kleinen Mann einzusetzen, ganz egal, wie sehr das seine Vorgesetzten ärgern mochte. Das war wohl auch der Grund, weswegen er im Dienstrang noch nicht viel über dem Fregattenkapitän stand.

»Und Ihre Schwester, Thomas«, fragte er, »wie geht es ihr?«

Herrick riß sich zusammen. »Emily?« Er sah zur Seite. »Unsere Mutter fehlt ihr zweifellos sehr, wenn sie auch zum Schluß allerhand Pflege gebraucht hat.«

Bolitho nickte. »Halten Sie Emily ein Mädchen, das sich um sie kümmert, während Sie auf See sind?«

Herrick wandte sich zu ihm um; er hatte jetzt die Sonne direkt in den Augen. »Wollen Sie auf Mr. Gilchrist zu sprechen kommen, wenn ich fragen darf, Sir?«

»Ich habe davon gehört, Thomas.« Herricks Ton überraschte ihn. Daß er sofort in die Defensive ging . . .

Herricks Augen sahen in der stechenden Sonne beinahe farblos aus. »Emily ist recht angetan von ihm. Er ist ein verläßlicher Offizier. Manchmal allerdings geht sein Temperament mit ihm durch.« Er senkte den Kopf. »Und was er erreichte, hat er verdient, Sir.«

»Wie Sie, Thomas.«

»Gewiß.« Er seufzte. »Emilys Wünsche bedeuten mir viel. Sie hat weiß Gott wenig genug auf dieser Welt.«

»An Deck!« meldete sich der Ausguck. »Vorderstes Schiff setzt mehr Segel!«

Herrick griff sich ein Teleskop und eilte an die Reling. »Hol' sie der Teufel! Die wollen unsere Feuerkraft zweiteilen!«

Bolitho beobachtete ihn und spürte, daß er einerseits fieberhaft darüber nachdachte, wie er sein Schiff in die günstigste Position bringen konnte, andererseits aber noch dem eben geführten Gespräch nachhing.

Scharf fuhr Gilchrist dazwischen: »Die kommen nicht so nahe heran, Sir. Ich glaube eher, sie wollen uns mit Kettenkugeln oder Kartätschen manövrierunfähig schießen und uns dann in aller Ruhe das Heck demolieren.«

»Signal an *Harebell*: ›Wir ändern Kurs nach Südost‹!« befahl Bolitho.

»Ob das klug ist?« fragte Herrick heiser. »Wir haben nur knapp drei Meilen Distanz. Wenn wir auf Kurs bleiben, können wir sie vielleicht ausmanövrieren. Der Wind steht für uns so günstig, daß die Frogs* Stunden brauchen, ehe sie wenden und hinter uns herkommen können.«

Bolitho nahm ihm das Glas aus der Hand und stellte es auf die beiden Schiffe ein. Weit auseinander segelnd, hielten sie auf den Steuerbordbug der *Lysander* zu. Dabei hatten sie große Mühe, die notwendige Höhe herauszusegeln; wenn sie nur noch ein bißchen höher an den Wind gingen, mußten sie sich festsegeln. Drei Meilen? Aber Herrick war schon immer gut im Entfernungschätzen gewesen. Der Bug der *Lysander* würde fast rechtwinklig auf den Bug des vordersten Zweideckers stoßen, und danach konnte der zweite Franzose so handeln, wie er es für zweckmäßig hielt: entweder nach Backbord abdrehen und eine Breitseite feuern, während die *Lysander* sich aus der ersten Feindberührung zu lösen versuchte; oder wenden und ihr ungeschütztes Heck kreuzen und beharken, während sie noch im Gefecht waren.

Herricks Vorschlag hätte der *Lysander* und der Prise eine ausgezeichnete Chance geboten, den Kampf zu vermeiden. Er bedeutete aber auch Flucht, die sich durchaus zu einer langen Verfolgungsjagd entwickeln konnte, in deren Verlauf sie vielleicht einem weiteren Feind in die Arme getrieben wurden. Dieser verdammte Farquhar! Wenn der Gegner es mit drei Schiffen zu tun bekommen hätte, hätte er sehr rasch seine Taktik ändern müssen.

Bolitho schritt weiter nach achtern und prüfte unter Grubbs forschendem Blick den Kompaß: Kurs Nordost zu Nord lag an, und der freundliche Westwind kam stetig von achtern. Bolitho sah in Grubbs zerklüftetes Gesicht. »Na – hält er sich?«

Grubb rieb sich die wässerigen Augen. »Der Wind, Sir? Aye. Aber ihrer da –«, er deutete mit dem Kopf zur nächsten Geschützmannschaft und zum Oberdeck –, »bin ich mir nicht so sicher.«

Gilchrist, der eben vorbeischritt, blieb auf der anderen Seite des Ruders stehen und sagte empört: »Aber hören Sie mal, Mr. Grubb! Wenn wir schon vor dem Gefecht zu jammern anfangen, sind wir gleich verloren!«

Grubb sah ihn stur an. »Sie kämpften mit diesem Schiff bei St. Vincent, Sir. Wie ich und andere.«

»Jawohl.« Gilchrist hatte so eine gewisse Art, zu Grubb zu sprechen, doch seine Worte in Wirklichkeit an Bolitho zu richten. »Und ich bin stolz darauf.«

Grubb zuckte die Achseln. »Das war eine ausgebildete Mann-

* Spitzname für Franzosen (von *frog eater* = Froschesser)

schaft. Käpt'n Dykes hatte sein Schiff erstklassig in Schuß.« Er wandte sich an Bolitho. »*Sie* wissen es ja, Sir.« Er sah Gilchrist nicht direkt an. »Besser als jeder andere, soweit ich unterrichtet bin.«

Sehr nachdenklich schritt Bolitho wieder nach vorn zur Reling. »Haben *Harebell* und *Segura* bestätigt?«

Mit hüpfenden Schritten stelzte Gilchrist hinter ihm her. »Aye, Sir.«

»Dann melden Sie mir das gefälligst! Ich bin kein Hellseher, verdammt!« Er zwang sich zur Ruhe. »Führen Sie das Manöver aus! Mr. Grubb, klar zur Halse!«

Männer eilten an die Brassen, die Stiefel der Seesoldaten knallten im perfekten Gleichschritt auf die Planken, während sie die Besanrahen verholten; die Segel schlugen sekundenlang leer, füllten sich dann wieder, und das Schiff legte sich auf den anderen Bug.

Bolitho hob das Glas und glich mit gespreizten Beinen die Schräglage aus. Er hörte das Befehlsgebrüll nicht mehr, nicht das Donnern der Segel hoch oben, sondern konzentrierte sich auf die kleine stille Welt der Teleskoplinse. Ein Schatten glitt über die Vorsegel des vordersten Schiffes, es schöpfte neue Kraft, indem es leicht abfiel und den Wind jetzt besser ausnutzen konnte.

»Kurs Südost liegt an, Sir!«

»Mr. Luce«, rief Gilchrist scharf, »was ist mit den anderen?«

Luces Antwort kam ebenso scharf; er spürte die Spannung zwischen seinen Vorgesetzten. »*Harebell* und Prise auf Stationen, Sir!«

Bolitho schob nachdenklich die Lippen vor und beobachtete die beiden feindlichen Schiffe. Sie wurden mit jeder Minute größer, er konnte die bunten Trikoloren in den Toppen erkennen, die blitzenden Sonnenreflexe auf Teleskopen und Geschützen. Sie ihrerseits mußten seinen langen Kommodorewimpel bereits gesehen haben. Fette Beute, würden sie denken, die gerechte Strafe für sein unverschämtes Auftreten.

Herrick war neben ihn getreten. »Sie fallen beide einen Strich ab. Unser Kurswechsel kommt ihnen zustatten. Wenn wir zu weit abdrehen, könnten sie uns den Windvorteil nehmen.«

»Deswegen müssen wir aufpassen, daß sie es nicht tun. Ich habe ihnen eine Chance gegeben, Thomas. Wenn wir auf diesem Kurs bleiben, sind wir in einer halben Stunde auf gleicher Höhe mit dem vordersten Franzosen. Dann könnte der andere versuchen, unsere offene Seite zu beschießen.«

Major Leroux wandte sich ihm zu und sagte lächelnd: »Aber auf keinen Fall können sie gegen den Wind ankreuzen, wenn wir so dicht beieinander sind. Dann sitzen sie fest.«

Herrick war immer noch nicht überzeugt. »Ich weiß. Aber vorläufig brauchen sie sich deshalb noch keine Sorgen zu machen.«

»Sprechen Sie mit dem Master und dem Ersten«, sagte Bolitho. »In zehn Minuten will ich halsen.« Er sah den stummen Protest in Herricks Augen, fuhr jedoch fort: »Dann gehen wir auf denselben Bug wie vorher und steuern Nordost.«

Als bräche die Sonne durch die Wolken, leuchtete Herricks Gesicht bei diesen Worten begreifend auf. Langsam sagte er: »Bei Gott, entweder kollidieren wir dann mit einem von ihnen, oder . . .«

»Oder wir segeln genau zwischen ihnen durch. Anluven können sie nicht weiter, dabei würden sie nur entmastet. Wenn sie wenden und vor dem Wind segeln, zerschießen wir ihnen die Hecks. Wenn sie bleiben, wie sie sind, beharken wir sie beim Durchbruch mit den Backbord- und Steuerbordbatterien.« Er hielt Herricks Blick stand. »Und was *danach* kommt – das weiß ich auch nicht besser als Sie! Jetzt leiten Sie das Manöver ein! Mit den Leuten werde ich sprechen.«

Er schritt zur Achterdecksreling und wartete, bis die meisten Matrosen zu ihm aufsahen. Leutnant Veitch stand mit hängenden Armen da, den Rücken zum Feind; sein Entersäbel blinkte in der Sonne, denn er hatte bereits blankgezogen. Neben ihm standen zwei Midshipmen und ein Stückmeistersmaat. Das gehörte alles zur Routine, ebenso wie die rotröckigen Marine-Infanteristen an den Niedergängen, die jeden Mann, der Angst bekam, daran hindern würden, unter Deck zu fliehen. Und hinter jeder Bordwand, halb verborgen unter den Laufbrücken, die Vorderschiff und Achterdeck miteinander verbanden, warteten die Männer, die den Feind nur durch ihre Stückpforten sehen konnten. Die aber unter allen Umständen klaren Kopf behalten mußten, sonst waren sie verloren.

»Da vorn, Jungs«, sagte Bolitho, »sind zwei feine französische Gentlemen.« Er sah das starre Grinsen der Älteren, das nervöse Kopfwenden der Jüngeren, als ob der Feind schon im nächsten Moment an Bord kommen würde. »Für die meisten von euch ist es das erste Mal. Solange ihr eurem Vaterland dient, wird es nicht das letzte Mal sein. Vor ein paar Tagen habt ihr eure Sache sehr gut gemacht: eine Prise genommen, ein weiteres Schiff mit diesen Achtzehnpfündern hier versenkt.«

Im unteren Deck, in fast völliger Dunkelheit, warteten noch zwei Reihen von Männern darauf, daß die Stückpforten geöffnet und die schweren Zweiunddreißigpfünder ausgerannt wurden. Die würden versuchen, ebenfalls zu hören, was er sagte, doch konnten sie es erst von den Schiffsjungen und Midshipmen erfahren, vielleicht in verzerrter Form.

»Aber das hier sind keine kleinen Briggs, Jungs. Auch keine neuerbaute Küstenbatterie.« Er sah, daß seine Worte Eindruck machten. »Es sind zwei Linienschiffe – und gute Schiffe!«

»Von mir aus kann's losgehen, Sir«, hörte er Grubb flüstern.

Bolitho blickte wieder über das menschenwimmelnde Deck, das dick mit Sand bestreut war, damit die Leute nachher nicht ausrutschten. »Aber trotzdem haben sie einen Fehler: sie sind mit Franzosen bemannt, nicht mit Engländern! Und das wird ihr Untergang!«

Er wandte sich wieder nach achtern, sah die Männer noch winken und jubeln, die Midshipmen grinsen, als sei Königs Geburtstag. Doch er war wütend über sich selbst und sein primitives Gerede.

»Geben Sie bitte Befehl zum Laden«, sagte er scharf zu Herrick. »Dann lassen Sie die Backbordgeschütze ausrennen. Ja, Sie haben richtig gehört: Backbord. Wir müssen sie in Sicherheit wiegen.« Ungeduldig wandte er sich ab. »Und die Leute sollen mit dem Gebrüll aufhören. Sie werden ihren Atem noch brauchen!« Damit schritt er rasch zur anderen Seite.

»Hier, Sir!«

Er hob die Arme, weil Allday ihm den Degen umschnallen wollte. Das sah Allday wieder einmal ähnlich: Er tat es mit voller Absicht, damit Matrosen und Seesoldaten sahen, wie ruhig sie beide waren.

Bolitho warf ihm einen Blick zu und sagte leise: »Wir sind schon ein feines Paar!«

Allday lächelte verstohlen. »Wenigstens *sind* wir wieder ein Paar, Sir.« Er starrte unbewegt zum Feind hinüber, beobachtete die Schiffe mit professionellem Interesse. »Das wird nicht leicht. Immerhin, ich glaube, die freuen sich nicht gerade auf uns!«

»Backbordbatterie ausrennen!«

Das Signal wurde zum unteren Deck weitergegeben; zögernd, als wollten sie erst einmal die Luft prüfen, rumpelten die Rohre der Backbordgeschütze in das Sonnenlicht und glänzten matt wie schwarze Zähne.

»Auch die Franzmänner rennen aus, Sir.«

»Gut.«

Bolitho zog seine Uhr und ließ den Deckel aufschnappen. Sie war noch warm von der Wärme seines Oberschenkels. Er klappte sie wieder zu. In kurzer Zeit war sie vielleicht so kalt wie ihr Besitzer.

Ein dumpfer Krach hallte über die See, und Sekunden später sprang neben der *Lysander* eine dünne Säule Sprühwasser hoch. Wütend brüllten die Geschützbedienungen auf, doch Bolitho hörte Veitch rufen: »Achtung! Steuerbordgeschütze klar zum Ausrennen!« Er blickte zum Achterdeck auf und sah Herrick nicken. »Beide Seiten feuern unabhängig!«

Ein junger Matrose bei einem Neunpfünder flüsterte etwas, und Mariot, der alte Stückführer, erklärte ihm: »Jede für sich, meint er.« Er sah Bolithos flüchtiges Lächeln und rief hinauf: »Wir warten schon auf die Strolche, Sir!« Dann trat er einen Schritt von seiner Kanone zurück und straffte die Reißleine. »Grad' wie auf der alten *Scylla*!«

»Feind verringert Segel!« rief Pascoe.

Bolitho nickte – die Bramsegel des vordersten Feindschiffes verschwanden wie durch Zauberei. Es bereitete sich darauf vor, die Herausforderung der *Lysander* anzunehmen. Wenn sie auf diesem Kurs weitersegelten, mußten beide französische Kommandanten gute Schußpositionen für die ersten Breitseiten haben.

Hinter Herrick stand Gilchrist an der Reling, die Sprechtrompete bereits erhoben.

»Also los«, sagte Bolitho. »Jetzt gilt es, Captain Herrick. Eine Halse, und dazwischen!«

»An die Brassen!« schrie Gilchrist. Er sprang von einer Deckseite zur anderen, mit seiner blechernen Stimme feuerte er die Matrosen an: »Hol dicht! *Hol dicht!*«

Bolitho hielt sich an der Kampanjeleiter fest. Das Schiff erschauerte; jedes Stag, alle Wanten summten vor Anspannung, als die mächtigen Rahen knarrend überkamen. Keuchend vor Anstrengung warfen sich die Rudergasten mit ihrem ganzen Gewicht in die Speichen und holten das Ruder immer weiter herum.

Veitch überschrie das Donnern der Leinwand: »Steuerbordbatterie – *ausrennen!*«

Bolitho blickte zu seinem Stander hoch, wie um ihn zu beschwören, daß er die Richtung hielt. Eilends gehorchten Matrosen und Marine-Infanteristen den Befehlen der Bootsmannsmaaten.

Mit gesenktem Kopf beobachtete er das vorderste französische Schiff. War es Einbildung? Er hielt den Atem an; und dann, als sich das Deck unter seinen Schuhsohlen nach der anderen Seite legte, sah er, daß das französische Schiff mehr Fahrt aufzunehmen schien, am Bugspriet und dem schlagenden Klüver der *Lysander* vorbeischwang wie bei einer Segelregatta.

»Stütz!« schrie Grubb wütend. »Noch ein Mann ans Ruder!«

Die Rahen knarrten nicht mehr und kamen auf dem Steuerbordbug zur Ruhe; die Marssegel bekamen wieder harte Bäuche und legten das Schiff schräg, bis der Gischt an die Gülls der untersten Stückpforten flog, wo die Geschützführer bereits Feuerbereitschaft meldeten.

Herrick setzte seinen Dreispitz fester, denn der Wind blies Sprühwasser durch die Wanten. Es trocknete fast so schnell, wie es fiel; gleich einem Sommerregen, dachte Bolitho.

»Kurs Nordost liegt an, Sir!«

»Recht so!«

Bolitho hob sein Glas und stellte es auf den Feind ein. Der Wind zerrte an seinen Rockschößen. Auf diese plötzliche Kursänderung waren die französischen Kommandanten nicht gefaßt gewesen. Schon glitt das reichornamentierte Heck des vordersten Schiffes am Steuerbordbug der *Lysander* vorbei, die Lücke wurde breiter und breiter, und schließlich sah er den Klüverbaum des zweiten Vierundsiebzigers am linken Rand in seine Linse ragen.

Blitzend schoß eine Reihe gelbroter Flammenzungen aus der Bordwand des vordersten Schiffes. Bolitho hörte mehrere Kugeln hoch oben vorbeisausen; irgendwo brach mit peitschenartigem Knall ein getroffenes Stag. Er ging zur anderen Seite und ergriff Herrick beim Arm. »Der Dummkopf schießt viel zu früh.« Er deutete zu den wartenden Matrosen hinunter. »Die Steuerbordbatterie, Thomas. Gebt ihnen 'ne Breitseite! Wenn wir Glück haben, ist noch Zeit zum Nachladen, bevor wir an seinem Heck vorbei sind!«

Herrick senkte den Arm. »Feuer frei!«

Das ohrenzerreißende Brüllen der Breitseite, die mächtig herausquellende Wolke aus beißendem Qualm, die zum Feind hinübertrieb, veranlaßte mehrere Marine-Infanteristen, ihre Musketen abzufeuern. Sie hatten keine Aussicht, irgendetwas zu treffen, und Sergeant Gritton blaffte: »Der nächste Idiot, der ohne Befehl schießt, wird bestraft!«

Bolitho stand auf einem Poller und spähte durch die Webleinen nach den Schäden beim Feind, bis ihm die Augen schmerzten. Die Segel des Franzosen waren pockennarbig von Schußlöchern, im Bootsgestell klaffte ein mächtiges Loch, eine Barkasse war in zwei Stücke gespalten. Aber die Trikolore wehte noch, und das Schiff hielt unbeirrt Kurs.

Er hörte Hoch- und Hurrarufe seiner Männer und befahl unwillig: »Nachladen! Drei Schuß pro Minute will ich hören!« Und als Gilchrist ihn entsetzt anstarrte. »Jawohl! Artillerie ist jetzt alles, was wir haben!«

Ein unregelmäßiges Krachen von Backbord her: der zweite Franzose versuchte, die *Lysander* mit seinen Buggeschützen zu treffen, den einzigen, die jetzt Schußfeld hatten.

»Backbordbatterie – Achtung!« brüllte Veitch mit erhobenem, blitzendem Säbel. Ein Midshipman eilte zum Niedergang, um den Befehl weiterzugeben.

Der Säbel fuhr nieder. »Feuer!«

Wieder erzitterte das Schiff und bockte heftig. Beide Batteriedecks feuerten eine langsame, regelmäßige Breitseite. Schon warfen sich die Männer wieder in die Züge und Handspeichen, tappten blind nach Kartuschen und neuen Kugeln; viele husteten in dem binnenbords ziehenden Qualm, durch den das Deck kaum noch zu sehen war.

Wütend brüllte Veitch: »Schneller! Los da, Nummer drei! *Ausputzen!*«

Bolitho wischte sich das dampfende Gesicht; sein Mund wurde staubtrocken, als er sah, daß die Fock des Franzosen wie ein zerrissenes Bettlaken nach allen Richtungen flatterte und daß mehrere ihrer Kugeln das Vorschiff getroffen und lange schwarze Narben hinterlassen hatten.

Das vorderste Feindschiff war noch immer auf Kurs; der Kommandant wollte offenbar sein Heck erst im allerletzten Moment exponieren. Oder er hoffte, das andere Schiff würde irgendein Wunder zustande bringen.

Herrick meldete: »Alles geladen und ausgerannt.« Sein Gesicht war fleckig vor Pulverrauch. »Unter zwei Minuten, nach meiner Uhr!«

»Feuer!«

Wieder fuhren die Steuerbordgeschütze im Rückstoß binnenbords, gelbrot gefärbter Rauch rollte mit dem Wind auf den Franzosen zu, der jetzt Steuerbord voraus lag.

Bolitho biß die Zähne zusammen: die Rauchwolke der *Lysander* blitzte auf unter der unmittelbaren Antwortsalve des Franzosen. Das Deck schütterte unter ihm; er sah, wie einige Männer sich duckten, als die Kugeln flach über das Hauptbatteriedeck jaulten – manche schlugen erst eine Meile vom Schiff entfernt in die See.

»Jetzt, Thomas!« brüllte er. »Die Karronaden im Vorschiff!«

Herrick nickte mit starrem Gesicht, denn weitere Geschosse krachten in die Bordwand oder flogen zwischen den Segeln durch.

Bolitho schritt zur Leeseite, wo sich die Heckaufbauten des vordersten Franzosen wie ein goldenes Hufeisen über den wirbelnden

Rauch erhoben. Das Vorschiff der *Lysander* war bereits in der Lücke zwischen den beiden Feindschiffen. Obwohl er darauf gefaßt gewesen war, fuhr er zusammen, als die Karronaden ihre großen, mit Eisenschrot gefüllten Kugeln abfeuerten, unterstützt von Veitchs vordersten Achtzehnpfündern, die jetzt die verwundbarste Stelle des Feindes vor den Rohren hatten: das Heck.

Veitchs Stimme überschlug sich fast:»Stopfen! Ausputzen, laden!«

Der Kanonendonner, das Quietschen und Rumpeln der ausgefahrenen Geschütze, das endlose Rufen und Hurrageschrei schienen aus einer anderen Welt zu kommen – oder direkt aus den Tiefen der Hölle.

Gebrochene Stage peitschten wie Schlangen auf den übers Deck gespannten Schutznetzen, die nackten Oberkörper der Kanoniere hatten lange Streifen aus Schweiß und Pulver; sie sahen aus wie die Sklaven, nicht wie die Herren ihrer bellenden schwarzen Rohre.

»Feuer!«

Bolitho hörte einen Mann aufschreien, sah einen Körper aus dem Großtopp hart von Deck abprallen und dann ins Meer stürzen.

Wieder krachten Schüsse durch den Rauch, trotzdem hörte er Grubbs heiser triumphierenden Ausruf: »Der alte Nußknacker hat's geschafft, Sir!« Er schwenkte seinen zerbeulten Hut. »Muß das Ruder drüben erwischt haben!«

Obwohl die *Lysander* inzwischen durch die Lücke gestoßen war, befand sich das Heck des vordersten französischen Schiffes immer noch direkt in ihrem Schußfeld. Die mörderische Schrotladung aus der Karronade, unterstützt von den Kanonen im Vorschiff, bei denen man schon an dem tiefen Bellen des Abschusses hörte, daß sie doppelt geladen waren, mußte durch das Heck hindurch die Ruderanlage getroffen und havariert haben. Das Schiff drehte steuerlos in den Wind; Bolitho sah, daß die reichgeschnitzte Galerie in Trümmern, die Kampanje zerlöchert und gesplittert war.

Und da geriet auch schon der Besanmast, zwar noch eine Zeitlang von Wanten und Stagen aufrecht gehalten, ins Wanken und fiel. Winzige Gestalten rutschten aus dem Topp hinunter; unten rannten sie wie die Verrückten, um nicht von der ungeheuren Masse der Takelage erschlagen zu werden, die jetzt mit einem Krachen, das sogar den Kanonendonner übertönte, mitsamt der flatternden Trikolore in den Qualm stürzte.

»Der andere versucht, mit uns abzudrehen, Sir.« Grubbs Augen trieften vor beißendem Rauch. »Er will uns den Wind wegnehmen!«

Bolitho deutete auf das zweite Schiff. »Mr. Gilchrist! Backbordkarronade feuerklar!«

Der Klüverbaum des zweiten Schiffes stieß wie eine schwarze Lanze durch den Rauch; die stecknadelkopfgroßen Mündungsfeuer der Musketen blitzten über Galionsfigur und Fock. Mit dichtgebraßten Rahen, das Ruder bis zum Anschlag gedreht, kämpfte sich das Schiff nach Steuerbord durch den Wind. Die Distanz verringerte sich rasch, und es präsentierte immer mehr von seiner narbigen Bordwand.

Krachend fuhr die Backbordkarronade auf ihrer Gleitvorrichtung zurück, das Geschoß explodierte dicht über dem Vordersteven des Feindes und riß einen Wirbel von Splittern hoch.

»Bei Gott«, brüllte Herrick, »ihr Vormast kommt runter!«

Wie trunken neigte sich der Mast dem Meer zu, aber der Feind schoß trotzdem noch eine unregelmäßige Breitseite. Zwar blieben einige Stückpforten stumm, als Resultat von Veitchs früheren Treffern. Doch Bolitho wußte recht gut, daß man Zeit gehabt hatte, diese erste Salve besonders sorgfältig zu zielen. Wiederholt erbebte das Deck unter ihm, und von unten hörte er metallisches Klirren und schrille Schreie. Die französischen Musketenschützen feuerten immer noch, und bei seinem ruhelosen Auf- und Abgehen sah Bolitho an den Splittern, die von den Planken aufflogen, daß ein Scharfschütze die Offiziere der *Lysander* aufs Korn genommen hatte.

Ein schärferer Knall kam aus den pockennarbigen Segeln, die jetzt wie weiße Klippen über die Webleinen der *Lysander* ragten, und eine Sekunde später lag das hintere Achterdeck voller um sich stoßender, schreiender Verwundeter. Der Franzose hatte also eine Drehbasse im Masttopp, die auf kürzeste Entfernung eine Kartätschenladung abgefeuert hatte – der französische Kommandant setzte anscheinend alle Mittel ein.

»Der Frog ist manövrierunfähig«, schrie Herrick. »Er treibt auf uns zu! Mr. Grubb, Ruder nach Luv!«

Doch der Master, fluchend, hustend und spuckend im Rauch, zerrte Tote und Verwundete vom Ruder weg – oder von dem, was noch davon übrig war. Die Kartätsche hatte zuerst das Rad zerschmettert wie eine Zielscheibe und war dann zwischen die Geschütze gefegt; das Deck war wie gemustert mit Trümmern, zerfetzten Menschenleibern und Blut. Mehrere Matrosen, noch halb betäubt, rannten Grubb zu Hilfe, warfen sich in die restlichen Speichen und wagten kaum die Augen aufzumachen, weil sie Angst hatten, die zerfetzten Leiber ihrer Kameraden zu erblicken.

»Zu spät!« sagte Bolitho heiser.

Der Bugspriet des Feindes, der mächtige Treibanker der gebrochenen Takelage, lagen direkt vor ihrem eigenen Bug. Der Feind feuerte immer noch, ebenso wie die Männer der *Lysander*, über die Distanz von nur dreißig Fuß.

Jaulend flogen die Kugeln ober durchs Rigg oder krachten wie mächtige Hammerschläge in den Schiffsrumpf. Eine krachte in eine Stückpforte und pflügte eine Geschützbedienung um, die für den nächsten Schuß ausputzte. Der Achtzehnpfünder, aus seinen Zurrings gerissen, sauste über das schräge Deck und zog, als er durch die zerfetzten Leiber der Bedienungsmannschaft rutschte, breite Blutbahnen nach sich.

Harry Yeo, der Bootsmann, wies brüllend seine Leute an, das Geschütz wieder unter Kontrolle zu bringen, und schwang dabei sein Enterbeil wie ein Wilder im Urwald.

»Wir rammen sie!« sagte Bolitho zu Herrick und rief dann Gilchrist zu: »Marssegel weg! Wir müssen klarkommen, ehe sich der andere Franzose erholt!« Eine Musketenkugel zischte an seinem Kopf vorbei.

Herrick nickte krampfhaft. »Mr. Gilchrist! Befehl weitergeben: Enterkommando abwehren!«

Wieder hörte Bolitho Schreie, und dazwischen Leroux' Stimme: »Holt die Scharfschützen endlich aus den Topps!«

Eindringlich erwiderte Bolitho: »Nein, Thomas! *Wir* müssen entern! Sonst hauen sie uns in Stücke!«

Er hielt sich an der Reling fest. Mit schmetterndem Krachen rammte der Klüverbaum der *Lysander* den Bug des Feindes. Der Anprall verstrickte beide Schiffe immer tiefer ineinander; die Kanonen schwiegen, der schärfere Knall des Musketen dominierte jetzt.

Bolitho zog den Degen. »Daß mir das Schiff wieder klarkommt, Thomas!« Er wollte Herricks Zuversicht stärken, denn er sah die Unsicherheit auf dessen pulververschmierten Zügen, die sich in Angst verwandelte, als er rief: »Lassen Sie jemand anderen rübergehen, Sir!« rief er.

Drüben ertönte mächtiges Gebrüll und Geschrei, und schon versuchten französische Matrosen, durch das baumelnde Gewirr auf die *Lysander* zu springen.

»Keine Zeit«, sagte Bolitho kurz, rannte den Steuerbord-Laufgang hinunter und suchte sich aus den einzelnen Geschützbedienungen eine Anzahl Männer zusammen.

Auf dem Vorderkastell lagen bereits zehn oder fünfzehn Tote, Franzosen wie Briten. Entermesser klirrten, aus den Wanten und Rüsten beider Schiffe schossen die Scharfschützen Störfeuer in das

Chaos.

»Die Karronade!« brüllte Bolitho.

Er stieß einen Verwundeten beiseite und hieb einem französischen Unteroffizier in den Hals; er fühlte den Aufprall vom Unterarm bis in seine alte Schulterwunde hinauf, die wie Feuer brannte.

Ein wildäugiger Seesoldat schien begriffen zu haben, was der Kommodore wollte, und warf sich in die Züge der Karronade; Midschipman Luce und ein paar Matrosen eilten ihm zu Hilfe.

»Feuer!«

Der Abschuß der Karronade warf die meisten Enterer zurück. Als sie auf ihrem eigenen Schiff die blutigen Überreste derer sahen, die ihnen folgen sollten, entschlossen sie sich zum Rückzug.

»Entert sie, Jungs!« schrie Bolitho, schwang seinen Degen, spürte, daß eine Pistolenkugel ihm den Dreispitz vom Kopf riß, und sprang, halb fallend, auf das schwer angeschlagene Vorschiff des Feindes. Als er sich umwandte, um zu sehen, wie viele seiner Männer ihm folgten, starrte er in die grimmigen Augen der riesigen Galionsfigur der *Lysander*; er fühlte wieder jenes irre Grinsen auf seinen Lippen, die unbeherrschbare Wildheit, die ihn zwang, durch zerbrochene Niedergangsleitern, zersplitterte Spieren, Toten mit klaffenden Wunden, das Gewirr des herabgefallenen Riggs immer weiter vorzustürmen.

Klirrend wogte der Kampf Mann gegen Mann; unter Flüchen, Zähneblecken, Angst und Wut hieben sie sich den Weg über das Vorderkastell frei.

Aus dem Augenwinkel sah Bolitho sein Flaggschiff, das sich unbeirrt aus dem Gewirr der zerrissenen Wanten des Feindes löste, das rauchgeschwärzte Scharlachrot von Leroux' Marine-Infanteristen, deren mörderisches Feuer nicht abriß.

An der Richtung des abziehenden Rauches erkannte er, daß beide Schiffe jetzt vor dem Wind lagen. In dem Streifen dunklen Wassers zwischen den Rümpfen schwammen Wrackteile und ein paar Tote.

Sonne stach durch den Rauch; der Streifen Wasser verbreiterte sich. Herrick hatte es geschafft, den ungefügen Rumpf der *Lysander* so zu drehen, daß sie jetzt mit Hilfe der Segel und des Ruders freikommen konnte.

Ein Mann, die erhobene Pistole auf seine Brust gerichtet, stürzte auf Bolitho zu. Deutlich erfaßte Bolitho in diesem Sekundenbruchteil das Bild des unbekannten Franzosen: Er hatte ein hageres, tiefbrünettes Gesicht und entblößte die Zähne in wütender Konzentration. Er war außer Reichweite von Bolithos Degen, dessen Arm auch schon so lahm war, daß er ihn kaum noch hochbrachte.

Da blitzte ein schwerer Entersäbel vor seinen Augen – so schnell, daß er wie ein Silberbogen in dem dunstigen Sonnenlicht wirkte. Der Franzose schrie schrill auf und taumelte zur Seite; schreckgelähmt starrte er auf die Hand, welche, die Pistole noch im Griff, ein Stück weiter auf den Planken lag.

Allday, die Säbelklinge noch blutig, stand an Bolithos Seite. »Moment, Sir!« Er duckte sich unter zwei gebrochenen Spieren und hieb dem Verwundeten den Halswirbel durch. Fast ohne Laut sank der Mann auf die Planken. »Besser«, keuchte Allday, »als mit einer Hand zu leben!«

»Zurück, Jungs!« brüllte Bolitho.

Noch ein paar Minuten, und sie hätten das Schiff nehmen können. Er wußte es. Aber ebenso wußte er, daß der andere Vierundsiebziger wahrscheinlich schon drehte, um der *Lysander* eine Breitseite zu verpassen, ehe sie das Feuer erwidern konnte.

»Zurück!«

Der Ruf lief über die blutigen Decks und mischte sich mit dem Hurra der Marine-Infanteristen, die auf dem Klüverbaum hockten und die Feinde wie Hühner abschossen. Hände streckten sich den Matrosen entgegen und zogen sie auf die *Lysander* zurück, die Sekunden später unter Krachen, Donnern und Splittern ganz aus dem Gewirr der zerfetzten Spieren und Wanten freikam und schwerfällig vor den Wind drehte. Aus dem unteren Batteriedeck feuerte noch eine letzte wütende Salve; die Zweiunddreißiger-Kugeln schmetterten in den Rumpf des Feindes, dünne Blutströme rannen aus den Speigatten über die zerlöcherte, splitternde Bordwand.

»Hurra! Hurra für den Kommodore!« schrie Pascoe gellend.

Bolitho ging nach achtern, und ein bezopfter Matrose präsentierte ihm grinsend den Dreispitz, den er irgendwie aus dem Kampfgetümmel gefischt hatte. Herrick begrüßte ihn heiser; ängstlich suchten seine Augen nach Wunden.

»Wo ist der andere?« fragte Bolitho.

Herrick deutete nach Backbord. »Hält sich klar, Sir.«

»Hab' ich mir fast gedacht.«

Bolitho blickte vom Vormast zum Achterdeck. Die Fockstenge war weg, mehrere Geschütze waren umgestürzt. Das Oberdeck hatte erhebliche Löcher, und emsige Hammerschläge, das trübselige Janken der Pumpen verrieten ihm, daß die Schäden unter der Wasserlinie ebenfalls beträchtlich waren.

»Bringen Sie das Schiff wieder in Fahrt«, sagte er.

Neben einem sterbenden Seesoldaten kniete Pascoe, hielt seine

Hand und blickte in das Gesicht, aus dem Verstehen und Bewußtsein bereits schwanden.

Grubb studierte seinen Kompaß; seine neuen Rudergasten, die mit nackten Füßen unsicher auf den von Blut glitschigen Planken standen, blickten starr in die killenden Segel und warteten darauf, daß die *Lysander* wieder auf das Ruder reagierte.

Die Marine-Infanteristen traten von den Finknetzen zurück, entluden die Musketen und sahen jetzt, da der Kampf vorbei war, auf einmal todmüde aus.

Midshipman Luce verband mit einer Signalflagge die furchtbare Wunde im Oberschenkel eines Matrosen. Der Mann starrte zu ihm auf und wiederholte immer wieder, wie im Gebet: »Versprechen Sie mir, daß ich nicht ins Orlopdeck* muß, Mr. Luce!« Doch die Sanitätsgasten des Schiffsarztes kamen bereits in ihren blutigen Schürzen und schleppten ihn hinunter.

All das und noch mehr sah Bolitho. Wie so viele, war der Matrose, der das furchtbare Gefecht durchgestanden hatte, unfähig zu begreifen, weshalb er jetzt dem Messer des Chirurgen ausgeliefert wurde.

»Sie reagiert, Sir«, murmelte Grubb.

»Steuern Sie Nordost.« Der Wind fuhr in die löcherigen Segel, und Bolitho sah hoch. »Signal an *Harebell*: sie soll dichtauf bleiben.« Wie mochte sich Inch wohl als unbeteiligter Zuschauer vorgekommen sein?

Herrick kam nach achtern und faßte an den Hut. »Wir haben sie geschlagen, Sir.«

Bolitho sah ihn an. »Ein Sieg war es nicht, Thomas.« Unter Deck schluchzte ein Mann wie ein Kind. »Aber jetzt wissen wir, was wir können. Und nächstes Mal machen wir es schon ein bißchen besser.« Leroux kam mit seinem Sergeanten vorbei, und Bolitho nickte ihm zu.

Dann ging er zur Kampanjeleiter. Auf halbem Wege blieb er stehen, um nach den Feindschiffen auszuschauen. Mit ihren fehlenden Masten und Spieren, dem nachschleppenden Gewirr des zerschossenen Riggs boten sie einen traurigen Anblick.

Die Mannschaft der *Lysander* hatte sich in ihrem ersten Gefecht bewährt. Aber den Kampf noch weiterzuführen, um vielleicht noch mehr herauszuholen, hätte eine Katastrophe gebracht. Die Lust dazu war ihn gleichwohl angekommen.

Allday trat zu ihm. »Komisches Gefühl, Sir.«

* Deck unter der Wasserlinie, wo der Schiffsarzt die Verwundeten behandelte.

Bolitho sah ihn an. Allday hatte ganz recht. Nach einem Seegefecht hatten sie sonst nie Zeit gehabt für Zweifel und böse Reue – überhaupt keine Zeit zum Nachdenken. Jetzt ging es Herrick so, dem Kommandanten. Dem Mann, auf den es nach der Schlacht am meisten ankam.

Allday seufzte. »Aber sie haben gut gekämpft, trotz allem. Jetzt ist eine andere Luft im Schiff.«

Langsam ging Bolitho zur Heckreling und ließ sich den Wind durch die blutverschmierte Uniform, um die schmerzenden Glieder wehen. Es war wie erfrischende Medizin. An Backbord kreuzte die *Harebell* heran, sehr hell, sehr sauber im Sonnenschein.

Er zog seine Uhr. Das ganze Gefecht hatte weniger als zwei Stunden gedauert. Ein paar Tote trieben noch in der See, die Gesichter sehr bleich im blauen Wasser; sie mochten wohl Franzosen sein, die beim Entern gefallen waren. Und seine eigene Verlustliste? Wie viele lagen im Sterben oder warteten bereits auf Bestattung?

Zwei Matrosen rannten die Kampanje entlang; sie hatten Marlspieker in Händen und hielten Ausschau nach Tauwerk, das gespleißt werden mußte. Für sie war es vorbei. Für diesmal. Sie schwatzten miteinander, dankbar, weil sie heil und gesund waren, weil sie noch lebten.

Still sah Bolitho ihnen nach. Vielleicht hatte Herrick recht gehabt mit dem, was er über die Zivilisten in England gesagt hatte, die für solche Männer keinen Gedanken übrig hatten.

Er nickte den beiden zu. Schlimm genug, wenn dem so wäre, dachte er. Denn solche Männer waren sehr wohl ihrer aller Gedanken wert, und noch viel mehr als das.

VIII Nachwirkungen

Joshua Moffitt, persönlicher Schreiber des Kommodore, tippte sich mit der Feder an die Zähne und wartete. Bolitho hatte sich im Schreibtischsessel zurückgelehnt und trank einen Schluck Kaffee.

Er ließ die starke Flüssigkeit in den Magen rinnen und versuchte, sich auf den Bericht an den Admiral zu konzentrieren, den er eben diktierte. Nur für den Fall, daß er jemals abgesandt und auch gelesen wurde.

Er wußte, daß Moffitt ihn beobachtete, doch im Lauf der Zeit hatte er sich einigermaßen an dieses merkwürdige, gläserne Starren gewöhnt. In der Schlafkajüte nebenan machte Ozzard, der Kajütsteward, das Bett zurecht; er bewegte sich so leise, daß seine Füße kaum auf den Planken zu hören waren. Was für ein seltsames Schicksal diese beiden Männer in ihre gegenwärtigen Lebensstellungen gebracht hatte! Ozzard, der sich um Bolithos tägliche Bedürfnisse kümmerte, vom Rasierwasser bis zum frischen Hemd, sollte angeblich Anwaltsschreiber gewesen sein. Jedenfalls war er gebildeter als mancher Offizier. Moffitt dagegen, zu dessen Pflichten das sorgfältige Niederschreiben jeder Order und Depesche, das Registrieren der persönlichen Signale Bolithos und das Ausschreiben der Instruktionen für die Kommandanten des Geschwaders umfaßten, war ein Produkt der Slums. Er hatte strähniges, graues Haar und gläsern starre Augen, die aus seinem pergamenthäutigen Schädel spähten wie die eines Halbtoten. Oder, wie es Allday einmal recht unfreundlich ausgedrückt hatte: »Ich habe schon manchen Schurken am Galgen baumeln sehen, der besser aussah!«

Bolitho hatte nur wenig über Moffitt erfahren können. Er sollte im Schuldgefängnis auf seinen Abtransport nach der neuen Strafkolonie in der Botany Bay* gewartet haben. Ein hoffnungsvoller Leutnant mit einem gerichtlichen Patent zur Anwerbung von Rekruten für Seiner Majestät Kriegsflotte war in diesem Gefängnis erschienen; und mit mehreren anderen hatte Moffitt ein neues Leben begonnen. Sein erstes Schiff war ein Achtzig-Kanonen-Zweidecker gewesen; in einem kurzen Scharmützel vor Ushant** war der Kapitänsschreiber von einer verirrten Musketenkugel getötet worden. Moffitt hatte die Gelegenheit genutzt und durch Übernahme von dessen Pflichten einen weiteren Wechsel in seinen Lebensumständen bewirkt. In Spithead wurde er auf die *Lysander* versetzt und hatte sich bereitwillig als Kommodore-Schreiber angeboten, bis sich ein Geeigneterer fand. Bei dem hektischen Betrieb angesichts der Neuausrüstung und Reparatur konnte Moffitt unauffällig in seine neue Rolle schlüpfen.

Bolitho schaute in seinen Becher. Es wäre nur zu leicht gewesen, Ozzard nach frischem Kaffee zu schicken. Kaffee war eine seiner Schwächen. Aber er wollte sich an seine Regeln halten und seinen Vorrat so lange wie möglich strecken.

Er hörte das beharrliche Klopfen der Hämmer. Die Reparaturarbeiten gingen pausenlos weiter. Dies war der vierte Morgen nach dem Gefecht. Die *Lysander*, gefolgt von der Schaluppe und der Prise, war langsam weiter nordostwärts gekrochen; die Leute arbeiteten, bis es dunkel wurde, damit das Schiff für den Notfall wieder

* an der australischen Ostküste, südlich von Sydney
** Insel nordwestlich von Brest; französische Schreibweise Ouessant

kampfbereit war.

Noch einmal vergegenwärtigte er sich die Karte, die er vor seinem frugalen Frühstück studiert hatte. Sie waren gezwungen, sehr langsam zu segeln. Zerfetzte Leinwand mußte von den Rahen genommen und geflickt oder ersetzt werden. Der Klüverbaum mußte nach der Kollision mit dem französischen Vierundsiebziger fast ganz neugetakelt werden; Bolitho war durchaus mit Herrick einverstanden, der in seinem Bericht den Schiffszimmermann Tuke wegen Fleißes und sauberer Arbeit gelobt hatte.

Mit Recht hatte Herrick auch über Leutnant Veitch sehr Günstiges geschrieben. Der Dritte Offizier hatte während des ganzen Gefechts die Batterien befehligt; und darüber hinaus hatte er selbständig, ohne um Rat oder Erlaubnis zu fragen, seine Geschütze doppelt laden lassen, um den Karronadenbeschuß zu unterstützen. Doppelte Ladung war schon unter besten Bedingungen und mit erfahrenen Mannschaften eine riskante Sache. Und doch hatte Veitch einen genügend klaren Kopf bewahrt, um die richtigen Männer aus den gerade nicht beschäftigten Geschützbedienungen herauszusuchen. Auch Midshipman Luce, Bootsmann Yeo und Major Leroux waren, Bolithos Zustimmung vorausgesetzt, im Bericht des Kommandanten lobend erwähnt worden. Jedoch die Kehrseite der Medaille: Dreizehn Mann der *Lysander* waren in der Schlacht gefallen oder später an ihren Verletzungen gestorben. Der Schiffsarzt hatte noch fünf gemeldet, die jeden Moment sterben konnten, und zehn andere, die mit einigem Glück wieder dienstfähig werden würden.

Die Verluste des Feindes waren vermutlich weit höher; dazu kam noch die Blamage, von einem einzelnen Schiff in die Flucht geschlagen worden zu sein. Doch wo es sich um Menschen handelte, war das ein geringer Trost. Man mußte noch Wochen, vielleicht noch Monate, ohne Ersatz auskommen. Muskeln und Knochen waren wesentlicher als Hanf und Eichenholz; die Menschen selber waren für das Schiff schlechthin lebenswichtig.

Bolitho versuchte, nicht an seinen eigenen Bericht zu denken, der noch unvollendet neben Moffitts knochigem Ellbogen lag.

»Fahren wir fort, Sir?« fragte der Schreiber. Seine Stimme war wie der ganze Mann dünn und kratzig. Laut Musterrolle war er achtunddreißig, doch sah er eher wie sechzig aus.

Bolitho musterte ihn nachdenklich. »Wie weit sind wir?«

Die Feder glitt übers Papier: »*Während der ganzen Aktion war das Schiff ständig unter Kontrolle, und nur als es im Rigg des zweiten französischen Schiffes verstrickt war, ist es etwas abgetrieben.*« Die gläsernen Augen hoben sich. »Sir?«

Bolitho stand auf und ging zur Heckgalerie, die Hände auf dem Rücken. Er konnte Herricks Gesicht nicht aus seinen Gedanken verdrängen, wie es während des Gefechts, in dem Moment, als die Kollision sich als unvermeidlich erwies, ausgesehen hatte. Das war der entscheidende Augenblick gewesen. Es war stärker als der Kanonendonner, die furchtbaren Schreie, das zuckende Scharlachrot beim Ruder: in diesen entscheidenden Minuten hatte Herrick gezögert. Noch schlimmer: als die Franzosen die Initiative an sich gerissen hatten und das Schiff von beiden Seiten angreifen konnten, hatte Herrick die falsche Entscheidung getroffen. Bolitho war, als höre er wieder seine Stimme hier in der Kajüte: die Angst, mit der er Gilchrist befohlen hatte, die Enterer abzuwehren. Eben das war falsch gewesen. Eine Defensivmaßnahme in diesem Stadium hätte den Kampfeswillen der Mannschaft erstickt; ebensogut hätte man die Flagge der *Lysander* vor ihren Augen streichen können.

Er zwang sich dazu, Herrick als den Kommandanten der *Lysander* zu betrachten und nicht als Thomas Herrick, seinen Freund. Früher hätte er jeden höheren Offizier verachtet, der aus Freundschaft Versagen oder Unfähigkeit deckte. Doch jetzt wußte er, Entscheidungen fielen nicht so leicht und auch nicht so frei von Vorurteil. Herrick hatte ihn beinahe beschworen, auf dem Achterdeck zu bleiben und sich nicht am Kampf zu beteiligen. War das reine Freundschaft, oder weil er Bolithos Rat und Entschlußkraft nicht entbehren konnte? Bolitho hatte bemerkt, wenn auch erst viel später, daß der französische Kommandant achtern geblieben war, während sich seine Männer, die die *Lysander* geentert hatten, auf blutigem Pfad vorwärtskämpften. Wie wäre der Kampf verlaufen, überlegte Bolitho, wenn der französische Kommandant an der Spitze seiner Männer in vorderster Front gekämpft hätte, unter Gefahr für Leib und Leben, während sein britischer Gegenpart sich herausgehalten hätte und in verhältnismäßiger Sicherheit geblieben wäre?

Er stützte sich auf das Süll unter dem salzfleckigen Fenster. Herrick war kein Feigling und konnte ebensowenig unloyal handeln wie seine Schwester verraten. Aber auf dem Achterdeck, als er am allernötigsten gebraucht wurde, hatte er versagt.

»Ich diktiere später zu Ende, Moffitt«, sagte Bolitho kurz. Er wandte sich ab und glaubte, in den Augen des Schreibers einen Funken Neugier aufglänzen zu sehen. »Sie können schon ins reine schreiben, was wir bisher erledigt haben.« Damit war Moffitt zunächst einmal beschäftigt, und Bolitho konnte den Abschluß des

Berichts noch etwas aufschieben.

Es klopfte, und Herrick trat ein. »Ich dachte, Sie würden es sofort wissen wollen, Sir: Die *Harebell* hat signalisiert, daß sie im Osten zwei Segel gesichtet hat.« Seine blauen Augen streiften Moffitt. »Höchstwahrscheinlich ist es das Geschwader.« Bitter fügte er hinzu: »Diesmal!«

Bolitho sah, daß sein Blick auf den Bericht fiel, und verspürte ein gewisses Schuldgefühl; als hätte Herrick seine Gedanken gelesen, seine bitteren Zweifel.

»Danke. Wie ist unsere Position?«

Herrick runzelte die Stirn. »Bei acht Glasen waren wir vierzig Meilen nördlich der Insel Mallorca. Bei der langsamen Fahrt, die wir machen, und den Schäden an Segeln und Ruder will sich selbst der Master nicht genauer festlegen.«

»Sie können gehen, Moffitt«, sagte Bolitho. Er hörte, wie Ozzard aus der Schlafkajüte direkt auf den Gang hinaustrat.

»Ihre Befehle, Sir?« fragte Herrick.

»Wenn wir wieder zum Geschwader stoßen, will ich eine Kommandantenbesprechung abhalten.« Bolitho trat ans Fenster und sah Herricks Spiegelbild in dem dicken Glas. »Sobald mir Captain Farquhar erklärt hat, warum er mit dem Rendezvous bis jetzt gewartet hat, werde ich darlegen, wie ich mir unser weiteres Vorgehen denke. Als Flaggkapitän müssen Sie dafür sorgen, daß jedes Schiff, von der *Lysander* bis zur *Harebell*, meine Dienstanweisungen genau versteht. Für mich ist Initiative ein durchaus brauchbarer Ersatz für blinden Gehorsam. Aber ich wünsche keine Manöver auf eigene Faust, und noch weniger dulde ich blanken Ungehorsam.«

»Ich verstehe, Sir«, erwiderte Herrick.

Bolitho wandte sich um und sah ihm ins Gesicht. »Was denken Sie, Thomas?« Er wartete gespannt. Herrick sollte sich aussprechen. »Was denken Sie *wirklich*?«

Herrick hob die Schulter. »Ich glaube, Farquhar ist eigennützig, er giert nach Beförderung und wird, so oft er nur kann, nach eigenem Ermessen und zu eigenem Nutzen handeln.«

»Aha.«

Bolitho trat an sein Weinkabinett und fuhr mit dem Finger über das Holz. Er sah sie noch vor sich, wie sie ihn anlächelte, hatte noch ihr ansteckendes Lachen im Ohr, als sie sah, wie sehr er sich über das Geschenk freute. Ihre Liebe war so warm, so großherzig gewesen. Und rücksichtslos war sie jedem über den Mund gefahren, der es gewagt hatte, sich über ihre Affäre kritisch zu äußern.

»Ist das alles, Sir?« Herrick sah müde und mißmutig aus.

»Nein, Thomas.« Bolitho wandte sich ab; Herrick wirkte so abgespannt, daß er ihm leidtat. Vermutlich hatte er seit dem Gefecht höchstens eine Stunde oder zwei geschlafen. »Es ist leider nicht alles.« Er deutete auf einen Stuhl, doch Herrick blieb stehen, Bolitho hatte es vorhergewußt. Er fluchte innerlich. Das eben war das Schlimme. Sie kannten einander so gut, daß sie sich Konflikte eigentlich nicht leisten konnten.

Er begann: »Ich habe meinen Bericht an den Admiral fertigzustellen. Früher oder später muß ich ihm eine Depesche schicken, meine persönliche Meinung zur Lage. Davon könnte ein ganz neues strategisches Konzept abhängen. Wenn ich die Lage falsch beurteile, steht viel mehr als nur mein Kopf auf dem Spiel. Wenn St. Vincent eine große Flotte ins Mittelmeer schickt und wir später entdecken, daß die Franzosen im Westen sind statt im Osten, vielleicht um zu ihren Geschwadern in den Biskayahäfen zu stoßen, dann geht es nicht nur um eine verlorene Schlacht, sondern unter Umständen um England.«

»Das ist mir klar, Sir. Eine schwere Verantwortung.«

Bolitho starrte ihn an. »Wollen Sie mir ausweichen? Sie wissen verdammt genau, was ich meine! Wir sind auf einer hochwichtigen Mission, für deren Erfolg kein Risiko zu groß ist. Wenn ich dem Admiral meine erste Depesche schicke, muß ich ihm auch über den Zustand meines Geschwaders berichten.«

Herrick starrte zurück. »Während sich die übrigen Schiffe unseres Geschwaders irgendwo herumgetrieben haben, Sir, haben unsere Leute besser gekämpft, als ich es für möglich gehalten hätte. Das habe ich auch in meinem eigenen Bericht zum Ausdruck gebracht.«

Traurig schüttelte Bolitho den Kopf. »Und was ist mit Ihnen selbst, Thomas? Was soll ich über Sie schreiben?«

Herrick sah auf einmal todmüde aus.

»Ich rede nicht von Ihrer Seemannschaft«, fuhr Bolitho fort, »auch nicht von Ihrer Schiffsführung unter Beschuß – die zu kritisieren, besteht kein Anlaß.«

Herrick sah an ihm vorbei. »Ich habe mein Bestes getan.«

Bolitho zögerte, doch er wußte, daß jetzt, und nur jetzt, der richtige Moment war. »Es war aber nicht gut genug«, sagte er rundweg, »und das wissen Sie.«

Ein Ruf des Ausgucks ertönte von oben: »An Deck! Segel in Lee voraus!« Also kamen Farquhars Schiffe in Sicht – wenn sie es waren.

»Falls das Ihre Meinung ist, Sir«, erwiderte Herrick, »dann schlage ich vor, Sie schreiben es auch in Ihren Bericht.«

Bolitho wurde beinahe wütend. »Seien Sie doch nicht so ein verdammter Narr!« Das Blut stieg ihm zu Kopf, die Wildheit der Schlacht erwachte wieder. »Sie waren zu *langsam*, Thomas. Sie haben vor jeder Entscheidung zu lange gezögert. Sie wissen so gut wie ich, daß in einem Gefecht Breitseite gegen Breitseite keine Zeit zum Nachdenken ist.«

Herrick blieb bei diesem Zornesausbruch äußerlich ruhig. »Glauben Sie, ich weiß das nicht?« Hilflos, verzweifelt hob er die Schultern. »Schon als ich voriges Jahr die *Impulsive* verlor, kamen mir Zweifel. Zweifel an meinen Kräften, an meinen Nerven, wenn Sie wollen.« Er blickte zur Seite. »Ich habe die *Lysander* in diese Bucht gesegelt, weil ich nicht anders konnte; irgend etwas zog mich hin, wie in alten Zeiten, wenn ich einfach *wußte*, es muß getan werden. Sie hatten nicht signalisiert, aber irgendwie wußte ich, daß Sie da waren und auf mich warteten. Es war vielleicht dasselbe Gefühl, das Sie bei Adam Pascoe hatten. Das sitzt tiefer als alle Logik.«

»Und vor vier Tagen?«

Wieder blickte Herrick ihn an. »Ich habe diese beiden Schiffe stundenlang beobachtet, wie sie immer näher kamen. Habe mir ihre Besatzungen vorgestellt, wie sie mit ihren Kanonen auf *mich* zielten. Und als Sie sich entschlossen, allein, ohne Unterstützung anzugreifen, da konnte ich mich kaum rühren und kaum ein Wort herausbringen. Ich hörte meine Stimme wie von fern, als ich die Befehle gab. Aber dahinter war alles wie aus Stein. Wie tot.« Er wischte sich mit dem Handrücken den Schweiß von der Stirn. »Ich kann nicht mehr. Seit der Schlacht im vorigen Jahr weiß ich das.«

Bolitho stand auf und ging langsam zum Fenster. Er erinnerte sich, wie aufgeregt Herrick damals gewesen war, als er auf der Admiralität die Ernennung zum Flaggkapitän bekam. Herricks Freude war ebenso groß gewesen wie seine eigene. Über die Gefahren und Tücken ihrer Mission hatten sie sich keine Gedanken gemacht, beide hatten sie sich nicht gefragt, ob sie all dem gewachsen waren.

»Sie sind so müde, daß Sie nicht richtig denken können, Thomas.«

»Bitte, Sir«, erwiderte Herrick heiser, »bemitleiden Sie mich nicht, demütigen Sie mich nicht noch durch Ihr Verständnis! Sie wissen, was mich das kostet, also ersparen Sie mir in Gottes Namen noch weitere Beschämung!«

Draußen auf dem Gang waren Schritte zu hören, und Bolitho sagte: »Lassen Sie mich allein. Ich möchte nachdenken.« Er versuchte, die richtigen Worte zu finden, und war wütend über sich selbst, weil Herrick ihm solchen Schmerz antun konnte. »Sie sind mir zu wertvoll, als daß ich etwas falsch machen möchte.«

Die Tür öffnete sich einen Spalt weit, und Midshipman Saxby steckte den Kopf in die Kajüte. »Captain, Sir?« Zahnlückig und ängstlich grinste er, als er Bolitho sah. »Mr. Gilchrist läßt respektvoll fragen, ob Sie an Deck kommen können?«

Da Herrick nicht gleich antwortete, fragte Bolitho: »Ist was nicht in Ordnung?«

Saxby schluckte hinunter. »N-nein, Sir. Der Erste Offizier wünscht die Anwesenheit der Mannschaft beim Strafvollzug.«

Herrick erwachte aus seinem Sinnen. »Ich komme, Mr. Saxby.« Und mit einem Blick auf Bolitho: »Entschuldigung, Sir.«

Lange sah Bolitho auf die geschlossene Tür. Es war, als hätten Herricks Augen durch eine fremde Maske geblickt. Ein Gefangener. Wie hatte er gesagt? *Wie tot.*

Er fuhr herum, als Ozzard lautlos durch die andere Tür in die Kajüte kam. Oben und vor der Schottwand hörte er Leroux' Marine-Infanteristen in ihren Stiefeln trampeln, und dann die leichtfüßigen Matrosen, die sich an Deck versammelten, um dem Strafvollzug beizuwohnen.

»Kann ich irgend etwas tun, Sir?« fragte Ozzard leise.

Bolitho sah zum Skylight auf und hörte die dumpfen Hammerschläge, mit denen die Grating aufgeriggt wurde, an der dieser Mann festgebunden und ausgepeitscht werden sollte.

»Ja! *Machen Sie das verdammte Skylight zu!*« Er runzelte die Stirn. »Pardon, ich wollte Sie nicht anschreien.«

Er schritt zur anderen Seite. *Hole der Satan Gilchrist und seine Strafen!* Was wollte er damit beweisen, und wem?

Vorsichtig sagte Ozzard: »Ihr Schreiber ist draußen, Sir.«

»Soll 'reinkommen!«

Moffitt trat in die Kajüte und blinzelte in das gespiegelte Sonnenlicht. »Ich habe den ersten Teil fertig, Sir, und dachte . . .«

»Warten Sie.« Bolitho sprach lauter, um das Klatschen der Peitsche auf eines Mannes nacktem Rücken zu übertönen. »Ich diktiere Ihnen einen Brief.«

An Deck ein kurzer Trommelwirbel, dann wieder der flache, klatschende Schlag der neunschwänzigen Katze auf nackter Haut.

»Wollen Sie anfangen, Sir?«

Ebenso wie Ozzard, der seelenruhig vor sich hin summend nebenan in der Schlafkajüte wirtschaftete, war Moffitt von dem langwierigen Ritual des Strafvollzuges völlig unbeeindruckt. Während er . . .

»An Captain Charles Farquhar von Seiner Britannischen Majestät Schiff *Osiris.*«

Bolitho legte die Stirn an die sonnenwarme Fensterscheibe und blickte auf das schäumende Wasser unterm Heck. Wie einladend das war. Kühl. Reinigend.

Hinter sich hörte er Moffitts Federkiel über das Papier kratzen. Er stockte durchaus nicht beim Wirbel der Trommel, beim Schlag der Peitsche.

Farquhar würde gute Gründe dafür haben, daß er seine Position verlassen hatte, ganz bestimmt.

»Sir?«

Bolitho preßte die Fäuste gegen die Oberschenkel, bis der Schmerz stärker war als seine Nervosität.

»Bei Empfang dieser Order werden Sie auf das Flaggschiff Lysander *versetzt . . .*« Er zögerte wieder und kämpfte mit sich selbst . . . *»um dort die mit Ihrer Ernennung zum Flaggkapitän verbundenen Pflichten zu übernehmen.«*

Diesmal stockte der Kiel. Bolitho fuhr fort: *»Ihr gegenwärtiges Kommando übernimmt Captain Thomas Herrick.«*

Er schritt zum Tisch und sah Moffitt über die schmale Schulter. »Zwei Kopien. Gleich.« Er nahm dem Schreiber die Feder aus der Hand, der sie anstarrte, als wolle er sie bannen. Mit fast wütendem Schwung setzt er unter den Text: *»Eigenhändig unterschrieben an Bord Seiner Majestät Schiff* Lysander, *gezeichnet Richard Bolitho, Commodore.«*

Es war getan.

Thomas Herrick hatte die Mannschaft nach dem Strafvollzug wegtreten lassen. Die näherkommenden Schiffe waren als *Osiris* und *Nicator* identifiziert worden. Nun trat Herrick wieder in Bolithos Kajüte, um Meldung zu machen.

Bolitho saß unter den großen Fenstern und blickte auf die lebhaft schwingenden Rahen der *Osiris* hinaus, deren Segel den Wind aufnahmen, so daß sie sich wieder auf ihre Position achteraus von der *Lysander* begeben konnte.

»Beide Kommandanten sollen sofort an Bord kommen«, sagte er.

»Jawohl, Sir«, antwortete Herrick müde. »Ich habe schon signalisiert. Wenn alle Schiffe auf ihren Positionen sind, drehe ich bei. Die *Osiris* will schnellstens berichten.«

Bolitho nickte. Farquhar mußte Neuigkeiten haben, wichtige Neuigkeiten, deretwegen er das vereinbarte Treffen nicht eingehalten hatte. Bolitho sah nicht nach dem versiegelten Umschlag hin. Die Neuigkeit, die *er* hatte, würde selbst den blasierten Farquhar überraschen.

Er sagte: »Ich habe das, was Sie mir vorhin anvertraut haben, in meinem offiziellen Logbuch nicht erwähnt, auch nicht in meinem Bericht an den Admiral.«

Er sah, wie Herrick die Schultern sinken ließ. »Aber ich nehme es selbstverständlich zur Kenntnis.« Oben klapperten Blöcke und knarrten Taljen, denn das Schiff rollte schwer unter verringerten Segeln; jede Minute konnten die anderen Kommandanten eintreffen. Dann ging es noch einmal von vorn los. Er sprach weiter: »Ich könnte meinen Stander auf einem anderen Schiff hissen, Thomas. Aber ich habe so etwas schon einmal erlebt und erinnere mich nur zu gut daran, welche Folgen das hatte. Die ganze Besatzung empfand das als einen persönlichen Vorwurf, als ein Mißtrauensvotum des Admirals. Ich hielt das damals für unfair und tue es heute noch.«

Herricks Stimme war heiser. »Ich verstehe. Der Gedanke an mein Versagen und was es bedeutet, ist mir alles andere als angenehm. Aber ich will auch nicht gegen etwas protestieren, das meine Schuld ist.« Hilflos zuckte er die Achseln. »Meine Einstellung zur Marine und zu Ihnen ist derart, daß ich mich lieber umbringen würde, als Menschenleben und die Interessen meines Landes zu gefährden, um meine Fehler zuzudecken.«

Bolitho sah ihn mitleidig an. »Ich habe nicht die Absicht, Sie Ihres Dienstes zu entheben.«

Herrick fuhr auf. »Warum haben Sie mich dann . . .«

Bolitho stand rasch auf. »Was hätte ich denn machen sollen? Gilchrist das Kommando übergeben und Sie nach Hause schicken? Oder Sie vielleicht gegen Javal austauschen, obwohl wir bloß eine Fregatte für die ganze Mission haben?« Er blickte zur Seite. »Ich gebe Ihnen die *Osiris*. Sie ist ein gutes Schiff mit hohem Ausbildungsstand.« Herrick atmete heftig ein, aber Bolitho achtete nicht darauf und fuhr fort: »Sie brauchen sich dann nicht mehr mit Geschwaderangelegenheiten herumzuärgern, sondern können Sich auf Ihr Schiff konzentrieren. Was Sie daraus machen, ist Ihre Sache. Aber Ihnen traue ich zu, mehr als jedem anderen, daß Sie voll und ganz Ihre Pflicht tun.«

Langsam drehte er sich wieder um und sah zu seiner Bestürzung, daß Herrick, genau wie vorher, unnatürlich ruhig war. »Farquhar wird hier vorläufig Ihren Dienst übernehmen, bis . . .«

Herrick nickte. »Wie Sie befehlen, Sir.«

»Befehlen?« Bolitho trat einen Schritt zu ihm hin. »Glauben Sie, ich mute Ihnen zu, daß Sie Tag für Tag den Offizieren und Mannschaften ins Gesicht sehen müssen, die Sie ausgebildet und befehligt haben, seit Sie auf der *Lysander* sind? Und daß Sie dabei in jeder Sekunde Angst haben, Sie könnten ihnen auf irgendeine Weise nicht gerecht werden?« Er schüttelte den Kopf. »Das mache ich nicht. Ebensowenig will ich die Kampfkraft des Geschwaders aufs Spiel setzen, weil Ihre Freundschaft mir kostbar ist.«

Herrick blickte sich in der Kajüte um. »Gut. Ich packe dann meine Sachen und gehe von Bord.«

»Kein Schatten wird auf Sie fallen, Thomas. Dafür sorge ich. Aber lieber sähe ich Sie als Kommandanten einer uralten Brigg, als daß Ihnen an Land das Herz bricht, weil Sie dem einzigen Leben entrissen sind, das Sie lieben und für das Sie so viel geopfert haben.«

Anscheinend war Herrick im Moment etwas verwirrt. »Farquhar!« sagte er. »Den habe ich nie leiden können. Schon als Midshipman nicht.« Er wandte sich zur Tür. »Daß es so enden würde, hätte ich nie gedacht.«

Bolitho kam quer durch die Kajüte auf ihn zu und reichte ihm die Hand. »Nicht *enden*, Thomas!«

Aber Herricks Hände blieben unten. »Wir werden ja sehen, Sir.« Er ging hinaus, ohne sich umzusehen.

Dann kam Allday. Nach kurzem Zögern nahm er den Degen von seinem Gestell und prüfte ihn.

Bolitho setzte sich wieder auf die Fensterbank und sah ihm trübselig dabei zu.

»Käpt'n Herrick geht also von Bord, Sir?« Aber Alldays Augen ruhten auf dem Degen.

»Fangen Sie nicht auch noch mit mir an, Allday!« Aber es klang keineswegs gereizt. »Ich habe die Nase voll für diesen Tag. Für tausend Tage.«

Alldays Augen waren sehr klar in dem reflektierten Licht. »Sie haben das Richtige getan, Sir.« Er lächelte melancholisch. »Ich bin bloß ein einfacher Seemann, und wenn Sie nicht wären, arbeitete ich im Mast und könnte für jede lausige Kleinigkeit ausgepeitscht werden. Aber ich habe meine festen Ansichten über die, denen ich diene und –«, er schien das richtige Wort nicht zu finden –, »für die ich was übrig habe.« Sorgfältig zog er den alten Degen aus der Scheide und hielt die Klinge in die Sonne, als prüfe er die Schneide. »Käpt'n Herrick ist ein guter Mann. Auf einem anderen Schiff wird er sich schon wieder fangen.« Mit scharfem Klicken stieß er die Klinge wieder hinein. »Und wenn nicht – dann ist das Flaggschiff erst recht nicht der Ort für ihn.«

Bolitho starrte Allday an. Es war schon oft so gewesen; aber noch nie hatte er Alldays moralische Unterstützung so nötig gebraucht wie jetzt. Auf seinem Schiff, ja in seinem ganzen kleinen Geschwader gab es keinen Menschen, mit dem er seine Ängste, seine Zweifel wirklich teilen konnte. Als er aus der Offiziersmesse in die Kapitänskajüte übergewechselt war, und erst recht später, als er seinen Kommodorewimpel bekommen hatte, mußte er sich eines solchen Luxus' ein für allemal entschlagen.

Gelassen sprach Allday weiter: »Als ich auf Ihr Schiff gepreßt wurde, hatte ich mir vorgenommen, bei der ersten Gelegenheit abzuhauen. Ich wußte genau, was auf Desertion steht, aber ich war fest entschlossen. Und dann, bei den Saintes*, als uns die Kanonenkugeln so dicht um die Ohren flogen, daß man sich nicht einmal mehr auf den lieben Gott verlassen konnte, da habe ich mal nach achtern geschaut und Sie gesehen. Und da wußte ich, es gibt Kommandanten, die ein Herz für unsereinen haben, für uns arme Trottel, die für König und Vaterland auch noch hurra rufen sollen, wenn sie in die feindliche Linie segeln.«

»Ich glaube, Sie haben jetzt genug gesagt«, unterbrach Bolitho leise. Während Alldays Tirade hatte er den Kopf nicht erhoben.

»Nur Sie selber«, fuhr Allday fast verzweifelt fort, »Sie sehen das nie, Sir. Sie machen sich Sorgen um Käpt'n Herrick, oder was für Chancen wir gegen diesen oder jenen Feind haben, aber nie nehmen Sie sich Zeit, an sich zu denken.« Er riß sich zusammen, denn Ozzard, Bolithos Rock und Hut in Händen, kam durch die andere Tür hereingeschlichen. »Aber was vorbei ist, ist vorbei; es wird schon in Ordnung gehen.«

Bolitho stand auf; mit starren Augen, die nichts sahen, ließ er sich in den Rock helfen. Das Degenkoppel gab ihm Halt. Allday hatte von Anfang an, vielleicht schon als Herrick zum Flaggkapitän ernannt worden war, begriffen, wie die Dinge lagen.

»Ich gehe an Deck und begrüße die Kommandanten«, sagte er. *Und dann sage ich Herrick auf Wiedersehen,* fügte er in Gedanken hinzu. »Danke, daß Sie –«, er blickte in Alldays vertrautes Gesicht –, »daß Sie mich erinnert haben.«

Damit ging er hinaus.

Allday sah ihm nach und legte Ozzard den Arm um die Schulter.

* Seeschlacht in der Karibik; siehe Kent: Zerfetzte Flaggen (Ullstein Buch 23192)

»Bei Gott, nicht für 'n Dutzend Mädels und einen Ozean voll Rum möchte ich seinen Posten haben!«

Ozzard grinste. »Den wird man dir auch kaum anbieten.«

An Deck war es noch hell. Die abendliche See hatte eine lebhafte Kräuselung bei langer flacher Dünung. Die drei Linienschiffe lagen mit killenden Segeln beigedreht und hatten ihre Boote ausgesetzt. Zu jeder anderen Zeit hätte Bolitho bei diesem Anblick das Herz im Leibe gelacht. Jetzt, als er auf der Kampanje stand und die beiden Boote in raschem Tempo auf die *Lysander* zukommen sah, war ihm zumute wie bei einem schweren Verlust.

Den Hut tief ins Gesicht gezogen, stand Herrick an der Leereling. Dicht neben ihm wartete Gilchrist, die Arme verschränkt, die dünnen Beine gespreizt, um die unregelmäßigen Bewegungen des Schiffes abzufangen. Spuren des Gefechtes waren kaum noch zu sehen: ein paar helle Stellen in den Planken, wo der Zimmermann und seine Maaten ihr Werk getan hatten; frische Farbe, wo etwas ersetzt worden war. Die Segel über dem geschäftigen Deck waren sauber geflickt. Nur schwer konnte man sich noch Pulverqualm und Kampfgetöse vorstellen.

Kaum wagte sich Bolitho auszumalen, was Herrick in diesem Moment dachte. Er mußte sehr stolz darauf sein, wie gut seine Mannschaft gekämpft und alles Schlimme hinterher verkraftet hatte. Noch vor ein paar Monaten hatten die meisten dieser tüchtigen Seeleute an Land gearbeitet, auf einer Farm, in der Stadt, mit mehr oder weniger Können und Erfolg, und hatten nicht entfernt daran gedacht, daß sie einmal auf einem Kriegsschiff dienen würden.

Es würde ihnen leid tun, daß ihr Kommandant von Bord ging. Besonders für die neuen Matrosen war Herrick so etwas wie einer von ihnen, in gewisser Hinsicht ein Anfänger wie sie selbst. Empfanden sie Bedauern oder Ärger, so mußte es sich gegen den Kommodore richten. Nun, damit würde er notfalls schon noch fertig werden, dachte er grimmig. Auf keinen Fall durfte das gute Andenken an Herrick durch diese Entscheidung beeinträchtigt werden, mochte sie nun richtig oder falsch gewesen sein.

Das erste Boot machte jetzt an den Rüsten fest. Es war Farquhar. Natürlich. Er stieg so elegant und schick durch die Fallreepspforte, als käme er von seinem Londoner Schneider. Als er grüßend den Hut zum Achterdeck hin lüftete, glitten seine Blicke gelassen über die angetretenen Marine-Infanteristen und ihre blinkenden Bajonette. Sein hellblondes Haar, im Nacken zusammengebunden, glänzte über dem Kragen wie blasses Gold.

Bolitho beobachtete ihn, wie er Herrick die Hand schüttelte. Wie schlecht die beiden zusammenpaßten! Farquhars Onkel, Sir Henry Longford, war Bolithos erster Kommandant gewesen, als er, zwölf Jahre alt, mit ehrfurchtsvollem, erschrockenem Staunen an Bord des Achtzig-Kanonen-Schiffes *Manxman** gekommen war. Vierzehn Jahre später hatte ihm Longford, inzwischen Admiral, eine Fregatte gegeben, der sein Neffe als Midshipman zugeteilt wurde. Und jetzt war Farquhar, Anfang Dreißig und Fregattenkapitän, wieder bei ihm. Wenn er den Krieg überlebte, würde er zu hohem Rang aufsteigen, in der Flotte wie in der Heimat. Bolitho hatte von Anfang an nicht daran gezweifelt, und Herrick hatte sich nie damit abgefunden.

Wieder trillerten die Pfeifen, und George Probyn von der *Nicator*, unordentlich wie immer, schob sich durch die Pforte.

Auf der anderen Seite des Achterdecks stand Pascoe bei Luce und seinen Signalgasten; und Bolitho fand, daß er selbst ebenso ausgesehen haben mußte, wenn er als junger Leutnant zugesehen hatte, wie irgendwelche unerreichbaren, erhabenen Vorgesetzte kamen und gingen.

Mit einem Seufzer schritt er zur Kampanjeleiter. Eben sagte Herrick: »Wenn Sie bitte in meine Kajüte kommen wollen, Captain Probyn. Der Kommodore will erst Captain Farquhar sprechen.«

Farquhar zog die Brauen leicht hoch. »Ach? So dienstlich, Captain Herrick?«

»Jawohl«, antwortete Herrick kalt.

Bolitho beobachtete Farquhar beim Eintreten. Wachsam, im Zweifel vielleicht, wie sein Kommodore reagieren würde; er spürte wohl auch, daß etwas Besonderes in der Luft war. Doch im ganzen blieb er durchaus selbstsicher.

»Hier mein Bericht, Sir.«

Bolitho deutete auf einen Stuhl. »Gleich. Unser Angriff war, wie Sie bemerkt haben werden, erfolgreich. Wir haben eine gute Prise, ein weiteres spanisches Schiff aus der Bucht ist auf dem Weg nach Gibraltar. Vor vier Tagen hatten wir Feindberührung: zwei französische Linienschiffe. Wir haben beide zerschossen und dann die Aktion abgebrochen. Unsere Verluste waren gering – verhältnismäßig.«

Farquhar lächelte gelassen, sah aber nicht mehr ganz so selbstbewußt aus. »Ich handelte nach Ihren Instruktionen, Sir. Die *Buzzard*

* Manxman: Einwohner der Insel Man.

meldete mir einen Konvoi von fünf Schiffen, und wir nahmen die Verfolgung auf. Unter diesen Umständen . . .«

»Das war durchaus korrekt. Haben Sie sie erwischt?«

»Captain Javal konnte ein paar Schiffe beschädigen, Sir, aber nur eins zum Beidrehen zwingen. Unglücklicherweise konnte ich nicht rechtzeitig zur Stelle sein, da ich meine Großmaststenge in einer Sturmbö verloren hatte. Die *Nicator* griff an und feuerte auf Grund eines, äh, mißverstandenen Signals eine halbe Breitseite in das französische Schiff, so daß es zu sinken begann.«

»Und dann?«

Farquhar zupfte ein Kuvert aus seinem eleganten Rock. »Dem Führer meines Enterkommandos ist es gelungen, diesen Brief aus dem Panzerschrank des Kommandanten zu retten, ehe das Schiff kenterte und sank. Er ist an einen gewissen Yves Gorse adressiert, der anscheinend in Malta wohnt. Dieser Gorse soll Ankermöglichkeiten schaffen.« Er warf den Brief auf den Tisch. »Für normale Handelsschiffe, oder so ähnlich wird es ausgedrückt. Ich nehme an, der Text ist verschlüsselt; aber der Kommandant war ein solcher Dummkopf, daß ich nichts aus ihm herausbringen konnte. Das kleine Geleit kam aus Marseille. Eskorte war eine französische Korvette, nicht weil sie sich irgendwie von uns bedroht fühlten, sondern wegen der Berberpiraten und dergleichen.« Das Wichtigste hob sich Farquhar bis zuletzt auf. »Mein Erster hat etwas herausbekommen, Sir. Ich habe mehrere französische Matrosen für meine Mannschaft gepreßt; und einer von ihnen hat gehört, wie einer der Überlebenden behauptete, dieser Brief sei auf persönlichen Befehl von Admiral Brueys an Bord gebracht worden!«

Überrascht sah Bolitho auf. Brueys war vielleicht der beste und fähigste Admiral der französischen Flotte. Vielleicht sogar aller Flotten.

»Das haben Sie gut gemacht.« Bolitho rieb sich die Hände an den Schenkeln trocken. »Dieser Gorse muß ein Spion oder Agent sein. Vielleicht haben die Franzosen einen Angriff auf Malta vor.«

»Oder auf Sizilien?« überlegte Farquhar stirnrunzelnd. »Bonaparte soll Absichten auf das Königreich haben. Sie sind im Frieden miteinander; aber wahrscheinlich denkt er, daß man sich im Kriege einen Luxus wie Neutralität nicht leisten kann – womit er meiner Ansicht nach recht hat.«

»Mag sein.« Bolitho versuchte, nicht an Herrick zu denken. »Wir segeln möglichst schnell nach Toulon und Marseille. Auf Grund Ihres Fundes können wir uns jetzt ein Bild davon verschaffen, wie weit sie mit ihren Vorbereitungen sind.«

»Und Ihre Prise, Sir«, fragte Farquhar, »was hat sie geladen?«

»Pulver und Munition. Und Futtermittel.«

»Futter?«

»Ja. Mich beunruhigt das auch. Alle Vorbereitungen der Franzosen und Spanier deuten auf einen Angriff großen Stils. Aber Futter? Das sieht nicht nach einem örtlich begrenzten Angriff aus. Mehr nach Kavallerie und schwerer Artillerie mit den nötigen Männern und Pferden.«

Farquhar bekam glänzende Augen. »Dieses Schiff hatte ebenfalls Futter geladen.« Er sah sich in der Kajüte um. »Entschuldigen Sie, Sir – aber sollten wir nicht auf die anderen warten? Es würde Zeit sparen.«

Bolitho wies mit den Augen auf den versiegelten Umschlag. »Das ist für Sie, Captain Farquhar.« Er trat ans Fenster und sah auf die anderen Schiffe hinaus. In seinem Rücken hörte er das Kratzen des Federmessers, mit dem Farquhar das Kuvert aufschnitt. Nach ein paar Sekunden sagte dieser: »Das überrascht mich sehr.« Aber sein Ton war seelenruhig.

Bolitho wandte sich um und musterte ihn nachdenklich. »Es war eine schwere Entscheidung.«

»Und Captain Herrick, Sir?« Farquhars Gesicht war wie eine Maske. »Ist er krank?«

»Nein«, erwiderte Bolitho kurz. »Treffen Sie sofort alle notwendigen Arrangements. Das Geschwader soll noch vor Sonnenuntergang wieder Segel setzen.«

Farquhar, den Brief in der Hand, sah Bolitho immer noch an. »Ich weiß nicht, wie ich Ihnen danken soll, Sir.«

Bolitho nickte nur. »Sie sind offensichtlich der Meinung, daß ich die richtige Entscheidung getroffen habe.«

Farquhar hatte auch blaue Augen wie Herrick, aber in dem schwachen Licht von See her wirkten sie kalt wie Eis. »Nun, Sir, da Sie mich fragen – jawohl.«

»Dann sorgen Sie dafür, daß man es auch im Geschwader merkt«, erwiderte Bolitho unbewegt. »Captain Herrick ist ein ausgezeichneter Offizier.«

Wieder dieses leichte Heben der Brauen. »Aber?«

»Kein Aber, Captain Farquhar. Ich will, daß er sich auf einem gut ausgebildeten Schiff, wo er bisher keine privaten Kontakte hat, seiner Kraft bewußt wird. Er wird vollauf zu tun bekommen. Das sollte ihm guttun – und dem Geschwader auch.«

Farquhar lächelte. »Mein Erster Offizier wird sehr überrascht sein. Auch ihm wird das guttun.«

»Der Erste Offizier dieses Schiffes ist Mr. Gilchrist. Ich schlage vor, Sie machen unverzüglich seine Bekanntschaft.«

Bolitho hatte irgendeine Reaktion erwartet, aber Farquhar sagte lediglich: »Gilchrist? Kenne ich nicht. Aber schließlich *muß* man ja solche Leute auch nicht kennen.«

»Ich würde es begrüßen«, sagte Bolitho, »wenn Sie Ihre persönlichen Abneigungen beiseite ließen.«

Farquhar stand auf. »Selbstverständlich, Sir. Ich kann Ihnen versichern, daß ich nie etwas gegen Captain Herrick hatte, obschon mir seine feindselige Haltung mir gegenüber durchaus bekannt ist.« Er lächelte sein dünnlippiges Lächeln. »Keine Ahnung, warum er mich nicht mag.«

Bolitho sah Ozzard an der Tür stehen. »Bitten Sie die anderen Kommandanten herein, Ozzard«, sagte er. »Und dann können Sie Wein bringen.« Es sollte so beiläufig klingen, als stünde er über allem.

Ozzard, mit einem scheuen Blick auf Farquhar, deutete einen Bückling an. »Aye, aye, Sir.«

Bolitho trat auf die Galerie und starrte auf die Wellen hinaus, die wie kleine, weißbemähnte Pferde von der Kimm herangesprungen kamen. Jedes Bruchstück einer Information, jedes noch so fadenscheinige Gerücht führte das Geschwader immer tiefer in das Mittelmeer hinein. Und immer war es *seine* Entscheidung. Ein Brief, der ihm in die Hände gefallen war, hatte ihn in eine Bucht geführt; dort mußten Männer sterben, und Schiffe wurden vernichtet. Jetzt ging es durch Farquhars Zufallsfund noch weiter nach Nordosten, zu den Häfen der französischen Flotte. Stücke eines Puzzlespiels lagen auf der einen Seite, die Seekarte und das gnadenlos rinnende Stundenglas auf der anderen.

Die Tür ging auf, Bolitho wandte sich um und sah Herrick mit Probyn eintreten. Er wartete, bis sie Platz genommen hatten, und winkte dann Ozzard zum Weinschrank.

In diesem Moment klopfte es; Gilchrist steckte den Kopf herein und blickte sich suchend um. Er sah Herrick und sagte: »Entschuldigen Sie die Störung, Sir, aber ich möchte den Flaggkapitän sprechen.« Doch er fuhr überrascht herum, denn es war Farquhar, der ihm antwortete: »*Ich* bin der Flaggkapitän, Mr. Gilchrist. Ich darf Sie bitten, das nicht zu vergessen!« Eine peinliche Stille trat ein, und Farquhar fuhr fort: »Ich darf Sie außerdem bitten, die Räume des Kommodore nicht ohne meine Erlaubnis zu betreten!«

Die Tür fiel zu, Farquhar beugte sich vor und betrachtete den Weinschrank. Seine Stimme war wieder völlig normal. »Ein schönes

Stück, Sir. Ich kenne die Arbeiten dieses Tischlers gut.«

Bolitho sah zu Herrick hinüber; doch den konnte er bereits nicht mehr erreichen.

IX Wein und Käse

Captain Charles Farquhar schritt nach achtern, um Bolitho, der an Deck gekommen war, zu begrüßen. Obwohl er ohne Rock und Hut war, schaffte er es doch, so elegant wie immer zu wirken; sein gefälteltes Hemd sah aus wie frisch gewaschen. »Kurs Ostnordost, Sir«, meldete er dienstlich.

Bolitho nickte und schaute zu seinem breiten Stander und den Rahen empor. Der Wind war in der Nacht leicht ausgeschossen*, und es gab Anzeichen, daß er abflaute.

Bolitho nahm ein Teleskop vom Gestell und richtete es über die Backbordnetze. Es war, als stünde die Umgebung fest, und die Segel täten nur so, als bewegten sie das Schiff. Und doch war es schon drei mühselige Wochen her, seit er zugesehen hatte, wie Herrick sich zur *Osiris* hinüberrudern ließ; zwei dieser Wochen hatten sie hier vor diesem Küstenstrich verbracht. Er studierte das nun schon vertraute haifischblaue Stück Land. Es war so irritierend, sich klarzumachen, daß eben da drüben der geschäftige Hafen von Toulon und hinter seinen schützenden Mauern die Antwort auf seine Spekulationen und Zweifel lag.

»Nicht einmal eine Spur von einem Segel«, brummte Farquhar, »hol sie der Teufel!«

Bolitho legte das Glas wieder zurück und überschaute das Hauptdeck der *Lysander*. Die Vormittagswache hatte begonnen. Eine Wache wie die vorigen auch. Überall auf dem Deck und hoch oben waren Männer am Werk, spleißten, malten, teerten das stehende Gut, kontrollierten hunderterlei Geschirr auf Fehler und Abnutzung.

Es war beinahe unheimlich, daß der Golfe du Lion so leer war. Wie zum Hohn. Die Franzosen mußten wissen, daß ein feindliches Geschwader in ihren Gewässern operierte. Jedes Fischerboot konnte es gesichtet und die Nachricht an die nächste Küstengarnison weitergegeben haben. Vielleicht hatten die Franzosen zuviel zu tun, oder sie hatten gar nichts dagegen, daß die Briten lahm hin und her kreuzten, Proviant und Material verbrauchten und nichts damit er-

* = rechtsdrehend (auf den Kompaß bezogen) geworden

reichten.

»Wir müssen uns sehr bald neue Informationen verschaffen oder noch dichter unter Land gehen.«

Gelassen erwiderte Farquhar: »Mehr Fregatten sollten wir haben, Sir.«

Fast wäre Bolitho ihm ärgerlich über den Mund gefahren. Aber Farquhar konnte ja nichts dafür. Bei jeder Mission gab es anscheinend zu wenig Fregatten, doch ohne die war man praktisch blind.

Er spähte nach achtern, wo die große Breitfock der *Osiris* in dem unsteten Wind abwechselnd voll und wieder leer wurde, als atme das Schiff keuchend. Sie lag eine Meile zurück, und hinter ihr in Lee war die Prise *Segura* gerade noch zu sehen. Wie mochte Probyn wohl mit seiner Patrouille zu den kleinen Inseln östlich von Toulon, welche die Einfahrt schützten, vorankommen? Er hatte Javals *Buzzard* mit; das restliche Geschwader mußte sich mit der Schaluppe begnügen. Bolitho konnte knapp die gelblichen Marssegel der *Harebell* ausmachen, die wie Muschelschalen vor der französischen Küste standen. Inch wußte bestimmt, wie wichtig er war. Hoffentlich war er nicht so übereifrig, daß er zu dicht unter Land ging. Dort konnte der Wind ausbleiben oder eine gut plazierte Küstenbatterie ihn erwischen.

Bolitho wandte sich wieder der *Osiris* zu. Drei Wochen – und jeden Tag hatte er an Herrick denken müssen. Farquhar folgte seinem Blick und sagte: »Sie segelt gut.«

Nur eine beiläufige Bemerkung, aber typisch für diesen eleganten Kapitän. Ganz gleich, wie lange er auf einem Schiff gesegelt war oder welch dramatische Dinge er darauf erlebt hatte – war er erst einmal von Bord, hatte er auch innere Distanz zu dem Schiff. Er war ohne jede Sentimentalität, ihn interessierte nur die Gegenwart und die Zukunft, die aus ihr erwachsen mochte.

Nichtsdestoweniger mußte Bolitho zugeben, daß Farquhars Tüchtigkeit sich im gesamten Schiff auswirkte. Geschützexerzieren mit Wettbewerben zwischen den einzelnen Batterien und Decks hatte die Zeit für Nachladen und Feuern um Minuten reduziert.

Obwohl Farquhar immer genügend Muße für seine Zerstreuung zu haben schien, war er niemals weit weg, wenn er gebraucht wurde. Und seine Offiziere, von Gilchrist bis zu Midshipman Saxby, hatten gelernt, das zur Kenntnis zu nehmen.

Farquhar hatte immer in dem Ruf gestanden, ein harter Mann zu sein. Doch bis jetzt hatte er sich noch nie als Tyrann gezeigt. Gleich nachdem er das Schiff auf Kurs gebracht hatte, sah er innerhalb weniger Stunden sämtliche Schiffsbücher durch, von der

Musterrolle und dem Strafbuch bis zu den Listen über die Vorräte an Leinwand und Öl.

Das war eine neue Seite am Charakter Farquhars, und Bolitho kam, als der Mann, der er nun einmal war, gar nicht auf den Gedanken, daß Farquhar diese Dinge von ihm selbst gelernt hatte; jetzt trugen frühere Zeiten ihre Früchte.

Drüben auf der Leeseite des Achterdecks stolzierte Leutnant Fitz-Clarence geschäftig auf und ab. Das war auch so eine Geschichte. Farquhar hatte den Zweiten Offizier von dem langweiligen Dienst auf der eroberten *Segura* abgelöst und statt seiner einen Steuermannsmaaten hinübergeschickt, was durchaus richtig war. Und sooft das Wetter es erlaubte, hatte er den Prisenkommandanten ausgewechselt. Midshipmen, Unteroffiziere, sogar Gilchrist (den das mächtig ärgerte) hatten die *Segura* kommandiert. Das war vernünftig, dabei blieben sie in Form. Aber Farquhar hatte Bolitho nicht etwa um Erlaubnis gefragt. Dergleichen betrachtete er als sein gutes Recht; dafür war er Flaggkapitän.

Er hatte sogar die Anzahl, wenn auch nicht die Strenge der Strafen gemindert, überprüfte jeden Fall persönlich, und wenn der unglückliche Matrose nur etwas verbrochen hatte, weil es über sein Verständnis ging, weil sein Vorgesetzter ungenaue Befehle gegeben oder sonst nicht aufgepaßt hatte, war die Sache für ihn erledigt. Im letzteren Falle verpaßte er sogar dem Ankläger kräftigen Extradienst, damit er sich das nächste Mal vorsah. Lag aber andererseits ein echtes Verschulden vor, dann verhängte Farquhar härtere Strafen, als Herrick jemals zugelassen hätte. Das war anscheinend sein einziger wirklicher Fehler.

Farquhar sagte unvermittelt: »Wir werden in Kürze entweder ohne *Harebell* oder ohne *Buzzard* auskommen müssen, Sir.«

»Ja.«

Langsam schritt Bolitho an der Luvseite auf und ab. Der Teer in den Ritzen der Planken klebte an seinen Sohlen; die Hitze, vom Schanzkleid zurückgeworfen, fiel ihn an. Und es war noch nicht einmal neun Uhr morgens. Jeden Tag wurde es heißer, es war kaum noch auszuhalten.

Farquhar hatte den Finger auf die Wunde gelegt. Die Entscheidung ließ sich nicht länger hinausschieben. Bolitho mußte dem Admiral einen Bericht schicken, über seine Einschätzung der Stärke und Absichten des Feindes. Doch sobald er eins der Schiffe dazu abgestellt hatte, die er andererseits zum Rekognoszieren notwendig brauchte, waren ihm die Hände gebunden. Aber das war unwichtig zum Vergleich zu den Folgen, wenn der Admiral aus Mangel an

Information die Lage falsch beurteilte.

Wenn es Inch nur geschafft hätte, die spanische Brigg zu kapern, ehe die beiden französischen Schiffe ihn verjagten! Dann hätte er die zum Admiral schicken können.

Bolitho blieb stehen und beschattete die Augen mit der Hand, um nach der Prise Ausschau zu halten. Sie war zu langsam und zu verwundbar. Aber vielleicht konnte man sie zu irgendeinem Täuschungsmanöver gebrauchen. Und auch mit ihrer Ladung war vielleicht etwas zu machen: eine Bestechung zum Beispiel.

Stahl klirrte auf Stahl. Er ging zur Achterdecksreling und sah zu, wie die wachfreien Midshipmen unter Pascoes Anleitung mit Degen und Entersäbel übten.

Farquhar sah ihn von der Seite an. »Ich dachte, das wäre etwas für Mr. Pascoe, Sir.« Aus seinem Ton ließ sich nicht heraushören, was er wirklich dabei dachte. »Er hat sein Können bereits an einem meiner früheren Leutnants bewiesen. Er hat ein gutes Auge.« Dabei lächelte er flüchtig.

Pascoe hatte hinter zwei Midshipmen, die alle paarweise gegeneinander fochten, Aufstellung genommen, machte ihre Schritte mit und brachte Korrekturen an. Ihre Gesichter waren rot vor Anstrengung; offensichtlich hatten sie gemerkt, daß Kommodore und Kommandant ihnen zusahen.

Kling-klang-kling – schlugen die Waffen ihren Stakkatorhythmus. In einem wirklichen Gefecht ist das ganz anders, dachte Bolitho grimmig. Da ist man wild und will nur seinen Mann niederhauen, ehe der einen auf die Planken streckt.

Unter der Backbordlaufbrücke tauchte Gilchrist auf. »Das muß aber viel besser werden, Mr. Pascoe!«

Farquhar, neben Bolitho, versteifte sich. »Was juckt denn diesen verdammten Kerl?«

Fitz-Clarence marschierte ostentativ an der Leeseite entlang, um Gilchrist anzudeuten, daß er nicht allein war.

»Mr. Fitz-Clarence!« rief Farquhar. »Hopsen Sie gefälligst nicht so herum!« Dann wandte er sich um und sah Gilchrist in das nach oben gewandte Gesicht. »Wie meinten Sie soeben, Mr. Gilchrist?«

»Das Fechten ist unsauber, Sir.«

Schweigend sah Bolitho dem kleinen Drama zu. Die Midshipmen hatten ihre Waffen noch in Position, fochten jedoch nicht mehr. Matrosen, die in den Luvwanten arbeiteten, hielten inne und schauten herab; ihre gebräunten Oberkörper schimmerten golden in der Sonne. Mitten dazwischen stand Pascoe, die dunklen Augen auf Gilchrist gerichtet; nur an seinem heftigen Atmen war zu erkennen, daß er sich ärgerte.

Und Farquhar – dessen blaue Augen hatten einen ganz merkwürdigen Ausdruck. Bis jetzt hatte er Gilchrist ständig beschäftigt gehalten, so daß diesem keine Zeit zur Opposition blieb. Aber nun war es wieder soweit. Warum hatte sich Farquhar so über ihn geärgert? *Was juckt diesen verdammten Kerl?*

Farquhar schnippte mit den Fingern. »Bootsmannsmaat! Meinen Degen!«

Er ging nach Lee und beugte sich über die Reling, behielt aber Gilchrist im Auge, der unten auf der gegenüberliegenden Seite stand.

»Mr. Pascoe, lassen Sie diese Anfänger Schluß machen!« Ohne hinzusehen nahm Farquhar dem besorgt herzueilenden Bootsmannsmaaten den Degen aus der Hand. »Sie haben doch bei einem kühnen Unternehmen gegen die Dons Ihren Degen eingebüßt, Mr. Pascoe.« Er zog seinen eigenen aus der Scheide und hielt ihn kritisch gegen den Himmel »Eine ganz anständige Klinge. Geschenk meines verstorbenen Onkels.« Er blickte in Bolithos ernstes Gesicht und fuhr fort: »Doch ich glaube, Sir Henry selbst bevorzugte etwas Schwereres, nicht wahr, Sir? – Mit Ihrer Erlaubnis, Sir!«

Bolitho mußte sich zusammennehmen, als der junge Pascoe unten mit sicherem Griff die Waffe auffing.

»Und jetzt, Mr. Gilchrist«, sagte Farquhar gelassen, »wenn Sie so freundlich sein wollen, gegen unseren jüngsten Leutnant anzutreten, könnten unsere Midshipmen vielleicht etwas lernen – eh?«

Erschrocken starrte Gilchrist erst Pascoe, dann Farquhar an.

»Ich soll mich *duellieren*, Sir?« Er brachte kaum die Worte heraus.

»Aber nicht doch, kein Duell, Mr. Gilchrist. Eine *Lektion*, wenn Sie wollen.« Farquhar trat wieder neben Bolitho und sagte leise: »Haben Sie keine Angst um Mr. Pascoe, Sir.«

Der Messesteward hatte Gilchrist einen Degen gebracht. Er hielt ihn in der Hand, als hätte er noch nie im Leben einen gesehen, und murmelte etwas Undeutliches. Verwirrt starrte er die Midshipmen an. Luce machte eine grimmige Miene, weiter hinten stand Saxby mit weit offenem Munde und Augen so groß wie Untertassen. Dann schien sich Gilchrist der unmöglichen Situation bewußt zu werden. »Achtung, Mr. Pascoe!« sagte er kurz.

Die Klingen trafen sich, blitzten, zuckten über den sonnengebleichten Planken wie stählerne Zungen.

Beim Zusehen bekam Bolitho eine trockene Kehle. Geschmeidig tänzelte Pascoe um die Laffette eines Achtzehnpfünders. Seine Sohlen schienen den Weg zu fühlen. Bolitho wollte wegsehen, zu Farquhar hin. Hatte dieser wirklich nur vor, Gilchrist seine Arroganz auszutreiben, oder benutzte er die Gelegenheit, um Bolitho mittels Pascoes Fechttalent an seinen toten Bruder Hugh zu erinnern?

Vielleicht dachte auch Farquhar in diesem Moment daran, wie sie Hugh Bolithos Gefangene auf dessen amerikanischem Schiff gewesen waren. Das konnte er kaum vergessen haben, ebensowenig wie die Tatsache, daß Hugh zugrunde gegangen war, weil er als Offizier des Königs einen Offizierskameraden getötet hatte – im Duell.

Bolitho hörte Gilchrists schweren Atem, sah seinen wut- und haßverzerrten Blick, als er Pascoes Parade wegschlug und ihn ein paar Schritte zurückdrängte.

Gelassen sagte Farquhar: »Sehen Sie? Seine Wut ist größer als seine Fechtkunst.« Es war beinahe, als spräche er zu sich selbst. »Er drängt vor, verschwendet unnötig Kraft.« Und mit einem anerkennenden Nicken: »Er hat die größere Reichweite und ist körperlich stärker als Mr. Pascoe, aber . . .«

Da wurde Gilchrists Klinge durch eine blitzschnelle, hochangesetzte Parade Pascoes fixiert; eine geschickte Drehung des Handgelenks, und sie flog durch die Luft und landete ein paar Schritte weiter klirrend auf den Planken.

Gilchrist, wie gebannt auf Pascoes Degenspitze starrend, die bewegungslos ein paar Zoll vor seine Brust verharrte, trat zurück.

»Gut! Sehr gut, alle beide!« rief Farquhar hinunter und wandte sich dann den Midshipmen zu, die wie erstarrt standen. »Das war eine nützliche Lektion – eh?«

Bolitho holte tief Atem. Tatsächlich: eine Lektion für alle Beteiligten.

Der Steuermannsmaat der Wache, der dem Schauspiel wie alle zugesehen hatte, blickte auf einmal hoch und legte die Hand ans Ohr.

»Geschützfeuer, Sir!«

Bolitho riß seine Gedanken von dem Waffengang los. »Woher?«

Dann vernahm er es auch, wie Brandung an einer Felsküste. Gedämpft, doch unverkennbar.

»Im Osten, Sir«, sagte der Maat und deutete nach Steuerbord voraus. »Ganz bestimmt.«

Farquhar eilte an ihm vorbei. »Sie haben gut aufgepaßt, Mr. Bagley«, sagte er und beugte sich über den Kompaß. »Bitte um Erlaubnis zu rekognoszieren, bevor der Wind noch mehr abflaut.«

Bolitho nickte. »Signalisieren Sie dem Geschwader, es soll mehr Segel setzen. Auch die *Harebell* – wenn Commander Inch das Signal noch sehen kann.«

Farquhar schritt zur Reling, und Gilchrist erschien an der Backbordleiter. »Lassen Sie ›Alle Mann‹ pfeifen«, sagte er knapp, ohne sich um Gilchrists Verwirrung zu kümmern. »Großsegel setzen, nötigenfalls auch die Stagsegel.« Er hielt inne und horchte mit geneigtem Kopf auf das schrille Pfeifen in den unteren Decks. »Wir wollen ein paar Strich abfallen – hoffentlich ist Bagleys Peilung richtig.«

Die Matrosen eilten auf ihre Stationen bei den Masten, und Pascoe ging zur anderen Seite, um Luces Signalgasten zu beaufsichtigen.

Bolitho hielt ihn an. »Freut mich, daß du heil geblieben bist, Adam.«

Der junge Mann grinste über das ganze sonnengebräunte Gesicht. »Das war leicht, Onkel.«

»Diesmal«, entgegnete Bolitho kurz. »Und außerdem hattest du ja nicht angefangen. Das weiß ich auch.«

Das Lächeln erlosch. »Entschuldigung, Sir.«

»Das nächste Mal, wenn du unbedingt einen scharfen Waffengang machen willst, frag mich gefälligst vorher, Adam.«

Pascoe zögerte und lächelte dann unsicher. »Jawohl, Sir.«

»Und nun weg mit dir. Ich möchte, daß meine Schiffe noch heute die Signale zu sehen kriegen.«

Farquhar trat zu ihm an die Reling. »Ein prächtiger junger Mann, Sir.«

Ihre Augen trafen sich. Dann sagte Bolitho gelassen: »Und ich wäre Ihnen verbunden, Captain Farquhar, wenn er das auch bliebe.«

Lächelnd ging Farquhar nach vorn und sah zu, wie die Männer eilends zu den Rahen aufenterten.

An der Kampanjeleiter tauchte Major Leroux auf und faßte grüßend an den Hut. »Hört sich an wie zwei Schiffe, Sir. Wahrscheinlich haben *Nicator* oder *Buzzard* einen Franzosen vor.«

Bolitho sah hoch. Das mächtige Großsegel entfaltete sich an der Rah und füllte sich: das Donnern der Leinwand übertönte das ferne Geschützfeuer. »Hoffentlich haben Sie recht, Marjo.«

Leroux beobachtete seine Seesoldaten an den Besanbrassen. Fast im Plauderton sagte er: »Mein Korporal ist ein ausgezeichneter Scharfschütze, Sir. Wenn er sein Geld als Kunstschütze auf dem Jahrmarkt verdienen könnte, wäre er heute zweifellos ein reicher Mann.«

Eben kam Leutnant Napean herbei, um eine Meldung zu machen, und Leroux ging ihm entgegen.

Auch Allday war an Deck erschienen. »Das ist schon ein kluger Kerl, dieser Major Leroux, Sir«, sagte er.

»Wie meinen Sie das?« fragte Bolitho mißtrauisch.

Allday lächelte verhalten. »Er hatte diesen Korporal Cutler unten im Niedergang zur Messe plaziert. Mit seiner langen Muskete, auf die er so stolz ist.«

»Wollen Sie sagen, daß er Cutler befohlen hat, sich schußbereit zu halten?«

Der Bootsführer schüttelte den Kopf. »Nicht gerade das, Sir. Er hat ihn nur gefragt, ob er jemandem den Degen aus der Hand schießen könne, wenn sozusagen Not am Mann ist.«

Bolitho trat an die Netze. »Aus Ihnen werde ich nicht klug, Allday.« Doch er sah, daß Leroux ihn mit unbewegtem Gesicht beobachtete. In diesem Augenblick tat ihm Gilchrist beinahe leid.

Bolitho lehnte sich zurück und musterte die turmhoch aufragende Segelpyramide der *Lysander*. Sie mochte ja ein Linienschiff sein, aber Farquhar führte sie mit dem fanatischen Vorwärtsdrang des Kommandanten einer Fregatte.

Da der Wind fast direkt von achtern kam, lief das Schiff ausgezeichnet; Rahen und Wanten vibrierten und sangen unter der vollen Leinwand. Immer wieder tauchte der Bug tief in die Wellen, und dann brauste jedesmal ein mächtiger Schauer Sprühwasser über das Vorschiff, silbrig glänzend wie Spiegelscherben im harten Sonnenlicht.

Bolitho stand auf halber Höhe der Kampanjeleiter. Er spähte nach vorn über den nickenden Bugspriet, von seinem Haar umflattert, das der Wind auseinanderblies. Das Geschützfeuer hatte aufgehört, doch jetzt konnte er dunkelbraunen Rauch ausmachen, der die Kimm entlangdriftete, dazu die verschwommene Silhouette eines großen Schiffes unter wenigen Segeln.

Vom Großmast rief der kleine Luce herunter: »Die *Nicator*, Sir!«

Farquhar, der Luce mit dem großen Teleskop hinaufgeschickt hatte, hielt in seinem rastlosen Auf- und Abgehen inne. »Das will ich auch verdammt hoffen!« knurrte er und blitzte Fitz-Clarence an. »Worauf, zum Teufel, schießt sie?«

Wieder rief Luce herunter, diesmal ganz aufgeregt und der Spannung, die unter seinem luftigen Sitz herrschte, völlig unbewußt: »Zweites Schiff in Lee von ihr, Sir! Ich glaube, sie sind im

Gefecht!«

Farquhar fuhr herum. »Mr. Pascoe, wenn Sie es als Leutnant nicht für unter Ihrer Würde halten, da 'raufzuklettern wie ein verdammter Affe, dann wäre ich Ihnen für eine vernünftigere Meldung verbunden!«

Bolitho verfolgte Pascoes Aufstieg. Jetzt schwang er sich um die Püttingswanten auf die Bramsaling. Wie leicht das bei ihm aussah! Er wandte sich ab und sah nach den fernen Schiffen; große Höhen waren ihm gräßlich, er konnte es nicht einmal mitansehen.

»Ein Teleskop, bitte!«

Jemand reichte ihm eins, und er richtete es durch die Webleinen. Ja, der grobe Umriß der *Nicator* war leicht zu erkennen, auch die blaßgelbe Farbe ihrer Galionsfigur. Jenseits von ihr konnte er drei Masten ausmachen, und soweit er es unterscheiden konnte, war nur einer rahgetakelt.

»Eine Barkentine*, Sir«, hörte er Pascoe rufen. »Ich kann ihre Flagge sehen!« Eine Pause – Farquhar starrte zu der schwankenden Maststenge hinauf, bis ihm das Wasser in die Augen trat. »Ein Yankee, Sir!«

Farquhar wandte sich zu Bolitho um und sagte mißmutig: »Als ob wir nicht schon Ärger genug hätten!«

Bolitho versuchte, seine Enttäuschung vor den Umstehenden zu verbergen. Also ein amerikanischer Kauffahrer, in Geschäften unterwegs. Dagegen konnten sie nichts tun, selbst wenn er Geschäfte mit dem Feind machte. Blockade – schön und gut; aber einen zweiten Krieg, diesmal mit den neugegründeten Vereinigten Staaten, vom Zaun brechen – dafür würde er von König und Parlament kein Lob ernten.

»Signalisieren Sie unseren anderen Schiffen, sie sollen in ihren Patrouillenabschnitten bleiben«, sagte er. Forschend betrachtete er einen schmalen, in Nebel und Dunst fast verschwindenden Landvorsprung. »Wir gehen schon genug Risiken ein, indem wir so dicht unter den Hyères-Inseln stehen; da brauchen wir nicht noch das ganze Geschwader auf Grund zu setzen!«

Farquhar nickte. »Bootsmannsmaat! Mr. Luce soll wieder herunterkommen.«

Ein paar Minuten später änderten die *Osiris* und das Prisenschiff Kurs auf die offene See hinaus.

»Signalisieren Sie der *Nicator*«, sagte Bolitho, »daß wir zu ihr stoßen!«

* Dreimaster, zwei Masten mit Gaffelsegeln, der vorderste mit Rahsegeln

Was machte Probyn da? Es war durchaus natürlich, daß er sich ärgerte, wenn er die amerikanische Flagge sah; schließlich war er während der Revolution in amerikanischer Gefangenschaft gewesen. Doch das war vorbei und nun allmählich Geschichte. Wenn hier aus Dummheit ein Krieg provoziert wurde, dann war Englands Lage schlimmer denn je: es mußte außer gegen Frankreich und Spanien auch noch gegen Amerika kämpfen, und Amerika war jetzt weit mächtiger als vor fünfzehn Jahren.

»*Nicator* hat bestätigt, Sir«, meldete Luce, noch atemlos von seinem eiligen Abentern über ein Backstag.

»Danke.«

Es dauerte eine halbe Stunde, bis sie nahe genug heran waren und beidrehen konnten. In der Zwischenzeit hatte sich die *Nicator* von dem Amerikaner gelöst, aber während dieser vor dem Wind trieb, hatte Bolitho auf seiner Kampanje die roten Röcke der Marine-Infanterie Probyns gesehen. »Lassen Sie mein Boot klarmachen!« befahl er ungeduldig. »Damit können wir zumindest Zeit sparen.«

Das Boot wurde ausgesetzt und hatte kaum das Wasser berührt, da war die Mannschaft auch schon an Bord. Mit Trompetenstimme trieb Allday die Ruderer an, und als die *Lysander* beigedreht hatte und Bolitho durch die Pforte kletterte, war das Boot schnell klar zum Ablegen.

»Halten Sie nach *Buzzard* Ausschau«, sagte Bolitho und blickte Farquhar grimmig in das gutgeschnittene Gesicht. »Sie müßte bald im Osten in Sicht kommen. Ich will sie mit Depeschen zum Admiral schicken.«

Farquhar zuckte die Achseln. »Tut mir leid. Ich hatte gehofft, wir könnten ihr etwas Wertvolleres mitgeben.«

Aber Bolitho kletterte bereits das Fallreep hinunter und versuchte, nicht nach unten zu sehen, wo die See an den Schiffsrumpf klatschte und ihm das Boot gegen die Beine warf. Er wartete ab, zählte die Sekunden, und im richtigen Moment sprang er ins Boot; ehe er richtig zu Atem gekommen war, gab Allday schon das Kommando zum Ablegen.

Bolitho nahm mit so viel Würde, wie er aufbringen konnte, im Heck Platz und befahl: »Zur *Nicator*, Allday!«

Am laufenden Gut des hoch über ihm aufragenden Vierundsiebzigers fiel ihm eine gewisse Laxheit auf. Wie der Mann, so das Schiff, dachte er: unordentlich.

Allday steuerte die Gig um das runde Heck der *Nicator* auf die Fallreepspforte zu. Bolitho war viel zu sehr an der Barkentine interessiert, um auf Probyns Gefühle Rücksicht zu nehmen, dem der Besuch seines Kommodore vielleicht nicht sehr angenehm war.

Sie war ein schlankes, graziöses Fahrzeug; und ihr Name, *Santa Paula*, glänzte in prächtigen Goldbuchstaben auf dem völlig schwarzen Rumpf.

»Auf Riemen! – Riemen hoch!« Allday holte die Ruderpinne herum, und der Bugmann schlug seinen Haken in die Ketten der *Nicator*.

»Das Boot fährt zurück zum Schiff!« sagte Bolitho. Und als er den Zweifel in Alldays Gesicht sah: »Schon gut, die *Nicator* ist ja wohl immer noch ein britisches Schiff, nehme ich an.«

Allday klopfte grüßend an die Stirn und grinste. »Ich achte dann auf Ihr Signal, Sir.«

Bolitho kletterte das Fallreep hinauf und bemerkte, wie abgenutzt die hölzernen Tritte und wie rostfleckig die Beschläge waren.

Probyn wartete neben der Ehrenwache; sein Rock triefte von Sprühwasser.

»Die Wache ist unterbesetzt, Sir; aber meine Marine-Infanteristen sind auf dem Yankee«, sagte er.

»Das sehe ich.« Bolitho schritt nach achtern, weg von den neugierigen Gesichtern an der Pforte. »Jetzt berichten Sie. Was ist los?«

Probyn starrte ihn leicht verwundert an. »Wir stießen um die Mittagszeit auf die Barkentine, Sir. Ich hielt sie für einen Blockadebrecher, der an unseren Patrouillen vorbei wollte; daher gab ich ihr Signal, beizudrehen.« Er spürte die Mißbilligung Bolithos und räumte ein: »Ich weiß, wir sollen die amerikanische Neutralität respektieren, aber . . .«

»Da gibt's kein Aber.«

Bolitho warf einen Blick auf die beiden Rudergänger des Schiffes. Sie sahen aus, als hätten sie noch dieselben Kleider an wie seinerzeit, als sie vom Preßkommando geschnappt worden waren. Alle Kommandanten wußten, wie er darüber dachte. Er hatte schriftliche Order gegeben, daß jeder neue Mann, ob Gepreßter oder Freiwilliger, sein Leben an Bord in einer Garnitur ordentlicher Dienstkleidung beginnen sollte. Das war etwas so Billiges und zugleich Wichtiges, daß er sich immer wieder über die Dummheit mancher Kommandanten wunderte, die so geizig waren, daß sie keine Dienstkleidung ausgaben, bis die Männer nur noch Fetzen auf dem Leibe hatten. Probyn wußte das sehr gut und hatte auch so getan, als fände er es ganz in der Ordnung. Aber anscheinend war das ein Fall von »Aus den Augen, aus dem Sinn«. Nun, damit würde er sich später befassen.

»Was also war Ihr wirklicher Grund?«

Probyn ging voran in seine Kajüte. »Ich bin sehr knapp an Leuten, Sir. Ich mußte von England auslaufen, ehe ich richtig Gelegenheit zum Rekrutieren hatte, sonst . . .«

Bolitho starrte ihn an. »Und nun haben Sie ein *Preßkommando* auf ein amerikanisches Schiff geschickt?«

Probyn schwieg einen Moment und blickte Bolitho vorwurfsvoll an. »Es ist allgemein bekannt, daß auf der anderen Seite Jahr für Jahr viele Hunderte unserer Matrosen zur amerikanischen Flagge desertieren.«

Bolitho wußte das auch. Es war in der Tat ein wunder Punkt zu beiden Seiten des Atlantik. Die britische Regierung hatte erklärt, daß sie jeden amerikanischen Matrosen als rechtmäßige Verstärkung für ihre unterbesetzten Kriegsschiffe betrachte, es sei denn, der betreffende Kapitän konnte für jeden in Frage kommenden Mann eine Staatsangehörigkeitsurkunde vorlegen.

Der amerikanische Präsident trat seinerseits ebenso entschieden auf. Er hatte erklärt, wenn ein Mann auf einem amerikanischen Schiff angeheuert habe, so sei das Beweis genug, daß er Amerikaner sei. Dokumente könnten vernichtet oder ignoriert werden, die amerikanische Flagge nicht.

»Wir haben Geschützfeuer gehört«, erinnerte Bolitho.

Probyn ging an dem Posten stehenden Marine-Infanteristen vorbei und erwiderte: »Der Yankee wollte trotz meines Warnschusses nicht beidrehen. Das lasse ich mir von niemandem bieten.« Zögernd ging er durch die Diele voran und trat in die Kajüte. Jetzt endlich schien er unsicher zu werden. »Ich habe den Kapitän an Bord, Sir. Unter Bewachung. Da Sie hier sind, übergebe ich ihn wohl am besten Ihnen.«

Bolitho musterte ihn kalt. »Bringen Sie mich zu ihm.«

Der Kapitän der Barkentine saß in der Achterkajüte. Ein dienstälterer Midshipman Probyns leistete ihm Gesellschaft. Nun stand der Amerikaner auf und beäugte Bolitho mit offensichtlicher Überraschung. »Also gibt es doch noch einen Vorgesetzten, eh?« Er sprach mit einem weichen Akzent, aber trotzdem war ihm anzuhören, daß er wütend war.

»Ich bin Richard Bolitho, Kommodore dieses Geschwaders. Wie ich höre, haben Sie sich geweigert, beizudrehen«, sagte er und ging zum Fenster.

Hitzig erwiderte der Amerikaner: »Beidrehen, zum Teufel! Ich verdiene mein Geld schwer genug, ohne daß ich mich von einem verdammten Engländer beschießen lassen muß!«

Bolitho nahm Platz und sah ihn sich an: ein untersetzter Mann mit sauber gestutztem, braunem Bart, ungefähr so alt wie er.

»Und Ihr Name?«

Gereizt erwiderte der Amerikaner Bolithos prüfenden Blick. »Kapitän John Thurgood. Aus New Bedford.«

»Nun, Captain Thurgood aus New Bedford«, lächelte Bolitho, »in Kriegszeiten hat ein Schiff des Königs nie genug Mannschaften, das ist des Kommandanten ständige Sorge.«

Thurgood setzte sich wieder, ohne von Probyn Notiz zu nehmen. »Das ist und bleibt Ihr Problem, Kommodore. Ich führe nicht Krieg, und meine Männer sind nicht für König George da.« Er lokkerte sich etwas. »Meine Regierung wird aufs schärfste protestieren und die notwendigen Maßnahmen ergreifen, wenn ich mich beschwere.«

Bolitho nickte. »Das ist Ihr gutes Recht, Captain. Aber Sie wissen ebenso wie ich, daß eine ganze Menge Ihrer Leute so wenig amerikanisch sind wie die Westminster Abbey.« Er hob die Hand. »Ich weiß, was Sie sagen wollen. Spielt auch keine Rolle. Sie sind offenbar ein gescheiter Mann, und es hat keinen Sinn, daß wir uns streiten.« Er stand auf. »Ich werde Sie auf Ihre schöne Barkentine zurückbringen lassen und Ihnen ein kleines Geschenk schicken: exzellenten Käse aus England. Ich hoffe, es kann den Ärger lindern, den wir Ihnen verursacht haben, wenn auch nicht ungeschehen machen.«

Thurgood sprang auf. »Sie meinen, ich kann gehen?« Völlig überrascht starrte er erst Bolitho und dann dem wutschnaubenden Probyn ins Gesicht. »Also, da soll mich doch . . .«

»Und Ihre Fracht, Captain? Darf ich mich erkundigen, was Sie geladen haben?« fragte Bolitho beiläufig.

»Billigen Rotwein«, antwortete Thurgood. »Die ganze Last voll. In meinem Heimathafen würde man damit den Fußboden waschen.« Er lachte in sich hinein, bis seine Augen unter einem Netz von Krähenfüßen verschwanden. »Bei Gott, Sie wissen, wie man einem Mann den Ärger vertreibt!«

»Ich muß protestieren!« rief Probyn aus.

»Bitte lassen Sie uns allein, Captain Probyn«, sagte Bolitho ruhig. »Und Ihr Midshipman soll dem Flaggschiff signalisieren, daß mein Bootsführer nachher, wenn er mich abholen kommt, einen schönen Käse mitbringt, gut verpackt.«

Thurgood grinste hinter dem abgehenden Probyn her. »Bei Gott, ich bin froh, daß Sie gekommen sind, Kommodore. Ich glaube, der da hätte mich am liebsten an den Großmast binden und auspeitschen lassen.«

»Er war im letzten Krieg Gefangener.«

Thurgood zuckte die Schultern. »Ich auch.«

Bolitho nahm seinen Hut. »Eine Sache noch, Captain. Sie kommen aus Marseille, ohne Zweifel.« Er schüttelte den Kopf. »Nein, ich will Ihnen keine Falle stellen. Aber es ist unwahrscheinlich, daß Sie eine Fracht wie die Ihre anderswo hätten laden können. Und wo segeln Sie hin?«

Thurgood musterte ihn amüsiert. »Nach Korfu. Dann mache ich, daß ich wegkomme, nach Hause. Ich habe eine Frau und drei Kinder in New Bedford.«

»Beneidenswert.« Bolitho merkte nicht, mit welcher Wärme der Amerikaner ihn anblickte. »Ich habe eine spanische Prise bei meinem Geschwader. Sie wurde vor einiger Zeit gekapert.« Er blickte Thurgood bedeutsam an. »Wie wäre es, wenn Sie ein paar Ihrer Matrosen gegen, sagen wir mal, die doppelte Anzahl Spanier tauschten?« Er sah, daß der Amerikaner rasche Berechnungen anstellte. »Ich denke mir, wenn Sie die Spanier wieder laufen lassen, nachdem Sie Ihre Fracht in Korfu gelöscht haben und westwärts heimsegeln, würde die spanische Regierung Sie mit Freuden dafür entschädigen.«

»Das weiß man nicht genau«, erwiderte Thurgood zweifelnd.

Bolitho lächelte. »Sie brauchen ihnen keine Heuer zu zahlen. Und außerdem müssen Sie Ihren Profit nur mit so vielen Leuten teilen, wie Sie unbedingt für die Heimreise nötig haben.«

Thurgood hielt ihm die Hand hin. »Wenn Sie jemals einen Job brauchen, Kommodore, und ich meine das ernst, dann fragen Sie drüben nach mir.« Er schüttelte ihm kräftig die Hand. »Ich habe so ein paar Rauhbeine an Bord, die können Sie kriegen. Ausgebildete Seeleute, aber ich bin froh, wenn ich sie los bin.«

Bolitho lächelte wieder. »Bei uns werden sie schon ruhiger werden.«

Oben an Deck war es drückend heiß; der Wind kam in unregelmäßigen Böen, so daß die Schiffe ungemütlich dümpelten.

Bolitho winkte Probyn heran. »Signalisieren Sie der *Lysander*: die *Segura* soll näher herankommen. Dann teilen Sie einen verläßlichen Offizier ein, der mit Captain Thurgood an Bord der *Santa Paula* geht. Thurgood wird Ihnen erklären, um was es sich handelt.«

Probyn sah aus, als wolle er platzen. »Jawohl, Sir.«

Lächelnd sagte Bolitho zu dem Amerikaner: »Ich schicke Ihnen also durch meinen Bootsmann einen schönen reifen Käse hinüber. Er könnte sogar Ihren billigen Wein trinkbar machen.«

Vom achteren Davit wurde ein Boot gefiert, und Thurgood sagte: »Dann gehe ich, Kommodore. Aber warten Sie . . . Bolitho? Wir hatten im Krieg einen Kaperkapitän dieses Namens.«

»Mein Bruder. Er ist tot«, antwortete Bolitho mit abgewandtem Blick.

Thurgood hielt ihm die Hand hin. »Viel Glück, was Sie auch vorhaben. Ich werde meiner Frau und den Jungen von dieser Begegnung erzählen. Und von dem Käse«, grinste er.

Ein Leutnant kam über das Achterdeck und faßte an den Hut. »Jolle ist längsseit, Sir«, meldete er.

Thurgood wollte schon gehen, drehte sich aber noch einmal um. Er sah nachdenklich drein. »Ich will mit diesem oder sonst einem Krieg nichts zu tun haben. Ich habe die Nase voll davon.« Er kniff ein Auge zu. »Aber wenn ich ein so kleines Geschwader hätte wie Ihres, dann würde ich sehr ernsthaft daran denken, von hier zu verschwinden.«

Bolitho suchte seine Erregung zu verbergen, seine Betroffenheit. »Tatsächlich?«

Thurgood grinste. »In Toulon wartet, höre ich, eine ganze Flotte, und obendrein liegen dort *dreihundert* Transporter.«

»Danke, Captain.« Bolitho begleitete ihn zur Reling. »Und auch Ihnen eine sichere Reise.«

Er wartete, bis Thurgood im Boot war, und sagte dann: »Rufen Sie meine Gig!«

Eine Flotte von dreihundert Transportern? Eine Armada war das.

Probyns Stimme schnitt in seine rasenden Gedanken. »Ich muß aufs entschiedenste protestieren, Sir! Sie haben mich vor diesem Yankee gedemütigt!«

Mit blitzenden Augen fuhr Bolitho herum. »Gedemütigt? Und was denken Sie, wie mir zumute ist, wenn ein Linienschiff meines Geschwaders ein unbewaffnetes, neutrales Handelsschiff beschießt? Wenn einer meiner Kommandanten, nur um seinen Kopf durchzusetzen, unnötig Menschenleben aufs Spiel setzt, vielleicht sogar einen Krieg vom Zaun bricht?« Er sprach gefährlich leise. »Und das alles nur, weil Sie wußten, daß *ich* dafür geradestehen muß, nicht wahr?«

Probyn schwoll etwas ab. »Das ist ungerecht, Sir!«

Bolitho sah ihn gelassen an. »Mag sein. Aber halten Sie mich gefälligst nicht für dumm. Das empfinde *ich* nämlich als Demütigung.«

Er sah, daß seine Gig schon auf dem Weg war, und schritt zur Fallreepspforte. »Sie kriegen Ihre Männer. Sie hätten sie wahrscheinlich auch bekommen, wenn Sie gesunden Menschenverstand gebraucht hätten statt Kanonen.« Er deutete mit dem Kopf zu einigen Matrosen hin, die an den Taljen standen. »Sehen Sie sich die an, Captain. Hätten *Sie* Lust, für jemanden zu kämpfen, der Sie schlechter hält als einen Hund?« Er wartete die Antwort nicht ab. »Behandeln Sie die Leute anständig, sonst kämpfen sie nicht für Sie.«

Er lehnte sich über die Reling und rief durch die hohlen Hände: »Bringen Sie das Paket zur Barkentine, Allday! Anschließend holen Sie mich ab!«

Allday winkte Bestätigung und änderte seinen Kurs.

Eine Stunde später war Bolitho wieder an Bord des Flaggschiffes. Farquhar konnte kaum seine Neugier verbergen.

»Signalisieren Sie der *Harebell*, sie soll sofort herkommen. Ich kann nicht auf Javal warten. Inch soll meine Depeschen zum Admiral bringen.«

Bolitho wartete, bis Farquhar nach Luce geschickt hatte und die triefende Gig wieder an Bord gehievt war. Als Farquhar zurückkam, fragte dieser: »Darf ich mich erkundigen, was Sie vorhaben, Sir? Und was soll mit der *Segura* werden?«

»Ich gebe Captain Thurgood ein paar von den spanischen Matrosen im Austausch gegen die, äh, Nicht-Amerikaner seiner Barkentine.«

Farquhar schob die Lippen vor. »Dann sind *wir* unterbesetzt, Sir.«

»Aber dafür haben wir Informationen.« Er konnte seine Erleichterung nicht länger verbergen. »Die Franzosen haben hier eine große Flotte versammelt. Die *Harebell* muß schleunigst aufbrechen, wenn irgend möglich noch vor Sonnenuntergang.«

Farquhar nickte. »Da hat Captain Probyn ja Glück gehabt. Er wird sich freuen.«

»Vielleicht.« Bolitho mußte an Probyns Gesicht denken. Da hatte er sich einen Feind geschaffen. Aber Probyn war vielleicht schon immer sein Feind gewesen, die ganzen Jahre lang. »Morgen«, sagte er, »setzen wir eine Dienstbesprechung an, wenn nichts dazwischenkommt.«

Er legte seinen Degen ab und reichte ihn Allday. Auf einmal

merkte er, daß er wilden Hunger hatte, zum erstenmal seit vielen Tagen.

Im Gehen wandte er sich noch einmal zu Farquhar um. »Wenn Sie ein französischer General wären und nicht wollten, daß Ihre Transporter in ein Gefecht verwickelt werden, bevor sie ihr Ziel erreicht haben – wenn dieses Ziel Nordafrika wäre und darüber hinaus vielleicht Indien –, wo würden Sie Ihre Truppen sammeln und die letzten Vorbereitungen für einen Großangriff treffen?« fragt er und beobachtete genau Farquhars Augen.

Stirnrunzelnd stützte dieser beide Hände auf die Betinge. »Um eine Schlacht zu vermeiden?« Er sah auf. »Sizilien könnte zu riskant sein. Vielleicht irgendein Punkt an der afrikanischen Küste, der so weit von meinem Angriffsziel entfernt liegt, daß er keinen Verdacht erregt? Aber der läge dann auch für meine Männer und Pferde zu weit weg; sie wären nicht mehr voll kampffähig.« Er nickte nachdenklich. »Ich glaube, ich würde mir eine Insel aussuchen, die bereits unter Kontrolle meines Landes steht.« Er hielt inne. »Klingt das einleuchtend, Sir?«

»Und kennen Sie eine solche Insel?«

»Jawohl, Sir«, sagte Farquhar überrascht. »Korfu.«

»Genau.« Bolitho ging an dem Rudergast vorbei zur Kampanje und nickte Grubb zu.

Farquhar trat neben den Master und sagte: »Der Kommodore glaubt, daß sich die Franzosen auf Korfu sammeln.«

Grubb sah ihn mißtrauisch an. »Aye, Sir. Aber wenn Sie entschuldigen, daß ich mir die Freiheit nehme – nach allem, was ich mitgekriegt habe, haben *Sie* ›Korfu‹ gesagt.«

Verwundert starrte Farquhar erst auf den Master, dann zur Kampanje und lächelte dünn. »Sieh mal einer an! Zum Teufel, das hat er geschickt gedeichselt!«

X Schwierige Entscheidung

Zwei ermüdende Wochen lang kreuzten Bolithos Schiffe im Südwesten der Einfahrt nach Toulon. Falls der Feind den Hafen verließ, war das für sie die günstigste Position. Da die *Harebell* mit höchster Fahrt nach Gibraltar unterwegs war, fiel die Küstenrekognoszierung Captain Javals Fregatte zu. Während der Vierundsiebziger und die Prise mißmutig unter gerefften Segeln dümpelten, sah man Javals Marssegel gewöhnlich um irgendeine vorgelagerte Insel schleichen oder ihn beigedreht direkt unter der Nase des Feindes liegen.

Aber selbst Javals provozierende Manöver hatten keinen Erfolg. Die Franzosen blieben, wo sie waren, und taten nichts.

Und dann, an einem heißen, drückenden Abend, als die *Buzzard* zum vierzigsten Male Kurs auf die offene See nahm, beschloß Javal, einen Kutter unter dem Kommando seines Ersten Offiziers, Mr. Mears, loszuschicken. Er tat es in erster Linie, weil er furchtbare Langeweile hatte; denn die Franzosen dachten anscheinend gar nicht daran, die herumstreunende *Buzzard* mit einer Fregatte oder Korvette zu verscheuchen.

In derselben Nacht hatte ein französischer Fischer eine ganz ähnliche Idee. Gegen die Anordnungen des Hafenadmirals und des Garnisonskommandeurs lief er, mit seinem Sohn und seinem Cousin an Bord, in seinem kleinen Boot aus.

Bolitho erfuhr von diesen Zusammenhängen erst, als der Kutter der *Buzzard* mit Captain Javal und drei französischen Fischern an den Rüsten der *Lysander* festmachte.

Der Fischer war ein älterer Mann, aber recht widerspenstig. Um sein Leben schien er keine sonderliche Angst zu haben; wahrscheinlich fand er, da die Engländer sein kleines Boot gerammt und versenkt hatten, blieb ihm nicht mehr viel, wofür sich zu leben lohnte.

Bolitho hörte sich zunächst Javals Bericht an, ehe er die drei Franzosen in seine Kajüte bringen ließ. Sie waren irgendwie herzbewegend: der alte, graubärtige Fischersmann; sein Vetter, rot wie ein Hummer und mit einem Bauch wie ein Rumfaß; und der Sohn, stramm, wütend und doch voller Angst.

Durch Farquhar, der ausgezeichnet französisch sprach, erklärte Bolitho den dreien, er hätte gern Informationen über Toulon. Verständlicherweise meinte der Franzose darauf, Bolitho möge doch in der Hölle verfaulen. Der Sohn brüllte sogar: »Tod den Engländern!« Da verpaßte ihm Sergeant Gritton eine Ohrfeige, worauf er in eine Flut von Tränen ausbrach.

Der Cousin dagegen dachte wesentlich praktischer. Das Boot, so erklärte er, sei ihr ganzer Besitz gewesen und das einzige, womit sie ihre Familien ernähren und in einer Stadt, wo das Militär sowieso von allem das Beste in Beschlag nahm, ihren mageren Lebensunterhalt hatten etwas aufbessern können. Höchstwahrscheinlich stimmte das sogar.

Der beleibte Cousin mit dem roten, schlauen Gesicht war offenbar der Kopf der Mannschaft. Er deutete an, vorsichtig zunächst, wenn Bolitho ihnen ein neues Boot besorge und vielleicht ein bißchen Geld oder ein paar Lebensmittel, dann hätte er nichts dagegen, ihm zu sagen, was er wissen wollte.

»Von wegen Boot!« blaffte Javal dazwischen. »Ich lasse diesen elenden Wurm lieber auspeitschen, Sir!«

»Auf diese Art erfahren wir nichts Brauchbares.« Bolitho ging zum Fenster und betrachtete zwei niedrige, bleiche Wolkenbänke. Vielleicht änderte sich das Wetter. »Sagen Sie ihm, Captain Farquhar, er bekommt ein Boot und etwas Proviant. Sie können der *Segura* signalisieren, daß sie ein Boot schickt.« Und zu Javal: »Diese Fischer können nichts von dem, was sie hier gesehen haben, höheren Stellen weitererzählen. Da sie entgegen dem Verbot ausgelaufen sind und mit einem fremden Boot zurückkommen, haben sie sich des Landesverrats hinreichend verdächtig gemacht.«

Javal schluckte mühsam. »Dann wollen Sie sie also freilassen, Sir?«

»Wir kommen vielleicht wieder hier vorbei, Captain. Im Krieg kann man sich seine Freunde nicht aussuchen.« Gerade Javals ablehnende Haltung bestärkte ihn in seinem Entschluß.

Und somit, während der Fischer und sein Sohn hinausgeschickt wurden, um sich das spanische Boot anzusehen, schilderte der dicke Cousin, was er jeden Tag in Toulon sah.

Was Bolitho vom Kapitän der *Santa Paula* erfahren hatte, war demnach im Prinzip richtig, doch bestenfalls eine zurückhaltende Schätzung gewesen. In Toulon lag eine starke Flotte mit zahlreichen Linienschiffen, darunter nach Angabe des Fischers eins mit mindestens hundertzwanzig Kanonen. Dieses trug anscheinend die Flagge des Vizeadmirals Brueys; ein anderes die von Konteradmiral Villeneuve. Bolitho hatte von beiden schon oft gehört und Respekt vor ihnen. Eifrig wurde in Toulon daran gearbeitet, diese große Ansammlung von Schiffen zu verproviantieren und auszurüsten, und die Militärverwaltung war besonders um Verpflegung jeder Art bemüht. Hauptsächlich deswegen waren die Fischer ausgelaufen. Selbst für einen mageren Fang hätten sie gutes Geld bekommen.

Eben stellte Farquhar dem Mann eine komplizierte, anscheinend besonders wichtige Frage. Gespannt beobachtete Bolitho seine Reaktion, sein Deuten nach oben und auf die See hinaus.

»Die Flotte ist noch nicht bereit zum Auslaufen«, erläuterte Farquhar. »Es heißt, sie wollen den richtigen Zeitpunkt abwarten. Auch auf den Oberbefehlshaber der ganzen Aktion warten sie noch.« Er hob kaum merklich die Brauen. »Das könnte stimmen.«

Bolitho nickte. Er konnte nicht viel Französisch, aber doch genug, um den Namen Bonaparte herauszuhören.

Farquhar sprach weiter. »Er sagt, ein Teil der Flotte ist seeklar,

Sir. Mehrere Versorgungsschiffe und deren Eskorte.« Bedeutsam blickte er in das rote Gesicht des Mannes. »Er ist zu feige zum Lügen, denke ich. Die Schiffe gehen angeblich nur deshalb nicht in See, weil wir hier sind. Die Ladung ist wahrscheinlich sehr wichtig.«

»Und ihr Bestimmungsort auch.« Bolitho traf eine Entscheidung. »Schicken Sie die drei in ihrem Boot nach Hause. Dann geben Sie dem Geschwader Signal: *Alle Schiffe zum Flaggschiff aufschließen!* Wir werden weiter südlich auf Warteposition gehen.«

»Glauben Sie, daß sie sich so eher auszulaufen trauen, Sir?«

»Ich an ihrer Stelle würde es tun.« Dann wandte er sich an Javal: »Ich werde darüber berichten, welchen Anteil Ihr Erster Offizier an dieser Sache hatte. Er hat sich ausgezeichnet verhalten. Und Sie auch.«

Das war die erste wirklich konkrete und hochwichtige Information. Wagemut, Glück und Zufall hatten sie ihm verschafft. Da seine drei Vierundsiebziger dann draußen waren und genügend Seeraum hatten, während nur der Ausguck der *Buzzard* aufpaßte, ob der Feind auslief, war Bolitho in der bestmöglichen Ausgangsposition, von der aus er so handeln konnte, wie die Situation es erforderte.

Und sobald die *Harebell* seine Depeschen beim Admiral abgeliefert hatte, war es nur eine Frage der Zeit, bis eine Flotte, nicht nur ein Geschwader, eintraf, um zu vollenden, was er begonnen hatte.

Am selben Tage, nachdem die Fischer von Bord gegangen waren, um ihren langen Pull zur Küste anzutreten, beorderte Bolitho seine Schiffe auf ihre neue Position, einige zwanzig Meilen südwestlich von Toulon. Er schrieb seine Befehle aus und ließ sie an die Kommandanten verteilen. Dann besprach er die letzten Feinheiten mit Farquhar und Grubb, und als es endlich Abend wurde, ging er in seine Kajüte und genoß ein sättigendes Mahl von gekochtem Schweinefleisch aus dem Faß, mit dem letzten Käse, den er aus England mitgebracht hatte, als Nachtisch.

Während er an seiner Tafel saß, eine Tasse Kaffee trank und auf das Knirschen und Rasseln des Schiffsgeschirrs horchte, dachte er an Falmouth und an sein leeres Haus. Und auch an den amerikanischen Kapitän und seine Frau, die in New Bedford auf ihn wartete. Wie lange würde es wohl dauern, bis er Falmouth wiedersah? Und wie würde das Nachhausekommen sein? Er war jetzt zwei Monate an Bord der *Lysander*, und es kam ihm vor wie zwei Jahre. Jetzt, da das Glück wieder mit ihnen war, verging die Zeit vielleicht schneller.

Mit diesen Gedanken im Kopf legte er sich in seine Koje und

schlief schon nach ein paar Minuten tief und traumlos.

Als er eine Hand an seiner Schulter fühlte, dachte er, er hätte nur kurz geschlafen. Er fuhr hoch und starrte in Alldays Gesicht, das im Schein einer Laterne gelblich über der Koje schimmerte.

»Was ist?«

Sein Kopf wurde klar, und er setzte sich auf die Kojenkante. Er brauchte nichts weiter zu fragen und fluchte innerlich über seinen tiefen Schlaf. Draußen in der Nacht war es laut, und das Schiff rollte stark, so daß er beinahe hinfiel, als er sich zu seiner Kiste tastete.

»Es hat mächtig aufgefrischt, Sir! Wird jede Minute schlimmer!« sagte Allday.

Bolitho zog sich die Kniehose an. Dabei holte das Schiff so stark über, daß er stolperte und gegen Allday geworfen wurde.

»Himmeldonnerwetter, warum hat man mir das nicht früher gemeldet?«

Allday sagte nichts, wandte sich jedoch um, denn Ozzard erschien blinzelnd in der Tür, eine zweite Laterne hochhaltend.

»Die Sachen des Kommodore, Mann!«

Aber Bolitho befahl kurz: »Nur den Mantel! Ich muß an Deck!«

Schon auf dem Achterdeck merkte er, daß es nicht nur ein stärkerer Wind war, sondern ein ausgewachsener Sturm; und als er sich unter die Decksbalken der Kampanje duckte, sah er, daß das Rad doppelt besetzt war. Das Schiff krängte stark nach Lee, und die Matrosen klammerten sich eisern an die Speichen.

Er brauchte ein paar Sekunden, um seine Augen an die Finsternis zu gewöhnen, sein Gehör über das Jaulen des Windes, das Summen des Riggs und Donnern der Leinwand hinaus zu schärfen.

Männer huschten geduckt an ihm vorbei, faßten nach jedem möglichen Halt, während Wasser über das Schanzkleid hereinbrach und sie herum warf, ehe es gurgelnd durch die Speigatten abfloß. Jedes Stag, jedes Want vibrierte brummend. Ihm taten die Matrosen leid, die sich jetzt auf den Fußpferden der Rahen hinauskämpften und Hand über Hand die tückische Leinwand refften.

Da stand Farquhar. Seine schlanke Gestalt hob sich bleich von See und Himmel ab; er schrie durch die hohlen Hände einem Leutnant etwas zu, bemerkte dann Bolitho und kämpfte sich zu ihm hin; das blonde Haar hing ihm in nassen Strähnen vom Kopf. Er war nur in Hemd und Kniehose, seine Füße waren nackt. Ein beredteres Zeugnis dafür, daß höchste Not am Mann war, konnte sich Bolitho nicht vorstellen.

»Wind dreht nach Nordwest, Sir«, brüllte Farquhar. »Ich lasse Marssegel reffen und den Klüver wegnehmen.«

Er fuhr herum, denn im Vorschiff knallte es wie ein Musketenschuß, und dann kam das Knirschen reißender Leinwand: der Klüver war nur noch ein Chaos flatternder Streifen.

»Na, wenigstens das bleibt ihnen erspart!«

Hand über Hand kämpfte sich Bolitho zur Reling und spähte über das schrägliegende Deck. Auf der einen Seite war die See schwarz wie Pech, an der anderen stieg und fiel sie in riesigen Schaumbänken, die am Achterdeck so hoch entlangliefen, daß die Lee-Stückpforten überspült wurden. Von den anderen Schiffen war nichts zu sehen; vermutlich war jeder Kommandant zu sehr mit seinen eigenen Angelegenheiten beschäftigt, als daß er sich Gedanken um die *Lysander* machen konnte.

Grubbs tiefe Stimme orgelte: »Fiert auf da, Jungs! Sonst reißen uns die Masten aus!«

Auf der Luv-Laufbrücke rutschte ein Mann aus und fiel schlitternd und um sich schlagend in einen mächtigen Wasserwirbel. Beim Auftauchen wurde er gegen einen Achtzehnpfünder geschleudert, und Bolitho glaubte beinahe, die gebrochenen Rippen krachen zu hören.

»Zum Donnerwetter, Captain, warum so spät? Das Geschwader muß schon meilenweit auseinandergetrieben sein!«

Ein gebrochenes Fall kam von oben und wand sich an Deck wie eine lebendige Schlange. Es würden noch mehrere folgen, wenn Farquhar nicht sofort handelte.

Farquhar spuckte Sprühwasser aus und antwortete: »Dieser Narr von Gilchrist hat zu lange gezögert. Bei Gott, wo ist der Kerl, ich werde ihn –«

Bolitho packte ihn beim Arm. »Keine Zeit jetzt! Wir müssen beidrehen und den Sturm abreiten, so gut wir können.«

Farquhar starrte ihn an und nickte. »Jawohl, Sir, sofort!« Es klang fast verzweifelt. Bolitho ließ seinen Arm noch nicht los. »Gehen Sie in den Wind, sobald Sie die Segel weggenommen haben! Wir drehen dann nur unter Großmarssegel bei!« Er duckte sich und kniff die Augen zu, denn eine Wasserwand kam über die Reling und fegte gnadenlos über das Achterdeck und bis ins Hauptdeck hinunter. »Aber halten Sie die Großtagsegel bereit; falls das Marssegel wegfliegt!«

Farquhars Stimme verklang in der Ferne; Bolitho zog sich Hand über Hand die Reling entlang und sah durch einen Wasserschleier die Matrosen herbeieilen, um die Befehle auszuführen. Oben in der Finsternis konnte er gerade noch die wild schlagenden Segel erkennen, mit denen die Toppmatrosen noch kämpften. Aus dem ohrenbetäubenden Chor von Wind und See, brummendem Rigg und quietschenden Spieren hörte er auch menschliche Stimmen heraus.

»Weitergeben!« brüllte Grubb heiser. »Klar zum Beidrehen!« Er blinzelte Bolitho verschmitzt zu. »Ich wette, diese verdammten Frogs lachen sich jetzt eins, Sir!«

Bolitho antwortete nicht. Aber daran hatte er schon anfangs gedacht. Ein starker Nordwest war ein Fluch für sein Geschwader. Doch für jeden französischen Kommandanten, der auf den rechten Moment wartete, um Toulon zu verlassen, war er ein Geschenk des Himmels, eine Chance, die er unmöglich auslassen konnte.

Jetzt tauchte Gilchrists stangendürre Gestalt im langen, glänzenden Ölmantel an der Achterdecksleiter auf. Er hatte wahrscheinlich vor seinem Kommandanten mehr Angst gehabt als vor den ersten Anzeichen eines Sturmes. Oder ihm hatte so viel daran gelegen, zu zeigen, daß er mit jeder Krise fertig wurde, daß er gewartet hatte, bis es viel zu spät war. Bolitho wischte sich das triefende Gesicht mit dem Ärmel ab. Augen und Mund brannten ihm vom Salzwasser. Als er wieder hochsah, war schon eine ganze Menge Leinwand verschwunden. Allerdings war das Vormarssegel nur noch halb an der Rah festgemacht. Am anderen Ende stand es wie ein großer Leinwandballon weg und füllte sich stoßend, als stäke ein lebendiges Untier darin. Irgend etwas sauste vor den dahinjagenden Wolken vorbei und schlug mit dumpfem Krachen im Vorschiff auf.

Eine heisere Stimme schrie: »Bringt den Mann ins Krankenrevier!« Dann Leutnant Veitch: »Befehl belegt! Dem kann kein Arzt mehr helfen!«

Armer Teufel, dachte Bolitho. Kämpfte da oben mit dem peitschenden Segel und mußte sich so weit über die große, schwingende Rah vorbeugen, obwohl er sich nur mit den Füßen festklammern konnte. Rechts und links von ihm seine Kameraden: fluchend, in die Nacht schreiend, zerrten sie an der nassen, harten Leinwand, bis die Fingernägel abbrachen und die Knöchel bluteten. Ein Abrutschen, ein unvermuteter Windstoß, und er war gefallen.

»An die Brassen! Klar bei Ruder!«

»*Langsam* aufkommen, wenn ich's sage!« fauchte Grubb. »Ganz vorsichtig, als wenn's ein Baby wär!«

»Ruder nach Luv!«

Wieder huschten unbestimmte Gestalten durch das nasse Dunkel, ein Midshipman mit blutender Hand, ein Matrose, der den linken Arm an den Leib preßte, die Zähne vor Schmerzen gebleckt.

»Leebrassen – hol dicht!«

Schwerfällig tauchte die *Lysander* ihre siebzehnhundert Tonnen

Eichenholz und Artillerie in einen Malstrom berstenden Schaumes.

Hoch oben schwankte das gereffte Marssegel, ein verkürztes, eisenhartes Rechteck, stöhnten die Masten unter dem Druck des Windes.

Bolitho sah das alles, hörte, wie sein Schiff und seine Matrosen kämpften, um den Bug in den Wind zu bringen und das Schiff in Gewalt zu behalten. Fiel das Ruder aus oder wurde das Marssegel in Streifen zerrissen wie vorhin der Klüver, dann konnte es zu spät sein.

Doch das Ruder lag in Hartlage, die Rudergasten traten mit ihren bloßen Füßen auf die nassen Planken, als marschierten sie bergauf, und der Zweidecker reagierte. Schäumend rauschte die See vom Luvlaufgang quer über Deck, wirbelte an das gegenüberliegende Schanzkleid, riß Männer und Geschirr mit. Eine ganze Menge Wasser würde seinen Weg hinunter in den Schiffsraum finden. Die Pumpen mußten schon arbeiten, aber in dem allgemeinen Krach konnte Bolitho sie nicht hören. Vorräte würden verderben; Trinkwasser, so kostbar wie Schießpulver, würde verunreinigt werden und nicht mehr zu genießen sein.

Bolitho ließ die Netze los und ließ sich vom Wind das krängende Deck hinabstoßen, bis er beim Kompaß war.

»Schiff zeigt fast genau nach Nord, Sir!« brüllte Grubb und sah einem wimmernden Mann nach, der vorbeigetragen wurde. »Sie müßte sich halten können!«

»Sie *muß*!« erwiderte Bolitho und sah, daß seine Worte ihre Wirkung nicht verfehlten. »Wenn wir vor diesem Wind ablaufen, müssen wir so lange zurückkreuzen, daß wir niemals rechtzeitig kommen!«

Grubb sah ihm nach und fragte dann den Steuermannsmaaten: »Was sagen Sie dazu, Mr. Plowman?«

Plowman hielt sich am Kompaßgehäuse fest; im schwachen Licht der Lampe schimmerte sein Ölzeug wie nasse Seide. »Ich habe Mr. Gilchrist rechtzeitig gesagt, er soll ›Alle Mann‹ pfeifen lassen. Hol ihn der Teufel, seinetwegen wären wir beinahe alle abgesoffen!«

Grubb verzog das Gesicht. »Dazu kann es immer noch kommen!«

Bolitho kämpfte sich wieder zur Reling – da hörte er einen Schrei: »Köpfe weg da unten! Die Vorbramrah geht stiften!«

Und ehe sich jemand rühren oder etwas unternehmen konnte, schlug die Bramrah des Vormastes heftig nach Lee, hing quälende Sekunden lang still und sauste dann hinab wie ein abgebrochener

Ast. Stage und Fallen, Spieren und Blöcke kamen in knatterndem Gewirr hinterher; das Ganze blieb mit schmetterndem Krachen an Steuerbord unterhalb des Bugs hängen. Wie der Stoßzahn eines gespenstischen Nachtungeheuers leuchtete das aufgetauchte Vorbramsegel in der Finsternis.

Bolitho sah, wie Farquhar sich auf der Luvlaufbrücke nach vorn kämpfte, bis auf die Haut durchnäßt, eine Schulter bloß und blutig. Er sah alles so klar, als betrachte er eine Zeichnung und nicht ein Schiff, das um sein Überleben kämpfte.

Hätte Herrick das Schiff kommandiert, so wäre das alles nicht passiert. Kein Leutnant hätte Angst gehabt, ihn rechtzeitig an Deck holen zu lassen; wie seine Fähigkeiten als Stratege und Kommodore-Stellvertreter auch sein mochten – jedenfalls war er ein erstklassiger Seemann.

»Zwanzig Mann nach vorn!« brüllte Bolitho und rannte selbst an Farquhar vorbei zum Vorschiff. Allday war dicht hinter ihm – das wußte er, ohne hinzusehen.

Pfeifen schrillten, Stimmen antworteten. Marine-Infanteristen und Matrosen, manche vollbekleidet, manche halbnackt, kämpften sich durch Sturm und Gischt nach vorn, wo bereits der Bootsmann und einige ältere Matrosen im Gewirr des Tauwerks arbeiteten.

Bolitho merkte, wie das Schiff sich hob und dann schwer in einen tiefen Wellentrog fiel, und er hörte Schreckensgeschrei, weil die gebrochene Rah krachend gegen den Rumpf schlug.

Er sah, daß Pascoe schon da war, und rief: »Hast du da Aufsicht?«

Pascoe schüttelte den Kopf. »Mr. Yeo kappt das Treibgut, Sir!« Er duckte sich mit gekreuzten Armen wie ein Preisboxer, denn eine mächtige Wasserwand stürzte über den keuchenden Männern zusammen. »Und Mr. Gilchrist führt die Hauptabteilung am Kranbalken!«

Bolitho nickte zustimmend und sagte zu Allday: »Wir fassen mit zu. Achtern können wir doch nichts mehr tun.«

Er kletterte durch riesige Schlingen Tauwerks nach unten; innerhalb von Sekunden waren seine Hände und Schienbeine blutig.

Jemand sagte: »Zum Teufel, das is' ja der Kommodore, Jungs!« Und ein anderer murmelte: »Na, dann muß es ja ziemlich schlimm stehen!«

Bolitho blickte über Bord und sah die schäumende Bugwelle, wo die gebrochene Rah wieder und wieder wie ein Rammbock in den Schiffsrumpf krachte. In der Dunkelheit schimmerten die gesplitterten Bruchstellen des Holzes wie die Zähne eines hohnlachenden

Mauls. Es schien hoffnungslos.

Er sah, wie Gilchrist mit fuchtelnden Armen auftauchte.

»Äxte, Mr. Yeo! Lassen Sie die Rah ganz, aber kappen Sie die Taue, so schnell Sie können!«

Ein Mann versuchte, von seinem gefährlichen Sitz auf dem Kranbalken wegzuklettern, doch Gilchrist packte ihn und zwang ihn, in das tobende Wasser unter dem mächtigen Ankerstock hinunterzusehen.

»Wir retten das Schiff, oder wir saufen zusammen ab! Jetzt klarier' die Leine da, oder ich will morgen dein Rückgrat sehen!«

Gilchrists Zorn, sein unbeabsichtigter Hinweis, daß es tatsächlich ein Morgen geben würde, schien zu wirken. Keuchend und fluchend warfen sie sich in den Kampf gegen die gebrochenen Spieren; mit ihrer Wut hielten sie ihre Angst im Zaum und verschlossen die Ohren vor dem Heulen des Windes.

Bolitho arbeitete Schulter an Schulter mit namenlosen Gestalten und nutzte die Anstrengung, um seine Gedanken zu ordnen. Die Vormaststenge konnte ersetzt werden. Herrick hatte vor dem Auslaufen für einen guten Vorrat an Reservespieren gesorgt. Wenn die Rah gerettet werden konnte, dann mußte das Schiff in ein paar Tagen wieder seine normale Segelkraft haben, ruhigeres Wetter vorausgesetzt. Aber das würde Zeit kosten und die Ankunft auf ihrer Position verzögern, die er so sorgfältig ausgesucht hatte, um die Transportschiffe des Feindes abzufangen.

»Mr. Pascoe!« schrie Gilchrist. »Gehen Sie mit ein paar Männern ein Stück nach achtern und sichern Sie die Spiere!«

Pascoe nickte und packte ein paar Matrosen bei Schulter und Arm. »Aye, Sir.«

Gilchrist sah zu ihm hoch. »Wenn Sie das Ding nicht an Bord hieven können, dann sorgen Sie wenigstens dafür, daß der Rumpf nicht noch mehr beschädigt wird!« Schaum und Spritzwasser einer aufschwappenden Welle schnitten ihm das Wort ab, und er konnte nur noch husten.

Als das Wasser strudelnd abgeflossen war, sah Bolitho, daß der Mann, dem Gilchrist vorhin Prügel angedroht hatte, verschwunden war. Er trieb vermutlich irgendwo in der Finsternis, sah sein Schiff verschwinden, und seine Rufe verhallten zwischen den wütenden Seen. Doch höchstwahrscheinlich war er gleich untergegangen, denn nur wenige Seeleute konnten schwimmen. Bolitho ertappte sich dabei, daß er dem Mann einen schnellen Tod wünschte.

»Da geht sie!« Der Ruf ertönte, als die gekappte Raah mit mächtigem Krachen und Reißen an der Leeseite hinabfiel. Bolitho sah, wie Pascoes Männer auf der Laufbrücke versuchten, die immer noch gefährliche Spiere unter Kontrolle zu bekommen, und hielt den Atem an, denn eine Leine brach, und eine andere spannte sich, schor an der Reling entlang und schlang sich Pascoe um die Schultern.

»Belegen!«

Midshipman Luce, der berstenden Wasserwände nicht achtend, rannte die Laufbrücke hinunter.

»Kappen!«

Aber Pascoe wurde in eine weitere Leine verstrickt. Bolitho fühlte sein Blut gefrieren: es sah aus, als beuge sich Pascoe über das Schanzkleid, aber in Wirklichkeit wurde er hilflos von dem wirbelnden Chaos der Leinen über Bord gezerrt.

Doch jetzt stand Luce neben ihm, geduckt unter dem schwarzen Tauwerk, und hackte mit seiner Axt nach oben.

Yeo eilte vom Vorschiff herbei; sein schnelles, durch zwanzig Jahre Seefahrt geschärftes Auge erkannte sofort die gefährliche Lage.

»Aufpassen, Mr. Luce!«

Doch es war zu spät. Während die scharfe Axt ein gebrochenes Stag durchschnitt, spannte sich ein anderes, das sich um Luces Arm gewickelt hatte. Pascoe fiel keuchend in die Arme zweier Matrosen; doch Luce, mit dem Arm in jener Leine, wurde gegen das Schanzkleid geschleudert, während die Leine unter dem vollen Körpergewicht tief in das Fleisch des Armes schnitt. Das Schiff hob sich schwerfällig, und Luce schrie auf: »O Gott, helft mir doch!« Als Yeo endlich mit seinen Männern bei ihm war und die Leine kappte, fiel er ihnen bewußtlos vor die Füße.

»Schnell, Allday, schaffen Sie ihn hinunter!« befahl Bolitho. Dann rannte er nach achtern und half Pascoe auf die Füße. »Wie geht's?«

Pascoe betastete seinen Rücken und verzog das Gesicht. »Das war knapp ...« Er starrte über das Deck. »Wo ist Bill Luce, Sir? Ist er ...«

»Er ist verletzt.« Jetzt reagierte das Schiff bereits spürbar, wenn auch langsam, auf seine Freiheit – die Männer, die ihm unter Schmerzen und Mühen dabei geholfen hatten, mochten ihm ganz gleichgültig sein. »Ich habe ihn zum Arzt bringen lassen.«

Pascoe starrte ihn an. »O Gott – er hat mir das Leben gerettet!«

Bolitho verstand seine Verzweiflung, sah trotz der Dunkelheit den Kummer in seinem Gesicht.

»Ich gehe zu ihm hinunter, Adam. Du bleibst hier. Du wirst gebraucht.« Es tat weh, das zu sagen.

Bolitho ging weiter nach achtern. Da stand Farquhar an der Achterdecksreling, als hätte er sich nie weggerührt. »Vielen Dank, Sir«, stieß er aus. »Daß Sie mit vorn waren, hat die Männer wieder in Schwung gebracht!«

»Das möchte ich bezweifeln«, erwiderte Bolitho kühl. »Aber *ein* Kommandant achtern genügt.«

Er blickte zum gerefften Marssegel hoch. Immer noch eisenhart, aber es hielt, trotz des enormen Drucks.

»Ich gehe ins Krankenrevier«, sagte er.

»Sind Sie verletzt, Sir?«

»Lassen Sie mich sofort rufen, wenn sich etwas ändert.« Er schritt zur Kampanje. »Nein, verletzt bin ich nicht. Nicht körperlich.«

Während er von einer Leiter zur nächsten tiefer stieg, wurden die Geräusche der See immer gedämpfter; jetzt empfingen ihn das Knarren der beanspruchten Planken, die Gerüche nach Bilgewasser und Teer. Schwankende Laternen warfen schiefe Schatten auf seinen Weg durch das untere Batteriedeck der *Lysander*, wo das ganze Jahr lang kein Tageslicht hinkam. Bei dem kleinen Krankenrevier fand er ein paar Matrosen vor, die sich von der Behandlung erholten; manche waren verbunden, manchen half noch die tiefe Rum-Narkose über ihre Schmerzen hinweg. Die Luft war dick zum Schneiden und stank nach Leid und Blut.

Er trat ein. Henry Shacklock, der Schiffsarzt, sprach mit seinen Gehilfen, die noch zwei Lampen über dem Tisch anbrachten.

Shacklock blickte hoch und erkannte Bolitho. »Sir?«

Er war ein müde aussehender, dünnhaariger Mann. In dem schwankenden, gelben Licht wirkte er fast kahl, dabei war er noch nicht einmal dreißig. Bolitho hatte festgestellt, daß er ein guter Arzt war – leider ein ziemlich seltener Fall auf den Schiffen des Königs.

»Wie geht's Mr. Luce?«

Die Gehilfen traten zur Seite, und Bolitho sah, daß der Midshipman bereits auf dem Tisch lag. Er war nackt, sein Gesicht verzerrt, die Haut sehr bleich. Shacklock entfernte einen provisorischen Verband von der Schulter.

Die Leine mußte Fleisch und Muskeln glatt durchschnitten haben. Der Unterarm lag in einem unnatürlichen Winkel, die Finger waren ausgestreckt und schlaff.

Shacklock maß mit seiner Handspanne wie mit einem Zollstock eine Entfernung von der Schulter ab – knapp sechs Zoll.

»Der Arm muß ab, Sir.« Zweifelnd schob er die Lippen vor. »Und selbst dann . . .«

Bolitho sah auf Luces totenbleiches Gesicht hinunter. Siebzehn

Jahre alt. Überhaupt noch nicht gelebt.

»Muß das sein?«

Wozu die Frage? Er hatte sie schon so oft gestellt.

»Ja.« Der Arzt nickte seinen Gehilfen zu. »Je schneller, desto besser. Vielleicht kommt er nicht zu sich, bis wir fertig sind.«

In diesem Moment schlug Luce die Augen auf. Regungslos starrten sie Bolitho an und schienen in diesen wenigen Sekunden alles zu begreifen, was geschehen war und was noch kommen würde.

»Sie haben Mr. Pascoe das Leben gerettet. Adam kommt herunter, sobald er kann«, sagte Bolitho und versuchte, möglichst ruhig zu sprechen.

Über den Kopf des Jungen hinweg sah er, daß Shacklock zwei Messer aus einem Kasten nahm. Eins war kurz, das andere lang und schmal. Einer der Gehilfen rieb unter der Laterne irgend etwas mit einem Tuch ab, und als der Mann seitwärts schwankte, sah Bolitho, daß es eine Säge war.

»Mein Arm, Sir?« flüsterte Luce fast unhörbar. Die Tränen liefen ihm übers Gesicht. »Bitte nicht, Sir!«

Der Gehilfe reichte Bolitho einen Becher Rum, und er hielt ihn dem Jungen an die Lippen. »Trinken Sie. So viel Sie können.« Der Rum tröpfelte ihm aus den Mundwinkeln; der Körper zitterte wie im Fieber. Das war alles, was sie hatten: Rum und nach der Operation Opium zum Schlafen.

Er hörte Schritte, und dann Pascoes Stimme, gepreßt und kaum erkennbar: »Der Kommandant läßt respektvoll melden, Sir, daß wir soeben die *Nicator* gesichtet haben.«

Bolitho richtete sich auf, behielt aber die Hand an Luces Schulter. »Danke.« Die Schatten kamen drohend näher, wie Engel des Todes, denn Shacklocks Männer wollten anfangen. »Bleib bei ihm, Adam.«

Er blickte wieder auf den Midshipman nieder; der starrte immer noch zu ihm auf, Rum und Tränen mischten sich auf seinem Hals. Nur sein Mund bewegte sich. »*Bitte!*« flüsterte er wieder.

Bolitho wartete, bis Pascoe neben Luces Kopf stand, und sagte dann zu Shacklock: »Tun Sie Ihr Bestes!«

Der Chirurg nickte. »Ich habe die Messer anwärmen lassen, Sir, damit der Schock nicht so groß ist.«

Als Bolitho sich zum Gehen wandte, gab der Arzt ein Zeichen, und er hörte Luce aufschreien: Die Gehilfen hatten seine Arme und Beine gepackt und preßten ihm den Kopf auf die Tischplatte.

Luces furchtbare Schreie verfolgten ihn bis aufs Hauptdeck. Dort endlich riß der Sturm sie weg.

Bolitho stützte beide Hände auf die Karte und studierte sie minutenlang. In zwei langen Tagen und Nächten hatte sich der Sturm erschöpft, und in dem warmen Sonnenlicht und der sanften Brise kam ihm das Schiff jetzt fast unbeweglich vor.

Die Kommandanten des Geschwaders standen um den Tisch und sahen ihm zu. Jeder war mit seinen eigenen Gedanken beschäftigt, und alle schienen erschöpft von der Wut des Sturmes und vom Kampf ums Überleben.

In dem ganzen, weit auseinandergetriebenen Geschwader hatte es siebzehn Tote gegeben. Vom Mast gestürzt, über Bord gewaschen. Manche waren auch nur unbemerkt verschwunden, als seien sie nie an Bord gewesen.

Es war Nachmittag, die Schiffe segelten wieder in lockerer Formation, und Bolitho hatte alle Kommandanten zur Lagebesprechung beordert.

Er blickte in Javals dunkles Gesicht. Was er berichtet hatte, war zu erwarten gewesen, und doch hatte Bolitho bis zum letzten Moment noch Hoffnung gehabt. Aber kurz nach Sonnenaufgang war die *Buzzard* in Sicht gekommen und hatte sogleich signalisiert: die Franzosen waren ausgelaufen. Ein Dutzend Schiffe, vielleicht mehr, waren mit dem steifen Nordwest unter ihren Rockschößen losgesegelt; Javal und seine Männer hatten alle Hände voll zu tun gehabt, den Feind auch nur in Sicht zu behalten. Der französische Befehlshaber hatte sogar mit derartigen Komplikationen gerechnet: zwei Fregatten kamen mit dem Sturm auf Javal zu, schossen ihm ein paar Kugeln in die Takelage und verschwanden dann wieder zu ihrem Geleit.

Für einen Kämpfer wie Javal mußte das furchtbar gewesen sein. Mit seinem zerschossenen Rigg und bei dem jede Minute stärker werdenden Sturm hatte er nur zusehen können, wie die Franzosen entwischten. Er hatte versucht, durch Signalschüsse und Raketen mit dem Geschwader Verbindung zu bekommen, aber da Gilchrist zu lange gewartet hatte und die Linienschiffe immer noch auf ihrem vorbestimmten Kurs blieben, war sogar dieser Kontakt unmöglich.

Nachdenklich sagte Bolitho:

»Der Admiral müßte inzwischen die Depeschen der *Harebell* erhalten haben. Er muß annehmen, daß wir imstande sind, Toulon zu überwachen oder mindestens alle Fahrzeuge zu beschatten, die herauskommen.«

Oben an Deck hörte er das Stampfen der exerzierenden Marine-Infanteristen, vermischt mit Hammer- und Axtschlägen, denn die

Leute des Zimmermanns waren fleißig dabei, die Sturmschäden auszubessern.

Er sah zu Herrick hinüber. Was mochte der wohl denken?

Probyn war pessimistisch. »Jetzt, da die Franzosen sich Ihrer, äh, Überwachung entzogen haben, sind wir alle einigermaßen im Zweifel über die Lage. Vielleicht haben wir zu viel auf Hörensagen, auf Gerüchte, gegeben. Wer weiß, wo diese französischen Schiffe jetzt sein mögen?« Langsam sah er sich am Tisch um. »Ganz abgesehen davon – was können wir schon ohne Informationen erreichen?«

Bolitho sah ihn unbewegt an. Probyn hatte vorsichtigerweise immer »wir« gesagt. Aber er meinte »Sie«.

Javal zuckte die Achseln und gähnte. »Ich könnte mich vom Geschwader lösen, Sir. Vielleicht finde ich ein paar von den Franzosen, wenn nicht sogar alle. Schließlich müssen auch sie bei diesem Sturm Schwierigkeiten gehabt haben.«

Gespannt blickten alle Kommandanten auf Bolitho. Manche würden, so glaubte er jedenfalls, sein Dilemma verstehen, vielleicht auch teilen.

Schickte er die *Buzzard* los, so hatte er keine »Augen«. Für die Zweidecker und das Prisenschiff reduzierte sich die Sichtweite auf das, was der beste Ausguck erkennen konnte. Außerdem waren die Linienschiffe zu langsam und zu wenig beweglich für Rekognoszierungsaufgaben. Somit konnte er auf seine einzige Fregatte nicht verzichten.

»Natürlich«, sprach Probyn weiter, »könnten wir nach Gibraltar zurücksegeln, Sir. Wäre vielleicht besser, wir verstärken mit unserer Kampfkraft eine Flotte, die dort möglicherweise zusammengestellt wird, als daß wir hier blindlings und zwecklos herumstreifen.«

Jetzt sprach Herrick zum erstenmal. »Das wäre ein Eingeständnis unseres Mißerfolges! Und meiner Ansicht nach eine falsche Entscheidung!« Er sah Bolitho fest in die Augen. »Wir wissen, wie Ihnen zumute sein muß, Sir.«

»Wirklich teuflisches Pech«, fuhr Farquhar dazwischen.

»Nicht nur das«, sagte Javal und sah Bolitho mit kühler Neugier an. »Es ist auch eine teuflisch schwere Entscheidung – für Sie, Sir.«

»Ja.«

Bolitho suchte mit den Augen die Karte des Mittelmeeres ab. Alle diese Meilen. Selbst wenn er richtig geraten hatte – und mehr als Raten war es ja nicht, wie Probyn ganz richtig bemerkt hatte –, dann war es immer noch nicht sicher, daß er Kontakt mit dem Feind bekam. In der Nacht oder bei schlechtem Wetter konnten Schiffe aneinander vorbeisegeln, ohne daß eins vom anderen wußte. Ein ganzes Reich konnte durch eine falsche oder zu hastige Entscheidung velorengehen.

»Folgendes werden wir tun«, sagte er, und es kam heraus, als hätte er von Anfang an nichts anderes im Sinn gehabt. »Unsere jetzige Position ist, soweit wir sagen können, etwa sechzig Meilen westlich der Nordküste von Korsika.« Er klopfte mit dem Zirkel auf die Karte. »Wir segeln nach Cap Corse. Der Sturm hat uns so weit nach Osten abgetrieben, daß sich eine andere Route nicht mehr lohnt.« Gespannt beugten sie sich über den Tisch. »Wir machen also weiter, und sobald wir Cap Corse gerundet haben, nehmen wir Kurs nach Südost.« Unbeirrt fuhr der Zirkel die italienische Küstenlinie entlang, immer tiefer. »In Syrakus legen wir an, nehmen Trinkwasser an Bord und bringen die Schwerverwundeten an Land. Die Sizilianer haben vielleicht Informationen für uns. Sie halten Frieden mit den Franzosen, aber lieben sie nicht besonders.«

Unvermittelt sah er auf. »Die *Buzzard* segelt dann früher los als wir, und zwar durch die Straße von Messina östlich um Sizilien herum, und trifft sich mit dem Geschwader vor Malta. Ich werde Ihnen noch genaueres sagen, Captain Javal, wenn wir etwas weiter sind.«

Er sah jedem einzelnen ins Gesicht. Damit hatte er sich festgelegt. Sich und jeden seiner Kommandanten, jeden Mann im Geschwader.

Herrick räusperte sich. »Und dann, Sir?«

Bolitho erwiderte seinen Blick und sah die Sorge, die in seinen Zügen aufstieg. »Dann, Captain Herrick, werden wir wissen, was wir zu erwarten haben.«

Probyn legte die schweren Hände breit auf den Tisch. Sie waren wie rote Krebse. »Wenn wir auch dort wieder keinen Erfolg haben, Sir, dann dürfte die Begegnung mit dem Admiral nicht angenehm ausfallen.«

Bolitho musterte ihn kalt. «Ich brauche Unterstützung, Captain Probyn, kein Mitleid.«

Sprühwasser spritzte gegen die Heckfenster, und er schloß: »Ich denke, Sie gehen am besten wieder an Bord Ihrer Schiffe. Der Wind frischt auf, wie mir scheint.«

Scharrend stießen sie die Stühle zurück und sahen einander an wie Fremde.

Probyn nahm Hut und Degen und fragte, ohne Bolitho dabei anzusehen: »Ich nehme an, wir bekommen die neuen Order noch schriftlich, Sir?«

»Das dürfte doch wohl überflüssig sein!« fuhr Herrick dazwischen.

»Da bin ich anderer Meinung«, sagte Probyn. »Es sollte mir leid tun, wenn ich ausdrücklich darauf bestehen müßte.«

»Sie bekommen sie«, nickte Bolitho.

Farquhar klopfte an die Zwischentür, und als auf dieses Zeichen hin der Türposten erschien, befahl er: »Lassen Sie die Boote rufen! Und der Erste Offizier soll die Ehrenwache antreten lassen!«

»Übrigens, wie macht sich denn Ihr Erster?« fragte Probyn.

»Einigermaßen«, erwiderte Farquhar kühl.

»Sie kennen ihn also?« hakte Bolitho ein.

Probyn hüstelte verlegen. »Nicht eigentlich, Sir. Eine flüchtige Bekanntschaft, könnte man sagen.«

Die Kommandanten verabschiedeten sich und fuhren auf ihre Schiffe zurück.

Herrick war der letzte. Ohne Umschweife begann er: »Die Sache mit der Vorbramrah, Sir. Als ich hörte, was die *Lysander* beim Sturm für Schwierigkeiten hatte, habe ich nachgedacht. Vielleicht ist eine Kugel durch das Rack gegangen, aber die Umhüllung hat den Schaden verdeckt. So etwas kommt vor.«

Bolitho lächelte. »Vielleicht. Ihre Schuld war es nicht.«

Herrick blickte sich an Deck um, und Bolitho versuchte, seine Gedanken zu erraten. Bedauern, Besorgnis oder bloße Neugier?

»Und Sie, Thomas – alles in Ordnung?«

Herrick wandte sich ab. Eben legte seine Gig an den Großrüsten an. »Die *Osiris* ist ein ordentliches Schiff, Sir. Ich kann mich nicht beklagen. Aber das Herz fehlt, der Schwung.«

Bolitho wollte ihm den Arm um die Schulter legen, damit er sah, daß es ein Verlust für sie beide war. Aber es war nicht der Augenblick dafür, und auch Herrick wußte das.

»Seien Sie vorsichtig, Thomas«, sagte er nur.

Der Posten der Marine-Infanterie nahm stampfend Haltung an, die Bootsmannsmaaten setzten ihre silberblanken Pfeifen an, um Herrick die Ehrenbezeigung beim Vonbordgehen zu erweisen. Aber er zögerte noch. Seine Miene verriet Bewegung. Schließlich sagte er: »Wenn Sie mit dem Geschwader das türkische Fort angehen, dann werde ich nicht weit hinter Ihnen sein.« Mit bittendem Blick hielt er inne. »Ich wollte nur, daß Sie das wissen.«

Bolitho streckte die Hand aus. »Ja, Thomas, das weiß ich.« Er faßte Herricks Hand und drückte sie kräftig.

Er sah noch, wie Farquhar und Herrick einen formellen Gruß wechselten, und schritt dann langsam über das Achterdeck zur Luvseite.

Laut schlugen die Segel, denn das Schiff lag beigedreht, bis alle Boote abgelegt hatten; deshalb hörte Bolitho nicht, wie jemand zu ihm trat.

Es war Pascoe, seine dunklen Augen lagen tief in den Höhlen vor Müdigkeit. Er war regelmäßig seine Wachen gegangen und hatte während des Sturmes durchgehend Dienst gemacht; aber jede freie Minute hatte er im Orlopdeck bei seinem Freund verbracht.

»Ist was nicht in Ordnung?« fragte Bolitho.

Pascoe hob die Arme und ließ sie hilflos fallen. »Sir, ich . . .« Er schüttelte den Kopf. »Er ist tot. Vor ein paar Minuten ist er gestorben.«

Bolitho sah seinen Kummer und teilte ihn. »Luce war ein tapferer Junge.« Er nahm Pascoe beim Arm und drehte ihn etwas um, damit die vorbeigehenden Seesoldaten sein Gesicht nicht sahen. »Manchmal kann man sich nur schwer damit abfinden, daß Seeleute ebenso oft durch das Meer umkommen wie in der Schlacht.«

Pascoe erschauerte. »Er hat nie geklagt, nicht nach diesem ersten furchtbaren Schnitt. Ich habe ihm die Hand gehalten. Und gerade heute dachte ich, es ginge ihm ein bißchen besser. Aber da . . .« Er konnte nicht weitersprechen.

Farquhar trat herzu und faßte an den Hut. »Darf ich dem Geschwader Segelbefehl geben, Sir?« Er warf einen Blick auf Pascoe, aber in seinen Augen war kein Mitgefühl. »Der Wind frischt auf.«

»Ja, bitte. Und signalisieren Sie der *Buzzard*, sie soll voraus in Lee Position einnehmen. Javal weiß, was er zu erwarten hat. Und der Leutnant hier –«, er deutete auf Pascoe –, »sollte jetzt ein paar Stunden dienstfrei bekommen.«

Farquhar nickte. »Jawohl, Sir.«

Doch Pascoe sagte: »Ich bin schon wieder in Ordnung, Sir.« Er rückte seinen Hut zurecht und wandte sich zur Leiter. »Ich möchte meinen Dienst wie immer machen, wenn Sie gestatten.«

Farquhar verzog die Lippen zu einem Lächeln. »Dann geht das also klar.«

Bolitho ging mit ihnen zur Reling. Die Matrosen standen bereits an den Brassen und Fallen bereit.

Pascoe hielt inne, einen Fuß in der Luft über dem Batteriedeck. »Eins noch, Sir. Wann soll er bestattet werden?«

»Bei Sonnenuntergang.« Er sah den Schmerz in Pascoes Augen.

»Es ist mir gerade eingefallen: mein Degen. Ich möchte, daß er ihn mitbekommt. Ich habe sonst nicht viel.«

Bolitho wartete, bis Pascoe bei seinen Leuten war, und ging dann weiter zur Kampanjeleiter. Leise sagte Grubb: »Der wird mal ein feiner junger Offizier, Sir.«

Bolitho nickte. »So wie er ist, ist er mir schon recht.«

»Aye.« Der Master beschattete seine rotgeränderten Augen und prüfte den flatternden Wimpel hoch über Deck. »Da gibt's welche, die können befehlen, aber lernen können sie überhaupt nichts. Gott sei Dank ist er keiner von denen.«

Bolitho stieg die Leiter hoch und trat nach achtern an die vergoldete Heckreling. Unter der Kampanje hörte er den Rudergast aussingen: »Kurs Ost, Sir.«

Geschwind schob sich die schlanke Fregatte an den massigen Linienschiffen vorbei; aber diesmal beneidete Bolitho sie nicht um ihre Freiheit. Sein Platz war hier; und nur von der Richtigkeit seiner Entscheidungen hing es ab, ob er ihn behielt.

Er dachte an Pascoe und Herrick, an Allday, der unten in der Kajüte herumwerkte.

Diesmal mußte er richtig entschieden haben, und sei es auch nur um solcher Menschen willen wie diese.

XI Der Brief

Schreiber Moffitt, den schmächtigen Oberkörper tief über den Tisch gebeugt, blickte Bolitho von unten herauf an und fragte: »Ist das alles für heute, Sir?«

»Ja, danke.« Bolitho lehnte sich in seinem Sessel zurück und lokkerte sein Halstuch. »Sagen Sie Ozzard, er soll die Lampen anzünden.« Er blickte durch die Heckfenster in den feurigen, gelbroten Sonnenuntergang.

Wieder ein langweiliger Tag. Zwei Wochen war es her, daß er sich mit seinen Schiffen nach Süden gewandt hatte; und praktisch hatten sie das Mittelmeer für sich allein. Tag um Tag segelten sie bei leichten Winden die italienische Küste entlang, und dann westwärts die dunstigen Strände Siziliens entlang. Jetzt waren sie wieder auf Ostkurs, und die Insel Sizilien lag etwa dreißig Meilen an Backbord voraus. Außer einigen arabischen Fahrzeugen mit ihren fremdartigen Lateinersegeln waren sie mit keinem Schiff in Kontakt gekommen. Sie hatten zwar ein paar Segel gesichtet, aber die waren verschwunden, ehe die langsamen Vierundsiebziger nahe genug herankommen konnten, um zu sehen, was es mit ihnen auf sich hatte.

Bolitho starrte auf die leere Tischplatte. Wozu eigentlich hatte er wieder so einen inhaltlosen Tagesbericht diktiert – bloß damit Moffitt etwas zu tun bekam? Unwichtiges Geschreibsel und zu nichts gut, es sei denn als eventuelles Beweismaterial bei seiner Kriegsgerichtsverhandlung.

Was machte wohl die *Buzzard*? Hatte sie Glück gehabt und etwas über die verschwundenen Franzosen herausbekommen? Javal segelte nicht mehr unter den Augen seines Kommodore; so empfand er vielleicht dessen Wünsche in der Entfernung als nicht mehr so dringlich und hatte sich davongemacht, um seinen eigenen Vorteil zu suchen. Doch Bolitho wußte, daß er damit Javal Unrecht tat und daß nur seine eigene Depression ihn auf solche Gedanken brachte.

Er stand auf und schritt zur Tür. Solange er sich erinnern konnte, war er gewohnt, beim Anblick des Sonnenuntergangs Frieden, ja sogar Antwort auf seine Fragen zu finden. Rasch stieg er die Leiter zum Kampanjedeck hinauf und ließ den Nordwest durch sein Hemd blasen, damit er etwas von der Hitze, der Schalheit dieses Tages fortnahm. Er ging zur Luvseite, faßte in die Webleinen und musterte den breiten Streifen aus Kupfer und Gold, der, sich mehr und mehr vertiefend, den ganzen Horizont überzog. Es war schön, ehrfurchtgebietend sogar; kein Wunder, daß ihm dieser Anblick immer noch das Herz bewegte. Er hatte die Pracht der scheidenden Sonne auf jeder Art von Schiff erlebt und auf allen Meeren, von den kalten Wasserwüsten des Atlantik bis zur üppigen Glut der Südsee.

Die *Nicator*, im Kielwasser der *Osiris*, nahm eben eine leichte Kursänderung vor; ihre Fock flatterte kurze Zeit leer und füllte sich dann wieder. Wie unbekümmert diese Schiffe wirken mußten – wenn jemand dagewesen wäre, der sie hätte vorbeisegeln sehen. Nichts deutete auf das brodelnde Leben in ihren runden Bäuchen hin oder auf die Reparaturen der Sturmschäden, die auch jetzt noch weitergingen. Wachwechsel, Segel- und Geschützexerzieren, Essen, Schlafen – das war ihre Welt. Seine Welt. Und doch, nach einem ganzen Tag dieses anstrengenden Dienstes, einem Zwillingsbruder des gestrigen und vermutlich auch des morgigen Tages, fanden diese Männer noch Zeit für allerlei Privatbeschäftigungen: Knochen- und Holzschnitzereien, verzwickte Flechtarbeiten aus Schnüren und Metallstücken – es war schwer zu begreifen, wie solche zierlichen, feingearbeiteten Gegenstände unter den verhornten Händen britischer Seeleute entstehen konnten. Schnupftabaksdosen, aus getrocknetem Salzfleisch geschnitzt und poliert, erzielten bei den jüngeren Offizieren hohe Preise. Solche Dosen waren hart und glänzend wie aus Mahagoni und zeugten nicht nur von der Handfertigkeit des Herstellers, sondern auch von seinem gesunden Magen.

»An Deck! Land in Lee voraus!«

Bolitho schritt zur Leeseite und spähte zur anderen Kimm hinüber, die schon tiefpurpurn war. Das mußte eine der kleinen Inseln vor Malta sein, vielleicht Gozo.

Unter der Kampanje hörte er einen Steuermannsmaaten schimpfen: »Du da, wie heißt du? Larssen, nicht wahr?« Eine gemurmelte Antwort, und dann dieselbe Stimme: »Ich hab's dir immer wieder gesagt! Paß auf den Kompaß auf, und wie die Segel stehen! Steh nicht da und glotz und laß das Schiff laufen, wohin es will! Jesus, du wirst niemals Steuermannsmaat werden, nicht in hundert Jahren!«

Jetzt eine andere Stimme. Bolitho erkannte das hochnäsige Säuseln von Leutnant Fitz-Clarence. »Was schimpfen Sie denn so lästerlich, Mr. Bagley?«

»Ach, nichts Besonderes«, entgegnete der Steuermannsmaat. »Bloß daß das arme alte Schiff voll lausiger Ausländer ist, denen man alles zweimal sagen muß!«

Langsam schritt Bolitho auf und ab. Bagley hatte natürlich recht. Wie viele Schiffe des Königs hatte die *Lysander* eine gute Portion fremder Seeleute an Bord. Schweden und Spanier, Hannoveraner und Dänen. Auch elf Neger waren dabei und ein Kanadier, der besser französisch sprach als Farquhar.

Er mußte plötzlich an den amerikanischen Kapitän denken, John Thurgood. Nicht nur er würde eine freudige Heimkehr erleben. Die Mütter und Frauen der spanischen Matrosen, die Bolitho ihm von der *Segura* auf seine Barkentine geschickt hatte, würden weinen und lachen vor Freude, wenn Thurgood die Männer in ihrem Heimatland absetzte.

Er blieb an der Reling stehen und sah nach achtern. Aber die *Segura* war von den anderen Schiffen verdeckt und nicht zu sehen. Er seufzte. Einen Teil ihrer Mannschaft hatte er auf die amerikanische Barkentine geschickt, und eines ihrer Boote hatte er irgendwelchen französischen Fischern gegeben, beides im Austausch gegen Informationen. Informationen, die er nicht nutzen konnte. Wegen des Sturmes? Oder weil er die Lage nicht erkannt und deswegen seinem Geschwader nicht voll Genüge getan hatte?

Er hörte Schritte auf der Leiter; der Midshipman der Wache kam zögernd näher.

»Ja, Mr. Glasson?«

Der Midshipman faßte an den Hut. »Mr. Fitz-Clarence läßt mit

Respekt melden, Sir, daß der Ausguck in Südosten Land gesichtet hat. Der Master sagt, es wäre Malta, Sir.«

»Danke.«

Bolitho sah ihn nachdenklich an. Glasson war siebzehn und hatte nach Luces Tod den Signaldienst übernommen. Sonnst gab es keine Ähnlichkeit zwischen den beiden. Glasson hatte scharfe Züge, eine scharfe Zunge und hielt streng auf Disziplin. Er würde einen schlechten Leutnant abgeben, wenn er so lange lebte. Es war ebenso merkwürdig wie bedauerlich, wie viele von Glassons Sorte es in der Flotte gab: junge Leute, die nichts aus den scheußlichen Meutereien gelernt hatten, bei denen die Mächtigen des Achterdecks im Handumdrehen zu einer kleinen, isolierten und gefährdeten Gruppe geworden waren. Zwischen den Kriegen war die Sache mit Captain Blighs *Bounty* passiert; der ganzen Nation war dieser Vorfall unter die Haut gegangen. Zivilisten waren stets bereit, mit größtem Eifer über das Gut und Böse bei Vorfällen zu urteilen, an denen sie nicht beteiligt waren und die für sie weder gefährlich noch unbequem wurden. Und dann die großen Revolten in der Nore-Flotte und bei Spithead*, beides Folgen des jahrzehntelangen Hundelebens, das die Seeleute hatten führen müssen. Kurz bevor Bolitho seinen Kommodorestander auf der *Lysander* gehißt hatte und nach Gibraltar ausgelaufen war, hatte er mit Schrecken und Abscheu vernommen, was es für Konsequenzen haben konnte, wenn Männer über das Ertragbare hinaus gequält wurden. Die Fregatte Seiner Majestät *Hermione* hatte einen spanischen Hafen angelaufen und sich dem Feind ergeben. Ihre Offiziere waren auf scheußlichste Weise abgeschlachtet worden, und von den loyal gebliebenen Matrosen und Unteroffizieren hatten einige das gleiche Schicksal erlitten. Die Meuterer hatten ihr Schiff dem Feind im Austausch für ihre Freiheit angeboten. Bolitho wußte von der Vorgeschichte der Meuterei nicht viel mehr, als daß der Kommandant ein furchtbarer Leuteschinder gewesen war. Wenn er diesen Glasson ansah, dessen Selbstvertrauen übrigens unter dem starren Blick seines Kommodore sichtbar welkte, konnte er sich nur wundern, daß solche Lehren immer noch unbeachtet blieben.

»Was erhoffen Sie sich von der Zukunft?«

Glasson richtete sich stramm auf. »Meinem König zu dienen, Sir, und einmal ein eigenes Schiff zu kommandieren.«

»Höchst lobenswert«, sagte Bolitho trocken. »Und haben Sie aus Ihrem Dienst auf der Prise etwas gelernt?«

* siehe Kent: Der Stolz der Flotte (Ullstein Buch 23519)

Der Midshipman fühlte sich etwas erleichtert. »Die Dons sind lauter Strohköpfe. Sie haben keine Ahnung, und das Fahrzeug ist ein Saustall.«

Aber Bolitho hörte kaum hin. Ihm war der Brief eingefallen, den die *Segura* dem französischen Agenten namens Yves Gorse hätte bringen sollen. Angenommen, der Franzose wußte nicht, auf welchem Schiff die Instruktionen aus Toulon kamen? Nachrichtenübermittlung war schwierig, und die Franzosen behandelten ihr Endziel immer noch als Geheimnis; da würde er vermutlich kaum vorherwissen, auf welche Art ihn seine Anweisungen erreichen sollten.

»Mein Kompliment an Flaggkapitän Farquhar«, sagte er zu Glasson, »und er möchte bitte zu mir auf die Kampanje kommen.«

Als Fraquhar fünf Minuten später erschien, schritt Bolitho auf und ab, die Hände auf dem Rücken, in tiefes Nachdenken versunken.

»Sie haben eine Idee, Sir?« tippte Farquhar an.

Bolitho blieb stehen und sah ihm ins Gesicht. »Ich glaube, die habe ich. Ich war so tief in meine Befürchtungen verstrickt, daß ich nicht sah, was auf der Hand lag.«

»Sir?«

»Ich hörte Steuermannsmaat Bagley einen Rudergänger beschimpfen, weil der ihn nicht gleich verstanden hatte.«

Farquhar zog die Brauen zusammen. »Das muß Larssen gewesen sein, Sir. Ich kann ihn ablösen lassen.«

»Nein, nein! Darum geht es nicht«, sagte Bolitho und starrte ihn immer noch an. »Und dann noch etwas, das Glasson eben über die *Segura* sagte.«

»Ich verstehe, Sir.« Farquhar war völlig verwirrt. »Das heißt, ich glaube zu verstehen.«

Bolitho lächelte. »Diese *Segura.* Wir haben sie mitgeschleppt und wußten nicht, warum. Aus Eitelkeit? Als Beweis, daß wir nicht nur Mißerfolge hatten? Mit der Zeit haben wir vergessen, daß sie überhaupt da ist.«

Farquhars Augen, die Bolitho mit tiefem Zweifel betrachteten, glommen in der sinkenden Sonne. »Aber sie ist zu langsam zum Rekognoszieren – ich dachte, darüber wären wir uns einig.«

Bolitho nickte. »Stellen Sie eine neue Prisenmannschaft zusammen und verteilen Sie die Spanier, die noch auf der *Segura* sind, auf das Geschwader. Suchen Sie einen geeigneten Offizier und sagen Sie ihm, die Prisenbesatzung soll so *ausländisch* wirken wie nur möglich.«

»Aye, Sir.« Farquhar zeigte sich nicht einmal mehr überrascht. Wahrscheinlich glaubte er, die ständige Anspannung und Verantwortung hätten Bolitho schließlich doch um den Verstand gebracht.

»Und zwar *sofort*! Geben Sie dem Geschwader Signal zum Beidrehen, solange noch Tageslicht ist!«

Farquhar wollte schon wegeilen, fragte aber noch: »Was soll dieser Offizier für eine Aufgabe übernehmen, Sir?«

»Aufgabe, Captain?« Er wandte sich ab, um seine aufsteigende Erregung zu verbergen. »Er soll die *Segura* unter falscher Flagge nach Malta segeln. Am besten unter amerikanischer. Und dort soll er für mich einen Brief abliefern.«

»An den französischen Agenten?« rief Farquhar.

»Genau.« Wieder ging er auf und ab. »Fangen Sie gleich an!«

Doch Farquhar blieb noch stehen. »Das ist aber riskant, Sir.«

»Das haben Sie mir schon mal gesagt. Und Thomas Herrick auch. Haben *Sie* denn nie was riskiert?«

Farquhar lächelte. »Die Matrosen werden wahrscheinlich desertieren, sobald sie in Malta sind. Und der betreffende Offizier wird gefangengenommen und gehängt werden. Die Malteser wissen nur zu gut, wie gefährlich es für sie ist, Frankreichs Mißfallen zu erregen. Früher waren sie uns freundlich gesinnt, aber jetzt sind ihnen die französische Armee und Flotte viel näher als damals«, schloß er achselzuckend.

»Stimmt. Das ist auch keine Arbeit für einen Juniorleutnant.«

Jetzt ging Farquhar ein Licht auf. »Sie beabsichtigen, selbst auf der *Segura* mitzufahren.«

»Unter allen Umständen.«

In einem hatte Midshipman Glasson recht gehabt, fand Bolitho: die *Segura* war nicht nur dreckig, sie stank auch nach so vielen Unerfreulichkeiten von unterschiedlichem Alter und Gehalt, daß man unter Deck von ständigem Brechreiz geplagt wurde.

Als die neue Mannschaft im Austausch gegen die Spanier herübergerudert wurde, war es stockfinster. Mit zwei tüchtigen Matrosen am Ruder und unter gerefften Segeln wurde sie *Segura* für die Nacht sich selber überlassen.

Bolitho saß in der winzigen Kajüte und kaute an Salzfleisch und eisenhartem Schiffszwieback herum, den er mit dem Rotwein, den das Schiff reichlich geladen hatte, aufzuweichen versuchte.

Farquhar hatte Leutnant Matthew Veitch zu seiner Begleitung ausgesucht. Veitch hatte bereits bewiesen, daß er sich ebenso gut darauf verstand, ein ihm unbekanntes Schiff zu führen, wie die Achtzehnpfünder der *Lysander* im Ernstfall zu kommandieren. Er war Mitte Zwanzig, sah jedoch erheblich älter aus und war erfahrener, als man bei seiner Jugend glauben mochte. Er kam aus dem Norden Englands, aus Tynemouth, und wirkte durch seinen harten Akzent im Verein mit seiner meist strengen Miene viel reifer als seine Jahre. Doch sein schnell bereites Lächeln konnte diesen Ernst jederzeit wegwischen; und Bolitho hatte gemerkt, daß seine Matrosen ihn schätzten und respektierten.

Plowman, der Steuermannsmaat, war auch diesmal wieder dabei, und mit Midshipman Arthur Breen, einem rotblonden Siebzehnjährigen, in dessen Gesicht man vor lauter Sommersprossen kaum noch die Haut sah, war das Offizierskorps der *Segura* komplett.

Sie waren so damit beschäftigt gewesen, sich auf ihrem neuen Schiff einzurichten, daß die überschatteten Marssegel der drei Vierundsiebziger in der sich vertiefenden Dunkelheit verschwunden waren, ehe irgend jemand die Zeit gefunden hatte, etwas zu bedauern.

Bolitho blickte auf, als Veitch in die vollgestopfte Kajüte trat.

»Vorsicht!«

Zu spät. Veitch krachte mit dem Kopf heftig gegen einen Decksbalken und fluchte.

Bolitho deutete auf eine Kiste. »Setzen Sie sich hin und passen Sie auf Ihren Schädel auf!« Er schob ihm die Weinflasche zu. »Ist alles belegt?«

»Aye, Sir.« Veitch warf den Kopf zurück und leerte den Blechbecher. »Ich habe Zweiwachenstropp* angeordnet. Da haben sie zu tun, und wir werden nicht so leicht von einer feindlichen Patrouille überrascht.«

Bolitho horchte auf die ungewohnten Geräusche des Schiffes, das Schlagen der Segel, die Bewegungen des sehr nahen Ruders. Die *Segura* war plump gebaut und bis ans Schandeck mit Fracht und Schießpulver vollgepackt. Ihre Besegelung war sehr knapp und mit einem Minimum an Matrosen zu bedienen. Auch das zeigte, daß sie höchstwahrscheinlich holländischer Bauart war. Mit ihrem profitablen Verhältnis von Schiffsraum zu Mannschaft hatte sie zweifellos jede Küste zwischen der Ostsee und Afrika abgeklappert. Aber sie war alt, und ihre spanischen Kapitäne hatten sie schwer vernachlässigt. Plowman hatte schon über den schlimmen Zustand des stehenden Gutes berichtet; manche Stage waren, wie er es ausdrückte, »so dünn wie eine Seemannsbörse«.

* Statt des üblichen Drei-Wachen-Turnus

Aber Plowman war eben Grubbs rechte Hand. Wie der Master, so konnte auch er unverläßliches Material nicht leiden.

Bolitho verbarg ein Lächeln. Wenn Plowman sich Sorgen machte, so war das bei den als Prisenbesatzung ausgesuchten Matrosen keineswegs der Fall; im Gegenteil. Schon als er an Bord der *Lysander*, bevor sie in die Boote kletterten, kurz zu ihnen gesprochen hatte, bemerkte er, wie sie einander grinsend in die Rippen stießen, weil ihnen ihre neue Rolle Spaß machte. Das sie die Langeweile loswurden, einmal von der Routine wegkamen, oder vielleicht auch die Tatsache, daß sie alle besonders ausgesucht worden waren, trug zu dieser fröhlichen, sorglosen Atmosphäre bei. Daß man sie in erster Linie ausgewählt hatte, weil sie Ausländer waren, hatten sie offenbar noch gar nicht gemerkt.

Bolitho hörte jemanden eine fremdartige Weise trällern; die Freiwache unter Deck fiel ein, und es wurde ein richtiger Chor. Auch ein ungewohnter Küchengeruch in der feuchten Luft des Zwischendecks war ein Zeichen ihrer neuen Identität.

»Die haben sich ganz gut eingerichtet«, grinste Veitch. »Das ist Larssen, der da singt, und der Koch ist ein Däne. Weiß der Himmel, was wir heute zu essen kriegen.«

Jetzt kam Plowman. »Ich habe Mr. Breen die Wache übergeben, Sir.« Erfreut nahm er einen Becher Wein entgegen. »Oh, danke, Sir.«

Bolitho musterte ihn zufrieden. Jeder von ihnen, auch er selbst, trug einen einfachen blauen Rock; ein schäbigeres Trio wäre schwer zu finden gewesen. Typisch, wie er hoffte, für die Hunderte von Handelsschiffen, die unter jeder Flagge fuhren und jede Fracht übernahmen, an der etwas zu verdienen war.

»Morgen also laufen wir Malta an«, sagte Bolitho und sah interessiert zu, wie sich Plowman eine lange Tonpfeife mit schwarzem Tabak stopfte. »Ich bin der Kapitän, Richard Pascoe. Sie können Ihre Namen behalten. Mr. Veitch ist erster Maat, Mr. Plowman zweiter. Allday macht den Bootsmann.«

Nach kurzem Zögern schob Plowman den großen Tabaktopf über den wackligen Tisch zu Bolitho hin. »Wenn Sie mal probieren wollen, Sir? Er ist, na ja, ganz anständig.«

Bolitho nahm sich eine Pfeife aus dem Sandelholzgestell über dem kleinen Kartentisch und reichte auch Veitch eine.

»Man muß alles mal probieren, Mr. Plowman.« Dann wurde er ernst. »Ich gehe mit Allday und einer Bootsbesatzung an Land. Sie tun so, als ob Sie Vorbereitungen treffen, die Ladung zu löschen. Aber halten Sie sich bereit, die Ankertrosse zu kappen und sofort auszulaufen, wenn etwas schiefgeht. Falls das passiert, können Sie noch zwei Nächte in Landnähe bleiben. Ich habe die Stelle auf der Karte markiert. Wenn Sie dann noch kein Signal von mir haben, müssen Sie zurück zum Geschwader, nach Syrakus. Captain Farquhar hat entsprechende Anweisungen.«

Der Tabakrauch in der Kajüte wurde immer dicker; Bolitho sagte: »Holen Sie noch Wein aus dem Spind. Wie unsere Leute da oben fühle ich mich merkwürdig gemütlich. Heute nacht zumindest.«

Oben hörte man Schritte, und Veitch lächelte. »Der junge Breen macht allein oben Wache. Kommt sich bestimmt wie'n Fregattenkapitän vor.«

Eine angenehme Schläfrigkeit überkam Bolitho. Er dachte an Pascoe, an seine dunklen, eifrigen Augen, als er gebeten hatte, mitkommen zu dürfen. Er berührte den alten Degen, der am Tisch lehnte. Vielleicht hätte er ihn lieber auf der *Lysander* lassen sollen. Passierte ihm etwas, so war der Degen wahrscheinlich für immer verloren. Und auf irgendeine seltsame Weise war es ihm wichtig, daß Pascoe ihn bekam. Eines Tages.

Er sah nicht, daß Veitch dem Steuermannsmaaten zublinzelte, worauf dieser aufstand und sagte: »Ich will lieber Mr. Breen ablösen, Sir.«

Veitch nickte. »Und ich muß im Vorschiff noch nach dem Rechten sehen.« Beim Aufstehen stieß er sich wieder den Kopf. »Hol der Teufel diese geizigen Handelsreeder, Sir«, grinste er entschuldigend. »Ein Linienschiff mag ja vollgepackt sein, aber man behält doch wenigstens den Kopf auf den Schultern!«

Wieder allein, beugte sich Bolitho über die Karte und studierte sie unter der kreisenden Laterne. Er zog seinen blauen Rock aus und lockerte die Halsbinde. Der Schweiß rann ihm den Rücken hinunter. Es war heiß und stickig, und der Wein hatte seinen Durst keineswegs gelöscht.

Allday kam herein. »Ich bringe Ihnen gleich was zu essen, Sir«, sagte er und krauste die Nase. »Dieser alte Eimer stinkt wie ein Müllkasten.«

»Die Hitze macht es noch schlimmer«, erwiderte Bolitho. »Ich gehe gleich an Deck, ein bißchen frische Luft schnappen.«

»Wie Sie wollen, Sir. Ich lasse Ihnen Bescheid sagen, sobald das Essen fertig ist.«

Allday sah sich in der unordentlichen Kajüte um und zuckte die Achseln. Feucht, dreckig und stinkend war sie ja tatsächlich. Aber nach der drückenden Hitze des Tages war es hier beinahe kühl.

Dann sah er die leeren Weinflaschen und lachte in sich hinein. Die Hitze des Kommodore kam wahrscheinlich von innen.

»Gei auf die Fock!«

Bolitho beschattete die Augen und sah hinüber auf die planlos in die Gegend gebauten Bastionen, die alle Einfahrten des Hafens von La Valetta schützten. Als sie langsam näher kamen und die Sonne hinter Maltas verwitterten Mauern aufgehen sahen, wirkte der Hafen auf sie wie eine richtige Festung.

»Recht so – Kurs halten!« Breitbeinig stand der untersetzte, muskulöse Plowman neben dem Rudergänger, die Pfeife im Mund.

Bolitho wußte, daß es ihm wie den meisten anderen schwerfiel, sich nach der strengen Disziplin auf einem Kriegsschiff so locker und lässig zu geben. Aber der Eindruck, den ein Schiff beim Einlaufen in den Hafen machte, war immer der ausschlaggebende.

An Deck lungerten Matrosen herum, lehnten am Schanzkleid, deuteten auf die Gebäude an Land, manche mit echtem Interesse, andere mit übertriebener Schauspielerei.

Midshipman Breen sagte: »Ich habe viel von dieser Insel gehört, Sir; aber ich dachte nie, daß ich sie jemals zu sehen bekäme.«

Plowman grinste. »Aye. La Valetta heißt nach dem Großmeister der Malteserritter, der die Insel gegen die Türken verteidigt hat.«

»Waren Sie damals hier?« fragte Breen und glotzte den Steuermannsmaaten mit unverhohlener Ehrfurcht an.

»Kaum, Mr. Breen. Das war vor mehr als zweihundert Jahren.« Er sah Veitch an und schüttelte den Kopf. »Ob ich dabei gewesen bin, fragt er – mein Gott!«

Die vorderste Bastion glitt jetzt querab vorbei; ihre obere Brustwehr wimmelte von bunten Gestalten. Offenbar diente sie nicht nur zur Verteidigung, sondern auch als Durchfahrt. Hinter ihr öffnete sich das glitzernde Hafenbecken, um die *Segura* zu empfangen. Winzige Ruderboote schossen zwischen den Schiffen und der Pier hin und her wie Wasserkäfer. Ein paar Schoner ankerten hier, auch schlanke arabische Dhaus, und die Felukken mit den großen Lateinersegeln. Zwei farbenfreudige Galeassen mit vergoldetem Schnitzwerk lagen an den Steinstufen des Kais wie aus einem historischen Gemälde stammend. Als die Römer England eroberten, wären solche Schiffe nicht besonders aufgefallen, dachte Bolitho. Die Malteserritter hatten sie jahrhundertelang mit großem Erfolg benutzt, um Häfen und Schiffe der Türken zu attackieren, und hatten auf diese Weise viel dazu beigetragen, den türkischen Einfluß zu verdrängen

– auf immer, wie zu hoffen stand.

Aber jetzt hatte Malta seine Rolle wieder gewechselt. Es hatte sich auf seine eigene Kraft besonnen, erhob Abgaben von den Schiffen, die den Hafen in Geschäften anliefen oder dort vor Stürmen oder Piraten Schutz suchten.

»Klar zum Ankern!«

Bolitho trat an den Fuß des Großmastes und wartete auf irgendeinen Anruf. Aber die *Segura* erregte wenig Interesse; er nahm daher an, daß sie nicht das erste Schiff war, das hier unter amerikanischer Flagge einlief.

Allday flüsterte grinsend: »Bei Gott, Mr. Gilchrist wird ein Jahr brauchen, bis er diese Burschen wieder auf Draht hat!«

Eben spuckte einer unbekümmert an Deck, grinste aber dann seine Kameraden etwas schafsmäßig an. Auf der *Lysander* hätte ihm Spucken ein Dutzend Hiebe eingebracht.

»Aufschießen!« schrie Veitch.

Bolitho nahm ein Messingteleskop und richtete es auf den längsten der steinernen Kais: Boote, bis ans Dollbord mit Früchten und Korbwaren beladen – und vermutlich auch mit Weibern. Denn christliche Sitte und Moral waren in diesen Steinmauern schon längst angekränkelt, und es hieß, selbst die Malteserritter seien mehr den weltlichen als den himmlischen Freuden zugetan.

»Ruder hart Backbord!«

Die *Segura* dümpelte über ihrem Schatten, die geflickten Segel bewegten sich kaum noch im Wind, und der rostige Anker klatschte ins Wasser.

»Mr. Veitch, wenn Sie diese Marketender schon längsseit kommen lassen, dann geht aber immer nur einer von den Händlern an Bord! Sonst gibt es eine riesengroße Wuling!«

Allday stellte bereits eine kleine, aber furchteinflößende Ankerwache zusammen. Jeder Mann hatte einen Entersäbel und dazu eine lange, kräftige Handspake.

»Boot aussetzen!«

Bolitho wischte sich Gesicht und Hals. Im Hafen war es noch stikkiger als unter Deck.

Das erste Boot lag bereits längsseit. Händler und Ruderer priesen in vielsprachiger Konkurrenz ihre Waren an.

Veitch kam wieder nach achtern. »Alles klar, Sir. Ich habe zwei Drehgeschütze mit gehacktem Blei geladen; unter dem Vorderkastell, wo man's nicht sieht, ist ein Muskentengestell. Die Hafenbatterien sind nur auf See hinaus gerichtet; also sind wir fürs erste sicher.«

Bolitho nickte. »Festungsbauer machen oft diesen Fehler. Sie denken niemals an einen Angriff von der Landseite. Und das ist auch ganz gut so.«

»Ihr Boot wartet, Sir.« Allday trat ans Schanzkleid bei den Großwanten. Dort versuchte soeben ein kleiner, dunkelhäutiger Mann mit Turban, der sich eine Auswahl von Schmuckperlen, Flaschen und exotischen Dolchen um den Hals gehängt hatte, an Bord zu klettern. »Warte, bis zu gerufen wirst, *Mustafa*!« sagte Allday, setzte dem Mann die offene Hand unters Kinn und gab ihm einen Schubs, daß er rücklings ins Wasser fiel. Seine Kumpane brachen in Gelächter und fröhliches Geschrei aus; vermutlich dachten sie, der Skipper dieses Fahrzeugs sei vielleicht ein harter Mann, aber gerecht und bevorzuge keinen.

Veitch kam zu Bolitho an die Reling. »Wenn irgendein Behördenmensch an Bord kommt, Sir, soll ich versuchen zu bluffen?«

Bolitho war früher schon in Malta gewesen. Er lächelte grimmig. »Halten Sie sich an Mr. Plowman. Ich nehme an, er kennt die etwas unorthodoxen Geschäfte hier. Die Hafenbehörden werden vielleicht abwarten, ob wir löschen wollen. Aber wenn sie kommen und nach Papieren fragen, dann sagen Sie ihnen das, was wir besprochen haben: das wir die Papiere über Bord werfen mußten, weil wir von einem unbekannten Schiff gejagt wurden. In der Kajüte finden Sie einen Beutel Goldmünzen, falls Sie ein bißchen schmieren müssen.«

Plowman grinste über die Unsicherheit des Leutnants. »Du lieber Gott, Mr. Veitch! Hafenbeamte sind überall gleich; und immer mehr amerikanische Schiffe segeln ins Mittelmeer. Hier wartet ein neues Geschäft auf sie, das sie sich bestimmt nicht entgehen lassen wollen!«

Bolitho stieg über die Reling. »Und passen Sie auf die Mannschaft auf! Vielleicht gibt es auf diesen Marketenderbooten französische Spione. Es kann nicht schaden, wenn Sie unseren Leuten so etwas andeuten.«

Er kletterte in den einen Kutter, den die *Segura* noch hatte.

»Ablegen!«

Da sah er einen der Händler kräftig auf einen Stoß Teppiche klopfen; ein glatter runder Arm schob die Fransen beiseite. Kein Männerarm. Der richtige Handel sollte anscheinend erst losgehen, wenn der Kapitän der *Segura* von Bord war.

»Da oben auf der Treppe«, murmelte Allday. »Zwei Mann. Irgendwelche Offiziere.«

Doch die beiden nickten nur höflich und kümmerten sich nicht um sie, sondern beobachteten weiter das Schiff; vielleicht warteten sie auf den richtigen Moment, um an Bord zu gehen.

Auf den heißen Steinen des Kais wartete Bolitho auf Allday, der mit einem der Matrosen, dem Schweden Larssen, nachkam. Larssen hatte ein vergnügtes, zutrauliches Gesicht und die breitesten Schultern, die Bolitho je gesehen hatte.

»Für den Fall, daß es Ärger gibt«, kommentierte Allday. Plötzlich sah er Bolitho beunruhigt an. »Fühlen Sie sich auch wohl, Sir?«

»Natürlich. Stellen Sie sich nicht so an«, erwiderte Bolitho und wandte sich ab. »Schicken Sie das Boot zurück. Wir wollen so wenig Aufsehen erregen wie möglich.«

Er hörte Allday mit der Bootsmannschaft sprechen und konnte sich kaum enthalten, das Hemd vom Körper abzuzupfen. Es war klatschnaß vor Schweiß, und der Kopf war ihm so merkwürdig leicht. Der Wein? Oder das Abendessen? Tief in seinem Innern jedoch nahm bereits ein anderer Gedanke Gestalt an; und er hatte große Mühe, seine aufsteigende Angst zu verbergen. Aber es war wohl unwahrscheinlich. Er biß die Zähne zusammen. Wenn doch Allday endlich mit dem Boot fertig wäre, damit er in den Schatten käme! Aber *unmöglich* war es nicht. Neun Jahre war es beinahe her, da hatte ihn in der Südsee das Fieber fast umgebracht. Seitdem hatte er ein paar Anfälle gehabt, aber seit etwa einem Jahr nicht mehr. Beinahe hätte er laut geflucht. Ausgerechnet jetzt durfte es nicht passieren.

»Fertig, Sir«, sagte Allday.

»Gut. Wir wollen das Haus suchen und die Sache erledigen.« Er schwankte und hielt sich an Alldays Schulter fest. »*Verdammt!*«

Während sie sich durch eine Gasse schwatzender Händler drängten, sah Allday ihn bestürzt an.

»Der *capitan*?« fragte Larssen. »Nix gut?«

Allday packte ihn heftig beim Arm. »Hör zu. Aber hör gut zu. Wenn es das ist, was ich denke, dann ist er in einer Stunde vollkommen fertig. Bleib dicht bei mir und tu genau, was ich tue, verstanden?«

Hilflos hob der Schwede die Schultern. »Yessir, Mr. All-Day.«

Zum Glück war das Haus nicht weit von der Hafentreppe. Das weißgekalkte Gebäude lehnte sich, als wolle es sich stützen, an eine der Bastionen; auf dem breiten Balkon sah Bolitho ein großes Teleskop wie ein Geschütz auf die Hafenanlagen gerichtet.

Er tastete unter seinem Rock nach der Pistole, ob sie auch so lokker säße, daß er sie notfalls blitzschnell ziehen konnte. Es war schon ein rechtes Hazardspiel. Vielleicht wußte dieser französische Agent bereits vom Schicksal des Schiffes, dem der Brief anvertraut worden war. Das Geleit, das die *Buzzard* gejagt hatte und mit dem der Schoner gesegelt war, konnte Malta angelaufen, entsprechenden Bescheid gegeben und dann seinen Weg fortgesetzt haben.

Doch das hielt er immer noch für unwahrscheinlich. Wenn dieser Brief wirklich von so großer Wichtigkeit war, dann hätte ihn eine der Fregatten an Bord gehabt und ihn, wahrscheinlich bei Nacht, mit einem Boot an Land gebracht.

»Los, weiter«, sagte er kurz. »Wir müssen schnell machen.«

Das Erdgeschoß des Hauses stand voller Weinfässer und Strohballen, wohl zum Verpacken der Flaschen. Ein paar Malteser Arbeiter rollten leere Fässer über eine Rampe in den Keller hinunter, ein gelangweilter Mann in zerknittertem Hemd und senffarbener Kniehose machte Eintragungen in ein Buch, das auf einem hochgestellten Faß lag.

Mißtrauisch sah er auf. »*Si*?«

Schwer zu sagen, was er für ein Landsmann war – er konnte ebensogut Grieche sein wie Holländer.

Bolitho sagte: »Ich spreche nur englisch. Ich bin der Skipper des amerikanischen Schiffes, das eben vor Anker gegangen ist.«

Der Mann antwortete nicht gleich, aber in seinen Augen war zu lesen, daß er alles verstanden hatte. Schließlich sagte er: »Amerikaner. Ja, verstehe.«

Bolitho räusperte sich und gab sich Mühe, mit fester Stimme zu sprechen. »Ich möchte *M'sieur* Gorse sprechen.«

Wieder der unbewegte Blick. Doch er gab kein Alarmzeichen, seine Leute arbeiteten weiter, ohne sich um die Besucher zu kümmern.

Endlich sagte er: »Ich weiß nicht, ob ich das arrangieren kann.«

Allday rückte ihm dicht auf den Leib und starrte ihn wütend an. »Der Käpt'n sagt, er will ihn sprechen, und damit hat sich's, Kerl! Wir sind mit diesem gottverdammten Brief nicht so weit hergekommen, daß wir noch Lust hätten, stundenlang zu warten!«

Der Mann lächelte dünn. »Ich muß vorsichtig sein.« Er sah bedeutsam zum Hafen hin. »Und Sie auch!«

Er klappte das Buch zu und winkte sie zu einer engen Steintreppe.

»Bleiben Sie mit Larssen hier, Allday«, sagte Bolitho. Sein Mund war völlig trocken, der Gaumen brannte wie heißer Sand. Abwehrend schüttelte er den Kopf. »Keine Widerrede! Wenn's jetzt noch schiefgeht, haben drei auch nicht mehr Chancen als einer.« Er versuchte, beruhigend zu lächeln. »Ich rufe Sie schon, wenn Not am Mann ist.«

Damit drehte er sich um, ging hinter dem Angestellten die Treppe hinauf und trat dann durch eine Tür in einen langen Raum, der zum Hafen hin offen war. Schiffe und Häuser schimmerten in der Sonne wie ein riesiger Gobelin.

»Ah, *capitaine*!« Ein weißgekleideter Mann kam vom Balkon herein. »Ich habe mir beinahe gedacht, daß Sie es sind.«

Yves Gorse war klein und rundlich. Er hatte zierliche, ruhelose Hände und wie zum Ausgleich für seine vollständige Kahlheit einen dichten schwarzen Bart.

Bolitho musterte ihn gelassen. »Ich wollte schon früher einlaufen, aber ich bin einer britischen Fregatte begegnet. Mußte meine Papiere über Bord werfen; aber dann konnte ich den Bastard in einem Sturm abschütteln.«

»Aha.« Gorse deutete mit seiner zierlichen Hand auf einen Stuhl. »Bitte nehmen Sie Platz. Sie sehen nicht wohl aus, *capitaine*?«

»Mir geht's gut.«

»Vielleicht.« Gorse ging zum Fenster und sah aufs Wasser hinaus. »Und wie ist Ihr Name?«

»Pascoe. Ein Name aus Cornwall.«

»Das ist mir bekannt, *capitaine*.« Mit überraschender Leichtigkeit drehte er sich um. »Aber ein *capitaine* Pascoe ist mir nicht bekannt – eh?«

Bolitho zuckte die Achseln. »Bei diesem Spiel muß man lernen, einander zu vertrauen, nicht wahr?«

»*Spiel*?« Gorse tat ein paar Schritte durchs Zimmer. »Das ist es nie gewesen. Doch Ihr Land ist wohl noch zu jung, um die Gefahr richtig zu sehen.«

Ärgerlich entgegnete Bolitho: »Haben Sie unsere Revolution vergessen? Mir ist doch, als hätte sie ein paar Jahre vor der Ihren stattgefunden!«

»*Touché*«, sagte Gorse und zeigte lächelnd kleine, aber makellose Zähne. »Ich wollte Ihnen nicht zu nahe treten. Nun – dieser Brief. Kann ich ihn haben?«

Bolitho zog ihn aus der Tasche. »Sie sehen, *M'sieur*, ich vertraue Ihnen.«

Gorse öffnete den Brief und las, indem er ihn in einen Flecken Sonnenlicht hielt. Bolitho versuchte, nicht hinzusehen, nicht nach einem Anzeichen zu suchen, ob Gorse gemerkt hatte, daß der Brief neu versiegelt worden war. Aber Gorse schien zufrieden zu sein. Nein, erleichtert war das passendere Wort.

»Gut«, sagte er. »Vielleicht möchten Sie ein Glas Wein? Etwas Besseres als dieses Zeug, das Sie nach – äh – wohin wollten Sie doch?«

Bolitho preßte die Finger in der Tasche zusammen, um das Zittern seiner Beine zu beherrschen. Er hatte das Gefühl, sie zitterten so stark, daß Gorse es bemerken mußte. Jetzt war der Augenblick. Versuchte er, mit irgendwelchen Spiegelfechtereien etwas aus Gorse herauszulocken, so würde der Mann sofort Bescheid wissen. Gorse war ein erfahrener Agent des Feindes. Sein Schiffsbedarfs- und Weinhandel war eine in langen Jahren sorgfältig aufgebaute Tarnung. Offenbar hatte er nicht den Wunsch, nach Frankreich zurückzukehren, das er schon vor langer Zeit verlassen haben mußte. So mancher, der Kaufmann gewesen war wie er, hatte seine letzten Atemzüge getan, als er in einen blutverschmierten Korb hinunterstarrte und auf das Niedersausen des Fallbeils wartete.

Malta stand wie eine Schildwache zwischen dem westlichen und dem östlichen Mittelmeer. Gorses nachrichtendienstliche Tätigkeit würde ihm gut zustatten kommen, besonders wenn die französische Hauptflotte Toulon verließ, was sie schließlich eines Tages tun mußte.

Beiläufig erwiderte Bolitho: »Nach Korfu natürlich. Daran hat sich nichts geändert. Ich dachte, mein Feund John Thurgood wäre hier mit seiner *Santa Paula* vor Anker gegangen. Er wollte auch nach Korfu, wie Sie sicher wissen.«

Gorse lächelte bescheiden. »Ich weiß vieles.«

Bolitho versuchte sich etwas zu lockern und Befriedigung darüber zu empfinden, daß sein Schwindel akzeptiert wurde. Aber er fühlte sich immer schlechter; er merkte, daß sein Atem rascher ging. Allerlei Vorstellungen zuckten durch sein Hirn, wie Stücke aus einem Alptraum: die hellen, mit wehenden Palmen bestandenen Strände Tahitis und anderer ferner Inseln; Bilder von Menschen, die qualvoll am Fieber starben, und von Überlebenden, die sich zu einem erschreckten, verzweifelten Häuflein zusammendrängten.

Wie von fern hörte er sich sagen: »Und der Brief – gute Nachrichten?«

»Ja, *capitaine*. Die Malteser werden allerdings vielleicht anderer Ansicht sein, wenn die Zeit kommt.« Er schien besorgt: »Sie müssen sich aber wirklich ausruhen, *capitaine*! Sie sehen gar nicht wohl aus.«

»Fieber«, entgegnete Bolitho. »Alte Geschichte. Kommt immer wieder.« Er mußte in ganz kurzen Sätzen sprechen. »Aber deswegen – kann ich trotzdem segeln.«

»Sie haben keine Eile. Sie können bei mir ...« Doch auf einmal machte er ein ganz erschrockenes Gesicht. »Oder ist es etwa – ansteckend?«

Bolitho stand auf und stützte sich auf die Stuhllehne. »Nein. Rufen Sie meine Leute. Auf dem Schiff wird mir besser.«

»Wie Sie wünschen.« Er schnippte mit den Fingern – ein Zeichen für jemanden, der draußen vor der Tür stand.

Trotz seiner Benommenheit wurde Bolitho klar, daß Gorse ein paar Männer draußen vor die Tür postiert hatte, um Bolitho umbringen zu lassen, falls er Verdacht geschöpft hätte.

»Wünschen Sie, daß ich Briefe von Ihnen mit nach Korfu nehme, *M'sieur*?« konnte Bolitho gerade noch fragen.

»Nein.« Gorse sah ihn besorgt an. »Meine nächsten Briefe gehen auf direkterem Weg.«

Allday und der Schwede erschienen an der Tür. »Ihr Kapitän ist krank!« rief Gorse.

Allday faßte Bolitho am Arm. »Ist schon gut, Sir. Wir bringen Sie an Bord.« Die Stufen wieder hinunter und hinaus in die gnadenlose Sonne ... Sie trugen ihn mehr, als daß sie ihn stützten; undeutlich sah er, daß ein paar Malteser über die drei Seeleute grinsten, die so schwankend aus einer Weinhandlung kamen.

»Renn voraus, Larssen«, befahl Allday, »und signalisiere schon dem Boot! Und wenn du nicht am Kai bist, wenn wir kommen – ich krieg dich, ganz egal, wie lange es dauert!«

Er führte Bolitho an eine schattige Stelle. Der Schweiß lief ihm in Strömen hinab, doch zum Unterschied von vorhin war es eiskalter Schweiß. Schüttelfrost befiel ihn.

»Muß ... weiter ...«, keuchte er; aber es hatte keinen Zweck, die Kräfte schwanden ihm schnell. »Muß ... dem Geschwader ... Bescheid sagen ...« Dann brach er zusammen.

Larssen kam mit vier Matrosen vom Hafen heraufgerannt und starrte Allday hilflos an.

»Los, bringt ihn zum Boot!« stieß Allday hervor, riß sich den Rock herunter und hüllte Bolitho darin ein. »Und laßt euch von keinem aufhalten!«

Die Strecke vom Kai bis zum Schiff schien endlos; die ganze Zeit hielt Allday ihn fest an sich gepreßt, starrte voller Ungeduld die festgemachten Segel der *Segura* an, die nicht schnell genug näherkommen wollten.

Seinetwegen konnten das Geschwader, die Franzosen, die ganze verdammte Welt zum Teufel gehen. Wenn Bolitho etwas zustieß, war ihm alles andere egal.

Im flimmernden Dunst sahen die drei Schiffe, die eine Kabellänge vor der Küste still vor Anker lagen, beinahe gleich aus.

Captain Thomas Herrick ging zur Backbordseite des Achterdecks der *Osiris* und starrte auf die unbekannten Berge, das üppige Grün, die schroff abfallenden Klippen der Landspitze. Die hochgelegene Stadt Syrakus, deren Schatten beinahe feindselig auf die gemächlich dahinziehenden kleinen Küstenfahrzeuge fiel, unterstrich noch den fremdartigen Eindruck dieser Landschaft.

Herrick biß sich auf die Lippen und spielte mit dem Gedanken, wieder unter Deck zu gehen. Aber die große Heckkajüte kam ihm jedesmal wie eine Falle vor; wie ein Stück von Farquhar. Sein Blick schweifte zur *Lysander* hinüber, die alte verzweifelte Sehnsucht stieg wieder hoch und verstärkte seine unterschwelligen Befürchtungen.

Sie lagen jetzt zwei Wochen vor Anker. Der Garnisonskommandant von Syrakus war mehrfach an Bord der *Lysander* gewesen; jedesmal von einem rundlichen, besorgt aussehenden Engländer begleitet, der John Manning hieß und, wie Herrick gehört hatte, hier einer der letzten offiziellen Repräsentanten Seiner Britannischen Majestät war. Denn es gab zwar keinerlei Anzeichen dafür, daß Sizilien Frankreich unterstützte; doch es war ebenso bemüht, jeden Anschein von Freundschaft für König George zu vermeiden.

Ruhelos ging Herrick auf dem Achterdeck hin und her, so in Gedanken versunken, daß er kaum die sengende Hitze auf seinen Schultern fühlte, wenn er unter einem der Sonnensegel heraustrat.

Als er von Bolithos Absicht gehört hatte, einen französischen Agenten in Malta aufzusuchen, war es für seinen Protest schon zu spät. Die Dunkelheit hatte die *Segura* bereits verschluckt; von diesem Moment an war Herrick die Sorge nicht mehr losgeworden. Und jetzt war es drei Wochen her, daß sich die *Segura* vom Geschwader getrennt hatte. Kein Lebenszeichen kam von ihr, auch kein Wort von dem britischen Konsul in Syrakus über ihr Ein- oder Auslaufen in La Valetta.

John Manning interessierte allerdings mehr die Frage, warum die drei Vierundsiebziger so lange in einem offiziell neutralen Hafen lagen. Reparaturen, Proviant- und Wasserübernahme, alle diese normalen Gründe und Vorwände waren erledigt. Doch immer noch hatten sie keine Nachricht.

Bolitho mußte von den Malteser Behörden festgenommen worden sein. Diese hatten vor den Franzosen noch mehr Angst als die Sizilianer, falls auch nur die Hälfte von dem stimmte, was Herrick gehört hatte. Oder vielleicht hatte ihn auch der französische Agent überwältigt und getötet. Herrick starrte auf die offene See, bis ihm die Augen tränten. Bolithos Platz war *hier*, in der Welt, die er verstand. Bei der Flotte, wo ihn fast alle, wenn auch nicht persönlich, so doch dem Namen nach kannten. Plötzlich kam ihm Javal in den Sinn, und Zorn stieg in ihm auf. Javal war überhaupt nicht nach Syrakus gekommen. Er hatte Befehl gehabt, selbständig die Straße von Messina zu passieren und dann vor Malta wieder zum Geschwader zu stoßen. Für den Fall, daß er das Geschwader dort nicht antraf – denn Bolitho zog immer mehrere Möglichkeiten in Betracht –, sollte er hier vor Anker gehen und die weitere Entwicklung abwarten. Vielleicht war auch er dem Feind in die Hände gefallen?

Wenn Javal doch nur käme! Dann konnte Farquhar gar nicht anders – er mußte die *Buzzard* losschicken, um nach der *Segura* und ihrer zusammengewürfelten Mannschaft zu suchen.

Mehrmals war Herrick ohne Aufforderung an Bord der *Lysander* gewesen, um zu erfahren, was Farquhar zu tun beabsichtigte. Aber immer war es gewesen, als rede er gegen eine Wand – eine Haltung, die ihn jedesmal aufbrachte und verwirrte. Er wurde nicht klug aus Farquhar. Wenn dieser über Bolithos Abwesenheit beunruhigt war, dann wußte er das in der Tat sehr gut zu verbergen.

Die Besuche auf seinem alten Schiff wurden noch schmerzlicher durch die offensichtliche Freude, mit der die Männer herbeieilten und ihn begrüßten. Unter ihnen Leroux, der alte Grubb, und Yeo, der Bootsmann. Gilchrist jedoch hatte sich seit Farquhars Kommandoübernahme verändert. Er war fast wie ein Fremder. Ständig in nervöser Spannung, ständig auf dem Sprung, ruhelos.

Ganz anders als der Erste der *Osiris*, dachte Herrick bitter. Leutnant Cecil Outhwaite, ein wenig bedeutender junger Mann von Mitte Zwanzig, sah eigentlich aus wie ein Frosch. Niedrige Stirn, sehr breiter Mund, dunkle, feuchte Augen. Er lispelte etwas, und seinen Dienst versah er, als langweile ihn das Ganze. Wie Farquhar kam er aus einer einflußreichen Familie; doch warum er ausgerechnet Marineoffizier geworden war, konnte Herrick überhaupt nicht begreifen.

Aber die beiden Schiffe unterschieden sich auch stark. Auf der *Lysander* waren die Matrosen von der Freiwache vergnügt und fanden stets Zeit – wenn nicht gerade der Teufel los war –, um über ihr hartes Los noch Witze zu machen. Auf der *Osiris* kam solche Stimmung nicht auf. Nach dem Beispiel Outhwaites taten die Matrosen ihre Arbeit wie auf Katzenpfoten, und unter Deck waren sie so still wie die Mönche.

Herrick hatte versucht, diesen ungemütlichen Zustand zu ändern; aber genauso wie bei Farquhar stieß er auch hier gegen eine Wand. Farquhar hatte sein Schiff auf den höchsten Standard gebracht, was Seemannschaft, Sauberkeit und äußere Erscheinung betraf. Doch die Menschen, ohne die das alles nicht ging, waren ihm ganz gleichgültig. Und doch zollten ihm manche, und ganz besonders Outhwaite, bereitwillig Anerkennung und Respekt. »Für Dummköpfe hat er kein Verständnis, wissen Sie«, hatte der Leutnant gesagt und ihn dabei mit seinen Froschaugen neugierig angesehen; »und bei Widersetzlichkeit haut er verdammt hart dazwischen.«

»Schiff rundet die Landspitze«, rief der Offizier der Wache unvermittelt. Und als er Herrick sah, befahl er scharf: »Schreiben Sie den Ausguck auf, weil er es nicht früher gemeldet hat!«

Herrick griff sich ein Glas und rannte an die Netze. Ein Weilchen noch ritten die Segel des Unbekannten leblos über dem driftenden Dunststreifen; dann kamen Bugspriet und Galion heraus – Herrick erkannte die Schaluppe *Harebell.*

Er schlug sich mit der Faust in die Handfläche. Die Augen wässerten ihm vor Anstrengung. Endlich! Francis Inch, ihr Kommandant, würde für Bolitho alles tun. Und seine kleine Schaluppe eignete sich noch besser zum Suchen als die Fregatte.

»Ah, Sir, ich sehe, Sie haben sie gesichtet.« Outhwaite, den Hut flott über einem Auge, trat zu ihm an die Reling.

Komischer Vogel, dachte Herrick. Sein mattbraunes, im Nacken zusammengebundenes Haar reichte ihm bis zum Gurt. Die meisten Seeoffiziere trugen das Haar kürzer, nach der neuen Mode in der Armee; Outhwaite jedoch wollte anscheinend beim Alten bleiben.

»Die *Harebell.*«

Herrick bemerkte, wie es an Bord der *Lysander* auf einmal lebendig wurde. Signale stiegen auf und wehten träge an der Rah. Farquhar würde wissen wollen, was andernorts geschah, und zwar so schnell, wie es Inchs Gigbesatzung nur schaffen konnte.

»Die *Harebell* hat Anker geworfen, Sir.« Outhwaite schien allerdings nur milde interessiert zu sein. »Sie ist so schnell wieder da, daß sie nicht in England gewesen sein kann. Da werden wir also nicht erfahren, wie es zu Hause steht.«

Doch Herrick war es ganz egal, wie es in England stand. »Ich gehe nach unten, Mr. Outhwaite. Melden Sie mir *sofort*, wenn die *Lysander* nach den Kommandanten signalisiert.«

»Aye, Sir.« Lächelnd tippte Outhwaite an den Hut. Er schätzte Captain Herrick durchaus. Ungefähr so, wie sein Vater einen guten

Wildhüter oder Reitknecht schätzte. *Verläßlich, aber ein bißchen wunderlich.* Wie er sich zum Beispiel so offensichtlich um das Verschwinden des Kommodore Sorgen machte! Die beiden mußten ja ganz unvorstellbare Gefahren und Abenteuer miteinander bestanden haben, daß eine so starke Bindung zwischen ihnen bestand. Eine Bindung, die sogar Bolithos Entscheidung über den Kommandowechsel nicht hatte zerstören können.

Outhwaite sah zu, wie das Boot, in dem Inchs goldbetreßter Hut blinkte, von der *Harebell* ablegte und zum Flaggschiff pullte. Herrick ist da ganz anders als Farquhar, dachte er. Der betrachtet den Ausfall eines Vorgesetzten als Chance für sein eigenes Fortkommen. Und das ist auch ganz richtig so, fand Outhwaite.

Doch der Nachmittag verstrich, Herrick saß in Farquhars schön eingerichteter Kajüte oder rannte ruhelos herum, und kein Signal kam, nichts verlautete davon, was die *Harebell* mitgebracht hatte.

Mehr als einmal hatte er die Schaluppe von seiner Galerie aus im Teleskop gehabt, hatte die großen Streifen nackten Holzes am Rumpf gesehen, wo die See die Farbe weggefressen hatte, und die Flicken in den lose aufgegeiten Segeln, denen man ansah, daß Inch es sehr eilig mit seinen Depeschen gehabt hatte.

Ein Stampfen oben am Skylight. Er sah hoch. *Zur Hölle mit diesem Farquhar!* Der dachte gar nicht daran, die Geschwaderkommandanten zu informieren!

Scharfes Klopfen an der Tür – ein Midshipman sah aufgeregt herein. »Entschuldigung, Sir, Mr. Outhwaite läßt bestellen –«

Herrick sprang auf. »Ach nein? Geruht das Flaggschiff endlich, nach mir zu signalisieren?« Er versuchte gar nicht erst, seinen Sarkasmus zu verbergen.

Der Midshipman starrte ihn mißtrauisch an. »No, Sir. Captain Farquhar kommt zu *uns* an Bord.«

Herrick griff nach seinem Hut. »Ich komme an Deck.«

Er versuchte sich vorzustellen, was los war. Auf jeden Fall sah sich Farquhar endlich veranlaßt, schnell zu handeln.

Später, als die Pfeifen trillerten und die Musketen krachend präsentiert wurden, suchte Herrick in Farquhars gutgeschnittenen Zügen nach einem Hinweis. Aber da war nichts, allenfalls ein leichtes Lächeln um die Mundwinkel.

»Kajüte!« sagte er kurz und schritt Herrick voran, ohne den angetretenen Marine-Infanteristen auch nur einen Blick zu schenken.

In der Kajüte drehte er sich um und sah Herrick fest ins Gesicht. »Die *Harebell* hat Depeschen von Gibraltar gebracht.« Suchend sah er sich in der Kajüte um. »Ein Glas Wein wäre wünschenswert.«

»Dann haben Sie also keine Nachricht vom Kommodore?« fragte Herrick.

Farquhar starrte ihn an. »Habe ich *davon* etwas gesagt? Wirklich, Thomas, Sie sind ein furchtbarer Dickschädel!«

»Ich dachte, die *Harebell* hätte vielleicht etwas gesichtet . . .«

»Kommander Inch hat wichtigere Nachrichten gebracht.« Herricks Unterbrechung schien ihn zu irritieren. »Admiral St. Vincent ist vollkommen im Bilde. Anscheinend haben ihn die schweren Geschütze, die wir erobert haben, überzeugt. Er hat Vize-Admiral Sir Horatio Nelson eine Flotte unterstellt, die groß genug ist, um wieder im Mittelmeer präsent zu sein und die Franzosen hinauszuwerfen, *ein für allemal.*«

Herrick blickte zur Seite. Das war natürlich eine gute Nachricht oder sollte es wenigstens sein. Bolitho hatte die Voraussetzungen für diesen Plan geschaffen. Aber jetzt, da seine Ideen sehr schnell Wirklichkeit wurden, war er nicht da und hatte nichts von seiner Mühe.

»Ich habe meine Depeschen für den Admiral geschrieben«, sagte Farquhar kalt. »Die *Harebell* geht wieder in See, sobald sie Trinkwasser übernommen hat.«

Erstaunt blickte Herrick ihn an. »Aber Sie werden doch die Schaluppe vorher nach Malta schicken?«

»Da sind Sie im Irrtum.«

»Aber . . .«

Farquhar fuhr ihm über den Mund. »Als Sie Flaggkapitän waren, hatten Sie Gelegenheit, Ihre humanen Ideale in die Tat umzusetzen. Jetzt ist es zu spät. Also machen Sie mir keinen Vorwurf, Captain. Wenn jemand den Kommodore im Stich gelassen hat, dann waren *Sie* das!«

Herrick starrte zu Boden, auf die Schottwand, und sah nichts. Was Farquhar gesagt hatte, war richtig. Alles.

Gelassen fuhr Farquhar fort: »Das Geschwader bleibt hier, bis wir neue Order bekommen. Ich habe Mr. Manning davon überzeugen können, daß weitere ›Reparaturen‹ unumgänglich sind.« Herrick hörte die Worte, aber es dauerte Sekunden, bis er verstand, was sie bedeuteten.

»Aber Sie dürfen doch nicht alles, was der Kommodore herausgefunden hat, einfach ignorieren. Die Prise, die Informationen. Das alles deutet doch auf Korfu!« Herrick hörte selbst, wie flehend seine Stimme klang, aber es war ihm gleich. »Sie können doch nicht einfach hierbleiben und gar nichts tun!«

Farquhar zuckte die Achseln. »Gerüchte. Ich kann es mir nicht leisten, das Geschwader in alle Himmelsrichtungen zu verstreuen. Sobald die ersten Verstärkungen eintreffen, beabsichtige ich –«

Angewidert starrte Herrick ihn an. »Sie zu begrüßen, nicht wahr? Persönlich bei Nelson vorzusprechen – das wollen Sie doch, ja?«

Farquhar runzelte die Stirn. »Treiben Sie es nicht zu weit! Ich bin hergekommen, weil ich Ihnen die *Lysander* zurückgeben will.«

Herrick sah sich in der schönen Kajüte um. Ja, die paßte besser zu einem Flaggschiff als die der *Lysander*!

Farquhar sprach weiter: »Die *Harebell* hat noch andere, weniger weltbewegende Nachrichten mitgebracht. Zwei Tage, nachdem ich England verließ, ist mein Vater, Sir Edward, gestorben.«

Herrick konnte ihn nur anstarren. Langsam wurde sein Kopf klarer, der Schmerz stärker. Jetzt hatte Farquhar alles, was er brauchte. Von Trauer, von dem Bewußtsein eines Verlustes, war ihm nicht das Geringste anzumerken. Endlich hatte er seinen Adelstitel, die Landgüter, die damit verbunden waren. Und wenn Nelson ins Mittelmeer kam, würde er einen neuen Kommodore für das Geschwader ernennen: Sir Charles Farquhar.

Heiser vor Erregung sagte Herrick: »Haben Sie Captain Probyn schon informiert?«

»Alles zu seiner Zeit.« Farquhar schien weit weg zu sein; seine Augen waren jenseits von Sizilien. »Probyn benimmt sich, als sei Dummheit eine Tugend. Sie müßten das doch wissen.« Er schritt zum Heckfenster. »Ich habe meinen Steward angewiesen, meine Sachen noch vor Sonnenaufgang herüberzuschaffen. Sobald Sie meine schriftliche Order bekommen, können Sie auf die *Lysander* umziehen. Das freut Sie doch sicherlich.«

»Mir ist im Augenblick nicht sehr nach Freuen zumute, *Sir* Charles.« Er wartete auf eine Reaktion; aber Farquhar hatte sich schon bei Empfang der Nachricht ganz selbstverständlich auf seinen Titel eingestellt. Er wandte sich ab, damit Farquhar seine plötzlich aufsteigende Erregung nicht sehen sollte. »Ich möchte Sie um etwas bitten. Und es fällt mir nicht leicht.«

»Nun?«

»Ich glaube, daß der Kommodore recht hatte.«

»Vielleicht. Das wird sich eines Tages herausstellen.«

Herrick ließ nicht locker. »Sie könnten ein Schiff abordnen. Wenn Sie hier unter dem Schutz Siziliens liegenbleiben wollen, so würde ein Schiff weniger die Täuschung noch plausibler machen.«

»Weiter«, sagte Farquhar gelassen. »Wo soll dieses *eine* Schiff hin, wenn ich fragen darf?«

»Das wissen Sie doch, Sir Charles. Nach Korfu. Und feststellen, was die Franzosen dort machen.«

»Aha.« Farquhar ging die paar Schritte bis zum Tisch und blickte mit Widerwillen auf Herricks Karte mit den vielen hingekritzelten Berechnungen nieder.

»*Bitte*«*!* Verzweifelt blickte Herrick ihn an. »Ich habe Sie noch nie um etwas gebeten. Jetzt bitte ich Sie.«

»Na schön. Aber aus Ihrer Segelorder wird hervorgehen, daß Sie auf *eigene Initiative* handeln.«

»Ich danke Ihnen.«

Farquhar hob die Brauen. »Sie danken mir? Sie haben um Ihren eigenen Ruin gebeten. Korfu ist bedeutungslos. Die große Schlacht wird vor Toulon stattfinden oder an der ägyptischen Küste.« Betrübt schüttelte er den Kopf. »Als ich Midshipman auf der *Phalarope* war und Sie *endlich* Erster Offizier wurden, da hörte ich die Matrosen über Sie reden. Daß Sie sich immer für sie eingesetzt hätten.« Er wandte sich ab. »Ich hoffe nur, jemand wird sich für Sie einsetzen, wenn es so weit ist. Aber das bezweifle ich.«

Farquhar wurde ungeduldig und schlug heftig an die Tür. »Posten! Der Erste Offizier soll kommen!«

Dann wandte er sich wieder an Herrick. »Gehen Sie gleich auf Ihre geliebte *Lysander*! Ehe ich es mir anders überlege. Ich schicke Ihnen sofort Ihre Order.«

Herrick nickte. »Und wenn Sie Gelegenheit dazu haben, Sir . . .«

»Ja. Ich werde versuchen herauszufinden, was mit dem Kommodore ist, obwohl . . .« Er sprach den Satz nicht zu Ende.

Outhwaite erschien an der Tür. »Sir?«

»Captain Herrick kehrt auf sein Schiff zurück.«

Das Froschgesicht blieb ausdruckslos. »Auf wessen Befehl, Sir?«

Farquhar lächelte dünn. »Auf meinen.«

Als Herrick sich zum Gehen wandte, hielt er ihn zurück. »Eins noch. Ich brauche einen guten Signaloffizier, also werde ich Ihren Sechsten Offizier behalten.«

Herrick seufzte. Pascoe wenigstens brauchte nicht mit. Obgleich er den Verdacht hatte, daß Farquhar das nicht tat, weil Pascoe ein so guter Signaloffizier war, sondern eher, um seine Menschlichkeit zu demonstrieren, indem er den Jungen vor einem sinnlosen Tod bewahrte.

Herrick trat unter der Kampanje hervor in die Sonne. Es schien sich bereits herumgesprochen zu haben, daß er von Bord ging. Trübe Gesichter, neugierige Blicke, die ihm folgten, als er zur Fallreepspforte schritt. Vielleicht sahen sie ihn doch nicht gern gehen?

Outhwaite eilte ihm nach. »Ich lasse Ihre Seekisten gleich hinüberschicken, Sir. Ihr Bootssteurer ist bereits in der Gig.« Er streckte die Hand aus. »Ich bezweifle, daß wir uns wiedersehen, Sir. Aber ich möchte die Zeit unter Ihrem Kommando nicht missen.«

Herrick sah ihn nachdenklich an und wurde auf einmal ganz ruhig. »Für mich gilt dasselbe. Ich habe hier viel gelernt. Und das sollte ich wohl auch.«

»Gelernt, Sir?« fragte Outhwaite überrascht. »Tatsächlich?«

»Ja. Über Menschen. Am meisten über mich selbst.«

Er tippte kurz an den Hut und ging zu der offenen Pforte.

Outhwaite wartete, bis das Boot abgelegt hatte, und befahl kurz: »Wegtreten lassen, Mr. Guthrie! Keine Bummelei!«

Er dachte an Herricks Gesicht in diesen letzten Minuten. Halb und halb hatte er erwartet, man würde ihm ansehen, daß er sich gedemütigt fühlte; aber es hatte eher so ausgesehen, als hätte er Mitleid. Mitleid mit ihm vielleicht? Er blickte über das breite Achterdeck und spürte eine seltsame Beunruhigung. Es schien nicht mehr dasselbe Schiff zu sein.

Bewegungslos stand Herrick am offenen Kajütfenster und blickte in das wirbelnde Wasser unter dem Achtersteven. Die Sterne glitzerten darin, und wenn er sich etwas über das Fenstersüll beugte, konnte er die Laterne und die helle Fensterreihe der Offiziersmesse im unteren Deck sehen. Das Schiff wirkte ungewöhnlich still, als hielte es den Atem an. Die Stille war nur einmal unterbrochen worden, und das war bei seinem Anbordkommen gewesen, vor zwei Stunden. Irgend jemand – niemand wußte, wer – hatte damit angefangen, und dann war das ganze Schiff wie auf Signal, und trotz Gilchrists Ärger, in Hochrufe ausgebrochen. Die Pfeifen und Trommeln der Marine-Infanterie waren in dem Geschrei vollkommen untergegangen, und selbst der alte Grubb hatte seinen Hut heruntergerissen, in der Luft geschwenkt und dabei gebrüllt: »Hurra, Jungs, der Käpt'n is' wieder da!« Knallrot war sein verwittertes Gesicht dabei gewesen.

Herrick trat vom Fenster zurück und warf einen kurzen Blick auf das leere Degengestell an der Schottwand. Bolitho hatte den Degen eigentlich nicht mitnehmen wollen. Ozzard hatte ihm das erzählt. Vielleicht hatte er irgendein Vorgefühl gehabt. Eine Ahnung.

Er seufzte. Farquhar hatte Wort gehalten; die Formulierung der Segelorder für die *Lysander* machte vollkommen klar, wer den Kopf hinhalten mußte, wenn es schiefging. Herrick mußte sich jedoch eingestehen, daß Farquhar nur korrekt handelte, daß er selbst es genauso gemacht hätte. Aber ein ungutes Gefühl blieb.

Ein schüchternes Klopfen an der Tür. Es war Pascoe, den Hut vorschriftsmäßig unterm Arm. Selbst im schwachen Licht der einzelnen Lampe konnte Herrick sehen, wie angespannt er aussah, wie fiebrig seine Augen glänzten.

»Ja?«

»Sir. Manning ist an Bord gekommen, Sir«, antwortete Pascoe. »Er hat eine Dame bei sich. Sie wollten sich von Captain Farquhar verabschieden, da sie mit der *Harebell* nach Gibraltar segeln, sobald der Wind auffrischt.«

Herrick nickte. Es war völlig windstill. Und das verstärkte noch sein Vorgefühl drohenden Unheils.

»Sagen Sie Ozzard, er soll mehr Lampen holen. Dann bringen Sie den Besuch her. Ich werde ihnen wegen Captain Farquhar Bescheid sagen.«

Er dachte wieder an seine Segelorder. Unterzeichnet: *Kommodore Stellvertreter.*

»Ich wäre gern hier auf der *Lysander* geblieben, Sir«, sagte Pascoe.

»Ich weiß. Aber Sie müssen morgen bei Sonnenaufgang auf die *Osiris*. Es ist wahrscheinlich am besten so. Mir ist der Gedanke angenehm, daß wenigstens Sie hier sind, wenn ...«

Pascoe unterbrach ihn. »Segeln Sie nur deshalb nach Korfu, um zu zeigen, daß er recht hatte, Sir?«

»Ja. Das ist alles, was ich zur Zeit tun kann. Passen Sie gut auf sich auf, Adam. Es kann jetzt sehr viel von Ihnen abhängen.«

Pascoe machte große Augen. »Sie sprechen, als ob mein Onkel schon tot wäre.«

»Ich bin mir da nicht sicher. Jetzt nicht mehr.« Er sah sich in der stillen Kajüte um. »Aber eins weiß ich genau. Gewisse Leute in England, die keine Ahnung haben, werden versuchen, seinen Namen mit Dreck zu bewerfen. Das passiert den Helden unseres Vaterlandes sehr oft, und Ihr Onkel ist ein Held, vergessen Sie das nie.« Seine Stimme wurde lauter; jetzt mußte er sich endlich einmal aussprechen. »Ich habe seinen Vater gekannt, wußten Sie das? Ihren Großvater. Ein feiner Mann, ein Mann von stolzer Tradition. Sie werden es nicht leicht haben, sich seiner würdig zu erweisen, und viele werden aus Haß und Neid versuchen, Ihnen Knüppel zwischen die Beine zu werfen. Also denken Sie an diesen Tag, Adam, und halten Sie ihn hoch.« Er drehte sich kurz um. »Jetzt bringen Sie diese verdammten Zivilisten her!«

Pascoe ging, und Herricks Herz schlug im Takt mit den sich entfernenden Schritten.

Ozzard kam und hängte ein paar Lampen auf; es wurde hell um Herrick, und zusammenfahrend sah er, daß Manning in der Kajütentür stand, eine Dame im schwarzen Bootsmantel mit Kapuze neben sich.

»Ich bedaure die Störung, Captain«, sagte Manning formell. »Anscheinend habe ich meine Zeit verschwendet und mich umsonst bemüht. Ich werde Sie leider um ein Boot zur *Osiris* bitten müssen.«

Herrick konnte nur mit Mühe ein höfliches Lächeln aufbringen, weil sein Gesicht ganz gefühllos war. »Das tut mir leid, Mr. Manning.« Natürlich, das war typisch Farquhar, ihn nicht vorzuwarnen. »Sie wären sicher morgen früh über den Kommandantenwechsel informiert worden.«

Manning sah ihn forschend an und erwiderte trocken: »In der Tat, das möchte ich annehmen.« Und zu der Dame gewandt, die stumm geblieben war, fuhr er fort: »Wir werden gleich zur *Osiris* hinüberfahren. Ich habe noch einiges mit Captain Farquhar zu besprechen, bevor du abreist.«

»Vor Sonnenaufgang kommt kein Wind auf«, warf Herrick ein, »darauf können Sie sich verlassen.«

»Aha.« Manning war anscheinend irritiert. »Das ist übrigens meine Schwester – Mrs. Boswell.«

Sie warf die Kapuze zurück und lächelte flüchtig.

»Ja, dann wollen wir lieber gehen«, sagte Manning.

Doch sie erwiderte: »*Ich* segle mit der *Harebell*, Captain Herrick, aber mein Bruder bleibt zunächst noch in Sizilien. Wie der Arme ohne mich fertig werden wird, kann ich mir gar nicht vorstellen«, schloß sie mit einem mitleidigen Blick auf Manning.

»Kommst du jetzt, Dulcie?« fragte dieser ungeduldig.

»Nein.« Mit wehendem Bootsmantel trat sie ein paar Schritte weiter in die Kajüte hinein. »Ich werde mich noch genügend mit wackligen Booten und engen Quartieren herumärgern müssen, bis ich in England bin. Und von Captain Farquhar habe ich sowieso genug.« Sie lächelte Herrick an. »Ich möchte hierbleiben, bis du deine Angelegenheiten mit ihm erledigt hast, John – vorausgesetzt, daß der Captain nichts dagegen hat.«

Herrick schüttelte eifrig den Kopf. »Keineswegs, Ma'am. Es ist mir ein Vergnügen.«

Sie war eine sehr nett aussehende junge Frau, mit den frischen Wangen und blanken Augen des Landkindes. Wieso lebte sie überhaupt hier in Sizilien? Vielleicht war ihr Mann so einer wie Manning, der seinem König diente, ohne offen des Königs Rock zu tragen?

Manning stieß ein paar unbestimmte Laute aus und sagte dann: »Na schön. Ich bin in einer Stunde zurück.«

Verlegenes Schweigen – Herrick kam sich auf einmal viel zu groß für die Kajüte vor.

Nachdenklich betrachtete Mrs. Boswell ihn, löste den Bootsmantel und setzte sich graziös in einen Sessel.

»Sie sind also Captain Herrick. Ich habe von Ihnen gehört. Einer Ihrer Männer sagte, daß Sie bald auslaufen. Ich hoffe, Sie haben eine sichere Fahrt.«

Herrick war furchtbar verlegen. Sie sollte ihn in Ruhe lassen! – Nein, sie sollte bleiben!

»Aye, Ma'am. Auf Schiffen gibt es immer viel Gerede.« Er wollte das Thema wechseln. »Sie segeln von Gibraltar weiter nach England, wenn ich recht verstanden habe?«

»Ja. Wir wohnen ...« Sie senkte die Lider. »Das heißt, mein Mann ist vor zwei Jahren gestorben, und ich kehre jetzt wieder nach Canterbury zurück. Ich hatte in mancher Hinsicht Angst davor. Deswegen bin ich nach Sizilien gekommen, um bei John zu leben. Er hat nie geheiratet, der Arme. Doch jetzt meint er, der Krieg käme jeden Tag näher. Da muß ich eben wieder nach Hause«, seufzte sie.

Herrick nahm ihr gegenüber Platz. »Ma'am, auch ich stamme aus Kent. Ich wohne in Rochester.« Er lächelte verlegen. »Aber wohl nicht so fein wie Sie.«

Nachdenklich sah sie ihn an. Ihre Haut schimmerte blaß unter dem Lampenlicht. »Dieser junge Offizier, der uns in Ihre Kajüte brachte ...« Sie senkte die Augen. »Ich konnte nicht vermeiden mitanzuhören, was Sie zu ihm sagten.«

Herrick wurde rot. »Ma'am, ich bitte sehr um Entschuldigung«, stotterte er, denn ihm fiel ein, wie wütend er gewesen war. *Bringen Sie diese verdammten Zivilisten her*! »Wenn ich gewußt hätte ...«

»Nein, Captain, vorher. Sie waren sehr erregt, und ich glaube, dieser gutaussehende junge Mann ebenfalls.«

Langsam nickte Herrick. »Er ist der Neffe des Kommodore.«

»Ich habe auch von Ihrem Kommodore gehört. Es tut mir sehr leid um ihn. Er war, glaube ich, außerordentlich beliebt.«

»Aye, Ma'am. Keiner war besser. Keiner tapferer.«

»Und es besteht keine Hoffnung?«

»Nicht viel. Ihr Bruder müßte inzwischen etwas gehört haben.«

»Erzählen Sie mir von sich selbst, Captain. Haben Sie Familie in

England?«

Und so hatte es angefangen. Herrick sprach seine Gedanken und Erinnerungen laut aus, und sie saß ruhig da und hörte zu.

Draußen ertönte ein Anruf, ein Boot kam längsseit. Herrick konnte kaum glauben, daß die eine Stunde so rasch vergangen war. Bestürzt stand er auf.

»Wenn ich Sie gelangweilt habe, Ma'am . . .«

Sie strich ihm über den Ärmel und lächelte ihn an. »Ich würde gern Ihre Schwester aufsuchen, Captain, wenn ich darf. Dann sind wir beide etwas fröhlicher, bis . . .« Sie knöpfte ihren Mantel zu. ». . . bis Sie wieder in Kent sind.« Sie blickte auf und ihm direkt in die Augen. »Ich hoffe, Sie werden uns nicht vergessen.«

Herrick ergriff ihre Hand. Sie war klein und fest, und er kam sich wieder so plump und ungeschickt vor. »Ich werde nie vergessen, wie freundlich Sie zu mir waren, Ma'am.«

Draußen kam Mannings Stimme näher. »Ich würde mich sehr freuen, wenn wir uns wiedersehen, aber . . .«

»Kein Aber, Captain.« Sie trat zurück. »Ich kann jetzt verstehen, warum Ihr Kommodore so schmerzlich vermißt wird. Wenn er solche Freunde hat wie Sie, muß er wirklich ein beachtlicher Mann sein.«

Herrick brachte sie zum Achterdeck, wo ihr Bruder mit Major Leroux sprach.

»Boot ist klar, Sir«, rief Pascoe.

»Bringen Sie die Dame zur *Harebell*, Mr. Pascoe. Mein Kompliment an Commander Inch, und er soll gut auf sie aufpassen.«

Sie berührte seinen Arm. »Inch? Noch ein Freund?«

»Aye.« Behutsam führte er sie um die Geschützlafetten herum. »Sie werden in guten Händen sein.«

Sie drückte seine Hand leicht mit ihrem Ellbogen. »Nicht in besseren als jetzt, denke ich.«

Wieder erreichte der Alptraum einen Höhepunkt. Springende, dunkelrote Muster wie Flammen, festere Formen dazwischen, menschliche und andere, unkenntliche und daher noch furchterregendere.

Bolitho wollte aufspringen, schreien, der saugende Umklammerung entfliehen. Einmal sah er vor der Feuersglut eine Frauengestalt, weiß wie der Tod, die ihre Arme winkend nach ihm ausstreckte und mit ihren Lippen lautlose Worte formte. Er versuchte, zu ihr zu gelangen, aber er hatte keine Beine mehr; ein Schiffsarzt war auf einmal da und lachte ihn aus.

Aber dann verschwand alles. Nur Stille blieb und eine Dunkelheit, die nicht wirklich sein konnte; er krampfte seine Muskeln in Erwartung eines neuen furchtbaren Alptraumes zusammen.

Da merkte er, daß er seine Beine doch noch fühlen konnte und den Schweiß, der ihm über Hals und Schenkel rann. Langsam und angstvoll wie ein Mann, der von den Toten zurückkehrt, suchte er seine Gedanken zu sammeln, die Wirklichkeit von dem zu trennen, was er durchgemacht hatte, seit ... Er stützte sich mühsam auf die Ellbogen und starrte in die Finsternis. *Seit wann?*

Seine Sinne gehorchten ihm wieder; er empfand eine träge Bewegung unter sich, das Schwanken eines Schiffes in Fahrt. Blöcke und Stage quietschten, und etwas Neues fiel ihn an: Angst. Er erinnerte sich an den Rückfall des Fiebers, die Anzeichen, die er kannte und nicht hatte wahrhaben wollen. Alldays Gesicht über ihm, voller Sorgenfalten, Hände, die ihn trugen, die umhüllende Dunkelheit.

Er tastete nach seinen Augen und holte erschreckt Luft, als er sie fühlte. War er blind?

Völlige Schlaffheit überkam ihn; erschöpft fiel er in die Koje zurück. *Lieber tot!* Wäre er doch immer tiefer in die Abgründe des Fiebers gesunken, bis alles zu Ende war! Er dachte an die nackte Frau: Catherine Pareja. Sie hatte ihm wieder helfen wollen wie damals, als er beinahe gestorben wäre. Keuchend kämpfte er sich in sitzende Stellung hoch. Da drang ein fadendünner Lichtstrahl ihm gegenüber durch die Dunkelheit, verbreiterte sich – und dann erschien ein Gesicht, von einer Laterne angeleuchtet, aber unkenntlich. Dort im Gang hinter der geöffneten Tür.

Das Gesicht verschwand, er hörte einen Ruf: »Er ist wach! Er ist wieder zu sich gekommen!«

Die nächsten paar Minuten waren in gewisser Hinsicht die schlimmsten. Allday stützte ihn gegen die Schiffsbewegungen ab. Leutnant Veitch sah auf ihn herunter und grinste breiter denn je. Midshipman Breens mohrrübenblonder Schopf tanzte auf und ab; noch andere drängten sich in die enge Kajüte und schnatterten in allerlei fremden Zungen.

»Macht, daß ihr rauskommt, Jungs!« befahl Veitch.

Allday drückte Bolitho sanft auf die Koje zurück und sagte: »Schön, daß Sie wieder bei sich sind, Sir. Mein Gott, Ihnen ging's vielleicht elend!«

Bolitho versuchte zu sprechen, aber seine Zunge kam ihm doppelt so groß vor wie sonst. Er konnte nur krächzen. »W ... wie lange?« Er sah Veitch und Allday rasche Blicke wechseln. »M ... muß es wissen!«

»Ziemlich genau drei Wochen, Sir«, sagte Veitch behutsam; »da sind Sie . . .«

Bolitho wollte Allday beiseite stoßen, aber er war hilflos. Kein Wunder, daß er sich so schwach und ausgehöhlt fühlte: drei Wochen!

»Was war los?« flüsterte er.

Veitch berichtete. »Als wir Sie in La Valetta wieder an Bord hatten, dachten wir, es wäre besser, noch etwas vor Anker zu bleiben. Gefahr von seiten der Malteser bestand anscheinend nicht; und ich hatte Bedenken, mit Ihnen in diesem Zustand auf hoher See zu sein.«

Allday stand langsam auf, den Kopf gebeugt, um nicht an den Decksbalken zu stoßen. »So schlimm war's bei Ihnen noch nie, Sir.« Er mußte ganz erschöpft sein. »Wir wußten überhaupt nicht mehr, was wir tun sollten.«

Bolitho blickte von einem zum anderen; und ein Teil seiner Angst verwandelte sich in Wärme. Drei Wochen lang, während er hilflos in den Banden des Fiebers lag, hatten sie sich durchgeschlagen, so gut sie konnten. Hatten ihn gepflegt, ohne Rücksicht auf sich selbst, ohne daran zu denken, was diese Verzögerung sie kosten konnte. Seine Augen hatten sich an das Halbdunkel gewöhnt, und er sah die tiefen Schatten in Alldays Gesicht, die Stoppeln am Kinn. Auch Veitch sah elend aus, wie ein Mann von einer Gefangenenhulk.

»Ich habe nur an mich selbst gedacht«, sagte er. »Gebt mir die Hände – alle beide!«

Alldays Grinsen leuchtete weiß in dem gebräunten Gesicht. »Gott sei Dank, Mr. Veitch, es scheint ihm ein bißchen besser zu gehn.«

»Erzählen Sie weiter«, sagte Bolitho. »Ich will versuchen, geduldig zuzuhören und nicht zu unterbrechen.«

Es war eine seltsame Geschichte, die Veitch und Allday abwechselnd berichteten. Seltsam, weil sie ein Stück seines Lebens darstellte, das ihm abhanden gekommen war. Das er nie wiederbekommen würde.

Gleich am ersten Morgen nach seiner Rückkehr waren zwei Beamte an Bord gekommen und hatten verkündet, die *Segura* sei unter Quarantäne und solle liegenbleiben. Veitch war wegen Bolithos verzweifeltem Zustand besorgt, und zwei von seinen Männern waren desertiert. Das mochte Zufall sein, aber . . . Sofort hatte er sich überlegt, wie er auslaufen konnte, bevor irgendwelche weiteren untragbaren Beschränkungen einsetzten. Ein paar Tage lang kümmerte sich anscheinend niemand um die *Segura*; die gelbe Quarantäneflagge wehte am Mast, die Moral der kleinen Mannschaft ging in die Brüche, der Proviant wurde immer knapper.

Beim Zuhören fragte sich Bolitho, ob Yves Gorse, der französische Agent, etwas davon gehört hatte, daß die *Segura* unter falscher Flagge segelte. Anscheinend hatte er dafür gesorgt, daß sie bleiben mußte; mehr jedoch konnte er kaum tun, um sie aufzuhalten, bis er der zuständigen Stelle Nachricht geben konnte, daß Frankreichs Feinde nicht mehr in Gibraltar oder vor Toulon lagen, sondern in Malta. Setzte er sich stärker ein, so lief er Gefahr, sich als französischer Spion zu stark zu exponieren.

Dann nahm Allday die Erzählung auf: »Als nächstes kamen zwei Mann als Wache an Bord. Mr. Plowman meinte, jetzt sei es Zeit abzuhauen, denn die an Land würden nicht mehr so scharf aufpassen, wenn jemand von der Behörde verantwortlich war.«

Bolitho gelang ein schwaches Lächeln. Als ehemaliger Sklavenhändler mußte Plowman mit dergleichen Bescheid wissen.

»Eines Nachts kam Wind auf, kräftig. Jetzt oder nie, sagte Mr. Plowman; also kappten wir das Ankertau und setzten Segel.«

»Und die Wachen?«

Allday grinste. »Wir trafen zwei Tage später ein Genueser Handelsschiff, dem gaben wir sie mit.« Dann wurde er wieder ernst. »Mit dem hatten wir Glück. Wir hörten bei der Gelegenheit, daß ein französisches Kriegsschiff in der Nähe sei. Eine Korvette, der Beschreibung nach. Ob sie auf der Suche nach uns war oder mit dem Agenten in Malta Verbindung aufnehmen wollte, wußten wir nicht.« Er strich die Decke glatt. »Wir hatten ja auch andere Sorgen.«

Bolitho fuhr sich durchs Haar. »Bringt mehr Licht. Ich muß aufstehen. Aber wieso drei Wochen?«

»Wir haben in einer kleinen Bucht an der Südküste von Sizilien gelegen. Die Sturmbö, die uns beinahe wieder in das verdammte La Valetta hineingefegt hätte, war ziemlich stark, aber sie hat nicht lange gedauert. Nur Sie wären uns beinahe gestorben, Sir.«

Jetzt brachte Breen die zweite Laterne. Er war besser dran als die anderen; er brauchte sich nicht ständig zu bücken.

Bolitho schwang die Beine über die Koje und ließ sich von Allday zu dem zerbrochenen Spiegel führen. Er sah seine hohlen Wangen, den fiebrigen Glanz der Augen, das befleckte Hemd.

»Ich will euch nicht sagen, was ihr hättet tun *sollen*«, bemerkte er bedeutsam.

Veitch zuckte die Achseln. »Wir wußten ja nicht, was sich zwischen Ihnen und dem Franzosen abgespielt hatte, Sir. Aber das war mir auch ganz egal«, betonte er grimmig. »Mir ging es zuallererst um Ihr Leben.«

Bolitho sah Veitchs Spiegelbild in die Augen. »Ich danke Ihnen dafür.«

Allday berichtete weiter: »Wir sichteten die Korvette ein paarmal, aber sie kam nicht näher an unseren kleinen Ankerplatz heran. Auf jeden Fall segeln wir jetzt mit Nordkurs auf Syrakus. Mr. Veitch sagt, wir sollen lieber bei Nacht segeln. Dieser alte Eimer kann sich mit keiner französischen Korvette einlassen.«

»Gewiß.«

Bolitho rieb sich das Kinn. Rasieren und ein Bad – das war jetzt sein höchster Wunsch.

»Gestern früh«, fuhr Allday fort, »flößte ich Ihnen ein bißchen Brandy ein, und da sprachen Sie zum erstenmal. Jetzt brauchen Sie einen richtigen Arzt.«

Bolitho verzog das Gesicht. »Das Geschwader ist bestimmt schon lange weg. Auch ohne das, was ich auf Malta erfahren habe, wird Farquhar inzwischen ausgelaufen sein.«

»Sie hatten also recht, Sir?« fragte Veitch.

»Ich glaube, das wußten wir alle von Anfang an, Mr. Veitch.« Er dachte wieder an die kühle Weinhandlung, und wie der heiße Schweiß auf seinem Rücken plötzlich eiskalt geworden war. »Gorse hat angedeutet, daß die Franzosen auf dem Weg nach Ägypten Malta einnehmen werden.«

»Das überrascht mich nicht, Sir.« Veitch schien sehr müde zu sein. »Die Verteidigungsanlagen von Malta sind, nach allem, was ich gesehen habe, nur noch Ruinen.«

»Wenn die Franzosen Malta mit seinen Waffen- und Proviantlagern in Händen haben, dann besitzen sie alles, was sie brauchen, um auf Korfu eine unaufhaltbare Invasion vorzubereiten.« Er lächelte müde. »Also müssen wir dem Admiral Nachricht geben. Wenn nicht anders, dann mit diesem alten Kasten.«

Veitch ging zur Tür. »In einer Stunde geht die Sonne auf, Sir. Wenn wir Glück haben und das bißchen Wind uns nicht im Stich läßt, dann erreichen wir Syrakus im Laufe der Nachmittagswache.« Er blieb an der Tür stehen. »Ich muß Mr. Plowman ablösen, Sir.«

Allday wartete, bis die Tür wieder zu war, und sagte dann: »Der wird mal ein guter Kommandant, Sir.«

»Finden Sie?«

»Aye, Sir.« Allday half ihm in den Stuhl. »Er hat ein besseres Temperament als mancher andere.«

Bolitho sah ihm zu. Er war zufrieden, daß er saß, trotz der drängenden Gedanken in seinem Hirn. Er brauchte Allday nur anzusehen, um zu wissen, was diese Tage und Wochen gekostet hatten. Bestimmt hatten er und die anderen nie länger als nur ein paar Minuten schlafen können.

»Ich habe in einer Lade ein spanisches Hemd gefunden«, sagte Allday munter. »Das hab ich gewaschen, und Larssen hat Ihre Kniehosen gereinigt.« Mit dem Rasiermesser in der Hand kam er in den Lichtschein der Laterne. »So, und jetzt wollen wir Sie ein bißchen präsentabler machen.«

Später, als der rote Morgenschein durch das schmutzige Skylight drang, stand Bolitho mit seinem fremden Hemd vor dem Spiegel und sah sich an.

Allday wischte das Rasiermesser an einem Stück Flaggentuch ab. »Sie wissen Bescheid, Sir, und ich auch; aber die Jungs werden denken, Sie sind wieder obenauf.«

Die Hand mit dem Rasiermesser erstarrte.

»An Deck! Segel in Luv voraus!« ertönte eine Stimme von oben.

Allday faßte Bolitho beim Arm. »Sachte, Sir! Mr. Veitch macht das schon.«

Bolitho sah ihn ernsthaft an. »Mr. Veitch hat das ein bißchen zu lange machen müssen. Und Sie auch.« In seinen Ohren brauste und läutete es. »Helfen Sie mir an Deck!«

Für ein so kleines Schiff kam ihm der Weg bis zum Kampanje sehr lang vor.

Die See war ganz ruhig und hatte im schwachen Schein der noch dicht auf der Kimm stehenden Sonne einen seltsam rötlichen Ton, in dem die undeutlichen Buckel der Küste beinahe häßlich wirkten. Bolitho hielt sich an der Reling fest und sog gierig die Luft ein. Nach der stickigen Kajüte war sie wie Wein. Er sah zu den lose killenden Segeln hoch. Kaum genügend Wind, um das Schiff auf Kurs zu halten. Er nickte Veitch und Plowman zu; seiner Stimme traute er nicht. Wenn die Sonne erst hoch stand, würde er die Küste Siziliens hinter den Backbordschanzkleid deutlicher sehen können und ungefähr wissen, wo sie waren.

Da! Der rote Schein betupfte das kleine Quadrat eines Segels, weit draußen an Backbord voraus. In dem unsicheren Licht sah es aus, als wäre es sehr weit weg; aber die Entfernung würde sich mächtig schnell verringern.

Er wandte sich um und sah Veitch an. »Einer von uns, vielleicht?«

Veitch schob sein Teleskop mit einem Klicken zusammen. »Nein, Sir. Das ist wieder diese verdammte Korvette!«

Bolitho hörte die bittere Verzweiflung in Veitchs Stimme. Trotz aller Anstrengungen und Mühen hatten sie die Korvette immer noch auf dem Hals! Da stand sie wie ein Hecht zwischen einem hilflosen Entenküken und dem schützenden Röhricht.

Er dachte an die Bewaffnung der *Segura.* Aber das war sinnlos. Zwei, drei Drehbassen und die Musketen. Aussichtslos.

»Wie weit sind wir vom Land?« fragte er und war überrascht, wie fest seine Stimme klang.

»Sechs Seemeilen, Sir«, sagte Plowman, »nicht mehr, meiner Schätzung nach.« Er sah ihn zweifelnd an. »Das Wasser ist hier sehr tief; ich hatte gehofft, näher an die Küste zu kommen, aber bei diesem Scheißwind – entschuldigen Sie, Sir.«

Bolitho wäre gern auf und ab gegangen, um seine Gedanken zu ordnen, doch er wußte, daß ihn seine Kräfte augenblicklich verlassen würden. Sechs Meilen vor der Küste! Es hätten ebensogut sechshundert sein können.

Er hörte, wie Breen angstvoll sagte: »Mit all dem Schießpulver in der Last – da fliegen wir ja beim ersten Schuß in die Luft!«

Bolitho wandte sich um und blickte dem Jungen ins Gesicht. »Das haben Sie sehr richtig erkannt, Mr. Breen.« Mühsam ging er zum Rad und hielt sich daran fest. »Allday, lassen Sie das Boot zu Wasser!«

»Ist schon geschehen, Sir. Unterm Heck vertäut.« Er sah Bolitho besorgt an.

»Gut, sehr gut.« Er mußte weitersprechen, damit sich ihm nicht wieder der Kopf zu drehen anfing. »Riggen Sie darin einen Behelfsmast auf und verholen Sie es an die Leeseite, damit der Franzose es nicht sehen kann.«

»Wir können doch nie einer Korvette entkommen, Sir!« rief Veitch aus.

»Habe ich auch nicht vor.« Er bleckte die Zähne – es sollte ein Lächeln sein. »Macht eine lange Lunte zurecht und setzt sie in der Pulverlast an.« Er sah Veitchs ungläubiges Gesicht und sprach rasch weiter: »Wir lassen die Korvette herankommen und Enterhaken einschlagen; dann machen wir uns im Kutter davon.«

Plowmann räusperte sich erschrocken. »Aber wenn uns die Frogs nicht entern, Sir? Vielleicht schicken sie bloß ein Prisenkommando an Bord?« Er blickte Veitch bedeutsam an, als fürchte er, daß Bolitho immer noch im Fieber rede.

Bolitho nahm ihm das Glas aus der Hand und richtete es über die Reling. Die Korvette war schon viel deutlicher zu erkennen. Sie hatte den Windvorteil und setzte bereits die Bramsegel, um ihn voll auszunutzen. Er gab das Glas zurück und sagte langsam: »Das müssen wir abwarten, Mr. Plowman. Jetzt macht die Lunte zurecht, und zwar schnell!«

Als Allday gehen wollte, faßte Bolitho ihn beim Arm und fragte: »Als ich im Fieber sprach – habe ich da nach jemandem gerufen?«

»Ja, Sir«, antwortete Allday und sah in die aufgehende Sonne. »Nach Cheney. Nach Ihrer Frau.«

Bolitho nickte. »Danke.«

Midshipman Breen eilte Allday nach und flüsterte nervös: »Aber die Frau vom Kommodore ist doch tot?«

»Aye.« Er blieb über dem dümpelnden Kutter stehen und sah sich nach Bolitho um. »Und das ist sehr schade.«

XIII Verfolgung

Über das abgewetzte Hauptluk der *Segura* gebückt, kritzelte Bolitho hastig etwas auf ein Stück Papier. Er wußte wohl, daß es rasch heller wurde, und spürte nach der ersten kühlen Morgenluft auch schon einen Anflug von Wärme, aber er mußte sich konzentrieren. Sowieso mußte er immer wieder innehalten und Kräfte sammeln, damit das Fieber nicht wiederkam.

Einmal, als er sich halb aufrichtete und über die Backbordreling spähte, sah er die Rahen und Segel der französischen Korvette überkommen; der schlanke Bugspriet verriet deutlich, daß sie ihre Beute einfach auf konvergierendem Kurs packen wollte.

Nicht viel mehr als eine Meile trennte das schmucke Kriegsschiff von der alten, klapprigen *Segura.* Bolitho faltete das Papier sorgfältig zusammen und trat zu Veitch. »Nehmen Sie das mit«, sagte er und schob es dem Leutnant in die Tasche. »Da steht alles drin, was ich weiß.« Was ich *vermute*, hätte er sagen sollen. »Wenn ich falle, müssen Sie das, so gut Sie können, an höhere Stellen weiterleiten.«

Heiser rief Plowman dazwischen: »Der Franzose nimmt Segel weg, Sir.«

Veitch nickte. »Er wird uns bald haben.«

Bolitho ließ den Blick über das Deck schweifen. Es krängte jetzt noch weniger; die leichte Brise konnte kaum alle Segel füllen. Sein Plan stand fest. Und etwas anderes kam ja auch gar nicht in Frage, dachte er grimmig.

Allday kam nach achtern. »Lunte gelegt und klar zum Zünden, Sir. Müßte uns 'ne Viertelstunde Zeit lassen.«

Bolitho richtete das Teleskop auf die Korvette. »Zu lange.

Schneiden Sie sie so kurz, wie Sie es nur riskieren können. Fünf Minuten.«

Er hörte sie erschrocken Luft holen, behielt aber die Korvette im Auge. Sie kam stetig näher, die Rahen so gebraßt, daß sie den Wind voll faßten. Sie zeigte ihren Bauch, als sie sich flink auf den anderen Bug legte.

»Sehen Sie sich den Kupferbeschlag an«, bemerkte Plowman. »Die ist noch nicht lange auf See.«

Ein Schauer der Erregung überkam Bolitho. Eins von Brueys Schiffen vielleicht? Gehörte sie zu der verstreuten Kundschafterlinie, welche die mächtige Flotte des französischen Admirals in die offene See und schließlich nach Ägypten geleiten würde? Er dachte an alle die Informationen, gesicherte und ungesicherte, die schließlich viel mehr bedeuteten als diese eine Korvette, die ihren Weg zum schützenden Hafen bedrohte. Wie ein riesiges Seeungeheuer würde Brueys Flotte aus Transportern und Linienschiffen mit Malta als Sprungbrett auf die ägyptische Küste zustreben. Und von da aus nach Indien, zu all den Besitzungen und Handelsverbindungen, die England beinahe in jenem anderen Krieg verloren hatte.

»Alle Mann ins Boot!«

Er wartete, ob Veitch oder Plowman etwas einzuwenden hatten. Aber der Leutnant sagte nur: »Ich lege nicht ohne Sie ab, Sir. Und das ist mein letztes Wort.«

Bolitho lächelte. »Sie wollen Ihrem Kommodore den Gehorsam verweigern, Mr. Veitch? In Kriegszeiten könnten Sie dafür gehängt werden!«

Beide lachten; dann entgegnete Veitch: »Das Risiko will ich gern eingehen, Sir.«

Schon kletterten die Matrosen über Bord, und Bolitho hoffte nur, auf dem französischen Schiff würde niemand bemerken, daß hier etwas Ungewöhnliches vor sich ging. Es hatte schließlich wenig Sinn, schneller sein zu wollen als ein so bewegliches Kriegsschiff. Und der Versuch, in einem Kutter über das offene Mittelmeer zu entkommen, wäre purer Irrsinn gewesen.

Schwer atmend kam Allday nach achtern. »Lunte ist verkürzt, Sir.« Er spähte nach der Korvette hinüber. Die Geschütze waren ausgerannt, kleine Sechspfünder. Sie würden für die alte *Segura* ausreichen, auch ohne ihre tödliche Fracht. »Nur wir beide sind noch an Bord. Und dieser verrückte Schwede.«

Larssen grinste mit kindlicher Furchtlosigkeit. »Aye, Sir.«

Ein scharfes Krachen. Sie fuhren herum und sahen eine Rauchwolke von der Korvette aufsteigen; eine einzelne Kugel fuhr durch die Takelage des Fockmasts und warf weit an Steuerbord eine dünne Fontäne hoch.

Bolitho lächelte gelassen. »Signal verstanden.« Er nickte Allday zu. »Gehen Sie nach vorn und brüllen Sie ihre unsichtbare Mannschaft an.«

Bestimmt beobachtete der französische Kommandant persönlich die *Segura.* Bolitho warf einen raschen Blick auf den Kutter, der langsam von der Leeseite der *Segura* abstieß, bis ans Dollbord voll mit Männern und Riemen und dem Gewirr aus Segel und Mast, den Veitch jetzt aufzurichten begann. Eine Heckleine verband sie noch mit dem Schiff, an der das Sprengkommando später eingeholt werden sollte.

Bolitho griff in die Speichen und sagte: »Setzen Sie die Flagge, Larssen!«

Der Schwede grinste, und Sekunden später flatterte die amerikanische Flagge von der Gaffel.

Die Antwort kam augenblicklich: eine neue, scharfe Detonation; diesmal schmetterte die Sechspfundkugel wie ein mächtiger Hammer in den Rumpf der *Segura* und erschütterte das Schiff heftig.

Bolitho hatte auch nicht erwartet, daß sich die Korvette zum Narren halten lassen würde. Aber alles brauchte seine Zeit; aus dem Augenwinkel sah er, daß Veitch seinen Hut schwenkte zum Zeichen, daß er fertig war.

Ein dumpfer Schlag im Vorschiff; er sah Allday mit einer Axt zur Seite springen; der bräunliche Klüver kam rauschend herunter und hüllte ihn in einen fallenden Haufen Leinwand. Damit schien der Franzose zufrieden zu sein, denn der Kommandant brachte die Korvette bereits herum auf einen fast parallelen Kurs, so daß die *Segura* in Lee von ihm lag, und ließ auch schon Segel wegnehmen, um längsseit zu kommen. Schon enterten Matrosen mit Wurfankern in die Wanten, Stahl glitzerte auf, ein Enterkommando rannte bereits zum Vorschiff, wo der erste Kontakt erfolgen würde.

Bolitho fühlte, wie das Ruder unter seinen Händen bockte, denn ohne Vorsegel gierte die *Segura* wild, und die Segel schlugen heftig.

»Lunte zünden!«

Er hörte Allday unter Deck rennen und übergab dem Schweden wieder das Rad. Auf der Großrah der Korvette sah er einen Matrosen herüberdeuten und heftig gestikulieren; wahrscheinlich hatte er von oben den Kutter gesehen und wollte es den Offizieren auf dem Achterdeck melden, doch konnte er sich offenbar nicht verständlich machen: denn achtern quietschten Blöcke und Taljen, schlugen Segel, brüllten die Männer, begierig nach Kampf, mochte er auch nur einseitig sein.

Bolitho blieb noch am Ruder stehen. Machte er sich zu früh davon, würde der Franzose immer noch abdrehen können. Und unter Deck zischte die Lunte – hoffentlich war Allday nicht zu erschöpft gewesen, um die Länge richtig zu bemessen.

»Lunte brennt!«

Allday war voller Heuhalme, als hätte er sich eben durch eine Scheune gewühlt. Wahrscheinlich hatte er die Lunte, damit es keine vorzeitige Explosion gab, sorgfältig um die Viehfutterlast herumführen müssen.

»Über Bord! Packt die Achterleine!«

Er wartete, bis Allday mit seiner Axt am Schanzkleid war. »Du auch, Larssen! Schnell!« Er sah einen Schatten zu seinen Füßen sich bewegen, blickte darauf zur amerikanischen Flagge hoch und verzog das Gesicht. »Diese Flagge ist für heute genug mißbraucht worden; ich werde sie kappen.« Doch als er nach seinem Degen tastete, merkte er, daß er vergessen hatte, ihn mit an Deck zu nehmen.

Allday sah Bolithos bestürztes Gesicht und drückte dem Matrosen die Axt in die Hand. »Halt mal! Ich geh 'runter, den Degen holen!«

»Laß ihn!« schrie Bolitho.

Eine Kugel zischte an ihm vorbei, und dann riß ein ganzer Hagel von Schüssen Splitter aus den Planken, die wie Pfeile in alle Richtungen flogen. Bolitho hörte Larssen aufschreien und sah ihn in die Knie brechen; verzweifelt versuchte er, das Blut zu stillen, das reichlich aus seinem Oberschenkel rann. Bolitho ordnete seine rasenden Gedanken. Die verdammte Lunte! *Fünf Minuten.* Die mußten doch schon vorbei sein!

Er zog den Matrosen an die Reling, und da hörte er auch schon Allday herankeuchen.

»Halt ihn! Wir springen zusammen!« stieß er hervor.

Dann standen sie auf der Reling, deren Holz noch feucht von der Nachtluft war: Allday kappte die lange Achterleine, und alle drei platschten wie Lumpenbündel ins Wasser, von der Leine zusammengehalten.

Tiefer, immer tiefer; das Sonnenlicht verdämmerte in einem rötlichen Nebel – das muß Larssens Blut sein, dachte Bolitho –, die Leine schnürte ein wie eine Vogelschlinge: Veitchs Männer ruderten wahrscheinlich wie die Wilden. Seltsamerweise mußte er an die beiden Matrosen denken, die auf Malta desertiert waren. Die würden nie erfahren, was sie für Glück hatten, daß sie nicht mehr an Bord gewesen waren. Denn in dem einen noch vorhandenen Boot wäre kaum für sie Platz gewesen.

Es wurde heller über Bolithos Kopf, er kam an die Oberfläche, schüttelte sich das nasse Haar aus den Augen, schnappte nach Luft und sah den Kutter; das Segel war gesetzt, die Männer winkten und schrien – vielleicht schrien sie sogar hurra.

Larssen war bewußtlos: Allday und Bolitho konnten gerade noch seinen Kopf über Wasser halten und sich dabei an die Leine klammern, die jetzt, Hand über Hand, gegen den Druck der Strömung eingeholt wurde.

»Herrgott«, japste Allday, »so was möchte ich wirklich nicht öfter machen!«

Bolitho wandte den Kopf, um zu antworten; da platzten ihm beinahe die Trommelfelle bei der ohrenbetäubenden Explosion, von der die stille Morgenluft zerrissen wurde. Die Druckwelle schlug ihnen gegen Brust und Beine, preßte ihnen die Luft aus den Lungen und wirbelte sie mitsamt der Leine herum wie hilflose Puppen.

Holzstücke, Taufetzen, Heubündel regneten auf sie nieder. Eine lange Planke fiel direkt neben Allday ins Wasser und schoß wie ein Rammbock wieder hoch, nur ein paar Zoll von seinem Kopf entfernt.

»Jesus«, krächzte Allday, »das war knapp!«

Bolitho konnte sich herumwerfen; wassertretend sah er sich nach den beiden Schiffen um. Aber da war nur noch eins; von der *Segura* sah man weiter nichts als einen wachsenden Kreis aus Schaum, Blasen, Treibgut und Heu, das nun kein französisches Kavalleriepferd mehr fressen würde.

Es war, als verblute die *Segura* beim Sinken, denn der immer noch wild wirbelnde Schaum färbte sich jetzt rot: Die Weinfässer mußten von der Explosion zerrissen worden sein.

Auch die Korvette war übel dran. Auf den ersten Blick mochte man meinen, sie sei dem Schlimmsten entgangen, doch als sie sich in dem aufgewühlten Wasser schräg legte, sah er in dem unsicheren Licht einen tiefen Riß im kupfernen Rumpfbeschlag wie den aufgerissenen Bauch eines Haifisches leuchten. Tauwerk und Segel waren zerfetzt, hingen wie Algen über Bord und verbargen das Leck, durch das jetzt die See einströmte. Daß sie nicht Feuer gefangen hatte, war ein reines Wunder; der Kommandant würde alle Hände voll zu tun haben, um seine Überlebenden zu retten, und konnte froh sein, wenn sein Schiff nicht hinter der *Segura* her in die Tiefe ging.

Ein Schatten über ihm, Hände unter seinen Achseln – andere Fäuste ergriffen den bewußtlosen Schweden und brachten ihn in Sicherheit.

Grinsend sah Veitch zu, wie Bolitho und Allday unzeremoniös übers Dollbord gehievt wurden.

»Wie Sie sehen, habe ich gewartet, Sir.«

Bolitho sank zurück und starrte in den Himmel. »Das war wirklich knapp.«

Allday wrang sein Hemd über Bord aus. »Ich hatte die Lunte auf zehn Minuten geschnitten. Sonst . . .« Er schwieg.

Schwer und schmerzhaft atmend, wandte Bolitho sich um und sah ihn an. Er sah die Narben auf Alldays Rücken, wo die Peitsche des maurischen Reiters ihn getroffen hatte. Sie waren immer noch blutrot und würden nie völlig verschwinden. Es kam ihm merkwürdig vor: Allday hatte den größten Teil seines Lebens bei der Marine gedient und es doch die ganze Zeit vermeiden können, ausgepeitscht zu werden. Das war in der Marine schon eine beachtliche Leistung. Und jetzt, wegen seines Mutes und seiner unwandelbaren Treue, würde er jene Narben bis an sein Lebensende tragen.

Spontan legte er ihm die Hand auf die Schulter. »Gut gemacht. Ihre Narben da – tut mir leid.«

Allday drehte sich auf der Ducht um und sah ihn an. »Mit Ihnen komme ich noch lange nicht mit, Sir«, grinste er, und seine Müdigkeit schien teilweise zu schwinden. »Ich schätze, Sie haben mehr Narben, als eine Katze Leben hat.«

Auch Bolitho lächelte. Dieser Augenblick gehörte nur ihnen beiden. »Aber keine ist ehrenvoller, mein Freund.«

Veitch hüstelte diskret. »Wohin jetzt, Sir?«

Bolitho zog sich mühsam auf die Heckducht, sah zum schlaffen Segel hoch und dann zur Korvette hinüber. Dort feuerte jemand einen Schuß ab; ein Matrose in ihrem Kutter stand auf und schüttelte die Fäuste hinüber.

Bolitho sagte gelassen: »Sachte, Jungs. Ich weiß ja, wie euch zumute ist. Aber diesmal haben sie nicht auf uns geschossen. Die Besatzung will die Boote stürmen.«

Langsam schien Veitch zu begreifen, was das hieß: ein paar hilflose Offiziere und die entsetzte, rebellische Mannschaft. Bolitho kannte das aus eigener Erfahrung. Hoffentlich hatte Veitch Glück und würde so etwas nie erleben.

»Sie sinkt.«

Die kleine Korvette begann zu kentern; stumm sahen sie zu, wie sich die Decks leerten. Weiße Schaumfedern markierten die Stellen, wo Wrackteile, von der Explosion abgerissen, ins Meer fielen; an der hochstehenden Deckseite hatte sich ein Sechspfünder losgerissen, durchbrach auf der unteren Seite das Schanzkleid und riß verzweifelt um sich schlagende Männer mit ins Meer.

Über die blaue See herüber konnten sie schwach das Schreien hören und das triumphierende Rauschen des einströmenden Wassers. Fast gleichzeitig schlugen die Masten ins Meer, schmetterten zwischen die Schwimmenden und schnitten das eine Boot, dem das Abstoßen gelungen war, in zwei Hälften.

»Für die können wir nichts mehr tun, Sir«, sagte Plowman heiser.

Bolitho schwieg. Der Steuermannsmaat hatte natürlich recht. Ihr Kutter wäre sonst gesunken oder bestenfalls von den zahlenmäßig viel stärkeren Franzosen erobert worden. Das zu wissen, war eins. Doch darüber einfach zur Tagesordnung überzugehen, war etwas anderes.

Er hörte Midshipman Breen laut aufschluchzen; als er sich umschaute, sah er, daß der Junge auf einem Faß hockte und Larssen, der schwedische Matrose, mit dem Kopf in seinem Schoß lag.

Plowman kletterte zu ihm hin. »Was ist?«

Der Junge sah starr nach achtern zu Bolitho hin und murmelte: »Er ist tot, Sir.«

»Armer Kerl«, sagte Allday und seufzte. »Werft ihn über Bord, Jungs!«

Doch der Midshipman ließ den Schweden nicht los und starrte Bolitho immer noch an. »Aber . . . Sir . . . Könnten wir nicht – ein Gebet für ihn sprechen?« Tränen strömten ihm über das sommersprossige Gesicht; er war anscheinend der einzige an Bord, der von dem in geringer Entfernung sinkenden Schiff völlig unberührt blieb und nur an den Mann dachte, der soeben an seiner Seite gestorben war.

Langsam nickte Bolitho. »Tun Sie das, Mr. Breen.« Er wandte sich zu Veitch um und hörte Breens Knabenstimme unsicher durch den Text eines Gebets stolpern, das er einmal gelernt hatte, wahrscheinlich von seiner Mutter. Neben ihm hockte ein Matrose, ein hartgesottener, vielbefahrener Stückführer; er hatte das Halstuch, das er als Sonnenschutz um den Kopf trug, abgenommen und wischte sich die Augen.

»Eine harte Lektion, Mr. Veitch«, sagte Bolitho leise.

»Aye.« Der Leutnant berührte seinen Arm, aber so vorsichtig, als fürchte er, Breen bei seinem Gebet zu stören. »Da geht sie hin!«

Die Korvette glitt unter die Wasserfläche; einige Überlebende schwammen bereits zielstrebig auf den Kutter zu.

Das Wasser spritzte auf, und Bolitho sah Larssens Gesicht, sehr bleich und verschwommen, zwischen den Wellen. Langsam trieb der

Leichnam weg vom Boot.

»Achtung! Rudert an!«

»Verflucht und verdammt!« schrie ein Mann im Boot. »Da kommt noch eine!«

Aus dem Schatten der Küste, aus dem Morgennebel heraus, tauchte ein kleines Rechteck heller Leinwand auf und stand unvermittelt im hellen Sonnenlicht. Ein paar Franzosen, die sich an Wrackstücken und gebrochenen Spieren festklammerten, schrien hurra; doch im Kutter herrschte Totenstille.

Bolitho riß das Kutterteleskop aus der Halterung und richtete es auf das Schiff. Vielleicht stoppte es und nahm die Überlebenden an Bord? Vielleicht kam auch noch rechtzeitig eine Brise auf, die ihnen das Leben rettete.

Plötzlich wurde sein Mund trocken. Dann sagte er: »Beruhigt euch, Jungs. Das ist die *Harebell*!«

Drüben sammelte Inch das bißchen Wind, das noch da war, sorgfältig unter seinen Rockschößen und brachte die Schaluppe stetig heran; und auch die Boote ließ er bereits klarmachen zum Aussetzen.

Die Korvette war jetzt praktisch gesunken; nur Heck und Trikolore waren noch sichtbar.

Jetzt drehte die *Harebell* in den Wind, die Boote lagen schon längsseit, und sie näherte sich langsam dem ersten Pulk Schwimmer. Eine Jolle hielt rasch auf den Kutter zu; ein junger Leutnant erhob sich im Heck, um sie anzurufen, das Gesicht rot vor Wut.

»Sie sind ein verdammter Feigling, *M'sieur*! Haben noch ein Boot und lassen Ihre Leute absaufen!«

Die Jolle kam näher; Allday, kaum fähig, sein breites Grinsen zu verbergen, rief durch die hohlen Hände: »So begrüßen Sie Ihren Kommodore? Achtung, da im Boot!«

Eifrige Hände streckten sich aus, um die Boote aneinanderzuziehen, und Bolitho kletterte hinüber zu dem jetzt aus Verlegenheit errötenden Leutnant. »Vor ein paar Minuten hatte ich sogar noch ein ganzes Schiff, Mr. McLean«, sagte er ruhig und klopfte ihm auf den Arm. »Aber ich kann mir denken, wie das für Sie ausgesehen hat!«

Als sie längsseit der Schaluppe waren, sah Bolitho, was sein plötzliches Erscheinen für Aufregung verursacht hatte. Der ganz verwirrte Leutnant McLean hatte ihm bereits erklärt, daß die *Harebell* mit Depeschen für den Admiral nach Gibraltar unterwegs sei. Commander Inch hatte anscheinend auf eigene Faust einen Umweg gemacht – es hätte ja sein können, daß er die *Segura* sichtete –, auch wenn das nur eine schöne Geste war und man die Hoffnung längst aufgegeben hatte.

Bolitho schwang sich über das Schanzkleid und wurde von dem strahlenden Inch begrüßt, dessen Stimme aber im Chor der jubelnden Matrosen völlig unterging. Er drückte Bolithos Hand; sein Pferdegesicht glänzte vor Freude und Erleichterung, und alle drängten sich heran, um ihrem wiedergefundenen Kommodore auf die Schulter zu klopfen.

Aber Veitch mischte sich ein: »Erst ist der Kommodore beinahe am Fieber gestorben – und jetzt hab ich Angst, er wird mir totgeschlagen!«

Zappelnd vor Aufregung ging Inch mit Bolitho nach achtern. Überrascht sah dieser, daß sich eine Frau in der kleinen Kajüte befand, die offensichtlich ebenso überwältigt war wie Inch.

»Das ist Mrs. Boswell, Sir«, sagte Inch. »Unterwegs nach England. Ich soll sie bis Gibraltar mitnehmen.«

Bolitho nickte grüßend. »Ich muß sehr um Entschuldigung bitten, Ma'am.« Er sah Inch bedeutsam an. »Wir segeln schleunigst nach Syrakus zurück.«

»Ja, natürlich, ich verstehe.« Sie tupfte sich die Augen.

»Nun, Commander Inch«, sagte Bolitho, »erzählen Sie mir alles. Das ganze Geschwader liegt also noch vor Anker?«

Inchs Freude verblaßte etwas. »Bis auf die *Lysander* und die *Buzzard*, Sir. Javal ist in besonderer Mission unterwegs, und die *Lysander* segelt, wie ich höre, nach Korfu.«

Bolitho setzte sich hin und zupfte an seinem plissierten spanischen Hemd. »Also will Captain Farquhar selbständig handeln, eh?«

Diese Frage war Inch offensichtlich unangenehm. »Nein, Sir. Captain Herrick hat die *Lysander* wieder übernommen. *Sir* Charles Farquhar, das ist er nämlich jetzt, befehligt das Geschwader in Syrakus. Er will dort warten.« Verlegen wand er sich unter Bolithos wütendem Blick. »Bis eine Flotte unter dem Befehl von Sir Horatio Nelson eintrifft.«

Bolitho stand auf und ging mit eingezogenem Kopf unter den niedrigen Decksbalken hindurch zum offenen Heckfenster.

Herrick war also weg, allein. Der Rest war ihm so klar wie das Wasser unter dem Heckbalken.

»Captain Herrick ist ein guter Mann. Ich habe ihn kennengelernt, bevor er auslief«, hörte er Mrs. Boswell sagen.

Er wandte sich zu ihr um. »Ja, das ist er, Ma'am.«

»Als wir die Explosion hörten«, sagte Inch, »glaubten wir, da wäre ein großes Schiff in die Luft geflogen.«

»Die Ladung der *Segura*. Dieser Korvettenkapitän hatte sich das anders vorgestellt.«

Alles stand ihm wieder vor Augen: Midshipman Breens trauriges Gesicht; der Schwede, der so vergnügt Befehle entgegengenommen hatte, die er manchmal gar nicht verstand; Alldays narbiger Rükken.

»Also, dann zurück zum Geschwader«, sagte er schroff, »und so schnell Sie können!«

Der Erste Offizier der *Harebell* erschien im Türrahmen; er mied Bolithos Augen, als er meldete: »Wir haben dreißig Franzosen aufgefischt, Sir. Der Kommandant ist nicht dabei. Und der Master sagt, der Wind hat aufgefrischt und nach Süden gedreht.«

Stirnrunzelnd nickte Inch. Zu Bolitho sagte er: »Ich glaube, Sir, Sie kennen meinen Ersten, Mr. McLean?«

»In der Tat. Er war einmal zusammen mit Ihnen an Bord der *Lysander*. Bei der Marine ist es anscheinend immer dasselbe: Leutnants erkennen einen Vorgesetzten niemals wieder; aber sogar ein Kommodore erinnert sich an einen Leutnant.«

Inch sah seinen Ersten mißbilligend an. »Pfeifen Sie ›Alle Mann zum Segelsetzen‹. Es wird eine Schinderei, aber ich will die *Harebell* bis zum Spätnachmittag in Syrakus vor Anker haben!«

Bolitho wurden plötzlich die Knie weich, und er setzte sich hin.

»Ich gehe an Deck, Sir, wenn Sie gestatten«, sagte Inch. Nach kurzem Zögern fuhr er fort: »Ich bin wirklich froh, daß ich Sie gefunden habe. Captain Herrick hätte sich gefreut, wenn . . .« Er ging rasch hinaus.

Mrs. Boswell sagte leise: »Wir haben uns lange unterhalten. Ich fand seine Geschichte, seine Lebensgeschichte meine ich, faszinierend.«

Jetzt erst betrachtete Bolitho sie genauer. Eine nett aussehende Frau, vielleicht Anfang Dreißig. Sie hatte einen guten Teint und dunkelbraune Augen, die zu ihrem Haar paßten. Die Art, wie sie von Herrick sprach, war aufschlußreich. Vielleicht hatte sie sich in ihn verliebt?

Er entgegnete: »Ich habe vor, ihn zu suchen, Ma'am. Wenn ich mit Captain Farquhar gesprochen habe, weiß ich bestimmt eine ganze Menge mehr als jetzt.«

Er hatte den letzten Satz in ungewöhnlich scharfem Ton gesprochen; und sie antwortete: »Ich weiß, daß Captain Farquhar ein außerordentlich ehrgeiziger Mann ist.«

Ihre rasche Auffassungsgabe und auch sie selbst gefielen ihm. »Außerordentlicher Ehrgeiz ist nicht immer mit außerordentlicher

Einsatzbereitschaft verbunden, Ma'am«, antwortete er lächelnd. »Ich hätte das eher merken müssen. Viel eher. Und ich kann nur zu Gott beten, daß ich diese Lektion nicht zu spät gelernt habe.«

Erschrocken hob sie die Hand. »Zu spät für Captain Herrick?«

»Für Thomas noch viel mehr, Ma'am.«

Allday schaute herein. »Könnten Sie ihn dazu kriegen, daß er sich hinlegt, Ma'am? Er hat heute so viel geschafft wie ein ganzes Regiment.«

»Ja, das tue ich«, nickte sie. Allday verschwand, und sie fragte: »Ist das ein alter Kamerad von Ihnen?«

Bolitho lehnte sich in seinem Sessel zurück. Mit der Spannung wichen auch seine Kräfte. »Nein, mein Bootssteurer. Und ein guter Freund. Wenn er ein Offizier meines Jahrgangs wäre, dann wäre er, glaube ich, bald mein Vorgesetzter. Und das wäre denn doch zuviel.«

Und dann fielen ihm die Augen zu, und sein Kopf geriet mit den leichten Schiffsbewegungen ins Nicken. Mrs. Boswell stellte fest, daß Bolitho gar nicht so war, wie sie es nach Herricks Erzählungen erwartet hatte. Für jemanden, der so viel geleistet, so viel durchgemacht hatte, kam er ihr ziemlich jung vor. Er schien auch feinfühlig zu sein, was er offensichtlich als einen Fehler empfand und durch Strenge zu verbergen suchte.

Sie lächelte nachdenklich. Unsinn: Er war genauso, wie Herrick ihn beschrieben hatte.

Regungslos stand Farquhar an der Kajütwand und sah zu, wie Bolitho sorgfältig die Depeschen des Admirals durchlas.

Bolitho saß, die Ellbogen auf die Knie gestützt, vorgebeugt auf der Fensterbank; die Papiere hatte er vor sich auf den Boden gebreitet. Neben ihm auf der Fensterbank lagen ein Stück frisches Brot und eine Butterkruke; beides hatte Manning morgens an Bord geschickt. Bolitho hatte fast den ganzen Laib aufgegessen und dazu nach Farquhars Schätzung sieben Becher Kaffee getrunken.

Jetzt hob Bolitho den Kopf und sah Farquhar forschend an. »Sie wollten also hierbleiben, ja? Und das hier –«, er tippte auf die Papiere –, »bedeutet Ihnen gar nichts?«

Gelassen erwiderte Farquhar seinen Blick. »Wenn meine Einschätzung der Lage von der Ihren abwich, Sir, so . . .«

Mit blitzenden Augen sprang Bolitho auf. »Halten Sie mir keine Reden, *Captain* Farquhar! Sie haben diese Papiere gelesen, die Feststellungen in dem Bericht über die von uns gekaperte Artillerie, und trotzdem haben Sie *nichts* daraus geschlossen!« Er bückte sich, nahm zwei Blätter auf und warf sie mit wütendem Schwung auf den Tisch. »Lesen Sie das! Die Geschütze sind Fünfundvierzigpfünder! Und unsere Armee hat eines davon ausprobiert, obwohl sie vermutlich auch so Bescheid wußten.« Im Takt zu seinen Worten klopfte er mit dem Finger auf das Papier. »So eine Kanone schießt eine Fünfundvierzig-Pfund-Kugel fünftausend Yards weit. Wenn Sie *das* für bedeutungslos halten, müssen Sie ein Narr sein! Wie weit schießt das schwerste Schiffsgeschütz?« Zornig trat er ans Fenster. »Ich werde Ihr Gedächtnis auffrischen: ein Zweiunddreißigpfünder besitzt eine Reichweite von dreitausend Yards. Wenn man Glück hat und einen guten Stückführer, heißt das.«

Ärgerlich erwiderte Farquhar: »Ich sehe nicht, was das mit uns zu tun hat, Sir.«

»Nein, das merke ich.« Er fuhr herum und sah ihm ins Gesicht. »Das französische Volk wartet auf einen großen Sieg. Nach dieser blutigen Revolution können sie so etwas verlangen. Und wenn die Franzosen Ägypten erobern und noch weiter darüber hinaus wollen, dann muß zunächst ihre Flotte die Meere beherrschen. Unter dem Schutz solch schwerer Kanonen können die Franzosen eine ganze Armada, mehrere sogar, verankern und sicher sein, daß jedes englische Schiff zu Kleinholz geschossen wird, ehe es auch nur herankommt!«

Farquhar biß sich auf die Lippen. »Küstenbatterien!«

»Na endlich, Captain«, sagte Bolitho kalt. »Jetzt merken anscheinend auch Sie, was gespielt wird.«

Ein Schlag an die Tür, der Posten brüllte: »Offizier der Wache, Sir!«

»Soll eintreten«, sagte Farquhar, vermutlich heilfroh über die Unterbrechung.

Der Leutnant blieb an der Tür stehen. »Wir haben soeben die *Buzzard* gesichtet, Sir. Im Norden.«

»Danke, Mr. Guthrie.«

Bolitho setzte sich wieder hin und rieb sich die Augen. »Rufen Sie meinen Schreiber. Ich will eine Depesche diktieren, die Inch nach Gibraltar mitnehmen soll.« Er konnte seine Wut nicht verbergen. »Sie wird etwas anders lauten als Ihre.«

Farquhars Gesicht blieb ausdruckslos. »Ich werde Ihnen *meinen* Schreiber schicken, Sir. Ihrer ist noch auf der *Lysander*.«

»Gut, er genügt mir fürs erste.« Er ging zur Tür. »Wenn ich mein Flaggschiff wiederhabe, dann habe ich auch meinen Schreiber.«

Farquhar starrte ihm nach. »Aber ich habe doch Ihren Stander hier auf der *Osiris* hissen lassen, Sir!«

Bolitho lächelte grimmig. »Habe ich gesehen – Ihren oder meinen. Waren Sie denn so sicher, daß ich tot war?«

Ohne eine Antwort abzuwarten, ging er durch die Tür.

Auf der Kampanje fand er Mrs. Boswell im Gespräch mit Pascoe. Das Wiedersehen mit seinem Neffen hatte ihm klargemacht, wie verzweifelt nötig es war, daß er Herrick fand, wie sehr sie einander brauchten.

Wenn er zu Herrick allzu verständnisvoll gewesen war, so war er selbst daran schuld. Mehr noch als Herrick selbst. Er hatte bei Farquhar etwas anderes gesucht; Herricks wirklicher Wert dagegen lag so offen zutage, daß er ihn nicht gesehen hatte.

Mrs. Boswell wandte sich um und lächelte schüchtern. »Ich bin mit dem Boot herübergekommen, um adieu zu sagen, Captain«, sagte sie und hängte sich bei Pascoe ein. »*Wir* beide haben uns sehr gut verstanden.«

»Das glaube ich gern«, nickte Bolitho. Er durchschaute ihre falsche Munterkeit und fuhr fort: »Sobald ich mit dem Kommandanten der *Buzzard* gesprochen habe, lasse ich das Geschwader, oder was noch davon übrig ist, Anker lichten.«

Sie verstand, was er damit sagen wollte, und ging mit ihm zur Kampanjeleiter. »Ich gehe jetzt. Es freut mich, daß Sie sich wieder erholt haben.«

Ein Boot wartete an den Rüsten, und Bolitho sah den froschähnlichen Ersten der *Osiris* ungeduldig an der Fallreepspforte stehen.

»Ich möchte Ihnen einen Rat geben, Mrs. Boswell.« Er führte sie über das sonnenwarme Deck, unbekümmert um die neugierigen Augen und sein merkwürdiges Aussehen. »Wenn Sie etwas für Thomas Herrick empfinden, dann sagen Sie es mir bitte.«

Es kam ihm vor, als wolle sie ihm ihre Hand entziehen. Doch statt dessen fragte sie: »Merkt man das so deutlich?«

»Daran ist nichts Unrechtes.« Er blickte sinnend auf die grünen Abhänge an der Küste. »Meine eigene Liebe war zu kurz, und heute tut es mir um jede versäumte Sekunde leid. Außerdem –«, er zwang sich ein Lächeln ab –, »ich weiß genau, wenn *Sie* nichts sagen, dann bleibt Thomas Herrick so stumm wie eine Nonne in einer Seemannskneipe!«

»Ich will daran denken.« Sie sah zu Pascoe hinüber. »Passen Sie gut auf alle auf. Ich habe das seltsame Gefühl, daß etwas Großes passieren wird.« Sie erschauerte. »Und vielleicht nichts Gutes.«

Bolitho sah ihr nach, als sie mit dem Bootsmannsstuhl ins Boot abgefiert wurde, und ging dann nach achtern. Langsam, schmerzhaft langsam kamen die Marssegel der *Buzzard* um das nördliche

Vorland.

»Eine nette Dame, Sir«, sagte Pascoe. »Bißchen wie Tante Nancy.«

»Aye.« Bei dieser Bemerkung stand ihm seine Schwester in Falmouth, die ihn immer zu bemuttern versuchte, obwohl sie jünger war als er, ganz deutlich vor Augen.

Pascoe sprach weiter. »Es heißt, Lord Nelson segelt ins Mittelmeer, Sir?«

»Gott sei Dank merkt endlich jemand, daß hier eine ernsthafte Bedrohung entsteht. Die Schlacht, und es wird eine Schlacht geben, kann entscheidend sein. Deswegen haben wir noch eine Menge Arbeit zu erledigen, bevor die Sonne untergeht.«

Er sah Pascoes betroffenes Gesicht und mußte lächeln. »Was ist denn, Adam? Hast du was dagegen, daß Nelson kommt? Er ist der Beste, den wir haben, und der Jüngste. Das allein müßte dir doch schon zusagen!«

Lächelnd schlug Pascoe die Augen nieder. »Weißt du, was vorhin ein Matrose zu mir gesagt hat? Wir haben unseren eigenen Nelson!«

»Blödsinn! Du bist ja ebenso schlimm wie dieser Allday!« sagte Bolitho und ging zur Leiter.

In der Nacht saß er in der ungewohnt eleganten Kajüte der *Osiris*, schrieb einen Bericht über seine Vermutungen zur Lage und horchte auf das Knirschen und Murmeln am Schiffsrumpf. Der Wind hatte leicht aufgefrischt und bereits nach Nordwest gedreht. Die Schaluppe *Harebell*, die kurz vor dem Dunkelwerden ausgelaufen war, würde schwer vorankommen und ständig kreuzen müssen, hin und her, um wenigstens die Höhe zu halten.

Er dachte an Javals dunkles Gesicht, der an Bord gekommen war, überrascht, den Kommodorewimpel auf der *Osiris* zu sehen, und dann erleichtert, weil Farquhar noch nicht Kommodore war. Er hatte die Schiffe an dem verabredeten Treffpunkt nicht gefunden und von einem Fischer erfahren, sie lägen in Syrakus vor Anker. Daraufhin hatte er eine zweite Patrouille in der Straße von Messina gefahren und war bei wechselndem Wind noch weiter nordwärts gesegelt, in der Hoffnung, weitere Nachrichten zu bekommen. »Ich will mich nicht herausreden, Sir«, hatte er gesagt. »Ich bin Unabhängigkeit gewohnt, aber ich mißbrauche sie nicht. Ich lief Neapel an und suchte den dortigen britischen Gesandten auf. Schließlich mußte ich ja Informationen mitbringen.« Seine harten Züge hatten sich bei diesen Worten etwas entspannt. »Hätte ich gewußt, daß Sie auf einer eigenen, äh, Expedition waren, Sir, dann wäre ich nach La Valetta gesegelt und hätte Sie 'rausgeholt, trotz aller Maltererritter.«

Javal kannte Bolithos weiche Stelle. Auch er war Kommandant einer Fregatte gewesen, und wenn er überstürzt gehandelt hatte, indem er Yves Gorse aufsuchte, so deswegen, weil ihm jene Zeit immer noch im Blut lag. Vielleicht hatte Javal diesen Punkt angetippt, um Bolitho nachsichtiger zu stimmen.

»Sir William Hamilton mag ja ein alter Herr sein«, hatte Javal weiter berichtet, »aber er besitzt ausgezeichnete Verbindungen und weiß sehr gut, was vorgeht.«

Bolitho unterschrieb seinen Bericht und starrte auf die Schottwand. Sein gebräunter, abgewetzter Degen wirkte seltsam fremd an diesem reichgeschnitzten Paneel.

Sir William hatte über sein Netz von Mittelsmännern und Spionen in Erfahrung gebracht, daß der einzige Mann, der über die nächsten Wochen und Monate entscheiden konnte, schon auf dem Weg nach Toulon war. Und dieser Mann verschwendete seine Zeit nicht mit leeren Gesten.

Sein Name war Bonaparte.

XIV Am Ziel

Jede Hoffnung auf eine schnelle Reise nach Korfu, oder darauf, daß Javals Ausguck die *Lysander* irgendwo weit vor dem verminderten Geschwader sichten würde, zerschlug sich innerhalb weniger Tage nach dem Ankerlichten. Der Wind drehte nach Norden und frischte stark auf; alle Mann waren mit fieberhafter Eile beim Segelbergen, und sogar der Master der *Osiris* war überrascht von dem unberechenbaren Wetter. Der Wind fegte jetzt von der Adria herunter und verwandelte die sanfte blaue Dünung in eine Wüste schaumköpfiger, steiler Wogen; der Himmel über den schwankenden Masten war eine einzige dichte Wolkenbank.

Tag um Tag trotzten die beiden Linienschiffe mit ihren schweren Rümpfen dem Sturm, und hinter den dichtgemachten Stückpforten quälten sich die Mannschaften mit dem ewigen Rollen und Stampfen des Schiffs herum, jeden Moment gewärtig, daß die Bootsmannspfeifen schrillten und es hieß: »Alle Mann auf zum Marssegelreffen!« Und dann kämpften sie oben den gefahrvollen Kampf gegen den Wind, auf den Fußpferden stehend, den Leib gegen die schwankende Rah gepreßt, Hand über Hand, Zoll für Zoll, die mörderische Leinwand einholend.

Die *Buzzard*, die solchem Wetter nicht gewachsen war, wurde aus dem Verband entlassen und konnte vorm Wind davonsegeln, so daß die verbleibenden Schiffe mit dem Heulen des Sturmes und dem Donnern der überkommenden, alles durchweichenden See alleinblieben wie in einer Arena, die noch dazu immer kleiner wurde. Denn stündlich verschlechterte sich die Sicht, kaum noch waren Regen und Spritzwasser voneinander zu unterscheiden, und aus welcher Richtung sie der Wind in der nächsten Minute anfallen würde, wußte keiner vorauszusagen.

Bolitho selbst kam sich in diesen endlosen Tagen vor, als ginge die *Osiris* ihn im Grunde gar nichts an. Die Gesichter, die er an Deck sah, waren ihm fremd; die Gesprächsfetzen, die sein Ohr erreichten, bedeuteten ihm nichts. Auch Farquhar kam ihm ganz anders vor. Mehrfach hatte der Kommandant Ausbrüche von Jähzorn gehabt, die selbst den toleranten Outhwaite erschreckten; einmal hatte er einen Bootsmannsmaaten angeschnauzt, weil dieser nicht hart genug zugeschlagen hatte, als ein Mann in einer Sturmbö nicht aufentern wollte. Der Bootsmannsmaat hatte erklären wollen, daß der Betreffende kein richtiger Seemann sei, sondern ein Küfersmaat. Denn bei dem Sturm hatten so viele Matrosen Verletzungen erlitten, daß der Bootsmannsmaat, genau wie die Offiziere, die Leute hernehmen mußten, wo er sie kriegen konnte.

»Keine Widerrede!« hatte Farquhar gebrüllt. »Sie haben ja schon selbst Leute gepeitscht! Wenn Sie mir noch einmal wiedersprechen, dann werden Sie selbst spüren, wie das tut!«

Und der Mann wurde mit Schlägen hinaufgetrieben, rutschte vom Fußpferd ab und fiel über Bord, ohne daß man auch nur einen Schrei hörte.

Wie mochte wohl Herrick diesen Sturm abwettern, und wo mochte er in diesen schrecklichen Tagen sein? fragte sich Bolitho immer wieder.

Farquhar jedoch meinte: »Wenn dieses Mistwetter nicht wäre, hätte ich die *Lysander* schon längst eingeholt!«

Bolitho hielt das für leeres Gerede. »Glaube ich kaum«, hatte er erwidert. »Die *Lysander* ist das schnellere Schiff. Und sie wird gut geführt.«

Das mochte Farquhar gegenüber unfair sein; doch dem war Herricks Schicksal anscheinend so gleichgültig, daß Bolitho sich alle Mühe geben mußte, um nicht noch öfter solche bissigen Bemerkungen zu machen. Wie die vorwurfsvolle Stimme des Gewissens vernahm er in seinem Innern immer wieder die Worte: *Es war deine*

Entscheidung. Du hast Herrick zu hart angefaßt. Du warst zu ungeduldig. Es ist deine Schuld.

Und dann, eine Woche nach Syrakus, flaute der Sturm ab und drehte auf Nordwest; doch als der Himmel wieder klar und die See tiefblau war, wußte Bolitho, daß es tagelanges mühsames Kreuzen kosten würde, die Distanz wieder aufzuholen, die sie während des Sturmes eingebüßt hatten.

Jedesmal, wenn er an Deck war, fiel ihm auf, daß die Offiziere der Wache ihm auswichen und sorgfältig vermieden, ihm bei seinen einsamen Gängen auf der Kampanje näher zu kommen. Seine selbstgewählte Einsamkeit gab ihm Zeit zum Nachdenken; aber ohne neue Informationen war das, als pflüge man altes Land um, weil man nichts zu säen hatte.

Am Vormittag des neunten Tages studierte er in seiner Kajüte die Karte und trank einen Krug Ingwerbier dazu – Farquhar hatte sich davon einen guten Vorrat zum eigenen Verbrauch mitgenommen.

Farquhar würde sich ins Fäustchen lachen, wenn in Korfu schließlich doch nichts zu Tage kam, was Bolithos Theorien bestätigte! Natürlich würde er sich nichts anmerken lassen, aber innerlich würde er lachen. Denn dann hatte er nicht nur korrekt gehandelt, sondern auch bewiesen, daß er einen weit besseren Kommodore abgeben würde als Bolitho.

Sir Charles Farquhar. Komisch, daß ihn der neue Titel dieses Mannes so irritierte. Er wurde vielleicht schon so wie Herrick. Nein, es saß tiefer. Es war, weil Farquhar sich den Titel nicht verdient hatte; jetzt, da er ihn besaß, konnte ihm nichts mehr entgehen. Man brauchte nur in die Rangliste der Marine zu schauen, dann wußte man, wo die Beförderungen hinfielen. Bolitho dachte an Pascoes Worte und mußte lächeln. Die ›Nelsons‹ dieser Welt holten sich ihren Titel auf dem Schlachtfeld oder angesichts einer feindlichen Breitseite. Die mehr Glück hatten und an Land saßen, bewunderten zwar ihren gefahrvollen Aufstieg, hätten sich aber kaum ernstlich an ihre Stelle gewünscht.

Ruhelos wanderte Bolitho in der Kajüte umher. Über sich hörte er die Matrosen an und über Deck arbeiten. Spleißen, nähen, kalfatern – nach einem Sturm war das doppelt so wichtig wie sonst. Er mußte wieder lächeln. *Die mehr Glück hatten und an Land saßen.* Im tiefsten Herzen wußte er: mit allen Mitteln hätte er sich gegen einen Posten in der Admiralität oder in einem Marinehafen gesträubt.

Er trat zur Karte und studierte sie aufs neue: Korfu. Eine lange, spindelförmige Insel, die aussah, als wolle sie sich in die Buchten und Vorsprünge der griechischen Küste fügen. Eine enge Zufahrt von Süden, etwa zehn Meilen breit – knapper Seeraum für ein Vollschiff. Im Norden waren es noch weniger. Hatten die Franzosen tatsächlich Artillerie auf der Steilküste plaziert, so war ein Passieren der reine Selbstmord. Zwischen der Insel und dem Festland lag zwar eine Art Binnensee – zehn Meilen breit, zwanzig Meilen lang –, aber das wirkliche Risiko waren die beiden engen Durchfahrten im Norden und im Süden. Außerdem lag der einzige gute Ankerplatz an der Ostküste; also war keine wie immer geartete Überraschungsaktion möglich. Das mußte Herrick ebenfalls wissen. Er war dickköpfig und zu allem entschlossen, aber kein Dummkopf und war auch nie einer gewesen.

Bolitho mußte plötzlich an die junge Witwe denken, Mrs. Boswell. Seltsam – nie hatte er sich Herrick als Ehemann vorstellen können. Aber sie war genau die Richtige für ihn. Sie würde bestimmt nicht tatenlos dabeistehen, wenn andere seine Gutmütigkeit ausnutzten. Sie hätte es nie geduldet, daß er vor den Aufgaben eines Flaggkapitäns kapitulierte.

Er richtete sich auf und wunderte sich, daß er jetzt an solche Dinge denken konnte. Er verfügte nur über zwei Schiffe, und vielleicht fand er die *Lysander* überhaupt nicht. Aber was auch geschehen mochte – er war im Begriff, in die Verteidigung des Feindes einzudringen, und das in einem Seegebiet, das ihm fast unbekannt war, abgesehen von dem, was er aus Seekarten und Navigationshandbüchern entnehmen konnte.

Es klopfte, und der Posten meldete: »Midshipman der Wache, Sir!« Der rothaarige Breen trat ein.

»Nun, Mr. Breen?« fragte Bolitho freundlich. Seit der Rettung durch die *Harebell* hatte er noch nicht wieder mit ihm gesprochen.

»Kommandant läßt mit allem Respekt melden, Sir, daß der Ausguck ein Segel in Nordwest gesichtet hat. Ist aber noch nicht zu identifizieren.«

»Aha.«

Bolitho blickte auf die Karte. Selbst unter Berücksichtigung der Abdrift durch den Sturm konnte ihre Position nicht allzusehr von der Berechnung abweichen. Der Bug der *Osiris* zeigte ungefähr nach Nordost, und bei etwas Glück würden sie die höchste Bergkette an der Südspitze von Korfu noch vor Einbruch der Dunkelheit in Sicht bekommen. Die *Buzzard* war vor dem Sturm davongesegelt. Javal würde sich also beeilen, wieder zum Geschwader zu stoßen, und konnte sogar schon an diesem Tag auftauchen; er mußte jedoch von

Süden kommen, nicht von Nordwesten wie dieses unbekannte Schiff.

»Wie gefällt es Ihnen im Midshipmanslogis der *Osiris*?« fragte Bolitho.

Der Junge sah an ihm vorbei auf den hohen Umriß der *Nicator*, die achtern etwa drei Kabellängen entfernt segelte. »N . . . nicht besonders, Sir. Man behandelt mich ja soweit ganz anständig, aber . . .«

Bolitho nickte nachdenklich. Ebenso wie die Leutnants kamen auch die meisten Midshipmen der *Osiris* aus guten Familien. Es war deutlich zu merken, daß sich Farquhar Offiziere wie Kadetten sehr sorgfältig ausgesucht hatte. Daß ein Kommandant den Sohn eines alten Freundes als Midshipman einstellte oder jemandem aus anderen Gründen einen Gefallen tun wollte, war durchaus üblich. Farquhar hatte anscheinend für sein Schiff von diesem Gewohnheitsrecht ausgiebig Gebrauch gemacht.

Breen schien sich verpflichtet zu fühlen, noch etwas zu sagen. »Ich denke dauernd an diesen Matrosen, Larssen. Aber ich bin schon wieder in Ordnung, Sir. Tut . . . tut mir leid, daß ich mich damals so angestellt habe.«

»Das braucht Ihnen nicht leid zu tun. Ein Degen muß sich biegen können. Wenn er zu starr ist, bricht er gerade dann, wenn man ihn am nötigsten braucht.«

Warum versuchte er, Breen vor dem Unvermeidlichen zu bewahren? Jeder mußte das früher oder später durchmachen. Er erinnerte sich, was er seinerzeit als junger Leutnant nach einer Seeschlacht empfunden hatte. Wenn die Kanonen donnerten und der wilde Kampf tobte, blieb keine Zeit, den Toten Achtung zu erweisen oder sich um die Verwundeten zu kümmern. Die Toten, ob Freund oder Feind, gingen über Bord, und die Schreie der Verwundeten verstärkten nur den Kampfeslärm. Wenn die Kanonen dann schwiegen und die Schiffe auseinandertrieben, so zerschossen, daß keiner wußte, war er Sieger oder Besiegter, dann war die See mit treibenden Leichen bedeckt. Manchmal, wenn der Wind während des Gefechtes abflaute, als hätte er Angst vor der Wildheit des Kampfes, schwammen sie noch zwei Tage lang um das Schiff, und man mußte mit ihrem Anblick leben. An dergleichen dachte er oft und würde es nie vergessen.

»Hier – trinken Sie ein Glas Ingwerbier«, sagte er freundlich. Der arme Breen mit seinen rauh geschrubbten Händen und seinem schmuddeligen Hemd glich eher einem Schuljungen als einem Offizier des Königs. Aber wer in seinem Städtchen oder seinem Dorf hatte Malta gesehen? Hatte ein Seegefecht mitgemacht? Und wie viele hatten überhaupt eine Ahnung von der Stärke und Reichweite der Flotte, von ihrem Material und ihren Männern?

Farquhar, ein Teleskop in der Hand, stand im Türrahmen und warf einen kalten Blick auf den Jungen, der eben genüßlich einen Schluck nahm.

»Das Segel ist wieder außer Sicht, Sir.«

»Die *Lysander* kann es nicht gewesen sein?«

»Zu klein.« Farquhar scheuchte Breen mit einer kurzen Kopfbewegung hinaus und fuhr fort: »Eine Brigg, meint der Ausguck. Ein guter Mann. Irrt sich kaum.«

Jetzt, da der Sturm vorbei war, hatte sich Farquhar wieder besser in der Gewalt. Vielleicht spielte er das alte Wartespiel: danebenstehen und sehen, was aus Bolitho wurde.

Dieser ging ans offene Heckfenster, lehnte sich hinaus und blickte in die kleinen, blasenwerfenden Wirbel, die um das Ruder spielten. Ein schöner klarer Himmel, und die scharfe Kimm hinter dem dikken Rumpf der *Nicator* blieb leer. Die Brigg mußte mehr von den beiden Linienschiffen gesehen haben als diese von ihr.

»Sagen Sie den Ausgucks, sie sollen besonders gut aufpassen. Schicken Sie ihnen auch Teleskope hinauf.«

»Sie halten die Brigg für ein französisches Schiff, Sir?« fragte Farquhar neugierig. »Sie kann uns doch wenig schaden.«

Er sah Farquhar unbewegt an. »Vielleicht. Mein Schwager in Falmouth besitzt eine große Farm und viel Land. Er hat auch einen Hund. Wenn ein Wilderer oder Vagabund sich auf seinem Grund und Boden sehen läßt, spürt der Hund ihn auf. Aber er bellt nicht und beißt nicht – bis der Fremde in Schußweite einer Flinte kommt.«

Farquhar starrte auf die Karte nieder, als gäbe es da etwas Besonderes zu sehen.

»Sie meinen, sie verfolgt uns, Sir?«

»Schon möglich. Die Franzosen haben hier viele Freunde. Die sind nur zu gern bereit, Nachrichten zu übermitteln, denn das könnte ihnen das Leben erleichtern, wenn die Trikolore ihren Besitz erst vergrößert hat.«

Unsicher erwiderte Farquhar: »Und selbst wenn dem so ist, Sir, können die Franzosen doch nicht wissen, wie stark wir in Wirklichkeit sind.«

»Sie sehen jedenfalls, daß wir keine Fregatte haben. Wenn ich ein französischer Admiral wäre, fände ich diese Information sehr wertvoll.«

Er ging zur Tür. Aus der Tiefe seines Hirns stieg eine Idee auf. »Rufen Sie doch mal Ihren Segelmacher, ja? Ich komme gleich nach oben.«

Auf dem Achterdeck hielten mehrere Matrosen neugierig mit der Arbeit inne und werkten dann mit vermehrtem Eifer weiter. Vielleicht dachten sie, Bolitho sei von seinem Fieber noch etwas durcheinander. Er ließ sich von der leichten Brise abkühlen und lächelte vor sich hin. Immer noch trug er sein spanisches Hemd und hatte es abgelehnt, sich von Farquhar etwas zum Anziehen zu leihen. Seine Sachen waren noch auf der *Lysander.* Wenn er Herrick fand, bekam er auch seine Sachen. *Und Herrick würde er finden.*

»Sir?« Der Segelmacher trat herzu und beäugte ihn ebenso neugierig wie mißtrauisch.

»Wieviel Ersatzleinwand haben wir? Ausbesserungsmaterial meine ich, keine neuen Segel.«

Nervös blickte der Mann Farquhar an, doch dieser befahl kurz: »Sag schon, Parker!«

Der Segelmacher zählte eine lange Liste von Rollen, Stücken und Abschnitten auf – erstaunlich, was der Mann alles im Kopfe hatte.

»Danke, äh, Parker.« Bolitho ging zur Steuerbordlaufbrücke und sah von dort aus zum Vorschiff. »Ich will für jede Bordwand eine lange Bahn Leinwand, die längs der Webleinen gespannt wird. Zusammengenäht aus Segeltuch oder dergleichen, irgendwelchen Stücken, die wir vielleicht für Sonnensegel oder als Windschutz aufgehoben haben.« Er sah ihm unbewegt in das verwirrte Gesicht. »Könnt ihr das hinkriegen?«

»Ja, das heißt, es ginge schon, wenn ...« Hilfeflehend blickte er seinen Kommandanten an.

Der ließ ihn nicht im Stich. »Wozu das, Sir? Ich glaube, wenn der Mann wüßte, was Sie vorhaben, und, nebenbei bemerkt, ich auch, dann würde es die Sache sehr erleichtern.«

Bolitho lächelte sie beide an. »Wenn wir Vorschiff und Achterschiff auf diese Weise verbinden und dann die Leinwand in der Farbe des Schiffsrumpfes bemalen, mit schwarzen Quadraten in regelmäßigen Abständen –«, er lehnte sich über die Reling und deutete auf die Stückpforten der Achzehnpfünder –, »dann könnte die *Osiris* als Dreidecker durchgehen, nicht wahr?«

Erstaunt schüttelte Farquhar den Kopf. »Verdammt, Sir, das mag klappen. Aus einiger Entfernung würden wir wie ein Erster-Klasse-Schiff aussehen, ganz bestimmt! Dann werden die Frogs sich die Köpfe darüber zerbrechen, wie viele Schiffe wir eigentlich hier haben.«

Bolitho nickte. »Unter Land segelnd, hätten wir vielleicht eine Chance. Aber auf eine Schlacht im offenen Gewässer können wir uns nicht einlassen, ehe wir nicht genau über die Stärke des Feindes Bescheid wissen. Ich möchte bezweifeln, daß die Franzosen viele Linienschiffe hier haben. Brueys wird sie sich aufheben, um seine Transporter zu schützen. Aber wissen muß ich es.«

»An Deck! Segel an Backbord achteraus!«

»Da ist unser Irrlicht wieder«, sagte Bolitho. »Sowie es Abend wird, fangen wir mit der Verkleidung an. In der Nacht können wir über Stag gehen und unserem wißbegierigen Freund vielleicht entwischen.«

Wieder kam ein Ruf, und sie sahen hoch. »Segel in *Lee* voraus!«

»Kriegen wir noch mehr Gesellschaft?« Bolitho stieß den Segelmacher in die Rippen. »Fangen Sie mit Ihren Maaten an, Parker! Ihr seid vielleicht die ersten in der Marinegeschichte, die ein Kriegsschiff aus Leinwandstreifen bauen!«

Pascoe enterte eilig zu dem Ausguck auf, der die letzte Meldung gemacht hatte. Das große Teleskop, das an einer Schnur über seiner Schulter hing, behinderte ihn etwas, doch er kletterte die Wanten hoch wie eine Katze.

Sekunden später rief er hinunter: »Es ist die *Buzzard*, Sir!«

»Wird auch Zeit«, murmelte Farquhar.

»Signal an die *Buzzard*«, sagte Bolitho. »*Die Spitze des Geschwaders übernehmen*!«

»Es wird noch ein Weilchen dauern, bis sie auf Signaldistanz ist, Sir. Sie muß sich Zoll für Zoll gegen den Wind herankämpfen«, wandte Farquhar ein.

»*Sie* kann das Signal noch nicht sehen, Captain. Aber die Brigg kann das. Dann weiß der Kommandant, daß noch mindestens ein anderes Schiff in der Nähe ist. Daran hat er was zu kauen.«

Bolitho legte die Hände auf dem Rücken zusammen. Der Bootsmann und einige Matrosen rührten bereits Farbe an; andere zerrten die Leinwand auf das Oberdeck.

Langsam ging Bolitho in Luv auf und ab und beschwor im Geiste die Marssegel der *Buzzard*, sie möchten schneller über die Kimm steigen. Drei Schiffe statt zwei. Er dankte Gott, daß Javal sich solche Mühe gegeben hatte, ihn zu finden. Schwach mochten sie ja sein, aber blind waren sie jetzt nicht mehr.

Während die *Osiris* und die *Nicator* mit Langsamstfahrt nach Nordost zogen und Javals Fregatte in endlosem Zickzackkurs zu ihnen aufkreuzte, war das verwischte Stückchen Leinwand des Spähers kaum jemals außer Sicht.

Den ganzen Nachmittag, während der Segelmacher und seine Maaten mit gekreuzten Beinen auf jedem freien Stück Deck saßen, die Köpfe gebeugt, mit blitzenden Nadeln und metallenen Handschützern arbeitend, lief Bolitho auf der Kampanje herum. Manchmal ging er auch in die Kajüte, um sich ein paar Minuten auszuruhen.

Bis zur zweiten Hundewache*, als der Ausguck »Land in Sicht« aussang, nahm Bolitho an, daß die spionierende Brigg jetzt überzeugt sei, das Geschwader, ob nun groß oder klein, segle tatsächlich nach Korfu.

Durch die Wanten musterte er eindringlich den purpurnen Schatten, das Land, und stellte sich die Insel vor. Der Kommandant der Brigg hatte sich zu starr an seine Order gehalten und war zu lange geblieben. Jetzt kam ihm die Nacht über den Hals, und er mußte bis zum Morgen warten, um seine Meldung an den Mann zu bringen. An seiner Stelle, dachte Bolitho, hätte er das Mißfallen des Admirals riskiert und die Jagd schon lange vorher abgebrochen. Er konnte dem Admiral weit mehr nützen, wenn er neben dem Flaggschiff lag, statt sich die ganze Nacht an dieser gefährlichen Küste herumzutreiben. Die Brigg war zu neugierig gewesen. An sich nichts Schlimmes, aber in diesem Falle vielleicht entscheidend.

Bolitho ging wieder in die Kajüte. Dort wartete Farquhar mit Veitch und Plowman auf ihn.

»Sie wollten diese beiden sprechen, Sir?« sagte Farquhar.

Bolitho wartete, bis der Steward eine Laterne über der Karte aufgehängt hatte.

»Also, Mr. Plowman. Ich brauche einen tüchtigen Freiwilligen, der an Land rekognosziert.«

Der Steuermannsmaat beugte sich über die Karte und studierte die Klippen und Untiefen der Westküste. Dann grinste er bedächtig. »Aye, Sir. Weiß schon, was Sie meinen.«

Farquhar fuhr dazwischen: »Was denn, Sir, Sie wollen Leute bei Nacht an die Küste schicken?«

Bolitho gab keine direkte Antwort. Er sah einfach Plowman an und fragte: »Trauen Sie sich das zu? Wenn es nicht so wichtig wäre, würde ich es Ihnen nicht zumuten.«

»Hab schon Schlimmeres gemacht. Einmal in Westafrika . . .« Er seufzte. »Aber das ist 'ne andere Geschichte, Sir.«

* Damals die beiden Wachen von 16 bis 18 und von 18 bis 20 Uhr. Die geteilte Wache sollte den Wachrhythmus ändern, damit nicht immer dieselben Leute die unangenehme Wache von 0 bis 4 Uhr hatten.

»Gut.«

Bolitho sah ihn ernst und nachdenklich an. Vielleicht forderte er zu viel, schickte Plowman und andere in den Tod. Er spielte mit dem Gedanken, selbst mitzugehen; doch er wußte, das wäre so oder so sinnlos gewesen. Weder persönliches Geltungsbedürfnis noch verzweifelte Tollkühnheit oder die quälende Ungewißheit durften eine Rolle spielen. Er wurde *hier* gebraucht, und das sehr bald.

Zu Farquhar sagte er: »Sie brauchen einen Kutter und eine verläßliche Mannschaft.« Dann wandte er sich an Veitch: »Sie befehligen die Landeabteilung. Suchen Sie sich Ihre Leute sorgfältig aus. Männer aus dem Bergland, die ein bißchen klettern können und nicht gleich von jeder Klippe fallen.«

Der Leutnant hatte erst sehr ernst dreingesehen; jetzt änderte sich das: Befriedigung, Stolz sogar, weil er eine so schwierige Mission selbständig ausführen sollte. Wenn Bolitho Zweifel hegte, dann lagen sie bei ihm selbst. Veitch hatte bereits seinen Wert und sein Können unter Beweis gestellt.

Plowman studierte immer noch die Karte. »Das hier –«, er stieß mit einem dicken Finger zu –, »könnte passen. Und Mond haben wir heute auch. Wir können bis dicht unter Land segeln, nur das letzte Stück rudern wir.«

»Sie haben die ganze Nacht Zeit, um an Land zu kommen«, sagte Bolitho. »Aber morgen müssen Sie zu erfahren versuchen, was da vor sich geht. An der Stelle, die Sie ausgesucht haben, ist die Insel ungefähr fünf Meilen breit. Die Berge sind tausend Fuß hoch oder mehr. Von dort oben müßten Sie so viel sehen können, wie für uns wichtig ist.«

Nachdenklich sagte Veitch: »Es wird vielleicht schwierig sein, den Kutter zu verstecken, Sir.«

»Sehen Sie zu, was sich tun läßt. Notfalls müssen Sie ihn versenken. Ich lasse Sie dann später abholen.«

Farquhar räusperte sich laut. »Über eines muß man sich klar sein, Sir: Die ganze Abteilung kann auch sofort bei der Landung gefangengenommen werden.«

Bolitho nickte grimmig. Also räumte selbst Farquhar jetzt ein, wie ernst die Lage hier in Wirklichkeit war – der Feind war auch für ihn eine Tatsache, kein Schatten.

»Übermorgen, bei Sonnenaufgang, greifen wir von Süden her an. Wenn Mr. Veitch herausfinden kann, wo die Küstenbatterien stehen, wird es leichter für uns.« Er mußte über ihre grimmigen Gesichter lächeln. »Unser Besuch wird ihnen auf jeden Fall unwillkommen sein, fürchte ich.«

Veitch atmete geräuschvoll aus. »Wir werden unser Bestes tun, Sir. Hoffentlich haben die Franzosen keine von ihren neuen Geschützen längs der Küste plaziert.«

»Das bezweifle ich.« Bolitho stellte sich vor, wie diese weitreichende Artillerie seine kleine Streitmacht zerschmettern konnte, ehe sie überhaupt zum Einsatz kam. »Die hebt sich Bonaparte für wichtigere Dinge auf.«

Veitch und Plowman gingen, um ihre Mannschaft zusammenzustellen und auszurüsten. »Ich möchte meinen Signaloffizier sprechen«, sagte Bolitho zu Farquhar. »Morgen segeln wir in unserer neuen Verkleidung nordwärts; aber die *Buzzard* bleibt in Luv. Vielleicht hat Javal Glück und schnappt diese Brigg oder einen anderen Spion, wenn er gerade an der richtigen Stelle ist. Ein weiteres Schiff unter unserer Flagge wäre mir höchst willkommen.«

Er sah sich im Geiste wieder in Spithead auf das Boot warten, das ihn zur Fregatte bringen sollte. Und dann die Fahrt nach Gibralter, zur *Lysander*, und all die zahllosen Stunden, die er seitdem gesegelt war. *Hierher.* In einem Kreuzchen auf der Karte. Ihn fröstelte trotz der drückenden Hitze. Es war beinahe symbolisch. Und gerade jetzt hätte er Herrick am nötigsten gebraucht: seine Treue, seine Anhänglichkeit. Was mochte wohl Farquhar wirklich über diese Unternehmung denken? Sah er sie als eine Chance, seinen neuen Adelstitel mit Ruhm zu bekränzen? Oder nur als das Ende all seiner Hoffnungen?

Sie spielten das Risiko herunter, das taten sie vorher immer. Aber er verlangte viel von jedem einzelnen. Zuviel. Wenn die Schlacht erst in Gang war, zählten die Sache und die großen Ideale wenig. Es kam darauf an, wie schnell man feuern und nachladen konnte. Wieviel Kraft man in sich hatte, um den furchtbaren Anblick, den ohrenbetäubenden Donner auszuhalten.

Er schüttelte die lastende Depression ab. »Nun, Captain Farquhar –«, auch der schreckte aus tiefen Gedanken hoch –, »wir werden es zusammen schaffen, und wenn einer von uns fällt, wird der andere weitermachen. So oder so – getan werden muß es.«

Farquhar blickte sich in der stillen Kajüte um. »Ja – das sehe ich jetzt ein.«

Ein paar Stunden bevor es ganz hell war, erschienen die Obersegel der Brigg aufs neue, berührten die Kimm, blieben aber vorsichtig weit in Luv. Entweder hatte der Kommandant in der Nacht ein Boot mit seiner Meldung an Land schicken können, oder ihm lag sehr viel daran, mehr über Bolithos Schiffe zu erfahren.

Und Bolitho sorgte dafür, daß der Späher möglichst viel zu sehen bekam und scharf aufpassen mußte. Pascoes Signalgasten hißten allerlei sinnlose Flaggen, die von der *Nicator* und der *Buzzard* ebenso eifrig bestätigt wurden. Und dann, als Bolitho ein echtes Signal gab, um seine Kommandanten an Bord zu rufen, spielte er seine andere Karte aus: Mit backgestellten Segeln drehte die *Osiris* in den Wind, präsentierte dem fernen Schiff ihre Breitseite und den falschen, aber eindrucksvoll hohen Rumpf eines Dreideckers.

Als Javal in seiner Gig eintraf, rief er bewundernd: »Ich dachte schon, ich sehe Gespenster, Sir. Oder St. Vincent wäre mit seinem Flaggschiff da! Von meiner Gig aus sieht sie Zoll für Zoll aus wie ein Erster-Klasse-Schiff!«

Probyn war nicht so begeistert. »Eine originelle Idee, das ist richtig. Aber mit bemalter Leinwand können Sie nicht schießen!«

Und wieder einmal musterte Bolitho in der großen Kajüte seine Kommandanten. Javal sah zwar nach seinem langen Kampf gegen See und Wind ziemlich mitgenommen aus, war aber sonst guten Mutes. Farquhar war bleich und hatte schmale Lippen, aber jedes Haar, jeder Knopf saßen genau richtig. Probyn war so unordentlich und mißgelaunt wie stets. Er konnte die Augen kaum offenhalten, und auf seinen Wangen glomm eine dunkle Röte, die nicht nur von Wind und Wetter stammte. Er trank anscheinend wieder, und zwar stärker als sonst. Seltsamerweise hatte Bolitho ganz vergessen, daß Probyn schon damals trank, als sie beide noch Leutnants waren. Mehr als einmal war er für ihn Wache gegangen oder hatte ihm sonst eine Gefälligkeit erwiesen. »Erledigen Sie das mal, Dick«, hatte der Erste genäselt, »der arme alte George ist mal wieder blau.«

Er wartete, bis jeder ein Glas von Farquhars Rotwein vor sich hatte, und sagte dann gelassen: »Morgen, Gentlemen, machen wir unser Spielchen. Ich werde hoffentlich Mr. Veitch und seine Abteilung heute nacht wohlbehalten abholen. Was er mir berichtet, kann unsere Taktik ändern, aber der Zeitpunkt unseres Angriffs bleibt derselbe.«

Probyn blickte vor sich nieder. »Und wenn er nicht zurückkommt?«

»Dann tappen wir eben im dunkeln.«

Er dachte an Veitch drüben auf Korfu. Die Bauern, wenn er das Pech hatte, auf welche zu stoßen, würden ihn und seine Leute vielleicht für Fanzosen halten. Schwer zu sagen, ob das günstig war oder nicht. Veitch hatte sich bereits als ein Mann von Intelligenz und Geistesgegenwart erwiesen. Falls er die Aktion auf der Insel überlebte, wollte Bolitho dafür sorgen, daß er zur außerplanmäßigen

Beförderung vorgeschlagen wurde. Er hatte sogar mit dem Gedanken gespielt, ihm das vorher zu sagen, hatte es aber dann doch nicht getan. So ein Versprechen konnte einen Ehrgeizigen zu vorsichtig, einen Eifrigen zu tollkühn machen.

»Wir haben den Feind merken lassen, daß ein Angriff bevorsteht. Er kennt unsere Stärke immer noch nicht, aber da er jetzt wahrscheinlich glaubt, daß wir einen Dreidecker bei uns haben, muß er sich über seine Verteidigung klarwerden. Oder über einen Gegenangriff.«

Probyn klopfte mit seinem leeren Glas auf den Tisch und sah den Steward bedeutsam an. Dann fragte er: »Warum warten wir nicht lieber ab, Sir? Aufpassen und abwarten, bis wir Unterstützung bekommen – wäre das nicht besser?« Er warf einen Blick aus den Augenwinkeln auf Farquhar. »Ja – wenn die *Lysander* hier wäre, dann würde ich anders reden.« Und er goß ein neues Glas Rotwein hinunter.

»Warten? Dazu wissen wir nicht genug«, erwiderte Bolitho. »Jeden Tag kann der Feind versuchen, von Korfu auszulaufen; und wenn er zahlenmäßig so stark ist, wie ich annehme, dann haben wir keine Aussicht, ihn zurückzuhalten.« Da er sah, daß Probyn immer noch nicht überzeugt war, fuhr er fort: »Außerdem kann die französische Flotte bereits nach Korfu unterwegs sein, um ihre Versorgungsschiffe von hier anderswohin zu eskortieren.« Er klopfte mit dem Glas auf die Karte. »Dann sitzen wir vor einer Leeküste fest, oder noch schlimmer, zwischen der Ostküste der Insel und dem Festland – welche Chance haben wir dann?«

Er behielt Probyn im Blick, wie um sein Einverständnis zu erzwingen. Denn Captain George Probyns Aufgabe bei der Aktion konnte unter Umständen die wichtigste sein. Morgen – es handelte sich nicht mehr um Tage, sondern nur noch um Stunden – war seine *Nicator* vielleicht das einzig überlebende Schiff.

Ruhig sprach er weiter: »Die *Osiris* wird in der Morgendämmerung unbedingt in die südliche Einfahrt vordringen. Die französischen Versorgungsschiffe ankern irgendwo fünfzehn bis zwanzig Meilen weiter nördlich, und wenn wir erst einmal zwischen ihnen sind, wird es ein heißer Tag für alle Beteiligten.« Er sah, wie Javal sein hartes Gesicht zu einem Lächeln verzog. »Ich nehme an, die Franzosen sehen sich in einer starken Position. Sie wissen, daß wir kommen, und werden ihre vorhandene Artillerie an die Küste verlegen, um unsere Annäherung zu verhindern.«

Javal nickte. »Aye, das ist logisch. Einen Dreidecker müssen sie als echte Bedrohung ansehen.«

Bolitho dachte an Grubb und wünschte, er wäre hier. Der Master der *Osiris* war ein fähiger Mann, aber er besaß nicht Grubbs Wetterfühligkeit. Er war Steuermann auf einem Indienfahrer gewesen, bevor er auf einem Schiff des Königs angemustert hatte; bei der Handelsschiffahrt bedeutete schlechte Navigation nur Zeitverlust und allenfalls Gewinneinbuße durch verdorbene Fracht. Sosehr es darauf ankam, was seine Besatzungen morgen leisten konnten – der Wind war beinahe ebenso wichtig.

Er ließ diesen Gedanken fallen und sagte zu Probyn: »Sie segeln vor Morgengrauen an der Westküste nach Norden. Zu gegebener Zeit nehmen Sie die nördliche Einfahrt – wie ich hoffe, ohne auf Widerstand zu stoßen. Die Verteidiger werden denken, die wirkliche Bedrohung komme von Süden, von uns. Wenn Fortuna – er hielt inne und sah im Geiste die Lachfältchen um Herricks blaue Augen bei der Erwähnung seines Lieblingsausdrucks – »uns hold ist, dann werden wir dem Feind an der Stelle, wo es unserer Sache am meisten nutzt, einen harten Schlag versetzen. Und nun – Gott mit Ihnen!«

Damit war die Besprechung zu Ende. Sie standen auf und gingen stumm hinaus. Dann hörte Bolitho, wie Farquhar Anweisung gab, die Boote für die Kommandanten heranzurufen.

Zur anderen Kajütentür kam Allday herein und fragte: »Soll ich Ihnen nicht irgendwoher einen Uniformrock besorgen, Sir?« Anscheinend machte ihm Bolithos Aussehen mehr Kummer als das bevorstehende Gefecht.

Von einem Heckfenster aus sah Bolitho das Boot Probyns in rascher Fahrt zur *Nicator* pullen. Er dachte an sein Schiff, die *Osiris*, und an die Männer, die sie in die Durchfahrt segelten, die auf ihr kämpfen und notfalls sterben würden. Sie war kein glückhaftes Schiff. Osiris – Richter der Toten. Ihm wurde eiskalt.

»Das ist unwichtig, Allday. Morgen werden die Leute aufs Achterdeck schauen – Sie sagen ja immer, im Gefecht tun sie das.« Allday nickte. »Und dann sollen sie mich sehen – als einen der Ihren, nicht als einen weiteren Popanz in Paradeuniform. Dieses Schiff hat keine *Wärme*. Disziplin, Seemannschaft, ja, aber . . .« Er zuckte die Achseln.

»Die Leute werden gut kämpfen, Sir. Sie werden schon sehen.«

Aber Bolitho konnte das üble Vorgefühl nicht abschütteln. »Wenn mir etwas passieren sollte . . .« Er drehte sich nicht um, spürte aber, daß Allday zusammenfuhr. »Ich habe Vorsorge für Sie getroffen, in Falmouth. Sie werden dort immer ein Zuhause finden, und es wird Ihnen an nichts fehlen.«

Allday konnte sich nicht mehr beherrschen. »Ich will nichts davon hören, Sir! Nichts wird Ihnen passieren – es *kann* Ihnen gar nichts passieren!«

Bolitho drehte sich um und sah ihn an. »So? Wollen Sie es verhindern?«

»Wenn ich kann . . .« entgegnete Allday bedrückt.

»Ich weiß.« Er seufzte tief auf. »Vielleicht kommt alles zu schnell hintereinander.«

»Der Arzt hat recht, Sir. Ihre Wunde ist noch nicht richtig ausgeheilt, das Fieber hat Sie stärker gepackt, als Sie zugeben wollen. Und Captain Farquhars Schiffsarzt ist nicht bloß ein Schlächter!« fuhr er bedeutsam fort. »Der ist ein richtiger Doktor. Dafür hat Mr. Farquhar gesorgt!«

Bolitho lächelte nachdenklich. Das sah Farquhar ähnlich. »Mr. Pascoe soll zu mir kommen. Ich will Signale vorbereiten lassen.«

Wieder allein, setzte er sich an den Tisch und starrte auf seine Karte, ohne etwas zu sehen. Er dachte an Catherine Pareja. Was sie jetzt wohl in London machte? Wenn sie auch schon zweimal verwitwet war, so hatte sie doch mehr Leben in sich als die meisten jungen Mädchen, die frisch aus den Armen ihrer Mütter kamen. Niemals hatte sie vom Heiraten gesprochen, nicht einmal eine Andeutung gemacht. Irgend etwas schien sie davon abzuhalten. Eine unausgesprochene Übereinkunft?

Er knöpfte sein spanisches Hemd auf und betastete das kleine Medaillon an seinem Hals. Kate hatte sich nie daran gestört. Vorsichtig öffnete er es und betrachtete die kastanienbraune Locke. Im Sonnenlicht, das durch die Fenster fiel, glänzte sie so blank wie an dem Tag, als er Cheney zum erstenmal gesehen hatte. Damals noch die Verlobte seines Admirals. Cheney Seton, das Mädchen, das er erkämpft und geheiratet hatte.* Er schloß das Medaillon und knöpfte das Hemd wieder zu. Nichts hatte sich geändert. Er liebte sie noch immer. Kein Wunder, daß er im Fieber nach ihr gerufen hatte.

Pascoe kam herein, Hut unterm Arm, Signalbuch in der Hand. Bolitho sah ihn an und versuchte seine plötzliche Niedergeschlagenheit zu verbergen, so gut er konnte.

»Na, Adam, nun wollen wir mal sehen, was wir für neue Tricks erfinden können, eh?«

* siehe Kent: Nahkampf der Giganten (Ullstein Buch 23493)

»Kurs Nordost zu Nord, Sir! Liegt an!«

Bolitho hörte den Master mit seinem Rudergänger flüstern, eilte aber zu den Netzkästen an der Reling, in denen jetzt die sauber gepackten Hängematten verstaut waren. Seltsam bleich schimmerten sie im Mondschein.

Farquhar trat zu ihm und meldete: »Wind ist stetig, Sir. Wir sind etwa zwanzig Meilen südwestlich der Insel. Die *Buzzard* steht in Luv, Sie können ihre Marssegel in der Mondbahn ausmachen.«

»Nichts von einem Boot zu sehen?«

»Nichts. Vor drei Stunden habe ich den anderen Kutter unter Segel losgeschickt. Ob Veitch ihn gesehen hat, weiß ich nicht – jedenfalls hat er weder durch Pistolenschuß noch mit der Laterne Signal gegeben.«

»Na schön. Wie lange, denkt der Master, können wir auf diesem Kurs bleiben?«

»Höchstens eine Stunde, Sir. Dann muß ich meinen Kutter zurückrufen und wenden. Sonst kommen wir zu dicht unter Land; und wenn wir noch einen großen Bogen schlagen müssen, sind wir bei Morgengrauen weiter von der Durchfahrt entfernt, als mir lieb ist.«

»Einverstanden«, sagte Bolitho zögernd. »Also eine Stunde noch.«

»Halten Sie es wirklich für richtig, die *Nicator* in die nördliche Einfahrt zu schicken, Sir? Wenn Probyn nicht zur rechten Zeit angreift, gibt es eine Katastrophe.«

»Die Durchfahrt ist eng, ich weiß, aber bei einigermaßen günstigem Wind kann es die *Nicator* schaffen.«

»Ich rede nicht von der Passage oder von der Gefahr, Sir.« Farquhars Gesicht lag jetzt im Schatten, aber seine Epauletten schimmerten hell auf dem dunklen Uniformrock. »Ich muß Ihnen gestehen, daß ich kein Vertrauen zum Kommandanten der *Nicator* habe.«

»Wenn er einsieht, wieviel beim Gelingen der ganzen Aktion von ihm abhängt, wird er seine Pflicht tun.«

Doch Bolitho dachte an Probyns rotes Gesicht, sein Drumherumreden, seine ständigen Bedenken. Aber was konnte er tun? Wenn es so kam, wie er voraussah, würde die *Osiris* hier das Schlimmste abbekommen und mußte am längsten durchhalten. Er konnte Javal nicht zumuten, seine leichte Fregatte einem schweren Artilleriebeschuß auszusetzen; dessen Anteil an der Aktion war ohnehin schon schwierig genug. Ohne Hilfe der *Lysander* blieb das Überraschungsmoment eben Sache der *Nicator*. Anders ging es nicht. Vermutlich war Farquhar jetzt wütend über sich selber, weil er Herrick ohne Unterstützung losgeschickt hatte und nicht nach den Regeln der Geschwadertaktik vorgegangen war. Und dabei hatte er sich schon als Oberkommandierender gefühlt!

»An Deck! Lichtsignal in Luv voraus!«

Eilends trat Bolitho auf der Backbordlaufbrücke und spähte über die bemalte Leinwand.

»Das Signal, bei Gott!« rief Farquhar aus. »Mr. Outhwaite, drehen Sie bei und machen Sie alles klar zum Einholen der Boote!«

Das Schiff wurde lebendig. Wie Gespenster huschten die Matrosen im Mondschein an die Brassen und Fallen.

Hochrufe ertönten, als der erste und gleich danach der zweite Kutter an die Bordwand stieß und Matrosen hinunterkletterten, um mit zuzufassen.

Unter Segeln und Riemen zugleich – das mußte eine zermürbende Fahrt gewesen sein, dachte Bolitho. Er wartete an der Achterdecksreling, die Hände hinterm Rücken fest verschränkt, um seine Ungeduld zu zügeln und nicht mit den anderen zur Fallreepspforte zu rennen. Er sah einen untersetzten, hinkenden Mann und erkannte ihn sofort.

»Mr. Plowman! Hierher!«

Der Steuermannsmaat lehnte sich an die Finknetze und versuchte, zu Atem zu kommen. »Bin ganz schön froh, daß ich hier bin, Sir!« Er deutete nach dem unsichtbaren Land, und Bolitho sah, daß er einen fleckigen Verband um die eine Hand trug; das Blut sickerte durch wie schwarzes Öl.

»Haben das zweite Boot kommen sehen, mußten uns aber verstecken. Die Gegend wimmelt von Patrouillen. Einer sind wir in die Arme gerannt. Das gab eine Keilerei.« Kritisch betrachtete er seine verbundene Hand. »Haben sie aber fertiggemacht.«

»Und Mr. Veitch?« Er wartete auf das Unvermeidliche.

»Dem geht's gut, Sir. Er ist an Land geblieben. Hat mir *befohlen*, ich soll das Schiff suchen und Ihnen berichten.«

Nach dem dämmrigen Mondschein an Deck wirkten die Kajütlaternen viel zu hell. Bolitho sah, daß Plowman von Kopf bis Fuß vor Schmutz starrte; Gesicht und Arme waren von Steinen und Dornen zerkratzt und zerschrammt.

»Hier, trinken Sie. Was Sie wollen.« Inzwischen waren Farquhar, sein Erster Offizier und hinter ihnen Pascoe in die Kajüte getreten.

Plowman seufzte dankbar. »Dann hätte ich gern einen ordentlichen Brandy, wenn ich bitten darf, Sir.«

»Sie haben ein ganzes Faß voll verdient«, lächelte Bolitho. Stumm wartete er, bis Plowman einen Becher von Farquhars gutem Brandy ausgetrunken hatte. »Jetzt erzählen Sie, was los ist.«

Plowman wischte sich den Mund mit dem Handrücken. »Nichts Gutes, Sir.« Er schüttelte den Kopf. »Wir haben's so gemacht, wie Sie sagten, und Mr. Veitch hat 'n ganz schönen Schreck gekriegt. Genau wie Sie sich dachten, Sir, bloß noch schlimmer.«

»Schiffe?« fragte Farquhar hastig.

»Aye, Sir. Mindestens dreißig. Und davor ankert ein Linienschiff, ein Vierundsiebziger. Und 'ne Fregatte, noch 'ne Fregatte, und ein paar Korvetten – wie der Franzmann, den wir mit der *Segura* erledigt haben.«

»Donnerwetter!« sagte Farquhar leise. »Das ist ja eine kleine Armada!«

Plowman ging nicht darauf ein. »Aber das ist noch nicht alles, Sir. Die haben zwei von den neuen Geschützen auf die Landspitze geschafft.« Er beugte sich ungelenk über die Karte und stieß mit dem Daumen auf die Stelle. »Da! Wir dachten erst, die löschen alle Schiffe, aber sie haben bloß diese zwei Schönheiten an Land gebracht. Bei Sonnenaufgang trafen wir 'n Schäfer; einer von den Jungs, der ein bißchen Griechisch kann, ist mit ihm ins Gespräch gekommen. Die Inselbewohner sind nicht sehr für die Frogs. Die haben die Insel rein abgegrast. Und die Weiber auch, nach allem, was man hört. Jedenfalls machen die Schiffe seeklar, hat er gesagt. Wollen nach Kreta oder so, da sammeln sich noch mehr.«

»Brueys. Aber warum ist Leutnant Veitch an Land geblieben?« fragte Bolitho ernst. Dabei hatte er die Antwort schon erraten.

»Mr. Veitch denkt, Sie wollen trotzdem angreifen, Sir. Er sagte, Sie werden die *Nicator* vorschicken.« Grimmig zog er die Brauen zusammen. »Hätte ich nicht die kaputte Hand, ich wäre bei ihm geblieben.«

»Daß Sie zurückgekommen sind, ist mir wichtiger. Und ich danke Ihnen.«

Veitch hatte es von Anfang an erkannt: daß Bolitho, da er nicht mehr Schiffe besaß, keine Verbindung mit der *Nicator* halten konnte und sie auch vor Morgengrauen, wenn der Zeitpunkt zum Angriff gekommen war, nicht erreichen konnte.

Bolitho goß Plowman wieder ein. Der grinste melancholisch und fuhr fort: »Mr. Veitch sagte, er will versuchen zu helfen, Sir. Er hat drei Freiwillige bei sich – alle drei so verrückt wie er, wenn Sie entschuldigen. Mehr kann ich nicht sagen.«

Er schwankte vor Müdigkeit, und Bolitho befahl: »Allday soll ihn auf die Krankenstation bringen, damit die Hand verbunden wird. Und sorgen Sie dafür, daß beide Bootsmannschaften belohnt werden.«

Er sah ihnen in die Gesichter: Farquhar hatte grimmig die Brauen zusammengezogen; Outhwaite starrte ihn mit seinen feuchten Augen sprachlos und fasziniert an. Und Pascoe fiel das schwarze Haar über ein Auge, als hätte auch er eine Narbe zu verbergen.

»Nun, Captain Farquhar«, fragte Bolitho, »was halten Sie jetzt von der Sache?«

Farquhar zuckte die Achseln. »Wäre nicht die *Nicator* schon unterwegs, so würde ich Ihnen raten, sich zurückzuziehen, Sir. Es hat keinen Sinn, Ihre Ehre höher einzustufen als den Verlust eines ganzen Geschwaders. Wir haben darauf gesetzt, daß die Franzosen ihre kostbare schwere Artillerie eingepackt lassen und sich mit konventionellen Geschützen begnügen würden.« Er warf einen kurzen Blick auf Plowman, der erschöpft in seinem Stuhl eingeschlafen war. »Aber wenn Kerle wie er und Leutnant Veitch bereit sind, ihr Leben durch die Ankerklüse zu schmeißen – ja, dann werde ich wohl desgleichen tun!«

Gelassen blickte er seinen Ersten Offizier an. »Befehl vom Kommodore: eine warme Mahlzeit und eine doppelte Portion Rum für alle Mann, Mr. Outhwaite. Danach können Sie das Kombüsenfeuer löschen und das Schiff gefechtsbereit machen lassen. Die Leute werden heute nacht neben den Kanonen schlafen – wenn sie schlafen können. Und nun, Sir, bitte ich, mich zu entschuldigen. Ich habe Briefe zu schreiben.«

Als sie allein waren, sagte Bolitho zu Pascoe: »Adam, ich wünschte, du wärst auf einem anderen Schiff. Überall anderswo als hier.«

Pascoe sah ihn forschend an. »Mir ist es ganz recht so, Onkel.«

Bolitho trat ans Fenster und blickte auf den silbernen Glanz im Wasser hinaus. Wie auf gekräuselter Seide wechselten die Muster unaufhörlich. An wen schrieb Farquhar wohl? An die Admiralität? An seine Mutter?

»Mein Verwalter in Falmouth«, sagte er, »hat einen Brief in Verwahrung, Adam. Für dich.«

Pascoe trat neben ihn; er sah sein Spiegelbild in der dicken Scheibe. Wie Brüder sahen sie aus in dem seltsamen Licht.

»Sag nichts.« Bolitho legte ihm den Arm um die Schulter. »In dem Brief steht, was du zunächst tun mußt. Alles andere ist dann deine Sache.«

»Aber Onkel«, sagte Pascoe mit zitternder Stimme, »du darfst nicht so sprechen.«

»Es muß aber gesagt werden.« Lächelnd wandte er sich zu ihm um. »So wie es auch mir einst gesagt worden ist. Und jetzt« –, er verdrängte den Schmerz aus seinen Gedanken –, »müssen wir Mr. Plowman nach unten bringen.«

Doch als sie sich umdrehten, sahen sie, daß Plowman schon weg war.

XV Die Katastrophe

Farquhar stand beim Ruder und sah zu Bolitho hinüber. »Steuern Sie Nordnordost«, sagte er zum Master. »Wir runden die Landspitze so dicht es irgend geht, verstanden, Mr. Bevan?«

»Aye, Sir«, entgegnete der Master nervös, »aber es ist eine schlechte Einfahrt. Sandbänke vor der Spitze, und vor der Küste auch; auf der Karte sind sie nicht genau eingezeichnet.«

Farquhar ging zur Achterdecksreling. »Noch rührt sich nichts.«

Bolitho hob sein Teleskop und suchte langsam den unregelmäßigen Kamm der Landspitze ab, die etwa eine Meile vor ihnen an Backbord lag. Alles ruhte noch in tiefem, purpurnem Schatten; nur dicht unter dem bleichen Himmel waren die Höhen und Tiefen verschwommen auszumachen. Ganz vorn konnte er bewegtes Wasser erkennen; dort brach sich die See schäumend über einem steil abfallenden Strand mit gezackten Riffen. Ihm fiel auf, wie schroff Farquhar plötzlich mit seinem Master sprach – vermutlich wollte er nur seine innere Spannung abreagieren. Aber es war verkehrt, sich dazu ausgerechnet den Master auszusuchen. Bevan, ehemaliger Steuermann auf einem Indienfahrer, brauchte jetzt seine Nerven, seinen Verstand und zumindest das unbedingte Vertrauen seiner drei Rudergänger, wenn schon der Kommandant an all und jedem seine schlechte Laune auslassen mußte.

»Das habe ich auch nicht erwartet.« Bolitho erstarrte, als über dem nächsten Landbuckel etwas Schwarzes vorbeizog. Erst dachte er, es wäre Rauch; aber es war nur eine einzelne fedrige Wolke. Sie zog schräg auf das Wasser hinter dem Landarm zu, das immer noch im Halbdunkel lag. Der vordere Teil der Wolke hatte die Farbe bleichen Goldes; es war der Widerschein der Sonne, die den Blicken der Männer auf beiden Schiffen noch verborgen war.

Er stieg auf einen Neunpfünder und spähte über die Kampanje achteraus. Zwei Kabellängen weiter lag die *Buzzard* auf ihrer Position, Groß- und Bramsegel aufgegeit, die mächtige Fock so gebraßt, daß sie die leichte südliche Brise erfaßte. In dem verschwommenen Licht sah sie sehr schlank und zierlich aus; er stellte sich vor, wie Javal und seine Offiziere das gleiche vorspringende Land beobachteten, die Zeit beschworen, schneller zu verstreichen, damit es endlich losging.

Aber, dachte er, eine Weile wird es noch dauern. Die Franzosen würden abwarten und es nicht riskieren, den Feind durch vorzeitige Feuereröffnung entwischen zu lassen.

Er sprang von der Kanone herunter und fiel beinahe hin. Trotz des auf dem Achterdeck überall reichlich gestreuten Sandes waren die Planken glitschig vom nächtlichen Tau. Ein Matrose faßte ihn beim Ellbogen und grinste ihn an. »Sachte, Sir! Sonst heißt es, ausgerechnet unser Geschütz hat den Kommodore umgeschmissen!«

Bolitho mußte lächeln. Sämtliche Kanonen an Bord waren geladen und voll bemannt. Um feuerbereit zu sein, brauchten nur noch die Stückpforten geöffnet und die Rohre ausgerannt zu werden. Doch wenn an Land Beobachter saßen, hatte es keinen Sinn, schon jetzt zu zeigen, daß die oberen Stückpforten der *Osiris* nur schwarze Karos auf Leinwand waren.

»Und es soll auch keiner sagen, daß ich betrunken bin und nicht stehen kann, eh?« entgegnete er.

Sie lachten – selbstverständlich. Im Umkreis der Kanonen hing trotz des kühlen Windes ein schwerer Rumgeruch in der Luft; wahrscheinlich hatte jeder Mann weit mehr als die doppelte Ration gefaßt. Oder manche hatten mit ihren Rationen alte Schulden beglichen oder sie als Tauschmittel verwendet. Höchstwahrscheinlich hatten auch einige ihre Rationen als Wettkapital zurückbehalten. Um was sie wohl wetteten? Wer fallen und wer überleben würde? Wieviel Prisengeld es geben würde? Welcher von den Offizieren am längsten die Nerven behielt? Bestimmt wurde viel und um die verschiedensten Dinge gewettet.

Er ging wieder nach vorn zur Reling und starrte über das verschattete Hauptbatteriedeck. Ruhelose Gestalten bewegten sich um die schwarzen Kolosse. Wie Sklaven prüften sie jedes Stück für ihre spätere Arbeit. Die Geschützführer hatten das Ihre getan, hatten für die erste Salve Kugeln ausgesucht, die vollkommen rund und glatt waren, deren Gewicht genau stimmte, und hatten darauf geachtet, daß auch die Kartuschen fehlerlos waren. Darauf kam es vor allem bei den ersten Schüssen an; nachher im blutigen Kampfgetümmel war für solche Feinheiten keine Zeit mehr.

Oben in den Masten saßen bereits die Scharfschützen der Marine-Infanterie; auch im Vorschiff standen sie in großer Zahl lässig neben ihren langen Musketen oder schwatzten mit den Bedienungen der Karronaden.

»Hier ist Ihr Degen, Sir«, vernahm er Alldays Stimme.

Er streifte den Bootsmantel ab, den er seit drei Stunden vor dem Morgengrauen trug, und ließ sich von Allday den Degen umschnallen.

Der sagte leise, doch mit merkbarer Mißbilligung: »Sie sehen aber eher wie ein Seeräuber als wie ein Kommodore aus, Sir! Möcht' nicht wissen, was sie in Falmouth dazu sagen würden!«

Bolitho lächelte. »Einer meiner Ahnen war doch Seeräuber, Allday.« Er schnallte das Koppel enger, denn durch seinen Fieberanfall hatte er an Gewicht verloren. »Aber das war selbstverständlich damals ein respektabler Beruf.«

Er wandte sich um, denn eben eilte Farquhar vorbei. »Haben Sie zusätzlich Leute für die Pumpen und Eimer eingeteilt?«

»Jawohl, Sir.« Farquhar fuhr sich mit dem Finger in die Halsbinde. »Auf glühende Kugeln bin ich vorbereitet.« Er musterte die Schutznetze über dem Hauptdeck, die schlafferen vor den Wanten, die Enterer aufhalten sollten. Die Posten an jedem Luk, die Leute des Bootsmanns, deren Aufgabe es war, gebrochene Spieren zu kappen oder die Toten von einer umgestürzten Kanone wegzuräumen.

Bolitho beobachtete, wie Farquhar jede Einzelheit an Bord seines Schiffes auf Fehler oder Schwachstellen überprüfte. Unter ihren Füßen, unter dem menschenwimmelnden Geschützdeck, warteten schußbereit die Zweiunddreißigpfünder der Zwischendecksbatterie. Unter diesen jedoch standen, im Lichtkreis der Laternen wie Kirchhofsgespenster anzusehen, der Schiffsarzt und seine Helfer neben dem noch leeren Tisch, den blinkenden Messern und Sägen. Bolitho dachte wieder an Luces todbleiches Gesicht, sein Flehen, seinen wilden Aufschrei. Er sah zu Pascoe hinüber, der an der Leeseite bei den Großwanten stand, im Gespräch mit einem Unteroffizier und einem Midshipman. Ob er wohl auch an Luce gedacht hatte?

Achtern, auf der Kampanje, wartete das Gros der Marine-Infanteristen in drei Linien bei den Netzen; wenn die *Osiris* mit der Backbordseite angriff, würden sie in drei Gliedern feuern, wie Landsoldaten im Karree.

Bolitho versuchte, bekannte Gesichter herauszufinden, aber solche gab es für ihn kaum. Anonym waren sie, doch vertraut. Typen, doch keine Individuen. Seesoldaten und Matrosen, Leutnants und Midshipmen. Leute wie sie hatte er auf einem Dutzend Schiffen und in ebenso vielen Geschwadern gesehen.

Das silberne Achselstück eines Leutnants der Marine-Infanterie glühte plötzlich auf, wie von innen erleuchtet. Bolitho wandte den Kopf nach Steuerbord und sah den Rand der Sonne über die Kimm steigen; die Strahlen flossen über das leichtgekräuselte Wasser auf ihn zu wie geschmolzenes Metall.

»Wird ein schöner Tag«, bemerkte Allday.

Leutnant Outhwaite stand am Hauptniedergang. Auch er starrte in die aufgehende Sonne, und seine Augen glitzerten wie kleine Quarzsteine. Wie sein Kommandant war er tadellos gekleidet; sein Hut saß genau vorschriftsmäßig, das lange, im Nacken zusammengebundene Haar hing den Rücken hinunter.

Farquhar trug seinen Hut noch nicht; ein Midshipman stand mit Hut und Degen in der Hand neben ihm wie der Garderobier eines Schauspielers vor dessen allerschwierigstem Auftritt. Bolitho konnte erkennen, daß Farquhar tatsächlich die Lippen bewegte. Sprach er mit sich selbst oder probte er eine Rede an seine Männer? Sein weißblondes Haar hatte er im Nacken mit einem eleganten schwarzen Schleifchen gebunden. Was in den nächsten Stunden auch geschehen würde – Farquhar war gut angezogen.

Er schien Bolithos forschenden Blick zu spüren und wandte sich zu ihm um. »Eine neue Garnitur, Sir«, erläuterte er mit zögerndem Lächeln. »Ich dachte daran, wie Sie es vor einem wichtigen Gefecht zu halten pflegten – und da Ihre Garderobe nicht verfügbar ist, meinte ich, es wäre an mir, das Repräsentieren zu übernehmen.«

»Sehr freundlich von Ihnen«, erwiderte Bolitho und blickte wieder auf die größer gewordene Landmasse, die beinahe schon den Bugspriet zu berühren schien.

»Der Feind wird das Feuer erst eröffnen, wenn er ein sicheres Ziel hat. Seine Kanoniere haben die Sonne direkt in den Augen; aber wenn wir erst einmal vor der Ostküste segeln, wird uns das nicht viel nützen. Hinter der Bucht liegt, glaube ich, eine kleine Senke. Eine gute Stellung für weitreichende Artillerie.«

Angestrengt spähte er über den Bug; da sang jemand aus: »Brecher an Backbord voraus!«

»Das wird das verdammte Riff sein, Sir«, sagte der Master gepreßt.

»Fallen Sie einen Strich ab, Mr. Bevan. Steuern Sie Nordost zu Nord.« Farquhar blickte seinen Ersten Offizier an. »Haben Sie einen guten Lotgasten in den Rüsten?«

»Aye, Sir«, bestätigte der mit einem fragenden Ausdruck auf seinem Froschgesicht. »Ich habe ihm selbst noch mal klargemacht, wie wichtig seine Aufgabe ist.«

Zu seiner Überraschung konnte Bolitho trotz der nagenden Ungewißheit des Wartens lächeln. Farquhar und Outhwaite paßten gut zueinander. Also hatte Farquhar vielleicht doch recht mit seinen Auswahlmethoden.

Jetzt sickerte das Licht über die kleinen Strände und hob sie hell von den Hügeln und waldigen Buchten ab. Auch die Meeresoberfläche wurde klarer; die winzigen weißen Katzenpfötchen an Steuerbord verschwanden und mischten sich bis zur Kimm mit der kupferrot aufgehenden Sonne.

Vielleicht hat auch der wirkliche Lysander die See hier so gesehen, dachte Bolitho, damals als die Triremen und Galeeren ineinanderkrachten und der Himmel von Pfeilen verdunkelt und von Brandern durchzuckt war.

Achtern hörte er unvermittelt das Quietschen und Rumpeln ausfahrender Geschütze: Javal machte sich fertig.

»Drei Strich Kursänderung: Kurs genau Nord!« befahl Farquhar knapp.

Er beugte sich über die Netze, um zu beobachten, wie eine Sandbank, ein Felsen am Heck vorbeiglitt. Kreischend stiegen ein paar Möwen von ihrem kleinen Eiland hoch, blendend weiß gegen das zurücktretende, dunkle Land. Sie umkreisten die Masten, auf Futter hoffend, lärmend, gierig. Dicht neben seinem Stander tauchte eine Möwe mit wütendem Geschrei im Sturzflug nieder. Der schlug träger, drüben das Land hielt den Wind ab. Bolitho dachte an Probyn. Hoffentlich hatte er sein Schiff rechtzeitig in Position gebracht und die Zeit eingerechnet, die ihm durch ungünstigen Wind, durch die tückische Strömung in der engen Einfahrt verlorengehen konnte. Er zog seine Uhr und konnte das Zifferblatt jetzt bereits ganz deutlich sehen, sogar die feine, schöngeschwungene Schrift *Mudge and Dutton of London*. Er ließ den Deckel zuschnappen und sah, wie Midshipman Breen bei dem scharfen Laut zusammenzuckte. »Gut«, sagte er, »wir sind am Vorland vorbei.«

Outhwaite fuhr herum und hob die Sprechtrompete an den Mund: »Mr. Guthrie, geben Sie durch: Geschütze ausrennen!«

Die Stückpforten öffneten sich quietschend; dann gab es eine kurze Pause. Jetzt sahen die Matrosen im unteren Batteriedeck das Land zum erstenmal. Eine Pfeife schrillte, das ganze Schiff erzitterte: die *Osiris* fuhr ihre Geschütze aus.

»Gei auf die Fock!«

Farquhar sah zu, wie das mächtige Segel gebändigt und aufgegeit wurde. Er schnippte mit den Fingern, und der Midshipman reichte ihm erst den Degen, dann den Hut, den er sich sorgfältig zurechtrückte. Dann schritt er nach vorn zur Luvlaufbrücke.

Die Fock hatte sich tatsächlich wie ein Vorhang gehoben: die Szenerie war aufgebaut, die Schauspieler standen bereit.

Bolitho zog den Degen und legte ihn vor sich auf die Reling. Glatt und kühl fühlte der Stahl sich unter seiner Handfläche an.

»Hißt die Flagge!«

Er hörte den Block quietschen und sah den großen Schatten der Flagge über der Laufbrücke und die leichte Bugwelle gleiten.

»Jetzt klar zum Feuern, Jungs; und daß mir jede Kugel trifft!«

Er warf einen raschen Blick auf das nächste Geschütz: so sahen alle Geschützbedienungen in der ganzen Flotte aus. Ein Matrose, direkt unterhalb des Achterdecks bei einem Sechzehnpfünder stehend, stützte sich auf seinen Rammstock, das Halstuch um die Ohren gewickelt, damit ihm das Krachen des Schusses nicht die Trommelfelle zerriß. Männer wie dieser waren mit Drake* auf seiner *Revenge* gesegelt und hatten Hurra gerufen, als die Armada** ›aus dem Kanal getrommelt‹ wurde. Aber diesmal gab es kein Hurrageschrei, nicht einmal einen einzigen Ruf. Grimmig schauten die Männer durch die offenen Stückpforten oder standen so dicht beieinander, als wollten sie sich gegenseitig stützen. Farquhars Finger schlossen und öffneten sich nervös um seinen Degengriff, mit hocherhobenem Haupt starrte er auf die dunstige Küstenlinie, von der das feindliche Feuer kommen würde.

Auf dem Kamm des nächstgelegenen Hügels blinkte etwas auf, doch nur dieses eine Mal. Eine zerbrochene Flasche, die den ersten Strahl der Morgensonne reflektierte? Oder ein Lichtstrahl auf der Linse eines Teleskops? Bolitho stellte sich vor, wie das Signal über die Berge an die wartende Artillerie weitergegeben wurde: *Die Engländer kommen.* Wie erwartet und vorausbedacht. Grimmig zog er die Brauen zusammen. Was auch kommen würde, sie mußten die Aufmerksamkeit des Feindes so lange auf sich ziehen, bis Probyn sich von der nördlichen Einfahrt her auf die ankernden Schiffe stürzen konnte. Ein paar schwere Breitseiten in die volle Reede, und ihre Chancen würden sich beträchtlich bessern.

Plötzlich fiel Bolitho wieder ein, was ihm sein Vater einst gesagt hatte: *Überraschungsangriffe gibt es nicht. Überraschung liegt nur dann vor, wenn ein Kommandant das, was er von Anfang an gesehen hat, falsch auslegt.*

Er blickte zu Pascoe hinüber und lächelte flüchtig. Jetzt erst wußte er genau, was sein Vater damals gemeint hatte.

* Sir Francis Drake, 1540-1596, englischer Seefahrer und Freibeuter.
** Flotte Philipps II., 1588 im Ärmelkanal auseinandergetrieben.

Bolitho ging wieder zur anderen Seite des Achterdecks und richtete das Glas auf eine vorgeschobene Landzunge. Ein paar winzige Häuser waren am Fuß eines Steilhangs zu erkennen, eingekuschelt zwischen Gebüsch und Strand: Fischerhütten. Doch die Boote lagen verlassen auf dem groben Kies; nur ein Hund verteidigte seine Heimstätte und bellte wütend die langsam vorbeiziehenden Schiffe an.

»Die nächste Bucht ist es«, sagte Farquhar gespannt.

Outhwaite drehte sich um und rief: »Feuern erst auf Befehl und bei sich hebendem Schiff!«

»Von wegen heben«, murmelte Allday verächtlich. »Ehe wir nicht klar von diesem Vorland sind und ein bißchen Wind kriegen, hebt sich gar nichts!«

»An Deck!« Die Stimme des Ausgucks klang ungewöhnlich laut. »Schiffe vor Anker hinter der Landspitze!«

Bolitho atmete langsam aus. »Signalisieren Sie diese Meldung weiter an die *Buzzard*!«

Sekunden später flatterte bereits die Bestätigung von der Rah der Fregatte. Javal ging es offenbar genauso wie ihnen allen: er war gespannt bis zum Äußersten.

Bolitho sah auf seine Uhr. Die *Nicator* mußte jetzt die nördliche Durchfahrt passiert haben und mehr Segel setzen, um den entscheidenden Teil ihrer Aufgabe in Angriff zu nehmen. Selbst wenn die französischen Feldwachen sie gesichtet hatten, war es für einen Stellungswechsel der Landbatterie zu spät.

Die Detonation kam wie ein abgehackter Donnerschlag. Bolitho sah weder Mündungsfeuer noch Rauch, nur die Spur des Geschosses auf der Wasserfläche. Es mußte ein ganz flacher Schuß sein, denn er konnte unter den Bahn eine Linie winziger Wellen sehen – wie von einer gespenstischen Bö oder einem angreifenden Hai.

Die Kugel schlug im Vorschiff ein. Die Matrosen brachen in Gebrüll aus, und Bolitho sah den Zweiten Offizier von Geschütz zu Geschütz eilen, um die Mannschaft zu beruhigen.

»Sehen Sie, Sir! Soldaten!« Allday deutete mit seinem Entersäbel hin.

Bolitho beobachtete die winzigen blauen Gestalten, die jetzt unter den Bäumen hervor zur Landspitze hasteten. Vielleicht glaubten sie, daß noch ein zweiter Verband kommen und eine Landung versuchen würde, die sie abwehren mußten. Bolitho leckte sich die trockenen Lippen. Wenn es doch einen zweiten Schiffsverband gegeben hätte!

»Drehen Sie einen Strich ab, Captain«, sagte er, »damit die obere Batterie besseres Schußfeld hat!«

Farquhar protestierte: »Achtzehnpfünder gegen Infanterie, Sir?«

Gelassen erwiderte Bolitho: »Dann haben die Leute zu tun und kommen nicht auf unnütze Gedanken. Außerdem kann es das Selbstvertrauen des Feindes dort oben erschüttern. Sie sind auf ein ganzes Geschwader gefaßt, vergessen Sie das nicht!«

Er zuckte zusammen, denn wieder hallte ein Abschuß über das Wasser; hoch oben sauste die Kugel bösartig über die Masten.

»Steuerbordbatterie klar!« Outhwaite deutete auf die rennenden Soldaten. »Bei der Hebung!« Er stieß die Sprechtrompete hoch.

»Feuer!«

Die lange Linie der Rohre glitt im Rückstoß binnenbords; wirbelnd zog der Rauch über die Finknetze. Bolitho hielt das Glas auf das Land gerichtet; die Kugeln peitschten durch Bäume und Gebüsch, warfen Erde und Steine auf und verursachten ein wüstes Durcheinander. Die Soldaten hatten offenbar ähnliche Bedenken wie Farquhar gehabt, denn viele erwischte es im offenen Gelände; Bolitho sah Menschen, Musketen und Trümmer durch die Luft fliegen.

Es hatte nicht viel zu sagen, machte aber doch den Geschützbedienungen etwas mehr Mut. Er hörte Hochrufe und aus der unteren Batterie Schreie der Enttäuschung, weil sie nicht feuern durfte.

Outhwaite war von der Erregung angesteckt. »Schneller, Jungs! Neu laden! Mr. Guthrie – eine Guinea* für das Geschütz, das zuerst ausrennt!«

Aus dem Augenwinkel sah Bolitho das Vorland achtern weggleiten; die erste Gruppe der ankernden Schiffe schimmerte im schwachen Morgenlicht auf; die Segel waren festgemacht, und die Unbeweglichkeit der Rümpfe ließ erraten, daß jedes Schiff mit seinem Nachbar fest verbunden war, so daß sie eine starre Schranke bildeten. Er hatte erwartet, daß die Franzosen auf diese Weise ankern würden. Es war eine bevorzugte Form der Verteidigung, schon lange, bevor man von der Revolution auch nur geträumt hatte.

Dann sah er Mündungsfeuer aufblitzen. Es kam aus einem tiefen grünen Sattel zwischen zwei Hügeln. Bis jetzt hatten sich die dortigen Kanoniere nur auf die Entfernung eingeschossen. Nun wurde es ernst.

* Goldmünze, 21 Shilling nach alter Währung

Die Kugel schlug mittschiffs in den Rumpf der *Osiris*, ziemlich tief, dicht über der Wasserlinie. Noch dort, wo Bolitho stand, federten die Planken so stark, als säße der Treffer dicht unter seinen Füßen, nicht zwei Decks tiefer. Er sah die Angst in Farquhars Gesicht, als der Bootsmann mit seinen Leuten auf ein Luk zustürmte, und sah auch die Fäden dunklen Rauchs, die über den Netzen hochwirbelten und zeigten, wie genau die Kugel saß.

Achtern hörte er das regelmäßige Krachen von Geschützen: Javal folgte seinem Beispiel und beschoß die nächstliegenden Hänge in der Hoffnung, einen lohnenden Treffer anzubringen.

»An Deck! Französisches Linienschiff vor Anker hinter den Transportern!«

Bolitho ließ sein Glas über der Reling entlang hingleiten. Gesichter huschten wie Geister durch die Linse, dann fand er den französischen Vierundsiebziger und stellte das Glas genauer ein. Wie die dichtgedrängten Transporter lag auch er noch vor Anker. Doch die Segel waren nur lose aufgegeit, und die Ankertrosse war schon kurzstag, bereit zum Aufholen. Dahinter glitt eine Fregatte langsam vor dem Wind dahin; eben wurde ihre Fock gesetzt und leuchtete kurz im Sonnenlicht auf. Die beiden kleineren Begleitschiffe, Korvetten laut Plowman, mußten anderswo liegen. Das war nicht verwunderlich. Denn die Masten und Rahen der Transportschiffe überschnitten sich in einem scheinbar hoffnungslosen Gewirr. Grimmig musterte Bolitho sie durch sein Glas. Schwer beladen. Kanonen, Pulver, Kugeln, Zelte, Gewehre, Proviant für eine ganze Armee.

Wieder schlug eine Kugel dicht beim Rumpf ein und ließ das Deck erbeben.

Das einzige Mittel, der langsamen Vernichtung durch die weitreichende Artillerie zu entgehen, war, mehr Segel zu setzen, anzugreifen und so nahe an die ankernden Schiffe heranzusegeln, daß der Feind nicht mehr genau schießen konnte.

»Wo bleibt bloß die *Nicator*?« fragte Farquhar erregt. »Herrgott, sie müßte doch jetzt in Sicht kommen!«

»Der französische Vierundsiebziger hat Anker gelichtet, Sir!«

Bolitho blickte zu Farquhar hin, doch der hatte die Meldung offenbar nicht gehört.

»Danke«, sagte Bolitho. »Mr. Outhwaite, Steuerbordbatterien feuerbereit!«

Dann sah er, daß der Bootsmann unter dem Achterdeck hervorkam und etwas zu melden hatte. »Zwei Durchschüsse, Sir. Aber bis jetzt kein Schaden unter der Wasserlinie. Wenn's nicht schlimmer wird, geht's noch.«

»Danke«, sagte Farquhar kurz und nickte.

»Setzen Sie die Fock, Captain«, sagte Bolitho zu ihm. »Und Signal an die *Buzzard*: ›Breche in Kürze durch die feindliche Linie‹!«

Farquhar starrte ihn an. »Wir könnten uns in ihren Festmachern verfangen, Sir! Ich würde vorschlagen . . .«

Beide duckten sich, denn wieder flog eine Kugel niedrig über ihre Köpfe hinweg, und Bolitho fühlte ihren Atem an seinen Schultern wie das Sausen einer Säbelklinge.

»Die *Nicator* müßte jetzt schon in Sicht sein«, sagte er. »Mindestens für den Ausguck. Probyn muß also auf Widerstand gestoßen sein. Wenn weder er noch wir zum Angriff kommen, würden wir alle beide für nichts und wieder nichts kaputtgeschossen!«

Er ging zur Leeseite. Weit vorn sprang eine dünne Wassersäule hoch. Die Franzosen und ihre neuen Geschütze waren sehr gut. Auf diese Entfernung konnten sie kaum noch danebenschießen, und dennoch warteten sie ab. Sparten ihre Munition für die Hauptmasse des Geschwaders, das sie erwarteten; oder sie wollten sich erst über die Taktik der Engländer klarwerden.

Nein, das konnte nicht stimmen. So vertrauensselig konnte kein Artillerieoffizier sein.

Er hörte, wie das Ruderrad überkam, die neugesetzte Fock erst killte und dann zog, wie die Brassen dichtgeholt, die Rahen getrimmt wurden. Auf dem Achterdeck, das sich nach Lee neigte, ruckte einer der Neunpfünder heftig an seinen Zügen. Auf diese plötzliche Segelverstärkung würde die französische Artillerie wahrscheinlich reagieren.

So gelassen wie möglich schritt er zur anderen Seite und spähte über das wimmelnde Batteriedeck nach dem französischen Zweidecker. Unter geringster Besegelung stand er in etwa zwei Meilen Distanz. Schon das war ein Fehler. Sein Kommandant befehligte das stärkste der anwesenden Kriegsschiffe, seine erste Pflicht war es, die Transportflotte zu schützen, ganz gleich, was kam.

Noch eine halbe Meile; durch sein Glas konnte Bolitho die winzigen Gestalten auf den Decks der nächstliegenden Transporter herumrennen sehen. Die glaubten wahrscheinlich immer noch, die *Osiris* sei ein Dreidecker und sie würden die erste volle, vernichtende Breitseite abbekommen.

»Einen Strich anluven, Captain!«

»Aye, Sir. Kurs Nord zu West.«

Bolitho sah Pascoe fragend an. »Ist die *Nicator* zu sehen?«

»Nein, Sir.« Pascoe deutete auf den Pulk der Schiffe. »Sie läßt sich ein vielversprechendes Ziel entgehen.«

Doch Bolitho kannte Adam gut genug, um diese kühle Bemerkung zu durchschauen. Er sah auch, wie Midshipman Breen, der Pascoe beim Signaldienst half, diesen anstarrte, als flehe er um die Bestätigung, alles sei in Ordnung.

Die nächsten, an der Spitze zweier getrennter Reihen ankernden Transporter eröffneten das Feuer mit ihren Buggeschützen; winselnd flogen die Kugeln hoch über das Schiff; eine nur schlug ein sauberes Loch ins Großmarssegel.

Plötzlich rief der Master: »Untiefen an Backbord voraus, Sir!«

Unwillig erwiderte Farquhar: »Von denen sind wir doch klar! Was soll ich denn dagegen tun, Mann? Fliegen?«

Von dem, was jetzt kam, hörte Bolitho überhaupt nichts, wie in einem Fiebertraum: an Backbord barst das Schanzkleid auseinander, mit einer Eruption umherfliegender Splitter rissen die Decksplanken in schiefer Linie auf, Trümmer und das ganze Rohr eines Neunpfünders landeten auf der anderen Deckseite. Das geladene Geschütz ging los, seine Kugel riß eine andere Kanone um, die auf ihre Bedienung stürzte; die Schreckens- und Schmerzensschreie gingen im Getöse unter.

Das schwere Geschoß, eine doppelte Ladung wahrscheinlich, hatte auch das Ruderrad zertrümmert. Zwei Rudergasten lagen tot oder besinnungslos daneben, ein dritter war nur noch ein blutiger Brei. Der explodierte Neunpfünder hatte Bevan, den Master, fast entzweigeschnitten, sein Blut ergoß sich über das gesplitterte Deck; eine Hand krallte sich in die herausquellenden Eingeweide, als wolle sie allein sich noch ans Leben klammern.

Plowman tauchte aus dem driftenden Qualm auf. »Ich übernehme, Sir!« Er zerrte einen verängstigten Matrosen unter einem Stoß Hängematten hervor. »Auf! Komm mit nach achtern, wir schlagen eine Talje am Ruderkopf an!«

Wieder ein Krachen, diesmal seitlich am Achterdeck. Mehrere Marine-Infanteristen stürzten von der Leiter, und Bolitho hörte die schwere Kugel die Bordwand durchschlagen und durch das menschenwimmelnde Geschützdeck pflügen.

»Segel weg, Captain!« schrie er und hob den Degen. »Die Franzosen haben sich eingeschossen!«

Er konnte weder Angst noch Bitterkeit empfinden, nur Wut. Die jetzt steuerlose *Osiris* drehte schwerfällig vor den Wind – Bevan, der tote Master, hatte die Gefahr geahnt, ohne zu begreifen, was sie bedeutete. Jetzt war es zu spät. Der Druck des Windes gegen Segel und

Rumpf reichte aus, um die *Osiris* auf jene Sandbank zuzutreiben.

Der Feind hatte sein Eröffnungsfeuer benutzt wie einen Stachelstock gegen streunendes Vieh. Ein Stoß hier, ein Stich dort, um das hilflose Rind in eine sorgfältig aufgebaute Falle zu treiben.

Die beiden verborgenen Geschütze feuerten jetzt mit neuer Kraft. Die Kugeln krachten in den Schiffsrumpf oder schlugen gefährlich nahe bei der *Buzzard* ein, die immer noch auf die ankernden Schiffe zuhielt. Jetzt rief Pascoe: »Die feindliche Fregatte setzt mehr Segel, Sir! Und eine Korvette kommt vom Ankerplatz klar!«

Bolitho richtete sein Glas durch den driftenden Rauch zuerst auf die Fregatte. Lang und schlank. Achtunddreißig Kanonen gegen Javals zweiunddreißig. Vorausgesetzt, daß er bisher der schweren Artillerie entgangen war, würde er eine ganz gute Chance haben. Wenn er die Korvette abwehren konnte. *Wenn, wenn, wenn,* klang es höhnend durch sein Hirn.

In der Linse erschien ein dunkler Fleck, und Bolitho schwenkte sie weiter, um den französischen Vierundsiebziger ins Blickfeld zu bekommen. Auch jetzt noch fuhr er nur unter den notwendigsten Segeln und näherte sich der *Osiris* ganz langsam auf konvergierendem Kurs. Die Geschütze waren ausgerannt, aber noch im Schatten. Er dachte darüber nach. Im *Schatten*? Also legte der Kommandant keinen Wert darauf, die Luvposition zu behalten. Sie hielt von Steuerbord auf die *Osiris* zu, die gerefften Marssegel dicht angebraßt; Vorderkastell und sogar Galion wimmelten von Matrosen und blinkenden Waffen. Er konnte den Namen deutlich ablesen: *Immortalité.*

»Was ist mit dem Ruder, Mr. Outhwaite?« brüllte Farquhar heiser. »Haben Sie ein Notruder fertig?«

Bolitho beobachtete das gekräuselte Wasser hinter der Sandbank. Noch fünfzig Yards, knapp. Selbst wenn sie Anker warfen, konnten sie jetzt nicht mehr freikommen und schon gar nicht den Transportschiffen irgendwelchen Schaden zufügen.

Er beobachtete den Zweidecker mit der im Sonnenschein leuchtenden Trikolore und zuckte zusammen, als er noch eine zweite Flagge am Großmast entdeckte: einen langen, gespaltenen Wimpel.

Pascoe sah ihn an und versuchte zu grinsen. »Ein Kommodore, Sir. Für uns gehörte sich eigentlich ein richtiger Admiral!«

Eine Kugel fuhr donnernd durch eine der unteren Stückpforten; Bolitho hörte Schreie und Rufe nach den Maaten des Schiffsarztes.

Er wandte sich wieder dem französischen Schiff zu. Längst hätte Probyn hier sein und eine volle Breitseite in die ankernden Transporter feuern müssen, die jetzt vollkommen unverteidigt waren, da der Zweidecker und seine kleineren Gefährten an der Küste entlangsegelten, um das Gefecht zu beginnen. Die *Nicator* wäre auf keinen Widerstand gestoßen. Zorn wallte brennend in ihm auf.

Wieder erbebte das Deck, und mit einem Knall wie von einem Pistolenschuß kam die Vormaststenge herunter und stürzte über Bord, ein schlangengleiches schwarzes Gewirr von gebrochenen Stangen und Wanten mit sich reißend.

»Aufgelaufen!« schrie Farquhar mit wildem Blick. Er trat ein paar Schritt zur Seite und rutschte dabei in einer Blutlache aus. »Gottverdammt!« Er schützte sein Gesicht mit dem gebogenen Arm, denn wieder schlug eine Kugel ins Schanzkleid und riß zwei Männer nieder, die einen verwundeten Kameraden von der Stückpforte zurückzogen.

»Ihre Befehle, Sir?« fragte Farquhar mit ausdrucksloser Stimme.

Bolitho ließ die Transporter nicht aus dem Auge; sie schienen sich jetzt zu bewegen, schienen in einem riesigen Pulk am Bug vorbeizuziehen. Doch das sah nur so aus, weil die *Osiris* unter dem Druck des Windes sehr langsam drehte, während ihr Vordersteven im harten Sand festsaß.

»Ich glaube«, sagte er langsam, »wir werden bald die Steuerbordbatterien abfeuern können.«

Pascoe nickte dazu. Sein Gesicht war aschfahl, denn weitere Explosionen schleuderten Schlamm und Sprühwasser über die Netze. Der bemalte Streifen Leinwand, der den Feind eine Zeitlang getäuscht hatte, war längst vom heißen Sturmwind der Kanonen weggerissen. Schmerzhaft fest packte Bolitho mit der Rechten seinen linken Arm, um sich nicht die Verwüstungen und das noch drohende Unheil auszumalen.

»Da – jetzt setzt der Franzose mehr Segel, Captain!«

Mit weit aufgerissenen Augen starrte Farquhar hinüber. »Mein Gott!«

Langsam, unerbittlich, sich um den festsitzenden Bug drehend, schwang die *Osiris* weiter vom Land weg. Kein Wunder, daß der französische Kommandant abgewartet hatte. In etwa dreißig Minuten, wenn er die Sandbank und das in der Falle sitzende Schiff in Lee passierte, hatte er freies Schußfeld auf das ungeschützte Heck der *Osiris*. Kein Kommandant konnte sich ein besseres Ziel erhoffen; seine Breitseite mußte vom Heck bis zum Bug durch den ganzen Rumpf fegen.

»Wir sind erledigt«, keuchte Farquhar.

Bolitho schritt an ihm vorbei. »Weitergeben: Feuer aus allen noch intakten Rohren! Wenn wir nur ein bißchen Glück haben, versenken wir noch ein halbes Dutzend von denen!«

Der Befehl lief weiter, die Züge quietschten, die Geschützführer richteten die Rohre, soweit es irgend möglich war, auf die Transportschiffe: eine letzte Breitseite noch sollte treffen.

Diese Männer, das wußte Farquhar, sahen nur den Feind; und selbst wenn sie ahnten, in was für einer Klemme sie saßen, erkannten sie wahrscheinlich nicht in vollem Umfang, was das bedeutete.

»Feuer!«

Die Achtzehnpfünder fuhren im Rückstoß binnenbords, ihre Bedienungen arbeiteten wie die Irren, putzten aus, rammten neue Ladungen hinein.

Bolitho warf einen raschen Blick auf den Kommandanten. Sein Gesicht verzerrte sich beim Krachen jedes Abschusses, denn der Rückstoß so vieler Geschütze trieb die *Osiris* immer tiefer in den Sand. Farquhar wußte, daß sein Schiff bereits erledigt war, und daß Bolitho trotzdem weiterkämpfte. Bis zuletzt.

Heiser sagte Allday: »Der Hang drüben brennt anscheinend, Sir!«

Bolitho rieb sich die Augen mit dem Ärmel und starrte nach Backbord voraus. Jetzt hatte sich die *Osiris* ganz gedreht, und er konnte die dichte Rauchwand sehen. Feuerzungen schossen heraus, sie rollte auf die See zu und machte das Chaos noch schlimmer.

Allday sprach es statt seiner aus. »Das muß Mr. Veitch gewesen sein. Hat den Hang angesteckt. Da ist vermutlich alles dürr wie Zunder.« Er seufzte. »Ein tapferer Mann. Bei der Küstenbatterie können sie jetzt bestimmt nichts mehr sehen vor Qualm. Da hat er ihnen einen Strich durch die Rechnung gemacht!«

Eine heftige Detonation rollte übers Wasser, und Bolitho sah, daß der dicke Rauch einen glühendroten Kern bekam.

Pascoe hustete vom Qualm. »Wir haben einen Transporter getroffen, Sir. Muß Pulver geladen haben!«

Trümmer klatschten ins Wasser. Auch hinter dem Rauch war das Krachen leichterer Geschütze zu hören – das mußte Javal sein, der sich wahrscheinlich mit zwei Gegnern auf einmal herumschlug.

Der Ausguck überschrie das Getöse: »Ein paar Franzosen laufen aus!«

»Haben wohl ihre Trossen gekappt«, sagte Bolitho.

Er konnte es ihnen nicht verdenken. Wenn einer oder mehrere von ihnen in Brand oder manövrierunfähig geschossen wurden, dann hatten sie nur Nachteile, wenn sie an Ort und Stelle blieben.

Er betastete mit der Schuhsohle das Deck. Es war leblos, abgesehen von dem heftigen Vibrieren beim Schießen. *Keiner konnte sie mehr aufhalten.*

Etwas sauste an ihm vorbei und krachte in einer jaulenden Woge von Splittern gegen einen Neunpfünder. Männer fielen um sich schlagend und schreiend: Blut spritzte auf Bolithos Kniehose.

Er wandte sich um und sah Farquhar an der Achterdecksreling lehnen. Er blickte starr zur untersten Rah empor und preßte beide Hände auf die Brust.

Bolitho eilte zu ihm. »Ich bringe Sie unter Deck!«

Langsam wandte Farquhar ihm den Blick zu. Vor Anstrengung entblößte er die Zähne und formte jedes Wort einzeln, um die Schmerzen zu unterdrücken. »Nein. Lassen – Sie mich. Muß – hierbleiben. Muß.«

Er hatte das Vorderteil seines Uniformrocks zu einem festen Knäuel zusammengedreht, das jetzt schon leuchtend rot war.

»Ich bringe ihn hinunter«, sagte Allday.

Wieder erzitterte das Schiff, als die untere Batterie ihre Wut an den noch verankerten Transportern ausließ. Mehrere Masten waren dort gefallen, die beiden vordersten Schiffe lagen gefährlich schief, das eine wurde beinahe überspült, das andere war ein rauchgeschwärztes Wrack.

Farquhar versuchte, den Kopf zu schütteln. »Laßt die Pfoten von mir!« Schwankend fiel er gegen Bolitho. »Mr. Outhwaite!«

Aber der Erste Offizier saß gegen eine verlassene Kanone gelehnt, den Kopf auf die Brust gesunken; das Deck um ihn herum war blutüberströmt.

»Allday!« rief Bolitho. »Holen Sie Mr. Guthrie! Alle Verwundeten sollen aufs Hauptdeck gebracht werden, auf die Backbordseite! Aber machen Sie rasch!«

Der Rauch am Hang mischte sich mit dem der Kanonen. Wenigstens hatte Veitchs Kühnheit den Verwundeten eine Chance gegeben. Ohne den Rauchschirm hätten die beiden Belagerungsgeschütze jeden Versuch, Boote auszusetzen, vereitelt. Nun feuerten die Franzosen blind über das Wasser, und das unheimliche Heulen der schweren Kaliber mischte sich mit den Schreien der Sterbenden und Verwundeten.

Ein kleiner Mann tauchte aus dem Qualm auf – der Schiffsarzt.

Trotz Farquhars Protest riß er ihm den goldbetreßten Uniformrock auf. Das Haar wurde ihm von einer tieffliegenden Kugel ins Gesicht geweht, während er einen dicken Verband über den hellroten Fleck legte.

»Gehen Sie nach unten, Andrews!« keuchte Farquhar. »Kümmern Sie sich um die Leute!«

Verzweifelt sah der Arzt zu Bolitho auf. »Ich bringe die Verwundeten an Deck, Sir.« Verwirrt starrte er das zerschmetterte Schanzkleid an und die hingemähten Toten. Selbst nach der grauenvollen Arbeit, die er tief unten im Orlopdeck zu verrichten hatte, mußte ihm das hier oben wie die Hölle vorkommen. »Werden Sie die Flagge streichen, Sir?«

Farquhar hörte es und keuchte: »*Streichen?* Scheren Sie sich weg, Sie verdammter Idiot! Eher will ich Sie in der Hölle sehen, als daß ich meine Flagge streiche!«

Bolitho winkte Pascoe. »Kümmere dich um den Captain! Auch Sie bleiben hier, Allday!«

Er scherte sich nicht um ihre Bestürzung, sondern rannte zur Reling, starrte mit schmerzenden Augen durch den Rauch, bis er den Bootsmann entdeckt hatte. Er wußte seinen Namen nicht mehr, aber er rief ihn an; endlich sah der Mann zu ihm auf, das Gesicht von Pulverrauch und verkohlten Trümmern so schwarz wie das eines Negers.

»Bringen Sie den Kutter an Steuerbord zu Wasser! Auch ein Floß, wenn Sie es schaffen können!«

Auf einen Ruf Pascoes wandte er sich um und sah ein bleiches Segeldreieck durch den Rauch näherkommen; der Rumpf war noch nicht zu sehen.

Seine Degenspitze berührte das Deck, denn ihm sanken hilflos die Arme hinunter. Die Frist war verronnen, der Franzose war da. Hatte sich wie ein Jäger, der ein waidwundes Tier verfolgt, zum Heck der *Osiris* geschlichen.

Bolitho sah auch, wie der Kommodorestander sich im ablandigen Wind hob, und er fragte sich flüchtig, ob man von drüben auch seinen Wimpel über diesem Chaos aus Blut und Vernichtung noch flattern sah. Eine Bö trieb den Qualm himmelwärts; nur an den gelbroten Flammenzungen, die aus dem Rauch schossen, sah man, daß dieser Windstoß Menschenwerk war.

Deck um Deck, immer paarweise, hämmerten die Geschütze des Vierundsiebzigers ihre Kugeln ins Heck der *Osiris*.

Das nahm kein Ende! Schon sah Bolitho die blindlings rennenden, stürzenden, zuckenden, sich wälzenden Gestalten kaum noch als Menschen, nur noch als formlose, sinnlose Schreckensbilder mit lautlos klaffenden Mündern.

Atemlos wankte er zur Reling, soweit sie noch vorhanden war. Dort standen noch immer Pascoe und Allday und hielten, jeder von einer Seite, den Kommandanten aufrecht. Allday hatte eine tiefe Wunde im Arm. Pascoe eine dunkle Beule an der Stirn, wo ihn ein Holzstück getroffen hatte. Bolitho hatte noch nicht wieder Atem genug, um sprechen zu können, aber er hielt sich irgendwo fest und nickte ihnen zu.

Auf dem Oberdeck stand kein Mensch mehr; achtern, vorn und auf den Laufgängen häuften sich gebrochene Spieren, Stage und Wanten. Überall wallte Rauch auf. Unter den Trümmern schrien Menschen nach Hilfe, riefen Namen, fluchten Sinnloses.

»Der Besan kommt jeden Moment von oben, Sir«, keuchte Allday mit letzter Kraft. »Er hängt nur noch an den Wanten!«

Durch das Getöse der fallenden Spieren und brüllenden Menschen hörte Bolitho fernes Hurrarufen: das Siegesgeschrei der Franzosen.

Farquhar stieß Pascoe zurück und wankte zu den zerrissenen Webleinen. Seine Uniform hing in Fetzen, mehrere Holzsplitter staken wie Pfeile in seinen Schultern. Blut aus seiner Brustwunde bezeichnete seinen Weg zum Schanzkleid; als Bolitho ihn endlich auffing, waren seine Augen fast geschlossen.

»Haben wir die Flagge gestrichen, Sir?« keuchte er.

Bolitho hielt ihn fest im Arm, auch Pascoe kam herbei. Den Mast mit Wimpel, Stagen und Wanten hatte eine Breitseite weggefegt.

»Nein, das haben wir nicht.«

Mit weitgeöffneten Augen sah Farquhar ihn an. »Das ist gut, Sir. Tut mir leid, daß . . .« Offenbar überwältigte ihn eine neue Schmerzwelle, dennoch stieß er wütend hervor: »Probyn soll in der Hölle faulen – er hat uns auf dem Gewissen!«

Bolitho stützte Farquhar. Pascoe beobachtete dessen Gesicht, als könne er darauf die Antwort auf alle seine Fragen ablesen.

Undeutlich murmelte Fraquhar: »Lassen Sie mich, Sir. Ich kann schon wieder allein stehen. Dieser Idiot von Outhwaite soll . . .« Ein letzter Schimmer von Bewußtsein blitzte in seinen Augen auf und erstarrte.

Der Zweite Offizier stolperte durch den Rauch, blieb aber reglos stehen, als Bolitho sagte: »Hier, halten Sie Ihren Kommandanten, Mr. Guthrie.« Er wandte den Blick ab. »Sir Charles Farquhar ist tot.«

»Nur die Verwundeten in die Boote!«

Bolitho war bereits heiser, weil er den Kanonendonner überschreien mußte. Von einigen Transportern kam Geschützfeuer durch den Rauch; freilich mußten die Kugeln meist die eigenen Schiffe treffen, denn die Ordnung auf der Reede hatte sich aufgelöst. Unbeschreibliche Panik herrschte dort; drei Schiffe brannten lichterloh, ihre Trossen waren gekappt oder verbrannt, sie trieben zwischen die anderen.

Bolitho hatte keine Ahnung, wie viele Kanonen auf der *Osiris* noch feuerten, denn in der unteren Batterie waren nur noch wenige Geschütze bemannt; unmöglich, den Rückstoß eines Zweiunddreißigpfünders vom Einschlag einer feindlichen Kugel zu unterscheiden.

Er blickte von der Laufbrücke hinunter; direkt unter ihm lagen die Boote, bereits überfüllt mit Verwundeten; andere klammerten sich noch an die Bordwand oder trieben im Wasser ab, weil sie nicht schwimmen konnten oder zu erschöpft waren. Manche kletterten vom Schiff an Tauen über Bord – Seesoldaten, Matrosen, Küfer, Segelmacher; hier und da versuchte ein Offizier, Ordnung zu schaffen.

Pascoe kam herbeigerannt. »Was jetzt, Sir?«

Bolitho antwortete nicht direkt. »Schau dir das da unten gut an, Adam. So sieht eine Niederlage aus. So stinkt sie.« Er wandte sich ab. »Gib durch: Feuer einstellen. Das Schiff kann jeden Moment in Brand geraten, wenn eins von diesen Wracks dagegentreibt.«

Wieder ein heftiges Krachen: endlich, von den letzten Wanten befreit, stürzte der Besanmast über Bord und stak in der Sandbank wie ein riesiges Seezeichen.

Bolitho tat ein paar Schritte über Deck, blieb mit den Schuhen in Splittern und dem großen schiefen Riß hängen, wo die Franzosen mit ihrem Volltreffer das Ruder zerstört hatten.

Ein paar Männer rannten vorbei, ohne ihn auch nur anzusehen. Wohin sie rannten, und was sie da sollten, wußten sie wahrscheinlich gar nicht.

Rauch rollte das Deck entlang und wirbelte durch die Löcher in den Planken hoch. Es war, als gehe man durch die Hölle. Tote rechts und links, Waffen, allerlei persönliche Gegenstände lagen herum, wo sie während der Schlacht hingeworfen worden waren. Ein Marine-Infanterist starrte in den Himmel, Kopf und Schultern im Schoß eines Kameraden. Sein bester Freund vielleicht. Aber auch er war tot, von einem Eisensplitter getroffen, während er seinen Freund sterben sah.

Der tote Farquhar war nicht mehr an Deck. Sie hatten ihn wohl gleich nach unten geschafft, in die zerstörte Kajüte mit ihrer einst so eleganten Einrichtung.

Unter der Kampanje tauchte eine kleine Gestalt auf: Midshipman Breen, der Bolitho anstarrte, aber überhaupt nicht zu erkennen schien. »Gehen Sie mit Mr. Pascoe«, sagte Bolitho, »und seien Sie vorsichtig.«

Der Junge nickte und brach in Tränen aus. »Ich bin weggelaufen, Sir. *Ich bin weggelaufen*!«

Bolitho legte ihm die Hand auf die Schulter. »Viele erwachsene Männer haben das heute getan, Mr. Breen. Hier konnten Sie doch nicht mehr helfen.«

Pascoe kam mit dem Zweiten Offizier, der totenbleich und völlig erschöpft aussah.

»Die Boote sind voll, Sir.«

Er zuckte zusammen, denn eine Kugel flog an ihm vorbei und schlug hinter ihm in etwas Festes im Rauch, der so dicht war, daß von dem anderen Schiff überhaupt nichts zu sehen war.

Langsam und eingehend sah sich Bolitho auf dem verlassenen Deck um. Unter diesem ungeheuren Gewirr von Tauwerk und Holztrümmern lagen bestimmt noch viele Männer eingeklemmt, horchten, warteten, hofften auf Hilfe.

»Ja«, sagte er dann, »sagen Sie durch: Alle Mann von Bord! Wir setzen die Verwundeten an der Küste ab.« Er blickte Pascoe bedauernd an. »Tut mir leid um dich, Adam. Zweimal gefangen in so kurzer Zeit.«

Pascoe zuckte die Achseln. »Wenigstens sind wir diesmal zusammen, Onkel.«

Allday, der sich mit seinem verwundeten Arm beschäftigt hatte, stieß plötzlich von der Reling ab und sagte: *»Hören Sie!«*

Überrascht sahen sie ihn an; Bolitho legte ihm den Arm um die Schulter – er machte sich Vorwürfe, daß er sich in seiner Verzweiflung nicht um Allday gekümmert hatte.

Breen rieb sich die Augen mit den Handknöcheln und sagte: »Ich höre es auch!« Er griff nach Alldays Hand. »Ich hör's tatsächlich!«

Bolitho schritt über die geborstenen Planken und horchte auf das lauter werdende Hurrageschrei. Es wurde von unregelmäßigen Kanonenschüssen unterbrochen, denen eine viel lautere und stärkere Breitseite folgte. Dann stieg das Hurrarufen wieder auf, lauter und wilder, wie mit einer einzigen mächtigen Stimme.

»Das sind keine Franzosen«, sagte Allday heiser.

»Hurra!«

Wieder rollte Rauch auf die gestrandete *Osiris* zu, doch eine neue Breitseite riß ihn auseinander.

»Die *Buzzard*«, mutmaßte Pascoe.

»Ach wo«, sagte Allday mit einem Blick auf Bolitho. »Hören Sie nicht, Sir?«

»Ja.« Bolitho steckte den Degen in die Scheide, ohne zu wissen, warum. »Eine so starke Besatzung hat keine Fregatte.«

Der Zweite Offizier ließ den Kopf sinken. »Diese verfluchte *Nicator*! Jetzt kommt sie endlich – viel zu spät, um uns zu retten.«

Sonne stach durch den Rauch; Bolitho sah Flammen auflodern und hörte das Prasseln brennenden Holzes. Ein entmasteter Rumpf, verlassen, aufgegeben, lag knapp fünfzig Yards achteraus. Doch als der Rauch hochwirbelte, starrte er auf ein Schiff, das eben jetzt wieder eine Breitseite auf ein unsichtbares Ziel in Lee feuerte.

Da war kein Zweifel möglich: die *Lysander* segelte an den versprengten Transportern vorbei und feuerte auf sie. Und die Batterien ihrer anderen Bordseite schossen offensichtlich auf den französischen Vierundsiebziger; daher die ersten Hurrarufe und die vollen Breitseiten.

Bolitho sah das alles und nahm es in sein Bewußtsein auf, aber den Sinn begriff er nicht.

Nur eins zählte: die *Lysander*! Thomas Herrick war da. Es war ein phantastischer Glücksfall, fast ein Mirakel. Er war in die Nordpassage eingelaufen und hatte aus dem Ankerplatz der Franzosen eine Abwrackwerft gemacht!

Pascoe sagte: »Aber jetzt ist es, glaube ich, die *Buzzard*, Sir.« Seine Augen glühten, er atmete heftig vor Erregung. »Ja, das ist sie. Und ihre Segel sind so zerlöchert, daß sie kaum noch Fahrt macht!«

Bolitho rieb sich die Augen. Dicht hinter der *Lysander* kam eine Korvette. Sie lag stark schräg, doch ihre Segel waren nicht so beschädigt wie die von Javals siegreicher Fregatte. Und über der Trikolore führte sie einen großen Union-Jack, die britische Flagge.

Widerstrebend wandte Bolitho die Augen ab. »Sie setzen Boote aus. Sagt unseren Leuten, daß Hilfe kommt.«

Gespannt beobachtete er einen driftenden Transporter und betete, er möge keins von den Pulverschiffen sein.

Eine Bö fuhr übers Wasser, und er sah, daß viele Transporter gesunken waren. Kein Wunder, da sie diese schweren Geschütze geladen hatten.

Boote ruderten auf die *Osiris* zu; er hörte ermutigende Rufe. Mit harten Gesichtern starrten die Ruderer das zerschossene, durchlöcherte Wrack an, das einst Farquhars Schiff gewesen war.

Plowman hinkte vorbei, den Schiffschronometer unterm Arm. Als er Bolitho sah, grinste er mühsam. »Wär' doch schade drum, Sir. Den kann man noch gebrauchen.« Eilig hinkte er zur Bordwand. »Freut mich, daß Sie nichts abgekriegt haben, Sir!«

Es waren noch zahlreiche Boote in der Nähe, manche mit bewaffneter Marine-Infanterie an Bord und Drehbassen im Bug; andere beteiligten sich am Rettungswerk. Und noch etwas sah er: einige dieser Boote waren rot gestrichen, stammten also von der *Nicator*. Probyns Schiff war offenbar irgendwo hinter den versprengten Transportern und brennenden Wracks, um nachzusehen, was die Schlacht gekostet hatte.

Ein Leutnant kam übers Deck, trat zu Pascoe und faßte grüßend an den Hut. »Keine überlebenden Offiziere außer Ihnen?« In dieser Hölle von Schrecken und Todesnot sah er merkwürdig sauber aus.

»Ich bin auch noch da«, sagte Bolitho.

Der Leutnant starrte ihn mit offenem Munde an. »Pardon, Sir«, sagte er schließlich, »ich habe Sie nicht erkannt in diesen –«

»Spielt auch keine Rolle«, entgegnete Bolitho müde. »Daran habe ich mich allmählich gewöhnt.«

Der Offizier blinzelte verlegen. »Ich komme von der *Nicator*, Sir. Wir haben gedacht, es ist keiner übriggeblieben in diesem . . .« Die Worte fehlten ihm; er machte eine unbestimmte Handbewegung.

Guthrie, der Zweite Offizier der *Osiris*, kam plötzlich von der Kampanje herangestürmt und packte den jungen Offizier beim Rockaufschlag. »Sie elender Feigling! Sie verdammte, kriechende Kröte! Sehen Sie bloß, was Sie –«

Bolitho zog ihn von dem bestürzten Leutnant weg; Guthrie brach zusammen und schluchzte so heftig, daß es ihn schüttelte.

Bestürzt und beschämt über Guthries Anschuldigungen erklärte der Leutnant: »Die *Nicator* ist auf Grund gelaufen, Sir. Aber auf einmal kam die *Lysander*, keiner wußte woher, und schleppte uns frei. Ohne Captain Herrick wären wir noch später eingetroffen, fürchte ich.« Er war ganz außer Atem.

»Ja, bestimmt noch viel später.« Bolitho ging über die halb zerstörte Laufbrücke. »Jetzt können wir das Schiff verlassen.«

Er blieb stehen und sah sich um. Die *Osiris* war bereits ein Wrack; ohne Masten, ohne Segel, und ihre Besatzung bestand nur noch aus Toten, unter Trümmern Verschütteten und Verkrüppelten. Der Schiffsrumpf erzitterte, als wolle er sich gegen die Niederlage wehren. Aber das brennende Transporterwrack war an der anderen Seite angetrieben. Bolitho hörte die Flammen prasseln und triumphierend aufbrüllen, als sie das geteerte Tauwerk der *Osiris* erfaßten, das in wirren Haufen an Deck lag.

Mochten die Franzosen, oder wer wollte, einige ihrer Geschütze bergen, vielleicht auch die Schiffsglocke zum Andenken. Nur Kiel und Spanten würden noch lange nach dem Erlöschen der Flammen im Sand liegen, bis Zeit und See endgültig gesiegt hatten.

»Legt ab!« Er saß im Heck, das Boot um sich voll von stummen Männern, teils verwundet, teils nur betäubt von dem, was sie gesehen und durchgemacht hatten. »Rudert an!«

Bolitho sah sich nach den anderen Booten um. Alle waren überfüllt. Doch von den sechshundert Mann der *Osiris* waren nur knapp die Hälfte gerettet. Er preßte die Lippen zusammen; die Augen schmerzten ihn vor Anstrengung. Ein sehr hoher Preis. Es war nur zu hoffen, daß ihr Opfer irgendwann von irgend jemandem gewürdigt wurde.

Er hörte einen Ruf und dann Alldays heiseres Krächzen: »Herrgott, seht doch mal die Gig da!«

Es war Leutnant Veitch, kohlschwarz von Kopf bis Fuß und beinahe nackt; dennoch winkte er ihnen zu und grinste dabei von einem Ohr zum anderen.

»So'n verrücktes Aas«, murmelte Plowman, »er hat gesagt, er schafft's! Hat er tatsächlich!«

Bolitho hatte jeden Sinn für Zeit und Entfernung verloren. Als die Boote, von driftendem Rauch verfolgt und eingehüllt, die *Lysander* erreichten, war er fast überrascht, den hohen, schwarz und rotbraun bemalten Rumpf aufragen zu sehen wie eine Klippe. In den Stückpforten drängten sich freudestrahlende Gesichter, die Laufbrücke war voller Matrosen und Seesoldaten, und alle schrien hoch und hurra.

Er packte die nächste Sprosse des Fallreeps und zog sich von seiner Ducht hoch. Ihm war, als gehorchten ihm die Arme nicht mehr, als würden sie aus den Gelenken gerissen. Rauhe Matrosenfäuste packten seine Hände, Männer umdrängten ihn, zogen ihn hoch, starrten ihn an.

Herrick nahm ihn beim Arm und führte ihn nach achtern. »Gott sei Dank«, sagte er leise und sah Bolitho sekundenlang ins Gesicht. »Gott sei Dank!«

Bolitho fuhr herum: eine brausende Flamme schoß hoch über den Rauch hinaus. Der Scheiterhaufen der *Osiris* loderte. »Sorgen Sie für die Männer der *Osiris*«, sagte er. »Sie haben gut gekämpft, Thomas, besser, als ich je zu hoffen wagte.« Mühsam hob er die Schultern. »Aber wären Sie nicht gekommen, alles wäre umsonst gewesen, die Verluste zu groß für das, was wir erreicht haben.«

Er nickte Pascoe zu, der eben vorbeikam. »Auch Adam ist unverletzt.«

Herrick spähte suchend durch den Rauch. »Und Kapitän Farquhar?«

»Im Kampf gefallen, als ein tapferer Mann«, entgegnete Bolitho, in die lodernden Flammen starrend.

Der ferne Kanonendonner wurde von neuen Hurras übertönt, und jemand schrie aufgeregt: »Der Franzmann streicht die Flagge, Sir!«

Fragend sah Bolitho Herrick an. »Der Vierundsiebziger?«

»Aye. Wir haben ihm das Ruder weggeschossen und ihn zweimal beharkt, ehe er freikommen konnte. Ich glaube, der Kommandant hatte mit der *Osiris* zu viel zu tun, daß er uns überhaupt nicht gesehen hat.« Schüchtern legte er Bolitho die Hand auf die Schulter. »In ihm haben Sie Ersatz für das verlorene Schiff.«

Leutnant Kipling kam nach achtern und faßte an den Hut. »Prisenkommando hat Schiff übernommen, Sir. Mr. Gilchrist meldet, daß der französische Kommodore und fast alle höheren Offiziere schwer verwundet sind.«

»Danke«, nickte Herrick. »Mr. Gilchrist soll einen Austausch arrangieren. Ihre Offiziere und Matrosen gegen alle von der *Osiris*, die an Land schwimmen konnten. Und das Schiff behalten wir.«

Bolitho musterte Herrick erstaunt. Wie er sich verändert hatte! Wie selbstsicher, wie unbeirrt er sprach! Und er hatte nicht einmal um Erlaubnis oder Rat gefragt.

Herrick wandte sich ihm wieder zu. »Ich möchte ankern, Sir. Wie ich höre, stellen alle Franzosen das Feuer ein. Javal hat ihre Fregatte auf die Sandbänke gejagt, dort sitzt sie bombenfest. Er hat eine hübsche kleine Korvette als Prise genommen, und ich glaube, die andere ist nach Süden geflohen, so schnell sie konnte.«

»Einverstanden«, entgegnete Bolitho. »Aber das haben Sie als Flaggkapitän zu entscheiden.«

Herrick lächelte melancholisch. »Was Captain Farquhar anlangt, Sir . . .«

»Für ihn ist alles vorbei, Thomas. Er starb, weil ihm die Fakten wichtiger waren als die Ideen. Vielleicht war ihm auch seine eigene Zukunft zu wichtig. Aber er starb als tapferer Mann.«

Herrick seufzte. »Das habe ich nicht anders erwartet.«

Da kam jemand unter die Kampanje gelaufen und rief: »Sie sind wieder da, Sir, heil und gesund?« Es war Ozzard, und er lächelte, was er selten tat. »Bitte kommen Sie nach unten, Sir!«

Bolitho schüttelte den Kopf. »Später. Ich muß mir das hier ansehen.«

Jetzt kamen die Boote mit den Geretteten längsseit; und drüben lag die *Buzzard* mit den zerfetzten Segeln und der hübschen kleinen Prise dicht neben sich. Das französische Linienschiff fuhr jetzt nicht mehr den gespaltenen Wimpel, dafür aber britische Flaggen an allen Masten: *Immortalité*. Der Name paßte. Sie hatte es überstanden und würde, wenn alles gut ging, ein wertvoller Zuwachs für sein kleines Geschwader sein.

Ein furchtbares Krachen ertönte, Wrackstücke regneten herab. Das Feuer mußte endlich die Pulverkammer der *Osiris* erreicht haben. Die offenen Stückpforten glühten auf wie eine Reihe roter Augen; jetzt fraßen die Flammen das Schiff von innen, Deck um Deck, Planke für Planke.

Bolithos Kopf schmerzte, er wollte gehen, weit weg von allem. Tief unten im Schiff sein, keinen Menschen hören, kein Wasser mehr sehen.

Und doch blieb er an den Webeleinen stehen und sah zu, wie auf der *Lysander* gearbeitet wurde, sah die emsigen Männer und die vielen bekannten Gesichter. Nickend sagte der alte Grubb irgend etwas von Ehre; Major Leroux kam herbeistolziert und wollte etwas äußern, doch er sah, wie Bolitho zumute war, und drehte im letzten Moment ab.

Fitz-Clarence und Kipling, auch der kleine Midshipman Saxby mit seinem zahnlückigen Grinsen, der alte Mariot, der Geschützführer, der schon unter Bolithos Vater gedient hatte – alle waren sie da.

»Das muß schneller gehen, Mr. Steere«, hörte er Herrick rufen. »Der Wind ist jetzt günstiger, und ich will noch vor Mittag weiter!«

Vor Mittag? War seit dem Morgengrauen erst so wenig Zeit vergangen? Müde starrte Bolitho aufs Wasser, auf dem verkohlte Balken und tote Menschen trieben. Nur ein paar Stunden, mehr nicht. Aber viele waren gestorben und noch mehr würden noch sterben.

Er griff in die Netze und tat ein paar tiefe Atemzüge. Und gerade er war fest überzeugt gewesen, daß er als einer der ersten fallen würde. Das war das Allermerkwürdigste. In seiner Zeit auf See war er oft genug dem Tode nahe gewesen. Manchmal so nahe, daß er ihn neben sich gespürt hatte wie eine Realität. Noch nie war das Gefühl so stark gewesen wie an diesem Tag.

Herrick trat wieder zu ihm. »Tut mir leid, daß ich Sie allein lassen muß, Sir. Aber bei diesem Betrieb und da die Leute alle noch ganz verrückt vom Sieg sind, bleibt keine Minute Zeit, auch wenn man sie nötig brauchte.«

»Ich danke Ihnen, Thomas.« Bolitho sah zu der brennenden *Osiris* hinüber. »Für das, was Sie für die dort getan haben – und für mich selbst.«

»Wenn ich es nur früher gewußt hätte, Sir!« sagte Herrick und blickte bedauernd zur Seite. »So dachte ich nur, es hätte keinen Zweck, untätig vor Anker zu liegen, wenn Sie für das Geschwader so viel getan haben.«

Ernst und nachdenklich sah Bolitho ihn an. »Und da sind Sie einfach losgesegelt, Thomas? Mit einem Stück Papier von der Hand Ihres stellvertretenden Kommodore, das ihn gegebenenfalls von aller Verantwortung befreit, Sie aber aufs schwerste belastet hätte. Dienstlich wären Sie höchstwahrscheinlich erledigt gewesen.«

Er sah die scharfen Falten in Herricks vertrautem Gesicht; vermutlich hatte er geglaubt, Bolitho sei tot oder gefangen. Daß er allein von Syrakus ausgelaufen war, sollte eine persönliche Demonstration sein; das hatte ja schon Inch gesagt.

Mehrere Boote kamen von vorn; vorsichtig mieden sie den brennenden Zweidecker, der vielleicht noch einmal, und dann sogar schlimmer, explodieren konnte.

»Das sind die gefangenen Franzosen, Sir. Sie haben gut gekämpft, aber wir haben sie besiegt, ohne einen einzigen Mann zu verlieren. Wir haben sie eben überrascht. Aber wir selbst waren mindestens ebenso überrascht, glaube ich.«

Bolitho beugte sich über die Bordwand und sah einen hageren Offizier, einen Arm in der Schlinge, die Uniform blutüberströmt, der mit schmerzverzerrtem Gesicht zu ihm aufschaute.

»Der Kommodore.« Er hob die Hand, und der Begleiter des französischen Offiziers erwiderte den Gruß. »Ich weiß, wie es ist, wenn man verloren hat. Und was er in diesem Augenblick denkt.« Schroff wandte er sich ab. »Sobald wir klar zum Auslaufen sind, wünsche ich einen ausführlichen Bericht von Captain Probyn.«

»Aye.« Herrick spürte Bolithos Verbitterung, seinen Zorn.

Wieder sah Bolitho ihn an. »Aber jetzt soll mir nichts mehr die Freude an unserem Wiedersehen verderben, mein Freund!« Er lächelte, weil er sich in seiner Erschöpfung so hilflos vorkam. »Ich habe Ihnen übrigens Grüße auszurichten, Thomas. Von einer entzückenden Frau, die sich schon jetzt darauf freut, Sie in Kent willkommen zu heißen.«

Herrick geriet ins Stottern. »Verflucht – Pardon, Sir – ich . . .«

Dann grinste er. »Sie haben sie also kennengelernt?«

»Das sagte ich ja gerade, Thomas.« Er nahm ihn beim Arm. »Ich hoffe bei Ihrer Hochzeit dabei zu sein, so wie Sie bei . . .« Er hielt inne und wandte den Blick ab.

»Es wird mir eine große Ehre sein, Sir – falls es dazu kommt.«

Jetzt stürmte Veitch auf das Achterdeck, das Lachen und die Späße, die seinen wilden Auftritt begrüßten, mit fröhlichem Grinsen erwidernd.

Herrick freute sich. »Noch ein alter Lysander ist wieder zu Hause, Sir. Aber wenn Sie nichts dagegen haben, möchte ich ihn sofort zum Ersten Offizier befördern. Mr. Fitz-Clarence kann die Korvette übernehmen und Mr. Gilchrist den französischen Vierundsiebziger. Jedenfalls bis zu einer endgültigen Regelung.«

»Wie gesagt, Thomas, Sie sind der Flaggkapitän. Ihre Ansichten sind auch die meinen, wir haben es beide nur nicht gewußt, glaube ich. Aber was wird Captain Javal hinsichtlich *seiner* Offiziere dazu sagen?«

Herrick lächelte. »Wir haben uns nach dem Gefecht von Bord zu Bord verständigt, Sir. Er ist ohne Verluste durchgekommen, aber –«, er sah Bolitho in die Augen –, »wir haben nur die eine Fregatte. Sie muß besser sein als jede feindliche Fregatte, auf die sie treffen könnte. Und Javal ist sowieso zufrieden, wenn er Prisengeld kriegt.«

Er wurde wieder ernst, als Fitz-Clarence eilig herbeikam und offensichtlich eine Menge Fragen hatte. »Wenn Sie mich bitte entschuldigen wollen, Sir?« sagte er.

Dann trat Pascoe herzu. »Ein seltsames Gefühl, wieder hier zu sein«, sagte er nachdenklich.

Bolitho nickte. »Für dich ganz besonders, Adam.«

Überraschung sprach aus Adams dunklen Augen. »Wieso gerade für mich?«

»Gilchrist und Fitz-Clarence sind vorläufig Prisenkommandanten –«, jetzt erhellte sich Pascoes Miene, denn er begriff –, »da rückst du gleich zwei Stufen auf und bist Vierter Offizier. Mit achtzehn ist das ganz beachtlich.«

Guthrie fiel ihm dabei ein, Farquhars Zweiter. Wenigstens verdankte Pascoe seine Beförderung nicht dem Tod eines anderen oder war in eine solche Lücke getreten, wie sie Guthrie hinterlassen hatte, dessen Geist sich im Grauen der Schlacht verdunkelt hatte. Bolitho dachte auch an Probyn, der schon als Leutnant ein Trinker gewesen war. Wenn der am Tod all jener schuld war, die heute umgekommen waren, dann gab es keine Entschuldigung und keine höhere Stelle, die ihn retten konnte.

Er sah Pascoes veränderte Miene und wußte, daß man ihm seinen Zorn auf Probyn ansah. »Du hast es verdient und noch viel mehr«, sagte er und wandte sich um, denn eben kam ein Boot der *Lysander* mit der weißen Parlamentärsflagge vorbei. »Dein Vater wäre stolz auf dich gewesen.«

Damit ging Bolitho zu Herrick hinüber, der am Decksgang stand. Pascoes Gesicht konnte er nicht sehen, doch er wußte, daß er ihm soeben eine größere Belohnung gegeben hatte, als es die Beförderung war.

Bolitho saß in seiner Kajüte am Arbeitstisch und schrieb, als Herrick eintrat. Es war jetzt eine volle Woche her, daß sie Korfu mit seinen bitteren Erinnerungen hinter sich gelassen hatten. Auf Süd- und Ostkurs waren sie durch die zahllosen griechischen Inseln gesteuert und hatten schließlich einen sicheren Ankerplatz gefunden, wo sie die Schäden reparieren konnten.

Für die Jahreszeit war das Wetter überraschend schlecht. Wenn Bolitho mit intaktem Geschwader nach Syrakus zurückkehren wollte, dann mußte er dafür sorgen, daß seine Schiffe die Reise auch aushielten.

Die *Buzzard* war erheblich beschädigt; sie hatte mehrere Einschüsse unter der Wasserlinie. Einmal, in einer heftigen Sturmbö, als das Segelbergen besonders schwierig gewesen war, hatte er gedacht, sie würde sinken. Aber Javal hatte seine Fregatte unter ungeheuren Strapazen für Schiff und Besatzung retten können.

Der eroberte Zweidecker, die *Immortalité*, hatte in den Böen ebenfalls einiges durchgemacht. Den Hauptteil ihrer Besatzung bildeten die Überlebenden der *Osiris*. Der Rest kam von allen anderen Schiffen des Geschwaders, und die Männer hatten noch keine Zeit gehabt, zu einer Einheit zusammenzuwachsen. Die behelfsmäßige Ruderanlage war zweimal gebrochen, bevor das Schiff wieder steuerbar wurde, und Bolitho konnte die Entschlossenheit und Ausdauer Gilchrists, ihres vorläufigen Kommandanten, nur bewundern. Herrick hatte sicherlich die richtige Wahl getroffen. Man konnte sich nur schwer vorstellen, wie das Schiff bei den Schäden und Materialverlusten, die es im Kampf erlitten hatte, ohne Gilchrist überhaupt durchgekommen wäre.

Lächelnd sah Bolitho auf, als Herrick hereinkam. »Setzen Sie sich, Thomas, und trinken Sie ein Glas Wein.«

Herrick nahm Platz und wartete, bis Ozzard ihm einen Becher gebracht hatte.

»Ich bin bei meinem Bericht«, sagte Bolitho. »Sobald das Wetter besser wird, soll Fitz-Clarence nach Syrakus und dann nach Gibraltar segeln. Meinen Sie, daß er das schafft?«

Herrick grinste über seinem Glas. »Der findet den Weg schon, Sir.« Er verzog das Gesicht, denn eben klatschte ein Guß Spritzwasser gegen die Fensterscheiben. »Aber das kann noch eine Weile dauern. Gott sei Dank, daß wir diese kleine Insel gefunden haben. Major Leroux hat Patrouillen an Land geschickt und sie anscheinend unbewohnt gefunden. Hier haben wir wenigstens Schutz, bis Gilchrist und Javal mit ihren Reparaturen ein Stück weiter sind.«

Bolitho sah auf seinen dicken Bericht hinunter. »Mr. Gilchrist macht sich sehr gut, Thomas.« Versonnen blickte er in der Kajüte umher; ihm war, als sähe er allerlei Gesichter. »Ich habe empfohlen, ihm bei erster Gelegenheit ein eigenes Schiff zu geben. Eine Brigg am besten, da lernt er die menschlichere Seite eines Kommandos kennen: ein kleines Schiff, auf dem es sehr viel zu tun gibt!«

»Danke, Sir, das freut mich. Ich weiß, Sie konnten ihn nicht ausstehen, und das war mir sehr unangenehm. Aber er hatte schwer zu klettern, bis er da war, wo er jetzt ist, und seine Zähigkeit imponiert mir.«

»Gewiß.«

Bolitho dachte an die Briefe, die er für den Depeschenbeutel geschrieben hatte. An Farquhars verwitwete Mutter und an andere, die in absehbarer Zeit erfahren würden, daß ein Ehemann oder Vater nicht mehr heimkehren würde.

Nach kurzem Schweigen sagte Herrick: »Mr. Grubb fürchtet, daß der Wind noch tagelang so ungünstig bleibt, vielleicht noch Wochen. Wir liegen aber hier ganz gemütlich, und da dachte ich, Sie wollten vielleicht jetzt die andere Angelegenheit erledigen.«

»Sie tun recht daran, mich zu erinnern«, erwiderte Bolitho. Vielleicht hatte er es bloß vor sich hergeschoben, weil er die Konfrontation scheute. »Captain Probyn soll morgen an Bord kommen, wenn wir nicht gerade Sturm haben.«

Herrick war offensichtlich erleichtert. »Ich habe seinen Bericht gelesen, Sir: in einer auf der Karte schlecht ausgezeichneten Durchfahrt ist er auf Grund gelaufen. Als ich die *Nicator* erreichte, saß sie auf einer Sandbank. Nicht schlimm, aber wir mußten immerhin einen Warpanker verwenden.«

Bolitho stand auf und ging zu seinem Weinschrank. Wieder und wieder hatte er über Herricks unvermutetes und entscheidendes Auftauchen in der Schlacht nachgedacht. Mit Hilfe des Logbuches der *Lysander*, den ausführlichen Erläuterungen des Masters und den Einzelheiten, die er aus Herrick herausholen konnte, hatte er sich ein Bild von den Bewegungen des Schiffes gemacht, seit es Syrakus verlassen hatte.

Herrick war, von dieser seltsamen inneren Verbundenheit getrieben, nicht direkt nach Korfu gesegelt, sondern viel weiter südlich auf die afrikanische Küste zu. Dann nach Osten, immer weiter nach Osten auf der Suche nach einem Schiff, oder, besser noch, nach einer Flotte. Wenn er sich daran erinnerte, wie verzweifelt Herrick vorher gewesen war, wie unfähig, den Posten eines Flaggkapitäns auszufüllen, kam ihm das Ganze noch unglaublicher vor.

In diesen vielen endlosen Meilen, bis er schließlich Alexandria und die Bucht von Abukir gesichtet hatte, an der entlang er bis zum Mündung des mächtigen Nil gekommen war, mußte er ein ganz anderer Mensch geworden sein.

Bolitho hatte ihm seine Anerkennung ausgesprochen, weil er mit einer so unbeugsamen Entschlossenheit, mit einem so unerschütterlichen Glauben an die Richtigkeit der Schlußfolgerungen Bolithos losgesegelt war. Darauf hatte Herrick nur erwidert: »Sie hatten mich überzeugt, Sir. Und als ich das den Leuten sagte, waren sie bereit, zu segeln, wohin ich wollte.« Er war etwas verlegen geworden, als Major Leroux einmal äußerte: »Captain Herrick hat vor der ganzen Besatzung eine Ansprache gehalten, bei der Ihnen die Ohren geklungen haben müssen, wo Sie auch waren!«

Da von der französischen Flotte nichts zu sehen war, hatte sich Herrick schließlich entschlossen, Kurs auf Korfu zu nehmen. Überzeugt davon, daß dort die Versorgungsschiffe warteten, das britische Geschwader aber noch immer in Syrakus vor Anker lag, war er direkt in Bolithos Angriff hineingesegelt. Von Norden nach Süden, so erläuterte er, wäre die Überraschung leichter gewesen, außerdem hätte er dann die breite Süd-Passage als Fluchtweg gehabt.

So war er auf die *Nicator* gestoßen. Zwei Schiffe trafen sich wie nach einem festen Zeitplan und genau in der Stunde des Angriffs.

Durch denselben Sturm, der damals Bolithos vermindertes Geschwader zerstreut hatte, war die schnellere *Lysander* bis zum Nil und wieder über das Mittelmeer bis nach Korfu getrieben worden.

Bolitho schenkte neu ein und kam wieder an den Tisch. »Wenn nicht große Veränderungen stattgefunden haben, Thomas, können wir nur annehmen, daß die Franzosen bald zum Angriff ansetzen werden. Die Korvette, die bei Korfu entwischen konnte, ist vielleicht dorthin zurückgesegelt; viel wahrscheinlicher ist aber, daß sie Kurs auf Frankreich genommen hat.« Er warf einen Blick auf die salzgestreiften Fenster und horchte auf den Wind, der jaulend durch die Wanten und festgemachten Segel fuhr. »Sie wird schwer zu kämpfen haben, und doch müssen wir damit rechnen, daß sie eher als jemand anderer einen Hafen erreicht.«

Nachdenklich nickte Herrick. »Dann könnte sich der französische Admiral dazu entschließen, herauszukommen. Wenn er weiß, daß seine schwere Artillerie auf dem Meeresgrund liegt, wird er sich auf ein bewegliches Gefecht einstellen. Das ist logisch.«

»Wir liegen hier schlecht«, erwiderte Bolitho. »Bei diesem Wind müßten wir viel weiter westlich liegen, wo wir von Nutzen sein könnten, wenn die Flotte eintrifft.«

»*Falls* sie eintrifft«, seufzte Herrick. »Aber immerhin haben wir getan, was wir konnten.«

»Ja.« Er dachte an die Bestattungen auf See, wie sie stets am Tag nach einer Seeschlacht stattfanden. »Und man wird sich auch weiterhin auf uns verlassen können.«

Es klopfte, und Midshipman Saxby sagte ängstlich: »Mr. Glasson läßt respektvoll fragen, Sir, ob Sie an Deck kommen können.«

Bolitho blinzelte Herrick zu. Zwei Leutnants fehlten; auf ihre Posten waren zwei andere nachgerückt. So gab es also zwei Fehlstellen, und diese hatten die beiden dienstältesten Midshipmen bekommen. Glasson, scharfgesichtiger und anscheinend säuerlicher denn je, holte dabei heraus, was er konnte. Er ging kaum eine Wache, ohne daß er Herrick oder Veitch rufen ließ, weil er sich über irgendeine dienstliche Nachlässigkeit eines Matrosen bis zur Weißglut aufregte.

Herrick stand auf. »Ich komme schon.« Zu Bolitho sagte er leise: »Wenn dieser häßliche kleine Streber nicht aufhört, meine Geduld zu strapazieren, lege ich ihn vor versammelter Mannschaft übers Knie!«

»Unsere Offiziersmesse wird eben von Tag zu Tag jünger, Thomas«, erwiderte Bolitho melancholisch lächelnd.

»Oder wir werden älter.« Herrick schüttelte den Kopf. »Diese jungen Kerle! Wenn ich als Leutnantstellvertreter meinen Kommandanten an Deck gerufen hätte, ohne daß das Schiff praktisch am Absaufen war, dann hätte er mich in kleine Stücke gerissen!«

Über die Schiffs- und Windgeräusche hörte Bolitho einen schwachen Anruf: »Boot ahoi?« Und von irgendwo achteraus die Antwort: »*Nicator!*«

Herrick sah ihn fragend an. »Diesmal scheint Mr. Glasson wirklich einen Grund zu haben.« Er griff nach seinem Hut. »Captain Probyn kommt an Bord, ehe Sie ihn gerufen haben!«

»Sieht so aus.« Bolitho hörte die Marine-Infanteristen zum Fallreep rennen. »Bringen Sie ihn her, Thomas. Dann werden wir ja sehen.«

Schweren Schrittes trat Captain George Probyn in die Kajüte, Mantel und Hose naß und fleckig von der bewegten Fahrt. Sein Gesicht war röter denn je. Angriffslustig blickte er sich um und sagte: »Ich nehme an, Sie wollen mich sehen, Sir?«

»Sie sind ja schon da.« Bolitho deutete auf einen Stuhl. »Nun?«

Probyn sank in den Sessel und stierte ihn an. »Ich will nicht drumherumreden, Sir. Ich habe allerlei gehört. Über mein Schiff und über das, was vor Korfu passiert ist. Ich habe keine Lust, dabeizustehen, wenn mein guter Name in den Dreck gezogen wird, und zwar von Schurken, die nicht wert sind, des Königs Rock zu tragen!« Er deutete auf die Papiere auf dem Tisch. »Ich habe Ihnen vollständigen und detaillierten Bericht erstattet. Er wird jeder Nachprüfung standhalten, sogar einer durch ein blutiggottverdammtes Kriegsgericht, wenn's nötig ist!«

Gelassen sagte Bolitho: »Etwas Wein für den Captain, Ozzard! Oder möchten Sie vielleicht lieber Brandy?«

Probyn nickte. »Brandy. In diesen verdammten Gewässern bekommt er einem besser.« Er riß Ozzard den Becher fast aus der Hand und goß den Schnaps in einem Zug hinunter. »Wenn Sie gestatten, Sir?« Er hielt Ozzard das Glas zum Nachschenken hin.

Trotz des ständigen Windes, der durch die kleine Bucht fegte und von Schaum gekrönte Wellen zwischen die ankernden Schiffe jagte, war die Luft in der wetterdichten Kajüte warm und feucht. Bolitho hatte zum Empfang Probyns seinen Uniformrock angelegt, aber jetzt wünschte er, er wäre wieder in Hemdsärmeln. Der Brandy stieg Probyn in Augen und Stimme. Undeutlich und stockend, aber sehr ausführlich berichtete er, wie sein Master und der Wachoffizier, *so einen jungen Dussel gibt's nicht ein zweites Mal, Sir*, und der Lotgast in den Rüsten, *den habe ich verdammt schnell greifen und auspeitschen lassen, kann ich Ihnen sagen*, und noch einige andere Leute Fehler gemacht hätten, so daß das Auflaufen nicht mehr zu vermeiden gewesen war.

Bolitho wartete, bis Probyn eine Pause machte, in der Ozzard den Becher nachfüllte. Der Steward hielt die Augen gesenkt, konnte aber sein Interesse nicht verbergen. Es mochte wohl an seiner früheren Tätigkeit als Rechtsanwaltsschreiber liegen, daß er seine sonstige Zurückhaltung vergaß.

»Sie waren also nicht direkt dabei, als es passierte?« fragte Bolitho ernst.

»Dabei?« Die rotgeränderten Augen blickten ihn mühsam an. »Natürlich war ich dabei!« schrie Probyn fast.

»Ich darf Sie ersuchen, höflich mit mir zu sprechen, Captain.« Bolithos Tonfall war gleichmäßig, fast freundlich; aber Probyns rotem Gesicht war doch anzusehen, daß er die Warnung verstanden hatte.

»Ja. Jawohl. Bitte um Entschuldigung. Aber es beunruhigt mich die ganze Zeit, daß Sie mir die Schuld geben könnten für das, was ...«

»Also, Captain, wo an Bord der *Nicator* befanden Sie sich, als sie auflief?«

»Augenblick mal ...« Nachdenklich schob er die Lippen vor. »Da müssen wir ganz genau sein, eh? Wie in alten Zciten auf der *Trojan*, als wir beide noch Leutnants waren.«

Reglos beobachtete Bolitho, wie sich die sentimentale Erinnerung auf Probyns verschwommenen Zügen spiegelte. »Das ist lange her«, sagte er schließlich.

Probyn beugte sich vor und warf dabei mit dem Ärmel den leeren Becher um. »So sehr lange doch auch nicht, wie? Mir kommt's bloß vor wie 'ne Hundewache. War'n feines altes Schiff.«

»Die *Trojan*?« Bolitho nickte Ozzard zu, der daraufhin Kapitän Probyn einen neuen Becher hinstellte. »Ein hartes Schiff, das große Anforderungen stellte, soweit ich mich erinnere. Eine gute Schule für alle, die was lernen wollten, aber die Hölle für Bummler. Captain Pears war nicht der Mann, der mit Dummköpfen Geduld hatte.«

Mit verglasten Augen sah Probyn ihn an. »Natürlich war ich ein bißchen dienstälter als Sie. Wußte'n bißchen besser Bescheid, sozusagen. Hab' Ihr kleines Spiel durchschaut.«

»Spiel?«

Probyn klopfte sich verschmitzt an den Nasenflügel. »Sehen Sie? Sie hatten nicht einmal eine Ahnung davon. Der Erste Offizier hatte was gegen mich; er war der Speichellecker des Kommandanten. Und dieser andere Leutnant, der später umgekommen ist, der war bloß ein Kriecher.«

Bolitho stand auf und ging zum Weinschrank. Er sah im Geiste Kates Gesicht und hörte ihr aufreizendes Lachen. Auch jetzt hätte sie ihn ausgelacht. Sie besaß keinen Sinn für Autorität.

Er antwortete scharf: »Dann waren also, abgesehen von dem sehr jungen Vierten, Sie und ich die einzigen Offiziere an Bord, die Ihrer Ansicht nach etwas taugten.« Er winkte Ozzard hinaus und goß sich selbst ein Glas Rotwein ein. »Ich erinnere mich an vieles auf diesem Schiff, aber woran ich mich am deutlichsten erinnere und woran ich im Laufe der letzten Woche wieder denken mußte, das ist Ihre Trunksucht.« Er fuhr herum und sah die plötzliche Bestürztheit Probyns. »Ich weiß, daß mehrmals Matrosen ausgepeitscht wurden, weil *Sie* etwas falsch gemacht hatten. Und erinnern Sie sich noch an die Wachen, die andere für Sie gehen mußten, weil Sie so betrunken waren, daß Sie nicht an Deck kommen konnten? Der Speichellecker, den Sie vorhin erwähnten, sorgte dafür, daß der Kommandant nichts davon erfuhr. Aber bei Gott, Probyn, wenn ich Ihr Kommandant gewesen wäre, ich hätte dafür gesorgt, daß es nicht zum zweiten Mal geschehen wäre!«

Schwankend stand Probyn auf; sein großer Schatten kam auf Bolitho zu wie ein Theatervorhang. »Bestimmt hätten Sie das getan! Wie damals, als wir die zwei Prisen nahmen! Ich wurde Prisenkommandant auf der ersten. Ein verfaulter, wurmzerfressener, uralter Kasten war das! Ich hatte darum nicht die geringste Chance, als der Feind mich verfolgte. Das war Absicht, um mich loszuwerden!« Er schielte vor Wut, der Schweiß rann ihm über Gesicht und Hals.

»Sie waren der Dienstältere. Die Prise stand Ihnen zu. Und wie war das mit einer, die wir kurz vorher nahmen? Dem kleinen Schoner? Die sollten eigentlich Sie nach New York segeln, aber statt Ihrer mußte sie ein Steuermannsmaat übernehmen!«

Ziellos irrten Probyns Augen in der Kajüte herum, wie auf der Suche nach einer Antwort – daran merkte Bolitho, daß seine Worte gesessen hatten. »Betrunken waren Sie, als Sie aufliefen!« sagte er schroff. »*Geben Sie es zu, Mann!*«

Sehr langsam setzte sich Probyn wieder hin. Seine Hände zitterten auf den Armlehnen. »Ich gebe gar nichts zu, Sir!« Mit roten, haßerfüllten Augen sah er hoch.

»So haben Sie mir also nichts weiter über das Auflaufen der *Nicator* zu sagen?«

Diese Frage brachte Probyn anscheinend einen Moment aus der Fassung. Dann erwiderte er: »Ich habe einen vollständigen und wahrheitsgetreuen Bericht abgegeben.« Er verbarg die Hände unter der Tischplatte. »Und ich habe von denen, die auf Wache waren und damit zu tun hatten, beeidigte Aussagen zu Protokoll genommen.« Er beugte sich vor und legte sein Säufergesicht in verschmitzte Falten. »Und falls es zu einer kriegsgerichtlichen Untersuchung kommt, werde ich diese Aussagen geltend machen. Eine davon könnte, nebenbei bemerkt, den Offizier der Wache, den Neffen eines

Admirals, schwer belasten. Vielleicht könnte auch jemand denken, Sie wären nicht unvoreingenommen, Sir, und würden alte Rechnungen dadurch begleichen, daß Sie meinen guten Ruf beschmutzen.«

Erschrocken lehnte er sich zurück, denn Bolitho stand auf, und seine Augen blitzten vor Verachtung. »Schachern Sie gefälligst nicht mit mir! Vorige Woche haben wir einen Schlag gegen den Feind geführt, aber die Verluste, die wir hatten, waren sehr schwer. Wäre *Lysander* nicht erschienen, und hätte *Buzzard* nicht eingegriffen, dann wäre Ihr Schiff heute das einzige, das noch schwimmt! Wenn Sie das nächste Mal von Voreingenommenheit oder von Ehre reden, dann denken Sie *daran*!«

Er rief nach Ozzard. Dann fuhr er fort: »Sie können sich jetzt wieder auf Ihr Schiff begeben. Aber vergessen Sie nicht: was nicht zu beweisen ist, steht dennoch zwischen uns. Das Geschwader ist personell unterbesetzt, die meisten Offiziere sind jung und unerfahren. Nur aus diesem Grunde sehe ich vorerst von einer offiziellen Untersuchung Ihres Falles ab.«

Herrick erschien mit Ozzard an der Tür, blieb jedoch stehen, denn Bolitho sprach noch weiter. »Aber hören Sie gut zu, Captain Probyn: Falls ich jemals herausbekomme, daß Sie uns absichtlich nicht zur Hilfe gekommen sind, oder wenn Sie in Zukunft jemals gegen die Interessen dieses Geschwaders handeln, will ich Sie dafür hängen sehen!«

Probyn riß Ozzard seinen Hut aus der Hand und stolperte aus der Kajüte. Als Herrick zurückkam, stand Bolitho immer noch da wie vorher und starrte mit Ekel auf Probyns leeren Stuhl.

»Da haben Sie mich einmal von einer häßlichen Seite gesehen, Thomas«, sagte er. »Aber bei Gott, es war mein Ernst, jedes Wort.«

XVII Sturmwolken

Es dauerte beinahe zwei Wochen, bis Bolitho das Signal *Anker lichten* hissen und das schützende Eiland verlassen konnte. Selbst dann gab es noch schwere Sturmböen, und bald stellte sich heraus, daß Javals Havarie schwerer war als gedacht. Pausenlos arbeiteten seine Männer auf jeder Wache an den Pumpen, und bei den begrenzten Reserven an Bord brauchte er seinen ganzen Vorrat an Ersatzplanken und Leinwand, um die schwersten Lecks abzudichten.

Nach der wilden Schlacht, dem Hochgefühl beim Anblick der *Lysander*, die ihren Bug durch Pulverqualm und Sprühwasser stieß, war dieses schlechte Wetter, bei dem man trotz größter Anstrengung nur langsam vorankam, um so deprimierender. Die Schiffe gerieten aus der Formation und mußten auf verschiedenen Kursen kreuzen, um überhaupt vorwärtszukommen, wobei sie einen starken Südwestwind gegen sich hatten, und Bolitho mußte noch dankbar sein, daß kein feindliches Geschwader ihren Weg kreuzte. Seine Mannschaften waren von dem ständigen schweren Dienst erschöpft, jedes Schiff war wegen der Toten und Verwundeten unterbesetzt, so hätte er es mit keinem Gegner aufnehmen können.

Die *Perle*, die eroberte französische Korvette, eilte mit seinen Depeschen voraus; er wußte, daß Herrick immer noch seine Zweifel hatte, ob Leutnant Fitz-Clarence bis zum Hafen kommen und der Admiral in Gibraltar seine Depeschen auch erhalten würde. Vielleicht hätte er die *Perle* direkt nach Gibraltar beordern sollen. Doch da seine Informationen möglichst schnell und umfassend bekannt werden mußten, war es unbedingt nötig, daß Fitz-Clarence zuerst Syrakus anlief.

Das Kinn auf der Brust, mit dem Oberkörper die Schiffsbewegungen ausgleichend, ging er nervös in der Kajüte auf und ab. Da hörte er den Ruf: »An Deck! Segel in Nordwest!«

Diesmal konnte er sich nicht beherrschen und eilte, ohne auf Meldung vom Achterdeck zu warten, hinaus zu Herrick und den anderen Offizieren.

Herrick faßte an den Hut. »Sie haben es gehört, Sir?«

»Aye, Thomas.«

Prüfend überschaute Bolitho das obere Batteriedeck. Einen ganzen Monat war es schon her, daß die französischen Versorgungsschiffe unter ihrem Beschuß gesunken und verbrannt waren; kein Wunder, dieser Zeitverlust bei dem schlechten Wetter und den unumgänglichen Verzögerungen durch die Reparaturen. So lange war es schon her, daß Farquhar und die vielen Männer gefallen waren. Und daß die *Nicator* aufgelaufen war.

Die Männer am Schanzkleid, auf den Laufbrücken und in den Wanten, die nach dem fremden Schiff ausspähten, sahen zäher und kräftiger aus als vorher, fand Bolitho. Herrick hatte gut gearbeitet. Für einfache Matrosen war es nicht leicht zu begreifen, was jenseits ihrer eigenen Bordwand im Geschwader vorging. Manche Kommandanten machten sich nicht erst die Mühe, es ihnen zu sagen. Herrick jedoch hatte ihnen, wie er das grundsätzlich tat, Sinn und Ziel der Operation zu erklären versucht. Wäre Farquhar damals seinem Beispiel gefolgt, so wäre es besser für ihn gewesen. Dann hätten seine Männer, als das Schiff mit zerschossenem Ruder und ohne Masten auf die Sandbank zutrieb, wirklich ihr Alleräußerstes gegeben, und alles wäre vielleicht anders gekommen.

Bolitho fuhr hoch, denn jetzt rief der Ausguck: »Die *Harebell*, Sir!«

Herrick grinste erleichtert. »Der gute alte Inch! Ich habe mich ohnehin gefragt, wo er so lange bleibt!«

Die Segel der Schaluppe wuchsen aus der Kimm empor; unter allen Segeln, gefährlich schrägliegend, eilte sie auf das Geschwader zu. Bolitho sah die veränderten Schatten auf ihren Marssegeln und flehte zu Gott, der Wind möge sich nicht ausgerechnet jetzt gegen sie wenden oder abflauen. Der Gedanke, in der Flaute zu liegen, wenn Inch wichtige Nachrichten hatte, aber so weit entfernt war, daß kein Kontakt aufgenommen werden konnte, ließ sich kaum ertragen. Und der Wind hatte sich schon mehrmals so launisch benommen, seit sie aus dem Schutz der griechischen Insel heraus waren. Aufbrisend bis zur Sturmstärke, dann wieder zum Nichts verhauchend, so daß die klatschnassen Decks in der heißen Sonne dampften und die Schiffe reglos lagen wie Männer, die nach einer Prügelei bewußtlos sind.

»Was meinen Sie, Sir?« fragte Herrick leise. »Gute oder schlechte Nachrichten?«

Bolitho biß sich auf die Lippe. Inch war lange weg gewesen. Da das kleine Geschwader wichtige Informationen über Stärke und Bewegungen des Feindes gesammelt hatte, konnten inzwischen alle möglichen Entscheidungen getroffen worden sein.

»Meiner Ansicht nach«, entgegnete er, »wird man jetzt eine Blockade der französischen Häfen aufbauen. Wenn Brueys erfahren hat, daß seine Versorgungsflotte und seine schwere Artillerie bei Korfu vernichtet worden sind, dürfte er über eine Invasion Englands etwas anders denken. Unsere Leute haben hart gearbeitet, Thomas. Ich hoffe, damit haben sie der Flotte wenigstens genug Zeit verschafft, daß eine entscheidende Unternehmung vorbereitet werden kann.«

Als die *Harebell* nahe genug heran war, um ein Boot auszusetzen, hing fetter Kombüsenrauch in der Luft. Es fiel Bolitho auf, daß die meisten der wachfreien Matrosen an Deck blieben, statt ihr Mittagessen zu fassen. Sie wollten Inch ankommen sehen und erfahren, was jetzt geschehen sollte.

In der großen Kajüte setzte Bolitho Commander Inch ein Glas Wein vor, damit er erst einmal zu Atem käme.

Dabei kam ihm der Gedanke, daß es nach den Schlachten und ihren schweren Verlusten oftmals Männern wie Inch zufiel, Nachrichten von höchster Wichtigkeit zu überbringen. An Land hätte man ihn kaum bemerkt. Schlaksig, mit langem Pferdegesicht und ständig aufgeregt zappelnd, schien er kaum aus dem Stoff zu sein, aus dem die Helden gemacht waren, wie sie sich das Publikum gern vorstellte. Doch Bolitho wußte es besser und hätte Inch nicht für ein Dutzend anderer eingetauscht.

»Ich habe die Depeschen abgeliefert«, berichtete Inch, »und –«, er warf einen raschen Blick auf Herrick –, »meinen Passagier ebenfalls, Sir. Dann geriet ich in ungeheuer hektischen Betrieb.« Er runzelte die Stirn, um seine Gedanken zu sammeln. »Vizeadmiral Sir Horatio Nelson passierte Anfang Mai mit seinem Flaggschiff Gibraltar und nahm Kurs auf Toulon.«

Herrick atmete tief auf. »Gott sei Dank!«

Inch starrte ihn an. »Nein, Sir, so ist das leider nicht. Wir hatten einen starken Sturm, Nelsons Schiffe wurden zerstreut, sein eigenes entmastet und beinahe auf Strand geworfen. Er mußte einen Nothafen anlaufen, um seine Schäden zu reparieren: die Insel San Pietro vor Sardinien.«

»Verdammtes Pech«, stöhnte Herrick.

Inch schüttelte den Kopf. »Na ja – teils, teils, Sir.«

»Los, Mann«, sagte Bolitho ungeduldig, »spucken Sie's schon aus!«

Inch grinste entschuldigend. »Die Reparaturen haben Nelsons Pläne verzögert, aber gerade dadurch konnte die Verstärkung ihn noch erreichen. Jetzt befehligt er vierzehn Linienschiffe, aber –«, Inch sah, daß sich Herricks Miene erhellt hatte, und fuhr eilig fort: »Die Sache ist die, Sir, derselbe Sturm, der die *Vanguard* entmastete, hat den Franzosen Gelegenheit gegeben, zu entwischen.« Er blickte von einem zum anderen. »Die Franzosen sind ausgelaufen, Sir.«

Bitter sagte Herrick: »Genau wie damals unsere Transporter. Verdammtes Dreckwetter!«

»Ist das alles, Commander Inch?« Bolitho bemühte sich, gleichmütig zu sprechen, doch er fühlte die Enttäuschung in sich hochsteigen.

Inch hob die Schultern. »Die Franzosen haben Malta kampflos genommen, Sir. Nelsons Schiffe haben Brueys' Flotte nicht aufgespürt. Er ist durch das ganze Ligurische Meer hinter ihnen hergefahren und hat sogar in mehreren Häfen gesucht, wo französische Schiffe mit Reparaturen liegen mochten.«

»Das haben Sie sehr gut gemacht, Inch«, sagte Bolitho und bedeutete Ozzard, Wein einzuschenken. »Und haben Sie Depeschen für mich?«

Inch nickte. »Der Admiral hatte mich nach Neapel beordert, Sir. Dort traf ich dann endlich unsere Flotte.« Er grinste verlegen. »Und Nelson auch.«

»Was, zum Teufel, den?« Herrick starrte ihn an. »Das hätte ich sehen mögen!«

»So sind Sie also nicht auf die *Perle* gestoßen«, sagte Bolitho nachdenklich.

Herrick erläuterte Inch, wie ihr Gefecht verlaufen war, und daß sie Prisen hatten. Bolitho hörte nicht hin. Seine Gedanken waren anderswo. Wenn Fitz-Clarence nun in Gibraltar war, mußte er zu spät gekommen sein; Bolitho konnte mit seinem Geschwader auch nicht mehr umkehren und Nelson suchen. Er machte sich Vorwürfe, weil er nicht geglaubt hatte, daß auf seine dürftigen Informationen hin die ganze britische Flotte so schnell auslaufen würde.

Aufgeregt fragte Inch: »Wo sind denn nun die Franzosen? Nelson suchte vor Elba und Civita Vecchia und Neapel und hat keinen einzigen Franzosen gesehen. Sie dagegen kommen von Osten und haben auch keinen gefunden. Ich verstehe das nicht.«

Bolitho wandte sich ihnen wieder zu. »Hat Nelson Sie gut aufgenommen?«

»Gewiß, Sir, jawohl.« Inch runzelte die Stirn. »Er war ja nicht *ganz* so, wie ich erwartet hatte, aber ich fand ihn sehr gewinnend, obwohl er offenbar Sorgen hatte.«

Bolitho fragte sich, was wohl hinter diesen einfachen Worten stecken mochte. War Nelson wütend auf ihn, weil er die Franzosen ebenfalls verloren hatte? Weil er eine britische Flotte, die anderswo dringend gebraucht wurde, ins Leere geschickt hatte?

Inch fuhr fort: »Ich bekam Order, daß ich Ihnen, falls ich Sie finde, bestellen soll, so schnell wie möglich in Alexandria zur Flotte zu stoßen.« Er bemerkte Bolithos Überraschung. »O ja, Sir, Nelson hat volles Vertrauen in Ihre Schlußfolgerungen. Er glaubt, die Franzosen nehmen Kurs auf Ägypten oder sind schon da.« Anscheinend dachte Inch, diese Nachricht würde Bolitho in helle Aufregung versetzen.

Doch Bolitho erwiderte: »Captain Herrick ist in eigener Initiative nach Alexandria gesegelt. Bis auf ein paar uralte türkische Kriegsschiffe und die gewohnten Küstenfahrzeuge war der Hafen dort leer.

Und das wird auch der Fall sein, wenn Nelson eintrifft.« Er sah Herrick an. »Stimmen Sie mir bei, Thomas?«

Herrick nickte. »Ich fürchte, ja. Nach allem, was wir in Korfu gesehen und gehört haben, sollten die Versorgungsschiffe erst einen anderen Hafen ansegeln, ehe sie zur Hauptflotte stießen.« Unmutig studierte er die Karte auf Bolithos Tisch. »Also wird Nelson, wenn er nach Osten segelt, Brueys' Flotte um hundert Meilen oder mehr verfehlen. Die Franzosen werden sich *hier* sammeln.« Er tippte auf die Karte. »Höchstwahrscheinlich vor Kreta. Während wir zwischen diesen Inseln mit Reparaturen beschäftigt lagen, segelte die größte Flotte seit der spanischen Armada nur ein paar Meilen südlich von uns vorbei, und wir haben nichts davon gemerkt!«

Zweifelnd fragte Inch: »Was wird Brueys machen, Sir?«

Bolitho musterte konzentriert die Karte. »Wäre ich in seinen Schuhen, ich würde sammeln, was von den Transportern noch übrig ist, und dann auf die warten, die vielleicht noch zwischen den Inseln und in den Buchten verstreut sind. Dann würde ich nach Südosten segeln. Nach Ägypten.«

»Alexandria, Sir?« fragte Herrick gespannt.

»Ja. Doch dort wird seine Flotte vor dem Hafen liegen bleiben. Irgendwo, wo sie eine bessere Verteidigungsposition hat.«

Herrick nickte verständnisvoll. »Die Bucht von Abukir. Die wäre am besten – für Brueys.« Er verzog das Gesicht.

Bolitho ging zum Heckfenster, breitbeinig, denn das Schiff lief eben durch ein tiefes Wellental.

»Und Nelson segelt jetzt wieder nach Westen.« Er sprach wie zu sich selbst. »Er muß annehmen, daß Brueys ihn überlistet und schließlich doch irgendwo anders angegriffen hat.«

Er hatte oft von Nelsons plötzlichen Depressionen gehört, von seiner Neigung zur Selbstkritik, wenn seine kühnen Ideen nicht gleich zum Erfolg führten.

Draußen schoß etwas am Fenster vorbei: eine Möwe, die sich unter dem Hecküberhang einen arglosen Fisch aus dem Wasser holte.

Ein paar hundert Meilen nur, doch bedeuteten sie den Unterschied zwischen Erfolg und Nichts. Er wußte, wo die Franzosen ihre Kampfverbände sammeln würden, die mit oder ohne schwere Artillerie sehr rasch die Wälle und Batterien Alexandrias einnehmen konnten. Er wußte es, konnte es aber dem Vizeadmiral nicht rechtzeitig mitteilen. Wäre er doch nur wie jene Möwe, könnte doch seine Nachricht so schnell reisen wie ein Vogel! Die Möwe mochte heute nacht auf einer der griechischen Inseln schlafen; doch seine Schiffe würden, in welche Richtung auch immer, kaum vorwärtskommen.

Nachdenklich sagte er: »Rufen Sie alle Kommandanten sofort zu mir an Bord, Thomas! Wir müssen von unserer Unabhängigkeit Gebrauch machen, sonst nutzen wir Nelson gar nichts.«

Inch fuhr hoch. »Sie wollen nicht zu Nelson stoßen?«

Bolitho mußte über Inchs Betroffenheit lächeln. »Doch. Aber nachher.«

Herrick machte Inch ein Zeichen mit dem Kopf. »Ich lasse das Signal hissen. Kommen Sie mit, Commander.« Er warf einen Blick auf Bolithos nachdenkliches Gesicht, denn er wußte aus Erfahrung, wann dieser mit seinen Gedanken allein sein wollte.

Zwei Stunden später waren alle Kommandanten in der Kajüte versammelt: Javal, hohläugig von vielen schlaflosen Nächten, in denen er mit seiner geschwächten Mannschaft gegen See und Wind gekämpft hatte. Probyn, Mißtrauen auf den groben Zügen, der Bolithos Blick mied und sich einen Platz im Schatten suchte. Leutnant Gilchrist, verlegen unter so vielen Vorgesetzten, doch selbstsicherer, als Bolitho ihn je gesehen hatte. Das Kommando über einen Vierundsiebziger veränderte einen Mann eben in vieler Hinsicht. Gilchrist hatte es offenbar gutgetan.

Außer Herrick und Inch waren noch Moffitt und Ozzard anwesend. Der Schreiber hockte mit Papier und Feder abseits an einem kleinen Tisch, während der Steward aufmerksam beim Weinschrank stand.

»Gentlemen«, sagte Bolitho ernst, »ich habe Ihnen zu eröffnen, daß wir erneut auf die Suche nach den Franzosen gehen müssen. Brueys ist wieder auf hoher See und hat bis jetzt unsere Flotte abschütteln können, die den Auftrag hatte, ihn festzuhalten.« Javals Müdigkeit war auf einmal verschwunden; alle tauschten interessierte Blicke. »Wir mit unserem kleinen Geschwader müssen alles tun, was wir können, um die Pläne des Feindes zu durchkreuzen. Sie haben bereits viel mehr getan, als die Befehle uns vorschrieben, oder –«, er lächelte –, »ungesagt ließen.«

Herrick grinste versteckt und nickte Inch mit schweigendem Einverständnis zu.

»Ich will Ihnen nichts vormachen«, fuhr Bolitho fort. »Wenn wir Feindberührung bekommen, ist das Risiko groß. Zu groß vielleicht.« Er sah Javal direkt ins Gesicht: »Und von Ihnen, Captain, muß ich ebenfalls volle Aufrichtigkeit verlangen.«

Javal fuhr hoch. »Sir?«

»In bezug auf Ihr Schiff. Wie stehen die Chancen der *Buzzard* in ihrem augenblicklichen Zustand?«

Die anderen sahen auf die Karte nieder oder zur Decke auf. Überall hin, nur nicht Javal ins Gesicht.

Javal wollte aufstehen, sank aber wieder in den Stuhl zurück. »Noch einen solchen Sturm, wenn er nicht stärker ist, kann ich zur Not abwettern, Sir. Aber Sie wollen ja eigentlich etwas anderes wissen, nicht wahr? Kämpfen kann ich mit der *Buzzard* nicht. Sie ist zu stark zerhämmert worden. Noch ein paar Treffer in den Rumpf – dann sinkt sie, fürchte ich.« Er starrte auf einen Punkt über Bolithos linker Epaulette. »Sie ist ein gutes Schiff, Sir, und ich würde mir kein . . .« Er verstummte.

Bolitho sah, was diese Worte Javal gekostet hatten und wie tief bekümmert er war. Ruhig erwiderte er: »Ich habe selbst eine Fregatte geführt und weiß, wie Ihnen zumute ist. Aber ich bin Ihnen dankbar für Ihre Offenheit, auch weil ich weiß, was die *Buzzard* Ihnen bedeutet.« In dem gleichen ruhigen Ton fuhr er fort: »Die schwersten Geschütze der *Buzzard* müssen sofort über Bord geworfen werden. Wenn das nicht genügt, müssen Sie das Schiff aufgeben.« Er wandte die Augen nicht von Javal ab, der mit tief gesenktem Kopf dasaß. »Ich gebe Ihnen die französische Prise, die *Immortalité.* Ihre Matrosen können Sie zum größten Teil nach eigenem Ermessen auf die anderen Schiffe des Geschwaders verteilen. In Kürze werden wir jeden Mann brauchen. Wie ich höre, ist Ihr Erster Offizier verwundet?«

Javal nickte, und Bolitho wandte sich an Gilchrist. »Sie übernehmen die *Buzzard* und segeln sie mit einer Notmannschaft nach Gibraltar. Wenn Sie vorsichtig sind, werden Sie schon hinkommen. Ich gebe Ihnen noch schriftliche Order, außerdem eine Empfehlung an den Admiral, daß Sie bei erster Gelegenheit zum Commander befördert werden sollen.«

Gilchrist, der bisher mit offensichtlichem Mißbehagen zugehört hatte, sprang auf. »Danke, Sir. Es tut mir nur leid, daß . . .« Er setzte sich wieder hin, ohne seinen Satz zu beenden.

»Wir haben drei Linienschiffe«, sprach Bolitho weiter. »Sie müssen von Männern befehligt werden, die Erfahrung besitzen.« Er warf einen kurzen Blick auf Probyn, aber der sah durch ihn hindurch. »Und Mut.«

»Soll ich die Schwerverwundeten auf die *Buzzard* bringen lassen, Sir?« fragte Herrick.

»Wenn Captain Javal sie nach Abwerfen der Geschütze für seetüchtig hält, dann sollten wir das tun.« Lauschend hob er den Kopf. »Der Wind hat nachgelassen, glaube ich. Dann also los!« Er klopfte Inch auf den Arm. »Und Sie, Commander Inch, können jetzt die

Nachricht von dem, was wir herausgefunden haben, unserem neuen Freund, Sir Horatio Nelson, überbringen.«

Sie schickten sich zum Hinausgehen an, als Herrick sagte: »Farquhar wäre bestimmt gern dabeigewesen.«

»Aye, Thomas. Begleiten Sie die Kommandanten zu den Booten, und dann sagen Sie Pascoe, er soll dem Geschwader wegen der Verwundeten signalisieren.«

Bolitho hatte gesehen, daß Gilchrist noch etwas auf dem Herzen hatte, und wandte sich ihm jetzt zu. »Nun? Stimmt etwas nicht? Ich dachte, Sie sind mit Ihrem Kommando zufrieden, auch wenn es nur zeitweilig ist.«

»Das bin ich auch, Sir.« Gilchrist sah verlegen zu Boden. »Ich bin kein reicher Mann; meine beste Aussicht ist Karriere im Dienst des Königs. Jetzt haben Sie mir meine erste wirkliche Chance gegeben –«, er schien nahe am Zusammenbrechen zu sein –, »und ich kann sie nicht annehmen.«

»Warum?« fragte Bolitho unbewegt. »Wegen Captain Probyn? Weil er Sie veranlaßt hatte, die Moral im Flaggschiff zu unterminieren?« Er sah Gilchrists Erstaunen und fuhr fort: »Ich wußte, daß an Bord etwas nicht in Ordnung war. Ein Mann, der bei der Marine Karriere machen und außerdem die Schwester seines Kommandanten heiraten will, würde auf keinen Fall so idiotisch handeln, wenn er nicht vor etwas Angst hätte.«

»Jawohl, Sir. Das ist eine alte Geschichte. Mein Vater sollte wegen Schulden ins Gefängnis. Er war ein kranker Mann, ich wußte, er würde es nicht aushalten. Er hatte gewisse Schwächen, und niemand half ihm. Da entlieh ich mir Geld aus dem Messefond, den wir für Wein und frischen Proviant eingerichtet hatten. Ich wollte es zurückerstatten, sobald ich konnte. Der Erste Offizier aber hat es gemerkt. Ich mußte ein Geständnis unterschreiben; er drohte mir, wenn ich noch eine Pflichtverletzung beginge, würde er es benutzen.«

»Er hat unrecht getan, Mr. Gilchrist. Ebenso wie Sie.«

Gilchrist schien das nicht zu hören. »Als ich auf die *Lysander* kam und hier Erster Offizier wurde, glaubte ich mich in Sicherheit. Ich bewunderte Captain Herrick und fand seine Schwester außerordentlich liebenswert, obwohl sie gelähmt ist. Dann kamen wir zum Geschwader unter Ihre Flagge, Sir. Und dazu gehörte die *Nicator* mit Captain Probyn.«

»Der seinerzeit Ihr Erster Offizier gewesen war.«

»Aye, Sir.«

Das war es also. In all den Jahren seit seiner Gefangennahme hatte Probyn seinen Haß gegen Bolitho genährt, den einzigen aus seiner Vergangenheit, den er treffen und verwunden konnte. Und als er wieder auf Gilchrist stieß, hatte er ihm mit dieser alten Sache gedroht, um einen Keil zwischen Bolitho und Herrick zu treiben.

Für Herrick hatte sich das letzten Endes günstig ausgewirkt. Doch andere hatten teuer dafür zahlen müssen, und indirekt war es die Ursache für Farquhars frühen Tod.

Verzweifelt sagte Gilchrist: »Auf keinen Fall darf ich Ihre Güte noch weiter ausnutzen, Sir.« Er lachte bitter auf. »Und mein Vater ist sowieso gestorben. Alles war umsonst.«

Bolitho betrachtete durch das salzfleckige Fenster die anderen Schiffe. Die *Buzzard* würde jetzt in sicheren Händen sein, dachte er. Leichter ohne ihre Kanonen und auch stärker, weil jeder Kampf, jedes nicht unbedingt notwendige Manöver vermieden werden konnte. Sie würde bestimmt durchkommen.

Gelassen erwiderte er: »Ich gebe Ihnen den Schiffsarzt der *Osiris* mit, er soll ein tüchtiger Arzt sein. Sorgen Sie gut für die Verwundeten, sie haben genug durchgemacht. Lassen Sie nicht zu, daß sie in Gibraltar liegenbleiben, sondern setzen Sie durch, daß sie nach England gebracht werden.« Er sah die dankbare Überraschung in Gilchrists Zügen. »Ich verlasse mich in dieser Hinsicht auf Ihre Geschicklichkeit.«

Tiefbewegt nickte Gilchrist. »Sie haben mein Wort, Sir.«

»Dann gehen Sie an Ihren Dienst. Sie haben eine Menge zu tun.«

Bolitho konnte Gilchrists Erschütterung nicht mit ansehen. Hier war ein Mann von einer großen Sorgenlast befreit worden. Vom Schatten des Galgens sogar.

Gilchrist ging zur Tür, unsicher auf seinen langen Beinen, ohne seinen gewohnten Springschritt. Er wandte sich noch einmal um, das Gesicht im Schatten. »Ich werde in der Heimat davon berichten, Sir. Was wir leisteten . . .«

»Berichten Sie nur, daß wir es *versucht* haben, Mr. Gilchrist.« Dann hörte er ihn langsam zum Achterdeck gehen.

Mit ernstem Gesicht kam Allday aus der Schlafkajüte. »Darf ich Ihnen ein Glas Wein eingießen, Sir?« fragte er mit einem drohenden Blick zur geschlossenen Tür. »Sie waren viel zu milde mit dem, wenn Sie mir die Bemerkung gestatten.«

»Er hat die Lektion hart gelernt, Allday. Und ich glaube, eines Tages wird es anderen zugute kommen.«

Allday sah zu, wie Bolitho an seinem Wein nippte. »Und was wird mit Captain Probyn, Sir?«

Bolitho lächelte melancholisch. »Berechtigte Frage. Aber er wird kämpfen, wenn er muß. Drei Kapitäne, mehr haben wir nicht. Persönliche Differenzen müssen da eben warten.«

Allday grinste. »Aber einen Kommodore haben wir auch noch, Sir. Und mit allem Respekt, der ist nicht schlecht.«

Bolitho sah ihn lächelnd an. »Geh zur Hölle, Mann!«

»Aye, Sir. Bestimmt komme ich eines Tages hin.« Allday drückte sich zur Tür. »Wenn da vor lauter Admiralen überhaupt noch Platz ist.«

Bolitho schritt zum Fenster und lehnte sich an das warme Holz. Diese wochenlangen Verzögerungen, die zerstörten Hoffnungen – jetzt bekam das alles einen Sinn.

Was hatte er zu Gilchrist gesagt? *Berichten Sie nur, daß wir es versucht haben.* Es klang wie ein Grabspruch.

Er riß sich zusammen und stellte das Glas weg. In fünf oder sechs Stunden ging die Sonne unter, dann mußte er unterwegs sein. Der Wind behinderte sie jetzt nicht mehr, sondern half; und diesmal würde das Ziel viel zu groß sein, um es zu verfehlen.

In den nächsten Tagen segelte das Geschwader nach Osten und dann nach Süden; jede Woche verlief wie die andere. Bolitho formierte seine kleine Streitmacht in breiter Front, die *Lysander* am nördlichen, die *Immortalité* am südlichen Flügel.

Der Wind wurde faul und launisch, kam aber meist von Norden, so daß Bolitho, obwohl während der Nacht die Formation aufbrach, in breiter Linie weitersegeln konnte. Probyns *Nicator* lief in der Mitte, als ständige Erinnerung an Gilchrists Aussage: das schwächste Glied der Kette, aber doch unter einem Mann, der unersetzlich war, weil er genügend Erfahrung besaß, um einen Zweidecker in der Schlacht zu führen. Fast drei Meilen lagen zwischen jedem Schiff; mit guten Leuten im Ausguck war zu hoffen, daß man auf so breiter Front die feindliche Flotte oder wenigstens eine streifende Patrouille sichten würde.

Bolitho hatte Inch dem Geschwader vorausgeschickt, weil die schnelle, wendige Schaluppe lange vor den schwerfälligeren Linienschiffen in Alexandria sein konnte.

Mit jedem Tag brannte die Sonne heißer, und die erste Begeisterung ging nach und nach in eine realistischere, resignierende Haltung über. Sooft es möglich war, wurde Geschützexerzieren angesetzt; nicht nur um die Leute zu beschäftigen, sondern auch, um die Neulinge in ihre Gruppen zu gewöhnen. Herrick hatte ihm berichtet, daß der Zahlmeister bereits bei den letzten Reihen der Salzfleischfässer angelangt war. Obst gab es nicht, und auch das Trinkwasser wurde knapp, vom Waschwasser gar nicht zu reden.

An Bord der *Lysander* tat Herrick sein Bestes, um die Männer nicht nur auf Wache zu beschäftigen, sondern sie auch etwas zu ihrer eigenen Unterhaltung beitragen zu lassen, sobald die Sonne am Ende jedes langen Tages unterging: Hornpipe*, Ringkämpfe, eine Doppelration Rum als Prämie für die originellste Knüpfarbeit. Sich auf diesem Gebiet immer wieder etwas Neues einfallen zu lassen, war schwieriger, als den täglichen Borddienst aus Segel- und Geschützübungen zu absolvieren.

Bolitho hoffte, daß Javal und Probyn sich ebensoviel Mühe gaben, um ihre Mannschaft in Form zu halten. Denn auch, wenn sie diesmal den Feind nicht fanden, war es noch nicht zu Ende. Dann kam der lange, ruhelose Weg zurück nach Syrakus oder nach einem anderen Punkt auf der Karte, den der Kommodore angekreuzt hatte, weil er ihn für aussichtsreich hielt.

Mehrmals hatte Javal signalisiert, daß er die Nordküste Afrikas gesichtet hätte, aber sonst schienen sie die See für sich allein zu haben.

Streit brach aus; bei einer Messerstecherei wurde einer der Kämpfer schwer verwundet, und der andere wurde ausgepeitscht, bis er bewußtlos war – eine grimmige Erinnerung an die Borddisziplin.

Dann, als Bolitho schon begann, sich wegen der *Harebell* ernsthaft Sorgen zu machen, sichtete der Ausguck die Schaluppe, die sich von Südosten herankämpfte. Inch brauchte einen vollen Tag, um aufzuschließen. Und als er endlich an Bord kam, wirkte die Nachricht, die er brachte, wie ein Schlag ins Gesicht.

Er war an der Halbinsel Pharos vorbei möglichst nahe an Alexandria herangesegelt. Doch wie schon vorher, war der Hafen leer bis auf das alte türkische Kriegsschiff. Ratlos hatte Inch gewendet und war zufällig auf ein kleines Genueser Handelsschiff gestoßen. Der Kapitän hatte bestätigt, was Bolitho von Anfang an vermutet hatte: Von Neapel aus war Nelson direkt nach Alexandria gesegelt; doch als er da nichts vorfand, hatte er sich mit seiner Flotte wieder nach Westen gewandt. Wie weit und in welcher Absicht, das konnte Bolitho nur vermuten; doch er vermochte sich vorzustellen, wie enttäuscht der Admiral gewesen war, als er weder in Neapel noch in Syrakus Informationen vorgefunden hatte und trotzdem seine Entscheidungen treffen mußte.

* ein Matrosentanz

Dieser Genueser hatte Inch und seinem Enterkommando erzählt, daß er von schweren französischen Kriegsschiffen gehört hatte, die vor der Küste Kretas liegen sollten. Aber das war schon viele Tage her. Trotz aller Fragen, Kartenvergleiche, sogar Drohungen war aus dem Händler nichts Genaueres herauszubekommen gewesen.

Es war schon fast dunkel, als Inch seinen Bericht schloß. Herrick und Grubb hatten seine dürftigen Angaben auf die Karte übertragen.

Bolitho wollte am Morgen die *Harebell* wieder losschicken, um die Flotte zu suchen. Er an Inchs Stelle wäre froh gewesen, wieder von den schwerfällig manövrierenden Zweideckern wegzukommen. Doch Inch protestierte: »Ein Tag mehr oder weniger spielt keine Rolle, Sir. Die Franzosen sind irgendwo nördlich von uns. Es wäre besser, wenn ich bei Ihnen bliebe und vielleicht etwas Definitives für Nelson erfahren könnte. Wenn ich seine Flotte finde und ihm nur Gerüchte zu bieten habe, hat das nicht viel Zweck.«

Bolitho hatte dem halbherzig zugestimmt. Bei besserem Wetter und ohne den großen Zeitverlust durch die Schlacht vor Korfu hätten sie vielleicht mehr Glück gehabt.

Als er mit Herrick über seine Sorgen sprach, hatte dieser ebenso entschieden protestiert wie Inch.

»Sie können nichts weiter tun, Sir. Sogar Vizeadmiral Nelson hat beim Sturm die Masten verloren und die Frogs aus Toulon entwischen lassen. Das ist, als suche man ein Kaninchen in einem großen Bau und hätte nur ein Frettchen. Die Chancen sind nicht sehr groß.«

Bolitho sah die beiden an und lächelte. »Wenn ich euch befehlen würde, ihr sollt die Klippen von Dover hinaufsegeln – ich glaube, ihr würdet auch das machen!«

»Nur auf schriftlichen Befehl, Sir«, grinste Inch.

Sie gingen zusammen an Deck, und während Inch auf sein Boot wartete, starrte Bolitho in den glühenden Ball der untergehenden Sonne, deren Widerschein bereits wie buntes Fensterglas auf dem Wasser lag.

»Also dann morgen.«

Er ging nach achtern, sah auf den Kompaß und nickte dann Plowman zu, der Steuermannsmaat der Wache war.

»Wie ist der Wind?«

»Ziemlich stetig, Sir.« Plowman sah mit zusammengekniffenen Augen zu dem langen Wimpel hoch, der gleichmäßig vor dem Sonnenuntergang flatterte. »Morgen wird wieder so ein Tag wie heute.«

Bolitho blieb noch stehen, denn Herrick kam soeben vom Fallreep zurück. »Geben Sie Signal an alle: *Nachts in engem Kontakt bleiben*«, sagte Bolitho zu ihm. Ein Schauer überlief ihn, und er verschränkte die Arme vor dem Leib.

Betroffen sah Herrick ihn an. »Ist Ihnen nicht wohl, Sir? Geht es etwa wieder mit dem verdammten Fieber los?«

»Keine Angst«, lächelte Bolitho. »Es war nur so ein dummes Gefühl.« Er wandte sich zur Kampanje. »Ich habe einen Brief zu schreiben. Inch kann ihn mit seinen Depeschen überbringen.«

Später, in der großen, knarrenden Kajüte, unter dem schwankenden Schein der Tischlampe, den Kopf in die Hand gestützt, starrte Bolitho auf den Brief an seine Schwester in Falmouth nieder.

Er sah Nancy deutlich vor sich. Dunkeläugig, stets vergnügt, hatte sie ihm immer nähergestanden als Felicity, seine andere Schwester, die er seit sechs oder sieben Jahren nicht mehr gesehen hatte. Sie lebte mit ihrem Mann, einem Armeeoffizier, in Indien. Nancy dagegen war als Frau des Gutsbesitzers und Ratsherrn Lewis Roxby in Falmouth geblieben, der, wenigstens nach Bolithos Ansicht, ein aufgeblasener, langweiliger Kerl war. Einst hatten sie zusammen im Schatten der Mauern von Pendennis Castle gelebt. Mit Hugh, und dann, drei Jahre später, mit Nancys beiden Kindern Helen und James. Jetzt war Hugh tot und Felicity auf der anderen Seite der Erde, und sie hatte keine Ahnung, daß die französische Flotte über das blaue Meer nach Ägypten segelte und dann zu ihr nach Indien wollte.

Nancys Kinder waren erwachsen, fast in Adams Alter. Es war eine andere Welt. In Falmouth hing die Luft jetzt bestimmt voller Blütenduft. Kuhgebrüll, Pferdewiehern, Schafsblöken und die Kneipen voll lachender Menschen, die sich freuten, weil die Weide- und Fischgründe wieder so ausgiebig gewesen waren.

Er schrieb weiter: ›. . . und der junge Adam ist gesund und munter; er macht seinen Dienst mit einem Schwung, über den sich Vater gefreut hätte.

Es ist noch nicht ganz sicher, liebe Nancy, aber ich glaube, Thomas hat endlich die Richtige getroffen. Ich hoffe es wirklich sehr, denn einen besseren Ehemann könnte es kaum geben.‹

Oben beim Skylight hörte er Schritte und Stimmen. Er blickte hoch. Aber sie entfernten sich, und er zermarterte sich den Kopf, was er seiner Schwester noch schreiben konnte. Jedenfalls nichts von der Kehrseite der Medaille. Von den Gesichtern der Mannschaft, wenn sie sich unbeobachtet glaubten und an ihre eigenen Familien dachten, von denen sie sich mit jeder Stunde immer weiter entfernten. Ebensowenig konnte er ihr erklären, was er vorhatte, und wie gering die Erfolgschancen waren. Dennoch würde sie sich das eine oder andere denken können. Schließlich war sie die Tochter eines Kapitäns und Enkelin eines Admirals. Nancy würde Bescheid wissen.

›. . . Du wirst Dich an Francis Inch erinnern«, schrieb er weiter, ›seit er Sir Horatio Nelson gesehen hat, fühlt er sich dreimal so groß und dreimal so bedeutend. Er war mächtig beeindruckt; ich habe allerdings den Verdacht, er hat sich *Our Nel* als eine Art Riesen vorgestellt und nicht als einen eher kleinen, schmächtigen Mann mit nur einem Arm und dem Temperament eines Kohlenschiffers!

Liebe Grüße an Dich und die Kinder, auch von Adam, der immer noch denkt, Du bist so eine Art Engel. Er kennt Dich eben nicht so gut wie ich.‹

Lächelnd stellte er sich vor, wie Nancy diese Stelle des Briefes freuen würde. Damals, als er auf See gewesen und Adam plötzlich unbekannt und hilflos aus dem Nichts aufgetaucht war, war er zu ihr gekommen. Bis zu diesem Zeitpunkt hatte keiner in der Familie, nicht einmal sein Vater Hugh, gewußt, daß Adam überhaupt existierte. Unehelich geboren, hatte er bis zu seinem vierzehnten Lebensjahr bei seiner Mutter in Penzance gelebt, und als sie gestorben war, hatte er sich zu Fuß auf den Weg gemacht, zu der Familie, der er in Wirklichkeit angehörte. Ja, an diese Tage würde sich Nancy erinnern, wenn sie den Brief las. Er schloß: ›Denke manchmal an uns! Dein Dich liebender Bruder Dick.‹

Da trat Allday ein und sah ihn neugierig an. »Moffitt hat Ihre Befehle für die *Harebell* fertig, Sir.« Er sah zu, wie Bolitho seinen Brief versiegelte und adressierte. »Nach Falmouth, Sir?«

»Ja. Ich habe meiner Schwester geschrieben, daß Sie so widerborstig sind wie immer.«

Ozzard kam herein, und Allday fuhr herum. »Na?«

Ozzard zog sich zurück. »Wünscht der Kommodore noch etwas zu essen oder zu trinken?«

Bolitho stand auf, ging unschlüssig zur Schottwand und betastete seinen Degen.

»Legen Sie mir morgen meine Gala-Uniform zurecht, Ozzard.«

Langsam drehte sich Allday zu ihm um. »Dann glauben Sie also . . .«

Bolitho sah an ihm vorbei. »Ja. Ich spür's in den Knochen. Morgen oder nie.«

»Auf diese Nachricht brauche ich einen Rum, damit ich schlafen kann.« Aber er grinste. »Mehrere, höchstwahrscheinlich.«

Noch bis eine Stunde nach Mitternacht lief Bolitho in der Kajüte auf und ab, dachte an allerlei Menschen und daran, was er mit ihnen gemeinsam erlebt hatte.

Endlich gab er der Deckwache Order, ihn morgen bei Sonnenaufgang zu wecken, und legte sich in die Koje.

Überraschenderweise fühlte er sich ruhiger als jemals seit seinem Fieberanfall, und kaum hatte er die Augen geschlossen, da schlief er auch schon ein.

Eine Hand an seiner Schulter weckte ihn. Herrick stand mit einer abgeblendeten Laterne vor ihm. Das Skylight erglühte im rötlichen Schein.

»Was ist, Thomas?«

Ganz schwach kam es wie ein Echo über die See: Hurrarufe.

»*Harebell* hat beim ersten Licht signalisiert, Sir«, sagte Herrick ernst. »*Feind in Sicht.*«

XVIII Im Schlachtgetöse

Zusammen mit Herrick schritt Bolitho über das Achterdeck. Schattenhafte Gestalten wichen ihnen aus, und Grubb meldete: »Kurs Ost zu Nord, Sir.«

Veitch, der die Wache hatte, kam ihnen entgegen und faßte grüßend an den Hut. »*Harebell* hat eben wieder signalisiert, Sir: *Schiffe in Nordwest.*« Mißbilligend blickte er zu den Signalgasten hinüber. »Mr. Glasson hat seine Männer nicht richtig im Schwung; ich fürchte, ein paar Signale sind uns entgangen.«

Bolitho nickte. »Die Schiffe, die Inch gesehen hatte, waren zweifellos die Vorhut eines größeren Verbandes. Sonst wären sie näher herangekommen.«

Er spähte zu seinem Stander empor. Der glänzte im Licht des neuen Tages, während die unteren Rahen und Wanten noch im Schatten lagen.

»Also – Signal an Geschwader: *Vorbereiten zum Gefecht.* Haben Ihre Leute gefrühstückt, Mr. Veitch?«

»Aye, Sir.« Mit einem Blick auf Herrick stotterte er: »Jemand hat mir erzählt, der Kommodore hätte wegen heute so ein Gefühl ... Da habe ich sie eine Stunde früher wecken lassen.«

Bolitho rieb sich das Kinn. »Ich gehe mich jetzt rasieren und Kaffee trinken, wenn noch welcher da ist.« Die Leinen schnurrten, die Signalflaggen stiegen hoch. »Ich hoffe, die auf der *Nicator* schlafen nicht und geben das Signal an Javal weiter.«

Er wandte sich um und schaute nach dem schlanken Rumpf der *Harebell* aus, doch sie zeigte ihnen nur das Heck und ihre gerefften Marssegel, die sich hell vom Himmel abhoben.

»Wir müssen die Schiffe möglichst vorteilhaft verteilen, Thomas. Ändern Sie gleich den Kurs auf genau Nord und segeln Sie über Steuerbordbug.«

Über die bewegte See drang das Stakkato der Trommeln an sein Ohr: Matrosen und Marine-Infanteristen des Geschwaders rannten auf Gefechtsstationen.

Herrick nickte. »Aye, Sir, das ist ratsam. Ich lasse signalisieren, sowie die *Nicator* das letzte Signal bestätigt hat.«

»Hat schon bestätigt, Sir!« Glassons sonst so scharfe Stimme klang gedämpft.

»Melden Sie's gefälligst sofort, Mr. Glasson«, schnauzte Veitch ihn an. »Sonst bleiben Sie für immer Stellvertretender!«

Bolitho hörte diesen Wortwechsel nicht, er dachte nach. Wie stark auseinandergezogen mochte die feindliche Flotte segeln? Hatte sie nur *ein* Flaggschiff oder mehrere?

»Lassen Sie die Barkasse aussetzen, Captain Herrick«, sagte er. »Sie soll die Depeschen zur *Harebell* bringen . . . Und Briefe nach England, falls jemand welche hat.«

Rufe hallten über das Deck, die Bootsmannschaft rannte nach achtern, von Yeo, dem Bootsmann, und seiner mächtigen Stimme angetrieben.

Nochmals sah Bolitho nach seinem Stander. Es war jetzt heller, doch immer noch ziemlich windstill. Auf dem neuen Kurs und Bug würden sie etwas mehr Fahrt machen, aber es konnte trotzdem noch eine Ewigkeit dauern, bis sie Feindberührung hatten.

Pascoe, den schweren Depeschenbeutel unterm Arm, kam herbeigerannt. »Boot ist klar, Sir.«

»Dann ab mit dir, Adam. Halte dich drüben nicht auf und sage Commander Inch, er soll versuchen, die Flotte so schnell wie möglich zu erreichen.«

»Werden wir uns die Luvposition sichern können?« fragte Herrick.

»Das läßt sich noch nicht sagen, Thomas.« Bolithos Magen zog sich zusammen. Hunger? Angst? Er war sich nicht darüber klar. »Aber wenn der Verband so ist, wie ich ihn mir vorstelle, dann ist er bestimmt so groß, daß wir ihn rechtzeitig sehen.«

Veitch kam wieder nach achtern. »Boot hat abgelegt, Sir. Die pullen wie die Teufel.«

»Danke.« Er zog die Uhr. »In fünfzehn Minuten können Sie gefechtsklar machen lassen. Inzwischen geben Sie Signal an Geschwader: *Kurs Nord.* Und wenn der Befehl ausgeführt ist, neues Signal: *Gefechtslinie formieren.*«

Als Bolitho ging, schrillten bereits die Bootsmannsmaatenpfeifen, und die Männer rannten auf ihre Stationen. Alles das und noch mehr konnte er Herrick überlassen. Jetzt.

Automatisch zog er unter der Kampanje den Kopf ein. Grubb brüllte: »Klar bei Brassen!« Das Ruder schwang herum, die losen Segel knallten und bespritzten die Männer mit großen Tropfen.

Die Kajüte kam ihm sehr kühl vor; er saß fast reglos in seinem Sessel, während Allday ihn schnell rasierte und Ozzard ihm schwarzen Kaffee servierte. »Das war der letzte, Sir«, sagte er dabei kläglich.

»Macht nichts«, murmelte Allday, »wir holen uns welchen von den Franzosen.«

Von oben kam das Stampfen vieler Füße, das Quietschen der Blöcke und Taljen. Dazu Veitchs Stimme, hohl verfremdet durch das Sprachrohr: »Lebhafter dort drüben! Belegt die Brassen, Bootsmann!«

Im dämmrigen Laternenlicht war die Kajüte besonders dunkel. Im Geiste sah er das Schiff auf Nordkurs vor sich, die anderen in Linie dahinter. Nun mußte es bald soweit sein . . .

Dann war es auf einmal still; aber schon Sekunden später wirbelten die Trommeln scharf, nervenzerreißend. Leroux' kleine Trommeljungen mußten direkt beim Skylight stehen.

Das Schiff erzitterte. Jedes Deck reagierte auf seine Weise und mit seinen eigenen Geräuschen; Trennwände wurden niedergelegt, Kisten und nicht benötigtes Schiffsgeschirr nach unten geschafft; jeder Geschützführer lief um seine Mannschaft herum wie die Henne um ihre Küken.

Allday trat zurück und wischte das Rasiermesser ab. »In acht Minuten gefechtsklar, Sir. Mr. Veitch hat gelernt, wie Sie's haben wollen.«

Bolitho stand auf und ließ sich von Ozzard in den Galarock helfen. »Letztes Mal hat Captain Farquhar dem Gegner diese Ehre erwiesen«, sagte er, und ihre Augen trafen sich. »Nun noch den Degen.«

Ozzard wartete, bis Allday das Koppel geschlossen hatte, stürzte dann wieder herzu und band Bolithos schwarzes Haar mit einer Schleife im Nacken zusammen.

Bolitho mußte daran denken, wie Farquhar ihm damals vorgekommen war: wie ein Schauspieler.

Wieder ertönten Rufe an Deck, das Scheuern von Riemen an der Bordwand – ein Boot legte an.

Er blickte zu Allday hin – ob der wohl dasselbe dachte? Jetzt waren sie alle da: Herrick und Pascoe, Allday und er selbst. »Es wird Zeit«, sagte Bolitho.

Er ging mit Allday durch die Zwischentür in die Hauptkajüte, wo statt Eßtisch und polierten Stühlen nur noch die nackten Planken, die finster lauernden Kanonen und ihre Bedienungen waren; dann weiter unter der Kampanje hervor in den schon heller werdenden Morgen hinaus.

Am Fuß des mächtigen Besanmastes stehend, versuchte er, nicht an die Breitseite zu denken, die wie eine blutige Lawine das Heck der *Osiris* aufgerissen hatte.

Hier und da wandten sich die Leute an den Geschützen um und sahen ihm nach; weiß schimmerten ihre Augen hinter den geschlossenen Stückpforten. Einer rief sogar: »Sie haben sich aber feingemacht, Sir!« Die Dunkelheit ermutigte den Mann wohl, er hörte nicht auf die groben Drohungen des Deckoffiziers.

Bolitho lächelte, den Tonfall kannte er: der Mann stammte aus Cornwall wie er selbst. Vielleicht hatte er ihn sogar als Kind einmal gesehen. Jetzt, vor dem Gefecht, fühlte er sich ihm näher.

Er ging am Doppelrad und den unerschütterlichen Rudergasten vorbei, am Master, seinen Maaten und dem Midshipman der Wache, dem kleinen Saxby, weiter bis zur Mitte des Achterdecks.

Dort stand Pascoe, Haar und Schultern von Spritzwasser durchweicht, und flüsterte eifrig mit Glasson, der den Signaldienst übernommen hatte.

Pascoe lüftete den Hut vor Bolitho und sagte: »Ich gehe gleich nach unten, Sir.«

Bolitho nickte, denn er wußte, daß einige Matrosen ihn und den jungen Leutnant neugierig beobachteten. Pascoe war jetzt dem unteren Batteriedeck mit den großen Zweiunddreißigpfündern zugeteilt. Sein Vorgesetzter dort war Leutnant Steere; außerdem gehörte noch ein Midshipman als Läufer dazu. In den Batterien der *Lysander* dominierte wirklich die Jugend.

»Gott mit dir, Adam.«

»Und«, erwiderte dieser zögernd, »mit dir auch, Onkel.« Er lächelte Herrick zu und eilte den Niedergang hinunter.

»An Deck! Segel Backbord voraus!«

»Hinauf mit Ihnen, Mr. Veitch!« befahl Bolitho. »Ich brauche heute ein klares Urteil.«

Er starrte in den Himmel, der jetzt blaßblau und wolkenlos war; auf die roten Uniformen der Scharfschützen und der Kanoniere an den Drehbassen, auf die großen Rahen und die schwarzen, geteerten Stage. Eine lebendige, kraftvolle Kriegswaffe, die komplizierteste, härteste Anforderungen stellende Erfindung des Menschen. Die *Lysander* besaß in diesem gedämpften Licht eine wirkliche Schönheit, die auch durch ihre Größe und Tonnage nicht beeinträchtigt wurde.

Bolitho ging zur Backbordseite und packte die sauber gestauten Hängemattsnetze. Die *Harebell* kämpfte sich bereits durch den Wind zur Wende, die Marssegel schlugen, Bram- und Großsegel wurden soeben gesetzt.

Achtern konnte er die schwarzen Linien der luvseitigen Wanten der *Nicator* sehen, doch ihr Rumpf, ebenso wie jener der *Immortalité,* waren hinter dem schrägen Heck der *Lysander* verborgen.

Leichtfüßig rannte Major Leroux eine Leiter hinunter und grüßte schwungvoll mit gezogenem Degen.

»Ich habe meine Leute wie befohlen verteilt, Sir. Die besten Scharfschützen dort, wo sie von den weniger guten nicht behindert werden.« Er lächelte, doch seine Augen sahen in die Ferne. »Vielleicht erwarten die Franzosen, mit Nelson zusammenzutreffen.«

Herrick hatte es gehört und lachte. »Unser tapferer Admiral muß warten, bis er an der Reihe ist.«

So leichtfüßig wie ein zwölfjähriger Midshipman kam Veitch an einem Backstag aufs Deck gerutscht. »Es ist tatsächlich die feindliche Flotte, Sir. Anscheinend auf Südostkurs, und das Gros liegt noch weit in Luv.« Er zögerte etwas und fuhr dann fort: »Direkt vor unserem Bug segelt ein *zweites* Geschwader auf konvergierendem Kurs, Sir. Ich habe es genau studiert und bin sicher, daß mindestens ein Schiff davon auch in Korfu war – oder sogar mehrere. Eins war rot und schwarz bemalt. Ich habe es eben ganz deutlich gesehen.«

Bolitho sah Herrick an und schlug sich mit der Faust in die Handfläche. »Brueys hält seine Hauptmacht westlich von uns, Thomas! Offenbar rechnet er immer noch damit, auf unsere Flotte zu treffen.«

Herrick nickte und entgegnete bitter: »Wenn der wüßte, daß sie gar nicht mehr hier ist!«

Bolitho faßte ihn beim Arm. »Mr. Veitch irrt sich nicht.« Er sah die beiden an – sie mußten das doch begreifen! »Brueys läßt seine anderen Versorgungsschiffe östlich segeln, im Schutz seiner Gefechtsformationen!«

»Dann wird unsere Anwesenheit hier allerhand Aufregung verursachen.« Herrick stieg mit seinem Teleskop in die Luvwanten. »Ich kann gerade noch ein paar Segel an der Kimm ausmachen. Doch Sie mögen durchaus recht haben, Mr. Veitch. Unsere französischen Freunde schirmen ihre Transporter nach der falschen Seite ab!« Etwas nüchterner fuhr er fort: »Aber noch haben sie reichlich Zeit, ihre Verteidigung umzustellen.«

Bolitho spielte mit dem Gedanken, selbst aufzuentern und sich die Lage anzusehen.

»Wir haben nur drei Schiffe, Thomas. Die Franzosen werden inzwischen die *Harebell* gesichtet haben und annehmen, daß sie unsere Signale an die Hauptflotte weitergibt.«

Leise sagte Leroux: »Dann möchte ich aber nicht in Commander Inchs Schuhen stecken!«

Mehrere Geschützbedienungen hatten ihre Kanonen verlassen, standen auf der Laufbrücke und beobachteten den langsam näherkommenden Feind. Wie Kavallerie mit weißen Federbüschen über einen stahlblauen Hügelkamm, so traten die Masten und Segel immer deutlicher über die Kimm, jetzt sogar für die Männer auf dem Batteriedeck sichtbar. Mehr, immer mehr, bis der ganze Horizont hinter lauter Segeln verschwand.

»Was für eine Flotte, Thomas!«

Bolitho rückte den Hut schief, damit ihm die Sonne nicht direkt in die Augen schien. Er konnte sie auf der rechten Wange spüren, auf dem durchfeuchteten Rock. Bald würde es noch heißer werden, in mehr als einer Hinsicht.

Stunde um Stunde verrann, und je höher die Sonne stieg, um so mehr gewannen die Schiffe an Realität und Individualität. Die sachlichen Konstruktionslinien der französischen Vierundsiebziger wurden erkennbar, alle beherrscht von einem mächtigen Erster-Klasse-Schiff, dem größten, das Bolitho je gesehen hatte. Es mußte Brueys' Flaggschiff sein. Er fragte sich, was der französische Admiral wohl denken mochte, wie klein ihm und seinen Offizieren die Formation der britischen Schiffe vorkommen mußte. Und er fragte sich, ob Bonaparte wohl bei ihm an Bord sein, ihre tapfere Geste sehen und sich voll Verachtung darüber lustig machen mochte. In Bonapartes Anwesenheit lag ihre einzige Hoffnung. Denn Brueys selbst war ein tapferer und erfahrener Marineoffizier, der von der britischen Flotte wahrscheinlich mehr verstand als alle anderen dort drüben. Seine Intelligenz und sein taktisches Können waren wohlbekannt und wurden respektiert. Aber würde Bonaparte noch auf seinen Rat hören, jetzt, da Ägypten beinahe in Sicht war und nur noch drei feindliche Schiffe ihn davon trennten?

»Lassen Sie Ihren Musikzug aufspielen, Major Leroux«, sagte Bolitho. »Dieses Warten stumpft ab und macht schlapp.«

Gleich darauf schmetterten Trommler und Pfeifer das Lied *The Old East Indiaman*, und die Trommeljungen marschierten im Paradeschritt das Achterdeck auf und ab; nur stolperten sie hier und da über einen Beschlag oder ein ausgestrecktes Matrosenbein.

Grubb sah das verschmitzte Grinsen seiner Maaten und zog nach einigem Zögern seine legendäre Zinnflöte aus der Manteltasche; damit stimmte er in die Weise ein.

»An Deck! Feindliche Fregatte auf Südkurs voraus, Sir!«

»Die jagt die *Harebell*, Sir!«

Bolitho preßte die Hände auf dem Rücken zusammen. Eine starke Fregatte mit immer höher wachsender Segelpyramide schor aus der endlosen Schiffsformation aus und nahm die Verfolgung der Schaluppe auf.

Inch hatte einen guten Vorsprung. Bei diesem mäßigen Südwest würde der französische Kommandant Mühe haben, ihn einzuholen; und wenn er die *Harebell* nicht mit einem Weitschuß aus seinem Buggeschütz manövrierunfähig schießen konnte, mußte sie eigentlich klarkommen.

Dumpf hallte ein Kanonenschuß über das glitzernde Wasser, und eine dünne weiße Gischtfontäne sprang empor. Der Schuß lag erheb$lich zu kurz, und die Ausgucks in den Masten quittierten ihn mit Hohnrufen.

Als die *Lysander* heftig überholte, fielen die marschierenden Trommeljungen beinahe der Länge nach hin.

Grubb steckte seine Flöte wieder in die Manteltasche und brummte: »Wind frischt auf, Sir!« Seinen Rudergasten rief er zu: »Paßt gut auf, Kinder!«

Bolitho sah Herrick an. »Jetzt können Sie laden und ausrennen lassen.«

Das Schiff hob sich und tauchte dann in ein tiefes Wellental. Wie Glassplitter flogen Schaum und Sprühwasser an der Galion hoch.

»Mr. Veitch!« rief Herrick durch die hohlen Hände. »Geben Sie durch: Laden und ausrennen!«

Leroux sagte zu seinem Leutnant: »Tatsächlich, Peter, ich glaube, die Franzosen behalten ihre Formation bei.«

Nepean sah verständnislos drein. »Aber dann geraten *wir* doch direkt zwischen die zweite Gruppe, Sir? Die Versorgungsschiffe scheinen auch gut geschützt zu sein.« Er schluckte mühsam und blinzelte den Schweiß aus den Augen. »Tatsächlich, ich glaube, Sie haben recht!«

Der Major sah zur Kampanje hin. »Sergeant Gritton! Scharfschützen auf beide Seiten verteilen! Bei diesem Tempo sind wir mitten unter den Feinden, bevor sie überhaupt wissen, was los ist!«

Bolitho hörte das alles. Das geschäftige Klappern der Rammstöcke und Handspeichen und die schrillen Pfiffe beim Ausrennen der Geschütze – auf der einen Seite schimmernd wie Zähne, auf der anderen nur purpurne Schatten.

Bolitho dachte an Pascoe und seine schweren Kanonen, drei Decks tief unter seinen Füßen. Er hätte ihn lieber bei sich gehabt; aber im unteren Deck war er vielleicht weniger gefährdet.

»Ausgerannt, Sir.«

Bolitho nahm Midshipman Saxby ein Teleskop aus der Hand. Beinahe wäre es auf die Planken gefallen, denn der Junge zitterte furchtbar und versuchte, es nicht sehen zu lassen. Bolitho stieg die Kampanjeleiter hinauf und richtete das Glas achteraus.

»Signal an *Nicator*, Mr. Glasson«, sagte er scharf. »*Mehr Segel setzen.*«

»Wir dürfen keine große Lücke in unserer Formation entstehen lassen«, erläuterte er, als er wieder auf dem Achterdeck war. Da fiel ihm Saxby wieder ein, und er sagte zu ihm: »Nehmen Sie das Glas, mein Junge, und gehen Sie nach achtern zu den Marine-Infanteristen. Behalten Sie bis auf weiteren Befehl die *Nicator* im Auge!«

Herrick tupfte sein Gesicht mit dem Taschentuch ab. »Machen Sie sich Sorgen um den jungen Saxby, Sir?«

»Nein, Thomas.« Er dämpfte die Stimme. »Um Probyn.«

»*Nicator* hat bestätigt.« Glasson gab sich jetzt sehr eifrig.

Bolitho nickte und stieg, sich mit einer Hand auf die bloße Schulter eines Matrosen stützend, auf einen Neunpfünder. Backbord voraus von der *Lysander* formierten sich die französischen Kriegsschiffe, um das lockere Geleit ihrer Transporter zu schützen.

Er zählte sorgfältig: vier Linienschiffe. Zahlenmäßig überlegen, aber nicht allzusehr. Hinter den sich überlappenden Rümpfen der Transporter sah er die Rahsegel einer Fregatte; wie ein Schäferhund beim Auftauchen eines Fuchses die Lämmer zusammentreibt, so saß sie den lebenswichtigen Versorgungsschiffen auf den Fersen.

Veitch stand bereit, aber Bolitho sah ihn gar nicht. Höchstens noch eine Stunde, dann mußte der französische Admiral wissen, daß keine weiteren britischen Schiffe in unmittelbarer Nähe waren. Was dann? Vernichtung des kleinen Geschwaders? Oder segelte der Admiral gleich weiter nach Alexandria, für den Fall, daß er dort nötiger gebraucht wurde?

Bolitho sah zwischen den feindlichen Formationen etwas Rotes schimmern – das Versorgungsschiff aus Korfu. Begreiflich, daß Veitch es gleich wiedererkannt hatte. Er hatte reichlich Gelegenheit gehabt, es sich genau anzusehen, ebenso wie die anderen verstreuten Transporter, als er damals den Berghang in Brand gesetzt hatte, um die *Osiris* vor den Kanonen zu schützen. Aber dieses Schiff würde noch mehr solch schwerer Kanonen geladen haben. Die brauchte Admiral Brueys, sonst konnte er es nicht riskieren, innerhalb der engen Hafeneinfahrt von Alexandria zu ankern. Er brauchte ihren Schutz für seine Schiffe und das Ausladen so vieler Soldaten und Kriegsgüter. Ohne sie mußte er in der Bucht von Abukir ankern, wie Herrick gesagt hatte. Und wenn Nelson Glück hatte, würde er ihn dort finden. Und dann – ja, das Weitere war dann seine Sache.

Schweren Herzens blickte Bolitho über das Deck der *Lysander*. Und was ist dann mit uns? *Wir haben unser Bestes getan.*

Mehrmals krachte es dumpf, und von dem französischen Zweidecker trieben Rauchwolken davon. Mehrere Kugeln peitschten niedrig durch die Wellen wie fliegende Fische, aber alle schlugen ziemlich weit weg von der *Lysander* ein.

Das war nur Wut. Ein Zeichen, daß die Franzosen zum Kampf bereit und nach den langen Vorbereitungen hinter ihren Sperren und Hafenbatterien sogar begierig darauf.

»Buggeschütz, Mr. Veitch!« befahl Herrick. »Auf die Entfernung einschießen – zwei, drei Kugeln!«

Beim Krachen des Backbordgeschützes ertönten ein paar Hurras von denen, die vorhin die Kraftdemonstration des Gegners nicht gesehen hatten.

Unter dem Achterdeck wickelten die Kanoniere bereits ihre Halstücher um die Ohren und legten Säbel und Enterbeile zurecht.

»Halbe Kabellänge zu kurz!« sagte Glasson. Doch niemand antwortete ihm.

Das vorderste französische Schiff kam stetig von Backbord auf die *Lysander* zu. Es segelte so hart am Wind wie möglich; jedes Segel an den dichtgebraßten Rahen war deutlich sichtbar.

Bolitho beobachtete genau, schätzte Zeit und Entfernung ab. Kam es zur Kollision, oder würde er die feindliche Formation durchbrechen? Er mußte unbedingt zwischen die feindlichen Versorgungsschiffe gelangen.

Ein Stakkato aufblitzender gelbroter Feuerzungen beim ersten Schiff; und diesmal war die Breitseite besser gezielt. Der Rumpf der *Lysander* bebte und schwankte; jaulend flog das Eisen über die

Kampanje hinweg.

Gelassen schritt Kipling, der Zweite Offizier, an den Achtzehnpfündern und ihren reglosen Bedienungen auf und ab. Seinen blanken Degen trug er gegen die Schulter gelehnt wie einen Spazierstock. »Schön ruhig, Jungs!« Er sprach beinahe sanft, als wolle er ein Pferd beruhigen. »Aufpassen und nach vorn sehen!«

Bolitho musterte die Breitfock des Franzosen, gefüllt und hart an ihrer Rah; es sah tatsächlich so aus, als hinge sie an Bugspriet und Klüverbaum der *Lysander.*

»Zwei Strich abfallen!« befahl er. Grubbs Männer drehten das Rad, und er nickte Herrick zu. »Feuer frei!«

Vom Vorschiff bis achtern feuerten die Backbordgeschütze der *Lysander*, wurden neu geladen und feuerten wieder. Rauch und Flammen spuckten ihre Stückpforten, die Züge quietschten, wenn die Mannschaften die Kanonen für die nächste Breitseite ausfuhren.

Bolitho spürte das wilde Aufbäumen des Decks beim Rückstoß der Geschütze. Die Augen schmerzten ihn, als er sein Glas über den Backbordbug richtete: die Segel des Franzosen zuckten und rissen dann unter der Salve.

Nicht alle Kanonen der *Lysander* hatten genug Reichweite für das führende Schiff, doch hoffte er, wenigstens die schweren Zweiunddreißigpfünder würden Heck und Achterschiff treffen.

»Gegner hat Kurs geändert, Sir«, brüllte Herrick. Dann fluchte er lästerlich, denn der Franzose feuerte wieder, und seine Breitseite, wenn auch ungenau gezielt und zeitlich schlecht berechnet, war gleichwohl gefährlich. Die *Lysander* erbebte unter den Einschlägen, und im Großmarssegel erschienen zwei Löcher.

Jetzt schwangen die Rahen des ersten Schiffs herum, so daß sich der Umriß der Segelfläche verminderte, während das Schiff etwas abdrehte. Damit sollten die Kanoniere besseres Schußfeld bekommen und das Schiff manövrierfähiger werden, als es vorher, so hart am Wind, gewesen war.

»Jetzt wieder Kurs ändern!« befahl Bolitho scharf. »Auf Nord zu West!«

Er hatte seine ersten Breitseiten nicht vergeudet. Sie hatten den französischen Kommandanten so verunsichert, daß er eine Wende fuhr, nur um zurückschießen zu können. Aber er würde viel zu lange brauchen, um das Schiff wieder so hoch an den Wind zu bringen.

Mit aller Kraft zogen die Männer an den Brassen; die Rahen knirschten; jetzt fiel auch mehr Sonnenlicht auf das rauchverhüllte

Deck.

»Feuer!«

Krachend fuhren die Backbordgeschütze im Rückstoß zurück, eins nach dem anderen; wild schreiend putzten die Kanoniere die Rohre aus und luden neu.

Bolitho sah, wie das zweite französische Schiff aus dem rollenden Rauch auftauchte: sein Kommandant war auf die Begegnung nicht gefaßt; und gerade vor diesem Schiff, noch vom eigenen Qualm der *Lysander* verhüllt, befand sich die Lücke zwischen den beiden Schiffen, das Loch in der feindlichen Formation.

»Breitfock setzen!«

Bolitho hörte die Kugeln heulend durch die Takelage fliegen und sah an beiden Seiten hohe Wassersäulen aufspringen. Das Deck ruckte scharf, und mehrere gebrochene Wanten fielen in die aufgespannten Netze.

»Stützruder, Mr. Grubb!«

»Achtung, Marine-Infanterie!« brüllte Leroux, den Säbel hoch erhoben. »Beide Divisionen – Feuer!«

Das schärfere Knallen der Musketen, das hohle Krachen des Drehgeschützes im Hauptmast mußte die Männer der unteren Batterie darauf aufmerksam machen, daß der Franzose schon sehr nahe war. Die *Lysander*, nun mit mehr Fahrt durch die vergrößerte Segelfläche, schob knapp am Heck des führenden Schiffs vorbei; die Mannschaft rief hurra, blinzelte in die Sonne und stob dann zur Seite, denn auf Leutnant Steeres schrillen Pfiff hin schlugen die Kugeln der ganzen Reihe Zweiunddreißigpfünder krachend in den Feind.

Bemaltes Schnitzwerk, Glasscherben, Bretter und Holzstücke wirbelten hoch über den Rauch, und Bolitho konnte sich die Panik auf den Versorgungsschiffen vorstellen, als die wildäugige Galionsfigur der *Lysander* durch die Formation brach und auf sie zukam.

»Feuer!«

Der zweite Franzose, auch ein Vierundsiebziger, machte eine blitzschnelle Kursänderung, drehte nach Backbord hinter der *Lysander* her und feuerte dabei. Kugeln streiften ihren Rumpf oder zischten über die schwitzenden Geschützbedienungen hinweg; vom ersten französischen Schiff folgten die etwas schwächeren Kaliber eines Heckgeschützes und ein paar Kartätschen. Mehrere Seesoldaten waren gefallen, aber Sergeant Gritton hielt die Division zusammen. Ladestöcke gingen auf und ab, rammten die Kugeln in die Läufe, und dann stand die rote Reihe der Männer wieder an den Netzen und schoß.

Bolitho rannte nach Lee und spähte durch den Rauch. Das führende französische Schiff hatte die Großmaststenge verloren und strieb stark ab; entweder war auch das Ruder weg, oder es wurde von den nachschleppenden Spieren und Segeln so schwer behindert, daß das Schiff zeitweilig manövrierunfähig war.

»Noch mal, Mr. Veitch! Volle Breitseite!«

Mit lautem Gebrüll, mit Fausthieben sogar trieben die Geschützführer die vom Krachen und Pulverrauch völlig kopflosen Kanoniere an die Geschütze zurück; ein Rohr nach dem anderen fuhr wieder aus, worauf der Geschützführer eine schwarze Hand hochhielt.

»Feuer!« brüllte Veitch.

Die untere Batterie fing an, dann kamen die Achtzehnpfünder und schließlich die Neunpfünder vom Achterdeck; jedes einzelne der schwarzen Rohre spie Tod und Verderben.

Der Rauch rollte zur Seite, und Bolitho versuchte, den Feind zu erkennen. Seine Augen tränten heftig, sein Mund war wie Sand. Der Himmel war nicht mehr da, sogar die Sonne war weg; die Welt schien nur noch ein Alptraum aus Donner, Flammen und ohrenzerreißendem Getöse.

Der Schiffsrumpf erschauerte; erstickte Schreie ertönten aus der Tiefe, denn eine Kugel war durch eine Stückpforte geflogen und durch das mit Menschen überfüllte Batteriedeck. Bolitho versuchte, nicht daran zu denken, daß Pascoe vielleicht verwundet oder zum Krüppel geschossen dort unten lag; sich nicht die Schrecknisse vor Augen führen, die ein schweres Geschoß in so engem Raum anrichten konnte!

Der kleine farbige Fleck einer Flagge hob sich aus dem Rauch; und ihm wurde klar, daß kein anderer Mast außer diesem mehr in der Nähe war. Ein paar Geschützbedienungen riefen hurra; nach dem Krachen der vollen Breitseite klangen die Rufe seltsam gedämpft. Grimmig sah Bolitho zu, wie das feindliche Schiff durch den Qualm stieß, Heck und Achterdeck beinahe bis zur Unkenntlichkeit zerschmettert. Nur der Fockmast stand noch, und ein tapferer Mann riskierte die gefährliche Klettertour, um eine neue Trikolore daran zu befestigen.

Ungläubig rief Herrick: »Die *Nicator* folgt nicht!« Er fuhr zurück, denn ein Mann wurde von einem Geschütz weggeschleudert und fiel in seine Arme; sein Schrei erstickte ihm in der Kehle. Herrick ließ ihn an Deck gleiten, seine Hände waren blutbespritzt. Er richtete sich wieder auf und stieß wütend hervor: »Probyn macht nicht mit!«

Bolitho hörte es, rannte nach Backbord und suchte die feindliche Formation. Die beiden hinteren Schiffe hielten noch ihren Kurs, während das, welches der *Lysander* gefolgt war, immer noch versuchte, sie zu überholen, und dabei mit den Buggeschützen ihr Heck bestrich.

»Nehmt den da unter Feuer!« schrie er.

Er fuhr zusammen, denn zuckend und um sich schlagend fielen mehrere Männer von einem Geschütz. Splitter und verkohltes Netzwerk barsten gegen ein Bootsgestell; ein Schiffsjunge, von einer zersplitterten Planke fast geköpft, wurde aufs Deck geschmettert.

»Feuer!« Leutnant Kipling marschierte immer noch auf und ab, doch sein Hut war weg, und sein linker Arm hing schlaff. »Stopfen! Ausputzen! Laden!« Er bückte sich und zerrte einen Verwundeten aus der Rücklaufbahn des Geschützes. »Ausrennen!«

Auf den Laufbrücken krachte und splitterte es: die feindlichen Scharfschützen schossen sich ein.

»Feuer!«

Ein heiseres Hurra. Die Vormaststenge des Feindes schwankte, stand still und stürzte dann in den Pulverqualm. Damit waren auch ein paar von den Scharfschützen ausgefallen.

Doch der Feind feuerte immer noch; Bolitho fühlte die Kugeln in Bordwand und Kampanje einschlagen, hörte ihr Heulen und Krachen, die furchtbaren Schreie, wenn sie trafen.

Ein Midshipman, die Augen starr auf Bolitho gerichtet, kam übers Deck gerannt. »Sir! Die *Immo... Immor ...* –«, er gab es auf –, »Captain Javals Schiff bricht durch, Sir! Mr. Yeo meldet, er hat gesehen, wie sie am Bugspriet des dritten Franzmanns vorbeistieß!«

Bolitho packte ihn bei der Schulter; der Junge fuhr erschrocken zusammen, denn eine Kugel schmetterte ins Achterdeckschanzkleid und tötete zwei Männer an einem Neunpfünder. In einem blutigen Haufen fielen sie dem Midshipman vor die Füße, und da erst sah Bolitho, daß der Midshipman Breen war; seine roten Haare waren schwarz vom Pulverrauch.

»Danke, Mr. Breen.« Seine Hand umspannte immer noch fest die Schulter Breens, der daraufhin etwas ruhiger wurde. »Mein Kompliment an den Bootsmann.« Der Midshipman wollte schon zur Leiter rennen, doch Bolitho sagte: »Nehmen Sie sich Zeit, Mr. Breen!« Die Worte zügelten und beruhigten ihn noch mehr. »Unsere Leute achten heute sehr auf ihre jungen Offiziere!« Da grinste der Junge tatsächlich.

Herrick rief: »Ich kann die *Nicator* sehen, Sir! Sie kämpft immer noch nicht mit!«

Bolitho überlegte. Probyn hielt sich in sicherer Entfernung. Er konnte seine Kampfkraft auf den hintersten französischen Vierundsiebziger konzentrieren, der sich jetzt im Schußwechsel mit der *Immortalité* befand. Oder er konnte mehr Segel setzen und der *Lysander* nachkommen.

Er befahl: »Signal an alle: *Nahkampf!*«

Herrick eilte fort; Bolitho wandte sich um und starrte über die Netze. Er sah die Marssegel der *Nicator*, ihr Bestätigungssignal sehr farbig vor der Rauchwand. Qualm rollte durch die Pforten, Bolitho hustete würgend.

»Mr. Glasson! Sagen Sie Ihren Männern, das Signal bleibt stehen, ganz gleich, was kommt!«

»Glasson ist gefallen, Sir«, rief Herrick.

Zwei Seesoldaten hoben soeben den toten Vizeleutnant von einer Kanone. Er hatte immer noch diesen vorwurfsvollen Gesichtsausdruck; sein Mund stand halb offen, als wolle er die beiden ausschimpfen, die ihn trugen.

»Ich mache das, Sir!«

Bolitho drehte sich um. Da stand Saxby und starrte ihn an. Den hatte er ganz vergessen.

»Danke.« Er versuchte zu lächeln, aber sein Gesicht war steif und unbeweglich. »Ich will, daß man das Signal und unsere Flagge sieht. Und wenn Sie sie an den Bugspriet binden müssen!«

Er hörte das Stöhnen brechenden Holzes, und dann rief Major Leroux von der Kampanje her: »Captain Javal hat schwer zu kämpfen, Sir! Sein Besan ist weg, anscheinend will er entern!«

Bolitho nickte. Die Franzosen hatten sicher Javals Schiff als eins ihrer eigenen erkannt. Sie würden zuallererst versuchen, es wiederzuerobern. Das war nur natürlich.

»Mehr Segel, Thomas!« sagte er. »Setzen Sie Bramsegel! Ich will zwischen die Versorgungsschiffe!«

Von einer Rah fiel ein Matrose herunter ins Netz; sein Arm stieg durch die Maschen: der Tote griff nach den Lebenden.

Doch andere reagierten auf die Befehle. Unter mehr Segeln überholte die *Lysander* den französischen Zweidecker.

Herrick wischte sich das verschmierte Gesicht mit dem Ärmel und grinste. »War schon immer ein Schnellsegler, Sir!« Kampfeswut in den Augen, schwenkte er seinen Hut. »Hurra, Jungs! Trefft gut, Jungs!«

Wieder brach eine lange Reihe Mündungsfeuer aus dem Rumpf der *Lysander*; mit einer vollen Schwenksalve der unteren Batterie brachten Leutnant Steeres Geschützführer mehrere Treffer an. Der Franzose hatte keine Maststengen mehr, und das Vorschiff war ein wüstes Chaos aus gebrochenen Spieren und Wanten. Mehrere Stückpforten waren schwarz und leer wie blinde Augen; dort waren die Kanonen umgestürzt, die Bedienungen tot oder verwundet.

Aber er folgte immer noch, der Bugspriet, drohend wie ein Stoßzahn, auf gleicher Höhe mit der *Lysander*, nur eine halbe Kabellänge querab.

Leroux' Scharfschützen feuerten pausenlos und mit grimmig verzerrten Gesichtern auf die Ziele, die ihr langer Sergeant ihnen aussuchte.

Aber auch die Franzosen waren nicht faul – die Luft über der Kampanje schwirrte von Musketenkugeln. Splitter flogen von Planken und Laufbrücken auf und schlugen bösartig in die gestauten Hängemattsnetze. Hier und da stürzte ein Mann vom Geschütz oder aus den Wanten, und das Getöse der Salven wurde unerträglich. Auf dem Kurs der *Lysander* lagen mehrere Transporter; zwei von ihnen, die beim hastigen Fluchtversuch kollidiert waren, hingen noch zusammen. Kipling stand zwischen seinen vorderen Geschützen, trieb die Karronadenkanoniere und alle, die in seiner Nähe waren, zu höchster Eile an. Die vordersten Geschütze auf beiden Decks mischten schon heftig mit, beharkten die beiden ineinander verhedderten Transporter, die bereits wie dürres Gras brannten.

Wild brüllte Veitch durch sein Sprachrohr: »Mr. Kipling! Ziel an Steuerbord!«

Er deutete mit der Sprechtrompete hin, und ein Matrose packte Kipling beim Arm: dort kam das schwere Transportschiff aus Korfu mit den charakteristischen, rotbemalten Bordleisten durch den dichten Rauch; die Rahen angebraßt, ihr Vorsegel prall gefüllt, versuchte es, den brennenden Schiffen auszuweichen.

»Feuer!«

Bolitho schritt umher wie im Alptraum, feuerte die Männer an, sprach ihnen Mut zu, wußte dabei gar nicht, ob sie ihn erkannten oder auch nur hörten, was er sagte. Überall schufteten die Männer an den Kanonen, feuerten, starben. Andere lagen stöhnend da und hielten sich ihre Wunden. Manche saßen auch nur herum und starrten auf nichts – vielleicht war ihr Verstand für immer verstört.

Das Tageslicht schien völlig geschwunden zu sein. Und doch wußte Bolitho, sosehr sich ihm der Kopf auch drehte, daß es nicht später als acht oder neun Uhr morgens sein konnte. Das Atmen war schwer und schmerzhaft, denn alle Luft schien von den Kanonen ausgespien und von den verschmorten Mündungen angeheizt zu sein, ehe sie die Lungen erreichte.

Eine Kartätsche fegte über die Netze; er sah, wie Veitch herumgerissen wurde, seinen Arm beim Ellbogen packte und mit schmerzhaft verzerrtem Gesicht auf das Blut starrte, das ihm vom Handgelenk auf die Hose strömte. Ein Matrose wollte ihm zur Leiter helfen; aber Veitch knurrte: »Bind's ab, Mann! Deswegen geh' ich nicht unter Deck!«

Die Kanonen der *Lysander* feuerten nach beiden Seiten, suchten die verschwommenen Ziele, die im Rauch auftauchten und wieder verschwanden; im Krachen der Breitseiten konnte Bolitho die Schüsse heraushören, die ihre Ziele trafen und Masten, Segel, Männer im tobenden Anprall niedermähten.

»Da geht sie hin!« brüllte Herrick und zeigte nach vorn.

Das Transportschiff mit den roten Bordkanten holte steil über; der Rumpf war von mehreren Einschüssen durchlöchert. Das Gewicht der Ladung tat das übrige. Die mächtigen Belagerungsgeschütze lockerten sich in den Zurrings; obwohl kein Ton den Kanonendonner durchdrang, glaubte Bolitho zu hören, wie die See ins Schiff strömte. Schon kämpfte sich die Mannschaft zum Oberdeck durch. Bald mußte der Transporter sinken.

Die französische Fregatte, in der Feuerkraft hoffnungslos unterlegen, hatte versucht, die Versorgungsschiffe vor dem Angriff abzuschirmen. Sie kam jetzt, aus allen Rohren schießend, aus dem Rauch hervor, unter dem Druck ihrer Segel stark krängend. Sie fegte am Bug der *Lysander* vorbei, ihre Kugeln schlugen in Galion und Klüver ein, warfen eine Karronade von ihrer Lafette und töteten Leutnant Kipling auf der Stelle.

Als sie an Steuerbord vorbeikam, hockten die Bedienungen der vorderen Geschütze mit roten, brennenden Augen hinter den Pforten. Auf ihren pulvergeschwärzten Rücken zog der Schweiß glänzende Bahnen. Sie beobachteten die Fahrt der Fregatte und warteten auf Kiplings Pfiff, der nicht kam. Statt seiner brüllte Bootsmann Yeo durch die hohlen Hände: »Feuer!«

Und dann fiel auch er, blutüberströmt, sterbend, und konnte ebensowenig wie Kipling sehen, daß die schweren Geschütze aus der stolzen Fregatte ein entmastetes Wrack gemacht hatten.

Eine heftige Explosion ließ die Segel wie unter einem heißen Windstoß erzittern. In Sekundenschnelle hüllte eine mächtige Rauchwolke die kämpfenden Schiffe ein, und die Sonne war nur noch wie eine Laterne im Nebel.

Das vorderste französische Schiff trieb noch vor dem Wind, in seiner Umgebung schwammen Treibgut und Leichen. Achtern fiel das zweite zurück; es besaß nur noch ein intaktes Buggeschütz. Doch auf der *Immortalité* mußte eine Pulverkammer explodiert sein. Javal hatte einen der Franzosen an den Enterhaken, und während der andere versuchte, an seinem Heck vorbeizukommen und ihn in Längsrichtung zu beschießen, war Feuer ausgebrochen. War eine Laterne vom Haken gefallen, hatte ein von Panik gepackter Mann durch einen unglücklichen Zufall das Pulver entzündet – niemand würde es je erfahren. Von dem eroberten Schiff war nicht mehr viel zu sehen. Die Masten waren gefallen; es schien nur noch aus einer Flammenwand zu bestehen, die mit jeder Sekunde wuchs und sich ausbreitete. Der Wind wehte Funken auf das längsseit liegende Schiff, dessen Segel bereits loderten; Segel und Laufbrücken brannten ebenfalls – auch dieses Schiff war verloren.

Bolitho wischte sich die Augen, die nicht nur vom Rauch, sondern auch vom Schmerz über den Tod Javals und seiner Männer voller Tränen standen.

Dann, als der Rauch wegwirbelte, hörte er Grubb rufen: »Das Ruder, Sir!«

Er ging quer übers Deck und kümmerte sich nicht um die Kugeln, die hier und da zu seinen Füßen in die Planken schlugen. Er starrte nur auf die Rudergasten, die das mächtige Rad im Leerlauf herumwirbelten.

»Der Mistkerl hat uns mit seinem Buggeschütz die Ruderzüge weggeschossen!« keuchte Grubb wütend. »Wir treiben ab!« Und er zeigte auf die Fock.

»Einige Mann nach achtern!« brüllte Bolitho. »Neue Leinen anschlagen, so schnell wie möglich!« Plowman holte bereits Leute von den nächsten Geschützen zusammen.

Verzweifelt starrte Herrick auf die killenden Segel. »Wir müssen sofort Segel wegnehmen!«

»Aye, Thomas.«

Nur nicht an den Franzosen denken, der hinter ihner herkam! Mit einem Glückstreffer hatte er das Steuer der *Lysander* beschädigt; und jetzt, da sie langsam abtrieb, drehte der Wind sie quer und bot dem Feind ihr Heck. Genau wie damals die *Osiris*! Beinahe hätte Bolitho laut geflucht. Diesmal war keine *Lysander* da, die sie retten konnte.

An Backbord und Steuerbord trieben, brennend oder schwer beschädigt, die französischen Versorgungsschiffe. Brueys' Hauptflotte mochte reichlich Infanterie und bespannte Artillerie an Bord haben, aber kein einziges von den schweren Belagerungsgeschützen, die nun alle versenkt waren!

Damals wie heute hatte sich die *Nicator* herausgehalten. Das tat ein Mann, der so verbittert war, so besessen von seinem Haß, daß er lieber seine eigenen Landsleute sterben sah, als ihnen zu Hilfe zu kommen.

Unten krachte es noch mehrmals; unter einem Chor von wilden Schreien kam die Großbramstenge der *Lysander* splitternd durch den Rauch gestürzt und schleuderte Männer und Segel mit mächtigem Aufklatschen ins Meer.

Matrosen rannten mit Äxten herzu, um sie zu kappen; Bolitho sah Saxby zu den Wanten rennen, einen neuen Kommodorestander wie eine Schärpe um den Leib gewickelt. »Sehen Sie, Sir«, schrie er, als er in die Webeleinen griff, »hab ich mir doch gedacht, daß ich heute noch einen extra brauchen würde!« Er lachte und weinte zugleich; seine Angst war unter den Schrecknissen verschwunden, die ihn umgaben. Später würde er, falls er am Leben blieb, um so schwerer daran zu tragen haben.

Bolitho sah über ihn hinaus auf Marssegel und Galion des Franzosen, die an Backbord turmhoch über ihrem Heck standen. Immer noch zerhämmerten sie einander mit den Kanonen, und es gab tatsächlich noch Männer, die hurra schrien, wenn die *Lysander* einen Treffer anbrachte.

Doch es hatte alles keinen Zweck mehr. Hilflos trieb die *Lysander* quer, durch die zerfetzten Segel strömte der Qualm, die Geschütze feuerten kaum noch, weil keine Bedienungen mehr vorhanden waren. Der wirbelnde Rauch färbte sich rot. Bolitho mußte sich irgendwo festhalten, denn die erste feindliche Kugel schmetterte in die Kampanje. Seesoldaten und Matrosen fielen tot oder sterbend auf seinen Weg. Leutnant Nepean ließ seinen Säbel fallen und stürzte, an seinem Blut erstickend. Leroux schrie nach seinem Sergeanten, aber der meldete sich nicht mehr. Er saß am Boden und hielt sich den Leib, und seine Augen verglasten, während er versuchte, seinem Major zu antworten, wie er ihm immer geantwortet hatte.

Allday riß seinen Entersäbel heraus und stellte sich vor Bolitho, um ihn mit seinem eigenen Körper zu schützen.

»Noch eine Breitseite«, knirschte er, »und die versuchen, uns zu entern.« Er schob einen sterbenden Seesoldaten beiseite und deutete mit dem Entersäbel durch den Rauch. »Es gibt nur einen Mann, den ich heute lieber umbringen möchte als jeden Franzosen!«

Mit steinernem Gesicht, die Hände auf dem Rücken, schritt Herrick vorbei. »Mr. Plowman sagt, gut zehn Minuten dauert es noch, Sir.«

Es könnte ebensogut eine Stunde dauern, dachte Bolitho.

Herrick wandte sich nach Allday um. »Und wer ist das?«
»Dieser blutiggottverdammte Probyn, den meine ich!«
Das französische Schiff war schon dicht an ihrem Heck. Was die Rohre hergeben wollten, feuerte der Franzose in die Kampanje und den unteren Rumpf der *Lysander*, und vom Bugspriet und der Vormarsrah schossen Scharfschützen, so schnell sie laden konnten, auf das Achterdeck der *Lysander*.
»Was ist mit den Versorgungschiffen, Thomas?« schrie Bolitho.
Herrick zeigte die Zähne. »Sechs sind zerstört, und vielleicht ebenso viele manövrierunfähig.«
Bolitho wandte sich um, denn soeben wurde ein Toter von der Kampanje weggezerrt: Moffitt, sein Schreiber, einen hellroten Fleck in dem dünnen grauen Haar, wo ein Splitter ihn getroffen hatte. Wie Gilchrists Vater hatte er das Elend der Schuldgefängnisse kennengelernt. Und jetzt war er tot.
Bolitho brachte die Worte kaum heraus. »Ich befehle Ihnen hiermit, unsere Flagge niederzuholen, Thomas.«
Mit fest zusammengepreßten Lippen starrte Herrick ihn an. »Die Flagge streichen, Sir?«
Bolitho schritt an ihm vorbei. Allday war dicht hinter ihm und schützte ihn. Wie immer.
»Aye.« Er sah die umgestürzten Kanonen, das Blut, das bis auf den zerfetzten Klüver gespritzt war. »Wir haben erreicht, was wir uns vorgenommen hatten. Ich lasse keinen Mann mehr sterben, nur um meiner Ehre Genüge zu tun!«
»Aber, Sir!«
Herrick zögerte noch, denn Veitch kam herbeigerannt, sein Ärmel war blutdurchtränkt, das Gesicht wachsbleich. »Wir können doch noch kämpfen, Sir«, keuchte er, »wir haben immer noch ein paar tüchtige Jungs!«
Müde sah Bolitho ihn an. »Ich weiß, daß Sie kämpfen würden. Aber dann fallen unsere Männer für nichts.« Er drehte sich zum Feind um und hielt dann nach Saxby Ausschau. Der kniete am Schanzkleid.
»Holen Sie die Flagge ein!« rief er laut. »Das ist ein Befehl!«
Die Kanonen schwiegen jetzt, und über dem Prasseln eines brennenden Versorgungsschiffes hörte man zögernde französische Hurrarufe.
Sie machen sich fertig zum Entern. Bolitho stieß den Degen in die Scheide und sah sich unter seinen Leuten um. Wenigstens die, die noch am Leben waren, brauchten jetzt nicht mehr zu sterben.
Wieder stieg der Rauch hoch, und mit ihm ein furchtbarer Kano-

nendonner; Bolitho glaubte eine Sekunde lang, daß die Franzosen ihren Sieg durch eine letzte mörderische Breitseite auf allerkürzeste Entfernung besiegeln wollten. Ein paar Wanten der *Lysander* wurden von Kugeln, die über das Deck fegten, weggefetzt wie Gras.

Wild schrie Herrick: »Das ist die *Nicator*, Sir! Sie feuert von der anderen Seite auf den Franzosen!«

Wegen des Pulverqualms und wegen der treibenden Transporter, die zum Teil brannten und die Rauchwand noch verstärkten, hatte niemand das langsame, vorsichtige Näherkommen der *Nicator* bemerkt. Sie schoß aus allen Rohren auf den Franzosen, der hilflos zwischen dem spärlichen Feuer aus den Steuerbord-Heckgeschützen der *Lysander* und den wütenden Breitseiten der *Nicator* lag und nicht entkommen konnte.

»Laufbrücken freimachen!« befahl Bolitho; er hörte Kugeln der *Nicator* durch die Takelage fegen.

Herrick zeigte auf Saxby, der wild um das Stag herumtanzte, an dem Bolithos Kommodorestander hing. Weder dieser noch die Kriegsflagge waren eingeholt.

Bald war es vorbei; als die hurra brüllenden Matrosen und Seesoldaten auf das Deck des Franzosen stürmten, ging die Trikolore nieder und verschwand im Rauch.

Eine Viertelstunde später erschien ein Leutnant der *Nicator* an Bord, während alle drei Schiffe, ineinander verstrickt, vorm Wind dahindrifteten und Sieger wie Besiegte sich einmütig der Verwundeten annahmen.

Der Leutnant sah sich an Deck um und nahm den Hut ab. »Es – es tut mir leid, Sir. Wir sind wieder zu spät gekommen. So einen Kampf wie den Ihren habe ich noch nie gesehen.« Er blickte zu Kampanje hinüber, wo verwundete Marine-Infanteristen weggetragen wurden.

»Und Captain Probyn?« fragte Herrick schroff.

»Gefallen, Sir.« Der Leutnant reckte das Kinn hoch. »Im Scharfschützenfeuer. War sofort tot.«

In hellem Schrecken schrie ein Mann, der zum Orlopdeck geschafft wurde; Bolitho dachte an Luce und Farquhar und Javal. Und an so viele andere.

»War das, bevor Sie uns zu Hilfe kamen – oder nachher?« fragte er.

Der Leutnant machte ein sehr verlegenes Gesicht. »Vorher, Sir. Aber ich bin sicher, daß . . .«

Bedeutsam blickte Bolitho Herrick an. Die *Nicator* war viel zu weit entfernt gewesen, unerreichbar für jede französische Musketenkugel. Bei einer Untersuchung würde der wahre Sachverhalt schwer aufzuklären und unmöglich zu beweisen sein. Aber jemand hatte, von Scham und Seelenqual getrieben, Probyn niedergeschossen, der dastand und ohne zu helfen zusah, wie *Lysander* und *Immortalité* vernichtet wurden.

Mit ernstem Lächeln sah er den bleichen Leutnant an. »Nun, Sie sind jedenfalls noch rechtzeitig gekommen.«

»Wir mußten doch, Sir«, sagte der junge Offizier und sah zur Seite. »Wir haben das Signal gesehen: *Nahkampf*. Das war uns genug«, sagte er leise.

Da erschien Pascoe auf dem Achterdeck, und Bolitho eilte hinüber und schloß seinen Neffen in die Arme. Der fremde Leutnant wandte den Blick von dieser Szene ab und sah hoch in einen Fleck blauen Himmels auf das immer noch wehende Signal.

»Stoßen Sie von dem Franzosen ab, Thomas, sobald Mr. Grubbs Leute mit dem Ruder fertig sind«, sagte Bolitho. »Er hat gut gekämpft, aber noch eine Prise kann ich nicht gebrauchen, wenn Brueys mit seiner ganzen Flotte in der Nähe ist.«

Herrick ging zur Reling und gab den Befehl an Leutnant Steere weiter, der aus dem unteren Batteriedeck gekommen war.

Grubb schlurfte unter der Kampanje hervor. Sein verwittertes Gesicht war schwarz von Rauch und Pulverschmiere.

»Sie reagiert jetzt aufs Ruder, Sir. Klar zum Ablegen!«

Herrick sagte leise: »Er hört Sie nicht, Mr. Grubb. Er starrt nur auf das Signal und denkt an alle, die es nicht mehr sehen können und nie mehr sehen werden. Ich kenne ihn.«

Stumm ging der Master zu seinen Rudergasten hinüber, und Herrick sagte zu dem tief erschütterten Pascoe: »Bleiben Sie bei ihm, Adam. Ich komme fürs erste schon ohne Sie zurecht. Versuchen Sie, ihm das zu erklären: Sie haben es nicht für irgendein Signal getan – sondern für ihn.«

Epilog

Captain Thomas Herrick trat in die Kajüte und wartete, bis Bolitho von seinem Schreibtisch aufblickte.

»Der Ausguck hat soeben den Felsen von Gibraltar in Nordwest gesichtet, Sir. Mit einigem Glück können wir noch vor Sonnenuntergang dort vor Anker gehen.«

»Danke, Thomas. Ich habe es gehört.« Das klang etwas abwesend. »Sie können schon den Salut für den Admiral vorbereiten.«

»Und dann gehen Sie von Bord, Sir«, erwiderte Herrick melancholisch.

Bolitho stand auf und trat langsam zum Fenster. Die *Nicator* segelte etwa eine halbe Meile achteraus; Marssegel und Klüver standen sehr bleich im Sonnenlicht. Dahinter konnte er die unordentliche Formation der gekaperten Versorgungsschiffe ausmachen; außerdem eine französische Fregatte im Schlepptau, die schwer havariert und reparaturbedürftig war.

Von Bord gehen. Die *Lysander* verlassen. Das war es eben. Alle diese Wochen und Monate voller Enttäuschung, Hochstimmung, Stolz. Die schwere Knochenarbeit. Die Schrecken der Schlacht. Jetzt lag das alles hinter ihm. Bis zum nächsten Mal.

Er hörte die Hammerschläge und den scharfen Ton der Zimmermannsäxte. Da ging die Arbeit am Schiff weiter, die in dem Moment begonnen hatte, als Grubb meldete, daß die *Lysander* wieder auf das Ruder reagiere und sie von dem französischen Zweidecker losgekommen seien. Es kam ihm immer noch wie ein Wunder vor, daß das Gros der französischen Flotte weiter auf Südostkurs nach Ägypten gesegelt war. Vielleicht hatte Brueys immer noch geglaubt, dieses kleine Geschwader Bolithos hätte seinen wohlverteidigten Versorgungskonvoi nur aus taktischen Gründen, nämlich der Verzögerung wegen, angegriffen, und eine andere Flotte sammle sich bereits, um ihm den Weg nach Alexandria zu verlegen.

Zerschossen und durchlöchert, auf jeder mühsamen Meile Wasser übernehmend, war die *Lysander* vor dem Wind gesegelt; provisorische Reparaturen wurden unterwegs ausgeführt, die Toten bestattet, die zahlreichen Verwundeten versorgt.

Dann waren sie mit der *Nicator* zusammen wieder westwärts gelaufen und hatten dabei vor einer Serie stärkerer Böen ebeno Angst gehabt wie vor einem feindlichen Angriff. Aber die Franzosen hatten andere Sorgen; und einige Tage später, als der Ausguck der *Lysander* eine kleine Segelpyramide sichtete, hatten Bolitho und die Mannschaften beider Schiffe mit einer Mischung aus Ehrfurcht und innerer Bewegung der *Harebell* entgegengesehen, die auf sie zukam, und in deren Kielwasser, schwarz und braun in der hellen Sonne, nicht ein Geschwader folgte, sondern eine ganze Flotte. Ein Zufall, gewiß; aber es war schwer vorzustellen, daß nicht auch Wunder dabei mitgespielt hatten.

Leutnant Gilchrist war mit der schwer havarierten Fregatte *Buzzard* nicht wie befohlen direkt nach Gibraltar gesegelt, sondern hatte, aus Gründen, die bisher noch nicht ans Licht gekommen waren, in Syrakus Station gemacht. Und dort, enttäuscht und nach dem fruchtlosen Streifzug nach Alexandria aller Illusionen beraubt, ruhte sich die britische Flotte aus, mit Nelsons Flaggschiff *Vanguard* in der Mitte.

Aber Gilchrists vager Bericht genügte Nelson offenbar, um sofort wieder auszulaufen. Und zwar nach Alexandria, wo er die übriggebliebenen französischen Transporter angetroffen hatte, die im Hafen Schutz suchten. Aber nordöstlich, ungefähr dort, wo Bolitho es vorausgesagt hatte, lag die französische Flotte vor Anker, in guter Ordnung und mit starken Kräften.

Die *Lysander*, deren Mannschaft zur Hälfte tot oder verwundet war, hatte sich am Rande des Kampfes gehalten: der ›Battle of the Nile‹, wie sie später in England hieß*. Sie hatte am Abend begonnen und die ganze Nacht getobt; und als die Morgenröte kam, gab es so viele Wracks, daß Bolitho sich nur darüber wundern konnte, welcher Kampfeswut der Mensch fähig war.

Nelson hatte sich weder von der französischen Formation abschrecken lassen, noch von der Tatsache, daß viele Schiffe mit Trossen verbunden waren, um einen Durchbruch zu verhindern; er hatte die französische Verteidigung umsegelt und von der Landseite her angegriffen. Denn an der Küste gab es keine schwere Artillerie, die ihn hätte daran hindern können, und so vermochte er seine taktische Geschicklichkeit und seine Energie ganz auf seinen ebenso entschlossenen Gegner zu konzentrieren.

Obwohl die französische Flotte größer war, hatte er bei Morgengrauen Brueys' sämtliche Schiffe bis auf zwei vernichtet. Diese beiden waren in der Nacht entkommen, nachdem sie das schrecklichste Ereignis der ganzen Schlacht mitangesehen hatten: die *l'Orient*, Brueys' großes Hundertzwanzig-Kanonen-Schiff, war in die Luft geflogen und hatte dabei mehrere Schiffe schwer beschädigt; der Eindruck auf beiden Seiten war so überwältigend gewesen, daß eine Feuerpause einsetzte.

Brueys starb mit der *l'Orient,* aber seines Mutes, seiner Ausdauer wurde in der britischen Flotte mit ebensoviel Stolz gedacht wie in der französischen. Als ihm schon beide Beine abgeschossen waren, hatte er sich, die Stümpfe mit Aderpressen abgebunden, aufrecht in einen Stuhl setzen lassen, hatte seinem alten Feind ins Auge gesehen und seine Flotte bis zum bitteren Ende weiterkommandiert.

Bonapartes Traum war vorbei. Er hatte seine ganze Flotte verloren, dazu über fünftausend Mann, sechsmal so viel wie die Engländer. Seine Armee stand an der Nilmündung, unverteidigt, isoliert.

* bei uns: Seeschlacht von Abulair

Es war ein großer Sieg, und als Bolitho die letzte Phase mitansah, das böse rote Blitzen am Himmel über der See, da hatte er gerechtfertigten Stolz empfunden, weil auch die *Lysander* dazu beigetragen hatte.

Später, als er seinen Bericht abgeschickt hatte, wartete er gespannt auf die Reaktion des Admirals. Mit gewohntem Elan war Nelson bereits wieder dabei, seine Flotte seeklar zu machen; doch hatte er Zeit gefunden, einen Offizier mit einem kurzen, warmen Antwortschreiben herüberzuschicken:

Sie sind ein Mann nach meinem Herzen, Bolitho! Der Erfolg rechtfertigt das Risiko!

Er hatte Bolitho angewiesen, einige Prisenschiffe nach Gibraltar zu bringen, dort Fahrgelegenheit nach England zu suchen und sich wieder auf der Admiralität zu melden. Captain Probyns Tod hatte Nelson überhaupt nicht erwähnt – und das war, wie Herrick betonte, auch ganz gut so.

Bolitho wandte sich wieder um und sah Herrick an. »Merkwürdig, Thomas, von uns allen ist Francis Inch immer noch der einzige, der *Our Nel* persönlich kennengelernt hat.«

»Aber sein Einfluß ist dennoch vorhanden, Sir«, nickte Herrick. »Dieser Brief von ihm und die Tatsache, daß der Kommodorestander immer noch über diesem Schiff weht, ist viel mehr wert als sein Händedruck.«

»Nach allem, was wir durchgemacht haben, werde ich die *Lysander* sehr vermissen, Thomas.«

»Aye.« Herricks rundes Gesicht wurde traurig. »Sobald wir vor Anker liegen, lasse ich die größeren Reparaturen in Angriff nehmen. Aber ich fürchte, in einem Gefecht wird sie nie mehr bestehen können.«

»Wenn Sie wieder in England sind, Thomas – aber das besonders zu erwähnen, erübrigt sich, nicht wahr? –, werde ich stets einen treuen Freund brauchen.«

Herrick drehte sich um und beobachtete einen Hochseekutter, der an den Heckfenstern vorbeizog. Die Mannschaft winkte und schrie zu dem schwer mitgenommenen Vierundsiebziger hinauf, doch ihre Stimmen drangen nicht durch die dicken Glasscheiben. »Keine Angst, Sir. Wenn ich kann, komme ich.«

Ozzard erschien und inspizierte die beiden großen, abholfertig gepackten Seekisten.

»Ich habe viel Fehler gemacht, Thomas. Zu viele.«

»Aber zum Schluß haben Sie immer die Lösung gefunden, Sir. Nur darauf kommt es an.«

»Tatsächlich?« lächelte er. »Ich weiß nicht recht. Auf jeden Fall habe ich eins gelernt: über Leben und Tod zu entscheiden ist keineswegs leichter, wenn am Schluß die eigene Flagge über dem Endergebnis weht.«

Er warf einen Blick auf den polierten Weinschrank, den soeben zwei Matrosen in Sackleinwand einnähten. Ob er Kate wohl in London sehen würde? Und wenn ja – würde es dann zwischen ihnen weitergehen?

Ein paar Stunden später, nach dem hallenden Donner der Salutschüsse, dem Ankern, den notwendigerweise zu leistenden Unterschriften, ging Bolitho zum letztenmal an Deck.

In der untergehenden Sonne sah Gibraltar wie ein riesiger Korallenblock aus; auch die Werften, die Schiffe mit den aufgegeiten Segeln schimmerten rötlich.

Langsam schritt er die Reihen der Angetretenen ab, schüttelte hier eine Hand, nannte dort jemanden bei Namen und versuchte, möglichst unbewegt auszusehen. Major Leroux, den Arm in der Schlinge. Der alte Ben Grubb, der so wüst aussah wie eh und je. »Alles Gute, Sir«, murmelte er. Zahlmeister Mewse, Leutnant Steere, die Midshipmen – nicht mehr so ängstlich, sondern gebräunt und in den Monaten auf See merklich gereift.

Er blieb bei der Fallreepspforte stehen und sah hinunter. Allday stand im Boot, sehr stramm in seinem blauen Rock und der Nankinghose, und kommandierte die Ruderer. Auch sie sahen anders aus. Sie hatten sich seinetwegen feingemacht: saubere, karierte Hemden, frisch geteerte Mützen.

Auch Ozzard saß im Boot, ein kleines Bündel mit seinen Habseligkeiten im Arm, die Augen zum Schiff emporgerichtet. Als Bolitho ihn gefragt hatte, ob er als Diener bei ihm bleiben wolle, da war er keiner Antwort fähig gewesen. Er hatte nur genickt; er konnte nicht gleich fassen, daß dieses Leben des Sichversteckens jetzt vorbei war.

Bolitho wandte sich um und sah Pascoe an. »Leb wohl, Adam. Ich hoffe, wir sehen uns bald wieder.« Rasch drückte er dem Jungen die Hand und nickte Herrick dabei zu. »Paßt gut aufeinander auf, eh?«

Dann lüftete er den Hut vor der Ehrenwache und kletterte ins Boot hinunter. Während es mit kräftigen Schlägen ablegte, drehte er sich noch einmal nach dem mächtigen, dunklen Rumpf der *Lysander* um.

Allday beobachtete ihn, sah sein Gesicht bei den Hochrufen, die von Deck und aus den Wanten der *Lysander* erschallten.

»Eine Menge Gesichter fehlen«, sagte Bolitho nachdenklich.

»Nur keinen Kummer, Sir. Wir haben's den Franzosen gezeigt, und das ist die Hauptsache.«

Während sich das Boot zwischen den vor Anker liegenden Kriegsschiffen hindurchschlängelte, stieg Herrick, der Bolitho nachgeblickt hatte, bis er nicht mehr zu sehen war, langsam zum Kampanjedeck hinauf. Seine Schuhsohlen blieben an manchem Splitter hängen, an Stellen, die noch reparaturbedürftig waren. Er wandte sich um, denn Pascoe kam hinter ihm her, den fleckigen, ausgefransten, breiten Kommodorestander über der Schulter. Er lächelte, doch seine dunklen Augen waren noch von Trauer überschattet.

»Ich dachte, Sie würden ihn vielleicht gern haben wollen, Sir?«

Herrick blickte über sein Schiff. Nachdenklich, voller Erinnerungen. »Ich habe das hier alles, das ganze Schiff, Adam«, sagte er. »Ich werde ihn an Captain Farquhars Mutter schicken. Die hat jetzt gar nichts mehr.«

Pascoe ließ ihn bei den durchlöcherten Netzen allein und ging auf die andere Seite. Aber das Boot war nicht mehr zu sehen, und der Felsen von Gibraltar lag schon in tiefem Schatten.

Bitte beachten Sie
die folgenden Seiten:

Kurzbiographie
des Seehelden

Richard Bolitho

Historische Romanserie
von Alexander Kent

1756: Geboren in Falmouth, Cornwall, als Sohn des James Bolitho, aus einer alten Seefahrer-Familie.

1768: Erstmals im Dienste des Königs auf der *Manxman*.

1772: Midshipman auf der *Gorgon*. Siehe *Die Feuertaufe* und *Strandwölfe*.

1774: Beförderung zum Leutnant auf der *Destiny*. Siehe *Kanonenfutter*.

1775/77: Leutnant auf der *Trojan* während der amerikanischen Revolution. Siehe *Zerfetzte Flaggen*.

1778: Ernennung zum Kommandanten der *Sparrow*. Siehe *Klar Schiff zum Gefecht* und *Die Entscheidung*.
Schlacht in der Chesapeake Bay.

1782: Als Kommandant der *Phalarope* in Westindien. Siehe *Bruderkampf*.

1784: Kommandant der *Undine*. Indien und Java. Siehe *Der Piratenfürst*.

1787: Kommandant der *Tempest*. Australien und Tahiti. Siehe *Fieber an Bord*.

1793: Kommandant der *Hyperion*. Mittelmeer, Biskaya, Westindien. Siehe *Nahkampf der Giganten, Feind in Sicht* und *Des Königs Konterbande*.

1795: Beförderung zum Kommandanten des Flaggschiffs *Euryalus*. Verwickelt in die Große Meuterei. Mittelmeer. Beförderung zum Kommodore. Schlacht von Abukir 1798. Siehe *Der Stolz der Flotte* und *Eine letzte Breitseite*.

1800: Beförderung zum Konteradmiral. Schlacht von Kopenhagen. Ostsee und Biskaya. Siehe *Galeeren in der Ostsee* und *Admiral Bolithos Erbe*.

1802: Beförderung zum Vizeadmiral. Westindien. Siehe *Der Brander* und *Donner unter der Kimm*.

1805: Schlacht von Trafalgar. Siehe *Die Seemannsbraut* und *Mauern aus Holz, Männer aus Eisen*.

1812: Beförderung zum Admiral. Der zweite Krieg mit Amerika.

1815: Auf See gefallen.

Ullstein

Cecil Scott Forester

Die Hornblower-Romane

Ullstein

Fähnrich zur See Hornblower
Ullstein Buch 22433

Leutnant Hornblower
Ullstein Buch 22441

Hornblower wird Kommandant
Ullstein Buch 22462

Der Kapitän
Ullstein Buch 22481

An Spaniens Küsten
Ullstein Buch 22502

Unter wehender Flagge
Ullstein Buch 22529

Der Kommodore
Ullstein Buch 22555

Lord Hornblower
Ullstein Buch 22570

Hornblower in Westindien
Ullstein Buch 22598

Hornblower auf der Hotspur
Ullstein Buch 22651

Zapfenstreich
Ullstein Buch 22836

Fritz Brustat-Naval

in der Reihe
Ullstein maritim

Ullstein

Kaperfahrt zu fernen Meeren

Die Anson-Story 1740/44
UB 20637

Die Kap-Hoorn-Saga

Auf Segelschiffen am Ende der Welt
UB 20831

Im Wind der Ozeane

Mit dem Vollschiff »Greif« um die Welt
UB 20949

Windjammer auf großer Fahrt

Die Welt der Segelschiffe, wie sie wirklich war
UB 22030

Um Kopf und Kragen

Seefahrt, wie sie nicht im Buche steht
UB 22241

Segel-Thriller

»Llewellyn kennt sich mit Booten so gut aus wie Dick Francis mit Pferden« *The Times*

Laß das Riff ihn töten (22067)
Ein Leichentuch aus Gischt (22230)
Schuß in die Sonne (22417)
In Neptuns tiefstem Keller (23235)
Als Requiem ein Shanty (23351)
Ein Sarg mit Segeln (6723)

Sam Llewellyn

Ullstein